山西文華·著述編

程康莊集

第二冊

李雪梅　田梅◎點校

《山西文華》編纂委員會　編

山西出版傳媒集團
三晉出版社

山西文華

附録一

程康莊及其家族人物小傳

程啓南小傳

程啓南，字開之，成進士，授襄陽推官，決獄多所平反。陞兵部武選司主事，疏陳大可慮者三，請清冒濫，屏私人，簡將帥。陞郎中，遷濟南道副使。歲大饑，繪圖及書，使吏抱以上，乞不賦山澤，許，得支官舍之儲粟以賙之，所活甚衆。

歷布政司右參政，陞按察使，遷右布政使，尋轉左。平妖人徐鴻儒之亂，以功晋太常寺卿。時逆璫弄權，啓南疏言：“自古治亂榮辱之端，在所信任。魏忠賢威移主上，蟠連禁闥，倪文焕、崔呈秀等扇黨與，摇唇膏吻而横於世。指夷光爲嫫母，借鈎鉅作刑書，以王振、劉瑾之勢加之郅都之手，不六翮盡空不止，令齊州荒旱，彭城水决、江南地震、關中豕妖，反天不祥，於斯見矣，乃尚有進玉璽、賦鳳儀者。臣愚以爲，衆正立即朝之嘉祥，群枉至即國之妖孽，今即使朱草日生於庭，麒麟在囿，臣猶以爲無因而至，而敢爲回面污行，不思變轍者乎？臣實不欲同罷驢爲群，與汨俱没。乞放臣還山。”

疏入，忠賢怒，即日罷歸。居四歲，崇正收元璫誅，即起通政司通政。尋陞工部左侍郎，加尚書服俸，領官如故。而寺人之徒噏噏復用事矣，屬户、工二部以太監張彝憲視事。啓南連疏求退，其略謂："熹皇帝拱默中人，有竊政者似猶不足異，今天子英明，日夕望太平，而蹈覆轍，釀亂胎，臣恐忠賢雖誅而忠賢之類尚冀死灰復然，不止羞朝廷，而辱當世之士也。"章累十一上，得旨，予告還里。陳請兩院減武鄉徵糧，從疲瘠例，豁沁州浮糧，累金三千餘兩，民甚德之。國朝順治七年卒。

先是，權店有盜孫憲侵奪客旅，胔骼不絶于路。天啓間，啓南請於朝，設一守備治次舍，防兵三百，盜以屏息，至今權店營不費。壽八十有九，子孫繩繩四十餘人，以科貢顯者踪相接云。

據乾隆五十五年（1790）《武鄉縣志》卷三"人物"録入。

程嘉績小傳

程嘉績，字復初，少司空啓南之長子。性沉静端方，雖貴介，喜淡約，寡鮮衣怒馬之好。爲諸生時，試屢冠軍，因數奇不售，就胄子選太常寺典簿。所轄有庖人樂舞生二千六百員，月支幾六千金，故事簿胥削自潤，嘉績不私一錢。尋遷左府都事，會大同餉匱，有脱巾之變，流寇交訌，輓運不通，嘉績不辭艱苦，輸輓克濟。未幾，轉秋官員外郎，有世宦苗思順一案株連沉閣最久，嘉績分别條奏，無辜者悉爲平反。復晋本部郎中，出大將猛如虎於獄，後如虎卒以死報國，群推嘉績爲知人。

科臣阮震亨以墨敗，奉三百金爲壽，倩要人緩頰於嘉績前，嘉績唾其面，以是得伉直名，不爲衆容，拂衣歸。杜門却掃，修温凊，課子孫，不問户外事，亦不屑事家人産。觀空習静，公府不通一刺，里中亦忘其爲名大夫。後數年，卒於家，卒時有異徵，崇祀鄉賢。

據乾隆五十五年（1790）《武鄉縣志》卷三"人物"録入。

程偉績小傳

程偉績，啓南次子，以增生入太學，性孝友。甲申之變，闖賊荼毒縉紳，責令捐助。啓南被執，以爵尊，當七萬金，無金，禍將不測。偉績拮據百端，得萬餘金。金入，以數未滿，繫不釋。大兵至，賊狼狽奔秦，凡被繫紳擁俱西，偉績復前請代，賊畏啓南老，得許。僞將軍趨衆紳及偉績等行，在道窘辱備至。七月朔，始達西安，而先至者俱已駢首就戮矣。先是，啓南宦山左時，偉績往省，旅中邂逅一士子，語言豪放，偉績心異之，呼與共飲食且資其道里費。至是偉績到西安，册入丞相府，忽有吏人來曰："丞相呼謁。"謁時，即前所遇士子也。徐曰："若無恐，吾當生若。"越數日，得僞旨，免死，安置鎮安，偉績賴其力，與偕至者俱得免，蓋僞相牛金星云。

據乾隆五十五年（1790）《武鄉縣志》卷三"孝義"録入。

程皋績小傳

程皋績，字何功，一字思令，啓南第五子。生而沉默，七歲能文，每超然有遠想，學使者袁袁山甚見器重。年十二即入泮，是時文競尚浮艷，引用諸子，皋績獨湛深經術，大與時趨遠。壬子，同侄孫爲則、驤一榜登賢書，時有"三鳳齊鳴"之羡。居父母喪，盡哀盡禮，廬墓三年，不履城市，合邑稱爲純孝。

己未，子必達已膺鄉薦，父子偕北上，必達不第，而皋績以遲暮成進士。戊辰，授蓬萊令，清介自守，衣不重帛，食無兼味，從不以贖鍰入篋中。邑陋規有八保，保斂百金皆奉邑令，寔私橐。皋績笑士之曰："吾無用阿堵爲也！"事切民生，力爲之，惟恐不及。當路重其人，交章薦攝郡司馬篆，八邑咸服，恨扳轅不得留。莅任不滿三載，致仕歸，行李蕭然。

皋績爲人温恭端肅，雖係出華胄，而恂恂惟謹，不以聲色加人。旋里后杜門不出，博覽載籍，以教子孫爲專業，惟一老蒼頭供應對給掃除，怡然自樂，數年卒。

據乾隆五十五年（1790）《武鄉縣志》卷三“人物”録入。

程必達小傳

程必達，字子上，别號青谷，皋績之子。幼純篤，通敏好學，父訓嚴，承意唯謹。邑令齊漳群邑中士爲文會，必達與太史史珥、吏部杜李俱爲諸生，同文壇，迭相伯仲。戊午，領鄉薦。己未，同父皋績上公車，皋績捷南宫，而必達竟以不第歸。會母李氏病，必達侍寢闈三載如一日。頃，皋績已宦蓬萊，必達葬母畢，即赴皋績任。皋績爲官以清慎聞，告歸行李蕭然，必達徒步相從。抵家後，晨昏侍養，喪葬悉如禮。授文水縣教諭，署理盂、祁兩縣學事，所至以力學修行勸勵，士子皆能識拔其俊傑者，學使汪灝深賞之。戊子，三秦缺《禮經》，應聘分校，所得皆知名士，而解元來文爆出其門，主司顧悦履贈詩有“棘闈喜挹冰心潔，桂苑欣懸玉鑑空”之句，閲者以爲真實録云。卒於官。

據乾隆五十五年（1790）《武鄉縣志》卷三“人物”録入。

程康莊小傳

程康莊，啓南孫。天質穎悟，學問淵博，年未冠，從祖讀書燕邸，文名動公卿，一時文壇老宿如陳大士、羅文止、楊子常輩交口推嘆，比之齊晋狎霸中原。明崇正時，賊闖至晋，逼士大夫從逆，康莊以匿迹得免。

我朝定鼎，由貢任鎮江府判官。時海氛甫靖，兵民雜處，右民則兵嘩，右兵則民病，康莊恩威並用，民懷兵懾。升安慶同知，決疑獄，多所平反，畫策防江要害，盗賊屏息。因公誤，左選陝西耀州刺史。值叛兵萬餘圍城，城故圮壞，康莊且築且守，伺賊隙連發數十炮，賊黨死者甚衆，遁去，城得全。甫解圍。防兵至，供應浩繁，傾囊槖賠補，繼以稱貸，民不擾，事亦不廢，州人立祠祀焉。

康莊雖已仕，猶手卷不輟。判鎮江，山東王阮亭官江寧布政，以文相知。公餘則兩相唱和，置詩筒往來，人稱爲“上下江詩伯”。陳其年訂明及今詩、古文，批閲不下數千百卷，而詩僅得十家，古文四家，讀者咸推確評，康莊兩入其選。喜購書，所餘俸悉買以歸。武最僻，書稱難覓，今藏書家最富者莫如康莊後裔，邑所無者，士往往得借觀曰：“此崑崙先生之宦囊也！”

據乾隆五十五年（1790）《武鄉縣志》卷三“文苑”録入。

程崑崙别傳

嘗讀鄭荔鄉《詩鈔小傳》，不勝掛漏之憾也。傳凡四卷，國朝詩人已略備矣，而於三晋，取澤州陳相國廷敬、蒲州吴徵君雯，此外無傳焉。百餘年來，海内推爲詩伯，莫如新城王尚書士禛，所謂漁洋先生者也，而漁洋之顯，實由相國於召對時薦達之。厥後徵君至京師，漁洋見其詩，目爲仙才，誦其句於公卿間，於是徵君之名大噪。然則漁洋，固山右二詩人之樞紐矣。顧其時以博學名天下，與崑山顧寧人頡頏者，太原閻徵君若璩；而以文章馳譽者，武鄉程耀州康莊。徵君之詩有《眷西堂集》、《秋山紅樹閣集》、《篋中遺稿》。耀州之詩有《自課堂集》，而《詩鈔小傳》並遺之。予宰武鄉，耀州六世孫林宗出其家藏舊本，得以盡讀，然散軼者亦不少矣。集有刊本，而版多殘缺，爰即舊本鈔而存之，且爲之傳云：

程康莊，字坦如，號崑崙，武鄉人。先世仕宦，由進士起家。崑崙少時與臨川陳際泰、東鄉艾南英、常熟楊彝齊名，顧不得登甲乙科，由拔貢入太學，未仕而歸。順治中應隱逸徵，對策太和殿，選拔鎮江府通判。秩滿，遷安慶府同知，坐前政宿獄不舉發，鐫級授耀州知州。年六十有五，告歸二年，卒。

崑崙深於經義，旁貫子史百家之書，詩、古文並沈思而入，脱穎而出，復以餘力爲小詞。濟南王西樵序其集，謂崑崙"以文章名海内，乃點筆爲詩，詩工；倚聲爲詞，詞又工"，可見其才大而無不宜。西樵者，漁洋兄士禄，號西樵山人。崑崙爲序其《十笏堂詩集》，故交相引重如此。序西樵兄弟集外，復序宋荔裳集、施愚山《賣船行》。崑崙宦不列顯要，而所交游皆當代名流。詩文集成，序之者吴太倉偉業、龔合肥鼎孳、杜黄岡濬，世稱太倉梅村先生、合肥芝麓先生、黄岡茶村先生，而崑崙先生之號並著。宜興陳檢討維崧選四大家集，崑崙與焉。四大家者，崑山歸有光熙甫，歸德侯方域朝宗，南昌王猷定于一，合崑崙而四也。

官鎮江時，王漁洋爲揚州推官，兩人夾江而治，詩簡往來不絶，大江南北倚之爲大宗。集中所存贈答諸詩，非阿非泛，蓋相得在性情之際焉。顧其時非優游無事也，當海逆熛起之后，枹鼓餘息，大獄朋興，訊鞫故非倅職，而崑崙素以敏決聞。受任於大府，聽斷無虚日。其地古號潤州，山川綺麗，崑崙偕賓客乘小舟破浪游覽，嘯歌唱酬，金焦、北固間莫不有詩文之迹。然而所治獄，目覽口辯，呼譽之聲沸耳，讞牘已具於手。去之安慶日，江南北有繪《崑崙渡江圖》鬻於市者，往往得重價。今尚有《爲政風流册》藏於其家。

暨佐安慶郡，郡爲兩江鎖鑰，江上下四百里，所難在防汛。崑崙已擅鞫獄名，巡撫一以委之，決斷如鎮江日。而設保甲、清盗源、造快船、利诇刺，巡撫下其式於江南，惟游覽之興少輟。由浮山、天柱之勝，皆在百里外，而所居墉壑卑隘，巷無居人，乃代之以研精墳索爲退食之課，而詩文之作則如曩時。歷二官而政事文章相映發，然猶未上馬横槊，下馬賦詩也。

迨知耀州，鄰郡縣賊氛弗靖，境内爲震恐，大帥駐師於州，士馬往來如織，芻茭供頓，責辦於疆吏。既使之飽騰矣，而慶陽賊數萬薄城下，設方略，冒矢石，禦之於外。比入官廨，則蒔花薙草爲暇豫狀，民心倚之而安。賊時去時來，渠魁斃於城隘之炮，醜徒死者數百人，乃解去，相戒不復犯耀州。拒守幾二年，賊尸積於城下，而詩卷盈於篋中，雖祭遵之雅歌投壺，曷以過之？

崑崙之古文詩詞，諸先生評之詳矣，而見遺於鄭氏，其書名《詩鈔小傳》，蓋即所見之集而鈔之。然四家文集頗行於世，何以不經見邪？崑崙同時人陽曲傅處士山亦擅詩名，《詩鈔小傳》之不録，殆與顧炎武寧人皆在夏肄殷遺之列，而遵史家限斷之例。然閻徵君又何不以録邪？傅處士字青主，有子曰眉，字壽髦，能爲古賦。祁縣戴廷栻楓仲，編《晋四家詩》，青主父子居其二。閻徵君字百詩，號潛丘，有子曰咏，字復申，集名《左汾近稿》。

作者王藩，後改名王崧，字伯高，號酉山，雲南浪穹人。清嘉慶己未年（1799）進士，丁卯年（1807）選授武鄉縣令。本文選自其《樂山集》（《雲南叢書》集部之三十八）。

刺史程崑崙先生事略

先生諱康莊，字坦如，號崑崙，武鄉縣人。父嘉績，明季官刑部，以伉直著。先生幼隨父京師讀書，文名動公卿間，如陳大士際泰、羅文止萬藻、倪鴻寶元璐、錢牧齋謙益，皆引爲小友。弱冠爲諸生，考高等食廩餼。

崇禎甲戌，受知於袁學使繼咸。乙亥，考選拔貢。丙子，袁公爲巡按張孫振所誣逮京，晋士傅青主山、薛如京宗周等伏闕上書，先生與焉。袁公事解，旋丁父艱歸。蔡中丞懋德講學三立書院，徵先生，辭不就。甲申之變，闖賊破晋，逼晋士從，逆檄取先生，先生匿山谷以免。旋賊敗，先生潛入省，哭蔡公柩，并與經紀其喪，復歸，教授諸弟及子侄。

清順治甲午詔舉隱逸，撫軍以先生應試高等，用通判。乙亥，補江南鎮江，時局甫定，其地爲水陸要衝，駐將軍以爲鎮撫，兵民雜處。先生佐幕府定策，截江上下巡徼，又允鄉人告軍士舍鄉不法狀，嚴禁誣告及株連，水陸無驚，將軍亦才先生。

先生既了公事，日與諸文士詩篇相唱酬，且泛舟焦山麓，摩《瘞鶴銘》，并摹刻别石以供拓取。庚子，王文簡士禎司李揚州，因公渡江，與先生縱游名勝，皆爲詩以紀之。

康熙丁未，擢安慶府同知。平反疑獄，復定防江策，嚴保甲以清盜源，造快船以追逋逸，盜風以息。巡撫下先生法於沿江州縣，民皆得寧。尋以前任宿獄未清，坐先生違限，以知州降補。

辛亥，授陝西耀州。甫抵任，有慶陽叛卒萬數餘猝至圍城。城故圮壞，先生率衆且築且爲守計，伺匪隙炮擊之，匪多死傷，遁去，城得全。未幾，防兵至，供頓浩繁，費用不給，先生傾家資，繼以稱貸，民不擾，事亦無廢。既而大吏議復裁道缺，以先生才且深得州人心，將以先生陞任，事不果。

丁巳，乞休歸，時州民爲立碑紀德政。先生既歸，載書連騎，庋藏於家，邑人士借觀者不絶，皆曰："是崑崙先生宦囊也!"己未，卒於家，年六十七歲。

耀州人聞先生之歿，且皆爲祠以祀焉。先生少即以文學著稱，及仕，簿書戎馬間不廢吟咏，又篤於友誼，先後所交名德如吴梅村偉業、王西樵士禄、孫豹人枝蔚、沈繹堂荃、宋荔裳琬、施愚山閏章、程周量可則、徐電發釚、陳伯璣見衡、林古度茂之諸公，皆有詩往復。又在鎮江時，與王文簡詩筒往來，時有"上下江詩伯"之稱。及任耀州知州，入都尤爲龔端毅鼎孳、魏文毅裔介所賞識，遺著有自課堂文、詩、詞集。先是，陳其年維崧嘗合選歸震川有光、王于一猷定、侯朝宗方域，合先生文爲四大家文刊以行世，三家有文無詩，惟先生文、詩、詞兼採，蔣虎臣超評先生文以"禰韓祖馬，兒視樊元孫劉"云。

據民國二十五年（1936）山西省文獻委員會印《山西獻徵》卷六"文學"録入。

奉政大夫耀州知州程公暨宜人合葬墓志銘

耀州何以爵奉政？府丞降也。崑崙自京口丞皖，皖留獄連崑崙坐降。崑崙才適於用，出言爲章，加民爲政，不能畢其志爲有用之才臣，責降，降而議陞，不陞，崑崙已矣。以今責備崑崙之才難爲用，豈其情哉！

王季宅程，程内諸侯連畢陌，曰“畢程”。畢程先後仕晋，畢姓凡十一氏，程卒如初。自嬰迄鄭祖伯休，趙爲程置祭邑，程後仕趙仕樂，别祖中山廣平，亦猶畢陽仕楚。畢程之子孫在晋，狀程自河南遷晋，疑明道令晋城僑居，然譜載明道后微，自澤、潞至於閼與、馬首、梗陽、鄔氏，何程之多也。墩篁綜四十四房，土斷江南、河南之支子遷客，别爲異望，西北程不詳，非其祖矣。姓，性也，姓其祖，性其祖也。

崑崙司空，諱啓南府君，父比部都官，諱嘉績府君，各有傳。父子起書獄，禽獼盜賊，自出齊藩羨銀三十六萬，薙蓮妖，奏讞平江伯如實，先後怒逆璫棄官，不以富利勖其子若孫。

崑崙諱康莊，弱冠親師取友，北面天下之賢者。習爲爲文章世事，講求錢穀、兵刑、律令、簿書，將爲知己者用。丙子拔於鄉，入監，會學使爲直指誣逮，詣闕與同輩告冤，不以旄頭刺胸杜口，下尺一還其師。比部葬服除，走位林慮，刊其死友詩以傳。倪司成、錢宗伯兒子畜之，蔡撫軍國士遇之。撫軍殉晋，哭柩下，越十年吊唁吴越老人。天下知與不知，無不悲其情。性其情才，情其性不才，吴章子弟更師，而翟門之賓客皆散，五步車過，千里鷄黍久寒，貪冒陰賊之不才，斥爲無情，何可易崑崙性也？僻居，累檄不就，司空即世，伯叔子弟學未成，僮手指百，俯仰無不用其情。情所難遣，抹掇一切，於其詩若文，忽歌忽哭，忽斷忽續，吞吐抑揚古今之得失，以盡其才，坐是連蹇無用。

甲午，詔舉隱逸，撫軍上其名主爵。己亥，通守鎮江。鎮江南徐，伯休爲宣王伐徐，奸宄接引通海。大將軍開幕用，别駕爲軍政正，下記立斷。附城賈船盛歌舞，藏盜魁其中。截江上下巡徼，水居以寧。軍舍鄉有秩，譏逃人見，知株送免，陸處以靜，將軍才别駕。别駕方與客校文，搔首金焦、北固之上，乘小舟，破巨浪，所在有崑崙。丁未，同知安慶，沿江四百里，五舒出没，潯陽越貨，掩賊無踪迹，乃造快船求盗，嚴保甲以清盗源。撫軍用其式江西、江南，會舊承宿獄，坐崑崙違限，左遷通守丞至今，難爲也。府記多平視壓牒，牒下不如州縣之手記，州縣徇蔽縱舍，通守丞不行部，獄久不成，捕亡詰盗不滿品，先州縣坐，不坐必以賕免。長才失職，獄與盗何由清？軍興知耀州之政，糧草責辦，兵從枕席上過，事已，比他省賤直估銷，吏自以家財補額，又供駐耀軍帥芻茭，出馬牛，入養卒，田夫無所擾。環慶賊門於耀，守坐矢石之巔，臂三分垂城外，賊去復來，革賊去來之隘，巨炮殪賊渠，殲其徒隘下，乃解。護軍於是多耀守之知兵也，議進守僉共巡道事，不果用。

崑崙事護軍、撫軍，兩大將軍喜其才，顧崑崙性謹嚴，前不貰罪，後不買官，大吏雖喜，莫爲助。受代宿獄同過，文吏退賊同功，糾過不免，叙功不録，才不才竟等，累詳求去。去後耀州立碑，更二年肖像祀之，《金石録》程止兩碑，使崑崙竟其用。北府東闕，馳驅陜洛無西顧，獨南征西塞碑哉？隴蜀若兵事，程包益州計曹，奏牧守益資穀便宜募賞，漢用其策，板楯數起之寇戢。不戢用程信功曹赴敵，募得二十五人，蜀無北向，惜也，不盡崑崙之用也。

武鄉多有用之才，所以用其才者實難。程遐佐襄國略中原，勒不用而思右侯，司空、比部亦然。崑崙不用，往往情見乎辭。天下之人不敢掎摭崑崙，以其詩若文尊奉爲大家。崑崙不示其伯叔子弟，伯叔子弟壬子三舉於鄉，司空子一，崑崙子侄二。己未，臯績成進士，而正，而驤，而爲則，上而乃績，諸叔專制舉，崑崙之詩文獨傳，以彼其才，崎嶇潤、皖，祋祤之役不我用，退而工其詩若文，位在制舉之業之上。不令伯叔子弟學，蓋自傷其情之歌哭斷續，不免廢書而泣也，悲哉！

崑崙卒康熙十四年某月十六日酉時，生萬曆四十一年五月十四日戌時，得年六十有七。死先爵，生先禄，聞畢程損禄增爵，貌匱而亡，爵禄不爲畢程，免矣。不以耀州掩奉政，不以同知、奉政壓耀州，行狀權衡如此。至命婦不然，《春秋》諸侯五等，妻皆曰“夫人”，《禮》上大夫、卿、中、下大夫四等，妻皆曰“世婦”。同知、知州妻“宜人”，其命可以上下也。娶沁州劉夢周孫女。夢周，先司空進士，内外大家。宜人入門事姑，事姑所事之祖姑，事祖姑孝，姑從官代爲婦，事姑又孝，崑崙從學，代爲子，生正，加膝上文褓書語，娣姒戲爲羊舌母，師羊舌，事大夫妬。宜人納籍氏、孫氏，孫舉子驤。宜人前死四十年，婦先卒不書葬，葬不迎主於祠，其式羃程氏家廟。崑崙無繼室以死，情也。十月朔六日，合葬祖父之下，子孫女婦例書：正，國學生，三娶，進士魏令望孫女，繼韓貢士正女，又繼楊春耀女；驤，舉人，娶魏運興女，繼趙繼鼎女。女三，嫁爲士人張際亨、趙偉侯、杜其兢妻。孫四，生員凡三。其益，娶進士魏名大孫女，繼國學李廷機女；其觀，娶生員馮雲卿女，正出；其揚，聘生員李光春女；其顯，幼業儒，驤出。孫女要舉人趙偉品子田，正出；曾孫良翰，其益出。

正里武鄉，以其銘屬振姬，崑崙、振姬齊年，兒時儀其人，竟死，余鬚斷而正髯當胸戟。其線斑斑血土，語崑崙輒廢籍起，慚其家貌，程氏盛，畢氏衰矣。黄庭不死修崑崙，崑崙死不竟其用，才士亦有未盡耶！銘曰：

白鶏走涅，涅下武鄉。黄流白璧，冠帶清漳。漳南望夫之山，漳北甲父之邦。孤兒趙於彼室，贅僕程於此食。祖馬祖兮策九方，母民母兮嬰八疾。武武庫之霜戈，文文當以丹筆。江聲有截，河流可揭。昔陽車輪，苦成弓冶。賓餘罽川，銅鞮羊舌。羊舌之母，不生叔虎。闕與母生，不纘其武。克纘克生，禮法爲程。春雨秋陽，涅水之平。銅宫之祠攸徂，魏榆之石與語。

作者畢振姬，字亮四，號王孫，又號頡雲。山西高平縣人，順治三年（1646）進士。本文選自其《西北文集》卷九。

明經程介山先生事略

先生諱林宗，字泰卿，一字介山，武鄉縣人。幼讀書，警敏好深思，不規規於制舉文，博覽經史百家言，以傳人自期許，或且迂笑之，不顧也。爲諸生，每考輒高選。嘉慶庚午，黄勤敏鉞督晋學，將取先生優貢，未果。癸酉，周學使系英考選拔貢生，先生身素弱，病中不廢讀書，至道光辛卯，病暈，遂絶志進取，益以文學自娱。獎勵後學，不遺餘力，談鋒甚健，聽者多忘倦。性不喜爲人師，嘗曰："吾生平知無不言，言無不盡，解人可索，即此當授受也。"鄉人皆重先生，有文事皆屬之。

先生亦篤孝友，尚風節。其先刺史康莊塋傾頽已久，祭田且分裂，先生合族衆爲修墓，以祭田按籍歸公，備祭掃，立宗會，族人大服。又從侄某没而子幼，家且落，先生代爲經理，撫幼子，了債券，子能成立，悉以歸之，無稍私。邑人築城，先生董工作，尤著勤慎。岳大令維城稱之曰："君之文，爲於舉世不爲，信特立不群之士；君之才，即南面郡縣循史亦可立致也。"

先生卒優游鄉里以終，咸豐壬子卒，年八十歲。遺著甚富，其成帙者爲《孟子醒批》、《史記文津》、《左傳瓊林》、《崑崙年譜》、《司空家乘》，《介山文編》三卷，《鶩鄰詩草》二卷。

先生爲諸生，時值雲南王樂山崧宰武鄉，激賞其文。王公富藏書，先生得盡讀之。

文中稱：《論語》云孔子弟子見者二十九人，尚諄疵參半，瑕瑜不掩，則三千、七十又何論乎？蓋天以生物爲道，聖人以體道爲教，後儒嚴以衛道，其弊至鄉愿之徒亦得依傍其間，而聖道反晦。又據《憲問》（《論語》“憲問”第十四）《牢曰》（《論語》“子罕”第九）定《論語》即此二十九人所記，其徒之門人傳之。復援《中庸》、《公羊》、《穀梁》，尚遜於《論語》，而不傳姓氏、不見載籍之。曾子有門人，反勝於子思。公羊、穀梁，信其爲親炙聖人之久者，所作又稱講書之作，足以亂經而廢注。《論語》“鯉退而學《詩》、學《禮》”二句，文、注均明白，講者改孔子勉之之言，爲伯魚自言，則涉自矜於未異聞有間，是尤不通之論。

又論《中庸》云：宋儒之學由《中庸》起，遂目其書爲傳道之書，若以孔氏之教，無不原於此書爲千古不傳之秘，不知其書出自六經，其事則唐虞三代禮樂兵農，無所謂獨得與奇異。是《中庸》之爲書也，舍事業而高談性命，《中庸》豈有是教哉？苟不至以《中庸》爲專言性與天道之書，則《中庸》與宋五子之書兩得矣！尊孔子教愈精而愈失，德行、言語、政事、文學代不乏人，稍有聖人之一節，則一才一藝皆能不見絶於聖人，聖人之道常行而《中庸》之統以立，而必曰名臣良將不得爲《中庸》，文人學士無與於《中庸》，吾見鄉願之無非無刺已接迹而來矣。

又論《史記》：爲言事，非繹理；爲文，非續經。反復數百言，皆中肯綮。

又論《莊子》：荒誕之説即矯弊之心，其矯弊之心即明道之心。莊子蓋以爲彼知吾説之過，當其心已明而先王之道具在，初不必俟吾言，故其教人之言不爲正而爲反，心亦可謂曲而苦矣！

論《管子》：逆知王道難以猝行，其道必及於天下後世，是以《山高》、《乘馬》諸篇言之不足，而又長言孔子之稱，爲救時起見，姑取之以待王者之來，是《匪風》、《下泉》之思。

孟子之卑爲後世立法，王霸之辨在於誠，僞率天下而害仁義，皆假之一念啓之。孟子以衛道自任，恐其行於後世，安得不卑云云，皆持論之精者。

與先生同時同名者有趙先生昌業。趙先生諱昌業，字敬齋，一字肄園，武鄉縣人。父擴，以乾隆乙酉舉人，嘗任滎城令。先生少耽詩，長而博涉群書。嘉慶辛巳，王樂山崧宰武鄉課士，首取程介山林宗，繼復拔先生。庚午鄉試，甫出首場，聞父病，急馳歸。主司得卷擬中第三，以不得二三場卷擯先生。家故貧，教授自給，不苟取予，爲文爲學日益邃，曾謂："文以凝練設色爲工，粗疏淺陋果有當於古人耶?"其文由《文選》入，晚愛《陸宣公奏議》，圓暢流走，能得其意。詩則學西崑體兼温飛卿、韓致堯，晚化於陸放翁。道光癸未，爲恩貢生，甲申卒，年五十八歲，遺著成卷者曰《潛居瑣記》、《課餘草》。己酉，邑文學范桓一士熊輯刻《南亭詩鈔》，選先生詩一卷、程先生詩二卷焉。

據民國二十五年（1936）山西省文獻委員會印《山西獻徵》卷六"文學"録入。

附録二

《程崑崙先生詩文合集》目録

自課堂集·詩集

五言古詩

七言古詩

五言律詩

七言律詩

五言排律

五言絶句

七言絶句

自課堂集・詩餘

自課堂集·文集

游古峰山記
游華山記
聖人以天下之耳目爲視聽論
人才策
與陳大士書
甲申辭薦舉書
乙酉辭徵赴選書
壬午辭邑侯余公舉立德立言立功書
擬宋以范仲淹兼知延州謝表康定元年
水草庵乞油疏
東田建三官殿疏
募修觀音堂疏
四氏贊
《焦山古鼎詩》跋
王端士七言絶句詩跋
《瘞鶴銘》跋
祭城隍文
祭楊母文
先王父資善大夫加尚書服俸管工部左侍郎事程公行述
寧州同知竇公行狀
鄉介賓儒士悦彝魏公行狀
成甫吴公墓志銘
某公暨配烈婦某氏合葬墓志銘

《四大家文選·程崑崙文詩選》(康熙刻本)目録

程崑崙文選

卷之一

卷之二

甲申辭薦舉書

乙酉辭徵赴選書

與陳大士書

壬午辭邑侯余公舉立德立言立功書

擬宋以范仲淹兼知延州謝表康定元年

乞修觀音堂疏

募修觀音堂疏

東田建三官殿疏

水草庵乞油疏

卷之三

人才策

聖人以天下之耳目爲視聽論

游華山記

天下第一江山記

游禪隱山記

游古峰山記

四氏贊真定人死於流賊之難

祭城隍文

《焦山古鼎詩》跋

王端士七言絶句詩跋

方樓崗邵村詩跋

《瘞鶴銘》跋

祭楊母文

卷之四

程崑崙詩選

卷之一

五言古詩

七言古詩

重逢引贈荆郡丞
結納行遥寄姜明府
慶雲見東南行
投知引贈張伯將郡丞
紹聲篇
酬林茂之將同貽上刻其詩集
挽張洪宇總戎太君

五言律詩

避地土河雜詩十首
雨中陪劉孔著給諫登金山同諸僚友
挽丹徒蕭令亡姬
魏太康祠公字於埜令太康李自成破城殉難
杜于皇陳集生同飲署齋
秋雨
山中
赴漁陽訪胡詹事
丁酉四月既始得微雨
贈馬玉荀銓部
寄殷國張使君
讀《旌孝録》有感
棋負
三壽詩有序四首
雨花臺二首
袁重其輕舟過訪
題張山人像

卷之二

詠菊三首
施又王過别二首
挽鄉達二首

七言絶句

挽内子四首
范懷素柳二首
答董心素
趙平符齊雲齋二首
秋雨呈任雲石太守
贈高分司
飲西河朱太史峪園謀嬌侑觴乃更以意屬予延其舍予雖留醉然終却其請四首
贈劉康侯美人子素二首
即王林州先生席賦十日紅菊二首
白洋河題高游擊壁四首存二
煎茶
對雨
贈安東王分司
贈文煉師二首
壬午秋闈忝生余公不謂其駑下亟物色予謂陽直彭子錢先生程君果得途吾兩人當破十萬錢快諸公飲已落太原公房遭賺黜榜發諸公咨嘆欲識予卷或誤傳失予卷然場前不以捉刺勤館人謁請太原公固自泊然耳
題袁母寒香晚節圖

詩餘

菩薩蠻·詠《青溪遺事》畫册和阮亭程邨作乍遇、弈棋、私語、迷藏、

《程崑崙詩草》（《崑崙草》）目録

《衍愚詞》目録

小令

長相思二首
感恩多一首
相見歡一首
長命女一首
生查子一首
蝴蝶兒一首
春光好一首
點絳唇一首
菩薩蠻八首
巫山一段雲一首
卜算子一首
山花子一首
朝中措一首
海棠春四首
柳梢青一首

中調

西江月一首
燕歸梁一首
望遠行一首
望江南六首
錦堂春一首
漁家傲一首
聲聲令一首

長調

念奴嬌一首
尾犯一首

程林宗《介山文編》目録

卷之一

卷之二

附録三

廣陵倡和詞 琅琊王士禄西樵撰

《廣陵倡和詞》序

廣陵紅橋之集，得四十六人，可謂盛矣。已而之遠者、還故鄉者、往京畿者次第散去，四方之客殢留于此，止予與荔裳觀察、顧庵學士、西樵司勳、長益、其年、雲田、方鄴八人而已。惟定九爲土著，巢民、散木、孝威、汝受、希韓屬廣陵州縣者也。豹人、穆倩、舟次則僑家廣陵者也，猶得十七人，詩酒讌聚，交驩浹月。初集時分，賦五言近體，復限“屋”字韻，賦《念奴嬌》詞，嗣是諸子踵華增美，倡予和汝，迭相酬贈，多至十餘首，少者七八首，抽新領異，各出心裁。涵今茹古，覺前人花間、草堂之席已奪鍪弧而登。

客歲，司勳在西湖時遇觀察、學士，共賦《滿江紅》詞，用“漾”字韻，亦人得十餘首，鯨鏗春麗，曲盡精能。夫以一韻一調之險澀，句安字適，無不裂石穿雲，則知舉天地間最難方物、未易經營之事，一出文士之心胸，神明變化有如是者。比觀察北上，長益南旋，其年還陽羨，巢民返雉皋，雲田游晋陵，定九避迹東原，舟次訪舊白下，希韓繼往，相對止數人，意亦不復減。歲聿雲暮，顧庵歸檇李，方鄴歸宣城，孝威歸吴陵，汝受歸崇川，客居止予與西樵、散木三人，不禁聚散離合之感矣。

除夕，西樵招予同散木過寓園叙話，岑寂圍爐，置熅火相嚮辟寒。家家爆竹不絶，四近小兒女敲金擊鼓，聲震户牖。出視亭除，碧天一色，星光粲灼，滿城煙火旋繞半空如霧。雖漫作詼笑，鄉思牽懷，能無中結？頃之，涇陽雷子伯籲攜樽至，且曰："天涯知己得共守歲，不愈于家人婦子嘆老嗟貧耶？"三人拍掌大喜，猶恨舟次方歸，豹人在舍，阻隔城闉，不能呼與偕來，失此良晤耳。因懸寠數覆射爲令，中不以量飲，復舉疑難發論辯觴矯枉者，間雜嫚嬉，牽率典故成俳語骫骳，行酒陶陶然，不知身與天地爲何物矣。遂用少陵韻作《今夕行》各一章，漏下未盡一刻罷，就寢。元旦蚤起，承司勳命，作倡和詞序，因及此，以志一時興會云。

康熙丁未正月上日四明孫金礪題於廣陵寓舍

《廣陵倡和詞》小引

向讀荔裳、顧庵、西樵三公湖上倡和《滿江紅》詞，人各八闋，纏綿温麗，極才人之致。嘆爲温、韋以來所未有也。今年三公復泊邗上，偕四方諸同人刻燭倚韻，更人得《念奴嬌》詞各十二首，猗與盛矣。余惟自昔名人勝士放廢屈抑，往往作爲文詞，以自表見，即或流連香粉，稱説鉛華，類宋玉之繁靡，等陳思之綺妮，要其厥指，所托非屬。苟然忠愛之懷于斯而寓，則又不僅歌場舞榭，擘軸題箋，僅作淺斟低唱，柳七之伎倆已也。余曩者憩迹桃葉、竹西間，頗愛製小詞以送時日。今皆棄爲敝帚，不復置問。覽諸君子之作，風流駘宕，興寄甚高，余即才盡腸枯，而見獵心喜，能無望紅橋煙柳一爲怊悵哉？

淮南龔鼎孳識于燕邸之春驅

《廣陵倡和詞》姓氏王士禄編

宋　琬　字玉叔號荔裳山東萊陽人　曹爾堪　字子顧號顧庵浙江嘉善人

王士禄　字子底號西樵山東新城人　陳世祥　字善百號散木江南通州人

鄧漢儀　字孝威號鉢叟江南泰州人　范國禄　字汝受號十山江南通州人

沈　泌　字方鄴號岵劬江南宣城人　季公琦　字希韓號囗囗江南泰興人

談允謙　字長益號囗囗江南丹徒人　程　邃　字穆倩號垢區江南歙縣人

孫枝蔚　字豹人號溉堂陝西三原人　冒　襄　字辟疆號巢民江南如皋人

李以篤　字雲田號耨香湖廣漢陽人　陳維崧　字其年號囗囗江南宜興人

孫金礪　字介夫號果庵浙江慈谿人　宗元鼎　字定九號梅岑江南江都人

汪　楫　字舟次號耻人江南休寧人

念奴嬌

小春紅橋燕集同限一屋韻時有魚校書在座

蕪城城北，共諸公高會，銜觴引矚。相約還爲文字飲，抹盡清絲脆竹。已歇蘭芳，仍遲梅信，那得花枝簇？狂情無那，愁看落落楓菊。　幸有青鳥紅巾，似遥還近，巧笑人如玉。何必蘋香飛絮暖，已覺煙光堪掬。羞日愁春，易求難得，二句皆魚玄機詩中語。好句知能續。晚歸惆悵，天寒人返蘿屋。

【評語】紅橋一夕，有此妙詞，可與梓澤、蘭亭並傳，不止續祠部公風流韻

事已也。曹顧庵

一往情深，當于行間字外遇之。鄧孝威

名彦如林，麗詞勝錦，有先生領袖，足以張此會矣！風流標韻，當與老鐵《花游曲》並傳千古。沈方鄴

讀曹顧庵學士五詞奉柬用顧庵西樵其年長調先成韻

華披秀振，羨詞成星子，琅玕十幅。還似楚騷傳屈子，句裏龍堂鱗屋。削迹艱虞，擅場風雅，未遣中書禿。何須哀怨，國香合在幽谷。　黄九秦七雖能，那如坡老，豪氣尤堪掬。儂向歡場歌苦調，終類季疵擊木。畫壁壚頭，題巾酒次，此事推君獨。穿雲裂石，好將配入豪竹。前段第三韻、後段第二韻皆就顧庵初本和者，顧庵後復自定，乃改“秃”爲“宿”，改“木”爲“蹙”耳。

【評語】老氣披紛中，復爾春葩流溢，此謂老手，此謂彩筆。宋荔裳

麗詞豪氣，有揮斥千秋之概。此道新闢，蠶叢應推吏部。鄧孝威

峭句盤空，如秋鷹削草。陳其年

送宋荔裳前輩北行兼寄舍弟貽上用顧庵即席見示韻〔一〕

征帆竞舉，悵客中分手，舊游難續。灑酒船頭看去浪，愁絕離觴屢覆。卻憶頻年，萍蹤數聚，春草歡鳴鹿。杜詩“春草鹿呦呦。”子荊零雨，醉來那忍重讀。　道遇小弟儀曹，為言別久，和仲思同叔。和仲，子瞻小字，同叔，子由小字。疇昔逍遙堂後意，不盡遠書幾幅。淹跡江鄉，倦游京國，寂寞東西屋。黑窑重九，會同誰把黄菊。已亥重九，貽上同顧庵於黑窑廠登高，各有詩。庚子，余同顧庵於黑窑廠登高，亦有詩，並有憶舍弟之句。

【校記】

〔一〕本闋詞後評語文字漫漶不清，待考。

送朱近修還海昌吴西崖往山陰兼懷宋既庭先還吴門次顧庵韻

杯殘人起，便驪歌紛唱，晨征肅肅。一別參差真似雨，那得雲龍相逐。才子吴融，隱人朱放，各擁孤帆宿。金蕉南下，又螺青似

新沐。　關吏伐鼓通晨，幾朝沿溯，卻過支硎麓。寄語章華詞賦客，愛爾人文皆玉。鶴市煙寒，雞陂露冷，何處張融屋。白雲南雁，懷人漫詠蘭菊。

【評語】送别景多于情，前人擅場處往往在此。詩詞正同一機軸也。杯殘人起，便極神隽。孫豹人

以韻筆抒其藻思，故每下一語，輒令人作數日想。陳散木

雲龍相逐，押既超絶，人文皆玉，造語尤隽。孫無言

次韻答沈方鄴并呈李研齋太史及冒辟疆孫豹人無言程穆倩宗梅岑諸君子

由來文字，是荒年之穀，豐年之玉。喜遇隱侯苗裔在，勝事選樓堪續。筆役風騷，腹羅經史，原委明桓穆。武平一事。風流跌宕，駕他厨俊名目。　况是群彦彬彬，琳琅輝映，觸目如叢簇。藝苑文壇相犄角，戎子支駒逐鹿。好句爭呈，竹西亭畔，選盡柯亭竹。把來還訝，龍威書出林屋。

【評語】填詞如此典雅，令南北兩宋諸公閣筆。程穆倩

"簇"字妙押。宗梅岑

更倡迭和，有擊鼓坎坎、拊缶嗚嗚之概，狂奴得此真持，寸璣而博照乘也。沈方鄴

送李雲田往吴門次留别韻

昨來良會，喜長歌纔已，短歌重續。雜坐揮毫紛氣色，好手人思得鹿。大雅扶輪，小山承蓋，慢戲非同束。奇文共賞，爲歡真覺難足。　就裏才子君虞，文心肆映，繡結金還蹙。惆悵風流雲散遽，忽忽摇魂送目。司馬挑琴，鄂君覆被，君有兼人福。憐不平讀羈旅，朔風吹老茅屋。

【評語】佳事如此多矣而不傳。賴徐、庾之筆，乃覺艷思飛動，千古所以尸祝詞人。鄧孝威

雲田詭娶寶鐙，皆自爲描寫，有羡之者，有謗之者。得吏部持平之論，何等簡要清通，不必打下鴛鴦棒矣。鄒程村

誦"司馬挑琴"三句，何物李生？乃能消此奇福。陳其年

次韻答范汝受兼柬陳散木時散木以《含影詞》屬訂

蕭然高寄，羡孔軒鸞翥，耻同徵逐。我向倫儕驚小異，有類夢中呼服。服子慎事。錦擬文披，塵將手並，那是風塵物。新詞幽艷，真嗤桃李麤俗。　更有正字高才，扶輿間氣，融結同清淑。越艷吴趨賡和好，書遍蠻箋幾束。大白頻浮，小紅低唱，愛煞姜郎曲。綺情似此，并堪麗竪蘪燭。

【評語】字字矜貴，視徒事饞續者，直堪唾棄耳！孫介夫

尋常唱酬，幽情深致，娓娓乃爾。吴野人

"夢中呼服"思出匪夷，次韻多如此類，直分戴席矣！汪舟次

次韻答孫介夫

詞場今日，問何人拔幟？阿誰奪纛？心識孫樵文采富，不止量珠以斛。日下疇雙，霧中獨矯。袁也羞同伏。比來酬唱，敢云便擬皮陸。　復是小乘初禪，愧他杯渡，肆噉人間肉。羡子機鋒殊自有，已似南能稻熟。顧我何長？差能解得，不閉并平讀門目。佯狂作達，餘生冀享頑福。

【評語】才華迸露，正如雲發泉涌。吴野人

用事酷似大蘇次韻之作，讀至後幅，看慧業文人説法何等現前。孫豹人

讀此詞，知司勳定是維摩詰一輩人再來。李雲田

讀季希韓十詞賦贈次希韓讀《炊聞詞》見柬韻

新詞授我，訝筆端出没，蛟泅龍洑。直得蘇家讀史法，把酒燈前豪讀。如此佳人，平生覓句，定耻雙眉蹙。嵚崎歷落，笑他周柳輕俗。　自愧興寄頹然，聲如秦缶，那得同哀玉。筆縱不停文不點，只是枚皋拙速。原詞有"不讓滕王才速"之句。何似君家，臨風振響，韻勝絲兼竹。老夫辟舍，合居季野牛屋。

【評語】次韻之妙，直如天衣無縫，豈非神手？宋荔裳

只"蛟泅龍洑"四字，何人解道？通篇讀去，尤累累如貫珠。陳散木

讀此恨無大白滿前也，黄皮袴褶，上馬舞矟，僕計將出此。汪舟次

次韻答汪舟次

科頭箕踞，許佯狂我輩，追蹤琴牧。况對二分無賴月，好佐聽

鴻滅燭。爲語玄機，收將紅淚，“紅淚一雙流”，亦魚玄機詩。一唱歡聞曲。亭亭真似，薛濤名擅西蜀。　更喜字比雕陰，校書名素，字紅兒。唐有杜紅兒，是雕陰官伎。羅虬爲作《比紅兒詩》者也。禪同天女，憐我辭何肉。舟次詞原注：司勳以茹蔬坐西隅，校書特自東移席近之，亦茹蔬云。綺語誰云成墮落，自負前身金粟。漫説心摇，無勞手語，情寄横波目。别來懷夢，寒衾縮盡書屋。

【評語】吏部湔雪以來，久斷葷血，長齋繡佛，終與散花天女有緣耶？冒辟疆

名士悦傾城，自昔皆然。迴環數四，令人想見風流杜牧。孫介夫

語語精致，字字洗剔。季希韓

次韻陳其年贈阿秀并示西樵之作兼答鄧孝威李雲田陳散木范汝受

曾於曲讌，見渠儂少小，羞蛾攢緑。青鳥瓊臺煩幾至，始聽紅窗一曲。局厭彈棋，豆安骰子，緣少珠盈斛。齊奴歌裏，緑珠愁絶雙犢。　總道小住爲佳，彩雲易化，難入忘憂録。佳客且教題鳳去，贏得片時倚玉。解狀幽修，語傳清照，人比東籬菊。更貪清曉，晶簾卧看膏沐。

【評語】畫美人者不難於濃至，而難於清映，不意虎頭頰上三毫，竟在西樵一枝斑管，曉景如沐，晶簾明淨，仇十洲《漢宫春曉圖》，少嫌其設色太濃耳！曹顧庵

真實受用，乃能寫出風流如許。“佳客且教題鳳去”，如此柔情，客雖去不嗔也！鄧孝威

香艷之姿，出以幽婉，當一篇緑窗小記看。范汝受

送方鄴還宣城兼懷唐耕隝舍人用孝威韻

朔風獵獵，悵停驂起柁，渭城一曲。雌霓仄讀憐君詞賦好，鄭重湘東斑竹。得失塵輕，升沈電幻，無事論臧穀。瞿硎隱處，高眠不乏山屋。　最念我友唐球，詩瓢共識，藝苑稱尊宿。聞道秋燈書細字，老去吟情彌篤。濟上車回，耕隝曾客濟南。江東雲遠，幾載懷幽躅。東陽歸去，離憂寄與千斛。

【評語】 舒卷自如，開闔盡意。談長益

前段是送方鄴，後段是懷耕隝，結復補出“兼”字意，是以古文易格爲詞者。尤悔庵

詞之以情勝者推周、秦；以氣勝者推蘇、陸，以雕鏤勝者推高、史，西樵兼此三長，融成一片。讀此十二詞，直欲陶鑄南北宋諸家，詎止極温提韋，稱兼人之才耶？彭羨門

西樵跋語

西樵自記曰：僕此十二詞，自首篇外，皆雜次諸公韻者。諸公多謬許其押韻之精，不殊自運。僕則自謂此實欲省思力，正如昔人所云“匆匆不暇草書耳”。僕又嘗謂“詩不宜次韻，次韻懼致傷逸氣；詞不妨次韻，次韻或逼出妙思。”世有文殊，定契兹語也。

附録四

鶯鄰詩草程林宗撰

《鶯鄰草》題詞柳廷爵二首

群峰迴抱水環灣，聞有騷人在此間。索讀鶯鄰詩一卷，瓣香應是白香山。

不須慘淡費經營，信筆拈來便有情。比似晋陽傅青主，揚鑣分道各馳名。

《鶯鄰草》題詞王夢聘四首

詩才排奡似文才，大力能將鼎舉來。一自點蒼翁去後，騷壇又向此公開。浪穹王樂山先生官武鄉，以詩倡後學，人士翕然從之。

名山梨棗亦無多，知否先生意若何。山谷編詩三百首，噉名原不亞東坡。

詩格標新自課堂，百年誰與瓣心香。而今後起風騷著，纔信傳家有錦囊。

早歲曾從崔灝游，登場許我共清謳。昨窺大集恣狂興，膽敢題詩在上頭。

《鶩鄰草》題詞魏守經四首

狂歌自許號鶩鄰，想見樓頭百尺身。直以古文驕俗筆，但將餘事作詩人。光明別有探懷錦，欬唾能消撲面塵。比似昔賢都不似，心花發處少陳因。

蒼涼法曲再三彈，咏史詩篇是大觀。疑義欲將前代問，聰明不受古人謾。一腔熱血心中事，萬頃驚濤舌底瀾。如此胸襟如此筆，恐難乞與小儒看。

論詩原不異論文，獨繭雙抽思不群。底事秋風泣羅隱，教人愧汗對劉蕡。近來爲我開三徑，老去憐余張一軍。記得早年承奬飾，洱蒼香瓣欲平分。介山先生書余詩後句。

萬斛明珠價定饒，有緣許我獻芻蕘。攜來薇露花間讀，拚得琴材爨後焦。膜拜只宜呼賈佛，望洋輒擬弄韓潮。思量代作摧敲勢，斗覺吟魂黯黯消。草名鶩鄰，取醜女效顰詩意，頗别附識。

《鶩鄰草》題詞范士熊四首

漳水鞞山裏，騷壇日日新。煙霞供吐納，冰雪煉精神。蓋世心胸潤，平生面目真。更教添老健，天縱作詩人。

一卷詩兼史，集中多咏史詩。堂堂仰大風。眼高千古上，筆掃六朝空。洱海源堪溯，崑崙派不窮。公崑崙先生後，曾師雲南王樂山明府。望洋無際岸，曉日映波紅。

每造驚人句，才高不肯平。古今翻案論，天地側身行。絶跡追前輩，聯歡到後生。芳鄰叨近接，相應愧同聲。

袖稿常相示，披吟日幾回。河山燕趙紀，氣息漢唐來。《北上草》爲集中大觀，另有古文二卷。骨瘦原超俗，名藏不掩才。門前遲奏鼓，膽怯怕聞雷。

《鷲鄰詩草》序

序曰：《鷲鄰詩草》兩卷，凡以記游，歷攄胸臆，非敢與世爭工拙也。夫詩出於志，發乎情，譬諸風雷巨響，萬物籍以生成，而蛙鼓蟬琴細鳴，亦所不廢，夫亦適乎情通乎志而已矣。拙稿原五六百首，已亥秋，將謀開雕，删其半而存其半，而編次仍其舊焉。

介山主人識并計數如左

卷之一

贈家墨莊叔

同是司空裔，相看保令名。雨窗多墨迹，寒夜起書聲。有子能兹事，無錢慰此生。前村風雪裏，一夕話分明。

暑日登東城樓

火輪羲馭暑天愁，傍晚披襟上縣樓。地近塞原沙當土，城連麥秀夏中秋。雲移樹色千家合，灘轉濤聲幾片流。最是薰風偏送暖，醉來滿眼照紅榴。

和王明府盆魚韻

誰貯陶盆水，宛如魚在淵。從來坳泛芥，漫擬甕藏天。腹廣鱗歸壑，中虛影破圓。牧情應入夢，也許兆豐年。

得張芝亭書

清晨出里門，縣卒致緘帛。云有太原訊，知是北京客。謝卒置懷中，嘆息如三月。深知念我情，數日不忍發。

和張芝亭晋祠元韻

未得登懸甕，空聞晋水名。桐圭今在否，遺廟映波清。

和林春浦閨思

翠袖倚欄杆，清風響佩環。侍兒微會意，遥指月團團。

九日雨和芝亭

九日無花酒，陰陰雨細侵。鑠窗唯有夢，遥入暮蟬吟。

城頭望南山紅葉阻水不得登山醉後狂歌

安得并州剪，剪斷漳濤水。乘風翥入南山中，飫眼林光燦紅紫。青女憐我重整妝，玉池照鏡開容光。三千侍兒擎紅拂，二八嬌娥笑綺堂。珊瑚屏風霓爲裳，瑪瑙甕貯紫雲漿。風飄飄兮吹衣，逸興飛兮不歸。舉杯酌酒將致詞，悦兮惚兮怨别離。猛然忽悟立城頭，但見紅山縹緲，如隔海上之仙洲。吁嗟乎！白雲封山趾，秋水深無底。極目望斷成幻視，欲往從之水瀰瀰。酒後耳熱狂舞起，安得并州剪，剪取漳濤水。

雲南李曉林明府罷令汾陽寓邑署中舊未識也偶見余詩於王酉山師案頭因來見訪奬慰再四尋示其近作數首若夙契者詩以答意三首

榴花照檻柳毵毵，獨卧柴關對遠嵐。剥啄聲中投素鯉，推敲勢裏晤華。高軒重枉昌黎駕，粉署長留郭泰驂。自是愛人兼愛屋，無端臭味重滇南。

漳濱洱海路茫茫，萬里宫墻接瓣香。已愧蒼蠅隨驥尾，敢摻布鼓過雷塘。抛來蜀錦風翻艷，拾得江珠夜有光。緑水紅蓮賓主美，鯫生何幸座琳琅。

白雪陽春調最高，寄來篇什擅風騷。薔薇盥誦餘香澤，蕉葉臨池染墨膏。舊潤芙蓉開滿岸，新披珠玉燦揮毫。汾河浪潤漳流遠，一任仙丹笑指篙。

回首年華盛氣降，謬承詞客契無雙。金丹未换神仙骨，古調難彈世俗腔。王氏青箱憑若續，和家錫鉢倩誰扛。報君一語君應笑，卅載經生老碧窗。

仲秋望後洪藹亭張義河趙善淵王典五夏漁汀見過四首

西風料峭掃窗紗，滿院秋陰落晚花。忽訝跫然空谷響，小童飛報客來家。

衫履翩翩迥不侔，入門虹氣一時稠。茶煙細颺無他語，問我酬詩庾亮不。時和王明府詩。

幾人出谷盼遷喬，清脆拈詩各一瓢。自笑琤琤檐下響，也隨明月奏笙簫。

冰署琴鳴鶴樣丹，憑將油幕化騷壇。寒儒慣有窮愁疾，一見諸君自解歡。

邑署中贈别林春浦兼呈張芝亭

洱蒼夫子羅奇英，明府西山先生，大理府人。門前桃李何嶒嶸。其間仕宦不相識，好音懷我歌丁丁。前有芝亭後春浦，文章卷卷俱登瀛。芝亭淵雅孰與匹，春浦重義山可輕。昔在太原旅邸遇，議論慷慨風環生。濁酒半壺衡當世，仰天大笑冠絶纓。冀北滇南一萬里，懸蓬策馬賓幕迎。春浦爲晋名幕。囊中無錢不羞澀，污巇齷齪詎堪行。汾水湯湯晋水緑，堪比君之遇我情。一飯漂母豈望報，踏破菜園夢魂驚。時炙羔招飲金陵園。今來省師再覯面，握手喃喃話生平。倏見征雁旋巢鵲，别來幾時日月更。可憐擁髻窮愁病，室人久病。顧飭中厨無人烹。已知君無世俗態，其如鄙念恒硜硜。勸君信信還宿宿，天寒休使驪駒鳴。人生聚散無定所，今年歡笑何年賡。出門忽訝漳水泮，潺湲仍帶别離聲。淚下沾襟不可拭，况復芝亭亦北征。張方謀旋固安。

辛未七夕寄張四芝亭林三春浦兩同門五十韻

易水歸家客，皋川入幕賓。清秋人并杳，永夜月孤輪。昔會漳濱署，同游泗水春。詞章宗漢魏，膠漆繼雷陳。醉笑燈前舞，狂驚筆有神。擘窠卑索靖，尺牘邁陳遵。共得鴛鍼繡，群霑鶴料銀。萍逢無熱客，星聚有芳鄰。昨歲秦冬月，嚴程晋塞辰。兩君爭仗義，賤子莫依仁。時明府西山師以案獄赴省，二子俱從。遠信憑青鳥，封緘托錦鱗。行踪何寂寞，悵望實沉淪。頓覺非前事，還期步後塵。眼穿將落日，腸斷欲凌晨。一至仙鳧反，重嗟落雁頻。張衡旋故里，家固安。和靖遇鄉親。其同鄉夏公判樂平，招入幕。異地應同夢，揚鑣各一身。傷心春草碧，灑淚柳條新。每憶淵涵品，恒餘雅量真。風流都不改，慷慨果誰臻。兀坐驚時序，勞思益苦辛。寒氊終日困，蓬巷隔年貧。賦就誰酬和，詩成莫比倫。生離堪隱痛，久别渺緣夤。近得平鄉訊，終虚北地人。三秋憂悄悄，七夕渡潾潾。野鵲填虹駕，牽牛問水濱。空傳天上信，愁向世間詢。聚合何難定，痴情未了因。索居同子夏，發篋類蘇秦。未對崑山策，難辭鶡羽巾。墨光牋爛熳，蠹軸卷嶙峋。煉藥丹飛白，裁篇畫染皴。琴童書榻睡，瓦雀土階馴。月朗千竿竹，凉侵百結鶉。翻花風錦簇，點草露珠匀。濡首唯樽酒，開襟衹釣緡。韝山雲卧徑，甲水浪迷津。石艾平定參軍署，燕臺固安傍禁城。漸離還擊筑，召伯正分巡。各遂幽棲志，兼消俗態瞋。郗超原在帳，張翰不思蒓。何得琴堂晤，重爲絳帳伸。老師治最古，小邑俗還淳。永晝花開縣，慈顔日對椿。荒郊齊拱候，茂草荷陶甄。鄰境蝗飛遠，華筵鳩咏均。馬家無刻鵠，驥子總符麟。世好仍歡洽，交情解蹙顰。臨風感舊雨，緘帛語諄諄。

壬申上元

踏歌聲裏上元天，繫彩懸燈處處連。若箇童兒爭白打，誰家少婦戲鞦韆。小桃傍暖新翻蕊，古樹衝寒未著煙。歲歲年年都似此，教人且掛杖頭錢。

太原旅次别劉司獄

此地宦游人，如君性獨真。插籬花冷淡，入座語清新。惠我衣猶假，借衣應試。忘形迹自親。驪駒歌即日，俯仰黯傷神。

留别戴七少府

被黜東歸急，風塵不見兄。時公出。空將汾水淚，留贈故人情。白露侵裝速，黄花滿署迎。别來應問訊，遥想雁吞聲。

崇法寺

崇法禪林想晋王，當年營造甚堂皇。秦關不守烽煙警，剩有金人丈六長。

雙塔寺

城垣一帶拂雲堆，雙塔峨峨掛斗台。繞郭人來金界地，松濤竹韻寺門開。

晋陽懷古六首

河山表裏帝王州，冀北雄封莫與儔。獫狁見歌詩《小雅》，霸圖誰念魯《春秋》。瓜分韓趙爭端起，版浸城堙詐術稠。回首廢興成底事，城垣疊疊水悠悠。

龍蟠晋水邇江都，勝算西征握帝符。公子翩翩真命世，獄囚的的是通謨。宫娥入侍同兵諫，突厥連營近霸圖。愧殺泰山徐道冠，果然直取獨夫無。

鸜鵒難飛武媚亡，梁公數語足興唐。休言享殿姑從姪，定是朝廊子嗣娘。控鶴幕中蓮漸落，秉鈞門下李還香。摸稜剪紙今何在，故里穹碑尚有光。府南門外有狄梁公碑。

播遷中外幾時平，共嘆唐衰盡握兵。不有沙陀戡亂國，早爲宣武禪神京。茂貞宥討灰還熾，張濬興師釁更生。太息同朝盡傾軋，誰知忠義晋陽名。

契丹策命雁門收，石晋稱兒再世愁。直以舅郎成敵國，反教臣主絶中州。請兵宰相能馳表，啓釁廬龍實内謀。十一年來仍虜去，汾河莫洗古今羞。

晋王東去泣孤臣，講院祠前俎豆新。一旅莫援懸甕破，三關難靖太原塵。黑風吹戰天無日，白骨成堆血染春。恨殺張雄城早陷，忠襄遺表至今陳。時二月八日，大風晝晦。

宿三家村

客子行程晚，孤踪入野村。夕陽羅石徑，紅棗壓柴門。伏枕碪聲遠，披衣露點繁。凌晨清夢裏，惆悵滿林園。

咏史之一五首

六王既畢四海一，始皇刻石李斯筆。自從擅伐起春秋，蹂躪戰國亂逾疾。邇來四百八十年，不有整頓治安出。鞭撻海宇非秦罪，仁義不施治無術。天下何定定於一，畢竟鄒嶧語堪述。

芒碭山中一匹夫，斬蛇仗劍古所無。豁達大度來泗上，五載帝業群豪扶。是時西楚氣蓋世，驅魚驅爵何其愚。卓哉卓哉漢高帝，吕后不制胡爲乎。君不見《關雎》之詩歌淑女，威加海内還須儒。

西狩獲麟聖筆絶，謙恭下士來剽竊。漢兵其如子德何，以假紊真憑喉舌。本紀不列列大傳，簒逆案定六州鐵。戲言讕語如小兒，不值一笑何須説。吁嗟乎！後來盗賊將授首，皇后不改真一轍。

赤眉銅馬聚如蜂，更始盆子俱非龍。漢家大德十二世，白水文叔乃其宗。昆陽一戰鬼兵戢，剪滅隴右除群兇。我謂中興不僅此，投戈講藝真雍容。節義堪全四百祀，嚴陵一釣水淙淙。

罵使辭婚亦常耳，不許孫權良有以。如何據此怨髯公，荆州論失無乃鄙。埸來孫劉曾聯婚，嬌妹絲羅成宴喜。何以湘南方畫界，荆楚相爭竟無已。從此臣魏再和蜀，我道東吴總無耻。

張瑞圖自京師至即日見過

千里神馳忽面逢，征衣未脱便相從。三秋互訝魚書絶，一笑仍聯雁影重。户外童兒知姓字，尊前快論豁心胸。年來别况還如昨，只是愁添鏡裏容。子時喪妾。

奉和明府酉山先生中秋集讌鄉友元韻

中秋皓魄倍澄鮮，况復冰壺對綺筵。萬里泥踪收庾亮，一時水調唱坡仙。鄉心不隔牀前影，宦轍偏逢帳下緣。與座多舊門生。慚愧瓊樓游未得，也從棠蔭仰清圓。

和趙善淵中秋集讌元韻

蓮漏初催水鏡呈，今宵不隔萬方晴。遥知朗朗開襟濶，快睹棱棱琢句清。玉兔投懷仙藥幻，金蟾鬥掌異人驚。鄉心共醉南樓月，漫擬關山幾片明。趙知醫，好道術，與明府同鄉，近有歸志。

和洪藹亭中秋集讌元韻

霓裳度曲盼他年，喜近宫墻月正圓。萬里枌榆新結社，六堂翹楚舊登筵。縶留離石人如玉，韻入瓊樓句亦仙。爲問夜來攀桂客，肯教傖父共高天。洪亦明府鄉門人，以優選入貢，舊客永寧。

和張義河中秋集讌元韻

籍籍家聲重帝州，昔年光霽快同游。重來慣見蓮開幕，與座剛逢月滿樓。張舊從游幕中，今再至。萬里清輝霏玉饌，千秋延賞定名流。誰憐寂寞空山裏，尚有樵夫拾子不?

藏　扇

恩情豈忍絶，寒暑自更迭。君試出門看，秋雨忽成雪。良時八九月，握手難遽别。低迴再三留，君情亦不悦。送君陳筐篋，莫謂常虚設。努力惜清風，來夏依然熱。

暮春自東田往下寨口占

紅塵拂拂柳霏霏，送盡鶯歌入翠微。地僻頗嫌鳥道迴，春深未礙馬蹄歸。桃花落處梨香續，白板開時緑嶂圍。午發稻田宵宿寨，連環不斷興如飛。

夏日過蘇峪砦訪李會三留飲數日見其子雛校音畫兼攜游其先疇九前輩西園讀書處留贈四首

插天高砦絶塵埃，緑樹陰濃面面開。入逕馬嘶雲漸散，到門童訝客何來。多情屢勸青精飯，話舊頻傾碧玉杯。十載金蘭今未歇，鄰家莫笑久俳徊。

幾回魚貫晋陽城，歷試銅鞮歲月更。知我窮途憐季子，感君高義薄荆卿。年來聚首情何愜，到處離群夢已驚。此日鄉關尋舊約，肯教雲樹悵平生。

亭亭玉樹謝家風，蘭茁其芽數阿戎。校字每愁魚目溷，傾囊不問杖頭空。看來繞膝眉真白，説起趨庭面有紅。我愧商瞿熊夢晚，對君惆悵話幽衷。

十日平原興未收，晚風攜手雪堂游。連階細草侵書案，映水疏葩涌筆頭。俯仰遺徽懷宿老，低廻逸事想風流。無端路向園林指，夕照鞭絲意轉幽。

游橋子溝李氏山林趙敬哉館此信宿留别即呈地主會三昆仲四首

松蒼竹秀柳含煙，幾處亭臺别有天。碧沼暗通清澗外，絳紗高掛翠微前。詩牌逸興追遺躅，其先即主講於此。語石芳名仰昔賢。碑有安金銘諸老名。共道芙蓉依緑水，不妨游子屢隨肩。

頻年招我赴山隈，此日登臨愜溯洄。四序寒暄花作主，一庭風月酒爲媒。高談有興敲殘唾，趣語生新撚斷鬚。堪笑燈闌方枕籍，林禽已唤白駒來。

蘭亭興盡忽來悲，握手魚汀有所思。畢世光陰人漸老，三春桃李鳥嫌遲。盧生漫就炊粱枕，毛遂曾誇脱穎錐。計日槐花依舊迫，伊誰雙疊快同時。

鎮日盤桓鎮日忙，酒杯茶竈墨花香。名園祇藉詩人屐，勝地難容俗客牀。檢點奚囊盈贈軸，殷勤地主護行裝。臨歧策馬頻回首，一别同心幾處傷。

斗山歌壽明府王酉山先生六十

七星耀北極，五岳高岱宗。上天下地仰鴻濛，誰其備此昌黎公。自唐而下罕其匹，酉山先生今忽逢。我讀先生集，堪與昌黎一。氣侵河漢，光射太乙。淋灕濡染大手筆，寸雲徧雨覩日出。我被先生政，飾以經術縣水鏡。昌黎不鄙宰陽山，先生一一奉爲令。所以精神大於身，案牘風清莫攖神。吾邑小試特偶耳，韓山漳水萬家春。即今周花甲，尚無二毛侵。從此筋力愈强健，鸞姿鳳羽炳麟麟。嗚呼！嶽中泰山星中斗，萬古悠悠俱不朽。果能經濟與文章，即可天地同長久。我欲酌斗漿小培塿，髣髴唐人之仰國子先生，以是爲酉山先生壽。

張防如廣文與妓小蘭約贖爲妾事已諧而蘭病卒張索詩紀事因戲贈之二首

一彎新月鬥金蓮，已報南唐氣數遷。誰似蒲東明月夜，隔墻花影玉人眠。

蘭花蘭劍映珠簾，漫道投梭玉女嫌。已是江皋思解佩，無端緑鬌掩妝匳。

酬王敬亭見贈兼呈典五羅秋昆仲

烏衣巷裏王氏賢，羲之獻之誰敢先。滇南鳳羽耀聯璧，昆玉競秀不可及。前年季方已先鳴，今年難弟火攻兄。兩昆惠我琳琅燦，阿督入坐語何清。伊予吟興久枯澀，對君星聚開顔色。近朱者赤近墨黑，芝蘭氣味幸可飾。請君多遺錦繡段，我亦贈君七襄織。君家兄弟如八龍，龍文百斛滿璧東。破壁飛去雲相從，是何意態奇且雄。君不見，森森玉樹植謝公。西山明府，其世父也。

示病妾

粧臺抛却藥籠加，瘦減腰圍怯影斜。早怪烈風吹凍蕊，辰冬盧氏妾逝。又驚秋雨泣殘花。朝雲誦咒生相懺，蔡確題詩念轉賒。憐汝不須頻下淚，老夫心已到禪家。

生　日

虚度年華又一週，近來名累倍堪憂。雲中送盡飛鴻影，櫪下空餘老驥愁。鎮日揮毫詩律細，有時開匣劍光流。秋風乍起心猶壯，可許桑榆晚更收。

七月十七日即事二首

蒲柳曾傷落露叢，那堪蘭蕙捲秋風。緑珠抱恨愁腸絶，紅綫酬思淚眼空。漆髮漫驚明鏡畔，香塵猶憶象牀中。誰憐取次埋雙玉，悔殺當年想夢熊。

桃根桃葉總無情，薄命相遭百事輕。已是飛花拋醉蝶，重教落絮惱殘鶯。兩翻淚濺鮫珠濕，一様愁添鶴髩驚。舊夢未回新夢續，連環不斷度平生。

秋日過鞞山書院述懷示王生夢聘族子黌二首

風吹古樹葉飛飛，策杖攜童過絳幃。昔去衹因蠅遽集，今來恰值燕辭歸。已歲爲院長，明年以讒言去。關情舊雨誰賓主，到耳新聲任是非。一笑當年成底事，花間負手暫牽衣。

憐才心跡向誰論，汝等將無一二捫。世態炎涼分爾我，人情反覆變朝昏。雲消日脚方知麗，雨透苗根始湛恩。從此披襟還灑脱，高秋爽氣淨苔痕。

魏長萬招飲賞菊作詩索和即用其韻

夕陽濃淡映疏籬，有客提壺鬥好詩。鴻雁聲中秋已老，寒蛩枕裏菊偏遲。但須酌酒酬佳艷，不用關心惜晚姿。一自品題高靖節，輸他廿四信花詞。

哭霍耐圃姊夫四首

風吹麥浪夏成秋，馬渡前村悵玉樓。花柳有情含雨淚，烏鴉無主向人愁。書田未穫身先老，士饌微沾志莫酬。珍重兒郎休廢讀，槐陰深處緑還稠。

妖夢從來屬有無，君今果否握靈符。眼穿易水魚書絶，腸斷南亭雁影孤。李賀上天空外樂，柳侯爲祟幻中誣。《搜神記》罷《齊諧》續，總是幽明隔異途。予曾夢姊夫銓固安縣，躍馬北行。及晤，姊夫驚曰："陰陽相背，吾其休矣！"其爲固安陰宰乎？及疾，作語涉鬼神事。

王郗聯婚是内親，卅年傾倒契何真。生前到處投膠漆，没後憑誰問水薪。阿士果能文咄咄，女嬃休效詈申申。任君托付將來局，曾記當年痛赤貧。

月前曾賀鵲成群，前月爲其子完婚。今日登堂淚影紛。樹外不堪囊劍繫，牀頭賸有紙錢焚。側身悵望驚陰雨，回首荒凉慨暮雲。君若降靈應念我，九泉無路痛難聞。

癸酉二月選拔得雋謁學使周石芳夫子

先生以太僕寺卿南書房行走督學山西

盛世衡文廣，熙朝得士賢。春秋多卓犖，選拔定高騫。濫厠明經第，欣逢癸酉年。名材珠樹繞，使者鐵絲牽。太僕通仙籍，書房近御筵。軒憑迥晋壤，菲採徹漳淵。舊試三軍冠，新詩片玉堅。雲中鴻羽順，池内鯉鱗穿。佳句承莊誦，斯文荷棗鐫。名勝南郡滿，聲到太原連。佇聽圜橋講，先覩冰鑒縣。願隨虹節駐，拜舞影蹁躚。歲試列予第一，文刊試牘。選拔第三場，先生誦予詩，示沁州三學諸生。

自州旋里

選拔後時姪子病疽姪孫喪母去秋妾亡生女不育室人因病

朝發銅鞮城，暮到南亭宿。一路披春風，楊柳綠可掬。守門無長鬚，立爨婢髮禿。病妻聞我來，牀卧强被服。不羨君成名，儂代君籌熟。君志掇甲科，不徒浮名逐。選科原捷近，廷試驟食禄。衣冠須偉麗，别有一面目。儂已薄禄相，君亦非介福。桃葉渡不回，文褓久不育。青蚨與朱提，時時嘆跼蹙。君有兩猶兒，大者嗟逝速。遺孤屬幼童，前月母死哭。次者背發疽，出險日默祝。析箸城外居，彼此俱不穀。昨晚吉語來，應門乏尺六。幸有君從兄，代客剪園蔌。以此卜君命，此舉恐碌碌。喃喃聽婦言，嘆息且仰屋。家計日蕭條，久病艾須蓄。去秋失琵琶，今春姓未卜。潦倒名場中，胡爲謀探竹。時來錦添花，命薄伸亦縮。日落命燃膏，牀頭攤書簏。

潞安學署晤别魏丹崖姊夫

傳聞上黨郡，有女如羅敷。何意尋春遲，往返苦長途。城南有仕宦，廣文魏姊夫。十年未謀面，此去興不孤。姊夫聞我來，互看雙鬢枯。妹子聞我來，其先娶予姊，繼室予族妹也。被服婢屢呼。甥女垂垂拜，雛髪誇天吴。彼此問家訊，嘻笑語模糊。登堂謁前輩，七十拖紫朱。其尊人雲川翁。誇我應試牘，咳唾落璣珠。君家橋梓貴，兩世貢皇都。金針可許度，鴛鴦繡得無。信信還宿宿，欲去轉踟躕。雖未獲彼美，幸得聚首娱。親戚常相見，見也我不圖。忽驚澤州信，皋比反不誣。凡兹入選者，赴省習操觚。急與姊夫别，兹游快也夫。時謀娶妾潞郡，不果。魏秉鐸是郡，因留止署中，聞學使自澤州旋省，辭歸。

子洪口西巖寺贈僧

峰回路轉暮雲平，古刹依巖對面迎。直北途開千里驛，衝南地跨數州程。地爲沁澤咽喉。梵鐘夜斷溪聲淨，錫鉢朝飛鶴翅輕。自是心清多妙緒，門前未礙馬蹄行。

奉學使檄調肄業晋陽書院

輕裝來太原，晋陽書院赴。兹地頻過從，駕輕就熟路。憶在庚午年，考優於此住。今來茂叔門，窗草仍如故。我有同郡人，代我謀書庫。東北屋半間，窗明花曲護。院丁勤灑掃，蕭灑朝及暮。煮茶聞書聲，插架走魚蠹。課餘歇柳陰，悶時閣上步。九府皆友朋，懷抱一一吐。既可理舊業，兼能豁情素。日落院外游，佳句時時賦。時沁州王松坪爲謀書屋。

登純陽宫後閣臨海子有懷趙敬哉

庚午同王松坪趙敬哉飲此閣下有停水俗呼海子

閣上絶塵埃，閣下鏡面開。白雲與掩映，緑樹相徘徊。漁人坐苔磯，沉綱思曝顋。旁有近水舍，漁莊此處該。昔我同心友，烹魚攜酒來。事已隔數歲，閣下仍緑苔。夕陽明倏忽，空翠欲上臺。碧雲合已矣，懷人亦幽哉。

壽李方州六十即呈貽典李言其叔方州少補諸生游歷齊魯今年届六十將以嘉平祝壽索詩

析城名宿應星南，座有丹砂髪不毿。爨序蜚聲文久著，山川游歷勝頻探。洛中高會推司馬，函谷祥雲憶老聃。遥念冰盤傾緑竹，阮家風味定同酣。

留别王松坪同年

同是秋闈失意人，一氈一席共嗟貧。三年久下陳蕃榻，六月重欽郭泰巾。汾水波流游子淚，銅鞮日暖故園春。歸家莫唱驪駒曲，枌社相依再結鄰。

甲戌四月北上發遼州二首〔一〕

束裝偕計吏，旗插朝考字。結伴有同人，匹馬聯作二。此行獲升斗，聊可了名志。遼陽雖鄰境，平生未一至。久爲轅下駒，濫厠千里驥。隨身有筆札，游覽記其地。

五指山連斷，坦途石亦亂。山高城自小，居民聚還散。沁遼二屬州，亂山居其半。我本山中人，名山未飽看。所遇皆支山，太行乃爲幹。何年五嶽游，大觀驚河漢。去去謁帝京，而今無永嘆。

【校記】

〔一〕自此首至《宿洪水》舊名《北上草》。

石鼓嶺和順界

平地欻涌山，山矗如立壁。宿莽古道開，馬盤腰作敵。半山吹山風，谷鳴水石激。懸崖考石鼓，可能聲霹靂。石隙走細流，苔緑翠欲滴。山頂林垂果，丹砂間漆瀝。側帽掛林枝，馬驚手難摘。行行二三人，樵牧何處覓。窄道頻停鞭，足繭將安適？

麻稭嶺和順界

方下石鼓嶺，未得息馬力。麻稭嶺又來，曲折更難測。蹢躅不任行，路小逕益仄。馬尾崖懸空，馬頭坡斗逼。虎豹踞其巔，攀陟喘不息。俯視下邨墟，萬丈不可極。山坳磊神龕，蟁面人不識。旁塑兩白狼，贔屭隨崱屴。小憩膽亦寒，目眩地生黑。嶺後勢漸平，餘險猶歧嶷。卓午腹雷鳴，午餐何處食。

李陽邨和順界

飽孤老拳厭卿手，石勒李陽今何有。村人遥指漚麻池，至今廣可數十畝。下馬徘徊訪遺踪，父老無存時平久。石趙雄據上黨時，眼中只有泗上叟。並驅光武鄙曹瞞，那有鄉鄰掛諸口。到底竊據等霏煙，村名李陽轉不朽。李陽李陽又何人，鄉里尊之亦可醜。承平不見任俠徒，鷄蟲得失亦其偶。笑爾當日成底事，荒村野店一杯酒。

松子嶺樂平界是日大風

暮宿李陽村，朝過松子嶺。風起聲颼颼，僕以裝綿請。馬上披羊裘，孟夏初冬景。策馬馬不前，馬嘶寒氣哽。嘘氣滿山中，吹垢馬忽猛。尾鬣鬖如飛，衫笠那能振。遥思列子御，細參跨鶴騁。始悟小游仙，乘風捕風影。我聞仕宦途，九萬摶風境。念兹忘攀險，眯眼開俄頃。臨崖知勒馬，俯視如黑井。

風火嶺平定界

僕夫催道左，有嶺名風火。飯後試陟之，摇擺如船柁。是時風南來，隨風任揚簸。名火果不虛，汗出鬆纏裹。兹嶺遜於前，路寬行尚可。行行入楓林，葉披肩半弹。下馬暫寬腰，山凹倚石坐。擊石取火星，唼煙透嬝娜。雖憚筋力勞，幽賞心尚妥。頗念家棲時，高卧亦坎坷。連日入山行，迥覺非故我。呼僕一鼓前，氣壯足不跛。日落風止鳴，野店羅山果。

自石門至故關四十里入直隸

井陘界石門故關平定界二首

磽确中通徑，迢迢過石門。關臨秦月小，山雜塞雲繁。邐迤開車轍，回旋露齒痕。時平防掠少，疆界與誰論。

關外仍山道，西來客漸交。幽州連晋壤，并地達秦郊。眢井時空汲，危崖任結巢。一聲挑水飯，頓覺土風淆。石門至關水缺，人多穴居，關外賣凉水米飯。

井陘懷古

井陘之山隘而峻，水名綿蔓瑩且潤。趙地原非古戰場，淮陰如何背水陣。舊云赤幟二千人，拔趙樹漢衆稱神。逆知空壁利旗鼓，傳飧破趙會向晨。我來此地求其説，恐非因險成施設。韓信下魏破代後，漢收精兵已疲絶。千里餽糧兵多饑，斷其輜重如何支。進不能戰退難守，左車之計勝萬師。幸而成安一竪子，不用廣武遂至此。假令其計如水流，二十萬衆何敵彼。細繹其故蓋有由，當是窺趙如沐猴。彼國無人不足畏，只有廣武定不收。所以還報即大喜，夜半傳令直縛豕。成竹在胸爲勝算，豈果兵法置之死。吁嗟！綿蔓之水日東流，淮陰奇功杳難求。土人指點談兵處，四圍山色豁雙眸。路旁有韓信談兵處石刻。

獲鹿早發車行三十里外皆坦途矣二首

月明殘影問前程，車走如流駕已輕。餘夢未完原許續，倏驚日向地中生。

連日登臨滿面塵，今朝擁轡渡前津。横卧車箱人不見，輕沙軟襯聽轔轔。

渡滹沱河正定界二首

風平浪靜望漫漫，一葉舟中也自寬。兩岸川光留不住，聲聲欸乃渡前灘。

夢魂從不到江南，千里帆縣勝景探。此日風光真個好，還嫌頃刻興難酣。

正定府二首

數丈金身佛，浮圖十二層。一聲鐘磬響，膜拜又何曾。城内大佛寺未及遊覽。

城郭平沙外，山川大地浮。時平休試劍，誰復問留侯。

常山懷古

禄山犯順寇東京，先時拒者自藁城。手提金衣者誰子，常山太守名杲卿。同事長史初迎賊，見公指視始訂盟。遂奮長戈竭力拒，炳然大義一軍驚。河東驕横由三郡，范陽在北稱雄兵。國忠激賊驟生變，二十四郡無人爭。是時公家多忠義，更有平原堪聯名。惜哉功略竟不就，敢以成敗相譏評。吁嗟乎！平原義氣炳星日，公之死節至今生。君不見天津橋下水流激，潺湲猶作罵賊聲。一家殉難偕長史，高風直與常山并。賊犯藁城，長史袁履謙迎賊，賊賜金紫衣，命仍守常山。得顔公指視，乃脱衣趨兵。洎賊據洛陽稱制，顔與袁史被執，賊支解天津橋下，罵不絶口，顔氏之家，死者三十人。

清風店中聽女子度曲定州界

清風店裏少年郎，左臂承鷹右舉觴。黄金不惜買歌舞，平生最愛趙州娘。趙州女子顔如玉，一聲高唱掩紅粧。侍兒扶來款蓮步，丹脣未啓身流光。從容理鬢歌喉轉，嬌嬌的的鼓笙簧。滑如流鶯鳴上下，輕似響泉韻丁當。別有柔情聲婉轉，貫珠纍纍更凄涼。此時少年揺便面，全以目聽涎空嚥。纏頭頻頻出牀頭，手撑尊酒親貼鈿。酒後直續別曲名，弦索驟改音節變。繁弦急管兩三聲，淚落雙行歸別院。我嘆少年非知音，此女心中定有戀。闗北連年饑饉臻，或者良家賣作賤。心中無限曲折情，不遇江州誰能見。方悟潯陽琵琶聲，香山當年非漫唁。夜深何處訪行踪，空有傷情留片片。作詩聊以慰幽懷，明日街頭問當遍。

清河村劉節婦白石坊定州界

我過清河村，坊石白如雪。上刻劉節婦，亭亭何皎潔。我聞婦女人，烈與節迥別。殉夫不踰時，慘毒是爲烈。守身待令終，堅貞乃稱節。其節略有三，孝姑撫孤子。更有不二天，心死冷如鐵。不知劉節婦，其節主何説。同是維紀綱，不必過饒舌。清水留美名，白石更堪鍥。如白不可污，如石不可裂。物與人相宜，堅光無磨滅。唐人青石句，真贋大縣絶。

劉禹錫故里定州界

中山留故里，一代仰詩豪。遷謫時同柳，行踪偶憶桃。荒煙迷古戍，殘月下晴皋。誦得金陵句，蕭蕭逸興高。

慕容故都碑定州界

閏運纏江左，氐羌氣暫驕。上游形偶據，北地土爲饒。正統開王會，中山削僞朝。欣逢全盛日，不必問群妖。

保定府酒樓同人集讌得筵字

旅況何蕭瑟，登樓宴綺筵。客來千里地，人到上層天。光焰燒銀燭，歡騰喝采拳。辛盤羅異味，丁饌著餘羶。拗項盂盛鴨，牽鱗膾掇鮮。瓮開仇氏酒，蔬剪白家蓮。翠袖歌鬟峭，清童按節偏。金鈴分個個，玉磬定圓圓。語雜兼南北，醇交任倒顛。陳蕃聯榻坐，畢卓據槽眠。齊下生花筆，同鋪白雪箋。敲詩星隱曜，得句夜流連。人散鷄聲錯，車喧馬影騫。凌晨還醉卧，屬僕漫呼前。

楊椒山墓道碑定興界

我讀先生集，久爲先生泣。我過先生墓，又爲先生揖。分宜肆毒時，大罪炳列十。人人豈不知，只畏禍遽及。天啓忠愍心，狄道旋加級。甘受杖於廷，二王苦牽入。風吹滿城香，騎箕天外立。瑞氣繞泉臺，千秋仰原隰。浩氣偕丹心，何待人補葺。

涿　州

涿鹿由來是帝都，鼎湖仙去掛龍鬚。熙朝更有長生訣，萬國春臺入畫圖。

張桓侯故里涿州城外

慘淡風雲會，桓侯亦虎臣。蛟龍同得雨，叱咤正留神。是處仍枌社，伊誰號德鄰。帝京今已近，天地一家春。

上盧溝橋順天界

急欲上盧溝，盧溝不可得。所過多泥濘，荒凉轉一色。輾轉循長途，策馬難爲力。望絶不躊躇，低頭且暫息。倏驚指顧間，盧溝在我側。地中啓宏圖，天開大羅國。萬人擁一橋，車馬四面塞。置身青雲端，視下都逼仄。方知荒凉地，轉爲此增飾。舉手摘星辰，昂首戴北極。天人變化間，從來在傾刻。便擬住天上，不食人間食。

都門雜詩十首

宫殿雲煙裏，樓臺掩映中。數間橋琢玉，一帶藕翻紅。乳燕巢晴谷，流鶯囀緑叢。上林遥望處，天上瑞光融。

長夏炎蒸候，都門日賣冰。銀盤霏片片，玉擔削層層。小港看鷗浴，深塘見鯉騰。清凉同一味，傍晚好呼朋。

不盡風光好，歌場與酒場。嬌喉連喝采，緑乳對紅粧。按節來清唱，傾壺趂晚凉。月明人影亂，冠蓋擁花香。

宣武門西去，爭傳洗象河。萬人驚雪浪，三伏躍銀波。鼻捲珠抛遠，蹄翻玉濺多。鳳麟郊藪在，異物漫婆娑。

城外梨園閙，優觴亦可娱。錦輩唯有管，寶頂盡抛珠。曲調分南北，神仙幻有無。纍纍聲十二，四座競狂呼。觀劇人貴者取翎留管，次取項珠留座。梆子腔小旦尾聲唱宜男好連十二者，衆始喝采。

隔舍緑桐響，琴聲滿翠屏。愔愔流水曲，落落紙窗櫺。伴月披衣坐，迎風近户聽。漏殘絃漸歇，寒照入空亭。

頓覺朝來爽，西山萬笏齊。雲中天在上，日下嶺皆低。緑柳鳴黄鳥，紅蓮照碧璨。圓明園漸近，翹首望仙梯。

日落聲逾閙，幽棲祇一牀。避蚊垂帳角，愛月掩燈光。調響誰家篴，更催隔舍觴。繁華無限意，誰復夢黄粱。

碧眼纏紅額，西洋婦最奇。耳邊環有漏，背上髮生璃。島嶼通中國，咿唔笑月支。無須矜絶技，日者暫相資。

日落霞光起，人歸趂晚霞。夕陽猶舞蝶，古樹正棲鴉。旅思銜杯斷，幽懷續夢斜。飄零何所見，瓶傍鏡開花。

紅鸚鵡歌爲賈客賦

海螺紅是殼，瑪瑙紅是石。桃花開後瞥成陰，石榴照眼葉翻碧。誰似君家鸚鵡紅，猩猩染血渾身赤。我疑此鳥來隴西，羲和御日赤鳥跡。又疑此鳥出滇南，赤龍拔鬚血化魄。不然羽翼雖長成，那有鴻毛戴赤幘。緑樹襯蔭顔不加，餘霞照耀色不易。曾聞鸚鵡能救火，長翎刷水水漸釋。直愁紅羽復引火，飛舞之勢燎原迫。到底人情愛煖因愛紅，萬花爛漫笑東風。況復巧言兼慧性，逢人誰信色成空。

送張芝亭之固安

漳畔棲遲客，分飛近一年。金臺重把袂，易水又揚鞭。北望恒山秀，西來紫氣連。都門風景好，誰復屢隨肩。

太學觀石鼓

久讀韓蘇詩，今來看石鼓。三千年法物，巋然獨存古。篆字何纍纍，字跡多魚魯。磨滅已難稽，俯讀徒傴僂。維魚貫之柳，數句盡可睹。其餘存者半，多半亦難譜。獨怪秦漢前，詞人口不吐。唐初盛文章，陳倉近三輔。直待韋與韓，鼓文始有主。太學尚未存，韓子嗟徒苦。數徙乃入燕，穩置學宫廡。金填木作欞，寶之如岣嶁。嗟予一陋儒，鶏醯常與伍。置身璧雍間，籀文見步武。宣王中興主，昭代文昌府。勝事聚於兹，作詩當拜舞。

白鸚鵡歌

白鸚鵡，何皎潔。來隴西，産冰穴。仙骨珊珊玉爲心，想見聰明淨冰雪。都中正當六月天，惟汝性不因人熱。非不熱，容顔絶。面上凝脂如美人，翅上停霜何朗徹。想當玉貌飄遹來，陋兹塵世淄難涅。我語鸚哥兒休矜，高潔自饒舌皎皎。從來容易污喃喃，善語不如拙。君不見貴妃鏡臺明如星，鸚鵡日日誦心經。妖夢忽來數有定，自愁此身難久停。苑中鸚鵡冢荒凉，至今人説雪衣娘。於戲！至今人説雪衣娘。

夜雨四首

細雨連綿入夜沉，紗窗料峭客驚心。尋常一樣疏更響，偏和簷鈴韻更深。

殘煙嫋嫋枕痕參，隱約簷鈴入夢酣。睡到五更全不醒，不堪零落是更三。

夢回仍自響寒簷，故故西風捲畫簾。賸有殘燈明卷軸，牙籤歷落盡垂尖。

一聲鷄唱夜初删，入户疏星月影彎。最是清懷隨處得，煙雲瞥眼正相關。

喜靳子泰同年新選庶常

甲第誰先得，亭亭獨有君。金坡仙許步，玉署爾能文。愧列鴛鴦譜，難逃鷃雀群。蓬萊天上望，幸勿笑泥雲。

苦　熱

少陵嘗思踏層水，昌黎腰腹坐釜蒸。六月炎暑驅不得，坐使静躁相侵凌。都下三伏熱尤甚，襬襶觸熱人生憎。卓午静坐頭欲暈，窗上紗煖日光凝。盤飧當前氣熏屋，那有心清窮水陸。因思吾鄉當暑日，山水窟中容暇逸。好樹連雲巢飛鵲，清風吹浪浴鳴鶴。念兹山居亦不惡，長夏如年最足樂。今來上谷留燕北，飯當熟時不能食。置之不過俄頃爾，案上盂中已變色。伫望秋風雁南歸，隨風依舊故園息。平生不慣學附炎，薊門酷暑休來逼。

暴　雨

暴雨隨時至，寒生六月天。崇朝風滿座，昨夜月同眠。冷熱分今古，炎凉孰後先。方知燕薊地，黜陟總堪憐。

落花十首

一夜廉纖響，崇朝錦片飛。空嗟顏色好，頓覺瓣香稀。粉蝶留殘夢，流鶯惱故衣。傷心看夕照，漠漠送餘暉。

已恨芳春少，重驚宿雨來。風流誰賞識，旖旎爾塵埃。公子收鈴索，佳人掩鏡臺。闌干留十二，往復自徘徊。

西窗聲料峭，故故有蛩鳴。滿院胭脂冷，空階錦繡盈。飄來猶拾翠，掃處半飛英。不信封姨妒，園林試一憑。

漫説衰由盛，方知色是空。數枝猶泣露，幾瓣盡隨風。賸有愁生黛，徒教淚濺紅。童兒强解事，蹴着笑玲瓏。

底事情如醉，無端夢不醒。美人多冷落，春意最飄零。西子溪猶碧，昭君墓已青。古今同一恨，高枕鎖窗櫺。

日暖煙生玉，窗虚肉映紗。亂紅吹不散，空翠撲猶加。縱有迴風舞，誰將羯鼓撾。殷勤枝葉護，隔歲想仙葩。

緑珠樓上墜，宋玉可招魂。信有香能返，難云色尚存。隋園消舊夢，洛浦訪新痕。誰贖文姬去，蕭蕭日漸昏。

紺紫難添色，朱殷欲有零。三秋人未去，歷劫爾難停。對此情無極，飛來味尚馨。佩環留不住，凉月下空亭。

閣道鈴猶響，圖中面不逢。明皇嗟入蜀，漢代泣和戎。古有難追恨，今多絶望容。緑陰鋪滿地，惱殺影重重。

花風二十四，花信竟何如。寂寞誰憐汝，荒凉獨感予。幾年遭佛劫，曠代近仙裾。想入非非際，三生幸友於。

廷試報罷呈周石芳侍郎即以述懷

有鶴何能舞，羊公徒蹙嚬。先生權靜聽，鯫生得敬陳。林也年少日，讀書異衆人。聲詩求屈宋，章句追周秦。窮年勞披覽，得助若有神。以此超流輩，文章驚使臣。秋試雖屢黜，身價絶風塵。謬承先生薦，老大拔成均。每以國士器，斯文刊要津。來都百餘日，濫厠觀光賓。方異謀升斗，豈敢學隱淪。誰知揣摩謬，屏棄蓋有因。甚負先生意，獎飾荷陶甄。今當雁南度，隨風出城闉。鞞山漳水側，著作望等身。不求苟富貴，亦不愧清貧。他時訪弟子，少微燦星辰。

同李晴峰郝默齋高龍門諸同年游金魚池二首

都門遥望暮雲平，攜手同行傍晚晴。撲刺游鱗隨浪涌，已知秋向碧池生。

霞光靄靄到畿南，緑樹紅雲鏡面含。自是恩波隨處有，不堪憔悴照清潭。

上户部侍郎黄左田先生二十韻

太乙文昌職，神僊寶玉司。奇章能却賄，李絳本無私。每筦金倉事，應培宰執基。往來投利刃，出納詎紛絲。萬户瞻農政，千家仰度支。屏風堪表節，補服漫稱奇。伏獵譏何有，秋毫計在兹。屯田蘇有績，武庫杜偏宜。憶昔衡文日，常懷應試時。并門縣藻鑑，唐俗採風詩。捷足駑中馬，名材藥内芝。鯫生同感激，下里漫棲遲。小草栽原淺，春風坐有期。文章分甲乙，臭味絶差池。酉歲圜橋貢，庚年禮部知。不材嗟霧隱，大德久雲披。再被掄才黜，重來抱璞悲。真成鷄笑鶴，未許鯉翻螭。畫虎應慚我，登龍又向誰。堪憐歸浩蕩，千里隔京師。先生視學三晋時，歲科兩試俱拔予前茅，尋以優生咨部，將取貢，不果。事在庚午年，嘗批予試牘及窻稿數篇。

留别同門劉露亭比部

舊挹司曹者，新聯一瓣心。香分滇水闊，秋到薊門深。老驥馳西極，棲禽返故林。明朝揮手去，書寄待琴音。露亭爲樂山師高徒，時寄信，望回音。

留别董竹溪太史

久宦君思舊，還家我獨非。人隨秋雁去，客話故山違。薊北羈官籍，畿南問釣磯。雙魚何日到，落月照柴扉。

留别同寓諸同年

久擬京華住，其如舛命何。應門人絶少，到處債偏多。未許爭騏驥，難言决鸛鵝。諸君分袂餞，忍淚把秋螺。

都門早發宿長興店二首

寒簷月未墜，鷄鳴人攬轡。送者六七人，個個心如醉。來時是何心，一官𢠭所志。去時又何心，被黜容憔悴。生本淪落人，計年四十二。所遇皆窮途，自顧涕欲泗。冠蓋盛京華，立脚獨無地。秋風吹我衣，秋雨代作淚。去去慎勿言，征程第一次。

怕見前來路，見之如墮霧。不過數月耳，往反分朝暮。前來興欲飛，瞬目不暇顧。卓午又來此，卧牀不成寤。店主向我言，先生勿自悞。暫去仍來京，求官志須固。皇家正需材，開館常記注。賦詩須近時，寫字合四庫。考館補顯官，數年可展布。兼可舉京兆，尺五天獨步。胡作守株迂，歸去欲待兔。拜謝主人情，惠我邀榮遇。我非高尚徒，遭際寔難訴。都下生計艱，落魄心所懼。兼以年老大，逢時亦無趣。鄉闈既非遥，何必違其故。倘登鶚薦途，計偕再來赴。我生命多舛，妻孥還待哺。旅館覓滫瀡，齷齪幸不苦。孤負挽留意，此情原無惡。話别頻傾壺，明晨過古戍。

獲鹿道中遇雨

已是輪迴地，頻驚劫數更。連山雲帶潤，近水電偏明。暴雨憑灘到，洪河遍地迎。淋灕衣盡濕，瑟縮笑鷗輕。

自都旋里宿洪水鎮

闞河連日到，禾黍近深秋。客况牀偏穩，鄉音語倍稠。愁從今夜絶，心籍故山收。檢點輕裝未，新詩當債酬。

禱雨店子渠有驗呈王明府酉山先生三十韻

縣小花開滿，農忙稼未抽。禱林逢茂宰，符契托神庥。幾處官曹集，時明府率僚屬分禱。南渠我輩由。心勤途失險，足繭汗難休。一至三更赴，頻聽午夜籌。鷄聲村寂寂，燈黯路悠悠。踴躍趨丹壑，追呼引翠疇。日勝星倏滅，樹涌霧初收。古廟團松柏，香龕護冕旒。廟祀焦氏，昭澤龍王。衣冠重振肅，拜跪各含愁。此舉元非妄，伊誰認寡尤。人神能默契，風雨得颼飀。渴想奔泉驥，晴看浴水鷗。洞開乘寶筏，瓶汲貯靈湫。入洞取水。約髪楊枝插，吞聲佛號謳。俗禱雨冠楊柳，呼南無。肩隨龍蓋轉，踪接鳳旗稠。極望雲堆岸，重來水盪舟。來時西北已雨，漳河漲。往時川利涉，歸際渡偏憂。雀躍迎郊外，鳧飛遇陌頭。同來民吏錯，齊上墠壇幽。設壇東寺。眼淚還偷拭，塵勞競互酬。仰天飛靉靆，匝地擁鋤耰。頃刻簷花落，迴翔石燕浮。緑雲消溽暑，紫陌潤新秋。饁婦提筐反，田家戴笠游。操豚從野祝，報賽薦嘉饈。利自推神伯，功還仰邑侯。幾年膏澤渥，今日慼忱投。董子儒宗遠，明府用江都禱雨法。香山古句遒。琴堂恩浩蕩，翹首頌盈籌。

烈婦詩有序

烈婦李氏，邑韓壁人。年十五，嫁於土河村魏某為妻。未逾期，夫採薪墜崖死。時婦歸寧母家，聞變，踉蹌至，一痛而絶，救之得蘇。不食，俄而紿其姑黨曰："若能指示我夫死所，得一望而哭，即作未亡人無憾。"家人信之。其夫之死也，尸為姊所舁歸。婦遂挽姊以行，至，則高山墜石，鳥獸悲號，殘魂已杳，寂無人聲，婦呼號望崖而投。村民不及救，未移時而卒。年十六歲，嘉慶十年某月日也。土河環山少水，巷無居人。而魏氏不知為死者求旌，事遂寢。予先人有遺業於此，歲恒至，求得烈婦投崖處，為之悵然憑吊，不減古烈丈夫也，因作詩以紀其事。

土河名河乃無水，土河有山勢隈壘。中有烈婦甘殉夫，身歿數載無人誄。婦何姓氏夫何人，夫婿魏姓婦姓李。魏家夫婿躬作樵，採得薪來助甘旨。懸崖墜石命已矣，糟糠之妻一朝委。問婦此時年幾何，羅敷採桑歲可紀。嫁得黔婁未逾期，誰云此變即當死。烈婦寧母氏，歸來痛不起。家人再三勸，母氏亦來訾。紿言夫死何山隈，得望其處爲幸耳。家人信之不復疑，烈婦出門隨阿姊。不聞樵者歌，但聞猿聲悲號入骨髓。不見往來人，但見太行山麓勢迤邐。直下數仞深無底，殘魂血縷約可指。寄語家中人，我夫在此俟。不敢臨崖反，尚覺化石鄙。一聲淚墮一身倒，貞魂粉碎危崖裏。可憐烈婦甘殉夫，可憐村民不掛齒。滄桑榮枯倏忽變，誰採清名汗青史。作詩指點行路人，斷臂割鼻安足擬。

丁家堖課田

峰回路轉白雲巔，歷盡坡陀到野田。絶頂開塗人入甕，深溝汲水月生泉。村落懸崖，渠有水泉。一犁初雨三推日，百畝新畬二月天。借問春光何處早，流鶯聲徹緑楊煙。

客齋送程午亭游遼西二首

關塞三千里，風霜廿六程。勝游誰賦别，久坐客愁生。硯冷温餘火，書青照短檠。夕陽鞭影外，應憶故人情。

慣作冬烘客，明年又一年。老驥恒伏櫪，壯士每籌邊。路繞行宫外，梅迎古驛前。歸來春正好，紀勝有新篇。

留別祁縣書齋

一年小住傍柴荆，卧雪尋春賞最清。暫去莫垂留別淚，重來仍見故人情。茶爐撥盡餘寒汁，牙軸高懸絶誦聲。落得簾櫳真自在，梅花竹影月盈盈。

戲贈友人續弦二首

琴心一曲引文君，彩鳳求凰定不群。入户未瞻瓜子面，搴簾先訝石榴裙。燈前合巹新添酒，夢裏登臺舊有雲。我愧鸞膠猶未續，夜來佳話欲平分。

知君的的近紅粧，楊柳春風百事忙。鏡裏畫眉顔欲笑，懷中剥乳手生香。扶來宛轉蓮生步，試到温柔玉滿牀。只是佳人先膽怯，鬑鬑頗有奈何鄉。其人有微髭。

歲暮將自祁縣小義村書齋旋里先寄家人有作二首

殘書抛却寄家書，忽憶家鄉悵歲除。潘岳悼亡今已矣，馬融設帳竟何如。他鄉跨鶴留陳跡，故里飛鴻有定居。漫道應門無五尺，吴姬抱子解烹魚。是歲室人亡，側室生子。

不堪寶瑟掛重帷，又見吴兒尚哺兒。但有明珠擎玉掌，敢將破鏡照愁眉。滄桑變態人嗟異，俯仰隨緣我自知。料得歸家還舐犢，椒盤柏酒共嘻嘻。

土河村李烈婦殉夫投崖死邑侯王酉山先生作詩勒石四方宦客多咏其事邑中士亦翕然和之要自隗始因再吟以附前篇且殿諸公焉

悵望貞魂又幾年，太行山麓土河邊。冰心一點完名節，熱淚千行灑素篇。語石停驂留吊客，口碑載路達重泉。書生事業無由顯，屢寫清詩待汝傳。

薛鳴皋以同人所題雙蝶圖扇索題

雙雙粉蝶鬥花梢，無數璣珠滿紙拋。摩詰詩中原有畫，不須賈島再推敲。

錢　呵

清晨索阿堵，對之發長吁。兄有神通力，何獨吝寒儒。飛飛化蚨去，杖頭存幾餘。賤子最揮霍，今爲世揶揄。牀頭殺風景，囊裏成空虛。面目笑枯槁，舉動多齟齬。凡此貧病者，將毋爲兄與。請今與兄約，非徒較錙銖。不用兄去耳，用之兄來諸。想兄性圓轉，諒不怪吾迂。隱聞錢神怒，此君亦何愚。凡事豫則立，不見是爲圖。吾寔不吝爾，爾自不相於。平昔托清流，臭氣曾詬吾。一但遇緩急，方欲權有無。吾輩時過訪，嘗恐塞破廬。眼孔原不大，又不善處余。一文方到手，子母全不拘。數百謀一饌，十千兑杭酥。甚者纏十萬，奢望駕江湖。昔日鄧氏聚，貫朽不肯驅。近者和家癖，善賈尚不沽。諸虜惟善守，儂故不遑渠。而今自鑄錯，素不善積儲。吾將從此逝，往來數難乎。叩頭謝錢神，幸寬小子辜。凡兄之所呵，一一非相誣。半文原不值，拙性最難除。聽兄自來往，不敢泣窮途。

東黨參歌謝竇止齋見遺

潘陽高參天下聞，黄金數兩纔幾分。寒士購此原無力，眼穿上黨想氤氳。上黨地形天下脊，參種茸茸結津液。自從石趙家園生，延蔓邑東石門隙。故人憐我虛病侵，持贈數把號東參。呼童汲水煎活火，浮浮吐氣響清音。鼻觀一嗅通佳味，那待嘗之始調氣。如此籠囊不厭多，千金買來恐耗費。我聞潘陽之參近非真，賈客栽種每相因。以假易真人莫辨，盛以錦篋售愚民。又聞高麗所産堅且壯，根苗蘆頭如瀋狀。究竟功力同不同，往往索價最上上。何如石門即是吾邑村，價廉名寔性和溫。菁華雖遜瀋陽種，在昔採之有專門。寄語貴客豪華子，莫圖嘉名求彼美。金玉其外内敗絮，賣柑者説誠可耻。君子小人尚溷名，一苗真贋將誰爭。但得上黨真種子，遠勝奸賈盜虚聲。從今服此元氣足，何時得報一飯情。

潞州懷古

三垂岡上溯前游，喬梓同來幾度秋。亞子果然超犬豕，奇兒早已笑驊騮。百年歌罷含酸淚，數矢遺時雪壯愁。記否國門濺鶺爵，而今夾寨適堪酬。

上黨懷古二首

無官可賞贊皇封，三鎮平由澤潞功。上黨盡憑藩節號，李回深喜澤袍同。於今郡縣烽煙絶，在昔河東跋扈雄。漫道武宗能任相，淮西遠略有餘風。

太行山畔問前程，父老猶知北鎮名。郭誼細奸全賣主，魏公均罪不留情。腥膻久掃壺關隘，激壯如聞潞水鳴。回首地形天下脊，徒誇險固幾能生。

閨　思

春來何事最消魂，花映紗窗柳映門。獨坐深閨誰與語，銜泥燕子没苔痕。

暴　雨

連日多陰雨，今朝更暴哉。雷霆憑地起，鐵騎破空來。頃刻簷花落，須臾霽景開。神功終斂却，佳句想三台。

感　鏡

影落流星片片融，也隨寒鴉背花重。可憐一段清如水，不照芳容照瘦容。

閨鑒有序　六首

詩有閨情閨怨而無閨戒，作《閨鑒》以補之，欲閨中知所鑑也。

岑樓高數丈，大厦閉重關。金碧流輝處，雕鐫錯彩間。花開紗映肉，煙裊篆聯環。冰雪簾微動，依稀認翠鬟。

孝帳連雲起，行行艷婦來。青蛾嬌白屋，紅粉伴泉臺。絶少麻衣著，居然錦段裁。游人評賞處，一笑荅餘哀。

燈火連天鬧，佳人看劇人。聯車擁繡髻，滿座笑丹唇。瓜子徐吹殼，菰煙迴出塵。無端來暴客，忍怒怕驚鄰。

窄窄人爭小，彎彎我見憐。每當新婦到，頓使萬聲傳。絶頂飛雙蝶，憑空落瓣蓮。馬嵬留錦襪，無乃太垂涎。

緑柳長堤外，鈿車似水流。香風吹粉黛，軟語盼嬌眸。只有兒依稀，全無客當頭。僕夫轅外坐，納履忌曾不。

密坐羅嬙且，聯姻號阮劉。探籌添皓腕，喝彩間嬌喉。珠履交相錯，銀波顧盻流。淳于當此夕，一石醉難酬。

卷之二

擬古雜詩十二首

緑竹何玲瓏，碧梧散清風。中有一鳳凰，食竹棲其桐。既鳴而且舞，五色耀晴空。人生無文采，何以飾匪躬。

清風吹明月，斜掛古松前。下有會心人，超然無俗牽。自言此中趣，得之不用錢。持謝紅塵子，胡爲苦煩煎。

入溪採紫硯，摘鬚作名筆。置之几席前，情閑性以逸。中書頭忽禿，端石自完質。涉世貴藏鋒，對此爽然失。

昔欲結芳鄰，恒苦犬吠貧。相知信有日，形跡反不親。入門先踟蹰，上堂不逡巡。主人誠傾倒，遑恤聲狺狺。

憂思忽而至，成句。止棘何營營。三人成市虎，聚蚊響雷聲。幸有冰壺鑑，體物得其平。讒言雖罔極，水落石自呈。

平生二三人，同盟而爲友。闊絶因間言，誰肯執其咎。靜夜還自思，不忠我已有。物腐蟲乃生，人言在其後。伐木歌丁丁，此道貴長久。

出婦背面啼，紅雨落玉梨。新人何孃孃，雲鬢漾玻璃。東鄰來醜婦，蓬頭而歷齒。見婦發厲聲，謂出城有理。想當事夫日，舉動任所之。阿嬌元善媚，不汝遣何爲。長跪謝醜婦，誠如卿所訾。有美深自蔽，反爲鄰里耻。駑駘笑騏驥，從古即如此。

空庭老榆樹，枝枝掛青錢。隨風爲簸蕩，落地億萬千。童兒爭拾取，謂此世所憐。豈知阿堵物，一一不任穿。因思守虜癡，吝惜何其堅。藏之撲滿裏，何異棄階前。

築室謀道左，三年不成屋。鹵莽力田園，秋至何能熟。不斷反受亂，辟則爲世僇。唯有古聖賢，虛懷若空谷。天下本無私，庸人自碌碌。

十年尚守貞，金閨貯傾城。借問蘭芝女，毋乃粧奩輕。明珠爲上飾，翡翠足下縈。有時搖細步，一片琳琅聲。東阿誓不嫁，輕薄漫相迎。不遇梁伯鸞，誰能移此情。

君居白狼北，妾住湘江邊。湘江竹有淚，君身隔雲煙。幸有千里月，夜夜恒經天。不見湘江水，但看月孤懸。月明有圓缺，妾心無後先。

昔年慕遠游，縱觀括地毬。北登燕然塞，南望洞庭秋。滄海窮島嶼，西極騁驊騮。繡錯中原勝，浩蕩惟所收。兀兀已數年，壯志何能酬。窮大必失居，此意恒悠悠。

咏史之二五首

有力難割公閭腹，無木可梟元海頭。夕陽一語了西晋，江表僻處浪悠悠。百十年間棄河洛，王謝相業差堪酬。興師不問十六國，風聲鶴唳苻秦愁。只此一事堪圍墅，足減數世清談憂。首二句邵子語。

青衣執蓋真個醜，奪璽墮車報非偶。劉淵石勒陷中原，繼者紛紛何其久。蟲蛆已嘆瓜離離，蟣虱又知衣敝垢。神州陸沉幾春秋，追原禍端誰爲首。他年南北判鴻溝，堪憐晋代事已有。

艷麗風流數南朝，就中佛事盛梁蕭。宗廟麪牲絶血食，捨身億萬何喧囂。空即是色陳叔寶，狎客嬪妃鬥香嬌。後庭花開繞玉樹，粉白黛緑描詩瓢。君不見北齊亦有小憐美，更請君王獵一遭。

北朝文物頗近古，後有宇文前道武。五經博士倣周官，崔皓蘇綽齊拜舞。召除鷲院燬貝經，耻與江左空無祖。自從達摩渡蘆江，灰劫大數無其伍。人言瞿曇最有靈，敬之毁之都無主。

黄塵汗衣皂莢理，普六茹堅實後起。掃清六合通北南，三百年來誰與比。奈何立廣信獨孤，捶牀誤我嗟已矣。西苑離宫數百區，萬人莫挽龍舟水。可憐遭春詩驗焉，楊花落盡乃生李。

介休李侯村傳有漢李陵墓魏雲榜作詩索和詩以辨之

將軍降虜便從戎，此地如何馬鬣封。欲爲英雄留勝跡，不妨村落表侯功。平生深愧蘇屬國，一代關情太史公。訛以傳訛權吊古，五千精鋭野棠風。

祁縣懷古三首

釵釧家家賣，臍燈竟自燒。司徒鋤簒逆，陵廟雪灰焦。變起關東衆，名高漢獻朝。隆夷事工拙，憑吊黯魂銷。

伯喈纔一嘆，何遽獄難逃。曠代斯文盡，傷心國士遭。三臺踪枉結，太尉首徒搔。恨殺囚蠶室，翻嫌史筆高。

唐代能詩者，飛卿號八叉。西崑名許共，揚子辱難誇。艷曲人爭仰，方山尉偶加。霸才誰是主，淒絶露珠花。“花房透露紅珠落”亦温句。

晉祠懷古四首

一水名全晋，平疇擁稻花。環流清啓鏡，小漲怒號沙。柏老撑寒翠，祠高掩絳紗。桐封真勝地，回首數峰鴉。

流水還如玉，青蓮句曲包。山川羅霸王，風雨助龍蛟。是地摧隋柳，何年續楚茅。興亡真一瞬，往事聽嗚坳。

公主千春宴，同郎返晋時。契丹何有父，石氏竟如兒。烽火頻掀頂，神仙一着棋。川流依舊緑，永叔漫題詩。

未得登懸甕，曇文問老僧。洞雲森列碣，石蘚剔凴燈。往事鷗浮渚，寒聲雁斷矰。曝書亭句好，櫪馬借何曾。近人朱竹垞游此，見《曝書亭集》。

清塵寺芍藥二首

覓得維揚種，今來幾樹看。殿春偏有艷，帶雨正流丹。貝葉翻餘碧，曇花笑未殘。離情休把贈，香界滿闌干。

玉盤曾供佛，金帶相公誇。橋畔今初譜，仙宫第幾家。紅燈燒徹夜，白犬吠殘霞。一切都空像，回頭噪暮鴉。

昭君曲

昭君遠嫁白草寒，馬上琵琶行路難。千古美色嗟棄置，至今尚論猶心酸。當時畫師不肯賂，塞外應悔摧心肝。詎知掩閉深巷裏，焉能玉貌冠宫紈。君不見六國美人入秦室，高唱宫怨月團團。

遣　興

季子不理於其嫂，後來佩印匍匐倒。應侯曾受折脇辱，莖豆馬食解煩惱。丈夫恩怨必分明，此語去古已不少。冤怨相報何時了，犯而不較乃爲寶。

屢薦不售慨然有作

不作焦尾琴，爨下覓知音。不爲柯亭竹，賞識得其深。空教卞和傷刖足，抱璞不遇難爲心。誰是没石飲羽技，短衣杜老何處尋。

偶成二首

草木嗟同腐，詩書獨自全。男兒千載志，貧賤幾人傳。皓首爭榮辱，青雲别後先。蹉跎年已老，屈指又年年。

馬尸真裹革，班筆已封侯。事業前賢著，桑榆若個收。聰明千慮失，浩蕩百端愁。歷歷芳踪在，鄉嬛幾度抽。

淮陰侯墓和友人作墓在靈石嶺上

鳥盡不藏弓，淮陰愧蒯通。漢家皇后妒，國士主恩空。此日王孫泣，他年外戚雄。何須諸吕王，已是牝鷄風。

同人賞菊分韻得佳字

佳客逢佳會，東籬興亦佳。秋陰鳴雁共，明月草蟲偕。帶露香三徑，因風淡一階。憑誰稱靖節，老眼試頻揩。

咏史之三三首

曾聞新豐涌山奇，高二十丈旁有池。其中禾黍特具狀，奇奇怪怪龍鳳姿。又聞淳風占術異，女主代位危唐基。求而殺之灾愈盛，天之所命誰能移。咄哉咄哉武則天，四千年史無其時。

楊家姊妹鬥紅粧，秦姨虢姨俱賜莊。每歲十月從駕幸，五家隊屬何風光。遺鈿墜舄道旁羡，十里爛漫流餘香。漁陽鼓角動地起，鳥啼花落悲上皇。女寵色荒何足論，風流獨有唐三郎。

早生聖主萬民福，半夜宫中對天祝。精誠一點果通天，天降赤光已野伏。五季獨數周世宗，勸於民事毁天竺。何如嗣源一武夫，不以天下爲所獨。君不見祖龍赭衣遺數千，王氣鑿斷鬼應哭。

七　夕

銀河淺淡月籠輕，萬古徒留七夕名。天上果能星合渡，雲中已是雁離聲。盆蓮浸露紅逾濕，砌草披風緑漸清。最是深閨情不解，空牀拜罷有餘情。

韡山懷古和李曉林韻

磊落胸襟是此翁，韡山雲擾洛城東。果然逐鹿追王氣，不僅興龍鄙伯雄。長嘯一聲開閏運，傳家兩代没奇功。南朝北魏須臾事，莫遣行人吊羯戎。

題樂山師《萬里還山圖》

出山亦何爲，非徒爲小試。還山又何爲，無乃非其意。我代圖中人，曲曲想胸次。浣花稷契心，萬里來作吏。吏罷揮玉麈，驪駒唱不置。去去且勿言，心事何曾遂。我乃爲題詩，富公宦游記。出山既有因，還山亦高誼。事業雖無多，快意有其二。詩卷在人間，宿儒皆遠僻。九府十六州，文章久衣被。名流晋水清，身還鳳羽翠。雲山繪疊疊，琴鶴迤逞至。壯哉還山圖，我讀心如醉。

奉送王樂山師自晋陽書院歸滇五首

驚傳騶從賦言旋，卧病漳濱夜不眠。立雪琴堂成往事，折梅驛使在何年。春風桃李花初發，秋思蓴鱸味欲涎。此别恐同燒佛劫，滇南冀北涕漣漣。

十四年來臭味真，而今弟子孰傳薪。儒冠畫餅難充餓，佛鉢盛金不饋貧。只許登龍評月旦，何曾附驥絶風塵。低迴枉費雕鎪力，老我離情淚滿巾。

滿城桃李餞征鞍，萬里長途夕照殘。楚水孤帆風味冷，黔雲捲瘴樹聲酸。三年雨化春常在，百里雷封蔭尚寬。此去不須愁旅況，儒林循吏并登壇。

尺幅名圖萬里程，寄來文筆更傷情。月明梁上魂無定，草白城垣夢亦驚。落日那堪雲漸合，登高怕聽雁吞聲。他時景况今先得，已覺離愁不斷生。客有爲先生寫《萬里還山圖》，先生因自撰序，其寄林書云："落月滿屋梁，猶疑照顔色。努力崇明德，皓首以爲期。"去後情景，盡此數語中，前四即用書意。

曾聞清德屬龐眉，先生先世多壽考。莫患投懷玉燕遲。既有崇軀稱佛子，那愁張邵是楂兒。還山滋味桃源得，涉世風波鹿夢知。我勸先生休著意，滄桑閲遍總如斯。其序文有"傷喪子"及"情隨事遷，感慨系之"等語。

題麗人小照

巫山雲雨楚襄王，夢到荒唐事亦香。誰是花開銜野鹿，紅巾青鳥艷垂楊。

漁舟唱晚圖

霞光斜對閣頭江，片片回帆啓晚窗。滿岸蘆煙孤鶩起，月明秋水唱漁腔。

細　雨

細雨濛濛展畫圖，如煙如霧灑平蕪。田園凹凸看明滅，樓閣參差望有無。散向青山梳髮鬠，飄來秋水縐氍毹。魚游碎浪鱗穿罽，蝶戀飛花翅壓珠。檻外丁丁摇鐵馬，簾前嫋嫋篆香爐。誰家織婦愁添綫，幾處行人懶問塗。最是幽懷憑枕簟，偏宜逸興飫醍醐。蟬鳴古樹音逾静，鳩唤危巢意不孤。啓户陰風收遠岸，登樓爽照撲城隅。霞光入座殘雲捲，快睹晴暉沃野紆。

書七月十五日事

七月十五中元節，瓜果垂垂中庭設。小兒跪拜禮不成，小女跳躍頻偷竊。此時秋初暑氣蒸，滂沱暴雨倏忽興。平生好奇如好古，飽看大雨闌干憑。陡然座下水侵器，廻顧中庭已滿地。不知水從何處來，稚妻弱子誰能避。堂後有堰堰復高，堰上通衢水迢迢。傍堰居人不治水，翻使浸堰堰涌潮。家童飛報得其處，老夫冒雨出門户。貧無畜僕姪散居，不呼四鄰誰是主。南鄰呼偏呼北鄰，求助唇焦且蹙顰。會看雨勢更倒井，兼有霹靂怪驚人。畚鍤一時難爲力，聊以巨石杜不測。急穿水渠水别去，賸有餘功且暫息。須臾雨住水不流，自顧此身方覺羞。短衣犢鼻斜戴笠，怯立雨中縮如鷗。歸來中庭不可入，水退淤泥除不及。盤盂有飯飯皆寒，妻孥指畫聲聲唈。我勸妻孥且莫愁，人生得失難推求。佳節方賀旋遭變，禍福從來説不休。試教密雲不雨雨於夜，夜黑無人事轉怕。説到此中都破顔，快呼熱酒醉階下。兒童歡呼鼓腹游，笑我衣濕風颼颼。頻推瓜果犒鄰里，仰看歸雲天外浮。

咏古三首

晉惠死餅毒，傷哉亦何愚。安知非紅丸，智者不及虞。觀其惜嵇血，服之不肯除。何異旌折檻，忠佞鑒不誣。蛙鳴都莫辨，此語果有無。

古人耐瑣屑，竹木巧如拙。古人重勤勞，藉甓運筋血。中原正格鬥，坐視豈英傑。砥柱鎮狂流，鍊石補天缺。所事濟與否，肝膽瀝冰雪。麈尾誰家物，毋乃勝口説。卓哉陶侃訓，我心爲之折。

聖人貴定靜，緩急各有宜。四郊正多壘，園墅非其時。小兒已破敵，毋乃矯情爲。臨事在知懼，孔氏焉我欺。

階前草花數叢紅緑相間紺紫紛披臨秋轉艷愛而成詩三首

滿院花陰滿徑杉，晚風料峭捲秋衫。攢來碎錦童偷摘，落處殘英鳥尚銜。鎮日罇開看一一，有時客到話喃喃。輸他巖柱籬邊菊，自爾清幽景不凡。

偶移斜影上珠簾，漸捲殘鬟入帽檐。底事多情心欲吐，無端含意手頻拈。清風到處摇歌扇，明月隨人啓鏡奩。緑射紗窗紅射眼，新秋逸興正無厭。

絳霞初放紫雲苞，歷落分明淺澹交。晚浴秋風瓊佩響，朝銜湛露紺珠抛。寒蛩故故眠低葉，瓦雀雙雙將遠梢。兀坐隱囊情不已，手攜灌甕句輕敲。

尋藥師庵

仄逕斜陽又一山，漳濤倒跨小橋彎。春風遍拂龍蛇窟，落日平臨虎豹關。面對西來重關。藹藹紅雲天外閃，盈盈遠樹望中删。清幽不與南岡接，留得危崖任客攀。

春日游南堂

香風不斷轉紅塵，柳拂煙霏渡遠津。幾處草光嘶勒馬，無邊晴色惹游人。虬鱗亂擁蒼株老，菱面頻開碧水新。尋得山僧茶餅熟，白雲窠裏杏花春。

神仙洞溝二首

桃源自昔杳煙霞，散步東郊路轉斜。兩岸迴巒縈緑樹，一灣流水繞平沙。樵童跨犢肩翻笠，饁婦穿籬鬢惹花。寄語武陵休問訊，人間到處有仙家。

晴嵐積翠晚風前，故故黄鸝夏木巔。近水樓臺俱入畫，傍崖鷄犬訝登仙。劉郎去後天台杳，王質來時局道偏。肯與群鷗相狎處，釣竿輕拂一溪煙。

贈張筠庵明府二十韻

林也駑駘質，欽君廊廟賢。驊騮權伏櫪，鷹隼必高騫。昔授河陽縣，名騰轂遠邊。郎官遭偃蹇，獄案苦鈎牽。部議求疵累，天書宛玉全。張署沁源，以獄案議降，引見得補縣丞試用。囊空誰與贖，性定不求圓。遂解銀章佩，聊需粉署聯。銅城謀館穀，漳畔攝微員。張館沁州署，今暫署予邑典史。永晝棋敲簟，良宵鶴伴弦。衡文勤下士，縱酒擬登仙。每矢單寒念，恒餘草澤憐。識韓今有路，御李舊多緣。客歲東堂黜，高秋古驛前。班荆蒙慰藉，緩轡得周旋。庚歲予應省試，榜落，路中得晤。謬托膠投漆，空懷翰染箋。琴堂重握手，蓬巷屢隨肩。感激芝蘭近，蒼茫歲月遷。梳翎仰知己，屏氣叩詩篇。丹桂何年折，瓊梯指日懸。爲君歌此曲，浩蕩舞蹁躚。

春日送魏雲榜廣文赴省試用即以述懷報太原博士楊定軒王松坪並問陽曲張中翰遺稿因有後三章六首

謁部挑原早，除官計尚遲。束裝聊赴省，攝篆且需時。草緑邊城戍，花開古晋祠。征途饒得意，尊酒暫相離。

學也非求禄，儒冠自昔貧。休思紈褲習，强作宦游人。傀儡終嫌假，麒麟要認真。風流原有價，安定仰前津。

鄉舉人爭重，儒冠世最輕。身閑書易讀，俸薄性能貞。此日驪駒曲，他時苜蓿清。鱣堂留惠否，香瓣問諸生。

郎署君今得，名場我倦游。平生耽著作，身世笑沉浮。白髮何來早，青雲不到頭。明珠抛滿案，覆瓿已先愁。予著書七種，無力付梓。

晋水瀏清處，儒巾阨兩賢。談文心獨慧，作誦口流涎。典雅耽成癖，推敲句盡仙。君行應過此，報我病同憐。定軒能文，松坪能詩。

生死知交客，并門更問誰。中書抔故土，斗酒酹新碑。我昔論文地，君今小住時。名山藏果否，憑吊有餘思。張中翰前年故矣，予向集青主遺書，張嘗索稿廣輯，未知成帙否？

贈蔡虞夫吏目三首

蔡攝縣典史嘗游禹穴登泰山能詩工八分書

蔡子千人傑，初逢即有緣。臨春詩發艷，滿紙筆生煙。冀北需參佐，漳濱備末員。風流兼磊落，來往欲隨肩。

城外川光繞，衙前擁翠嵐。馬原推冀北，人或擬江南。偶聚星惟五，招朋益者三。此邦風最古，君試久停驂。

足跡半天下，東西南北時。探奇窺禹穴，選隘閱秦碑。我有幽棲癖，君多紀勝詩。他年隨宦轍，策杖到瑶池。

和蔡虞夫客游八咏

日觀峰

岱宗氣概正嶙峋，齊魯青來未了因。半夜峰頭觀日出，海邊波照闊無津。

榮成觀海

無風鼓浪望漫漫，天水相連欲辨難。海市未逢留日脚，波間島嶼盡流丹。

芳樂苑

宫市無聞水一灣，東昏何處望煙鬟。金陵剩有雲霞麗，依舊江光艷蔣山。

平山堂

淮南壯麗更無雙，四座傳柑唱晚腔。莫羨瓊花稱第一，風流太守照春江。

金　山

潤州山色倚江潯，萬派江流入望深。想見坡翁參佛日，妙高臺上靜禪心。

焦　山

孝然祠外吸江亭，暮雨殘煙入照青。瘞鶴雷轟仙迹杳，何人辨得换鵝經。

虎邱山

吴門西去望邱山，霸氣全消墓未删。剩得靈巖西子洞，荒煙蔓草想嬌鬟。

黄鶴樓

武昌城外大江流，仙跡猶傳騎鶴樓。風雨長留崔灝筆，果誰搥碎浪悠悠。

咏史之四四首

天津橋上杜鵑見，地氣南來覘世變。得氣豈盡關禽鳥，如彼雨雪集維霰。青苗新法困民生，怪將詩書談喪面。南士作相引南人，傳法護法何周徧。在昔賈生欲更張，漢文黜之或有見。

金牌十二兵撤籍，十年之功壞一夕。南宋和議實自愚，少保冤獄溯在昔。獨怪何物一書生，奸權妒功早爲策。從此似道與彌明，偷安苟活群接迹。道學大明莫補亡，謝家論變將誰責。

趙宋家法邁前朝，用兵一事真寥寥。孝宗之言實信爾，侮遼肉金元兵驕。三百年來版宇窄，忠厚開基反飄摇。割據分雄多不久，金遼二國祚遥遥。君不見獫狁居然叛中興，周家耀德何能招。

九十年間論斯文，無如魯齋與白雲。二許孰優誰能定，立言必須案典墳。學以治生爲最急，憂道君子何曾云。況乎出仕爲祭酒，何如教澤衍河汾。白雲終老一韋布，一心尊道方殷殷。

暮　秋

黄葉凋零處，霜花衹自矜。三秋時已暮，四序感頻增。到耳排雲雁，驚心脱臂鷹。蹉跎何日補，愁對帳前燈。

秋　興

短垣鷄叫午，荒逕犬猜寒。近日多幽興，於書得異觀。室虚窗是鏡，硯冷筆成丹。檢點裁衣未，碪聲送夜闌。

登樓憶客

曉起渾無事，憑樓一望餘。水兼天漾日，雲傍樹遮廬。雨洗秋光老，風清古戍虚。雁賓今已到，客意竟何如。

龍泓歌

咄哉咄哉龍泓奇，乃在縣東漚麻池。周圍數畝涵空碧，其中深淺孰測之。每當朔風吹水立，平揩鏡面映玻璃。或如巨室陳寶器，古鼎玉瓚尊雕犧。或如龍窟開水面，駕以蛟鼉蟠以螭。别有蓮炬燃華蓋，燈蟲煜爍鱗之而。色即是空空是色，一一映徹人生疑。曾聞詞客稱海市，冰中幻象古所遺。咄哉咄哉龍泓奇，後來問津讀是詩。

沁州懷古

昔年門與地，今日鳥蘇村。趙將閑鵜鶘，秦師喪魄魂。數家雲氣合，一帶雁聲吞。指點干戈地，黄羊没草痕。

春雪行並序

道光四年三月十四夜大雪，有雷，凌晨壓壞家園古槐之南柯。柯舊臨屋脊，且不利於鄰舍，以有他故，不能施斧斤，嘗塵漂摇，今朝為雪所壓。所壓之處，又為雪襯，兩家屋宇無恙，而總歸於雪。喜而賦詩，命曰《春雪行》。

雪花大如掌，凍雷半夜響。清明已過七，寒氣透書幌。啓户看雪雪無聲，山坳墻垛一望平。積霰上樹樹肥重，地連天白雲英英。家有老槐高屋闌，南柯傍鄰折不折。鄰家向我削龍爪，嘖有煩言頗饒舌。我昔買此堂，主人訴衷腸。自言此槐最靈異，曾伐别枝招餘殃。夜夢血漢縣左臂，夢迴驚悸不起牀。事雖恍惚情真切，每當風雨我心熱。既愁我屋摧，又怕鄰宅裂。輾轉連年無計施，那有鬼斧如截鐵。誰知柯落不因風，一夜雪壓倏成功。繁枝掃屋屋襯雪，片瓦無驚雪玲瓏。老幹着屋撑屋角，骨重專車反縣空。天公直聯雨情好，故遣滕六顯神功。從此比鄰開口笑，此番春雪雪最妙。祇留古槐鬱青葱，不憂風號南柯棹。元白緑楊兩家春，請與我鄰試憑眺。恍如百尺桐無枝，佇見晴雲和緑照。

介休懷古三首

一杯寒食酒，幾度《采薇》歌。身隱文焉用，功辭禄不磨。綿山田尚在，介子樹偏多。愧煞同心舅，貪天誓指河。

伯喈銘不愧，有道德何尊。黨錮超同輩，仙舟重國門。生蒭今日淚，老樹昔年魂。墊角巾誰羨，徘徊日漸昏。有道墓有漢槐。

四朝真宰相，若個不矜功。晚作耆英會，人榮潞國封。幾年辭帝牖，畢世冠儒宗。明道歸伊洛，千秋論最公。

畫馬歌

近代名手畫汗血，神駿獨數趙松雪。唐家伯虎稱後勁，人物工整馬少別。君家此幀何處來，數馬披練都奇絶。兩匹齕草並飲池，一匹磨癢色如鐵。別有竹批雙耳駿，清高顧視如嗚咽。驊騮自命從不凡，戰場一洗駑駘劣。邇聞西藏正用兵，萬馬連錢氣噴礐。一以當十成大功，四蹄蹀躞如電掣。馬兮馬兮價千金，燕臺郭隗心爲折。時西征哈式格爾。

城北最高樓遇雨

長夏薰蒸擁麥畦，城樓直上與天齊。雷聲忽送雲根合，日色斜侵雨脚低。絶頂淋灕驚野鶴，緑崖彩翠掛川霓。陰晴恍惚神來往，佇目依然卓午蹊。

鞞山古松歌

冉閔滅盡石家宗，尚留手殖三喬松。石家故寨改學宫，雍容俎豆非兵戎。兩松雁行泮東立，相傾相讓昆季從。霜皮溜雨高百尺，倔强撑蓋何童童。上者昂首枝四出，下者少俯摇清風。泮西一根尤蒼翠，傴僂駝背如拄笻。三松遠望蔭北原，矗如嵐翠矯如龍。有時雨集泮水溢，霹靂之聲撞洪鐘。石家割據廿餘載，三松閲盡幾春冬。惜哉既貴召父老，錦衣未回與松逢。君不見物猶如此我何堪，琅琊攀樹淚淙淙。

東郊春望三首

暮雨連天片片紅，樓臺掩映百花叢。煙光澹蕩春山涌，草色朦朧夕照空。幾處釣竿抛水畔，數家鷄犬隔城東。雙柑若箇尋芳徑，百轉流鶯一老翁。

洗却塵懷與悶容，霏煙滿眼興何濃。白籬倒著三三徑，翠蓋低垂面面松。掛堞川原明鏡碎，入檐村落畫圖重。桃花流水當前是，莫遣漁人别樣逢。

乳鶯雙雙鬥尾梢，飛花片片攪雲坳。輸他百日三春景，總是千紅萬紫包。麥隴香風油餅熟，樓頭明月翠旗拋。游人忘却遲遲日，傍晚情濃過别郊。

離相寺雙柏歌

咄哉咄哉雙柏柯，乃在古寺縣東阿。香葉棲鳳不計年，霜姿屈鐵堅銅磨。十圍叉手窮仰止，突將數丈青雲過。兩株對立二猛將，珊瑚交並枝婆娑。紺宇盡摧佛碣斷，那知植者爲誰何。先有離相後武鄉，想見晋魏諸頭陀。是時皈依窮變幻，名材不減青山羅。至今封殖何足論，偃蹇正坐長蹉跎。可憐空山無人識，柏臺梁棟原非佗。柏兮柏兮幾春秋，閱盡古今頭不皤。吁嗟乎！閱盡古今頭不皤，清風謖謖來長歌。諺云：“先有離相，後有武鄉。”

贈魏生恩榮

我髮初覆首，隨母汝家走。汝之曾祖母，戲我牽黄狗。旁有文夫子，斑衣舞垂手。導我觀畫像，云是太康叟。畫面如畫心，英氣摘星斗。至今四十年，憶之常在口。四世乃見汝，幸爲名家後。忠孝傳汝家，勉旃汝宜守。向我苦索詩，報汝焉可苟。仁者贈人言，愧予非其偶。自古稱在昔，兹言果可否。史太儒人，先慈之姑也，其子繩祖先生，生有孝行。魏太康公殉節事，見《明史》“忠義”第五。

南　關

兩山對立如執戟，中有古道分等級。清流急湍曲折迴，石骨浪濺聲似泣。左道盤空右道來，犬牙相錯馬斗立。就中略展數筵寬，茆店小市聚成邑。當年金人曾屯兵，南朝無人我得入。仰天一嘆天如綫，時平不怕兵戈襲。金太子嘆處。

贈李生秀陵即呈趙敬哉

余年二十二，汝父稱把臂。相與趙敬哉，三人同一志。脱换勢利情，結契傾文字。興來山作主，醉後語頗肆。銅鞮與晋陽，題橋思駕駟。伯樂望眼穿，鹽車泣老驥。潦倒三十年，歸來容俱悴。滄海訝桑田，生死各異地。汝父赴玉樓，憶之如夢寐。秋水望敬哉，知續《醉鄉記》。我亦老冬烘，頭巾任兒戲。汝今尋父執，怡然不我棄。愧煞爾父子，橋梓都偉器。對汝反無言，氣結百端思。别無贈汝物，贈汝一掬淚。死者長已矣，九泉無路寄。持報趙敬哉，兹情渠不異。其父會三遵及、趙敬哉昌業俱恩貢。

平遥道中

麓臺方歷盡，汾水又撑篙。生計何時得，萍踪到處遭。唐堯封有樹，吉甫墓徒蒿。俯仰觀身世，牀頭醉濁醪。

汾陽懷古

離宫别館盡玲瓏，營建當年氣概雄。此日荒邱無處問，河流片片一帆風。

述　懷

我生事事都安命，百事無成多由病。自從十五染翰時，背項困疲怕恭敬。晝寢朽木原難雕，偶有客談嘗卧聽。興來每向郊外游，數日徜徉心方定。鶴膝蜂腰並鼠肝，瘦面黔婁難對鏡。四十已衰五十老，飲啖粗比少年勝。從此或可學老饕，一笑東風助吟性。

游司徒村十韻

策馬臨南岸，衝花轉北村。鶴巢虬樹老，犬吠緑雲繁。是處巖穿洞，伊誰甕灌園。高低峰變影，灣曲水流痕。土呰羼龖落，危崖虎豹蹲。殘霞收宿靄，曲榭繞層軒。澹蕩風微峭，悠揚景欲暄。溪喧吞石骨，山險破詩魂。座有青精飯，香盈碧玉罇。司徒名最古，遺迹與誰論。

書魏一泉詩後三首

八行闌墨便升天，七字誰人愛謫仙。我舊有情今已淡，對君垂淚復垂涎。

憐才消息信相通，說項逢人口不空。只是炎涼成世態，買船先問孝廉翁。

鴛鴦繡罷再無文，豈有金鍼可度君。說到庾公曾學尹，洱蒼香瓣欲平分。一泉師事王生夢聘，王生嘗從余游，余又與王生同學邑侯雲南王樂山先生。

謁南山靈潤公祠二十韻並序

廟建不詳時代，舊稱龍泉神，亦曰敷應侯。至宋封今號。明嘉靖間，遣大臣特祭，稱南山之神。今每歲三月賽神，尚緣其舊，遇旱禱雨輒應。相傳神乃耿將軍，為河北二十八將之一。考邑乘及舊碑，究無確據。

奠宇留名嶽，崇班列上公。雷霆迴地軸，霖雨贊天工。縹緲層巒外，縈迴一氣中。胡寬矜巧匠，顧愷有神功。祠前閣無梁，架殿五楹，頗有梅梁奇。曲想蛟蟠窟，高瞻貝闕宮。褒封緣宋始，特祭有明同。鳥跡殘碑立，龍文古册崇。松濤喧梵語，鴟吻響陰風。每值三春麗，欣觀列鼎隆。都人羅虎節，山鬼避虬弓。粟影金龕護，香煙寶蓋籠。鐘螭形贔屭，簷馬韻玲瓏。百拜爭趨陛，三呼欲效嵩。鶯歌邱谷變，燕舞棟梁穹。躡屐苔侵緑，流觴曲泛紅。由來聯華岱，不僅秀南東。暮靄群峰合，祥光四面通。問年窮甲子，訪道擬崆峒。孰謂雲臺峻，翻疑列宿空。憑欄搜往蹟，果否印虛衷。

題惠怡園刺史磨鏡小照

雲母屏開玉署清，風流太守自神明。驚傳寶鑑懸堂淨，忽訝冰壺對面瑩。照我空靈忘色相，逢人研醜自公平。江心漫詡圓光滿，挹得心華徹底呈。

春日同魏雲榜胡雲亭孝廉徐琢堂陳古愚縣尉王蘭谷諸幕友陪邑侯岳方亭讌集米玉田廣文學署三首

雅會芳春集，名園此地探。山川連几席，賓主盡東南。隔座藏鉤秘，分曹射覆參。筵開當美景，明月照晴嵐。學署高出城頭，山川一覽。

桃李垂檐外，槐陰入晚衙。登臨皆大雅，談笑到儒家。我有金蘭癖，人多斗石誇。習池風景好，不問種園瓜。

清漳城外繞，一望壓城低。傖父無聊賴，官曹逐品題。月臨燈影亂，風過漏聲迷。午夜忘重宴，殘尊聽遠鷄。

漫興二首

竹葉能摇翠，桃花也自紅。川原三徑外，風雨一窗中。插架牙籤富，烹茶石鼎融。月明臨杵臼，隨意步墻東。

滿耳秋聲至，寒蟲作意鳴。乾坤容老朽，山水愛閑情。有夢留書味，無心望鼎烹。百年同一瞬，身後最堪驚。

客有爲余言東山遇虎狀聊歌之

漏巘之嶺東復東，地近太行萬壑衝。磴盤鳥道無旁踪，行人忽與虎相逢。虎踞對面途莫通，抵死推之納溝中。不知力盡身難容，人騎虎下數丈峰。是時夜黑正隆冬，嘯聲颯颯響陰風。人虎相抱勢皆窮，欲下不下忘始終。偶觸虎鬚手臂鬆，斑奴得勢若脱籠。得命飛來復有躬，談虎色變古所同，臨危妙手真空空。

造屋二首

求田兼問舍，豈獨下牀眠。但得茅簷穩，誰教達者憐。營巢春燕熟，培户蟄蟲穿。編草牽羅處，綢繆信有焉。

種菊留三徑，栽桑蔭滿墻。花間容立馬，竹外好聯牀。風雨從今蔽，琴書得靜藏。傳家兼課子，好嚼故園薑。

梅　花

淡淡偏生色，高寒物望收。休思逢驛使，何遜在揚州。

遥送周侍郎石芳夫子旅櫬自蘇州歸葬湘潭

此日湘水潭，嗚咽澀且滯。不見大鳥飛，哲人嗟已逝。吴門悵師表，江湖誰路祭。知己感平生，聞訃徒掩袂。牖下老朽材，磨鏡苦無藝。何日薦生芻，南望得流涕。

得楊定軒廣文書

先生真作者，麟經手長把。不敢信前人，注意獨心寫。鄙人守樹株，何日拜牀下。書來怡我情，應知和者寡。

聞大司馬黄左田先生予告旋里

客從都中來，侈談杙度好。事業留朝端，前月已告老。願賜骸骨歸，抗表再三禱。盛朝全名臣，詔許歸四皓。先生遂初服，輕裝已就道。公卿嘉二疏，祖餞屣應倒。海内思夾輔，垂後有文藻。想見緑野中，一一愜懷抱。誰知門下士，俟芭猶屬藁。

三貧士詩三首

邑中有貧士，其人爲竇狀。苦愛龍門書，少陵耽絶唱。三吏與三别，手摹筆大放。朗誦《天官書》，如瓶瀉水浪。嚴冬鶉百結，不顧俗眼謗。

邑中有貧士，其人爲魏莊。日高厨無火，從容坐書房。六十應童試，背誦金陳黄。不問入彀否，只問好詞章。繩規兼矩步，畢世最端方。

邑中有貧士，其人爲魏軒。予少曾問字，先生學有源。文筆傲前輩，書法自高騫。苦無燈火具，巨椽作柴燔。先生方高卧，賣書買酒罇。

奉懷王樂山師

不見武鄉侯，南望心作癢。昨來樂平訊，彩雲仕宦往。當面遇王宰，修志爲山長。憶昔歸田後，作書辭吾黨。晤對再無期，沉浮信或爽。吾師不出山，吾儕終骯髒。雲山萬里餘，安得侍几杖。生當長相思，死作來世講。再三窮問訊，臨風祝飯彊。師歸滇後，來書云："此後不唯晤對無時，並寄書亦無路矣。"

辛卯七月將赴省垣病暈而止自是絶意秋闈矣適值壬辰同人見招作詩謝之藉以述懷四首

到眼秋光好，名場我自知。曾删羅隱淚，不續孟郊詩。安分全貧骨，隨禄樂壽眉。此生無禄相，息駕已嫌遲。

仰視鷹初厲，憑看雁影飛。三秋人共健，一笑我忘機。頓覺今朝是，深知昨日非。途窮書可讀，回首素心違。

卷軸閻家富，亭林炳棗梨。諸賢勤考索，時輩隔雲泥。果有書能著，何妨榜不題。窮通原已定，明月照青藜。閻百詩、顧亭林。

連篇矜買菜，三紙券無驢。如此爲文陋，應來作者吁。名經知是佛，卧草不嫌迂。果得藏山業，千秋信友于。

贈劉藻翔廣文四首

青藜芳迹杳難尋，竊幸劉郎入境臨。得句桃花千樹發，關情芸蠹萬函深。春風滿座寒回暖，秋水成文古證今。莫怪金尊投契久，當年説項已傾心。劉與予交，雲榜其介也，劉讀全史。

楊雲元草自風流，每怪斯文莫與儔。再有君家羅卷軸，深知吾道足綢繆。鱣堂久絶關西迹，談苑新邀羲慶游。竊恐皋比瓜代俟，驪駒未唱已先愁。太原楊廣文國泰喜著書。

古文一瓣念惺惺，若個探源問海星。我愧腹枵多棘手，君忘曲誤屢垂聽。看來斑管香留粉，説起歐篇翰染青。廿二史書繙繹徧，烏絲紙上走雷霆。劉深許予古文。

汪洋雅度滿腔春，玉樹庭前更卜鄰。臏有箕裘聯臭味，絶無城府擾清真。高堂注捧毛公檄，古道思傳釋氏薪。此日驊騮猶待駕，當途誰是九方甄。劉命子來謁，其補缺尚待來年。

夏日同修城工局諸同人南山小集三首

翠煙松蓋起，緑水繞雲深。勝跡名山著，登臨我輩心。烹茶資拾橡，掃徑愛披林。北望城垣隱，遥情挹遠岑。

古寺槐龍蟄，披鱗倒露尖。苔深雲影護，幹老雨痕添。就此鋪歌席，伊誰問酒帘。濤翻鐘磬響，晚梵貝經拈。寺有龍爪槐。

何處淋灕筆，高低仰石巖。苔封文可譯，藤古字偏嵌。興到同金谷，詩成啓玉函。兹游真不厭，歸路話喃喃。

喜城工落成呈明府方亭先生有序

武鄉城敝久矣，明府岳公捐俸勸捐，延吾輩廿四人，葺而新之，其利普矣。林宗無似，恐惠澤久而就湮，爰集同人，分體獻韻，敢云矢其文德，或勝食德而忘其報者，得七言古一章，為諸人首唱焉。凡二百七十二字。

蜿蜿蜒蜒何曲折，舊城乍新堅似鐵。四面樓角連雲飛，城隅一閣更奇絶。經之營之成者誰，方亭先生首捐貲。先生有文輝翰苑，先生有政庇城池。工巨難免廣招士，綢繆未雨當如斯。我從城南仰城脊，氣象崢嶸迴異昔。朝來雲霞抹角紅，暮靄煙樹散金碧。南低北昂擁畫圖，漳河朝案鞞山宅。臨流枕山絶秀明，嶄然一新何嫌窄。憶昔我武號涅城，後魏太和始變更。千年畚鍤難窮究，增其式廓端在明。我朝豈乏泥塈補，女墻終墮雉堞平。先生奮起襄盛事，百堵重興素所志。力勸富民揮丁男，唇焦舌敝心不二。至誠感神人樂從，醵金假士不假吏。遂戎寘薪成偉功，一勞永逸享其利。何須冬官奏績隆，衆志成城頌我公。君不見謝埭蘇堤并潘縣，蔭以甘棠播以風。又不見錦城田父樂泥飲，説尹在口口不空。城北枕鞞山，南臨漳河，勢若游龍。尊經閣高出城巔。岳公由庶常改官縣令。武鄉在漢爲涅縣，後魏太和年遷縣於今治，以涅爲故城，前明路、戴、黄、劉四公增修。

漳河漲十二韻河發源樂平經武鄉城匯於黎城

萬壑齊奔注，平灘澔溡波。大聲摧地轉，高浪駕天過。谷隘流應急，山稠瀨自多。西來經北轉，東下却南拖。猛勢吞江海，危濤亂鸛鵝。吹沙鼈鼂黿，决岸虎嵯峨。城堞爲船舵，樓臺落水窠。紫瀾廻翠島，雪浪帶晴螺。黎國渟瀯處，皋川澎湃阿。直疑槎可上，莫訝鑿如何。對此蒼茫境，因之激蕩歌。龍門指日近，砮箭閲長河。

題先崑崙大夫詩集

江上詩翁俱有名，當年盡許謝宣城。誰知今日騷壇盛，寐寐空山掩頌聲。先人宦鎮江時，王西樵贈詩有“參佐風流如謝朓”句，當時以爲知言。今諸公集皆行世，而先集或不盡知，爲可嘆也。

午後成詩十數首喜而有作

六十人驚老，成詩興尚豪。八叉予自愧，三賦古來高。子美才難盡，江郎夢未遭。此生名果得，富貴等秋毫。

哭趙敬哉二首

白首哭老友，氣結不能吼。豈衹重交情，深恐名漸朽。平生愛斯文，聲名端在後。君集尚未成，吾衰豈能久。絶業窮名山，伊誰説在口。憶昔初操觚，名場同浪走。回頭望孫陽，青眼竟何有。隙光嘆白駒，古道期與偶。予腹負將軍，君才羅二酉。橐筆衍昭明，鍊句鑒湖耦。予耽太史公，歐蘇與韓柳。各守其面目，相傾不相負。朅來樂山師，一一蒙善誘。維時聲氣通，升堂爭授受。爾來三十年，坎壇不易守。持論河漢驚，角逐爭妍醜。庶幾有千秋，或不愧野叟。一朝隔幽明，隻手可擎否？古人耐久朋，佩印榮組綬。生死雖分途，富貴居人右。爾我通賤貧，千金享敝帚。區區竟在兹，大懼成覆瓿。念爾不能忘，梁月照汝首。魂兮曷歸來，酹汝一杯酒。

歲晚債逾逼，謀生計何仄。泉臺訊忽來，萬事歸太息。之子竟何之，衰顔更减色。一日長于君，玉樓挽不得。相隔數十里，恨無雙飛翼。予衰久患暈，策蹇難爲力。子素敵酒兵，撑腸翦痼賊。胡爲數日病，二豎竟聽匿。人生果須臾，嘆息曷有極。可憐終貧賤，驥子幸嗣職。兼有弟子由，後事不須憶。其子裕，茂才，其弟孝廉昌祚。俯仰觀身世，頭白難再黑。朔風吹水枯，冰雪滿地塞。白晝黯無光，老淚時時拭。

送丁禮門明府靈櫬南旋四首

丹旐翩翩起，空囊落落回。無錢生計蹙，有夢故鄉哀。莫翦甘棠樹，誰憐避債臺。靈輀從此别，腸斷旅魂來。

斯文真欲墜，大雅許登壇。剩有花封滿，誰將棗木刊。白楊他日痛，薤露隔年寒。父老銜悲送，青錢掩淚看。

惠我經盈卷，淋灕榻石巖。蒼茫千載秘，珍重數層緘。知己傾行蓋，神交抵故衫。死生雖異路，報飯啓瑶函。公嘗贈予墨刻十三經。

苦愛予文好，逢人説項賢。難忘知己感，信有賞心偏。風雨連天黯，江湖劃地聯。楚南何日到，愁見暮雲煙。

酬王松坪寄懷之作次原韻四首

我友王摩詰，高名定遠哉。千秋傳舊業，一代仰新裁。希白過司馬，推袁笑子才。挑燈觀近作，巨口爲君開。向評王詩，近人袁子才、前輩白太傅，今讀“天地窮吾黨，山林老異才”等句，白集罕見，《小倉山集》瞠乎後矣。

慣學雕蟲技，衰齡習未除。側身天地古，回首故人疏。果有千秋後，休憐一瞬初。名山藏絶業，附驥竟何如。余信王詩必傳，他日賤名附見於王集，有厚望焉。

無才甘老拙，鼎食詎能求。櫪下原非驥，溪邊偶近鷗。蓮心思出水，菊性不悲秋。會得浮生趣，殘霞照晚樓。

先生真大器，薑桂老逾辛。雷雨堪酬世，詩書足餉貧。名高文苑傳，花現宰官身。他日飛騰訊，雙魚莫厭頻。王秉鐸太原秩滿，以縣令候補。

咏史之五三首

前明大案曾有三，論者疑義難深譚。紅丸移宫并梃擊，小者三案又誰參。詎知武宗殊嗜好，侈心今古無窮探。不愛宫闕愛曠野，宣府豹房我家耽。不愛皇帝愛將軍，頭銜威武稱奇男。

逆案三等誅東廠，宵小鼻息衆人仰。白馬甘露變疊生，無如廠臣成大黨。誣滅忠良羅網興，楊左諸公苦掠搒。東林要典比春秋，何物諸生援聖倣。紛紛生祠遍天下，長生禄位孔子上。

我讀梅村《圓圓曲》，詩史微詞得實録。延陵陛辭赴雄關，婦人不合入兵局。身在關中心在京，一聞入籍怒容觸。興師不爲急公難，請兵詎爲全家辱。花明雪艶獨冠時，進爵王妃非所欲。

挽岳方亭明府八首

岳由翰林改官武鄉調任汾陽卒歸葬四川

近傳汾水吏，絳闕已歸真。棠樹空留蔭，仙鳧少是人。招魂應溯舊，聞訃轉驚新。蜀道猿啼處，他時泣臥麟。

汾水垂新淚，皋狼憶舊官。分疆河尚潤，隔世澤應乾。已斷熏風曲，難回黍谷寒。川原芳草歇，愁對露珠殘。

壯歲瀛洲選，銀章改外符。方期遷大吏，詎意泣窮途。舊雨驪駒唱，新愁斷雁呼。桐鄉如戀葬，泉路望還珠。

尚有城垣在，人亡績未亡。低迴籌築削，浩蕩拓金湯。佛表崇龜號，神留陸氏光。豈惟碑墮淚，嗚咽滿清漳。任武鄉，有修城巨工。

琴堂垂絳日，雅意在傳經。空有侯芭酒，難招宋玉馨。諸生傷劫數，兩縣謁幽靈。不信修文早，成蹊滿外庭。

蓬巷傳呼急，分庭僕數更。盧仝方閉户，韓愈轉尋盟。每挹蘭言重，因憐鶴俸輕。思君今已矣，西望淚縱横。屢顧予草堂。

量移君注意，鏖戰我心消。覓榜嗟名落，逢人問訊遥。揮鞭虚晤對，返櫬實魂銷。兹事真堪痛，回頭别灞橋。予絶跡秋闈，公猶望獲雋，又屬赴任，不果。

少保精忠著，將軍戰績雄。先生衣舊德，奕世冠儒宗。棧道銜哀去，瞿塘入夢空。西南愁絶望，悲動錦江風。

答魏一泉

古文久不作，詩道亦零落。吾衰何能爲，嘆息才力弱。紛紛時藝輩，掇科縻好爵。詢諸古文詞，茫然無綫索。國初盛文章，諸老費斟酌。堪登作者堂，等身兼滿槖。此意向誰論，聊與君爰度。君今果名流，少小露鋒鍔。操觚即凌雲，漢唐泒不錯。我嘗躓秋闈，力勸君薦鶚。年來已奪標，孝廉船綽綽。從此藏名山，著作身後托。迴瞻帖括者，抛磚徒見謔。究竟渠譾陋，善戲不爲虐。君時嘉我言，快如風捲籜。何勞來佳句，意厚詞不薄。謬推馬識途，濫祝健勿藥。揮汗反内顧，今古兩無著。我言享千金，君詩啓秘鑰。走筆報瑶章，報我增慚怍。

黄山苔字歌和柳漁湖明府有序

前明黄石齋先生，閩之漳浦人也。有祖墓在漳之銅山外，地瀕海。道光戊子，塋内石有苔紋，作“黄山”兩字，又如飛白書，作“黄界”兩字，單作“黄”字者，又八九處，俱楷法遒勁，盈尺許。柳明府曾至其地，詢知為土民欲侵黄塋，似苔紋浮字以示警。因思昔賢忠孝感孚，所在不乏，而苔字究屬創聞，爰作歌以傳其事，今明府來署武鄉，出以示客，余因和之。

咄哉咄哉苔紋奇，大爲忠孝標墳基。黄山兩字已别白，黄界二字更無疑。文炳文蔚不一字，有如面命諄諄辭。堪笑世人痴，妄思侵邊陲。不怕山靈巖斧鉞，竟忘塋近海之湄。是時海若聞而怒，洞開水府遣龍螭。珊瑚作筆島爲硯，海水磨墨鱗之而。靈旗恍惚終嫌怪，波濤作戲猶同嬉。大書楷書鍾王體，特借苔繡如刊碑。事爲有目所共睹，六丁鬼斧無容施。賢哉柳子厚，假字作爲詩。攜來冰雪句，隨在使人知。徧告天下窺視者，爾曹胡不念民彝。嗚呼！爾曹胡不念民彝，請歌黄山苔字詩。

范桓一自懷慶來曾以拙稿托其付梓今果刊板攜至喜而有作即以鳴謝

一杯聊洗故人裝，喜見雕鐫姓字香。敢謂文名真不朽，漫勞刀筆頓生光。三章有約愁將負，畢世多情債已償。感激無言拚涕出，爲君高義正難忘。

秋日攜榼同趙鳳原廣文魏雲榜孝廉范秀亭范桓一從孫世綸諸茂才游南山寺紅葉滿山即席同賦限林字二十韻

老去情難盡，秋來愛晚林。南山曾屢陟，結伴快同尋。楓葉紅高下，霜叢艷淺深。半天霞靄靄，萬籟響沉沉。染出宫娥錦，穿成玉女緘。數層羅紺髻，一帶露華簪。促坐圍丹嶂，開筵對遠岑。野蔬充細嚼，家釀屢頻斟。逐隊唯中酒，清談不礙箴。猜拳聲錯落，調笑語凌侵。良宴寬拘束，澄懷閲古今。槐如龍啓蟄，劫是佛光陰。玉井何年禱，香龕已作霖。僧歸顯淨榻，懺誦愜幽襟。寺内松擎蓋，門前水咽琴。池流清徹底，雲影淡將臨。剔蘚搜奇字，登樓發興吟。悲歡今日事，聚散異時心。傑閣餘殘照，川煙透遠砧。夕陽催送客，回首雁吞音。山有龍爪槐、羅漢像、八角井、靈潤祠、雙松、雙池、石刻經樓、觀瀾閣諸勝。

壽王松坪母曹太君

客從銅鞮來，盛誇王宰回。新銷彩雲役，祝母壽筵開。刺史偕紳士，都來銜酒杯。繚繞雲璈奏，綺席燦三台。我謂客淺露，尚未獲孺慕。想當上壽時，心事一一訴。兒無報最能，頻勞倚閑步。昨歲解銅差，萬里資鼓鑄。暑月渡九江，怪風雜雲霧。大雨如倒井，同船不相顧。忽驚竹纜斷，性命浮名誤。兒荷慈母恩，江神卒默護。今春入皇都，銷差蒙記注。王事幸有成，將母爲急務。扶母赤藤杖，滇龍血驚怖。奉母敬葡萄，西域佛所付。何須補白華，兒久嫻詩賦。别無壽母物，不匱可反哺。以是爲稱觴，華筵乃展布。大孝得歡心，客言祗世故。松坪令雲南元謀，解銅入京，渡九江口遭風雨，賴鹽船脱險。銷差引見，奉旨塡卓異班，盡先陞用，暫歸壽母，仍赴滇候陞。

花氣十絶

不是花香不是風，陽春有脚轉洪濛。乾坤清氣元難得，盡在潘安一縣中。

春陰滿地護花欄，料峭東風怯早寒。遥想深閨諸女伴，是誰嘘氣氣如蘭。

一輪明月夜沉沉，寶鼎爐煙入静臨。瞥見膽瓶春艷色，氤氲四座佈雲深。

四氣回環春最和，百花亭畔貯嬌娥。天葩亂墜緑猶染，臭味還須叩釋陀。

數弓曲逕幾層層，摘艷尋芳喜並登。不待明皇催羯鼓，春風和氣一齊蒸。

陰陽橐籥氣纏綿，太極窗前萬卉鮮。悟徹花開聞滿院，何嘗大界隱三千。

暖氣薰蒸蝶倦飛，佳人拾翠素心違。等閑憶得遼西夢，對鏡長吁尚未歸。

東來紫氣滿函關，禁苑花開琥珀殷。聞道中和新布令，玉欄杆外擁仙班。

一樣柔情百樣嬌，襲人芳氣夜相邀。金陵舊有秦淮曲，艷舞爭吹紫玉簫。

扶桑海氣日濛迷，夕照蓮峰氣漸低。花氣紅蒸山水緑，是誰能向氣中題。

次韻和陳商哲遣懷詩聊以釋憾二首

偶見新詩迴出塵，居然抱憾在前春。褊心未化深慚我，遷怒偏逢錯怪人。垢起一言都可笑，冰消兩面各回瞋。勸君此後渾忘却，橋梓交情要認真。

千里名駒忽絶塵，知君高調入陽春。偶然對話旋忘我，曷不原情索解人。事到平時終屬淡，心存熱處反成瞋。名篇和罷從頭續，白髮諄諄最率真。

范桓一次韻見和仍疊前韻酬之二首

一堂聚首快同塵，筆下通融腕下春。古調自來推樂府，今詩畢竟數唐人。濠梁得意魚知樂，喬木求聲鳥不瞋。擬把香山邀唱和，好將俗韻换天真。

瀟灑風流不染塵，超超元箸手生春。應從唐室傳佳句，漫擬隨園覓主人。時與桓一論小倉山房詩。得意忘言原可喜，刻舟求劍定逢瞋。桃花流水當前是，分付漁郎莫認真。

附録五

武鄉范士熊南亭詩鈔

《南亭詩鈔》序

南亭，武鄉古名也，漢設涅縣於蔡皋狼，後魏太和年，遷縣於南亭川，故今不稱“皋狼”而稱“南亭”也。其地在太行之麓，上黨之北，籍隸沁州，爲三晋鄙邑。見於史册者，後趙石勒生身之地，爾時相之者，若張賓、佛圖澄輩，皆南亭英傑。自石氏尊其“鄉”曰“武”，唐宋以來文人不少，概見書闕有間焉。金元之際，詩人邢安國見於元遺山之《中州集》，全詩亦不傳。前明末造大老特起此，地方有記載，維時詩、古文並盛，若竇給諫之見於《張芹傳》，若魏總督暨先尚書魏巡撫、魏太康，并見《明史》列傳。國初諸前輩繼之，麟麟炳炳，先崑崙之見於魏石生《兼濟堂集》、陳其年《四家文選》、王漁洋《蠶尾集》、《西樵集》，趙乾符之見於《漁洋詩話》，魏龍媒之見於《朱太史外編》，文名廣播，邑小而斯文遠勝於他邑。於戲！何其盛也！自康熙後三十年，杜郎中以八股號召後學，嗣後諸孝廉守其業，狎主齊盟。雍正、乾隆時，科第蟬聯，制義而外，無他及焉，士生其間，求如明末詩、古文并傳，久不聞也。嘉慶中，雲南王樂山先生來宰縣，攻藝之暇，詩、古文兼之，而且大聲疾呼，爲通儒。著作家勖然，後吾邑之肄業藝苑者，頗知古近體詩焉，爾來文雅彬彬，不懈而及於古，此物此志也。夫范子桓一專用力於聲詩，於元、明、國朝諸詩人網羅不倦，共得詩若干篇，手録成編，命之曰《南亭詩鈔》。而徵序於余，將捐貲以付剞劂，而吾輩與范子之詩得附諸卷末。披覽之餘，嘉其表彰桑梓，而小邑之斯文得藉以傳，其激勵後人，正無已也。故爲歷溯斯文之興廢，以爲邑人勸，至鈔内之詩之工拙，任有目者評之，又何待余言？

道光二十九年閏四月之吉同里程林宗介山氏題於家塾之尺五軒時年七十有七

《國朝南亭詩鈔》序

吾友范桓一，性喜爲詩而誼篤梓里，自究心古人名作外，於同鄉前輩時切仰止，又一時朋好偶有投贈，輒鈔而藏之，凡同人唱喁無樂引，范君爲曹焉。積時既久，自爲詩日益工，而所藏詩日益富，蓋業精於勤而物聚於好故也。今年夏，彙鈔所選《國朝南亭詩》將付梓，屬余爲序。人之有技，若己有之，意甚盛力亦甚勞，顧其心若意其將傳，而又恐其未必傳也。余竊思詩文爲天下公器，有梓其詩而傳者，有梓其詩而不傳者，要未有鐍置篋中，不令人見而傳者。姑刊而行之，而選詩者之事已畢，即作詩者之心俱快然無憾。獨計吾邑地處偏隅，無風人韻士時相提倡，無名公鉅卿爲之表章，士生其間，足踪恒不出里閈，游覽贈答所得已，僅即風雲月露，藉以閑適而意氣無所激發，將公共詩，料亦爲減色，以是爲詩，隘已。然必以是爲不可爲詩，則其隘尤甚。且桓一之鈔是詩，匪曰聽極於音、身足於蔭也，但就吾邑所有而擷取焉，縱不可傳之天下，先可傳之一郡一邑；然果已傳之一郡一邑，即安見不可傳之天下？吾知桓一此舉，輝映先達，領袖後進，以是爲有所表章也可，以是爲有所提倡也可，他日韡山漳水間有彬彬秀異之士，相繼而起，披卷吟誦，如合鄉先輩，讌集一堂，由是益肆力爲之，而不拘拘於一鄉之見，其風流照耀或有突通前人者，余與桓一幸獲遐齡，倘猶及身親見之也。

道光己酉端陽後十日魏守經書於鳳棲書屋之南窗

《國朝南亭詩鈔》弁言

南亭，山右僻邑，熊又南亭一鄙人，何敢言詩？惟不能詩，故耽詩。每見詩，輒鈔而讀之，問其工拙，不知也。年來窮搜博採，自元明迄我朝，凡得南亭人詩若干首，鈔置案頭，同人見之，有勸付梓者，熊謝曰："兹鈔南亭詩第部存之南亭，以備熊之披覽，以備南亭人之咨詢，如是而已，非敢出而問世也。"同人曰："三百篇爲聖人所刪定，如里巷歌謡，士女贈答，至今猶傳。詩固不限乎人與地也，况南亭俗尚儉樸，有唐魏風，安見其詩之必不可傳者？倘秘之不傳，恐久而散失，雖鈔猶不鈔也。"熊不獲已，重加披檢，取正於介山、一泉兩先生。明以前另爲一册，不入此編，凡我朝詩共訂十二卷，名曰《國朝南亭詩鈔》，以見我國家培育深厚，雖山陬僻壤，亦不乏聲歌鼓吹，宣揚聖化于無窮也。卷首不列凡例，明鈔詩之初心不及此也。詩不一格，各存其面目性情，不敢自立意見，以詩鈔非詩選也。今從同人言，將付剞劂，爰以是言弁諸首。

道光己酉清明後三日南亭山人范士熊謹識

參與校訂搜集名氏

是編所收之詩，除登選諸君不吝惠珍外，尚有同志數人代爲羅致。又鈔本叙次前後或卷帙已定復有補鈔，稿凡數易，洎開雕時，另存底本，以備讎校。繕寫之功，積有時日，其中訛誤亦多煩校正，均爲有勞於兹役者，今將姓名備載於左，已登選者不載：張昂、李獻揚、魏守約、韓熾昌、李秀陵、李承恩、魏錫五、魏南時、程際唐、魏在田、程肇初、白用中、張國恩。

卷之一

程康莊　字坦如，號崑崙，順治甲午應山林隱逸制科，授鎮江府通判，終耀州知州，著《自課堂集》，陳其年選入《四大家文集》。

《南亭詩鈔》所録程康莊詩見前《程康莊詩集》。

卷之二

魏駰　字龍媒，順治甲午拔貢，著《草中吟》，見《山右詩存》。

臨潼懷古

臨潼山下老枯樹，夜集烏鳶曉棲霧。傍有温泉自昔聞，翠袖明璫來幾度。鈿花零落數千年，剩粉殘脂不堪顧。繡嶺峨峨萬丈高，千楓萬柏緑成濤。濃陰落地清波冷，爽氣侵人滓質淘。朝元閣上馬如練，玉闌干外同逐電。山水徒然閲人多，人多閲山山亦倦。我來初入咸陽道，草笠衝風塵浩浩。臨風忽忽動深情，不在開元在天寶。政治依稀貞觀風，無端欲向温柔老。宫中汲水洗猪龍，濕雲夢斷塵難掃。天子不能庇一婦，始覺刑于苦不早。嗚呼！華清宫山川今古同，明珠碧殿知何在？惟有松枝颼颼吹響驪山風。

述懷四首抄二

廉吏謀非拙，其如裕後何。青氈餘舊物，長鋏動新歌。世道升沉易，人情感慨多。鬚眉徒似戟，空與日消磨。

潦倒違初願，中宵嘆不才。行藏疑伏鬼，動止孰爲媒。有眼看人世，無方换俗胎。一番虚歲月，依舊未顔開。

游解脱園奉和朱太史韻二首

太史成高隱，安軒闢草萊。修篁藏小澗，高樹出孤臺。花氣迎尊近，蘿陰接砌來。徜徉渾不厭，莫負紫霞盃。

林外呼黄鳥，亭中宿晚霞。水流花影動，風過竹陰斜。盥手翻荷露，移樽掃石華。坐來心自遠，遮莫足生涯。

白雲莊二首抄一

選勝來幽地，雲深草木凉。花繁迷鳥道，池淺露魚牀。小憩塵根淨，高談舌本香。何緣同杖履，傾倒白雲鄉。

太和宫二首抄一

霄宫開紫極，階下列山川。仙樂雲霞外，靈旗日月邊。人家圍遠樹，古道籠蒼煙。前去紆迴險，無煩寶轡聯。

樓山園二首抄一

呼吸疑通帝，嵐光坐可收。人間心自古，地爽氣如秋。草色通幽徑，晴光上小樓。登臨終不倦，何用問瀛洲。

帶草樓遠眺二首

天地無終極，平生一小廬。愁因窮過我，病爲老輕予。避事門多草，消閑案有書。由來泉石癖，誰借水雲居。

林鵶披暮色，白日上高岑。花石分欣慼，風煙變古今。短歌伸壯氣，獨醉慰離心。一自游人遠，春歸思不禁。

懷蔡二

容易前年別，傷予太瘦生。夢將啼鳥斷，心對落花驚。山月窺人小，江雲贈嶺輕。感懷同此夕，虛白照窗明。

花朝呼老僕游舊圃二首

石老霜華厚，松高月色清。斷崖隨意草，深谷有時鶯。村酒經年釀，山童見客驚。顧予髮未白，共汝學躬耕。

結社南亭上，相違二十年。墻教山色補，門倩水光連。栽石留雲住，虛窗任月懸。青青休負許，樽酒與周旋。

汾陽書舍和陳宗來

天涯望不極，階影上梧桐。小徑偏宜草，嬌花學鬥風。客來茶正熟，鶴唳月方中。但有高人致，何妨壁四空。

西峰寺

獨上西峰寺，晴窗對夕曛。花將風作態，經以貝成文。老樹欹如石，高煙聚若雲。了心求半偈，從此絶塵氛。

浴蕉和梁鵬溟明府

疏枝緑不盡，次第小窗陰。分月開新面，凌寒見素心。照顔花妒酒，感候雁催砧。莫作蕭蕭雨，關河恨與深。

代友嘲別者

禾黍秋風外，心寒酒謾傾。意深然諾重，恩盡别離輕。煙雨催征馬，雲山澹客情。何堪一夜發，凄月照江聲。

送乙校書歸汾二首

客去近重陽，良辰易慘傷。橋頭楊柳綫，天外轆轤腸。此事由來苦，如君不可忘。殷勤重把臂，後晤各圖方。

執手西郊暮，風霜冷佩珂。賓朋方進酒，車馬漫臨河。鄉思君誠爾，離懷我若何。只今容易别，華髮較來多。

秋夜和張芙莊明府二首抄一

盡日愁侵鬢，蕭蕭風雨過。鳥鳴山色暝，人静夜凉多。水氣明沙岸，江聲送遠波。摇摇千里目，一榻意如何。

東郊獨步

高寺依雲近，幽懷爽氣移。野花寒自吐，山果熟猶垂。紅艷霜林淨，珠明露草滋。人煙溪徑合，蕭瑟滿秋籬。

秋懷同王雉升刺史作八首抄六

金風不散故園愁，汾水彪山滯遠州。月下半龕容我懶，花前曲徑待誰游。朱門深鎖孤煙暮，寶瑟晴懸萬籟秋。獨倚枯顔空悵望，乾坤何處泛浮鷗。

風塵碌碌嘆多忙，每到秋深意轉傷。酒後慣能矜手足，人前未許説肝腸。斬蛟空切懷雙璧，拜石無從禮瓣香。漂泊年來成底事，沉酣莫訝伯倫狂。

牢騷謾自寄高吟，誰切西歸報好音。舊侣每慚酬一劍，家人偏易羡多金。蒹葭露下驚寒早，砧杵風催感候深。引領關山秋滿目，蕭疏園柳任晴陰。

散懷獨上小溪橋，瘦骨蒼顔類野樵。花月有情留客醉，文章無分爲誰驕。煙霞事業同雌伏，山水行踪倩鶴招。税駕未知何所似，囊無一物與偏饒。

花謝花開一酒巵，高樓明月斷腸時。蕭蕭短髮飄殘夜，默默愁心寄遠思。車馬西陵空有路，風流南國未逢知。城烏散盡寒煙起，悵望樽前白苧辭。

倚杖空庭百感生，寒風吹柝上孤城。江干問信逢人少，澤畔行吟掬淚盈。青鳥不來仙路杳，彩雲飛盡旅魂驚。何堪鄉思連宵發，聽斷窗前細雨聲。

山居柬陳景皋别駕

雲隱山畦種藥苗，半生事業寄漁樵。旋敲石火温春酒，爲愛松風到草橋。繼述可能追象簡，牢騷空自付詩瓢。年來避迹存知己，獨有幽懷未易消。

内子寄秋衣自汾陽至二首

風吹屈戍冷侵窗，珍重寒衣寄遠邦。咏絮經年長并謝，饁田何日喜同龐。老來兒女三秋淚，病去詩書五夜缸。爲報平安多自勉，牢騷素志未全降。

漠漠秋原路草斑，輕衣寒透不堪删。恐勞剪髮頻辭客，不畏妨齋免閉關。菊徑高低今日酒，雁書風雨夜來山。尋常自是饒清苦，身外而今摠屬閑。

聞李寄庵司李掛冠返越

青山無恙好盤桓，執御何如執釣竿。峴嶺月明人似鏡，鑒湖楓冷客辭官。一尊剩有琴書在，五柳欣同燕雀安。數載素心曾計此，相知不必更爲寬。

大來兄坐上遇舊時别十二年矣感而賦此

蘭昌宫外柳如煙，曾荷銀鐺一往還。九里香燈勞檢校，十千花酒費周旋。故人謝事成先輩，新愛同心盡後賢。珍重春風金勒馬，有人望斷翠雲鈿。

睡起偶成

睡起庭陰聽鼓蛙，箬皮冠冷杖藜斜。流雲捲雨朝棲壁，飛燕噙香晚到家。離亂幾年留竹石，行藏一世付桑麻。西山爽氣時來往，遮莫憑欄伴夢花。

漫興次程思令觀政韻二首

春花秋月兩茫茫，回首難堪年少場。但說有情俱是恨，可憐無事不成傷。游絲已擬縈衰鬢，茶灶空支下夕陽。人老老人終莫解，好將餘念炷殘香。

華髩驚秋秋易過，摩挲雙目奈予何。已輸好境沉風雨，暫倩離懷付嘯歌。百不能堪身老大，一無可取歲消磨。多情竟爾情多悮，爲問君情孰使多。

六月望過馮翊值趙乾符初度即席和祝二首抄一

雨餘桃熟照芳筵，喜共他方月又圓。人到龍門心似水，詩分仙掌筆如蓮。三珠已見承家學，五袴遥知作牧賢。酒爲今宵同調醉，飛來紫氣入薰絃。

玉石巖

鬼斧何勞劈大荒，春風一壑護靈長。煙霞幾處迷松徑，蘿月多年掛石牀。剔蘚漫尋平寇頌，巖上有王陽明先生《平浰回軍留題》。棲幽思種避兵糧。避兵糧系果名，伏波曾過此餉軍。洞門未許雲封鎖，留取來時坐晚涼。

汾　上

獵獵風吹纖水波，中流擊櫂動離歌。野花雨後香生細，深夜潭空月入多。鄉信忽來愁自慰，故園歸去况如何。倚舷一息神千里，俠骨難教歲月磨。

汾陽送殷康侯孝廉還楚

君渡湘江我渡汾，南鴻北雁索離群。禪牀有月曾雙照，花陌無香不共分。煙雨晴川人意遠，秋風紫塞客思焚。中原兩地空消息，回首孤城萬里雲。

清明前二日雨中同姜野修李雲田小集龐明府署齋二首抄一

客路同過逸興豪，一年春事見東皋。遥天杏雨飛清晝，小閣花陰醉濁醪。賢士自能全白璧，時人誰解贈綈袍。肝腸自昔推吾鄙，肯對良辰嘆二毛。

趙平符進士隱居不仕秋初招飲笑棒園

山園城隱四時秋，秋到山園暑盡收。高樹迎人驚葉墮，隔墻沽酒慰花愁。鍾情泉石先邀月，避迹風塵不買舟。一笑機心棒欲斷，幾回煙雨任悠悠。

入　山

索居久已嘆離群，欲向村南學力勤。未買青山先約月，漫開茅屋且邀雲。桑麻坐話同鄰叟，鷄黍周旋有細君。小隱但教心意適，煙光輸與客平分。

無題二首

香塵十斛小腰輕，玉笛聲遲媚眼清。江上璧人來衛玠，宫中木鶴試張卿。游仙漫説迷三島，留恨應教妒五更。一笑煙霞無覓處，武陵風雨亂啼鶯。

東風破笑吐新葩，妒殺櫻桃石趙家。上苑春深人似柳，昭陽日暖面如花。焚香謾叩青頭鳥，貰酒還停白鼻騧。一曲江南誇玉樹，清宵奈可付流霞。

秋雨寂坐報殷康侯白銘石雨社友二首

夜雨聲殘百尺樓，輕寒初上小窗秋。家園夢醒情偏惡，旅況身輕意早休。是處繁華徒刺目，幾回蕭瑟每低頭。從來知己悲難遇，熱血盈腔未易酬。

一榻依棲骯髒身，多情誤我入風塵。明珠買笑談何易，白璧酬知事有因。狂態不妨驚俗眼，深思未許語癡人。案頭滴酒消殘夜，任使籌催戍鼓頻。

内兄朱咸貞西園落成招游賦贈四首

古木陰陰起夕凉，鬱葱佳氣護靈長。青山遥對高人座，緑竹斜分瘦鶴堂。自有天真移造化，不因結構入尋常。林泉謾道長爲主，好爲蒼生慰所望。

徜徉獨上最高臺，雲物微茫一望開。山色遠從天際落，花香時過竹林來。小槽水韻鳴苔砌，曲檻松陰浸酒盃。莫訝桃源人世罕，椝阿今已絶塵埃。

小徑紆廻花木間，遠來步步近蓬山。藤牀欲就青松蓋，竹杖先過緑水灣。地自何年開秀爽，人從今日樂幽閑。沉灰莫羡風光盛，此是文園舊主還。

洞門日日鎖煙霞，學士真同處士家。茶灶亂支雲脚冷，書牀初拂月痕斜。座開北海言霏玉，人是西崑舌吐華。獨幸塵顔今一洗，漫隨博望借靈槎。

楚友白銘石見示先君遺愛碑兼叨過獎依韻爲贈二首抄一

黄鵠嵯峨俯大荒，先嚴曾此駐牙檣。滄桑變幻成虚景，城郭依稀入夢鄉。舊德垂思留峴碣，高人戾止説甘棠。休言海内存知己，白犬丹鷄願更長。

山中即事柬岳績所明府

桃花方引入三邱，落葉驚看大火流。苔徑緑侵稀倒屣，蕉窗青接自科頭。壯懷不盡思前席，幽夢多勞寄遠州。且共同心時解榻，月明煙水嘯南樓。

贈榆邑鄭明府

懸蒲長日敞虚衙，水白山青静不譁。匣有蛟龍堪贈客，野無雀鼠傍栽花。風流雅剩琴弦在，博識奇傳帶草斜。却念樓前攜手日，紫雲深處望京華。

偶作二首抄一

與其常作客，何若主青山。處世每多辱，人生幾得閑。

悼亡六首抄五

甲申遘變，縲繫商南，鄉心永絶。隨身賀氏，艱難備歷，幸事定歸里，竟以勤苦過勞，奄忽碎玉。嗟乎！衆姬辭去，海外止見朝雲；孤鶴歸來，樓頭時驚華表。為吟短歌，聊當痛哭。

半天凄雨客途難，淚盡南雲十八盤。消瘦鉛華惟有骨，豺狼門外慰平安。十八盤在藍田縣南，從此入商州路。

干戈望斷夢中身，霧鬢風鬟共食貧。猶憶臘梅成束買，帶花相對折爲薪。

鈿花銷盡緑成蕪，片月朦朧石馬孤。君已夢醒心放却，半途留我待誰呼。

風燭澆殘雪月天，於何來去忽成緣。冥中亦有窮如我，莫長新愁痛昔年。

簷花灼灼晚霞殘，人去人來謾倚闌。鶗鴂聲中猶唤汝，月明照我上蒲團。

題畫二首抄一

罷釣無心逐浪流，輕簑老我一身休。爲貪前渡桃花好，緑水青山又放舟。

卷之三

趙三麒　字乾符，號石渠，順治戊子恩拔貢生，官同州、横州知州，著《似園集》，見《山右詩存》。

秋夜桂陽署中作四首

木葉下廣澤，悲風起瀟湘。嗟哉遠宦子，中夜徒徬徨。束髮志承明，佐牧於此方。薄績無可紀，歲月亦已長。俯聽蟋蟀鳴，仰觀鴻雁翔。良時少停晷，白露沾我裳。顧瞻懷匹儔，悢悢使心傷。終期崇令德，君子安其常。

西北有浮雲，翩翩適江渚。往來亦何常，隨風自飄舉。客游慕鄉縣，束縛不如汝。自我仕荆南，二紀缺將父。魂夢有時歸，寄書凡四五。慈闈罹沉疾，兄妹各處所。寧知懷中孫，又作泉下土。懸弧雖有訓，違親亦良苦。百慮積秋宵，繁愁誰與語。感彼靡監吟，搔首空延佇。

太上曰立德，其次曰立功。受命守殘疆，尺寸無所庸。往歲經賊烽，蹂躪遍楚江。田疇宿平莽，空城響悲風。流亡漸已集，土鼓事春農。詎曾期月間，免胄趨章縫。湟水湛清波，芙蓉秀高峰。迹慚衛颯并，心企虞潭共。既嬰民社寄，志願畢所從。何以建微勳，憂心徒忡忡。

楚國夙奧區，古人遞游止。嘉名溢江漢，俯仰非一美。二妃泣湘濱，包胥復楚祀。嘗羨鄴侯遁，龍池懷蔡子。功存《孔明碑》，孝指蘇耽里。屈賈與濂溪，接踵去如咫。歷代有傳人，史乘難具紀。曠望對山川，延佇空徙倚。悠然千古懷，當世誰知己。

感懷四首

黄鵠東南飛，千里一徘徊。朝辭韗山樹，夕宿羅浮臺。飲露激餘清，啄粟鄙塵埃。靈鳥慶文明，燕雀空疑猜。自從巢官閣，三見芙蓉開。衆人作近玩，此鳥有遠懷。

束髮期古人，初志亦孤往。七尺絆一官，違心事俯仰。世路自羊腸，直道何能枉。但令行所是，不必紛慨慷。懷哉正氣遒，寥廓存吾黨。

淮南股肱郡，簿牘號煩劇。卧理豐暇豫，好古從所適。下僚何久淹，禄養意徒切。側想高堂宴，望雲勤日夕。反媿貧家子，負薪能自竭。

騏驥乃亢軛，駑馬遂風馳。鸞鷟斂羽毛，瑞應少人知。梅生吏吴市，伯鸞去會稽。兵厨阮公醉，金門方朔飢。仕隱雖異途，共懷心所悲。余也安迂拙，進止昧初幾。何以慰我情，允借達者師。

舟至南雄張太守仲貞遣香山王邑丞追予留行持撫憲傳將軍手札云麒七載孤忠不受僞職業登薦牘檄府起送擢用慚負北山終却其請賦答

歸棹長風裏，不爲世綱牽。咫尺見南嶺，蘆鴻飛北天。前舸悄早發，後舸追獨前。遠致將軍意，披灑招隱篇。綵筆生寒渚，微節汗簡傳。低徊發深省，萬象仍悠然。激流絶藩觸，波聲清叩舷。軒冕豈不榮，初心安可捐。倘未填溝壑，耕鑿頌堯年。

庚子七夕大雨復之任海陵内子索句

日日思歸不得歸，今日歸來又別離。別離相見知何日，記得人間七夕期。七夕別卿豈自由，停盃無語看牽牛。牽牛歲歲長相見，何必機頭淚雨流。淚雨流，可奈何，少年休苦別離多。君不見樂羊子之妻，其夫歸來怒斷機。班生投筆志萬里，畫眉京兆空貽譏。天涯自有王孫草，庭院梨花任亂飛。卿莫戀，挽征衣，我馬歸時應自歸。

潼關行吊大司馬孫白谷先生

朝行潼關道，暮入潼關門。入門長嘆息，嘆息吊忠魂。昔年旱魃長猰貐，賊灌汴城偏逢雨。南川民社白骨流，北岸援師尚歌舞。舞殘頓解鴛鴦瓦，血濺沙場千里赭。地坼天崩可奈何，圜扉始起孫司馬。司馬秉鉞再登壇，官軍復見賊膽寒。請纓再造中原易，孤注誰知信主難。信是養癰如養虎，猶道用剿不如撫。司馬殲渠黑水頭，端皇喜捷武陵怒。武陵何事速其辜，時引太宗曾殺盧。四正六隅方水火，薊北又乞分兵符。援薊秦兵留不還，司馬孤軍出潼關。郟縣一戰多恢復，獲鎧破敵如摧山。那期淫雨庚癸呼，廣恩仍附鷄鳴徒。癸未十月潼關陷，奮臂拒戰無完膚。膚裂猶有罵賊齒，磨頂鋸骨甘如旨。天教碧葬壯山河，差勝馬革裹千里。妻女就義盡從容，刑于閨閣皆君子。同難更有喬參軍，一劍身輕掣海雲。百年板蕩幾男子？肯將勁節輸湘裙。關山仍舊水仍東，惟有古木多悲風。忠魂義魄塞天地，國破豈盡在蒼穹。君不見息壤一盟竟成功，謗書一篋無兩聰。又不見十二金牌便賣國，縱有英雄難爲力。吁嗟乎！豫讓請衣衣出血，椎中副車祖龍滅。厲鬼真有殺賊才，盲闖而今安在哉！

與程崑崙似園夜坐

客散涼風夜，閑庭月上初。竹聲迷遠近，松影見清虛。高興傾殘酒，元言當異書。漫隨蝴蝶宿，花下夢魂疏。

李勝其孝廉以詩見寄次韻奉酬

去國初游宦，新驂刺史車。干戈千里夢，踪迹八行書。入嶺空聞雁，臨湖祇覓魚。何時來問字，重與摘葵蔬。

聽友人彈琴

涼風宜晚集，燈火夜堂沉。吴客鼓蘭摻，臨風寫意深。露桐應下葉，秋鶴欲投岑。此調久淪寂，聞之開素襟。

東臺場與九兄合符宿望海寺

歲暮難言别，僧牀夜雨連。蘆深宜有雁，島外是何天。歸夢無虚日，鄉書動隔年。坐遲明月上，皎皎遍桑田。

春晴鏡陂探梅

殘雪鋪溪路，新花照水齋。冒寒邀賦客，乘醉試芒鞋。古幹猶堪倚，疏香乍入懷。漫誇元墓寺，好處隔層崖。

游法海寺

竹西歌吹地，沙礫起荒煙。破寺寒城外，殘鐘落日邊。行人渡淺水，獵火燒平田。今古維揚郡，滄桑幾變遷。

懷魏龍媒兼柬程坦如

憶昔南川别，飄零又至今。徒懷邱壑志，難按轆轤心。秋色涼如舊，交情淡益深。異鄉連夜月，不耐搗寒砧。

秋日同蘇判官周雪山送魏字青劉菊崖游吴門二首

病裏惜離群，寒蟬老厭聞。蓼花垂野岸，楓葉墜江濆。幽興琴三疊，狂歌酒十分。送君頻悵望，海上有停雲。

渭北江南客，同歌秋水寒。天涯宜酒伴，宦海羡魚竿。麋鹿蘇臺古，笙簫夜月闌。四方君有志，莫嘆別離難。

江亭寓目

萍影連橋翠，波隨曲水遥。花鬟堆孟髻，柳帶侮陶腰。餉客雲千橐，酬詩月一瓢。邊城刁斗急，鄉夢復寥寥。

別　舅

雲山隔晋秦，覿舅倍思親。髪自青年白，家因亂後貧。一卮將進酒，千里倦游人。惜別言無數，唯期重此身。

送李枚及入都應試

六月燕臺去，炎雲亘朔方。壯游休怨別，上國好觀光。馬汗征衣濕，蟬聲驛路長。秋期倚門望，及早賦《長楊》。

南溪即事四首抄一

南溪容吏隱，幾度到花村。眼闊河山小，官卑詩酒尊。紅芙擎玉座，翠盖捧芳樽。偕樂歸來晚，藤蘿月映門。

題宫紫元先生著書園

元晏先生久閉關，鄴園萬卷待全删。滿朝交薦聲名重，闔户誰知天地閑。一代經綸羞小草，百年榮辱付名山。即今仲蔚蓬蒿徑，只許羊求共往還。

送吴興公入越

二月輕風放短舲，春程猶是舊時經。蘇臺乳鹿眠新草，驛路殘花覆古亭。千里夢回愁鬓白，一船人卧見山青。期君多載雙柑酒，入耳啼鶯仔細聽。

黄仙裳卧病樵園寄問

貧家猶苦病侵凌，寂寞園扉掩亂藤。静裏方書翻更熟，秋來衣帶瘦初勝。且將樂意分魚鳥，爲辦閑心對佛燈。努力尚須强飲食，無能饋藥愧良朋。

聞友人移居寄贈

卜宅遥連南渡頭，門前帆影暗沙洲。畫船合載書千卷，翠檻須添竹一邱。長日下帷堪獨嘯，幾時開徑遂同游。來春美酒叨金谷，豫擬看花坐小樓。

送友人赴淮陰幕

千金結束買吴鈎，裘馬翩翩羡壯游。幕府曉開虚左席，軍書夜報借前籌。山陽縣裏邊笳晚，漂母祠前楚水秋。此去庾樓看夜月，知君原不爲封侯。

贈别魏子存南歸

惜别重逢揚子津，他年蘭誼最相親。南州歸去真高士，安邑貧時愧主人。隋苑垂楊聊繫舫，故園秋水待投綸。還家幾日新休沐，早晚題詩咏白蘋。

寄懷朱滄起太史

西河夫子隱蓬萊，尚有文星炤八垓。摩詰自烹茶竈熟，香山新闢草堂開。園名解脱煙霞滿，客有神仙笑傲來。莫道江南無驛使，可能一寄嶺頭梅。

己亥花朝同友山頭閑眺

客歲花朝有醉吟，兹來重集到高岑。千門細雨逢春半，二月新詩賦上林。好景不妨時命酒，良朋且復一攜琴。相看莫負名山約，金谷蘭亭此盍簪。

長安守歲次趙懿侯韻

歲序將分夜欲闌，天涯何事使心安。一時梅柳春光早，數載風塵遇合難。游子已馳新蝶夢，故人猶念舊鷄壇。相逢痛飲燕臺酒，慷慨誰歌易水寒。

秋杪劉膚公孝廉招集西野草堂聽鶴分韻

天高白露下蒼苔，開徑迎寒護早梅。七載羈棲秋又暮，幾人豪俠酒相催。燈傳藜閣星猶聚，夢醒羅浮鶴自來。漫道長鳴驚滿座，行看戛羽上蓬萊。

别大恭杜子濂先生

必簡才華屈宋宗，數年幬覆意重重。駑駘櫪下追風晚，桃李門前帶雨濃。琴景高山思再奏，酒添别淚若爲容。詰朝策蹇華陰道，回望雲停海上峰。

丙午閏夜

長年寄傲倚南窗，爲鑿龍門客上邦。五色文章天有數，千秋氣誼士無雙。甫更宋藝同桑海，唯愛唐賢訪曲江。簡得才豪思報國，青藜徹夜照銀缸。

餞顔方伯

春風吹入紫薇香，西國人歌召伯棠。一柱旬宣恩自遠，二天雨露澤偏長。盟心白水絲難涅，稽首彤廷玉有蒼。熱水遥遥天際去，皎然明月照雕梁。

丙午夏杪飲馮翊七車署月下與魏龍媒話别聯句八首抄四

烽火西京日已停趙，天涯良晤共忘形。樽開北海人多傑魏，花對南山筆倍馨。不約月來清似水趙，誰栽竹老健如屏。公權聯句偏宜夏魏，陽德遥臨射井星趙。

數載相思晋水西魏，秦川忽聚慰雲霓趙。連城有璧還歸趙魏，抱瑟無心復去齊趙。且喜風光人未老魏，相隨劍履路難迷趙。炎蒸不到青楓署魏，好晋濃陰覆臯畦趙。

移樽花苑酌清宵魏，到處烏烏拊缶招。秦晋不因衣帶隔趙，風帆自與岳雲飄魏。數年貧吏存飢鶴趙，幾道新綸賜佩貂。幸際休明同聚首魏，肯教事業付詩瓢趙。

華雲冉冉舞嶙峋魏，矗立遥天向客身魏。竹下裁詩摇鳳尾趙，松頭灌酒濯龍鱗。披襟直擬追河朔魏，問俗還堪賦洛豳趙。共醉他方情更摯魏，故人何事憶鱸蓴趙。

龍　門

巖山一片水中分，陵谷難遷斧鑿紋。放出魚龍歸大海，收來關岳繞孤墳。飛花亂點船頭額，曳履爭穿石上雲。利導當年無所事，後人徒自説紛紛。

登南寧城曠懷次顧辛峰韻前十二首抄六

兩江回合破荒天，銅柱崚嶒憶漢年。膽護蚺蛇爭逐鹿，金銷孔雀伴啼鵑。文章繡世埋春草，斧鉞開山折柳煙。薄暮城頭舒老眼，郊關何處不淒然。

無策籌邊助治安，崑崙關外苦留難。毒蛇潛處千門寂，瘴雨蒸人六月寒。若使侏儷知緑字，肯教虎穴探紅丸。仙公坡上梨花雪，僵卧年來未可干。

五花洲上璧連城，摔碎胡琴玉石聲。蘇守省耕成拙政，陽明揮塵出奇兵。寶弓鋪地青牛角，布帳漫天白馬營。萬里河山歸半部，書生何事誤蒼生。

燈火樓船入夜明，琵琶别調和鼙聲。多君柝月青油幕，坐我春風白玉枰。花爲客愁殊草草，詩因心亂益平平。登高始覺家山遠，日近交南異甲庚。

水月空明洗畫譙，釣鰲野叟玉爲篙。豈貪磯上張和笠，爲耻人間范叔袍。相國憐才傳露布，將軍舞劍讀《離騷》。沙場漫自呼庚癸，且向河邊飲濁醪。

二月清明百六時，干戈剩處思安危。雌黄易信稗官史，黑白難分鬼國棋。雁入蠻鄉聲骯髒，佛沉海底笑慈悲。寶華山下群仙會，放却青龍把虎騎。

登南寧城曠懷次顧韻後十二首抄七

劫火頻驚隔樹霞，燼餘重看縣前花。畫山聚米排珠樹，覓石醫天泛斗槎。虎帳弧懸前代寺，琴堂榻寄細民家。忽聞馬上啼紅怨，疑是龍香却手琶。

春衫初試蟻王臺，鐵筋傳燈撥冷灰。遼鶴歸城紅雨暗，仙梟觸網紫雲開。拈花有韻香千笏，讀史無言酒一杯。勝地重游聊破寂，登高作賦媿樗材。

玉簫聲裡送黄昏，月載虚舟刻水痕。客子猶傳蘇氏帛，窮交復到翟公門。雲迷别鶴衣難拂，春老流鶯舌尚存。細柳重營無緑草，教人何處憶王孫。

大塊文章久厭塵，比來花樣又翻新。量能包地留餘地，老不如人且看人。竹下題詩悲勁節，馬前草檄慰寒燐。漁郎漫道仙源遠，流水桃花可問津。

傀儡場中事事新，鼎爐沸水養金鱗。狼煙豹霧唯隨分，花笑鳥啼各趁春。退馬坡前星挂劍，飛龍洞口石留人。陰霾竟日雙眸暗，萬里孤舟一病身。

笑啼不敢意常愁，景勝何妨數眺游。解組難隨清獻鶴，逃名思飯寧生牛。幾年作客炎蒸地，一夕懷鄉鬢髮秋。螺女無媒遥悵望，山盤雲髻出潮頭。

萍踪落落問歧途，一橐單衣孰信無。病裏客懷言易憤，斗間劍氣月同孤。巨鱗水鑒吞殘蚌，老樹春忙乳小烏。瀇宕白雲親舍遠，幾回夢舞老萊圖。

衡　山

嵯峨南盡楚江天，七十餘峰路幾千。銅柱掛雲堆漢表，祝融看日起山巔。金書玉簡從誰得，石鼓朱陵不似前。縱目衡陽千萬水，每聞鴻雁一凄然。

王文成公祠守歲四首抄一

葵藿心懸瘴海邊，鉛刀淬厲甫經年。辛盤蔬冷辭今夕，午夜香寒對昔賢。數卷殘書終是累，一肩瘦鶴只增愆。不才自合明良棄，何事山窮問遠天。

送毛君瑞游戎之任姑蘇

六載籌邊漢將功，聖明南顧起飛熊。言扛九鼎山河重，劍倚長城社稷雄。犀甲凌風辭瘴海，虎邱列帳幌吴宫。汾陽舊友陽關曲，子夜聞鷄月掛弓。

春懷和靈山林明府鶴齡疊次其韻十首抄四

東風吹柳染平蕪，夢草塘前動客吁。掬水擎天雲樹合，還珠聽月海波無。詩書何幸存吾黨，衣食維艱愧室孥。雨後楊花飛不起，黄鸝繞棟幾招呼。

田園十載未全蕪，夢寄南窗嘯復吁。琴碎難留飢鶴在，鋏歸豈爲食魚無。勞勞海角探珠母，落落晨星辨烏孥。嶺外梅花遲驛使，停舟隔岸每高呼。

八百桑田頃刻蕪，書空未了鬼神吁。登樓望月隨高下，隔浦聽鐘乍有無。柳汁點衣酬塾士，桃花靧面慰妻孥。可憐閑却調梅手，那許東風折柬呼。

琵琶洲上采蘼蕪，水咽離聲觸短吁。野馬漸消諸小有，海鷗相對兩虚無。支離顧影花爲友，老大憐兒鶴是孥。夢到邯鄲春已暮，清風明月許追呼。

舜　墓

大舜昔南巡，不見南巡迹。但餘此墓旁，一片瀟湘石。

韓仙祠禱雨

濟世流瓊液，仙風高萬古。藍關喚雪來，豈不能呼雨。

户軍里

屯井軍民合，菜花滿市門。西京烽火後，剩得幾家村。

城　南

士女踏青來，徘徊隋帝臺。楊花方落盡，又見李花開。

撫興寧縣雷溪十二崗猺民即事

猺蠻生長不知書，亂後横戈費剪除。今日吹簫兼伐鼓，家家買得太平魚。崗有魚，名太平。

緑牡丹二首

十二樓臺遍着花，紛紛黄紫鬥豪華。誰知錦幔雕欄内，别有明珠出石家。

看來難辨葉和花，淺白深紅未足誇。醉客滿堂銀燭暗，衹疑雲鬢隔窗紗。

送友之淮陰

江湖浪走一空囊，歲暮狂歌入楚鄉。莫向淮陰城上望，釣臺煙草白茫茫。

聞　蟬

蟬鬢新妝透曉寒，飛來偏識侍中冠。問臣那得心如水，賴有君王賜露盤。

卷之四

杜來鳳　字丹邱，順治丙戌進士，官江寧知縣。

東山小壑頭

何年勞鬼斧，劈此嶺頭分。度峽疑無路，黏天止見雲。嵚岑隨馬墮，風雨隔林聞。共道前村近，行行已夕曛。

程康世　字坦夫，康莊從弟，諸生。

《八老圖》詩並序

顏延之《五君咏》人各一章，章各八句，效為《八老詩》。愚以為三百篇後，惟選詩猶近古。而高年碩彥，亦不得以綺語唐突，若第言其壽，恐洛社、香山不獨以年傳也，稍推廣之，要非溢情。

魏惠庵

栗陸去我遠，智愚鮮復真。皤皤者黄髪，彌縫使其淳。愛身惟寶嗇，全物一心仁。晨興擁篲出，聊清九陌塵。

趙乾符

人當强仕日，是君懸車辰。功名等爝火，軒冕安足云。學稼與讀書，一一具經綸。賢者不可測，巢窩又焉分。

張文舉

青牛栖一葉，日及競朝曛。無多造化力，居然天地仁。百年遠行客，立身令名存。始知張仲蔚，堪爲衆所尊。

陳相禹

雲氣涵青谷，星光集盤山。璚條鳳爰止，玉津蚪斯蟠。野鳥鳴弦轉，山花如渥丹。前村社鼓歇，翛然杖策還。

趙世瑞　合符昆季二首

心遠不在地，慼喧語闠闤。逐逐各有營，斯人獨無累。樂聖匪逃禪，貨參輕泉貝。欲壽則可爲，蟻視權與貴。

王倪逢齧缺，長沮耦桀溺。異苔可同岑，終感非親戚。不如墨胎子，西山同食力。美哉二趙君，高踪齊在昔。

張奎白

沿山葺茆茨，結搆罕經營。夏來桑柘長，秋至禾黍盈。有時凌絶巘，還復踏沙汀。相羊澹容與，髣髴見先型。

程坦夫古人每自贊竊附群賢之末而綴以詩

適俗既違志，遺世非我心。虚牖朝光滿，揮弦鳴素琴。幽巷塵不到，長嘯聲振林。藜床手《道德》，頓覺氣蕭森。

趙偉品　字岳卿，三騏從子，順治丁酉舉人，官隰州學正，著《小歇吟》，見《山右詩存》。

叔父之任海陵時禱雨禁酒戚友酌水送行

一杯鄉水餞雲旌，永日長途驥足輕。琴鶴兩隨攜故物，河山半部續宗盟。豈惟君子交宜淡，始識臣心守更清。别後親朋應計日，到時甘雨滿蕪城。

魏佩　字德卿，諸生，見《山右詩存》。

避地榆邑後莊雜咏四首抄二

山到崔嵬處，猶然盡力耕。植犁如掛壁，下種若懸枰。晨夕期霖雨，桑麻敵稻秔。家家金杏熟，筐筥一時盈。

拮蹶無暇晷，勤勞不憚焦。析薪旋厝火，索帶强耘苗。幼女知經絡，童兒解牧樵。猶然生計迫，木葉飯晨朝。

程正　字長文，康莊子，縣丞。

山　居

寂寂居山館，風林獨鳥鳴。雖無塵事擾，終起故園情。

程驤　字雲文，正弟，康熙壬子舉人。

送徐電發之太湖

錦帆百里藉東風，翹首寒生畏轉蓬。殘雪遠山看尚白，小桃近水愛初紅。司空石上三峰秀，郭泰舟前一望通。此去已知彭澤宰，主賓相遇意何窮。

魏世官　字鄧林，康熙庚申選貢，見《山右詩存》。

咏　懷

何堪引鏡忽成翁，壯氣猶能擁渴虹。書著玉杯終敝帚，琴彈珠柱總焦桐。葵雖處晦原依日，蘭自懷香豈借風。莫慮禁中無頗牧，白頭誰復慰文雄。

史珥　字彤右，康熙丙辰聯捷進士，翰林院清書，庶吉士。

秋日訪友二首

所之無住着，信步踏東林。亦謂驅愁緒，相逢起道心。坐忘微雨過，談畏夕陽侵。得意無言處，拈花聽暮砧。

俄頃惜離别，遲遲去復來。病軀談倍健，鄉思久彌灰。不避兒童厭，渾忘更漏催。歸來戴明月，祖舞興悠哉。

贈王寅若

長安落落誰知己，雲水行藏共此心。君以琴書輕富貴，我雖城市亦山林。喜披青史衡今古，懶逐紅波問淺深。豈是吾曹虛歲月，而今天地一浮沉。

淮陰侯墓

哀此王孫卧北邙，行人誰不恨高皇。沐猴江上歌方歇，走狗宮中泣未央。母飯千金還重報，君恩百戰忍輕忘。陰謀縱使身宜戮，三族何辜一併亡。

魏倫　字明川，雍正壬戌明通，官寧武教諭。

和李汝明八音寫懷元韻二首抄一

金門射策漫疑猜，石枕巖頭舊有苔。絲急先防驚餌去，竹幽却許抱琴來。匏樽一酌和顏解，土鼓三聲逐笑開。草道乃孚須已日，木鷄養得幾多回。

龍爪槐

怒攝鯨鯢駕海來，南嵬蜕骨起雲堆。蒼茫夜盥三更雨，霹靂天轟二月雷。奮臂直摇山嶽動，揮拳驚拍浪濤開。人間何處修鱗甲，應奪龍宮第一胎。

諸同人柬招次銓詩以却之

宦海何如斗室寬，十年已懶到長安。寧知塞馬福非禍，漫問鳴蛙私與官。獨坐攤書四五卷，客來剪韭兩三盤。個中自有真消息，不作邯鄲夢裡看。

魏惟五　字爵庵，乾隆壬申恩科亞元，官神木知縣。

不寐

不寐涼宵永，凄然爲感秋。關山千里夢，風月五更愁。城柝聽還咽，燈花結故裯。草蟲如有意，窗外亦啾啾。

瓶花

小閣藏春色，瓶花爛漫開。不教風雨妒，時引蝶蜂來。疏影齊書帙，清香入酒杯。數鬟隨意好，詩興欲相催。

春思

芳草堦前片片花，春懷無賴鬱交加。英雄氣已消兒女，老大時方惜歲華。南浦煙波人悵别，東風楊柳客思家。夜來魂夢飛揚甚，又到秦關晋水涯。

春風怨

憑欄何故駡春風，斷送芳華日幾叢。忍使多情清夜月，翻階偏照落花紅。

史嶷　字九峰，諸生，著《憩峰樓吟稿》。

廬山口占八首抄四

舟泊盤塘岸，蒼茫路不分。滿江風雨至，知是匡山雲。初望廬山。

匡山多老松，日久化龍去。夜半龍歸來，滿林風雨怒。東林遇雨。

王母水晶簾，珠璣映碧落。匡君偷得來，挂在黄巖壑。瀑布泉。

上到五老峰，仄徑半天跨。廻看人間世，雲迷不敢下。自五老峰歸。

趙擴　字充之，乾隆乙酉舉人，官滎城知縣。

游天成寨

迤儷出山莊，幽尋愜所見。亂石夾重崖，草色互葱蒨。古路漫凹凸，意謂無詭變。誰知倏忽頃，別自開生面。峭壁莽陰森，幾疑龍虎見。中有磴道垂，艱哉渺一綫。仰觀天成寨，突兀尚難援。攀緣學蟻附，回顧目欲眩。力盡地亦平，臨眺却可忭。衆峰相起伏，遠水如匹練。夕陽一返照，好景各自獻。天末蒼煙開，歷歷辨州縣。燃柴沸茶鼎，隨便坐群彥。有酒戒沉飲，惟恐足力倦。日暮歸來時，歡洽重開宴。

初到崇城

青山千餘仞，微徑苦仄仄。忽爾廻環處，宛然別一域。懸崖直下垂，古廟居其北。憑欄一南眺，連峰去如翼。遠景分濃淡，岡巒互相逼。爽氣豁吟眸，高風蕩胸臆。舉足可升天，奚借罡風力。始信陟山人，登峰宜造極。嗟哉塵俗士，可望不可即。

公出遇雨戲作

人生不百年，憂喜常相半。何乃炊黍許，方寸交縈亂。五月久無雨，群黎苦旱嘆。綠苗雖復佳，再遲恐灼爛。我此焉承乏，坐對顏應汗。方擬竭誠求，既沐還既盥。天心本仁愛，大號忽然涣。前日既霢霂，今朝愈滋漫。甘霖本爲一，於中隔宵旦。起望四野間，平疇胥浸灌。而予方行役，征途亦頗憚。點滴入衣袂，濁水濺輿幔。更憐僕從苦，泥塗深没骭。舉步不盈咫，傾側魂欲斷。未雨求得雨，既雨復長嘆。造物應問汝，如何平汝憾。但可雨田塍，毋須及路畔。人情真難足，書之聊一粲。

閲詩戲作

詩人往往兼好酒，李杜篇章傳不朽。要知李杜以詩傳，不是酒癖傳能久。詩人往往兼説貧，上無茅蓋下無裍。屠沽販負紛紛是，未聞都號能詩人。詩人乘興作豪舉，淋漓酣歌深自詡。今年貧到錐也無，遣興更使天花舞。我生嗜酒又奇窮，句不成文語不工。若但論貧兼論酒，詩壇也合作詩翁。

海　望

紛紛名利角雌雄，一望滄溟覺意窮。虚擬鬼神如有在，遂疑天地本來空。依稀遠島呈微粟，縹渺浮生直轉蓬。雲夢漫誇吞八九，且來放眼看鴻濛。

李端　字凝度，嘉慶己未進士，官翰林院編修。

勵志詩八首

日月運行，循環無既。感兹素秋，立志斯貴。毋昏爾神，毋靡爾氣。曾是聖賢，而敢不畏。

其畏伊何，無荒無怠。如甘受和，如白受采。仁由己爲，過不憚改。尚慎旃哉，庶無後悔。

登高遠望，我懷古人。《書》誡無逸，《盤銘》日新。矧此志士，而敢因循。無誠不動，有感斯神。鄒生吹律，黍谷回春。

精衛填海，海水無涯。愚公移山，山勢峆岈。東隅已逝，桑榆非賒。豐城劍氣，終顯張華。

渺渺修途，惟志可必。有基勿壞，譬彼作室。築之登登，棟隆斯吉。樸斲未勤，胡施丹漆。

謂山蓋高，不棄培塿。謂水蓋深，不棄鹹鹵。容納須宏，層累是取。微玷弗除，終類瓔瑀。細行不矜，終偭規矩。

鋼經百煉，繞指成柔。肱能三折，良醫可求。知止得止，雖休勿休。瞿瞿良士，職思其憂。若農力穡，乃亦有秋。

千古薪傳，惟精惟一。作僞心勞，作德日逸。積厚而流，御虛以實。作爲此詩，服膺勿失。

早發坡底過上巔山

客心急思歸，駕言發清曉。殘月挂屋檐，鷄聲出樹杪。馬蹄響亂山，餘夢馱騾裹。行行漸躋攀，巇磨盤空遶。怪石立如人，近視斯了了。不覺置身高，但見群峰小。山凹四五家，古木啼寒鳥。清泉汲澗深，炊煙透林表。朝暾迎面來，下瞰明河皎。出没望南關，雲山互繚繞。何當下平原，肆騁雙眸瞭。

市炭行

吾家舊在皋狼東，亂山一帶石巃嵸。炭窑相距百餘里，鑿山取道通蠶叢。午歲設館來榆邑，薪米價昂常不給。更值嚴寒爐炭空，山童報我我心急。是日大雪滿城飛，填街盈巷人迹稀。余素性迂少相識，叩户求人與世違。遣童冒冷尋煤市，千緡能買我亦喜。無何旁午黯然來，雪花遍身冰在履。具言此地煤素缺，况復山徑埋寒雪。城中煙火幾千家，半因求炭足躄躄。如是我聞一長嘆，吾齋暫可乏薪炭。先憂後樂古所云，獨惜此時窮民少炊爨。君不見凛凛寒威足損神，半山尚有採樵人。手膚凍裂血水新，腹飢腰折仍負薪。又不見當年王石蠢愚才，蠟薪飴釜競多財。金珠一旦委塵埃，過眼豪華安在哉！

敝裘歌爲楷堂同年作相嘲並相慰也

楷堂下筆誰與儔，笑傲直欲凌滄洲。胸中錦繡軋軋抽，寒不可衣衣敝裘。敝裘單薄難禁秋，况值歲暮多窮愁。凍雲朔雪滿城頭，紙窗亂打風颼颼。伊人金石傳歌謳，閉門不肯干王侯。我時過訪無鳴騶，有裘新製羊毛柔。服之熱汗如漿流，豪華頗耀君雙眸。夜來獨卧鼾聲，我裘竟被穿窬偷。怒號噪急干唇喉，玉樓凍合肌粟稠。楷堂拍手笑不休，此後尚能驕我不？

楷堂新裘歌

歲在庚申月建丑，新裘驟見楷堂有。嚴冬已過春又來，寒圖强半消九九。長安富賈善居奇，正是羊裘减價時。自脱春衫换冬襖，春衫典去無還期。我聞昔人長竿標，褌聊爾爾□君裘〔一〕。毋乃類乎是不然，直須量減十日糧。奮焉一旦爭觀美，吁嗟裘兮來何暮。東風漸緑庭前樹〔二〕，會當春服滿汀洲，君之新裘應如故。

【校記】

〔一〕□爲原文脱字。

〔二〕此句前有脱句。

過上巔山

樹杪葱蘢石徑斜，盤旋車馬上雲霞。千峰拔地排狼燧，兩界分疆互犬牙。夕照乍明飛鳥背，炊煙時透野人家。誰知搔首蒼茫際，有客題詩覽物華。

己未九月送趙肖巖舍人南旋四首抄三

儤值同聽禁漏殘，交情淡處見交難。忘年愧我非英友，守道憐君耐冷官。五載宦囊書一篋，半生家計竹千竿。肖巖詩有“琴高溪上千竿竹”句。蓴鱸正美思歸去，聞説江天眼界寬。

不唱驪駒已慘懷，蕭蕭風雨黯燕臺。千家秋思催砧杵，一片離愁入酒杯。匹馬長途天欲暮，寒鷄茅店夢初回。梅花發後君歸未，記取江南驛使來。

昔年相伴值綵綸，古塞風雲句尚新。“古塞風雲立馬看”，亦肖巖詩句也。豪氣已除真解脱，名心未退自沈淪。拼來多病惟耽懶，擲去流光不計春。我亦有田漳水畔，何時同作釣游人。

雨日出都口占

倉卒驅車出帝京，瀟瀟風雨倍關情。素衣半染天街土，倦馬空嘶砥路平。丹鳳城邊新柳色，白溝河畔舊流聲。歸心仍是來心未，怕有旁人問姓名。

九日感懷

客中無事倚欄干，滿目秋容眼倦看。九日蕭條居別館，十年書劍伴征鞍。林凋柿葉飄蝴蝶，風捲蘆花滚雪團。幾欲登高怯蕭瑟，無人知是客衣單。

留别黄杏江水部同年二首

剥啄驚傳有故人，門前倒屣候車塵。不圖此會心方訝，又恐將離涕欲頻。握手互看雙鬢改，聯牀緒語一燈親。春明舊雨如相問，只道山中似昔貧。

二十餘年謁帝京，邯鄲夢裡笑盧生。交因貧賤情方重，人到聰明福便輕。得失幾同蕉鹿幻，衣冠難免沐猴名。玉堂舊事吾能記，一道冰銜澈底清。

與杏江夜話有感

悔煞初心苦好名，偶談近况欲吞聲。八年作宦頭空白，半世嗟兒夢亦驚。命似黄楊逢閏厄，身猶寒菊傲霜生。與君重話長安事，無復當年慷慨情。

九日游慈雲寺

慈雲古刹枕山隈，九日登臨逸興來。鴻雁遠隨煙樹没，黄花新傍梵宫開。司空碑版垂遺蹟，内有程司空鳳菴讀書處，碑版尚存。太傅精靈想晋才。廟塑龍神像，系晋太傅狐突。獨倚西風無限意，半林落葉下蒼苔。

遣懷簡虎卿比部同年即步元韻

昔年同上大羅天，曾被人呼閬苑仙。自古慳囊難作宦，於今破硯當耕田。不情面目原乖俗，多病心思欲證禪。一事輸君能灑脱，竹牀時借老僧眠。

己酉六月九日感懷

黑甜醒後晝猶長，席展桃笙小院凉。步遍苔堦鞵映緑，拈殘花瓣袖餘香。避人欲學三緘口，嗜酒常迴九曲腸。我本玉虚洞中客，何時控鶴上扶桑。

山中清夜

踏破蒼苔月，衝開石上雲。酒醒琴一曲，無復世人聞。

春日偶成

香霧濛濛入望迷，數株紅杏傍疏籬。不愁細雨沾衣濕，且爲看花立許時。

白馬山雜咏五首

黄鶯招我過林傍，吹面輕風陣陣凉。卧到山間人不管，松陰爲被石爲牀。

踏破蒼蒼石上苔，層巒高處撥雲開。歸時笑與山僧説，赢得清風兩袖來。

眺罷青山掩北堂，渾無一事對琴牀。紙窗半被狂蜂嚙，放出爐煙幾縷香。

曉日騰騰轉碧灣，空明一片映柴關。不知誰把文犀帶，抛在山間與樹間。

寂寂柴門傍澗開，棲禽亂噪夢初回。醒來怪問泉聲急，爲有西窗夜雨來。

夜宿坡底口占

孤燈誰伴客懷幽，唧唧蟲聲滿院秋。檢點行裝留絮襖，明朝准備過山頭。

太上皇紀元週甲授受禮成恭紀

壽寓珠囊啓，金甌景祚延。無私三極建，有象萬方宣。瑞氣凝雙闕，祥光被八埏。候調葭律協，統正斗杓旋。幸遇皇敷福，欽惟帝奉天。一堂親授受，六甲紀周全。耄念休徵備，龍飛大寶傳。文思常裕後，濬哲本承先。治象風行草，心源月印川。爰符箕畢好，直契典謨篇。主器亨占鼎，宸衷健體乾。歡騰青甸外，詔下彩雲邊。率土深懷保，窮檐樂惠鮮。洗兵枹鼓靜，視學石經鐫。額廣芹爭擷，科開茹必連。掄才興樸棫，闡道察魚鳶。飲食生民質，人情聖世田。叙彝疇錫九，賜宴叟盈千。復旦鴻蒙闢，重離旭照圓。曉催銀箭漏，香繞御爐煙。虎拜群僚肅，嵩呼列辟虔。禮成鵷鷺集，樂奏鳳凰翩。咿嘔圖王會，睢盱繪史編。微臣依禁省，稽首萬斯年。

史嶅　字魯山，諸生，嶷從弟。

九日登銅鞮署内慶豐樓

長羈官署情何極，獨上危樓思有餘。兩見籬花都作客，數逢歸雁總無書。雲環雉堞城煙屹，秋老龜山木葉除。徙倚南窗頻悵望，兒童忽報寄雙魚。時得家書。

魏鸞翱　字儀廷，惟五子，乾隆己亥經元。

贈劉某

風雨送春歸，旅思迷芳草。之子惠然來，感舊傾懷抱。二十年前數舊游，吾邑名士推兩劉。原甫貢甫方競爽，詞場踔厲伏匹儔。流光倏忽如反掌，令伯墓前宿草長。尊甫白首老明經，邂逅意氣仍崛强。見君常如對若翁，美髯飄飄氣吐虹。偏是文章憎命達，頻年挾策走西東。只今小隱不得意，丈夫自有青雲志。不爲良相則良醫，國手何妨從小試。河間醫脈接長沙，朱李後先各名家。想君熟讀原病式，定復旁搜擷英華。古來此事堪不朽，折肱折臂用力久。我今放言君信否？休悵傳經心事違，十年且試活人手。

卷之五

趙昌業　字敬哉，擴子，道光癸未恩貢，著《課餘吟草》。

飲酒詩十首選三

五倫天所賦，樂地容身寬。湛露宴臣工，洗腆承親顔。閨壺宜偕老，友于藉團圞。嚶鳴更相和，酬酢慶交懽。何曾戒飲酒，束縛使拘攣。流蕩一忘返，坋起愆尤端。二者相譏切，沉昏綱易干。先生豈流毒，大典懸不刊。人自爲酒累，於酒何責焉？

來者日已速，去者日已多。童稚皆抱子，强壯髮皤皤。雖有補天術，難可救蹉跎。雖有拔山力，無由挽羲娥。世事紛難料，反復如頹波。我醉因無賴，不醉欲如何。

酒中有真味，無過韻與豪。有如游名山，巖壑萬花饒。從容與領略，曲折隨所遭。又如負大敵，笳鼓間鐸鐃。口作長鯨吸，辟易萬夫逃。易地則非宜，况乃成呶呶。寄言提壺子，慎勿徒醨糟。

庚午歲業赴秋闈於二場聞訃旋里既而介山不遇來歸遺書相問哀慰備至兼惠以詩始知鄙卷擬中第三遲日謹成二十韻奉寄

曉日射簷隙，有客叩窮廬。疑是催租吏，徐問子誰與。家童走相報，手提雙鯉魚。緘縢慎以密，顛倒赤與朱。殷勤展書讀，未發先欷歔。苦語間層疊，真氣絶牽拘。首唁皋魚恨，風木佐嗟吁。繼悲郄生對，東堂命齟齬。終言劉蕡策，被放歸窮途。反覆數百言，詞盡意猶餘。贈我瑯玕句，終始憶微軀。揮灑相思淚，字字鮫人珠。羈愁雜感遇，幽憤何鬱紆。我愁日以迫，二毛欺鬢鬚。塊處同槁木，何以報瓊琚。甚愧良意厚，殊無一得愚。頗聞古志士，不墜青雲圖。君身豈久仰，自當收桑榆。廻首忽嗚咽，悲風來四隅。置書三嘆息，淚下沾衣裾。

夜　夢

我夢從館歸，上堂拜阿母。服飾如平時，宛然容可睹。訝兒形何瘦，憐兒讀何苦。呼婢具茶湯，勸兒多飲茹。親手檢衣衫，針綫密密補。言從兒去後，薪水時或阻。庾粟行已空，朝夕專望女。娓娓説劬勞，纖悉若條縷。鷄鳴忽驚覺，瞻依無處所。淚下如流泉，哽咽不能語。永念慈母恩，惻然傷肺腑。

信成齋八咏

信成齋，外家李氏書室也。地有園亭之勝，每時入春夏，飛沉交暢，卉木爭榮，仰觀俯察，信游息之佳境也。猥以菲材，館於此者近十年矣。暇日成小詩八首，欲書之壁以誌梗概，匪敢示人，聊鐫歲月云爾。

臺

壘土臨前衢，未須度尋丈。茸茸翠罽齊，蹴踏平如掌。環望接崔嵬，一缺通莽蒼。白雲澹無極，邈焉發遐想。

池

瀲波貯淨渌，曾無纖翳侵。宵翻素月影，日偃長松陰。微風颯然過，空明難迹尋。静對意彌永，泠泠清我心。

花

小徑半欹折，疏散羅群芳。後先各妒艷，窈窕無凡妝。月影淡横砌，風香清度墻。誰與惜幽賞，頻來泛瑶觴。

木

樹木如樹人，培之固宜早。箕裘歷幾傳，群材各已老。楊柳依樓春，桃李競時好。獨愛百尺松，亭亭雲漢表。

禽

飛飛集林鳥，時復流新聲。喁于不可辨，隱約呼其名。來固足欣賞，去亦無吝情。何事圖消閑，損兹天籟鳴。

魚

游鯈頳以紅，天然二寸許。來往媚晴漣，浮沉暢容與。濠上雖云樂，未若搏風舉。曠哉《逍遥游》，無爲作蠻語。

亭

亭幽足御暑，坐覺囂塵空。横榻北窗下，高曠羲農同。户暗柳陰重，簾疏花氣通。好風颯然至，未暇論雌雄。

圃

小奚亦愿端，術諳灌園叟。咿啞桔槔鳴，翠畦潤何有。凌霜擷寒菘，冒雨剪春韭。未審肉食人，曾知此味否？

中夜吟

夜久不成寐，囂然聞訟聲。肢體何雜遝，環呼鳴不平。證之以耳目，群謂得其情。手云已生胝，徒爲鉛槧擎。足云已穿踵，但遣竭蹶行。口凛三緘戒，含意未敢呈。腹固作雷吼，聞之使人驚。此君茫無主，惻惻哀矜生。環顧謂耳目，無蔽爾聰明。耳目同聲對，臣職給使令。古人重頤養，毓以發光精。前者餘井李，蠹蝕猶半嬴。非伊匍匐往，臣已同聾盲。此事其有焉，願主詳其誠。此君勃然怒，切責嚴權衡。特遣肺腑語，同兹肝膽傾。爾曹從我久，愚闇邁蚩氓。無功不自愧，妄想非意爭。南畝困胼胝，優游几案横。閭閻缺藜藿，朝夕匕箸撑。無知固頑蠢，有覺何牽縈。牙籤列萬軸，照晰明鏡瑩。芻蕘有妙理，過若微風輕。負我亦已甚，我自育含宏。苦思復焦慮，藉以代躬耕。胡爲不相勵，欲我縛塵纓。請今任爾適，何計得豐盈。兩造咸屏息，弭耳願乞盟。曾聞古遺訓，體有大小名。勤渠出爾力，從余斯邁征。窮達自有命，税駕無歧程。遷延名辭辟，静寂瑶臺清。漸近華胥路，冲漠無將迎。栩栩化爲蝶，何慮復何營。

煤窑

金玉世所貴，羅致良獨難。水火民至足，待用宜無患。水弱固多死，火烈民亦殘。豈惟不敢蹈，取之嗟難言。吾鄉産石炭，幽邃閟岡巒。居人愛奇貨，聚族鑽巑岏。既得疑拱璧，祭賽紛來觀。臨穴皆惴惴，猿狖愁攀援。其徒賈餘勇，身輕插羽翰。懸緪百千尺，轆轤轉彎環。投之深淵些，冥冥降雲端。纏頭束燔火，聊當燭龍然。冰冲鑿終日，虚往期實還。暮從眢井出，魑魅諤人寰。豫讓全身漆，墨子絲長嘆。但見眼餘白，誰復分朱顔。狰獰鬼手馨，搶攘攤金錢。歸來競酤酒，醉笑稼穡艱。我爲再三嘆，頤養咸繇天。胡爲區區物，愛惜反成慳。或云天道遠，預以絶貪緣。險猶恣攫取，易孰肯耘田。不見江海上，販舳蹤纏聯。所得豈不伙，性命輕雲煙。人心固不一，嗜利生可捐。緬想巖墻訓，誰與信前賢。

晤李會三戲作

春多氣上疾，今君病獨否。不遇折肱醫，反逢剥牀咎。我時來問君，群婢共掩口。痌瘝切乃身，豈慮言之醜。君爲呻吟語，頗異柳生肘。初若蠶尾舒，繼如鳥吐綬。舜行怯蟻隨，韓王羞牛後。請看身餘幾，但猶不畏首。我乃逌爾笑，此疾來已久。東坡食淡麪，腹作菜園叟。魯望絶交書，誓謝杯中友。我意殊不然，何用將腹負。聊且食蛤蜊，更復進杯酒。意尻神爲馬，足下風雲走。逍遥物外游，贅疣復何有。

齋前探春三月始花

探春特開早，不與群葩同。托根富貴家，花瓷琢玲瓏。屏遮金翡翠，帳映紅芙蓉。龍涎烘獸炭，暖氣春融融。未臘已先放，含笑凌東風。來觀共錯愕，誰許前爭鋒。此時齋前花，闇淡霜雪中。靈荄儼蠖屈，清幹隨雲封。正月未甲坼，二月猶曚曨。三月行已半，盈盈華始豐。所性豈有殊，遲速渺難窮。繞樹成獨笑，慰藉理潛通。早芳雖自異，時過緑成叢。遲開亦不惡，積久香愈濃。君看松與柏，豈肯競時容。無爲作慨惜，爛漫倒金鐘。

讀昌黎《秋懷詩》因倣王梅溪叙意敬次其韻七首選五

秋氣日櫹槮，禾黍光薿薿。白露夜沾濡，原草緑未已。四野蟋蟀鳴，聒聒驚兩耳。倚户獨徬徨，感嘆愀然起。爲念歲月徂，直與駒隙似。人生非金石，盛壯難可恃。努力愛分陰，轍迹遵前軌。春花雖云妍，秋實亦所喜。

愁人易感傷，經秋乃益悴。回風一蕭瑟，落葉紛委地。林鶴饑不鳴，田雀飽欲恣。饑飽何足言，旁觀自感異。惻惻方寸同，誰道知希貴。

日耀遠山明，雲擁前村暗。今歲禾頗稔，用釋農甿憾。守望急遮邏，偵伺若鬼瞰。重此性命資，護惜安敢淡。翳我獨何爲，攤書肆泛濫。饜飫復沉酣，廢弛常恐暫。因思緝修綆，敢同不繫纜。紛紜丹與黄，低頭勤校勘。有如力田人，庶以儲甀甔。

蒼蒼暮色合，霜露霑庭軒。幽憂忽棖觸，宿憾競來奔。歸室挑燈坐，涕泗不能言。念我哀哀親，雙櫬停堂前。謦欬猶憶昔，晨昏不一餐。口澤杯圈在，手澤遺陳編。歷歲不克葬，耿耿恨百千。惻然傷肺腑，旁觀爲辛酸。夜久欲就枕，顛倒不成眠。起讀《蓼莪》詩，凄愴無窮年。

道旁有嘉樹，緑葉何美好。菟絲與女蘿，附托恐不早。秋霜一飄零，憔悴不自保。拳曲猶支撑，靡蔓日枯槁。先事固已然，此時何必道。

魏烈婦死節歌烈婦李氏初婚後夫死於樵歸投其處殉焉

魏烈婦，乃在武鄉東鄉之土河。土河名河實坡陀，懸崖萬仞形嵯峨。其夫樵蘇日往還，時誇趫捷凌高柯。偶然失足嗟難寤，三月新婚那得顧。於時烈婦初歸寧，聞信倉皇迫奔赴。入門翁媪方號咷，細究何所成顛仆。不作呼天搶地形，但願一到峰頭望其處。阿姊扶將導之往，徑途步步增敞惘。清晨猶自執柯來，如何一旦歸黄壤。風蕭蕭兮白日昏，天寒野曠難招魂。聳身倏忽同飛鳥，雙雙僵卧危崖根。行人見者淚如涌，移尸封作鴛鴦冢。肯捐一死如鴻毛，須知恩誼邱山重。烈婦素未讀篇章，至性由天何激昂。

祇今碧血疑飛灑，歲歲空山草木香。

手疾初愈示弟昌祚

我生於書分本薄，自傷瘮痘難揮霍。塗鴉但可備抄胥，每到臨池面深怍。今年夏季困炎蒸，迺似河魚腹疾作。瞑眩由來冀速瘳，敢嫌苦口辭良藥。筋力紛爭戰伐餘，腹心疾去股肱弱。於時已失左右手，擁袖謳吟儼自若。偶因細字寫烏闌，肘後無人訝掣索。擱筆欲視反掌難，抱枝拳曲寒林雀。小敵雖怯大或勇，趙羅未戰先痁瘧。我家食硯本無田，辛勤筆札當耕鑿。農夫已將耒耜舍，誰肯芸田代秋穫。一身飢飽自不知，遑論瓊枝仙桂斫。豈知造物哀愚蠢，取懷而去還如橐。病木逢春解向榮，蟄蟲乍啓行微蠖。昨朝風暖日照户，窗明几淨神冲漠。跛不忘履聊小試，逡巡欲步前仍却。巨刃摩天苦拄撑，春蚓秋蛇漸盤錯。焉敢臨摹遽望工，但須波磔還我昨。歸來敝帚直千金，南面休教易此樂。古云兄弟同手足，我手炷艾女手灼。我今固幸屈指信，爲慶痌瘝棄女惡。認取聯牀風雨候，東塗西抹紛涉略。人生得意且隨緣，試把壎篪共歌咢。

項王别姬圖

先君嗜古薄玩好，手把一策時窮搜。金石遺文並圖繪，過眼髣髴輕雲浮。爲言嗜好若成癖，無異珠玉生煩憂。何况史漢工摹寫，後世畫虎徒貽羞。獨於此幅屢賞嘆，往往顧視神夷猶。絹素縱横不踰尺，内極遠勢窮深幽。山川鬱律莽迴互，煙雲慘澹風颼颼。想當垓下兵四集，林端閃爍森戈矛。重瞳氣概動山岳，上馬欲去回雙眸。美人掩袂慘作别，啼痕宛轉蛾眉愁。岸草野花皆異色，林猿山鳥齊啁啾。鬚眉意態盡欲活，筆力何讓龍門遒。此畫相傳出舊邸，自先世來，云是潘王故物。未詳名氏標春秋。若非遠出顧陸輩，近亦當屬文沈儔。我家壁立無長物，安用寶繪爭綢繆。爲因先時勤手澤，觸目心瞿情難休。爲語後嗣須什襲，好與舊籍同藏收。

送窮俗以正月初五日掃塵土送之於野名爲送五窮

送窮竭誠悃，窮鬼樂嘻嘻。感君意良厚，舍此復何之。年年送窮窮不去，正坐深交得所據。我今不送窮，聽君嬲而翁。有酒不設爵，有腰不卑躬。窮鬼見之固大怒，魂餒腹枵難少住。東鄰餞美西筵豐，且往飲食游其處。趁君方出門，急起掩吾扃。歷年行蹤從此絶，應有玉帛充階庭。

十一月十一日歸館寒甚夜酌新釀欣然有作

欲雪未雪山蒼蒼，欲暮不暮天茫茫。寒風颼颼林鳥寂，行人慘澹驅河梁。我來舊館巡迴塘，鏡奩一抹涵清霜。紛紛落葉乾委地，足音勃窣鳴篔簹。爲憶秋穫離山房，籬菊剪艷開黄裳。日月幾何不復識，有如赤壁重惋傷。主人重義樂慨慷，乞我新釀如瓊漿。夜闌把筆忽忘凍，自取玉瓚傾流黄。

元夕嘆

富貴得意如凌霄，坐擁珠翠羅笙簫。華筵未散燎明燭，洞房夜夜皆元宵。村氓終歲殫勞役，瓶罍倒盡無遺積。也思佳節共歡娱，門巷蕭條如宿昔。天運寒暑自來往，人生苦樂分霄壤。有餘不足誰能齊，漫道今宵盡游賞。我今株守在茅簷，枯魚銜索悲所天。孤燈相伴更愁絶，足繭荒山窮歲年。更闌倚户還躑躅，四鄰已睡聲寂默。惟有山月照團圞，獨對清光三嘆息。

積　菜

豆花開罷緑鋪田，累累豆莢藏聯翩。滿郊草露吟蟋蟀，連朝陰雨籠寒煙。田家欲使豆易熟，芟夷仰藉秋陽鮮。是時東鄰約女伴，提筐攜筥來新阡。採擷紛紛煩素手，快如食葉蠶新眠。歸來爇火同烹菽，浮浮吐氣何連綿。鸞刀縷切細且碎，碧琉璃作黃金妍。大入瓮盎小或缶，壓以巨石泣如漣。豈惟禦冬擬旨蓄，直以積貯貽來年。舊穀既没麥未熟，洗濯塵污隨流泉。虀漿淹漬酸溅齒，和以脱粟加鹽煎。充腸敢比珍味美，婦子藉免溝中填。我生飢飽亦有分，經營從俗還隨緣。且積黃虀三百瓮，聊把豪奢當料錢。

酉山先生六秩榮慶

葡萄鴨緑羅浮蒼，松梧竹箭難獨當。篤生賢傑何煒煌，清華遠繼輞川王。冲齡卓犖志昂臧，喜聞洛誦聲琅琅。便謂他日爲文章，要使天下群稱揚。三墳五典無遺忘，俯拾科第如探囊。鼎彝終日耀巖廊，牛刀小試來陬鄉。心勞撫字厪如傷，政簡刑清無譸張。牙籤萬軸富縹緗，著書自曉及昏黃。一簾花影圍琴堂，今當耳順彌康强。天俾純嘏壽而昌，父老拜舞稱兕觥。小子微末等粃糠，時來問字皋比旁。浩無涯涘驚望洋，文以載道理大明。訓詞深厚誰與京，古之韓愈今歐陽。里辭進祝抒心香，迫窘詰屈走且僵。庶幾夫子莞爾將，聊助歡噱同俳倡。

寒食綿山懷古

何處不寒食，綿山幽意深。春秋人一往，歌哭到於今。古樹蒼藤合，殘碑碧蘚侵。旌田留片土，翻嘆霸圖沉。

喜　雨

旱極翻如素，囂然各不禁。三農罷祈禱，旬日降甘霖。堦草添生意，庭槐鬱遠陰。翳誰生萬物，於此見天心。

游離相寺

一徑穿幽谷，言探古佛場。地猶雄虎豹，天久屬牛羊。斷碣依豐草，殘鐘卧夕陽。惟餘雙柏在，突兀對青蒼。

題聖泉寺

峭絶崇城寺，蓬壺物外情。雲浮天地白，泉噴雪霜清。雜遝群峰幻，刁騷衆籟鳴。兹游愧倉猝，重過愜平生。

八月九日夜坐

病後嫌衣薄，垂簾夜坐幽。酒腸還健在，詩思費冥搜。林護半窗月，蟲吟四壁秋。更闌聊徙倚，河漢正西流。

南　關

紆途經百折，一綫蜿蜒間。石立截鳴瀨，雲行吞亂山。蠶叢思蜀道，天險壯秦關。叱馭曾聞訓，驅之敢畏艱。

登小天台

峭閣凌霄建，登臨思渺然。風煙三晋闊，雲樹萬家連。飄緲浮空島，臨小海子。清虚小有天。憑軒如羽化，何處覓真仙。

山頭晚望

登山如附翼，四顧豁遥天。馬耳雲峰伏，魚鱗繡壤連。夕陽千樹錦，暝色一川煙。歸路凉風舞，飄摇意欲仙。

燈　罩

藉爾籠蘭焰，攤書五夜中。韜光宜用晦，鑑物本無窮。坐對生虚白，時聞落碎紅。近將明月抱，旋轉任西東。

土嶺盤槐

亦是南柯種，葡萄忽誤看。糾蟠無寸直，夭矯作千端。翠縷驚風亂，仙雲覆地寒。營邱雖有筆，摹繪恐猶難。

雲虬谷春日雜詩十首

物外諠囂絶，悲歡獨往情。春雲饒雪意，喬木易風聲。谷響驚投足，泉清想濯纓。授餐虚擁坐，未用不平鳴。

昏旦雖孤處，何心著絶交。堂深來燕伴，門靜有花敲。學業同餐肋，行蹤托系匏。不離西閣意，岳隴欲騰嘲。

尚友儒生志，圖書縱復横。千秋時灑淚，一得有餘情。户闇春陰度，林喧爽籟生。升沉歸定分，懶意向君平。

鳥語驚春夢，披衣索錦囊。欲將流水競，終較白雲忙。局促踪何濟，幽閑興屢長。歸來試撚撥，琴潤染爐香。

寒食明朝是，流光感歲年。草心宜雨潤，柳眼怯風牽。地僻難賒酒，山深不礙眠。蘭亭新榻罷，獨立向雲天。

小園栖息稔，意與室家均。散步聞啼鳥，開編見古人。泉香分七椀，炭熾壓重茵。莫笑耽吟苦，生涯未即貧。

濡滯真無計，幽棲足靜臨。風雲知物態，草木見天心。醫俗勤看竹，忘言不鼓琴。無才敢充隱，漫比入林深。

不作無情侣，逢花忍負春。時浮蕉葉淺，夜綴玉蟲頻。俗物忘城市，澆風靜比鄰。所嗟同志邈，欲語竟誰陳。

興至成孤往，苔痕印屐濃。遠村常隱樹，古刹間聞鐘。徑仄穿雲險，田磽鑿石慵。愚公終計拙，直欲鏟群峰。

霽景開懷抱，春容宿困醒。懶雲捎樹白，殘雪點峰青。鵲喜迎人啅，農歌隔圃聽。今年花事好，爲有雨含靈。

游漏巖嶺二首

峭壁如懸畫，披雲詰屈登。頭森將隕石，足礙倒纏藤。竿籟横空奏，丹黄帶露凝。家園雖咫尺，今始閱崚嶒。

久雨秋山飽，飛泉萬壑鳴。人隨幽谷轉，馬蹴亂雲行。樹杪平臨過，飛鴻俯視輕。未嫌途險阻，原異利名爭。

結　廬

結廬塵境外，歲晚興彌幽。掃雪開山徑，敲冰出凍流。齋心忘宿味，瘦骨抵重裘。未審廛居者，何人可共游。

餞　春

芳草如水去悠悠，祖帳沾巾不自由。楊柳有情皆暗淡，燕鶯無緒亦啁啾。幾人拾翠空相悵，何處尋花只益愁。行色秪今留不得，明年還與早來不？

媧皇寺白牡丹

地隔椒邱曲徑斜，攜壺來與賞天葩。仙衣一色排雲錦，玉佩無聲墜月華。顧我自宜安淡泊，問君何事厭喧嘩。門前盡日無車馬，忘却人間富貴花。

芍藥二首選一

丰神綽約態娉婷，驚恐還教倦眼醒。裁碎綵雲堆玉檻，熏餘寶麝徹瑶庭。桃紅李白皆郊島，魏紫姚黄作尹邢。更有殊勛參素問，風流底事説葩經。

讀前賢詩集有感

箋注紛紛秪益疑，行空天馬豈容羈。從來善易休言易，焉有吟詩必此詩。流水行雲無定態，清風明月想襟期。悠然離却言詮相，天女拈花欲笑時。

秋柳詩和王阮亭尚書原韻四首

暗淡情懷入夢魂，却將幽怨寄長門。也曾少小承新寵，不覺長年感舊痕。幾度繁華隨苑囿，衹今寥落付煙村。何人更奏關山笛，風月含愁總莫論。

陰陰曾記拂征衣，跋馬重來景物非。河漢微雲情澹宕，池塘春草夢依稀。多情好謝黄鶯語，旅况相逢白雁飛。留得風前憔悴影，芳華迴首願多違。

板橋誰遣迹留霜，頓覺秋容到柳塘。螺黛懶開金鈿盒，舞衣行疊翠雲箱。曾將飛絮深憐謝，莫唱輕塵更惱王。從此章臺懶回顧，風光不是舊時坊。

一從消瘦倩誰憐，獨立蒼茫對晚煙。投老尚餘形裊裊，經時難禁思綿綿。魂消鈴鐸歸秦日，腸斷邊笳去漢年。轉眼盛衰都莫問，且攜斗酒醉林邊。

春柳詩和袁子才原韻三首

漏洩韶光早占先，輕柔來試艷陽天。馬蹄芳草憐今日，人面桃花憶去年。腰瘦乍看飛燕舞，眉低猶作太真眠。離人多少傷春意，都付旗亭客舍邊。

聞道青青夾御河，纏綿到處欲如何。東君未遣隨紅雨，南浦新看蘸緑波。幾度畫眉嫌樣淺，一番洗眼太情多。鶯花三月無邊麗，何事沉吟玉笛歌。

淡抹鵝黄體最柔，旋將深翠染稍頭。本偕杏館爭新態，却惹蘭閨觸舊愁。白馬遠嘶芳草岸，青帘高卷夕陽樓。請君試認翩躚影，應爲消魂不自休。

僑寓銅鞮冒雪訪葛秋壑太史

細雪霏霏滌路塵，衝寒爲訪葛天民。人如黄綺鬚眉古，語帶煙霞吐納新。敢把忘年稱小友，直疑隔世契前因。歸來半醉逢人説，近與詩壇作主賓。

秋晚即事

寂寂家居亦寡儔，每依場圃作閑游。雲蒸暖日峰旋起，樹倚懸崖葉尚留。野語乍聞時捧腹，行吟未就屢摇頭。歸來折得籬花艷，夜插燈前當酒籌。

留　鬚

幾年西抹復東塗，從此鬑鬑亦有鬚。攬鏡敢同城北美，入門方信子南夫。莫教捻斷隨吟咏，但可微掀助嘯呼。顧影居然殊故我，不須爲檄責髯奴。

冬夜書懷四首

傀處深齋槁木同，情懷顛倒夢魂中。孤燈暗淡更籌急，雙櫬蕭條淚眼空。已作老翁頭久白，偶談生計面先紅。憑君莫漫言愁思，江海雖深尚未窮。

斜横北斗夜將闌，濁酒頻傾屢欲乾。世事有經皆蜀道，癡情無夢入邯鄲。張儀舌在書堪讀，元亮腰伸米最難。畏見婆娑庭畔樹，物猶如此我何堪。“堪”字出韻。

風催雲陣雁聲哀，倚枕宵驚倦眼開。律裏新陽尋又到，門前舊雨幾曾來。無方儲峙銷愁藥，何處經營避債臺。惟有寒蛩知我意，清吟唧唧共徘徊。

生涯蕭瑟硯爲田，寂寞蓬蒿歷幾年。耐盡祟魔渾似佛，瘦教鷄犬亦成仙。刻穿玉楮今何補，刮待金蓖孰與憐。賸有元龍豪氣在，夜深猶上大床眠。

春雪用東坡韻二首

花倚東君情尚懦，雲沉北渚令方嚴。打窗密似聲摧葉，點水融同味著鹽。歷落松杉迷埜徑，啁啾鳥雀聚空簷。人工何自爭天巧，飛上浮圖已合尖。

初憐宛轉能穿户，旋訝污邪欲滿車。陌上平鋪千疋練，林間近擁萬叢花。歡聲已自聞農父，清賞還須問酒家。欲對陽春歌白雪，仙才終愧手頻叉。

初夏早起

簷光送曙鳥聲幽，白袷輕披散髮游。但愛侵晨花照眼，不須破卯酒扶頭。桑麻滋長豐年象，燕雀綢繆未雨謀。土銼炊煙行復起，黄粱一飽更何求。

奉和鄧方舟明府元日原韻

共倈禎祥與日昇，天教瑞雪快時晴。春來頓覺詩情好，寒甚猶嫌酒力輕。爐任婢涂留篆碧，爆驚兒戲作星明。野人不識承平樂，笑聽街頭擊壤聲。

春　暮

悄無人到晝遲遲，躑躅堦除一咏詩。宿露潤添幽草色，好風香度落花枝。愁多漸覺朱顏改，困甚休將素志移。誰道芳辰留一月，依然惆悵送春時。時閏三月。

寂　坐

空齋寂坐思無聊，鉛槧雖陳亦懶操。古樹驅鷄聞膈膞，故衣多虱屢爬搔。悠悠度日真輸侃，碌碌隨人敢薦毛。已分閑愁捐未得，更將香草讀《離騷》。

歲晚家居二首

歲暮歸休脱鞅辰，閉門却掃類全真。瞢騰突兀渾閑事，歷落嵚崎可笑人。未惹火攻來季弟，無勞水厄困佳賓。尚思細講齊民術，菜甲先春出土新。

無端歲事逼吟身，幾許閑愁入短鞾。積負未堪連子母，檢方細與論君臣。搔頭白髮人非舊，轉眼青陽序又新。聞道土牛迎獨早，緘藏斗酒待花辰。

和介山榜落途次書懷原韻四首

馬多天下古雄州，憔悴歸來惜壯游。有志謂依紅日近，無心又與白雲收。從人畫取原由命，不作伶工只爲羞。賸有琴書堪自樂，遥知清趣日悠悠。

葉落西風徑欲平，雲山驅馬幾含情。豈無美酒堪謀醉，只有才人解好名。衣鉢阿誰傳後進，心香到處説先生。介山爲明府西山先生所器。旁觀衹笑貂裘敝，肯信他時衣錦行。

衾枕寒催五夜霜，無邊勁氣入秋商。愁深擁髻憐通德，歸時值尊閫有疾。瘦減圍腰訝沈郎。舊葉衹今留鐵硯，傳經自昔有青箱。君爲崑崙先生後，藏書甚富。春風一拂花如錦，摇落何須淚眼傷。

莫聽秋笳與暮砧，無端撩亂百憂侵。劍光中夜長冲篋，花樣經時衹自紝。獻璞舊傳千古淚，斷金徒説二人心。君詩讀罷重惆悵，猶有朱絃洞越音。

春日偶成

一邱一壑寄微軀，摒擋喧囂百累除。春水緑宜新漲後，杏花紅在欲開初。爐煙半裊觀周易，酒力微酣讀漢書。但教兒童消永日，未知生計定何如。

愁

非醒非病渺難知，無緒無情不自持。滿院落花春去後，半窗寒焰雨來時。洪爐點雪無功酒，寸木填河子美詩。惟有華胥堪暫避，屢逢攻擊路仍歧。

晤介山於城中歡飲連日留贈四首選三

渺渺花城眄好修，綿綿山館悵離憂。都將異地三秋感，并作平原十日游。蘇子妻賢能庋酒，醉翁童睡屢垂頭。與君快作通宵語，滌却胸中幾許愁。

歐陽門下舊多賢，卓犖誰爭子固先。爛漫詞華成白鳳，瀾翻舌本吐青蓮。金蘭訂譜愁勍敵，膠漆投懷快夙緣。説到師恩輝舊德，手擕遺狀各潸然。頃以先君行述求銘於西山師，及晤介山，始知其得所乞墓表，因各出稿相示。

手把宜男佩細君，又將多病念朝雲。門庭寂寂誰爲樂，意氣昂昂自出群。投契最憐牛馬走，爭雄終仗鸛鵝軍。年來結伴同劉阮，可許霓裳詫共聞。

書《劍南集》後

浣花溪畔舊風流，天遣詩人認昔游。有句欲仙都化去，無錢使鬼任歸休。手胝忍抱雌黄見，心醉還將大白浮。團扇自應餘舊迹，畫工能與寫來不？

秋閑晚步

籬落蕭疏菜欲黄，西風瑟瑟鬢間凉。千畦禾黍迷村徑，幾葉梧桐墮井床。海燕影稀知社近，寒蟲聲切感宵長。新詩賡罷無人和，自撥銀缸舉一觴。

茶　竈

坡老常將活火稱，花磚小築興初增。欲看蟹眼波紋好，雅稱龍頭鼎足憑。竹徑有煙時避鶴，花間無事欲留僧。勞他童子頻揮扇，幾度垂頭唤不譍。

酒　旗

一竿挑出畫簷齊，弄影隨風東復西。紅杏村邊人共指，绿楊橋畔馬頻嘶。招摇旅店春光早，掩映樓臺夕照低。我欲尋常行處飲，任他人笑醉如泥。

吊李公化龍榆社人

先生風烈繼東林，爲讀遺編寤嘆深。賈誼上書曾痛哭，靈均被廢且行吟。運移敢奮螳螂臂，義重難忘犬馬心。墳畔舊標金石否，錚錚應自起遺音。

七月既望與友人夜飲河干

朅來河畔共招尋，此夕蕭疏最賞心。明月清風蘇子賦，高山流水伯牙琴。人間俯仰成今昔，物外登臨足嘯吟。我醉請君同起舞，不須吹作洞簫音。

冬閑偶興

世事茫茫百未通，癡頑端合老冬烘。東施面目從來醜，南阮家聲自昔窮。勝負久捐蠻觸鬭，恩讎都付馬牛風。惟餘一事難全置，夜夜匏樽莫放空。

南凹書館冬日咏懷十首

依微小徑入雲根，陶復經冬氣晏温。犖确童山餘亂石，杈枒禿樹倚柴門。扶衰近製新藜杖，破悶頻傾老瓦盆。車馬不驚人迹少，疑從皇古度晨昏。

久借童冠結爲鄰，慚愧朝朝苜蓿陳。矮屋打頭拳似蟄，晴軒炙背暖如春。未能免俗緣多累，不合時宜只太真。手把一編吟且讀，誤人猶自戀頭巾。

唾壺擊缺意難平，户外蕭騷野籟鳴。但有狂奴餘故態，眼看豎子盡成名。聞聲暗暗青衫濕，攬鏡蕭蕭白髮生。不及黄粱分一晌，邯鄲究愧夢中情。

情懷鎮日自依依，靜對寒雲雪欲霏。子美行吟常苦瘦，昌黎内顧尚啼饑。守株待兔終何益，緣木求魚計更非。惟有禪關滋味好，焚香默坐學忘機。

地無十笏足羈留，几淨窗明興亦幽。供饌預占如射覆，題詩分韻試拈鬮。天寒深藉傾杯愋，夜永真思秉燭游。可惜痴頑多健忘，三冬文史未全周。

兀坐蕭齋榾柮紅，自嫌頭腦太冬烘。才如襪綫條條短，語憶心經色色空。捫虱敢言天下事，雕蟲深愧壯夫雄。痴人亦自餘清福，夜夜仙游蝶夢中。

冰壺宵結水晶球，衣褐旋成卒歲謀。過眼光陰驚轉轂，無心遭際付虚舟。啓期本自餘三樂，平子何須賦四愁。差幸年來婚嫁了，尚思五嶽恣遨游。

三間老屋御衝風，兀兀窮年兩鬢蓬。自覺卮言同嚼蠟，誰從朽質辨焦桐。卧游縱少江山助，坐隱偏爭戰伐功。興至偶然思疥壁，雪泥留爪記飛鴻。

潦到名場説數奇，風塵憔悴鬢如絲。醯鷄瓮裏乾坤老，野馬光中歲月馳。枵腹枉思吞畫餅，埋頭竟作處囊錐。宵來獨擁寒燈坐，那怪楊朱泣路歧。

光射芸窗曉日晴，閑從史册閲縱横。書生手進三千牘，老子胸藏十萬兵。鴻鵠有時排翮舉，麒麟何事負車行。回頭跼蹐真無賴，白首青雲句漫賡。

暖　炕

瑰麗誰矜七寶床，春回枕畔不知霜。鄂君擁被情逾好，荀令遺香味更長。挾纊已教同婦子，負暄直欲獻君王。不須暖老思燕玉，夜夜陽臺作睡鄉。

咏　杖

斑然古色自天成，雅稱蕭蕭髮數莖。曳處便疑身入畫，扶來真覺病都輕。幾回望月隨人影，一路看花和履聲。莫道提攜常在手，他年會見化龍行。

咏　笠

悠悠清蔭碧雲籠，織就夫須費女工。薄午忽經淋雨濕，晚風斜弹夕陽紅。曾從飯顆逢詩老，頻向煙波訪釣翁。聞道圓靈形類此，普天翹首戴元功。

咏　屐

青絇赤繶莫同論，古製還如犢鼻褌。緩步尋春芳草徑，衝泥沽酒杏花村。阮孚結習曾親蠟，謝傳名山有舊痕。嘆息人生需幾兩，不須珠綴羡侯門。

咏史二首

辛苦穹廬悵牧羝，每逢鴻雁向南啼。可憐仗節歸來日，不及秋胡遇故妻。

因機報漢竟何因，空負當年憤懑陳。國士好將國色比，桃花祠内息夫人。

某氏園

樹掩紅樓映碧紗，驕奢欲擬五侯家。祇今惟有銀床在，付與兒童學種瓜。

贈張兩如二首

詩人消息近如何，爲道於今錐也無。不食人間煙火氣，更教秀句出寰區。

少年意氣擲千金，裘馬輕肥盡友生。門外祇今羅雀滿，何人來聽讀書聲。

爲程介山悼亡姬四首

手啓琅函夜未央，嚲鬟欹枕漫添香。從今不與人傳讀，爲漬江州淚幾行。

零膏冷翠半欹斜，小鼎吹噓自煮茶。滿院落花春寂寂，不堪鸚鵡喚琵琶。

墜溷飄籬緒語深，酒闌燈灺念惺惺。生前大有憐香侶，何用傷心說小青。

若憶曇花夢裏因，感君詞筆太愴神。從來此福難消受，休怨桃花薄命人。

冬　曉

爐炭頻添小榻横，由他風作不平鳴。朝來斗覺寒侵枕，卧聽山童掃雪聲。

少陵草堂

一代風騷主，幽棲在草堂。浣花供歷覽，錦里足徜徉。故國逢離亂，秦關涉遠疆。艱難來隴蜀，漂泊寄他鄉。橘刺藤稍畔，春江錦石旁。買鄰心自切，小築興難忘。種竹千竿茂，移松數尺强。優游容膝地，培護及肩墻。夜月明如水，秋風捲欲狂。藥欄花裊裊，枏樹影蒼蒼。野老時相過，居人樂未央。燕鶯渾熟識，鵝鴨飽餘糧。丙穴魚知美，郫筒酒數嘗。吟詩排鬱悶，感遇劇悲凉。金鼓闢山震，園林草木香。重茅聊自庇，廣厦渺難望。蓮幕親前席，金鞍對舉觴。京華頻入夢，吏隱自裁量。雲霧蒼茫合，江天寂寞長。留將詩老宅，俎豆冠詞場。

卷之六　卷之七

程林宗　字泰卿，一字介山，正元孫，嘉慶癸酉拔貢，著《鶩鄰草》。

《南亭詩鈔》所録程林宗詩見附録四《鶩鄰詩草》。

卷之八

王夢聘　字莘菴，道光乙酉拔貢，著《所吟偶存》。

義猫行有序

家中畜二猫，一灰色者，一犁色者。灰猫傷於犬，遺子哀號不食，後犁猫來哺乳，如己出然。噫！物猶如此，世之骨肉而胡越者，可怪夫？

畜猫能殺鼠，止暴勝羝觸。猫亦以類分，各自從其屬。狸奴出門去，誤遭鄰犬毒。遺子苦煢煢，晝夜竟號哭。死者無所歸，生者何所育。旁有犁色猫，愛憐情義篤。行行燕引雛，戀戀牛舐犢。初時猶畏怯，久之乃習熟。就乳若母依，分哺如子畜。豈無所産兒，心傷此孤獨。生成天地恩，異體亦顧復。我聞鷄哺狗，孝慈致祥福。人感物有心，物感人敬勖。援筆成此篇，姑爲諭薄俗。

喜岳方亭明府修城落成

武鄉蕞爾城，乃立鞞山側。勢隨峰低昂，蟠曲甚奇特。惜哉經歲久，剥落滋苔蝕。斷堞風煙沉，荒寒壁無色。岳侯始來官，顧之屢嘆息。古人設此城，衛民即衛國。坐廢不克修，奚以御寇賊。乃召士民謀，坯完事孔亟。利人人樂從，不假强驅逼。富民爲助貲，丁夫復宣力。協衆成鉅功，崇墉起翼翼。此城建後魏，基址頗偪仄。有明嘉隆間，一再增其式。今兹復襄事，規度越前則。民感侯之勞，相與頌伊減。侯曰吾何功，城守固其職。方今海内安，防禦孰嚴飭。我武乃荒陬，作城漳河北。官吏胥如斯，萬里靖邊域。

衙　役

朝廷衆建官，任使必有吏。其下供奔走，取名曰皂隸。伺候公卿門，鄙穢衆所棄。自矜官爪牙，赫然倚聲勢。威如狐假虎，行若蠅附驥。齊相御揚揚，今昔同此志。有時下鄉閭，悍性猛於鷙。氣焰何逼人，燎原火方熾。云是官人來，訟者聽拘繫。符令衆涣號，鐵鎖强牽曳。哀求緩時日，王法有定例。索錢持贈君，威顔忽而霽。我歸善爲辭，此事可蒙蔽。有罪與無罪，何若反掌易。身雖假公務，心喜攫美利。傷哉民膏脂，鼠輩乃羅致。黄金爲買裘，紅塵日走騎。朝醉酒家胡，暮作梟盧戲。一朝復一朝，養驕愈縱恣。良民任恐嚇，望之皆畏避。僉曰近權要，孰敢阻其意。絳侯英雄徒，繫獄且知貴。安國亦大臣，溺灰遭汝詈。我讀古人書，感嘆政俗弊。

納官穀

漢立常平倉，安民即安國。唐時分兩税，古法猶未失。咄哉青苗錢，可爲長太息。後世踵其弊，文網日以密。吏緣作姦僞，侵漁滋貨殖。春時人徂耕，縣官有令出。云是府帖下，開倉賑民急。里正遵旨行，户口編甲乙。負囊人盡趨，疇敢違法律。仰給分固然，有名乃無實。歲終吏催門，輸納且相逼。一斛六斗餘，加耗有定式。我無儋石儲，此責何以塞。鬻衣復鬻田，庶可補所入。豈知農人苦，所求無兩得。身雖免官刑，口已缺餐食。

十月一日祭先慈墓

王修少喪母，罷社同歔欷。余亦失恃人，乃心常孤凄。今來墓下拜，且當膝下依。有淚不敢垂，恐觸母慘凄。憶昔處懷抱，拊循仰母慈。春暉奈不久，寸草亦生遲。嘉慶紀二年，遭家凶禍奇。六月十八日，是母别兒時。兒小無知識，呱呱索乳啼。衆爲紿啖餅，不復憑棺尸。阿父長咽嗚，述母臨終詞。余死亦何惜，念兹兩嬰兒。謂兄與聘。飢寒終自忍，入室誰扶持。嗟哉兄及弟，成否未可知。母今長已矣，母言心藏之。生既不能養，歿惟修祭儀。何圖掃墓心，竟作望雲思。髫齡罹嬰疾，道長阻水湄。墓所去村十五里。十六行出門，十七游泮池。嗣後舌耕外，春秋墦祭稀。作凉罪難贖，小子念在兹。奉盂陳麥飯，剪紙爲寒衣。敢云志反哺，聊以達寸私。墓木風蕭蕭，上有烏啼悲。墓草霜露零，下有血淚滋。幽明永相隔，此恩無報期。

歲暮留别諸生

朔風被曠野，歲暮凛寒威。嗟彼鳥有巢，人其無所歸。依依二三子，執策侍我帷。聚首雖云樂，家室願無違。來時春草生，去時雪霏霏。歲月易相逼，爾心各自維。但使勤所業，離别勝追隨。斯言難盡意，斟酌在酒杯。

南關道中

溪山亘百里，道鑿入幽谷。山嶺重合抱，如蠶裹繭腹。危崖怪石欹，石下人馳逐。當面一峰陡，插天負跛足。衆峰比兒孫，羅列相倚伏。亂石紛如麻，位置頗紆曲。大者虎卧闕，小者棋散局。高者樹杪懸，卑者夾澗覆。一步一心駭，奇險逼人目。仄徑繞山腰，行如蟻往復。有時入杵臼，路斷踪聯屬。我陟山之巔，我僕山之麓。相顧别天淵，戰兢足縮縮。下視萬丈潭，水聲訝雷轂。路轉山有口，寥落數家屋。日下近黄昏，將投何處宿。

棄婦詞

棄婦行出門，心違容寂寞。拂衣拭淚痕，春雨梨花落。新人艷紅妝，繡帷羅珠箔。得失理難齊，縑素何須度。一步一回顧，來時路隱約。不恨君情淺，但傷妾命薄。

鷄棲詞偶過某氏見其畜鷄於樓詢之曰爲省鷄栅耳

我聞上古人如鳥，以巢代室居樹杪。後世珍禽重似人，以室爲巢養群生。惟鷄畜産待不時，田家樹栅羅雄雌。誰識紅樓朱户中，呼雛㲉㲉群相棲。糟糠鷄厭食，塒桀鷄懶息。雖爲家中禽，且振雲中翼。羽化登仙今信然，有緣鷄犬從劉安。置身羞與凡鳥伍，重樓高上如升天。吁嗟乎！風雨蕭蕭鷄未鳴，有人仰屋嘆終貧。妻也啼飢兒號寒，衡門棲處愁交縈。黄鐘瓦缶位倒置，物何重兮人何輕。世間萬事類如此，鷄鳴狗盗拖青紫。野鶴昂昂超出群，松陰未遇安所止。我語鷄兮鷄莫嗔，汝曹食粟而已矣。何居少陵廣厦胸，拄撑操筆猶爲《縛鷄行》。又怪處宗嗜好與世殊，鷄窗夜談到天明。文人游戲亦偶爾，此中未必餘深情。君不見臧文仲、衛懿公，居蔡鶴軒事徒空，貽人口實笑愚蒙。願書《鷄棲詞》，敬告主人翁。

過團柏鋪感梁唐故事

團柏鋪，駐軍處。梁唐鏖戰千餘年，行人指點將軍樹。鐵戟沙沉蹤已消，鬼將神兵疑日暮。莊宗年少善知兵，指揮部落旌旗明。沙陀鋭兒勇無敵，殺人如草靜聲息。一戰振威名，再戰滅温族。上原兵變死餘生，鵶兒有後怨仇復。朱三老賊亦有言，生子當如李存勖。洛陽既定中原平，從此懷安楚猴沐。優伶日日競歌嗚，三郎嬉戲情未足。子夜瓊花樂内宫，傳呼兵火起城中。昔日賞軍夫人阻，今日三軍扶明宗。咄咄英雄何至此，國祚竟亡宦人子。李天下，今已矣！我爲披讀唐家史，嘆息遺命盡三矢。

讀《漢書》高帝紀感項羽垓下之敗走筆作歌

項王絶世之英雄，青睛耿耿目重瞳。學書不成復學劍，勇敵萬人輕江東。江東有子弟，響應雲從龍。挾利矢，挽强弓，勢如破竹入關中。諸侯疑是真天子，震疊莫敢仰而視。最叵測，劉季子。鴻門宴，遯歸矣。王仁不肯過追逐，養虎遺害從此始。吁嗟乎！中原得鹿非由人，黄金間疏楚君臣。垓下一朝變猝起，陰風凄慘來追兵。左顧姬涕泣，右顧馬悲鳴。楚歌聞四壁，夜起難爲情。難爲情，天亡我。君不見揮刀前鋒莫敢當，惟王固是善戰者。可惜岸前拋一死，長江不渡奈公何，至今水上愁雲多。

萬里還山圖爲樂山夫子作

平子《歸田賦》，歐公《思潁詩》。古人高風不可及，我於先生親見之。先生出山十四年，攜家作宦游并燕。去去故鄉萬餘里，中隔洞庭江漢渺雲煙。罷官客汾上，常此心旌懸。一朝秋風猝而起，爲言吾從此逝矣。不念馬少游，願偕陸甫里。我道此行詎徒然，英雄出處千秋看。昔日林下來，所志非一官。今朝林下去，著書藏名山。山中綺皓日追逐，夕陽紅照芝草緑。懸掛東西南北之行車，落落乾坤一茅屋。只惜世無班馬徒，儒林之傳誰其書？獨有房陵好事者，爲公寫作《還山圖》。

炒豆歌

田家貴力兼貴食，每將瑣事習爲俗。時當臘月歲務閑，閨中婦女競烹菽。爲問此菽如何烹，老農遺法頗委曲。以水濯溉潤且滋，置之簷下凍經宿。臨期釜甑爨有方，炒術土掀手翻覆。《本草》：白術以陳壁土炒。須臾美味出中厨，燃火相煎亦何速。又云菽粟須備嘗，和以麻麥香馥馥。嬌兒喜食笑揶揄，未解讓人手盈掬。獨有老翁愛軟炊，牙齒動摇非所欲。招呼滿室徧嘗新，竊話今年禾黍熟。人生至足惟農桑，何事紛紛厭粱肉。

客有爲余言東山取雨狀

東山延袤數百里，中有洞府深無底。古傳將軍者姓焦，術成煉丹久居此。公，邑人，焦姓，其名不傳，唐賜號“風雷將軍”，宋封“昭澤王”，元加封“海瀆龍王”。郡旱吏民徒步往，就中取水兩隨趾。或云洞藏險且深，述之驚人汗流泚。緣溪初入投濈湍，涉之如踏層冰寒。前行坦夷可數武，忽夾小口身容鑽。黑風飈發火强照，炎暑當之股栗然。其中拗折不能記，行如蝗子珠曲穿。陡然壁立卒當頭，仰視窨孔搜冥幽。鐵環繫石路攀上，導者力扶登峽舟。行行取道漸俯下，神氣始安心解憂。何知奇怪理難測，前此所經未足述。巨潭漫汗阻人行，下有龍蛇潛伏匿。中横朽板潤寸餘，登之一步一惴慄。近前巖�洞懸流，以瓶盛滴只頃刻。嗟哉當此性命輕，危途見入復見出。應是神祇呵護靈，自來洞中未有失。

太康僕邑進士魏公令望明末爲太康知縣闖賊陷城殉焉事見《明史》

魏公宰太康，去家千餘里。二僕隨之行，朝夕親杖履。居官未及二載餘，炎炎烽火逼城隅。公力拒之勢不敵，聲言城破捐吾軀。呼僕來前諄諄命，憑渠健步寄家信。歸告家人莫思我，我爲國死胡不可。語罷入室公縊死，僕伏公尸寢牀底。乘間出城奔馳歸，四顧無人鳥不飛。黄塵蔽天天色慘，如聞鬼哭啾啾陰風吹。此心懸憶家何處，此身豈敢憚行路。望見賊來無地逃，潛伏尸下藏匿牢。賊以刀數尸若干，項背支刃心膽寒。屏氣不敢稍蠕動，恐賊覺之全軀難。行行十日抵故鄉，公家聞信驚蒼黄。僕也長跪前致語，彼此相視淚如雨。吁嗟乎！滿朝朱紫伊何人，國亡誰肯殉其身？不如此僕能報主，萬水千山歷危苦。

酬范桓一囑題假山

桓一既成假山復成詩，寄詩邀我共吟之。我今未見山面目，但從詩中想像形離奇。其山佈置千萬石，横斜隱見無定姿。蜿蜿蜒蜒龍曲蟠，浮空作其鱗之而。就中穿門洞如月，一輪横閃屋角西。山耶門耶二而一，門爲山口山門楣。門能引人入勝境，花木樓臺回射影。山意幽閑如人意，有時煙雨滴蒼翠。主君吟哦此中居，詞筆摇岳摩空虚。對之逸興忽然發，招呼同志歌座隅。競秀爭妍各有態，宛爾巖壑相縈紆。我攜頑石補其缺，邱垤終苦形區區。讀君詩篇高絶俗，空谷想見人如玉。徜徉兹地終其身，嗟盤之樂無不足。見詩何必復見山，聊作少文書圖看。是山豈必定真山，老泉木峰假借間。大率凡事領其趣，佳境往往眼前遇。隱几縈青捲簾白，山色撩人自朝暮。君也於此寫胸臆，城市隱處誰相識。我獨知君更憐君，賦詩遥寄假山側。

李烈婦歌介休人

我聞之推割股真奇人，衹知有君不知身。後人以氏名厥里，嗟嗟聞者誰爲與？不意彼女子，能人所弗能。妻道視之如臣道，吾身雖殺成吾仁。殺身胡爲者？無賴伺鄰左。心艷花容欲折難，乘夜無人來欺我。婦也拒以辭，激怒强梁凶鋒施。謂汝有命我有刀，刀所下處命如絲。奮前抵却奈無力，頃刻桃紅墮地時。我身既不恤，那復顧我兒。果然凶人肆虐唯不足，母也既戕子隨之。吁嗟乎！婦豈不畏死？不死無以對夫子。女兒毅然烈丈夫，古人所爲奚過此。但使風節重人間，乃身雖死猶生耳。君不見綿上田，憫臣之死旌厥賢。縱然當日焚身苦，至今寒食村無煙。緊此婦人死大義，天章特爲表其阡。豈獨貞魂慰九泉，流芳應可千萬年。千萬年，一忠一烈相後先。

禽言六章有序

禽言詩肇於蘇、梅二公，後人學步者極夥。暇日倣此例賦禽言六章，皆取鄉土所有者，餘弗及。

疊被疊被，胡不早起？男耕女織在苦勤，此鳥聲聲驚人耳。驚人耳，東方明矣。此鳥暮鳴若云展被，朝鳴若云疊被，俗謂之鳴鷄。

姑姑袴，莫我顧，懷抱嬰兒啼不住。化作禽鳥啣怨深，終日叫向山頭樹。諺云：有女子爲姑抱嬰兒，許給以袴，卒不與，遂感憤死，故聲若云姑姑袴。

我兒錯掇，阿母聞之氣欲絶。操戈殺人轉自傷，母計雖巧兒奈拙。天乎！天乎！五内併裂。昔有婦，愛己子，而虐其前子。一日，并遣種麻，詐與前子熟麻種，聲言麻不出者置之死地。其弟誤取兄種，至日苗竟不發，母憤死，化爲此鳥。

趙家花狗，死於虎口。飛向枝頭夜夜啼，戒爾途人慎行走。切近之災莫須有。此鳥名趙家花狗，童謠云：趙家花狗，再來休走。狼來不怕，虎來一口。

布穀布穀，肩爾犁，叱爾犢。南阡趨耕春雨足，三時竭作苦。禾稼九秋熟，吾將啣穗獻鳳凰。布穀，布穀。俗云：布穀秋時啣禾穗以獻鳳凰。

踏踏馳，鳴聲悲，後有一鳥相追隨。云是哥哥蟲，憫其兄死呼之歸。噫吁嚱！急難不殊原上鴒，物猶如此人胡爲？相傳兄弟二人，其兄爲後母所虐，役於執鞭而死，化爲踏踏馳，弟覓兄不見，亦變爲小鳥隨之。故聲若云“哥哥踏踏馳”，蓋土語驅馬前行也。

姑惡行有序

里中某婦，有因姑捶楚而縊死者，故作詩以廣東坡、石湖之意，且為婦女箴勸云爾。

姑何惡？姑不惡，生如此，孽自作。君不見焦氏仲卿妻，詩人傷之歌孔雀。一解。爲人婦事姑如母，家有未宜惟爾婦之咎。若聞詬誶聲，何以執箕掃。二解。姑賢即汝福，姑不賢亦非汝殃。梅沃雪，菊艷霜。苦節乃有亨，厥惟家之禎祥。三解。曰于歸日，母命之室。詎可貽母罹而不嫻於内？則夫孝有虧，其惟汝是弼。四解。下情不得原，無以爲冤。父母生我乃溺我於水，而莫之援。欲泣告夫子，義不可言。五解。死何以白其隱，生無以全其身。我罪伊何？不敢怨夫良人。鄰里亦有知，竊爲之飲恨而吞聲。六解。何自苦如此，人盡爾爾。憶乃姑之少時，應亦遭傾否。世事不可平，聽之於天而已。七解。命何如榮辱在夫，繫爾堂上搆侮怨。胡爲乎？尚其母，效尤婦，終爲姑。八解。姑豈無過？而不敢拭面唾，觸雷霆，心膽破。伊亦有女將嫁人，何爲若是摧挫。九解。怨兮爲德，禍兮爲福，嚚克諧以孝。而今而後，可莫予毒。我陳此詩補女箴，庶以使上下雍雍而和睦。十解。

紅巾賊

乙未三月五日，趙城妖賊亂，縣令楊某全家殉焉。大兵至，匪黨以次擒，稱紅巾賊，以紅抹額云。

紅巾賊，夜半起，殺人趙城之城裡。居民聞亂走蒼黄，人馬踐踏死且僵。忽驚昏黑耀如晝，炎炎火雲冲天光。就中慘者縣公某，可憐盡室罹其殃。須臾大兵自北來，賊衆紛散如飛灰。吁嗟乎！鬼蜮么麽自取滅，獨有死亡痛冤結。

秋杪村居三首

納稼知秋熟，劬勞不負耕。穗遺村婦利，黍餉野人情。亂雀喧場堵，斜陽快晚晴。連枷何處響，隔圃聽聲聲。

最是田家樂，桃源自一村。市歸談穀價，節食餽盤飧。鷄犬分依主，樊籬各護門。偶然聞鼓吹，里巷鬧黄昏。

家事爲身事，貧忙那得除。畜猫分剩飯，驅蠹曬殘書。菊滿陶潛徑，蓬生蔣詡廬。近來餘病退，秋雨卧相如。

贈韓正卿四首選一

滄桑閲歷感浮生，零落相知半老成。後輩於今交際少，斯文原自世途輕。奔波累我身家計，遲暮催人兒女情。漫撫牙琴操數曲，衷懷都向子期傾。

秋日歸家途中述懷

着鞭款款送斜暉，路遶寒山入翠微。家在白雲深處住，人逢黄葉落時歸。殘花欲謝當留别，暮鳥知還似倦飛。莫訝中途多感遇，風塵今已上征衣。

讀杜仲白郎中御試召對册録並序

公名李，邑人，仲白其字也。康熙間御試諸進士於暢春院，公與焉。辰刻給題交，午刻文就，侍衛進呈。有頃，上召入，顧問姓名、科甲暨官階遷轉甚詳。且以“文不荒疏”褒之。既又顧謂侍臣曰：“此是不愧科名者!”公悉問對之語手録一通。余於客中獲睹之，感其以文章結主知，不負讀書一生，况公文行尤鄉人所矜式也。爰賦詩以誌不諼。

曾聞當日試西清，落紙雲飛孰與爭。作宦未嘗忘學問，如公真不愧科名。百年人去風流杳，一代恩知際遇榮。今日手披遺録在，素懷輒向杜陵傾。

示魏生守經

談經日日絳帷開，情餉登山數往來。早歲知名端賴學，幾番垂眼總憐才。市闤少近塵防染，玉價遲沽志漫灰。顧我亡羊尋覺晚，雲程望汝上蓬萊。

奉送王樂山夫子旋里五首選四

驪駒聞道去西河，惆悵萍蹤遠寄歌。一別天涯重會少，十年座下受恩多。花經雨潤心如醉，劍耐塵埋手費摩。此日離琴抛欲斷，萬層海水渺煙波。

棠陰遺愛盡關情，往日絃歌遍武城。只望慈雲能久照，那知劫火已潛生。宦囊留剩書中粟，口惠誰傳去後名。最是孤寒門下客，人前説着淚盈盈。

移駐行旌古晋陽，一時桃李萃門墻。更無名世齊韓柳，自分傳經在馬楊。白髮愁侵人易老，青山夢繞客思鄉。懸知多士恩緣淺，留着仁風畫扇揚。去歲秋，同人繪《講學圖》，刻石於晋陽書院。

一家沆瀣感尤深，説尹難忘是寸心。自愧清貧思報飯，別無裝送少添金。春風此日空餘坐，流水何年再聽音。若得青雲程可附，也隨北雁向南尋。

魏生以詩來贈即依原韻答之五首選一

文章聲價愧儒宗，浪引浮舟海上從。恐效季良成畫犬，誰知荀爽願登龍。絲抛古壁音難覓，曲奏高山興轉濃。纔信同聲自相應，夜寒試與聽霜鐘。

讀陶靖節傳

徜徉邱壑本天真，果否桃源別有春。彭澤歸來秦歲月，潯陽老去晋詩人。百年心事非關酒，一代風流自樂貧。莫怪先生驅乞食，古來高士孰爲鄰。

秋闈榜落歸家述懷四首

仙風吹謫下瑶池，未許吴剛折桂枝。銀漢也曾查客至，荆山偏阻玉人知。抱還燕石嘲休解，話到秦書想亦癡。果否貧家女難嫁，入時羌爲畫蛾眉。

橋陰盼望竟如何，瞬息韶華廿五過。一曲鍾期琴未遇，十年維翰硯重磨。含飴屢訊憐華簀，大母病中時問試信。畫荻無緣感蓼莪。不料家人忘我罪，歸來季子赧顔多。

登科傳語大門閭，寂寞荒溪點額魚。漫道屈原嗚瓦缶，更無子厚佩瓊琚。樂窩四次書康了，筆陣千軍付子虚。解識春風來歲到，落花有意待吹嘘。

焚膏午夜檢青箱，花樣從新隸錦坊。魚貫終能成化雨，馬蹄未碍蹶秋霜。阿連愛學資修鳳，小阮希蹤憶解囊。伯父升三公，以乾隆丙午科登鄉薦。休向蓬蒿甘守寂，風騷到底借名揚。

贈李生獻揚二首　有序

李子對揚，館我於其舍南。今年秋病殁，擬致詞謝歸。乃弟獻揚復敦留之，嘉其年少能學，賦詩以誌交情。

狂走漂泊久風塵，客裏閑愁絆此身。畫餅已成無用物，授書羌遇有緣人。師前模範心何切，座上塤篪意更親。嘆息元方辭世早，空餘難弟亦傷神。

催裝欲去苦相留，感爾多情賦道周。不使馮驩彈劍鋏，願從王豹聽歌謳。青年愛學如君少，絳帳談經肯自休。既種河陽花一朵，望花結果屢夷猶。

魏生守約抄余詩文成卷題曰《得師録》燈前披閱感賦二首

箱拋故紙暗生煙，笑倩旁人手代編。過去風塵餘舊迹，吟來詩句感流年。推敲敢擬金聲擲，珍重翻勞玉躞懸。那識春蠶情未了，引將絲緒倍纏綿。

荒齋臭味阿誰嘗，怪底情緣結小郎。已分三生親左右，更憐一卷拜門墻。花心不負春風約，琴調還隨海水長。知否人師難再得，袖來卍字瓣蓮香。

秋日訪從舅李徙南先生別後奉寄五首選四

親交累世重潘楊，遠結苔岑異地香。敢以烏衣誇郗鑒，多蒙青眼待嵇康。開襟自覺心懷曠，下榻還兼禮意長。辜負憐才情過厚，窮途潦倒尚疏狂。

文章勸我學當時，年少耽吟枉費思。羅隱才華知己少，蘇秦感遇上書遲。名言心醉牀前酒，痼疾方參肘後醫。不敢雕龍誇手段，竭來車下拜經師。

寒燈秋雨話深宵，老去名心竟未消。半世研磨窗下硯，一身來往市中簫。書香未墜貧何患，酒客相逢興倍饒。別後《停雲》勞我思，李沆風度望青霄。

通家子弟忝知名，衣鉢傳來到阿兄。舊雨誰彈滄海曲，多年人感渭陽情。花開老圃秋容淡，月照懸梁氣味清。一度思公一回首，心香從此瓣陳生。

寄懷王紫巖同年

客中傳語歉平安，遠道相思命駕難。欲問起居親折簡，莫因疾病廢加餐。眼前人事逍遥過，肘後醫方仔細看。盼望鍾離無恙後，雙魚早晚寄河干。

題趙敬哉詩集

劉伶墳上酒誰澆，秖有青山伴寂寥。詩句縱然傳可必，科名終竟恨難消。趨庭東郡家聲舊，選勝南皮往蹟遥。今日倚樓人宛在，吟魂我欲向風招。

落花四首選一

流水年年恨，殘英去去春。惜花還自惜，不是舊來人。

讀史雜咏十首選六

平原好士自風流，食客緣何漫去留。除却毛生皆碌碌，可憐枉斬美人頭。平原君傳。

鳥盡弓藏枉將兵，感懷推解誤平生。王孫休怨君恩薄，不見分羹父子情。淮陰侯。

蕭蕭青冢自黄昏，底事詩人怨恨論。一曲琵琶千古淚，可思飛燕啄皇孫。王昭君。

宫中歌舞破潼關，倉猝鑾輿狩蜀山。一死馬嵬唐再造，漫將傾國怨阿環。楊貴妃。

一官遷謫遍天涯，海外逍遥老歲華。太息當時賈生論，豈知儋耳遠長沙。蘇子瞻。

風送邊笳汴水東，英雄揮淚惜前功。却憐叩馬中原禍，不罪書生罪相公。岳鄂王。

癸未七夕吊亡

一夕西風淚兩行，鵲橋宛轉渡銀潢。羡他相隔終相會，不似人間别恨長。

送春二首

一簾風雨送花飛，詩興闌珊酒力微。只爲傷春無限思，不知底事怕春歸。

殘紅消瘦緑成茵，不上離亭亦愴神。曾向春前來作客，送春却是未歸人。

題《鶯鄰草》四首

詩才排奡似文才，大力能將鼎舉來。一自點蒼翁去後，騷壇又向此公開。浪穹王樂山先生官武鄉，以詩倡後學，人士翕然從之。

名山梨棗亦無多，知否先生意若何。山谷編詩三百首，噉名原不亞東坡。

詩格標新自課堂，百年誰與瓣心香。而今後起風騷著，纔信傳家有錦囊。

早歲曾從崔顥游，登埸許我共清謳。昨窺大集恣狂興，膽敢題詩在上頭。

做元遺山論詩絶句四十二首選二十六

門户紛紛各主持，遞相祖述果誰師。尋源直到音希處，蘇李河梁贈答詩。

風騷相衍變歌行，兩漢猶存雅頌聲。絶愛《古詩十九首》，吟來一字一深情。

盈盈篇牘累青箱，底事名流競鬥强。孔雀東南詩一首，清風早已壓三唐。

文心闊似海波瀾，卓犖風騷起建安。豈特才高俯餘子，應排屈宋作衙官。

阮公僻嗜醉醇醪，酒興能將詩興豪。最是《咏懷》深寄托，方他哀怨著《離騷》。

琴絃不鼓自餘音，天籟何須指上尋。惟有公詩難比似，閑雲出岫本無心。

詩中康樂造深微，字拔長城力透圍。三謝風標高二陸，就中清格數元暉。

誰能馬上辨雄雌，不料從軍出女兒。流水黄河今尚在，更無人唱《木蘭詩》。

蕭瑟江關冷咽潮，暮年詞客倍魂銷。清新到處餘悲壯，開府詩歌殿六朝。

襄陽四面楚山青，陶就風人好性靈。不羡右丞詩有畫，微雲疏雨浩然亭。

詩格蘇州勝柳州，飄然淡逸氣横秋。會心别有幽閑趣，人坐松陰聽水流。

心雄倚馬擅奇才，百首詩消酒一杯。真箇兒孫肖宗祖，太原公子裼裘來。

杜陵一集重千金，根柢淵淵江海深。不向詩壇爭樹幟，九原班馬早傾心。

香山詩句本天真，字字安和淡有神。豈特秦吟聲近正，集中樂府冠唐人。

眉山涉筆海生波，潑墨淋灕長短歌。不分新詩與近體，世人一例學東坡。

絶調南風折大蘇，涪翁老去變規模。果然下筆開生面，衍就江西宗派圖。

南渡詩人數四家，尤楊范陸盡清華。就中偏愛石湖句，春雨一枝紅杏花。

編集中州作史看，遺山一老壓騷壇。誰知滄海横流日，有此雄才逐杜韓。

虞楊范揭號詩宗，筆有餘妍氣未雄。一代詞章無巨手，竟將元曲變唐風。

長慶開元合一家，青邱絶世好才華。興來筆下風生快，勝飲盧仝七椀茶。

爭傳亮節李于鱗，格調終須讓茂秦。五字推敲過金石，瓣香老杜謝山人。

遺民誰與話滄桑，屈指梅村遠擅場。一聽詩歌一回首，秋風笛部按伊涼。

無人不誦帶經堂，旖旎風流獨擅長。只惜性靈被書掩，百年風雅主漁洋。

當年李杜齊名久，今日陳吴步後塵。羡爾高才兼宿學，一時三晋兩詩人。

文章爾雅味深含，一卷唐風仔細參。自遇九重邀特賞，《尚書》聲價重江南。

盡得風流袁子才，一枝健筆手持來。畫成色相關天界，雨後桃花雪後梅。

題詩後

花落花開花自知，不須老去怨春遲。深情無限鍾何處，夜雨孤燈續舊詩。

卷之九

魏守經，字亦權，號一泉，道光壬辰舉人，著《悔不讀齋吟稿》。

白龍洞

石洞穿山根，地脈鍾神秀。入洞數丈餘，靈淵瀉寒溜。探奇必鼓勇，徹底思窮究。忽驚巨石立，秋雨濛濛逗。探首更向前，如兩矢夾脰。頓覺涼侵肌，盲風生石竇。深沉不見底，陰森暗白晝。回踵尋紺宇，依山成結構。俯臨水滿溪，仰看雲出岫。卧聽松濤聲，蕭蕭和猿狖。

正定府隆興大佛寺

傑閣出城隈，遥瞻氣葱鬱。隨喜入寺門，行行看大佛。金身高難攀，臂指亦奇崛。梁陳諸帝時，佞佛多方術。沿及隋開皇，此風同一律。寺有隋碑佛像，爲開皇六年造。相傳鑄此像，銅從古井掘。發三菩提心，象教宣髣髴。蕭寺徧天下，六朝去飆欻。畢竟廣大門，别無靈可乞。梵語説空空，云是波羅蜜。法像大張皇，毋乃物於物。一笑問如來，石幢花影拂。

懷舊詩有序十首選六

僕生三十有九年矣，浮沉鄉曲，固多忌我之人；馳逐名場，亦有憐才之客。一番回首，往事驚心。歲月堂堂，未能每變而益上；小時了了，或以有短而見長。問交游於綺歲，鍼芥有神；牽別緒於天涯，雲泥偶隔。斯固未免有情無能自遣者矣。況復侘傺無聊，蹉跎尤甚。洵自顧而減色，思故人而靦顔，縱欲與談，難學登床之彭羕；既無所適，空為懷刺之禰衡。累人況味，仍食猪肝；此日功名，似餐鷄肋。用是門無車馬，書少鯉魚。名師益友，殊非難記之人；死别生離，半少相逢之路。每一念及，棖觸情懷。此夕此心，自鳴自已。茫茫消息，任為落井金瓶；瑣瑣話言，聊當飛聲玉笛云爾。

予年方丱角，獲見家映垣。瞳瞳雙眼鏡，剥剥敲我門。入門軀幹偉，兀坐如虎蹲。先子呼小兒，此堪爲汝師。取汝課業來，爲汝酌改之。先生點竄畢，謂兒真有造。自我授徒來，無如此兒好。不圖數月間，山頽此一老。居雖接比鄰，相見苦不早。

十四赴銅鞮，小試初塗鴉。愛才有廣文，招我入官衙。其人老孝廉，姓鄭名泰華。謬許予文好，餘論發齒牙。誦我覆試卷，客座相矜誇。過我寓舍中，厚意頻有加。自從去官後，相憶空嘆嗟。我思鄭當時，望望天一涯。

師門受恩處，卓卓王雪堂。往者歲辛巳，同赴鄉舉場。余適染時疫，病勢如虎狼。先生不我棄，挈之還故鄉。患難肯相恤，此意安可忘。何圖有積毁，出自夫已氏。先生厲聲訶，低頭但唯唯。心跡不自明，此後疑滋起。闊别數載餘，前嫌漸釋矣。胸鬲間有物，何當掬以視。

天上有文衡，衡人百無失。三次按沁郡，譽我過其實。每當發試案，公然居第一。記得獎賞時，喜氣眉宇溢。文章有包羅，善用塾折筆。尤愛詩賦佳，比之仙樂律。相望玉堂品，脱换凡夫質。前年走京師，入謁馬融室。先生賜我飯，劇飲盡一日。下第出都門，留我苦無術。送我出門去，回頭風瑟瑟。多感李梖堂，好自中心出。欲報知己知，後事難預必。評予古學卷有如"聞仙樂耳暫明"及"玉堂仙品"等語。

我友郝桐軒，耻爲浮薄士。文戰同蜚聲，使君與操耳。曾記客寓中，與君同卧起。君讀《近思録》，潛心宋五子。我偶有過差，正色折以理。少年獨老成，相期式浮靡。何意如此材，摧折秋風裡。昔鄭子皮卒，子産曰吾已。太息時與命，不知何者是。

吾鄉李徙南，終日常端坐。作人耐清貧，口不言坎軻。與人論事理，圓轉髡炙輠。下筆獨老重，文章少許可。尤好辨六書，魯魚校讎夥。相與雖日淺，亦嘗惠教我。方欲以課藝就正，聞已捐館舍。

以詩訊桓一足疾

前日造訪君，君適遘足疾。恐礙步履艱，未敢入君室。袖裏一卷詩，攜歸率加墨。中有感舊作，深情宛流溢。知君相愛重，不啻自口出。津津道往年，倡和重九日。今年又杪秋，漳濱風瑟瑟。霜葭秋水心，彼此應如一。想君閉户居，在牀聊偃息。天假小憩緣，消閑富詩筆。安知卧游興，不化凌霄翼。鄙人致私意，祝君病若失。指日又重陽，高臺快登陟。桓一有《九日登高臺感舊》詩云"漳濱南望樹蒼蒼，知己相思水一方"，又句云"記得二年前此日，籬邊倡和韻偏長"，懷余也。

前詩寄後和章即來疊韻再柬桓一

次韻和我詩，才似枚皋疾。結此文字交，兩地宛一室。憶我方弱齡，塗鴉弄翰墨。詞章少範圍，如水旁潰溢。間亦事剽竊，詞不自己出。以此迄無成，蹉跎及壯日。齊門好吹竽，而我偏挾瑟。欲求同調賡，什中不獲一。近來獲遇君，與古同鼻息。許我謬推敲，投贈互走筆。想見虚受人，小心常翼翼。大智不自用，百慮恐一失。當代誰吟壇，佇待君家陟。

讀于忠肅公傳

在昔明英宗，北狩次土木。遇伏六師潰，明社幾成屋。史載忠肅公，身任危疑局。持計效瑕呂，君命貳圉卜。喪君復有君，征繕群輯睦。賊酋擁上皇，索賂恣貪黷。大同與宣府，勒降人不服。賊破紫荆關，聞風多畏縮。于公嚴陣待，也先計窮蹙。公更斥和議，謂非社稷福。與彼不共天，坐敝滋慚恧。琵琶終餞行，翠輦北轅復。讀史聊掩卷，額手得所欲。何圖不世功，翻釀成冤獄。南宫奪門後，群小滋謗讟。狡哉徐有貞，一言慘虺蝮。謂不殺于謙，何以飾耳目。市上公就刑，邊方家竄逐。當時有陳逵，爲公收骨肉。忠義在人心，想見同聲哭。直至成宏年，始得奇冤暴。賜祠在墓旁，俎豆薦寒馥。讀史竟至此，憫忠淚盈掬。哀怨與招魂，爲唱巫陽曲。

田家四首

田家重農桑，不知貴百貨。戊雨與庚晴，天時日考課。偶然天不雨，疑比人游惰。某天金斗滿，某日水斗破。盼雨雨果來，相將額手賀。俗以時憲書五行廿八宿及建除相次名目占歲，謂金斗滿，主豐；水斗破，主雨。

夜來有好風，吹送家家雨。朝起行田間，帶潤種出土。恂恂乎孺子，彼此爭先睹。朝來復暮來，禾兄已梭肚。諺以苗將秀未秀爲梭肚，蓋狀其含苞如杼形也。萬物有自然，助長亦何補。

嫩日烘徧地，濕煙與之俱。露晞泥未融，且復停耘鋤。盡有三時苦，幸得一晌餘。比鄰相慰勞，大吏無追呼。古人亦有言，時還讀我書。

犉牛夜伏闌，雛鷄方在菢。黄昏月色清，柴門坐喧笑。父老與子弟，言慈復言孝。傴僂老農來，别有諄諄告。隨口述土風，居然成典要。

齋中讀書雜述六首

周孔講道學，理與事相輔。理似室中藏，以事爲門户。大易有爻象，事皆堪指數。無事有其理，近取復遠取。即境可玩占，其象如目睹。自從漢宋來，理學相誇詡。圖畫推衍多，錯綜互參伍。奇偶與陰陽，微茫判然剖。言數不言事，喧賓或奪主。

典謨在唐虞，史筆何馴熟。嗣後數百年，文字反古穆。殷盤及周誥，佶屈不可讀。籲衆出矢言，深奥難通俗。學人講貫餘，疑義費往復。當日蚩蚩民，領悟何其速。此是一疑團，誰爲發吾覆。

詩乃有韻文，吟咏適情性。因文得考義，傳説有毛鄭。義正金就冶，辭葩花在鏡。朱子爲集傳，不信小序言。詞理取切直，就簡必删繁。我意詩中境，殊難一概論。斷章義各當，彼此同心源。衆説可俱忘，衆説可俱存。

聲與韻相劘，自然得反切。韻以互叶成，聲從發口别。聲如歌有宫，韻如歌有節。聲韻合并來，豈待人施設。云何方隅士，不辨韻與聲。鄉音混開合，唇齒昧重輕。又或按舊圖，一縱復一横。隔標兼隔列，隨人爲變更。譬之食不化，得粗遺其精。

古之立言者，爲以文載道。心有所欲言，匪徒文筆好。我輩爲文者，刻意欲相師。孰爲柳河東，孰爲韓昌黎。寢饋業已久，藉以弄筆姿。摹擬求酷肖，貌合神或離。只可飾耳目，未易入心脾。揚子言下士，姓孔字仲尼。名是質則非，何以冒托爲。

我讀古人書，苦不見古人。懷疑欲相質，覿面終無因。因思古人在，茫茫同此界。無能待後來，嘅焉發長喟。今世復生我，天地本非隘。與我并生者，宛同一公廨。公事公言之，此理遠可届。親聞詆斥我，豈非一大快。

贈程介山先生

吾鄉數耆儒，博雅推此老。家學得淵源，於今存古道。我年弱冠初，與公相識早。未獲接暢談，覿面皆草草。今年重洽歡，相見開懷抱。每當聚首時，令人消熱惱。上下千百年，事理恣探討。談鋒一縱橫，滿座俱絶倒。玉屑自霏霏，不嫌脣吻燥。近聞著作富，詩文新脱稿。筆下吐光芒，群議能包掃。人莫名其器，人盡欽其寶。志在藏名山，尚未鋟梨棗。我乃贈公言，願公多壽考。性命發英華，老健精神保。沾丐及後生，隨處留文藻。當作綫裝書，一讀一回好。公倘然其言，斯人善頌禱。

臘月十二日得雪喜而有作

天時有雨澤，下濟通地脈。時或屯其膏，肥土變爲瘠。自從初秋來，不雨五閱月。禾稼頗薄收，僥幸已有獲。糊口祇目前，不堪謀蓄積。老農將殺地，俗呼秋後耕爲殺地。土硬難起垡。燥塊堅如石，低窪乾種麥。麥苗偶出土，勾萌亦成戹。昨夜朔風動，同雲飄瑞雪。漉漉復浮浮，堆餘二三尺。如挹西江水，轉瞬蘇涸轍。指日新年來，歲事亦已迫。回視甕盎中，我糧殊未絶。明年餅餌香，自有好時節。我作喜雪詩，望梅聊止渴。

雜述八首

古人自有真，詩文不徒作。道德與功名，根柢殊不薄。吾輩作詩文，束縛就繩削。空談無所補，已爲輸一着。雨集溝澮盈，坐待水立涸。胡弗屏浮僞，精神游淡泊。聊以存吾真，解人應可索。

人心不盡同，出語或相左。自有文字來，言語亦已夥。或爲奭雕龍，或如髡炙輠。而況吟詩者，異席各分坐。寄意在遥深，語不貪庸瑣。彼見爲艱難，此見爲貼妥。問世徒悠悠，問心或頗頗。自非大聖人，有可有不可。

貪者必求富，狷者常安貧。謂我一無取，何以資一身。美利所薈萃，每在要路津。或用或不用，虎鼠互屈伸。窖鏹藏千萬，畢竟遺何人。所以達士心，不爲利欲薰。非必矜高節，亦非厭風塵。物苟非吾有，過眼皆浮雲。

日日雲在天，年年花在樹。繁花自開落，閑雲自來去。萬物有端倪，孰能言其故。我身於萬物，偶涉即成趣。往往物不化，轉爲物所誤。安得將我身，化作千億數。散置在虛空，隨處得妙悟。

書肆與説鈴，愈出乃愈奇。耳目所未及，附會徒滋疑。燕公記事珠，愧不手中持。同此一典故，恍惚憶前時。人名與地名，一過棄如遺。有時對廣衆，吃吃難措辭。相嬲不相諒，謂我故靳之。曷思孔子語，不知爲不知。

俗士好徇物，勞勞左右袒。每人而悦之，意氣徒虛誕。盛夏就清凉，隆冬愛暄煖。積雨望新晴，晝長苦夜短。忙煞頭上翁，人意殊難滿。

我生好飲酒，藉以澆磊磈。醉後語多狂，醒後輒復悔。近來多痰涎，病酒岌岌殆。每當會飲時，猶有豪情在。沉湎古所戒，此弊終須改。交誼淡以成，麴生恕我罪。

倫類智不同，厥有千萬等。或則矯如龍，或則廉如蚓。或則度汪汪，或則心悻悻。或以大爲小，或以醉爲醒。彼此各短長，鶴脛與鳧脛。我生今人中，事事謝不敏。不愛楊子毛，不摩墨子頂。謹守舌端鋒，偶爲胯下忍。知者其誰歟，暗中應首肯。

我年三十餘，艾髮日已多。更閲四五歲，髭鬚全皤皤。似欲示警戒，令我勿蹉跎。我初不甘老，撚髭自吟哦。視白若垢污，忍痛常刮磨。辰歲值大挑，往赴求賢科。舉人大挑，投印結於吏部求賢科。買藥自染鬚，如女畫雙蛾。深淺不入時，宜被當途訶。而今戀鄉里，老友互相過。年紀相上下，人輒呼以哥。我亦居不疑，老態日婆娑。挾長非挾貴，白鬚如余何。

秋懷雜詩六首

陰陽有消長，鼻息一出入。氣化自推遷，凡物不失職。秋來衰草白，草心偏緑色。榮枯交際處，端倪宛可識。地脈潛滋培，亦如天不息。

我見守財虜，積金爲長技。心計密如絲，織就好田里。心血耗欲盡，遺與紈絝子。蜉蝣玩細娱，驕淫夸服美。錦片日垢污，江水不可洗。何如大布衣，振袂秋風裡。

秋霄甚寥廓，群雁方南翔。隨陽應節候，匪獨謀稻粱。空江多煙水，遠岸多繁霜。横風吹不斷，參差復成行。顧我睘睘影，比佽孰可望。感此念友生，别意與之長。

朋友以義合，意氣必相親。盈盈一水隔，致書托錦鱗。情長語偏短，鄙意何由申。亮節貴自守，豈在語諄諄。炎凉日以變，時俗日以新。緬惟聖人語，自厚薄責人。

前年米價長，所在皆石田。室已如懸罄，何恃不恐焉。今年米價廉，餘粟難貿遷。農家日用需，一一資金錢。物多反昂貴，司市無其權。安得造物者，斟酌爲豐年。天地猶有憾，何况人事偏。

人事日紛糅，萬物各有命。逐物施厚愛，堯舜其猶病。窮巷一腐儒，遭逢荷仁聖。有道貧且賤，碌碌乃前定。獨竊詩書澤，自怡山野性。心如秋水清，眼似秋空淨。觸景發狂歌，此事我爲政。

蔡忠襄公祠

公諱懋德長洲人巡撫山西太原城陷自縊於晋陽書院三立祠

三立祠之左，廟祀蔡忠襄。昔公開府來晋陽，明季盜魁方跳梁。躬駐河上戰且守，與賊相持期年久。賊不能渡無奈何，挫彼鋭氣十八九。方冀旦夕殲鼠輩，無何師報潼關潰。公乃退保太原城，竭力誓衆詞慷慨。臣將有爲，時不可爲。大厦就傾，一木難支。臣力已疲，臣心不移。平生馬革欲裹尸，孤城已陷身從之。守城城陷臣有罪，從容就義心無悔。廻風獵獵飄雲旗，迄今猶有神靈在。

湘水怨女篇有序

宿分水嶺店，見題壁二絶句，情詞凄惻，字畫媚好，末署“湘水怨女泣書”。其自序略云：“妾本楚産，長於吴江，廿年前與某公子私有婚約，迨後天各一方，杳無音耗。近有客自燕來者，知伊出仕山西，故不遠千里，希踐夙盟，詎料人之無良，竟遭擯斥云云”。余不知其人而讀其詩，因哀其遇，為賦長句。

吴江生長湘江女，漂泊天涯何處所。頌橘騷蘭怨倘同，珠啼玉泣情如許。自云生世綺羅年，僑寓吴江江水邊。兩小無猜成好合，真个姻緣一綫牽。錯疑某是風流士，貌似蓮花心似水。并頭花朵偎江波，管取蓮房能結子。一朝報道郎君去，料是留郎留不住。此日縱拚玉鏡分，他時待有銀河渡。密意柔情唤奈何，對郎不敢慘雙蛾。自屈指頭輪去路，暗將眼淚揾秋波。妝淚闌干眼懶開，終日待郎郎未來。低駡淺嗔都不忍，秖把紅顔薄命猜。凋落紅顔與翠鬟，青鸞忽有天邊信。空閨嚴守廿年餘，書生已佩專城印。散却眉端百結愁，陸乘車馬水乘舟。遠道風波敢辭瘁，夢魂飛度古并州。那識人心多叵測，盟誓重重言可食。絮果蘭因過輒忘，飄茵墮溷嬌無力。妾心不比郎心硬，枉取沉冤作話柄。客邸聊爲怨女吟，題詩轉諱狂夫姓。湘江歸去路迢迢，憔悴容顔骨亦消。回首當年還自懺，終身虚度可憐宵。新詩讀罷一燈青，説與旁人掣淚聽。嶺水分流嗚咽處，似聞哀怨響泠泠。

倒栽槐歌

怪哉槐柯色青銅，塞滿廟院陰重重。枝葉鈎帶相彌縫，仿佛圓傘撑高空。根荄着地難尋蹤，不受尋常栽培功。酣嬉淋灕爲形容，雲端探首如虬龍。又如張旭草書工，以頭濡墨誇神通。如此奇材不易逢，俯首暫托雲龕中。養成風煙何溟濛，會看飛去凌蒼穹。

地震行時閏四月二十二日余在白家窑西阡督工爲先君營葬地

道光庚寅四月夏，壞雲垂垂滿四野。一聲疾響東南來，漫空風勢如奔馬。一解。余時督工野外坐，忽覺坐地無帖妥。攝衣欲起行，兩足無一可。重復傴僂不敢動，以身委地當箕簸。二解。沙撲面，風貫耳，斷崖崩堰亙數里。回首望故廬，仿佛煙塵裡。心急足違口欲噤，爲語工人可歸矣。三解。歸來上高堂，一驚一喜兒見娘。娘謂我兒勿驚恐，全家幸喜無毀傷。我年今已近七十，見此災異非尋常。四解。天欲暮，家人聚，危險情形相告訴。牀頭坐話頭忽暈，錯認地震餘恐怖。側聞鄰舍作呻吟，屋瓦打人成痛苦。五解。

長平懷古

長平驛，趙軍壁。廉頗堅壁待强秦，按兵不爭功赫赫。趙謂廉頗易與耳，代將獨用馬服子。秦人反間策已售，陰使將軍名白起。奇兵三萬劫趙軍，四十萬人盡坑死。他日杜郵賜劍時，追悔其罪已晚矣。血腥紛紛染土花，遺戈斷鏃湮黄沙。我來憑吊天薄暝，骷髏山畔月初斜。

郭隗故里懷古

燕昭王，招賢士，先生言請自隗始。戰國紛紛勢利場，自衒自媒毋乃是。高臺上，置黄金。風聲所樹朋盍簪，賢於隗者行且至。一言頗見休休心，後來太子丹，養士亦云厚。無論賣漿與屠狗，感慨悲歌爲奔走。駿骨猶售五百金，果然千里馬常有。

花兒匠歌豐臺種花人京師目爲花兒匠

都門天下繁華地，往往通衢陳百戲。槐樹斜街曉賣花，香風過處成花肆。借問此花何自來，種花人住在豐臺。東畦西隴遥相接，姹紫嫣紅不斷開。奇葩異卉看齊放，顛倒四時成别様。妙技真同七七工，園丁合唤花兒匠。花匠賣花如賣菜，花朵紛紛車滿載。鴉觜移來緑野旁，蝶魂伴送朱門内。多少朱門富貴場，亭臺池館常相望。錦坊爛熳排文杏，銀燭高燒照海棠。豪家自有藏春鄔，不用催花煩羯鼓。那識栽培灌漑功，雨雨風風盡辛苦。看花倘憶種花人，記取花田物候新。稼穡艱難同此意，年年珍重眼前春。

送秋詞

洞庭昨夜秋波起，遥望美人隔煙水。才看春夢醒春人，旋觸秋心到秋士。楓丹蘆白菊花黄，客燕賓鴻去住忙。正是清凉好時節，俄驚店月與橋霜。送春只當冶游久，暑退還如酷吏走。獨有多情感暮秋，耆舊場中辭好友。西風槭槭颭歸鞭，千里關河落照邊。如此銷魂那可説，疏林一路是籬筵。

枯樹嘆並序

道光甲午乙未間，邑大饑，貧民剥榆皮為食，枌榆皆無完膚。至丙申春，并削樹皮供薪爨用，近村楊柳刳割殆盡。又本年六月初一日夜大風雨，境内樹被風雷摧折無算，迨初秋時木葉凄然，黄隕者已就萎死。魏子哀之，作《枯樹嘆》。

近村種楊柳，春夏常青葱。向秋木葉瘦，黄碧參玲瓏。今歲婆娑生意盡，椏杈枝幹吟悲風。我思故國多喬木，繞郭濃陰畫簇簇。陽木陰木取以時，萌芽不使牛羊牧。任教秋殺代春生，葉落歸根剥可復。林麓預儲梁棟材，大庇千間作廈屋。胡爲庇焉縱尋斧，弱植强妒人扶樹。直以利刃剸其膚，譬之衣綻不可補。初如剥蕉後束笋，對面盜賊恣攜取。吁嗟愚民爲飢驅，應非有意相毒痡。苦將木屑當薪炭，遑恤區區榮者枯。况復風雷同一劫，摧殘尾段成模糊。安得良有司，大聲爲疾呼。列樹先表道，培植到枌榆。田里桑麻計，一一加匡扶。樹木皆蕃廡，十年計非迂。使有菽粟如水火，而民焉有不仁乎？

吊土河村烈婦李氏

李氏，族人某妻也。某業樵，墜崖死，氏痛不欲生，紿人導往其夫死處，殉投崖下，時十六歲。程介山偵知之，曾以詩紀其事，後邑侯王樂山先生作詩吊之，勒石於書院壁上。

李氏女，嫁余族。殉夫死，年十六。此事垂今三十年，王程兩詩人口熟。乃復僂指一數之，毋乃紀實多繁複。我按烈婦事，代想烈婦心。夫倡婦隨無間死，要將同穴比同衾。臨危視若履平地，不見懸崖百尺深。當其聞變慘不食，夢魂已化雙飛翼。巉巖絶壁與同游，血肉之軀聊喘息。望望崖下成樂國，人間風景皆無色。仿佛亡人招手來，阿姊同行救不得。爾時阿姊淚盈眥，曠野號呼村民至。奔告家中人，咄咄稱怪事。以謂烈婦不讀書，不識字。去年初嫁來，與人了無異。大義誰告之，此事談何易？嗚乎！此事談來人不料，非有成格相傚傚。爲臣死忠子死孝，平時豈有輕生貌。不將轉念負初心，何人不可維風教？鬚眉愧不如巾幗，駭傳烈婦方年少。

李烈婦歌

白如雪，猶可涅；堅如鐵，亦可折。獨有人之精誠耿耿不磨滅。侍中血，常山舌；男子耳，何須説。偉哉奇節女兒有，聽我長歌此烈婦。一解。烈婦夫外出，夜坐燈熒熒。寢床二稚子，對影殊伶俜。有踰垣者，禽獸其行，鬼蜮其形，驟以惡語肆唐突。刀聲霍霍風泠泠，是向挑之不從者。冀劫以威，而怵其聽。二解。烈婦見之乃大駡，呫囁聲情變叱咤。道爾鼠輩膽何大，非禮相干向深夜。駡聲漸怯嗚聲嘶，持器格拒力不支。可憐中夜無人知，雙雛夢醒啼將斷。一絲喘息魂已離，既我身之不恤。遑恤我兒！三解。夜色蕭蕭，陰風怒號。拼將弱息，一刀兩刀。烈心不畏豺狼性，果然毒手戕三命。貞木甘教刼火燒，血腥不染游魂淨。四解。邑宰詣驗，婦貌如生。乃禽其仇，廉其情，復慨然嘆曰：“古來割鼻毀耳斷臂斷指者，皆以貞烈傳其名。守土者將激濁而揚清，斯人不可以無旌。”五解。爰上其事，天語褒揚。勑下所司，綽楔輝煌。萬口誦姓氏，齒頰餘馨香。六解。夫家誰？厥姓李。母家誰？姓孟氏。居何鄉？南王里。世間苟全性命者，吾見其死已久矣。迴風雲旗一歸來，烈婦雖死猶不死。嗚乎！烈婦死乃長不死。七解。

牙畫瓜子歌爲程芷汀賦有序

芷汀，崑崙先生後也。其家藏有磋骨瓜子一粒，廣闊僅二三分許，雕《十八學士圖》，琴棋書畫各一事。兼有一僮給使。其背面寫古詩一首，連書款共六十餘字，乃七十四老人祝玉成鐫贈崑崙先生者。芷汀出以示客且索詩。祝號培之，杭州人，以牙畫著名，見《述異記》。

舊聞須彌納芥子，世間幻説那有此。又聞寸馬豆人畫法工，縮本相傳聊爾爾。乃今芷汀示我磋骨一瓜仁，掬手俯視不受指。正面名畫背法書，咄咄么麼成絶技。我欲讀畫揩雙眸，愧不明目如離婁。依稀可數十八人，知是雅集登瀛洲。更有侍側一童子，拱立聽役雙丫頭。諦觀駭絶已移時，覆其後面更見奇。自題其畫五言古，波磔瑣細如蠶絲。詩後兩行添款識，不能卒讀心猜疑。幸有芷汀手鈔另一紙，彼此讎校無差池。却怪老人七十四，能以神通作游戲。秋毫神妙莫可名，刻猴貫虱何足異。我有一語告芷汀，詹詹小言非其倫。傳家想見閑情寄，守此長物甘清貧。况復崑崙先生垂後裔，橐中自有書等身。牛毛繭絲析名理，小物瑰異非所珍。嗚乎！形下而器形上道，智巧皆由心所造。凡物有形必有形形者，九天九淵恣探討。摩挲先澤宜深思，赤水元珠爲至寶。

端午日桓一偕陳商哲枉顧别後却寄

樽中纔罷菖蒲酒，户外紛紛人躪柳。草堂肯訪仲先來，褦襶相看知否否。不見桓一經數月，一揖但言久離别。攜來佳客未通名，心猜定是陳商哲。階前促坐不移時，急從袖底出新詩。多是同人疊韻作，宫商相應無差池。摇箑相看各無語，吟肩相促心相許。鄙人有説愧如鈴，撞擊何當雙巨杵。我與桓一賡同調，尤羨陳君較年少。果然續命有五絲，妄想同時作英妙。傍晚客歸留不得，挑燈讀句重加墨。燈花放處喜氣多，疑照兩君好顔色。

拉河煤有序

縣東多煤井，土人積煤之所，地曰鯉魚店。每冬月河冰合時，自縣以西居民輒取一小木具至積煤處，載炭數百觔，沿漳河冰面而上，較累累驢馱獲利差勝。然其勞瘁之狀，視春夏間農功為甚。作詩紀之，俾采風者知吾鄉貧民作苦有尤劇者云。

兩山夾岸河冰闊，曲折一綫途滑澾。行人如蟻冰上來，背負重任步蹩躠。短衣結束一棉襖，雙足縢纏藉毛毾。爲問此何人？俱自縣東來買煤，鯉魚店都已載寶回。塵沙上面風力遒，尺布掩耳聲颼颼。背後冰牀二三尺，仿佛以繂拉小舟。一步一掉臂，兩步一垂頭。足蹈手拄地，額破面血流。有時冰面沙痕積，欲前不前多逗遛。前後同伴互相助，比肩用力同駑牛。向前數步冰色淨，得勢趫捷爭獮猴。嗚乎！嚴寒慄肌身反汗，冰上趲程夜達旦。一人牽挽數百觔，博得兩錢一觔换。那知豪富人，紅爐煨獸炭。擁衾猶自怯早寒，熏籠不使香煙斷。

陳貞女歌大中丞蓮史先生長女

禮傳牉合人倫始，處順安常易易耳。世人遇變多浮沉，力挽頹綱在女子。女兒已寡稱未亡，飲冰茹蘗皆尋常。未成嘉禮遘凶禮，柏舟矢志追共姜。未婚守節禮文無，而今復見陳瑩姑。瑩姑生長仕宦族，幽閑貞靜千金軀。阿爺出守來山左，膝下嬌花攜一朵。滇南公子聖人後，爲倩蹇修相許可。爾時締好在官衙，束帛元纁初下茶。鳳凰遲叶和鳴卜，彩翼分飛天一涯。競説郎才兼女貌，鴻案何妨老德耀。夭桃穠李偶逾期，阿郎已赴玉樓召。回首當年方納采，荏苒流光十二載。零脂賸粉妝已殘，石爛海枯心不改。笛怨惟聞孤竹枝，琴聲别有寡女絲。義心苦調誰能識，女兒心事爺娘知。爺娘知女心如石，欲向滇南通雁帛。阿翁宦轍來粤西，適莅桂林爲方伯。意外忽聞貞女事，待遣魚軒迎女至。伫見佳婦如見兒，不禁老淚紛紛墜。瑩姑聞命徑升輿，順變權將素服除。此後遂爲孔家婦，腶修棗栗爲親娱。阿翁悲喜爲人告，此女全貞更全孝。將爲擇嗣慰堅貞，他年合受金花誥。嚴守空閨無怨嗟，重將消息報阿爺。但得代夫事父母，餘生無忝聖人家。

紀漳水災

邑城建在河之滸，我家相距三里許。村前别有一小河，青青夾岸連蔬圃。酉年六月多霪霖，慣聽徹夜淙淙雨。一夜雨聲雜河聲，噌吰鞺鞳如鐘鼓。猜疑小河暴發異常時，枕上心驚未目睹。天明看河出門前，漳河逼近小河邊。漳河以南小河北，無復田園連陌阡。披猖濁浪連天震，茫茫難問城中信。遥聞巨炮響城頭，官民祈禱爭性命。越三四日水有涯，岸傍高脊露泥沙。民泅水，入城去，歸來告語相嗟呀。西關街市泐堤石，東關溝水漂人家。南門闔扇逐波去，敵樓以上坐蝦蟆。吁嗟！漳濤無怒吼，敬陳一言君聽否？遠不通漕運，近不溉田畝。大不産魚鹽，小不生菱藕。美利古來無，災害近時有。望望當灘厚壅沙，渟泓偏聚橋坡口。西關外向南建閣，每冬月造橋，從此直達南岸，地名橋坡口，河落時此處蓄水甚深。胡爲洪流衝擊河神廟，廟在城角石堰上，被水衝坍數處。無乃波臣隳職守？安得事宜能善後，奠定城基長不朽。不知誰是迴瀾手？

卷之十

對月集唐句二首選一

野色籠寒霧王勃，空窗出艾煙項斯。月明花滿地劉長卿，秋入雨餘天李昌符。此室無他事賈島，幽人應未眠韋應物。遺風灑清韻朱慶餘，心向靜中圓李洞。

西巖寺二首

繞磴水涓涓，人疑别有天。晴村烘落日，遠樹冒炊煙。山忽開生面，鐘能定俗緣。吟鞭須緩着，擬是小游仙。

輪蹄投止處，僧寺得清凉。小憩消塵坱，無遮此道場。岫雲迎客慣，石佛笑人忙。暫屏浮名慮，禪關叩不妨。寺當往來孔道。

聽王樂山先生彈琴作二首

萬里無家日，千秋自命人。閑愁寄騷屑，游藝亦精神。雁陣清湘遠，梅花小院春。愔愔如有會，傾聽意逡巡。時彈《平沙落雁》與《梅花三弄》。

高懷絶凡響，斯道一身擔。絃指清音泛，文心妙悟參。山空宜雪立，海靜有風含。彷彿琴中理，聞聲愧未諳。

題惠怡園刺史磨鏡小照四首選二

石畔科頭坐，開函影動摇。乍磨光炯炯，相對髮蕭蕭。宦况閑中領，吟情靜裡描。風流何所似，卿月挂層霄。

銅鞮千萬户，俱向鏡心來。大覺留圓相，無私即吏才。智珠胸次抱，壽字畫圖開。昨夜占星彩，寒芒耀上台。

讀書清慧庵

借得僧寮住，閑窗閉白雲。琴聲花雨潤，詩界佛香熏。勝地宜儔侶，幽棲靜見聞。階前雙翠柏，伴客影紛紛。

游南山四首

好山都北向，一水自西來。雲影吟筇導，灘聲健步催。巖腰行欲盡，隘口到方開。小憩溪旁石，摩挲坐緑苔。

短草茸茸裡，幽尋一徑微。泥融痕在屨，樹小刺鈎衣。時鳥傳天籟，池魚見化機。悠然生道念，獨往叩僧扉。

金碧遠空浮，琳宫色不秋。白雲穿石洞，紅藥護經樓。山寺有藏經樓一區。别有禪心淨，兼將畫景收。更看槐影瘦，秃幹老如虬。龍爪槐在東偏院。

坐話山靈共，勾留作别難。吟詩題未就，啜茗量偏寬。林冒煙千縷，風吹月一丸。歸途將欲轉，屢次掉頭看。

吊楊菊泉先生三首

菊泉諱延亮，湖南長沙人，庚辰進士，為趙城縣令，道光十五年賊匪曹順等作亂，被戕署中。

斗大孤城裡，遥聞血染腥。妖氛動群醜，小劫墮文星。莽莽壞雲黑，茫茫春草青。河聲與嶽色，隨處想英靈。

仙舄何日返，相晤記都門。悲慨詩歌老，風流器識尊。余在京師，曾晤菊泉於張岳樵先生處，且獲讀古近體詩數章，多蒼凉激壯之音。卅年賫壯志，一别泣忠魂。循吏竟如此，難將天道論。

捧檄來三晋，安輿奉老親。雪泥留宦迹，巾幗亦名人。禄養能將母，艱危竟殉身。繡餘詩草在，一讀一傷神。菊泉母吴太孺人，號蓮齋，著有《繡餘詩鈔》。

咏明史十二首

北燕高飛日，深宮烈火紅。帝星沉半月，天意助東風。誤名徐輝祖，遲誅李景隆。忠臣同一劫，殺運卅年中。

宣德游西苑，恩深太液池。不求延聖壽，有暇譜新詩。仙佛緣俱斥，君臣樂亦宜。如何居别院，尚有静慈師。

郕王監國者，復辟本人情。書敕成和議，琵琶望餞行。童謡還土地，老樹伐南城。轉把迎鑾役，論功到石亨。

游畋行數數，自號大將軍。宣府兵常練，宸濠變果聞。親征宜用武，伴食只能文。獨有姚江伯，名儒克建勳。

繼統傳遺詔，公私兩不妨。孝宗宜有後，興獻本爲王。自合平情論，何庸聚訟忙。哭聲齊震闕，大獄已倉皇。

顧命先生受，匡時重任勝。肅清看海内，功過半江陵。縱負伊周望，何來舜禹稱。威權能震主，毋乃太驕矜。

浙黨與東林，吾儒釀禍深。門墻爭托足，忠義亦矜心。不作同聲應，甘爲異類侵。奄人資口實，讎怨慘相尋。

妖書投匿後，梃擊又紅丸。駭變傳宮禁，驚猜到内官。張差顛恐僞，可灼罪難寬。想像危疑案，令人膽亦寒。

如何李選侍，猶欲據乾清。竭力宸居定，防危寵愛輕。他時自隆禮，蜚語太無名。楊左諸公疏，神靈鑒血誠。

緹騎縱横出，紛紛説廠臣。旁觀嗟扼腕，公憤擲閑身。直自追三代，名宜號五人。青山埋俠骨，墓草亦精神。

烽火連番警，徘徊可奈何。温周庸相誤，張李盗魁多。天運崇朝變，民謡遍地譌。空餘殉國恨，熱血未消磨。

飛檄遼東去，遲遲未入關。家亡俱碧血，髮竪泣紅顔。妖氣消除盡，清師底定還。中原聊縱目，萬里此河山。

草帽

頭銜真草草，面相肖團團。製與芒鞵稱，形同繖蓋看。漬痕涼雨透，寫影夕陽殘。不作陰晴備，峨峨枉大冠。

葛衫

年光過采葛，被服比方空。作用冬裘配，成功魏屨同。一襟輕障日，雙袖遠含風。表出師前聖，衣帽慎飭躬。

竹簾

不可居無竹，湘簾挂綺寮。香煙留緑暈，花影碎紅潮。宛轉薰風引，玲瓏月色邀。傍人門户外，直節總條條。

蕉扇

有庵名種紙，遷地此材良。剪取蠟心硬，裁量鳳尾長。前身曾捲雨，入握定生涼。消受人書扇，淋灕翰墨香。

小院

小院晝沉沉，雲移一徑陰。流光消坐卧，獨語雜歌吟。樹影横窗瘦，簾波窣地深。喜無襬襶客，差可滌煩襟。

呈王樂山先生

及身欲定千秋業，親手曾栽一縣花。到處誨人如子弟，暮年寄食尚天涯。還山踪迹新圖畫，經世文章老作家。此後祝公長健在，遥瞻洱海散餘霞。先生宰武鄉，去官後爲晋陽書院山長，時將歸滇，自繪《萬里還山圖》。

咏龍爪槐以龍槐二字爲韻二首

疏槐滿院午陰濃，看到虬枝合號龍。山雨來時飛欲去，漳流抱處卧堪容。葉同鼠耳垂垂結，雲作魚鱗靉靉封。傍晚恰宜明月照，驪珠一顆護當胸。

風涌如聞起蟄雷，煙霞深處見龍槐。種同華省音聲樹，幻作空山變化材。蔭繞緑雲拏不定，花飛黄雪戰初回。憐渠秃影童童立，知是曾燒尾段來。

蘆溝橋二首

桑乾水響聽潺湲，萬國來朝入此關。天下江山都合抱，人生轍迹幾能閑。

平沙浩浩塵千里，曉色茫茫月一彎。雲裏帝城連咫尺，香街軟繡近仙寰。

帝　京

天衢詄蕩九門開，易水燕雲亦壯哉。郅治車書同就範，沿街錦繡列成堆。樓臺隙處江山麗，名利忙中歲月催。如此風光説不盡，草珠一串試拈來。《都門竹枝詞》以《草珠一串》爲名。方今寰宇久承平，海内菁英集帝京。果是風塵難物色，偶於闤闠驗人情。千官翊運神靈氣，萬國交歡雜遝聲。但祝無疆延聖壽，卿雲常護日華明。

新購草屋數楹今年夏淫雨連綿鄰家於界墻撬孔以我爲壑急與脩治僅免漂摇

忽看墻下漲痕多，屋小如舟泛泛波。豈有偷光來鑿壁，竟同放閘乍開河。狂瀾欲挽空慚我，非意相干且任他。大庇歡顔吾願在，蕭蕭茅屋此高歌。

贈程璧橋二首

少年才子老明經，今日相逢太瘦生。消遣壯懷成淡泊，拚除貧病仗聰明。風流詩筆羅昭諫，落拓狂名禰正平。如此畸人不諧俗，感君每遇總多情。

熱惱場中冷笑看，天教我輩耐清寒。胸無俗累何城府，眼閲叢殘遍稗官。璧橋於説部書流覽甚富。經世文章休賤賣，依人劍鋏肯輕彈。劇憐塵鞅勞勞甚，小事胡塗學吕端。璧橋不屑曲謹，嘗有私印刻“大事不胡塗”句。

見以字紙糊窗者

絶憐蛛網與塵封，幾訝斯文掃地同。尚有光芒烘麗日，偶依門户障酸風。有人消受籠紗碧，往事翻思劫火紅。莫再抛將閑筆墨，滿懷咄咄只書空。

出西直門至海淀

晴光掩靄五雲邊，瑞氣遥連宫樹圓。渌水繞城園放閘，朱輪滿路客朝天。芳春長作蓬蓬色，函夏全消漠漠煙。行盡大堤三十里，得時花柳總嫣然。

壬寅元旦試筆二首

手把屠蘇飲未巡，酒懷長健此吟身。漸看兒輩如林立，共樂年華即境新。麗日晴烘深院暖，好風吹送隔簾春。比鄰答拜方才罷，獨坐牀頭養喜神。

一庭藹藹静無嘩，清俸天頒處士家。兒仿門聯爭弄筆，女依妝閣學簪花。消閑凡世成仙界，紀麗文章攬歲華。與物皆春聊設想，斯言自笑大而夸。

校閲書院諸生課卷

數卷文章點勘勤，明明甲乙判同群。敢將我法爲卿用，常把人田當己芸。弈局休疑鴻鵠至，戰場誰是鸛鵝軍。前程萬里同途去，聊助衣裝一二分。

和魯風咏物詩二首

老屋

蘧廬自昔掩蒿萊，消受吾儒抱膝陪。壞壁常留佳句在，閑門偶款故人來。啼蛩聲裡青燈冷，刈稻香中白板開。廣厦萬間何處是，著書仰屋亦清才。

老樹

喬柯百尺望森森，伫待巖搜匠入林。偶着花時非俗艷，便無雲處也濃陰。逢人不改清蒼貌，閱世彌堅磥砢心。好語名材休薄植，九天雨露自來深。

次韻和程介山先生寄懷范桓一客脩武並柬桓一四首

吟箋雅雅復魚魚，意緒纏綿代手書。此老多情猶似昔，清談竟日記當初。文中史筆詩中畫，月到天心水到渠。放眼爲君輪指算，一時朋輩有誰知。

一生如雪好心肝，自命千秋果不難。衆口分嘗同膾炙，及身親見付雕刊。藏山事業君先定，流水光陰我共看。卅載耽吟甘覆瓿，者番振觸那能寬。程有《驚鄰草》二卷，范在客中代爲付梓，寄詩多感謝語。

我亦登高望夕陽，太行南畔想容光。詩人到處多仙侣，范與修武趙翰秋、趙蓮舟，河内陳子厚、李子翼諸君唱酬無虚日。佳境探來勝故鄉。千畝地成栽竹徑，三分水是種魚塘。范嘗有詩自註云："自清化鎮至河内，流泉花竹，土人名爲小江南。"羡他大好游行趣，黄鵠摩天不算忙。程詩有"且同黄鵠摩千里，莫效閑鷗守一塘"句。

都是苔岑有夙緣，兩君瑜亮并稱賢。涪翁老去胸澆古，鍾子相逢指泛絃。校字獨教游客任，交情豈爲異時遷。十年前有題詞處，自幸微名亦附鐫。余與桓一並有《驚鄰草》題詞。

喜籍生魯風鄉試獲雋兼諗同學諸子四首

桂花香到菊花時，於重陽日聞報。吉語傳來恰屬誰。門幸登龍沿舊例，人應刻鵠共師資。余壬辰座主爲楚南龍白華先生，今年主司龍蘭簃，余鄉試大同譜也。敢云業訂千秋易，莫道丹成九轉遲。魯風九赴秋闈。雲路分明階級在，更煩説與阿連知。生弟心舟亦從余學。

新將姓氏寫紅箋，藉甚才名我亦憐。豈但文章能接武，更傳衣鉢到流年。余辛酉生，至壬辰年三十二歲。魯風癸酉生，至今歲甲辰亦三十二歲。從前聲價爭和璧，此後驅馳讓祖鞭。莫效老夫終潦倒，來春盼汝五雲邊。

頻年挾策走長安，懶向朱門謁貴官。縱有微名成畫餅，空教先達望彈冠。余今年會試卷出梁儷堂先生門，薦而未售，總裁爲山左陳偉堂先生，亦向所受知者。卷已粘簽存校，卒未批明所以駁放之故。諸公衮衮聯鑣去，匹馬蕭蕭行路難。今春下第歸，同郡數人俱留京邸，出都時一無行侣。嘆息多歧車轍誤，偏卿猶作指南看。

同輩論文互短長，抛針彼此看鴛鴦。望人健步三秋月，老我多情兩鬢霜。道誼相期重吾黨，時趨遞變是名場。嫁衣一着妝添艷，女伴何妨再忖量。

酬張兩如二首

巴歈幾曲寄閑情，自分無人識姓名。豈果成金能點鐵，翻勞報李遠投瓊。余與兩如初未謀面，其題余《南亭竹枝詞》云："直呼點鐵成金手，更有何人道不然。"和歌雅有相思意，覿面應憐太瘦生。他日牙舟如再遇，清琴重奏兩三聲。

廣陵絶響聽彈無，來札中引《廣陵散》裡"求知己不特，彈無聽也無"之句。老去難將結習除。握管我思窺半豹，曾於門人張其信處索君詩草。臨風君幸惠雙魚。黄金散盡留詩卷，白髮栖遲剩草廬。遥祝先生眠食好，邇來吟興復何如。

與明府謝蕙圃同年二首

十年齒長推前輩，記得同時咏大羅。墩外蒼生今日望，濟南名士舊來多。蕙圃，濟南臨邑人。之官有鶴行裝儉，入夢占魚歲序和。君下車時頗苦旱，既而歲大稔。真箇牛刀堪小試，武城化已洽絃歌。

老圃荒寒謄菜畦，江干無客駐輪蹄。敲門忽報肩輿到，掃榻忙將手帚攜。愧我風塵牛馬走，看君枳棘鳳凰栖。歸來喜賦高軒過，伫望台星一色齊。君過訪，時余適刈菜，故有首二句。

内子生日二首

阿儂老去足風懷，况聽卿言亦復佳。安命本無天壤恨，居家豈有太常齋。十三初嫁憐生小，内子歸余，才十三歲。千萬餘慶願孔皆。酌酒今朝報鴻案，不勞親手拔金釵。

山窗一徑暑風斜，兒女團團晝景賒。館食乍歸人似客，年荒慣賴婦持家。浮生合共牛衣老，此後相看馬齒加。兩首新詩爲汝壽，添妝椎髻筆頭花。

酬籍魯風次元韻二首

文章五色作其鱗，抛擲何堪近市塵。馬磨團團千里足，鷄窗寂寂卅年身。已看世局如棋局，不作詩人便酒人。感汝往還相愛厚，老懷悵觸每頻頻。

芸人芸己意交融，爾我將毋梗概同。素與絢參翻得悟，青從藍出孰居功。聲名恐誤誇遼豕，飄泊何須感塞鴻。此後光陰須鄭重，莫將苜蓿戀盤中。

春草次趙蓮舟韻四首

燒痕猶記去年秋，又逐齊煙緑幾州。天放晴時熏蛺蝶，風吹低處見羊牛。踏從寒食青難了，看到斜陽淡欲流。滿地春暉誰與報，寸心莫漫説遨游。

萋萋嫩緑掩茅衡，如夢如煙莫可名。行遍天涯同足迹，鬪從妝閣亦心兵。偶成書帶真堪用，偏是城門便不生。憶到蘼蕪與蘭茝，騷人香韻一聲聲。

西堂得句阿誰能，獨占詩家最上乘。千里鶯啼迷驛路，半塘蛙部隱魚燈。也同春水生南浦，好伴桃花住武陵。一種别愁誰管領，蝶魂是處化韓憑。

野色粘天望似簪，青如點黛碧如琳。生同短髮絲何密，痕比征袍色更深。芳訊來時懷遠道，夕陽紅處畫高岑。遍嘗百種儲醫藥，便抵人間布地金。

春柳次趙蓮舟韻四首

旖旎纏綿色不秋，况逢煙靄遍皇州。排衙池畔施行馬，戍笛歌中伴牧牛。無限銷魂饒畹晚，幾回顧影自風流。短長亭外留青眼，牽綰離腸贈遠游。

亭亭車蓋孰爭衡，百尺曾傳渤海名。偶試折腰如揖客，乍看垂手學麾兵。搓挪長綫剛三月，消受東風過半生。深院游絲耽静趣，任他鄰笛暗飛聲。

三眠三起舊稱能，踠地真無隙可乘。咏絮夫人初選句，漏春和尚早傳燈。宅門垂蔭陶元亮，步屧隨風杜少陵。留取枝條覆行客，籠煙籠月總堪憑。

幾樹斜抽碧玉簪，剪來片葉亦瑶琳。僦將酒旆樓臺麗，藏得書聲院落深。白下清陰栖水國，黄昏明月護煙岑。歌塵舞影休輕試，珍重梢頭縷縷金。

桓一持趙蓮舟春草春柳詩索和余與趙未謀面也和詩成後再疊前韻即介桓一代柬蓮舟四首

回首詞場三十秋，神交每欲遍方州。看人才似脱羈馬，笑我生同觸字牛。慣向朋儕操月旦，忽聞異地有風流。昌黎鄉畔添翹企，牽惹吟魂作夢游。

風雅叢中獨抗衡，平原公子擅才名。鬬情深處何關物，選韻精時似選兵。脈脈草心無限思，垂垂柳眼可憐生。阿儂亦是傷春客，况聽旁人索和聲。

追隨大敵我無能，愧少長風萬里乘。説士分甘叨耳食，和詩攻苦印心燈。文章合有神明契，曹偶應無意氣陵。漫道聲華藉標榜，个中得失寸衷憑。

尤羡高朋得盍簪，聯吟書記老陳琳。七閩游跡天涯渺，一集詞源海樣深。蓮舟隨其尊人容甫先生作宦於閩，幕客陳梅峰刻有《同聲詩集》，中多蓮舟之作。早卜科名輝棣蕚，從兄翰秋，丙午孝廉。定知臭味愛苔岑。他時更望同聲續，字作珠排紙是金。

眼　鏡

我聞真誥言，眼者身之鏡。鏡與鏡相須，清光能肆映。

鬚　梳

耽吟好撚髭，取櫛自思理。笑彼拂鬚者，乃受人頤指。

掃耳帚

耳門淨掃除，不獨消奇癢。五音令人聾，滌盡箏琶響。

剔牙杖

我齒將欲豁，牙車先留隙。一杖横挑處，聊堪當漱石。

南山二十四咏和范桓一

南屏堆錦

山下望山脊，煙霞間金碧。是誰製錦屏，妙不關刀尺。

北閣觀瀾

山口接漳河，一閣將山鎖。北向且憑欄，小憩臨流坐。

雙松拂雲

夾路兩株松，不作支離狀。雙蓋立童童，影拂雲階上。

兩池映月

甃石暗相通，兩池如兩目。波光帶月流，明輝無斷續。

龍爪蟠槐

天龍來聽講，鱗爪有餘威。好把虬枝護，防他破壁飛。

麟趾探洞

天上石麒麟，未必人間有。偶探石一拳，低頭拜聖母。

經樓擁翠

看山背負山，衹合從旁見。隨喜到經樓，飽看山正面。

禪室圍花

我聞諸菩薩，花落不黏身。大衆看花者，將毋花笑人。

絶壁留題

石上掃苔紋，澀縭數行字。文雖難卒讀，摩挲存古意。

上方聞梵

上方人籟靜，梵唄出空林。流水開花地，能生禪寂心。

佛座懸空

法象塑懸空，金身現一一。無樹亦無臺，方是波羅蜜。

山門攢頂

鬭角與鈎心，憑空布八卦。門設乃常關，爲隔仙凡界。

雲林聽鳥

林茂鳥有托，雲深鳥不知。人禽俱自在，聽到入林時。

石井觀魚

石泉好烹茶，取水八角井。暫倚石欄干，數盡游魚影。

老樹摩霄

老樹閲千年，雲端獨昂首。俯視階下松，只堪稱小友。

繁澌咽草

山半出流澌，如人有血脈。營衛互相滋，草木爲毛髮。

盛暑凝寒

一徑入雲深，炎歊俱隔絶。人跡不到處，疑有古時雪。

清宵鳴籟

暮山群動息，暝色來空外。刁騷一片聲，衆籟皆天籟。

曉霧初收

籠住青山色，千林宿鳥驚。霎時煙幔捲，樓閣倍分明。

夕陽返照

夕陽工寫影，偏戀最高峰。游客屢回顧，雛僧方打鐘。

春風逗芳

早春花含苞，無香亦無色。忽地山風來，逗出春消息。

夏雨觀瀑

樹杪下飛泉，寒聲一陣添。洞門雲鎖處，如掛水晶簾。

秋霜染葉

秋老紅樹多，衆山失蒼翠。攜酒賞霜葉，人與山同醉。

冬雪封林

前度林巒好，經冬雪亂飄。錦屏留賞遍，粉本與重描。

都中送春

一片花光九陌塵，娱人游眼逐番新。分明帝里春常在，不道今朝是送春。

倣元遺山論詩絶句論國朝人制藝二十六首

華國文章第一流，精深博大説熊劉。化將魄力無痕迹，璞玉渾金是次侯。

不教一筆有陳因，煅煉功深戚价人。我憶爲文傷命語，如看紙上血痕新。

群言籠罩衆心降，神色温温鼎已扛。雅稱承平良宰相，曲江風度比京江。

絶艷驚才蘭雪堂，直將選體變文章。展成尤是風騷手，一樣圖書發古香。

規行矩步絶常蹊，力挽成宏路不迷。理解晶瑩耐擷撲，日光玉潔李安溪。

心胸俊氣軼塵氛，清勁無如錢紹文。見事分明快傾吐，居然健筆欲凌雲。

起衰巨手力能勝，獨占同時最上乘。我愛慕廬文近古，低徊唱嘆似廬陵。

抑揚往復態夷猶，别有風神淡不收。清古行文推在陸，獨將法脈繼長洲。

獨立蒼茫感慨多，古今萬象盡包羅。自知一集文如史，定耐人間歷劫磨。

入元入細羡墻東，真个心思一髮同。好與聖賢通鼻息，看題不若聽題工。

元氣渾淪結撰成，非徒排奡與縱横。望溪文集推當代，不把時文讓乃兄。

看他智巧費安排，恰有天倪在在皆。此種文心真入妙，令人愛絶集虚齋。

宜興儲氏盡雄姿，尤重經畬是白眉。稿内名篇多恰好，蘭亭初寫憶當時。

神情宛轉妙闢生，自有天然秀骨成。爭怪巳山操選政，一時海内盡風行。

深思大力本無加，早歲文章學五家。老去曉樓尤卓絶，既爲寒木又春華。

諤廷文筆鳳凰鳴，骨力高騫藻耀生。想見諫垣風節勁，斯人真不負科名。

經義爬羅妙想開，精詳天與著書才。紛紛典制能提要，樸茂誰如任鈞臺。

蒼深風格繼歸唐，力闡微言理學昌。不遇墻東耘老識，北方誰重趙梅塘。

詩人聲價遍江南，確士先生絶學探。不道晚年通籍後，時文意興尚沉酣。

敏妙輕靈自一家，筆姿整整復斜斜。藴皋太史工言語，餘慧常留在齒牙。

藴輝用筆似螺旋，九曲真珠一綫穿。不肯絲毫留墨漬，白描高手李龍眠。

鐵板銅琶唱獨高，競推寅谷是文豪。稿中孟藝尤雄健，分與時人扶劣膏。

氣息深醇管韞山，定知香瓣二方間。續編更有標新處，欲把前人舊説删。

横絶一時湯海秋，筆端莽莽氣浮浮。雄心不受前人範，豈但才名壓九州。

近見關中仁在堂，替人補綴嫁衣裳。環肥燕瘦身材稱，一片婆心作老娘。

從今無復上粧樓，自愧形容是宿瘤。甘向他人粧鏡畔，殘脂賸粉總低頭。

夜雨未足二首選一

敲窗急點一聲聲，枕上聽來近二更。却怨階前花上葉，緣何不響到天明。

午後又雨二首

砰訇聲欲挾輕雷，望望高空潑水來。不信天公解儂意，催詩雨轉要詩催。

檐溜渦中水色肥，枝頭夕照弄暉暉。癡心欲向殘雲問，家在深山歸不歸。

花影十首

日　影

簌簌花枝點綴工，氤氳花氣蕩虚空。却看印地痕皆緑，覷得斜陽分外紅。

月　影

待月誰憐翠袖單，移踪香徑步姗姗。遲來漸度疏欞外，窗紙新添畫稿看。

燈　影

難從夢裡唤真真，風雨黄昏惜好春。榻外移燈剛試照，小憐玉體正横陳。

水　影

一泓空水倍澄鮮，倒映丰姿别樣妍。知是花神愛高潔，植根都近蔚藍天。

鏡　影

花花相對葉相當，仿佛佳人愛靚粧。識得虚明涵色相，个中詩境悟滄浪。

簾　影

當户栽花欲下簾，玲瓏敲戛玉鈎尖。不妨清影都篩碎，細膩風光曲折添。

當風影

颸影風前不自持，斜斜整整妙參差。許多活相更番見，流水行雲無定姿。

栖煙影

疏枝大葉自縱横，一片煙光染惹輕。卿以色身參示現，怕人着眼太分明。

壓欄影

輕裾長袖宛仙乎，踠地濃陰占畫圖。偏仗闌干相約住，不教一筆近平鋪。

隔籬影

四面遮攔只暗窺，花身宛轉寄人籬。一枝斜影長如許，想見亭亭獨立時。

卷之十一

趙昌祚　字綿莊，昌業弟，嘉慶己卯舉人，官陽曲教諭。

觀抗穜

百戲爭奇巧，迺爲人上人。其名曰抗穜，弈弈如有神。抗者偉男子，寬衣步逡巡。腦後帛纏竿，上出薄煙塵。童女騎竹馬，綵繡燦紛綸。各各揚鞭轡，掉弄隨意新。忽然倒趺坐，忽然仰翻身。次者挾雷鼓，往來若雲屯。五色相炫亂，鐃鐲亦具陳。我來目眙久，難笑復難嗔。宛似緣繩技，不知幻與真。又如圓光定，化出前世因。無怪若狂衆，駢集滿四鄰。况值賽神會，色色並生春。年豐人嬉樂，觀蜡澤同均。

雲虬谷

山林饒勝地，此處更無倫。樹古巢烏鵲，池空躍紫鱗。峰環三面立，花逐四時新。稱此幽棲意，高歌學隱淪。

汾河泛漲二首選一

勢擁全并下，平陶儼巨川。濤驚殷動地，岸捲轟浮天。禹鼎光芒現，堯封沮洳連。訛言三十載，駘實欲西遷。

送敬哉兄赴晉陽書院步元韻二首

垂楊却莫綰行輿，此去非關食有魚。百丈懸流龍化處，一函佳信雁飛初，胸懷磊落千樽酒，襆被蕭條數卷書。賦有凌雲宜早獻，題橋何必羨相如。

迭奏塤篪慣食貧，今兄捧袂碾雙輪。最難宗匠能知己，夙負才名豈讓人。鼓鑄有同金在冶，薪槱特采竹之筠。辛勤菽水聊分任，可慰雲山望遠塵。

晉陽學署送別黄翼之之榆次幕

雪泥鴻爪古并州，塞馬無端惜壯游。榆石更增新話柄，汾波重續舊風流。悲秋宋玉渾閑事，賦別江淹幾許愁。千里會看馳驥足，笑他株守日悠悠。

信成齋

亭榭園林事事幽，攜來童冠與偕游。前津怕有漁郎問，莫遣桃花逐浪流。

陳默　字一齋，道光甲午歲貢。

讀桓一妹夫哭兩兄詩感而有作

倫彝天所賦，賦性原維均。所禀有清濁，厚薄遂相因。更兼氣習染，難存至性真。卓哉范桓一，永懷骨肉親。我昔送妹歸，造府謁者頻。友恭皆目睹，始末得備陳。伯仲憐小弱，撫摩意循循。養也兼施教，家塾日幾巡。君承兄懿訓，名場初問津。用博兩兄懽，相愛無相瞋。堂前和集福，荆樹開芳春。當境莫名樂，旁觀欲置身。未幾兩兄逝，鬱陶氣不伸。灼艾嗟難再，泣罷淚沾巾。撫孤時着意，肫肫乃其仁。非飾言往視，恥爲第五倫。君今追往事，哀感實迸臻。我今傳此語，用風當世人。人生有兄弟，義直侔子臣。胡爲戈操室，古道委荆榛。讀此哭兄詩，至性何恂恂。油然皆感發，風俗使其淳。愧我親誼疏，不獲常飲醇。遥慕君令德，心契交以神。

梅　品

譜列群芳獨早開，番風第一好尋梅。生非附暖霜天作，老亦撑寒雪夜來。傲骨不求沾雨露，癯形豈肯混莓苔。合偕松竹稱三友，落落孤山亦卓哉。

魏懸書　字雲榜，嘉慶戊寅舉人，官曲沃教諭。

落葉四首

寒郊昨夜響西風，春去秋來事不同。悟到乘除原了了，惜他榮悴太忽忽。别離感集飄零日，今古愁深落拓中。回首繁華消歇盡，十分惆悵意何窮。

一林風戰葉聲乾，知否驚鴻結陣寒。傳怨宫人流水去，停車詩客落楓看。湘波月冷猿啼急，汾曲雲飛鶴夢闌。最是無情風雨意，不堪蕭瑟向江干。

誰送凉飆入暮秋，寒風吹過蓼花洲。蕭蕭響入疏砧和，颯颯情隨去雁浮。掃徑無人容繞屋，登樓有客欲迴舟。天涯等是飄零意，身事蓬飛一野鷗。

吹殘淺緑與深黄，敗葉如雲下夕陽。獨向蒼茫時目極，誰禁摇蕩不神傷。征人離思邊關外，楚客悲歌古渡傍。莫向寒天言惜别，置身高處任飛揚。

秋柳用漁洋韻四首

濛濛煙雨黯離魂，幾處藤蘿晝掩門。上苑芳華成昨夢，灞陵攀折認前痕。相思塞北人千里，寥落溪南水一村。記得渭城輕送别，驪歌聲裡不堪論。

幾日晴絲又早霜，春光淡淡憶池塘。曉風殘月屯田句，白絮黄花陸賈箱。游子漫尋邀笛步，才人已嫁汝南王。短長亭畔餘衰草，情盡橋題古驛坊。

豪竹哀絲識舞衣，將軍故客是耶非。西園宴罷苔痕没，南内人歸燕影稀。未許青衫歌緩緩，那禁紅葉故飛飛。何戡老去殷勤甚，目斷長干心事違。

珍重柔條亦自憐，江潭摇落夕陽煙。低徊舊事泥黏絮，宛轉新愁力竭綿。班馬蕭蕭思遠道，髩絲縷縷感流年。棲烏莫漫啼高樹，指日青歸九陌邊。

重游平陽郡大雲寺

落葉荒林深幾重，吟鞭來覓舊行蹤。夕陽滿地天將暮，古寺無人風打鐘。

程爔　字璧橋，道光壬寅歲貢。

觀假山後復柬桓一

積石爲門闕，入門如入山。山中門軒豁，門外山老孱。我來訪奇勝，欲躋無由攀。蟠屈虎蹲獸，嵌空龍攫環。佇立未移時，悠然入其間。譬諸大人腹，外狹中寬閑。譬諸哲士胸，曲折妙轉圜。又如讀古書，桀驁愁冥頑。忽聞石能語，一笑開心顔。天風撲面來，身世迴塵寰。飄飄兩袖舉，頓忘世途艱。昔君徵爲詩，未與山往還。側想廬山面，誰曾見一斑。况復胸徑率，從無邱壑跧。以此空摩擬，孟浪何辭訕。鄙作七律時尚未見山。願君宏遠謨，無徒爲俗嫻。具此爲山力，萬事豈足患。瀛洲十萬丈，頃刻可踰閑。煉將五色石，上爲補天關。

途中日暮

指點前途暮色昏，强尋古道撥雲根。過來樹杪方知嶺，似有人家未到門。野火斷連燒馬足，小河明滅點山村。遥知白髮挑燈處，爲憶嬌兒拭淚痕。

送趙善淵滇南歸省二首

離亭誰與唱驪歌，聞道何蕃感蓼莪。萬里披雲尋子舍，十年回首念庭柯。詩囊傾剩新餘米，劍篋藏來舊養禾。我自有家憐咫尺，對君猶悵别情多。

方將欣賞借淵明，爲愛奇文語足驚。傾蓋昔逢蓮幕淨，倚樓共托杏林榮。善淵精歧黄術。雪深歸路人千里，月冷空齋笛數聲。此去應無空雁足，好攜金彈待雲程。

李對揚　字□□，諸生。

落　花

殘紅飄泊下疏廊，去住誰憐一瓣香。滴淚有聲愁夜雨，臨風無語怨斜陽。窗前清夢消孤影，水面流波洗舊妝。減却名園多少趣，捲簾還自惜春光。

杜鵑花

望帝愁春去已西，山花紅影映高低。月欄依舊清風曉，不見杜鵑枝上啼。

程世綸　字芷汀，驤七世孫，諸生。

李烈婦歌

黄昏篝火人影孤，隔墻綏綏來雄狐。此狐相媚轉相嚇，假威以刀虎負嵎。遘斯阨者一女子，夜深月黑將誰呼。厲聲罵處身怯怯，牀頭驚絶兒呱呱。持鍬聊復與刀格，如以寸草撩虎鬚。虎乃撲地吼，示意相毒痡。分明頑寇薄城下，攻之不下城且屠。此婦身爲一塊玉，此婦兒爲雙顆珠。珠明玉朗知自重，珠沉玉碎不可污。果然刀光飛動處，血腥一片紅模糊。詔下建坊旌曰烈，用此風義砭頑愚。人生各有死，大節爭須臾。臨變不引决，妄云勢所拘。見危受命能自主，藉口時勢胡爲乎？噫吁嘻！烈乃光明象，物理有相符。陽剛是，陰柔殊。聖賢有，庸愚無。烈婦哉，烈丈夫。

酬桓一十一丈疊韻賜和游南山之作

游山詩屢讀，讀即愧同游。又示驚人句，偏多閱世愁。元詩有“今古想同愁”句。高懷追往蹟，俗耳笑淄流。元詩注有“望僧培植林泉，惜非解人”語。我獨銜君意，吟詩當酒酬。

感懷二首

卅年纔幾日，兩鬢忽成絲。笑我如蓬梗，聞人折桂枝。時秋闈報罷。耽眠妻善病，失學子常癡。獨有多情月，相看不寐時。

年年驅乞食，内顧轉多憂。恐缺重慈奉，難分季父愁。對人仍强項，避債又從頭。羡煞清閑福，前生幾度修。

呈喻盤叔父

冉冉年光冬復春，都將硯食補因循。半生骨肉無全分，叔幼失怙，余亦早失雙親。三世承祧各一身。叔嗣胞叔祖，今兒安瀾又爲其從父嗣。富貴去來關福命，毀譽翻覆任鄉鄰。叔每憂不理人口。只須努力加餐飯，堂上重慈邁六旬。

呈魏一泉夫子二首

萬疊韓山一曲漳，先生中有讀書堂。不甘諧俗邀青眼，偶爲憐才吐熱腸。詩酒自成真富貴，風花消受好年光。我曾冒雪門前立，藹藹春和憶洛陽。

呈家介山先生

先生意態最超群，蕩我胸懷比岳雲。天佑寒門遺一老，人言小邑有多聞。久耽著述能繩武，不棄疏狂每論文。溯徹水源情益切，阮家南北笑區分。

贈桓一十一丈

崎嶇歷盡識辛酸，說到相知興未闌。十載春風嘗並坐，一庭花月好同看。曾共筆硯，後又館余其家。交情久洽忘濃淡，世態無常笑暖寒。君似蒼松余似竹，虛心惟羡五雲端。

贈白民表同門

空齋風雨不須傷，往日交情今更長。最喜鳳毛能立雪，長子彦清，今在門下。曾攀驥尾久聯牀。文諳矩矱憐君細，詩懶推敲笑我狂。竊幸新硎多在望，吟身那肯善刀藏。

題假山柬桓一十一丈二首

經營窟宅肖孱顔，底事非山喚作山。爲與石交同磊落，聊儲詩料伴幽閑。夏雲高接峰千疊，秋雨平添水半灣。却恐煙霞成痼疾，洞門虚敞不須關。

年來硯食愧硜硜，親見爲山次第成。時館余其家。饒有工夫勤位置，偶然寄托得崢嶸。看來學業全由積，悟到文章不喜平。他日吟鞭休負約，青雲足下問前程。

讀民表疊韻柬一泉師桓一丈詩次韻奉和

二十年前憶舊歡，連牀共話雨風寒。詩緣交好聯吟慣，人爲貧忙聚首難。李白醉圖銀管寫，嵇康睡像玉沙團。與君比似傳神手，不到神傳君不安。

折花二首選一

攜得花枝滿袖香，喁喁小語祝東皇。折花總是憐花意，休惱詩人興太狂。

花影二首選一

一段風流未易描，端相仿佛到深宵。燈花却代生花筆，寫出花身分外嬌。

酬家介山賜和花影元韻

光風霽月每相逢，擬趁良宵步艷叢。仰視花枝俯視影，始知文字貴玲瓏。先生訓余爲文，每講翻空之法。

酬家介山賜和花氣元韻

鋭想雷霆快想風，化人妙手雨濛濛。春城桃李爭芳馥，都在先生呼吸中。

李照　字東亭，諸生。

擬儲光義田家雜興詩四首選一

夏來緑野耕，冬來入室處。此中有真樂，天任變寒暑。鷄犬時爭鳴，倉箱多稌黍。有時賓友過，挑燈相與語。瓮開佳釀存，肴蔌自維旅。醉餘互枕藉，擬作羲皇侶。别去還復來，情話重相叙。

秋柳二首選一

拂遍長堤與短橋，天涯何處不魂消。荒煙冷雨迷三徑，流水斜陽認六朝。江上看傷游子目，夜來瘦絶女兒腰。章臺不是青青色，回首何堪話寂寥。

春　雪

圖開九九正寒消，白雪無端復亂飄。着地融成新緑水，隨風堆上小紅橋。簾前錯認梨雲濕，花外平分蝩粉嬌。遮斷江南芳草路，鴻泥印處馬蹄遥。

題　畫

除却音聲畫獨難，天然佳景耐遥看。江山閲歲疑前古，草木經冬妙不殘。無地忽開新殿閣，有人常着舊衣冠。茫茫宇宙游誰遍，形勝時從壁上觀。

崇城即景偶成十二首選四

偶遇崇城霧，入林迷舊路。但聞鳥亂啼，不辨山何處。
偶聽崇城雷，一震萬山開。少頃驚心定，纔知山未頽。
偶坐崇城晚，月來山更遠。隨月過山腰，熟認知僧返。
偶卧崇城曉，枕畔聞啼鳥。但恐開窗遲，窗前白雲少。

哭湯小岡師〔一〕

上界文星隕，空山冷淚流。但聞鳥亂啼，不辨山何處。空把金針度，虚懸鐵網收。

【校記】

〔一〕此詩題后標爲“四首選二”，但正文文字漫漶，僅前三十字可辨認，后文闕。

武承志　字仲遠，諸生。

梅品三首選一

瓊瑶爲骨水爲神，獨有梅花品最真。高卧空山伴寒士，低窺老屋趁詩人。能回天地中和氣，不負冰霜閲歷身。多少趨炎附煖者，紛紛開謝但争新。

梅韻三首選一

玉骨珊珊何處來，黄昏獨立向蒼苔。簷前冷笑全神現，竹外斜窺半面回。自是仙姿絶塵世，常隨月影上瑶臺。只愁欲近還疑遠，對我無緣一舉杯。

魏紹烈　字蘭坪，諸生。

酬范桓一即次其韻四首選一

家居爲政歷晨昏，克己虚懷念念存。室静常教書卷伴，心平豈患浪濤翻。故人相訪頻開徑，世路彌艱不杜門。欲挽狂瀾廻古道，老成風範自軒軒。

贈程介山先生二首選一

韝山漳水鬱蒼蒼，中有偉人開講堂。鶴骨松姿徵壽考，花明雪艷擬文章。千秋著作能繩武，萬頃波濤欲挽狂。莫訝斯文難小試，天遺一老庇窮鄉。

魏封琦　字景韓，諸生。

春草次趙蓮舟韻四首選二

葱蘢滿地翦誰能，曲折盤泥駿馬乘。韌葉長於書卷帶，柔心細似繡帷燈。結根自愛依蘭澤，吊古何堪望艾陵。拾得村前紅豆子，相思欲寄奈無憑。

花朵誰家得意簪，分明鋪席作瓊琳。幾番春夢隨長短，萬里行踪共淺深。曲趁水灣遮别浦，濃兼嵐翠畫高岑。美人欲學南園會，莫惜釵頭鬥草金。

春柳疊次趙蓮舟韻四首選二

王恭濯濯學誰能，箇裏春歸一路乘。白板藏將人賣酒，畫船維到客回燈。晴明園景留金谷，曲折橋陰在灞陵。飛絮縱隨流水去，萍踪落落尚堪憑。

弱縷依稀繫髮簪，支分嫩碧向瑶琳。家尋蘇小春非少，曲度秋孃怨已深。賴有桃枝陪隔岸，慣將草色接高岑。斜陽影裏頻相望，偏映樓臺點點金。

王夢周　字于東，諸生。

綿上懷古二首選一

鴻涯高蹈絶囂塵，爭望仙舟洛水濱。海内名流皆重己，生平持論不方人。潔身故自先厨俊，免難還應勝李陳。今日驅車槐坂過，清風猶是漢時春。

李叔敬月夜寄詩

誰邀王豹共清謳，元詩有“幸從王豹處河西”句。太白題詩上酒樓。李好詩兼嗜酒。驚得一天星斗落，回看明月映漳流。

卷之十二

白建中　字民表，諸生。

春草次趙蓮舟韻八首選四

野火曾燒隔歲秋，春來緑又徧皇州。偶逢蘭澤爭調馬，不是桃林也放牛。短陌烘晴知日暖，深閨鬥巧想風流。窗前苒苒休除却，願共西堂作夢游。

池塘曲曲繞茅衡，滿目迷離不辨名。一自春歸鄒子谷，如將結抗杜回兵。閒花乍落紅微儭，好雨初晴緑怒生。羸得芝蘭同臭味，也將香韻和聲聲。

回黄轉緑各矜能，莽莽東風勢好乘。滿地熏香邀蝶醉，他生留夢化螢燈。漫言貫節生江左，信有連枝屬茂陵。真箇人間同檢點，瀛洲消息早堪憑。

新茅出土露瑶簪，春色遥看似碧琳。踏向紅泥雙屐淺，耕來緑野一犁深。平沙渺渺迷荒磧，斜照依依戀遠岑。翠滿人寰憑俯拾，從今省却買山金。

春柳疊次趙蓮舟韻八首選四

年年攀折髩先秋，送得行人歷幾州。笛弄秦樓攜碧玉，鞭敲巴峽拂黄牛。記曾學舞條還弱，一自懸荑韻欲流。伫待宫袍新染出，晴橋題處續前游。

丰姿婉孌孰爭衡，張緒王恭各擅名。垂手剛抛慈母綫，弄腰如鬥女兒兵。蒙他青眼愁先破，擲盡黄金恨不生。况有鶯歌砭俗耳，枝頭嬌囀聽聲聲。

送迎官道舊稱能，逸興離情竟互乘。煙罨婿鄉匀淺黛，月明兒店淡孤燈。章臺白馬嘶前渡，蕭寺紅墻憶五陵。觸處魂消誰領略，勞勞亭任短長憑。

依依萬縷拂瑶簪，嫩似鵝黄碧似琳。匝地濃陰當路曲，漫天飛絮報春深。城中朝雨增愁緒，圃外斜陽護遠岑。少婦樓頭休悵望，封侯人到認腰金。

諸同人瞋字疊韻積有五十餘首再續一詩無所酬和聊以自遣

歌喉幾串似珠塵，錯落抛來滿座春。生怕齊竽吹一一，敢將郢曲和人人。畫蛇添足慚余拙，凡鳥題門任客瞋。自度尾聲惟自聽，箇中得失問元真。《楞嚴經》："觀性元真。"

呈明府成樨生先生次介山韻二首

河陽日日盼花開，幸有潘安載旆來。漫羨兒童迎竹馬，也隨父老祝萊臺。入官免俗詩千首，課士論文月幾回。明府初涖任，即榜示生童，按月扃試。暫屈鳳鸞棲枳棘，五雲多處是三台。成句。

福星沿路阜群生，莫怪人同繡佛迎。良翰虚衷如鏡影，澹臺特賞即宫聲。和介山詩有"如君三世比澹臺"句。風流涅水新觀化，石刻瞻園舊有名。明府兄任江寧方伯，詩刻瞻園，人爭傳頌。健羨季方能作弟，一塤吹罷一篪鳴。

次韻和介山酬樨生成明府之作二首

羨君老樹尚花開，曾向栽花縣裡來。舊識退之傳李翊，介山爲前令王樂山先生高足。今聞偃也得澹臺。知非面譽相標榜，信是神交數往回。我讀新詩金石響，輿公賦手在天台。

卅年閉户老書生，每爲君來掃徑迎。初學邯鄲羞步步，聊從巴郢和聲聲。胸無邊笥終輸懶，手貯奚囊不爲名。近亦有詩千宰室，草生公府一蟲鳴。

花　鬚

蝦簾試捲愛花紅，幾縷香鬚盪晚風。鼠筆輕描嫌未肖，游蜂半抱過墻東。

花　魂

依依脈脈想前身，花落花開未了因。不是聞香魂可返，故枝那有再來春。

探　花

春光可到那人家，消息微茫問恐差。蜂蝶代人作飛報，往來先占路三叉。

簪　花

帽簷斜壓影徘徊，看遍長安笑口開。惟有一人真得意，春明門外狀元來。

海棠四首選二

東皇盡力護花叢，漠漠春陰淡淡風。銀燭高燒私問汝，嬌顏似比夜來紅。

絳雪紅雲不染塵，枝頭放出十分春。憐卿似向嫌山住，無蝶無蜂自在身。

籍文學　字魯風，道光甲辰舉人。

落花吟

昨日春風來，花枝開灼灼。今日春風來，花片滿階落。開感吹噓恩，落怨肆殘虐。那識春風意，恩怨兩無著。樹立各爲功，今昔何厚薄。不見歲寒松，亭亭秀孤壑。

同郭以欽飲侯廷壁普洱茶戲作

傍晚有客過，呼童潔茶皿。客言且無須，邀去啜佳茗。侯生代北回，攜得雙龍餅。採自洱蒼溪，不數蒙山頂。聞此意欣然，聊復從客請。行行村南來，入門上燈影。談笑劇清歡，瀹茶紅泥鼎。活火煎須臾，縷縷幽香永。賤軀素畏寒，舉椀忽忘冷。連啜數甌歸，睡魔抃夜醒。詎意卧中宵，酪奴斗作梗。腹疾抱河魚，輾轉成灾眚。吐痰類蝸涎，始入華胥境。曉起默自思，只宜澆濁酩。戲報兩君知，敢復豪狂逞。清味縱天然，亦須清福領。

李烈婦歌

介休李烈婦，孟氏之門楣。舍生取義孟子語，以婦當之無愧辭。烈婦生年二十八，雙雙文褓蘭芽茁。弄兒足不出户限，何處相逢有巨猾。偶然狡猾窺其户，咄咄相看色然拒。從來古井水不流，勸君狂念即時休。豈惟不受包茅誘，感帨驚尨亦可羞。叵奈老羞變成怒，偵得阿夫向他處。一彎新月淡黄昏，過墻似逐流鶯度。時四月初五日。妄猜婦恐驚兩兒，有挾而求那肯去。口呿舌纙詈偏高，口能誅賊舌爲刀。賊刀相逼適相敵，刀影明時燈影黑。竈前索器急抵攔，三命同爭此一刻。血縷已飛魂不飛，心腐有力手無力。一家慘慘遭奇冤，寸斷柔腸子母猨。豈天有意彰其烈，夜氣結轖天無言。吁嗟乎！有生不幸罹憂患，弱草輕塵俱夢幻。獨把綱常抵死爭，烈心豈是臨時辦。君不見懸輗受杖猶嫌輕，禮宗圖畫寫平生。又不見文姬朔漠留二子，才名畢竟羞青史。

和明府柳漁湖黄山苔字歌有序

龍溪柳漁湖來署武鄉，言銅山有明儒黄石齋祖塋地，近某姓欲潛削營葬，會塋石苔紋蔓延作字，其文曰“黄山”，又曰

“黄界”，一則楷書，一則似飛白書也。其單作“黄”字者又八九處，落落碁置，如畫界然。漁湖曾親往觀之，因出所作歌，俾廣布傳聞，以為窺伺者警。捧讀之餘，率成里句，殿屬和諸公後焉。

造物彰癉司其權，假手萬彙爲言詮。呵護海隅一抔土，不隨蔓草零荒煙。也似嵩山有神洞，薜書四字文蟬聯。我聞駭異轉嘆息，畢竟大賢能格天。明季偉人黄石齋，文章忠孝當身肩。抗疏直諫憂時事，欲挽狂瀾轉坤乾。當日勲名垂宇宙，銅山之陰妥其先。蠢爾愚民何貪昧，陰圖卜葬侵牛眠。山靈不敢隳職守，迴風雲旗來翩翩。連夜訴公公訴帝，特敕大筆揮如椽。塋後書黄山，石厚而苔圓。塋前書黄界，苔疏而石堅。疏者碧苔如散髪，圓者黄苔如連錢。其餘一一添款識，畫疆絶界無牽連。爾時瀕海有居民，爭先快睹萬口傳。鄰江柳公風騷主，探奇親陟山之巔。初疑蒼龍踞石上，爪痕深入勢蜿蜒。又疑六丁施鬼斧，大書篆額爲雕鐫。摩挲石骨觸手滑，土花細繡痕芊芊。乃作長歌紀其實，要將此事垂千年。吁嗟乎！白楊蕭蕭松柏摧，今人古墓犁爲田。惟有正氣還天地，斜陽宿草長綿延。年年春雨苔痕長，此地陵谷無變遷。

六月五日大雨

歲旱癡龍失其職，原田龜裂農心惻。卓午炎蒸汗雨揮，乍睹西山雲墨色。作雨不雨未可知，引領望之徒惶惑。陡然一陣天風來，吹送雲頭生羽翼。雷轟電掣山岳摇，迷茫雨氣漫空塞。急點墮地聲鏗然，直穿牕紙來硯北。須臾萬壑笙鐘酣，倒盆傾出人驚匿。初疑海上鬥蛟龍，駭浪奔濤翻澤國。又疑天公抉銀河，長潢下注淹八極。當門簷溜直如繩，棲身真在水晶域。蚊虻蒼蠅濕不飛，一洗炎囂快胸臆。樹頭忽閃夕陽紅，斂却神功歸靜默。童叟懽呼田夫歌，佇看今秋收稼穡。

晚秋即事效雙聲疊韻體

玉宇穹窿敞，清秋氣味凉。寒風終萬物，皓月發孤光。石隙蛩音咽，樓頭雁影長。東籬宜一醉，爛漫菊花黄。

夏夜獨坐

晚飯才收苜蓿盤，齋前寂坐有餘歡。凉風一縷樹頭送，新月半輪花外看。遣盡俗情身自健，留將書味意常寬。如斯佳景真堪樂，那怪流連到夜闌。

題范桓一假山四首選二

經用雲山一色新，聊存意思亦嶙峋。高如太華談何易，遠擬蓬萊見未真。白板不施門似洞，碧羅半捲徑無塵。莫將境地論寬仄，是否還須問主人。程介山有詩，於山頗作不滿語。一泉師再賦長句，意主調停。

消閑城市等山村，鎮日看山不出門。夜雨鳴秋聽瀑布，朝陽散彩攬煙痕。隨時題句王維墅，留客圍棋謝傅墩。君素能詩，兼嗜弈。更喜書聲來隔院，嫏嬛福地至今存。

贈程介山先生

家學淵源有正聲，崑崙之後見先生。長才未合山林老，大雅終成著作名。文壽棗梨留古筆，詩吟花鳥寄閑情。巍然一殿靈光在，前輩風流重武城。

寄懷范桓一

市塵飛不到庭柯，石竹齊中稱嘯歌。好句每從游覽得，同儕定又唱酬多。謙光可挹誰能似，情話相招我屢過。一事尤堪徵古誼，代人刊稿費搜羅。君近選《南亭詩鈔》。

呈一泉夫子二首

城南漳水緑鱗鱗，雅稱幽棲絶世塵。不朽文章留此老，兼耽棋酒隱閑身。草堂時坐談詩客，鄰邑常來問字人。我比諸君居最近，無嫌一日往還頻。

絳帳親曾侍馬融，循循善誘有誰同。愛才不盡相期意，校士平分自課功。叵耐鬆氈慚舞鶴，更憐飄泊伴飛鴻。别來剩有吹嘘力，常似春風在座中。

雪　夜

五夜嚴寒自擁衾，那知釀雪徑陰陰。朝來忽聽奚童掃，急問門前幾許深。

題一泉師《悔不讀齋詩稿》四首

乾坤清氣入肝脾，脱口都成絶妙辭。儻不題籤開卷讀，錯教人認子才詩。

依稀絃指泛餘音，海水天風自會心。我記先生曾有語，不宜索解只宜吟。

萬卷蟠胸落筆嚴，齊名自署抑何謙。戎監撒入金盆水，飲去方知水著鹽。

不必區分宋與唐，自搴赤幟樹詞場。學詩亦有平生願，敬爲南豐祝瓣香。

陳祝彭　字商哲，默子，國學生。

端午日次韻酬魏一泉先生去年午日見寄之作兼呈桓一姑丈

先生愛詩兼愛酒，風趣有如陶五柳。常與范老結素心，每出新詩相可否。記晤先生已週月，一晤誰知久隔别。徒令親炙一片心，高山向往慕賢哲。今年又值去年時，重檢先生午日詩。一片靈機轉復轉，如以璇源爲墨池。讀詩如對先生語，言情底事清如許。也知大叩必大鳴，叵奈寸莛非巨杵。桓一范老稱同調，每把金針度年少。攜我曾來訪草堂，欲問詩門臻衆妙。我意前緣續可得，酬詩匪敢弄筆墨。手稿聊當纏臂絲，爲兩先生駐顔色。

酬介山先生釋憾詩次原韻

年來破硯久封塵，捧讀瑶章值小春。欣幸恰生悵觸處，謙虚還仰老成人。每當曲誤頻叨顧，悔把心交錯認瞋。敬感片言兩冰釋，前途接引最情真。

酬范桓一姑丈仍疊前韻

騷壇唱和絶囂塵，佳客常留滿座春。畫出神山諸勝景，編來涅水衆詩人。姑丈近作南神山二十四詠，又編《南亭詩鈔》。煙雲過眼都成趣，寵辱忘懷自不瞋。身世總如蕉鹿夢，至人無夢更全真。

再疊前韻酬魏一泉先生

面上慚堆五斗塵，和風撲處别成春。聞君評盡成佳士，寄我詩如遇故人。良覿無緣先自怯，愛才如命想忘瞋。何當遠道垂青眼，感愧交并也是真。

梅　品

何須冰雪助精神，傲骨天成迴不倫。曠逸襟懷林處士，孤高標格孟山人。羞爲穠李春深態，愛友貞松歲暮身。管領群英推第一，他年調鼎見經綸。

任長山寄書詢余近況且索鄙作率成長句聊以代柬

濩落風塵度歲華，先生遠辱問生涯。厭斟李白千金酒，愛飲盧仝七椀茶。時余以眼疾，嗜茶惡酒。百感蒼茫都付命，六時功課只看花。如何鄙作還勞索，尊癖豩來也嗜痂。

題桓一姑丈《瘦寒吟稿》四首

洗盡鉛華面目真，冰霜鍊就苦吟身。任教寒瘦嗤郊島，不學開成以後人。

雲霞縹緲忽飛來，五岳三山放眼開。不是詩家多幻境，只因前世住蓬萊。集中多游山詩。

五字長城果否同，文房妙手轉空空。不持寸鐵常臨陣，縱有偏師未許攻。程芷汀推五言更佳，故云。

風滿閑庭月滿林，吟編往復費披尋。忽然悟徹音希處，始識無絃别有琴。

花影二首

色色空空見未真，偶從月下寫精神。看他滿院婆娑影，錯識離魂倩女身。

新磨寶鑑莫籠紗，的的名姝映彩霞。彼此相看都一樣，不知誰是鏡中花。

王先瀛　字海洲，道光己酉拔貢。

哭李東亭二首

昔年桃李隔墻陰，共沐栽培化雨深。此日東林何處覓，落花流水想知音。

荆山偏阻玉人來，惆悵方干枉見才。纔信功名原有分，英雄懷抱向誰開。

王先疇　字壽田，夢聘子，諸生。

張明三踪迹太疏寄詩招之二首

鎮日抛書卷，昏昏强自支。無端孤客恨，總是故人思。空谷懷金玉，寒山悵别離。聯牀風雨夜，想見説詩時。

懷君風雪夜，倚枕自沉吟。空色抛天地，炎凉閲古今。暮雲三載思，明月兩人心。未識張平子，何時枉駕臨。

冬日館中值海洲兄見過喜而有作

荒齋寂寂少知音，近日閑愁百緒侵。歲月相驚人世感，關山到處弟兄心。名場豈易爭壇席，塵海原難測淺深。每念箕裘遺業在，一番相見一沉吟。

次原韻奉答介山先生四首選一

王郎兩度造廬來，契書憐新青眼開。大海調絃悲絶響，公詩"海上揮絃"句，註謂事樂山先生。空山落淚感奇才。數談及趙敬哉、程璧橋與先君。閑來自覺吟懷健，老去猶誇壯志恢。留着春風堪久坐，程門此後任旋回。

范桓一先生選先君詩將付剞劂讀之有感仍用前韻奉寄二首選一

一曲鍾期遇未遲，阿爺心事悦山知。無官誰愛王賓客，有諾多慚顧愷之。老輩垂名虧父執，閒庭聞訓憶兒時。摩挲手澤情何極，説與先生應點頤。

答人問五龍坪書館八首選三

絶頂參差建佛龕，雲間閑却幾茅庵。問余設帳誰爲主，掃榻烹茶僧兩三。

風塵踪跡寄禪堂，兩樣生涯一樣忙。我學吟詩僧學笛，一聲短共一聲長。

老僧行跡自悠哉，採藥尋常去不回。爲問山門誰啓閉，暮雲深鎖曉風開。

范鋭　字退庵，諸生。

題假山應桓一叔父命

城中甲第多，棟宇迭相望。爲乏山林趣，稍稍嫌俗狀。阿叔信非癡，寄意在高尚。能以游戲法，現出真實相。兩院交通處，安排山一桁。築石兩墻根，涂粽皆摒擋。石與石接連，鬥筍相揖讓。仿佛洞天外，逐隊排仙仗。山腹大敞口，虛明如月亮。方智與圓神，運用歸意匠。山巔一小石，趫捷獮猴樣。下闊上合尖，攢簇爲屏障。豈徒與目謀，直覺心神曠。旁顧厦連雲，不使塵容抗。澄懷觀道者，可省屐幾緉。我家托近庇，門户久依傍。雖愧阮咸才，竹林常過訪。入門屢徘徊，仰止心相向。況復程芷汀，此中開馬帳。時妹丈程芷汀設帳於假山後院。豹隱托生涯，意氣多跌宕。我願一招邀，聯步青雲上。芷汀題“假山有青雲，足下問前程”之句。躡梯叫閶闔，上界閑閎壯。山靈倘勒移，斯言應我諒。

留别書屋四首選二

小住無多亦是緣，周旋爾我況經年。去時忽憶來時節，滿院花開二月天。

終年相對竟言忘，爾自閑兮我自忙。走筆題成離别字，休將呵壁笑荒唐。

假館芷汀妹夫外舍歲暮留别八首選五

廣厦叨棲誼倍親，權容設帳寄閑身。代司門户無猜忌，笑我翻成啓閉人。

學問無他在自勤，我甘我負復何云。一年並不曾開卷，那有書聲隔院聞。

每當晚飯欲歸時，爲聽清談坐不移。滿院花陰月初上，到家幾度夜遲遲。

親情友誼兩相深，白水同盟是此心。世故周旋都不事，惺惺一語感難禁。

來去無拘自在行，濫竽也算一先生。書囊檢點仍親負，曾見何人管送迎。

卷之十三

《南亭詩鈔·附集》序

憶二十年來，與桓一共學爲詩，每一稿脱，輒走筒來往，互相切劘，譬之翼鳴脰鳴，繁聲競響。初非謂錦粲珠零，欲以誇示于人也。頃者，桓一選《南亭詩鈔》，收鄙作獨夥，余雖感不勝慚，然披閱之餘，恍覺酒痕燈光，摇動紙上，即疇昔拈題分韻聯吟共嘯之人，亦時時遇于煙墨間。因嘆詩文一道，乃吾人精神所寄，倘漫爲摒擋，任其自浮自沉，如殷洪喬所授之書，甚可惜也。廼余以《瘦寒吟稿》請並付梓，而桓一若疑而有待者，揣其謙謙之意，特慮詩或不佳云爾，則昌恩曩詩鈔中所收鄙作非不佳之尤者耶？己所不欲，勿施於人，奈何于人已簸揚之，于己猶掩覆之耶？且亦思我輩生長僻鄉，埋首牖下，正恐一二名流，素無良覿，並不知吾詩之不佳耳。但使數千百里外或數千百載後，果有高踞詞壇者，斷斷然指吾詩而議其短，于吾計即爲大得，况短中亦間有長乎？又况桓一之詩之本非不佳者乎？然則余攫取桓一稿而代爲選擇，以附《南亭詩鈔》之後，乃感朋友先施之義，而以己所大欲者施諸人，即桓一不妨以人所同欲者衡之己。奚疑哉？奚詩哉？

咸豐元年二月下浣同學魏守經亦權氏拜手題

范士熊字桓一，號悦山，諸生，著《瘦寒吟稿》。

烈婦詩效盤中體有序

烈婦氏李，歸土河魏某子。魏子死於樵，烈婦歸寧母家，聞之啼泣而至，紿其姊導往夫死處，投崖殉焉。前令王樂山先生題詩，勒石紀其事。

土河村，山突兀。數十年，傳婦烈。詢姓氏，題石碣。農家女，嫁樵客。年十五，初結髮。夫墮崖，生死别。婦聞之，淚流頰。母家來，氣百結。偕阿姊，登崒屼。猿啼哀，鳥飛絶。百尋崖，一縷血。俯深谷，幽明隔。足雙躍，下千尺。芳魂離，芳體裂。從泉路，覓夫魂。不同室，願同穴。山皆紅，心獨白。彼丈夫，生俱没。此女子，死不滅。

哭兩兄

少小離雙親，此身如棄擲。誰歟撫我成，賴有仲與伯。伯兄多厚愛，解衣復推食。提攜三十年，一言不忍斥。仲兄性頗嚴，諄諄誨不息。恩威每並施，天親無矯飾。今忝列黌宫，回憶皆兄力。嘆昔喪親時，我年纔十一。我母獨我育，兩兄皆嫡出。待我無猜嫌，風雨共一室。十四爲完婚，十九兒抱膝。衣食皆仰兄，友愛必周悉。椿萱委秋霜，荆花茂春日。雖少膝下歡，居常兄弟翕。内顧復何憂，從游日負笈。既欲顯親名，兼思報兄德。不意命多舛，順境旋成逆。白楊起悲風，鴒原頓蕭瑟。嗟嗟一歲餘，兩兄俱永訣。昔何愛我深，今何棄我急。手足離我身，孤幼盈我側。成句。煢煢兩猶子，伯兄暮年得。仲兄有一女，孀居年十七。痛定轉思痛，對此心愴惻。烏鴉知反哺，人何不如物。親恩未可忘，孩提全莫識。兄恩記分明，歷歷猶能述。古人懷一飯，況此深入骨。我年亦漸衰，形瘁才尤劣。壯歲已蹉跎，至今嗟何及。身賤恩難酬，聊以歌此什。孤雁雲間哀，花萼雨中泣。環顧小兒女，安知悲罔極。

龍洞山禱雨紀行八首

禱雨來東山，前途素不識。夜發土河村，囊橐各攜食。土人作前導，入谷路轉側。行行四五里，攀躋共努力。漸覺置身高，凌風生羽翼。欲看山外山，月黑渺難測。

行久山日吐，瞥見山色濃。道右山翠滴，道左山花紅。左右互换形，奇壑間奇峰。峰回路百轉，應接難從容。纔下山腰去，歷級又千重。疊石成危梯，雲霄有路從。連度兩崇山，東望青濛濛。

山鳥語留人，小憩依絶壁。古廟臨其前，焚香磬一擊。壁上穴亂穿，石溜時滴瀝。心意此靈境，龍湫或可覓。誰知層梯下，雲徑猶未歷。

隔徑一峰起，插天如劍鋏。登峰競造極，坡陡難着屧。山面迎人面，人身山緊貼。異草雜奇花，連雲五色疊。一仰一目炫，一步一疲茶。雲巔有盤石，坐卧俱妥帖。方幸可平眺，轉步汗流頰。竟似騎空走，罡風生獵獵。俯視人壓人，踵與肩相接。股栗不敢下，同行盡膽懾。

下山入山腹，紆徐穿小竇。出竇降深巖，洞開面雲岫。風雷震神龍，古迹傳聞舊。焦龍神，唐賜號"風雷將軍"，俗傳脱骨洞中。中有不測淵，千年噴寒溜。逼視畏陰森，深黑難底究。嚮導選壯夫，裝棉束衣袖。秉火相掖入，隱隱聞雷吼。入時掖者連聲大呼，後遂不聞。旁觀爲戰兢，羅拜敬守候。逾時始見出，默感神靈佑。

離洞東歸裝，問途途迴殊。來時爲謁廟，取道不嫌迂。歸時尋捷徑，穿石披榛蕪。仰觀一綫天，鬱悶何縈紆。林壑轉復轉，南旋北折徂。山岬途更奇，攀躍相提扶。三面匝崔嵬，一面僅容軀。來疑人入甕，去如鼠窺窬。重重難出險，勇往同賈餘。

石磴忽盤旋，蹀躞可穩步。小木護磴旁，不復慮歧誤。山脊一回望，疑雲復疑霧。蒼茫路不分，指點山已暮。

迤逦下山麓，遠遠前村列。近視見土河，方知還故轍。夜靜投人宿，回頭思瑣屑。此行名取雨，未知本何説。土人傳爲取雨輒應，遂成不易之俗。炎天冒深險，艱苦身備閲。却幸不虚還，探奇得洞穴。聊作紀行詩，沿途寫曲折。

初秋偶過南山山僧留宿夜游達旦折屐歸來牀頭成咏

常向南山游，未向南山宿。日暮山逾靜，看山苦不足。山僧知我心，宿我雲間屋。我留爲夜游，披星當秉燭。暗泉流苔徑，屢屢阻幽躅。不辨路高低，但覺步窘蹙。山阿如有人，近視雜林木。林鳥寂無聲，高下蟲聲續。坐久月初上，林泉多藴蓄。魄映沼生珠，輝含石韞玉。玲瓏樹留影，滿地花攢簇。樓閣涵空虚，遥聞《羽衣曲》。時山寺演劇。直欲清我心，非徒娱耳目。游罷卧雲端，窗中月可掬。月落起開門，曉色生寒緑。群壑隱霧深，諸峰入雲秃。廻憶昨宵游，妙在不重復。移時雲霧斂，山頭紅吐旭。掩映數株松，新開圖半幅。戀戀不忍歸，歸途轉迫促。折屐竟成憂，到家依牀蓐。歸途遘足疾。人笑我何迂，我笑人何俗。俗病最難醫，那如潛林麓。

余以詩寄質一泉先生今特遣使以所改拙作並五古一首見賜且訊余足疾次原韻走筆報謝

平生耽苦吟，才陋非勁疾。昔遇介山老，指入唐人室。今朝又質君，裁量中繩墨。與我實有緣，情文備盎溢。我爲步履艱，裹足常簡出。君來顧我廬，中秋前二日。惜哉未謀面，一别秋蕭瑟。忽度金針來，驪珠穿一一。危坐竟披覽，挑燈夜不息。又恐懶病因，贈言傳彩筆。助我卧游興，勵我雲霄翼。來詩有“安知卧游興，不化凌霄翼”之句。頓足忽起舞，我病真若失。感君無限情，佇望高岡陟。

與覃懷陳子厚論詩

青青山下竹，艷艷河中芰。巍巍覃懷城，歷歷名勝地。中有一騷人，吟壇門久閉。欲追漢魏上，兩目空一世。我乍聆其風，懷古心無二。回憶六朝時，詩道稍凌替。陶公率性真，其餘爭綺麗。陳思不再作，古音復誰嗣。卓卓陳子昂，抗古有餘思。盛唐人繼起，詩律乃大備。厥後代有人，同工或異致。有明習其貌，乾坤少清氣。國朝盛文章，漢唐兩能繼。梅村感滄桑，詞多不掩意。漁洋好論禪，三昧傳微諦。後起者隨園，神通大游戲。只恐不善學，輾轉多流弊。心常蓄此疑，欲問無人示。子昂今復出，奇麗皆屏棄。謬許我知音，重論詩律細。更爲進一解，學古原不易。途歧固難論，貌似亦非至。人各有性靈，不假強牽置。流水與高山，隨在托其志。羅列萬古人，如入五都肆。世代何區分，千載神相契。

僑寓山陽編同里趙敬哉詩將付剞劂河内李子翼見之以書見招兼惠示所撰《安泉詩話》序文敬哉詩已收詩話中更索鄙作感愧之餘成五古二首寄懷聊以代柬

春日黄鳥鳴，棲在山陽樹。出谷求友聲，友聲何處遇。忽睹雁飛來，遺我一尺素。清風入我懷，款款情如故。示我冰雪文，索我塵俗句。我本非知音，自慚曲多誤。臨風一再彈，願得公瑾顧。遥望安泉側，一水阻長路。嚮往自此深，朝朝復暮暮。夢回月在梁，青蓮如面晤。

倚樓人何在，鄰笛聲凄其。同時不獲友，隔世長相思。子翼來書，詢及敬哉近況，故答之。豈必關桑梓，異地亦賞奇。知君意良厚，古道猶在兹。相許在性情，不珍綺麗詞。《安泉詩話》評敬哉詩云“夜夢五古一首，尤肫摯，有真性情。”佳話重一時，傳後信不疑。愧我管中見，一斑未全窺。方嘆賞音難，何幸逢鍾期。投詩報君惠，君必不我嗤。敬哉倘不死，應共感心知。

留别趙蓮舟公子

夜深理行裝，忽聞剥啄音。故人來相送，贈我郢中吟。燈前竟披覽，終始懷知心。憶昔過賢里，世德常相欽。聞君游南越，趨庭侍鳴琴。不獲把酒論，歸去惜光陰。客冬重到此，未謁先辱臨。一見情如故，清談開鄙忱。春風頻坐我，酬和詩共斟。與君相愛重，不忍歸故林。今聞我將别，來對淚沾襟。再三訂後約，絮語夜已沉。明朝别君去，長途載駸駸。黄河波千尺，清漳水百尋。彼此應如一，别後情更深。

長子道中

孤城大如斗，縣小淳風多。我久厭繁華，驅車城外過。附郭田萬頃，蕭瑟境如何。四望渺無際，平疇混緑莎。遠遠見村落，林煙幾處拖。我昔未到此，曾聞古山阿。慶雲溯神堯，五色燦綺羅。發鳩産精衛，羊頭生佳禾。今來訪名勝，轉疑古人訛。蒼蒼百餘里，渺不見煙螺。惟見盤秀下，藍水生微波。入屯留界。

和陳子厚失路詩用元韻

我亦失路人，不甘隨時俗。一意任孤行，步履無約束。行行竟迷途，前溪隔林木。日暮問歸樵，笑指途遵陸。旁徑人鬥捷，入險多彎曲。知君素不由，安敢爲君告。托足當慎始，莫待窮途哭。一誤豈可再，聞言知悚恧。

末　俗

末俗競趨利，昏昏滿一世。利外或求名，名亦爲利計。有錢始作人，人言實非戲。不知泉名刀，可狎亦可畏。斂之以自肥，招怨衆皆棄。守虜一何癡，日夜常憂悸。欲爲兒孫謀，轉貽兒孫累。不至戕其軀，必將昏其志。象以齒焚身，人因璧獲戾。刀即倚利旁，營營復何事。我慕陶靖節，名利兩無繫。月下荷鋤歸，吟咏隨其意。吾家陶朱翁，千金曾三致。散之宗族間，一舸飄然逝。

有客

有客好探奇，路不喜平直。涉水欲窮源，登峰思造極。山限與水涯，舟車各努力。力竭途轉遥，可望不可即。鼓勇行復前，往往臨不測。或誤陷深淵，幾爲蛟龍得。或誤投懸巖，危蹲虎豹側。戰兢不敢動，回頭路已失。仙人侣漁樵，爲指迷途出。禹門鑿山開，河源溯流入。峰廻水復環，曲折妙堪憶。九曲都游遍，三山雲外立。置身崑崙巔，遥觀滄海日。

遣懷二首選一

此生如一夢，老去渾忘機。人盡衒人智，吾自成吾癡。足不履街塵，身不傍雲梯。一室如囚繫，攤書手自披。明月穿我窗，清風穿我帷。寒梅是我伴，虚竹是我師。居身素知足，悵悵復何思。恨未破萬卷，不足供取攜。恨未游五嶽，不足蕩襟期。幸有二三友，往來互追隨。論文一杯酒，論兵一局碁。世情與家計，兩有兩忘之。田園任荒蕪，親戚常遠離。家人或相謫，世俗多詆訾。身忽不自憶，那曉旁人嗤。試問蕭蕭影，惟卿應我知。

採蓮

行行看採蓮，驚散鴛鴦侣。花深不見人，隔花聞笑語。採蓮莫採藕，藕斷絲猶連。無情若有情，有情能不憐。採蓮復採蓮，獨留蓮房在。芳容雖易殘，苦心終不改。

鴛鴦

珠泉流不已，游人行且止。時見兩鴛鴦，出没荷塘裏。鴛鴦慣戲水，雙雙池中浴。浴罷理彩衣，飛上蓮房宿。彩翼惹儂憐，欲描色難配。回看採蓮人，衣上繡成對。

途中咏懷古跡十二首選四

荒邱草亂生，指作蘇妃墓。不禁牧人來，牛羊踐成路。
卌萬英魂血，長留丹水名。至今濤涌處，猶作不平鳴。
太行多白雲，碑紀望雲處。不復見梁公，白雲自來去。
車過古韓道，回首望虒亭。故宮今已渺，原上麥青青。

南神山二十四咏

南屏堆錦

一匹雲中錦，被風吹下天。是誰都剪碎，堆在亂峰巔。

北閣觀瀾

飛閣銜山口，前臨漳水灣。每當春漲後，疑坐蜃樓觀。

雙松拂雲

山半起樓臺，雲浮欄以外。亭亭階下松，對作雲中蓋。

兩池映月

明月松間來，幽人池上卧。雙松映雙池，一池月一个。

龍爪蟠槐

西爪東鱗見，團團蟠入林。攫空疑釀雨，滿院護濃陰。

麟趾探洞

石洞窈而深，洞口題麟趾。麟兒詎可求，麟石探不已。

經樓擁翠

經樓高入雲，正面層山緑。老衲懶雲游，此中卧游足。

禪室圍花

紺宇花多少，問僧僧不知。誰知花散處，正是坐禪時。

絶壁留題

絶壁看留題，年深苔滅没。石幾歷三生，但見藤蘿月。

上方聞梵

萬籟寂不聞，扶笻自孤往。回首瞰琳宫，泠泠梵聲響。

佛座懸空

佛本無住著，非同沾絮泥。是空即是佛，何處不菩提。

山門攢頂

坐觀山門頂，櫨栱成别樣。恍疑佛座蓮，倒掛松枝上。門在古松下。

雲林聽鳥

春來鳥聲繁，滿山啼不住。數聲入林來，一聲穿雲去。

石井觀魚

八角山中井，水清魚可數。知否魚化龍，慣作山下雨。井在海瀆龍王廟，禱雨輒應。

老樹摩霄

矯矯千歲松，參天無寸曲。枝葉久摩雲，今餘老幹秃。

繁澌咽草

澌從草際流，條條如亂綫。踏草欲尋源，亂流隱不見。

盛暑凝寒

入林不知暑，看山不知足。滿口嚥寒雲，吞將山水緑。

清宵鳴籟

夜深山月黑，鳴籟生空林。松濤雜蟲響，一一清我心。

曉霧初收

一氣磅礴來，鳥鳴山不見。朝暾出霧中，山忽開生面。

夕陽返照

落日遠山明，近山俱欲黑。惟餘樹杪紅，點點焉支色。

春風逗芳

風來山花開，風過山花落。山意欲爭妍，常與春風約。

夏雨觀瀑

雨裏好看山，山山亂入雲。瀑布雲中下，忽將山翠分。

秋霜染葉

北地江楓少，經霜頓蕭瑟。獨愛此山紅，衆山俱不及。

冬雪封林

山中一夜雪，枯樹盡開花。疑入孤山路，來尋處士家。

喜　雨

十旬不雨愁地赤，一雨三日蘇地脈。似恐驟雨苗不支，故作雨絲徐護惜。小雨初晴大雨至，澤下尺兮生上尺。雨足渾忘經久旱，兩岐麥秀浪翻碧。可識天心妙氤氳，從前不雨爲釀麥。今年翻比別年豐，農夫拍手賀阡陌。古人有文名其亭，吾亦吟詩題吾壁。

積雪途中有感

凍雲低壓天茫茫，雲端隱曜寒無光。行人策蹇行道左，風裘雪帽爲行裝。連朝積素偏生色，枯樹齊開花六出。雪山雪水畫圖呈，白描仿佛龍眠筆。行行我已過溪橋，吟詩未就情無聊。陡驚寒重雪又作，滿衣飛絮隨風飄。前山僻仄道路壅，僕夫擁鼻雙肩聳。雪泥滑澾陷驢蹄，兩手捉轡心恐恐。曾聞昌黎雪擁藍關前，章明文教配先賢。又聞李愬雪夜入蔡州，武烈輝煌萬古留。我亦挺然七尺軀，終朝碌碌在泥途。胡不閉門也學袁安卧？蕭然猶足見真吾。

烈婦歌爲介休李開洪妻孟氏作

婦人義從夫，生死不可苟。夫死婦殉之，死乃稱烈婦。夫在何敢死，况有兒戀母。而今傳異聞，遇變經難守。有夫等殉夫，一身不自有。有兒反累兒，同時遭毒手。何處竟有此，乃在介休南王里。里人重義爲徵詩，遥遥寄我烈婦啓。孟家女，歸李氏。年廿八，舉二子。其夫執鞭業微賤，烈婦安之無歆羡。夫婦同卧牛衣中，夫出獨理殘針綫。一朝狂且窺户側，瞥見夭桃好顔色。婦顔如花心如玉，揺蕩春風那可得。狂且意難忘，日夕伺其旁。伺夫夜不歸，挾刀逾短墻。休欺婦軀弱，駡賊乃能褫其魄。休冀婦心轉，拒賊已堪落其膽。其如持久力不支，此時夜静人誰知？獨有眠牀二稚子，呱呱覓母啼聲悲。賊心未遂賊怒甚，腥風拂拂魂俱凜。不教覆巢留餘卵，淫凶至此夫何忍。夫何忍，堪隕涕，烈婦即不爲身謀。烈婦豈無憐兒意，吾想烈婦當時身。爲賊所掣求生既不可，求死亦非易。拒賊明知賊難勝，罵賊激賊期速斃。但恐妾身偶玷不克對夫子。嗚呼！兒死兒活何暇計，誰明此心暗室燈。臨誰訴其冤，天怒無言。邑宰請讞，心白冤雪。上之天子，旌此大節。此身雖區區，此義非孑孑。綿山火尚紅，不滅爐中鐵。河汾水常碧，不磨刃上血。烈哉千古昭日月，一時名宿皆有詞。吾亦歌詩以紀之，吾詩豈足傳烈婦？烈婦自足傳吾詩。君不見鎸碑石工寧自治，碑文附書名並垂。自治鐫《烈婦碑》不索直，碑文附書之。

題魏中丞貞固石有序

城東有盆石，中丞魏公家故物也。明崇禎間得之南郊山中。中丞擬制文戲封為“貞固侯”，并鐫三笥石賦于石座。閱二百年字跡依然。今太谷某姓耳其名，以重金購之，肩夫屢增不能移置。程芷汀邀余同詠，勉成七古一首，以表其貞介，且明余攀留之意云。

一石巍然峙城東，靈秀特鍾山嶽中。中丞魏公煉石手，五色煉就鞭石走。戲筆能教石點頭，封石永作貞固侯。至今人渺世已故，煌煌巨筆千秋在。忽然鄰境聞其名，欲聘我侯鎮青城。百金不惜強延致，肩夫力盡山委地。芷汀好奇紀以詩，邀我偕往同觀之。我嘆此石曾遭劫，斑痕滿身苔披甲。當時國破身獨存，柱石聊賴支乾坤。詩云匪石不可轉，匹婦矢心懍難犯。況此石交封侯荷寵眷，貞風勁節豈肯變。笑他雖有移山力，千鈞難移石一片。

游覃懷天鵝池

野王城外沁河抱，野王城中濟水繞。濟水入城從西來，南旋北折流微渺。溯洄東市滌囂氛，一池碧玉生波紋。俗名天鵝鵝不飛，水邊花柳高拂雲。上有閣道通禪室，曲檻廻廊穿一一。金碧樓臺水面浮，恍如海市雲中出。我本僑居客雍城，未至即耳天鵝名。今來名城訪奇勝，塵氛滿郭多囂聲。轉步天鵝入望中，紅塵突出水晶宮。幽鳥翻波魚戲藕，煩囂一洗天地空。憶昔曾游百門泉，題詩把酒花開筵。百門之水清且廣，波光直與山光連。天鵝小小開亭沼，城中翻比山間好。别有乾坤不厭探，此境求之塵市少。我來時值三月三，三三五五游花潭。佳人欄前倚羅紈，公子池上停玉驂。隔水茶棚繞煙樹，乘涼小坐足幽趣。六椀七椀覺身輕，兩腋風生欲騰霧。渾忘此際入塵市，憑欄宛在仙舟裏。人間到處有蓬瀛，朅來游興猶未已。君不聞鳳凰池上鳳凰留，石竹千載長悠悠。又不聞鵝湖鵲岸鸚鵡洲，名區歷歷堪遨游。安得此身生羽翼，一時翱翔遍九州。

武鄉大水行

吾邑城踞漳河北，依山疊石勢岃崱。西關東郭地稍卑，築堤障河如兩翼。上列市廛與城齊，數百年來無傾側。道光己酉夏之夜。時六月十一日也。漳河西下横流急。兩堤没水水身高，東西浪涌穿街入。西堤廛舍棄一空，居人逃奔城内匿。城東河與溝洫連，下流倒壅尤叵測。入户穿房與人爭，出門回望無家室。此時夜雨傾倒盆，水來共訝銀河溢。我家城居南門裏，與河逼近聞雷疾。不辨河聲與雨聲，夢中驚起荷蓑笠。冒雨屢次到門看，水滿門中互嘘吸。囊沙壅土不及防，拔關直搗勢危逼。波臣早已奪門去，雖有千夫挽不得。南門闔扇漂去。我欲攀梯訴上天，天昏月黑雲潑墨。漸及天明雨少止，跣足步向城頭立。滈湟潒泱浩無涯，波擁山城成澤國。十里平沙變爲海，環顧四山如島出。官民齊集共虔禱，神靈呵護全比邑。午後水落河漸平，遍處詢人競欲泣。吁嗟乎！漳河之漲亦常耳，似此灾異從未識。推詢其故蓋有由，連雨十日岑流汨。是夜雨暴水更大，谷口又被漳河塞。河水雨水相怒爭，故爾浸淫無底極。人言此城幾不保，增堤築石賴培植。我道培基端在人，各自修省補慚德。君不聞黄霸當年固金堤，思患預防何周密。安得砥柱鎮中流，千載安瀾無一失。明萬曆年，邑宰黄公元會築護堤七十餘丈，以障水。

陳貞女歌桂林府蓮史先生之女雲南府孔莘農先生之子婦

陳瑩姑，字貞義。如金堅，如玉粹。不幸十年之貞變，苦節果然不負貞義字。一解。貞女系出名門，乃文恭公之六世孫。阿爺蓮史先生今開府巍科，早掇聯三元。毓秀儲精珠在掌，爲擇快婿心相賞。孔家叔寶誇玉潤，滿擬冰清稱樂廣。二解。先是兩家宦蹟同東郡，其後分馳轍。無定匆匆十二年，未賦于歸咏。泮水遥聞芹藻香，科名代卜芙蓉鏡。一朝凶問六詔來，始信紅顏果薄命。三解。女乃指天自誓休復休，空閨慘慘鬼神愁。拼却鉛華都弗御，望夫獨坐望江樓。桂林府有望江樓。夫魂在何處？妾身在桂州。招之不來灕水隔，從之欲往瀘江悠。同室同穴俱無望，願與爺娘相守終白頭。四解。阿翁開藩來粤西，備悉貞女之志終不移。具禮迎歸象服是，宜笄髢，勤定省，婦道全無虧。未識夫面代夫職，夫死不死宛在兹。能使翁姑一見悲，且喜謂有阿婦如阿兒。五解。陳孝婦，差可比。白貞姬，安足擬。自來節烈不乏人，未婚守義無古禮。我今補此貞女詩，遍告閨中兒女子。須知亡於禮者之禮有如是。六解。

卷之十四

自題《瘦寒吟稿》四首

牢落塵寰内，匆匆四十春。乾坤支瘦骨，山水鍊吟身。絶少才華艷，惟留面目真。手鈔殘稿在，敝帚是家珍。

老去情何極，愁來思不窮。每多斯世感，愧乏古人風。短刃時相接，長城未易攻。胸無書萬卷，那免語雷同。

俯仰悲身世，成句。孤吟對晚霞。未能逃俗網，聊以度年華。蟋蟀雨中泣，芙蓉霜後花。老懷一消遣，非敢自名家。

屢結詩人社，推敲力共殫。秋風頻掃籜，經介山、一泉兩先生删定。春水又添瀾。芷汀、商哲皆有題詞。交久論心易，才庸拔俗難。阿儂原自醜，强笑爲君看。

與程介山先生對話

塵世誰知己，清談獨愛君。情投茶當酒，才大語成文。古貌同時少，風流到處聞。相期傳絶學，白首不離群。

挽李徙南夫子

壯志終難遂，辭章卓不群。人皆欽雅範，天竟喪斯文。抱道貧非病，傳經老更勤。倏聞捐館舍，漳北黯愁雲。夫子卒於北漳書館。

宿旅店

離家已百里，猶得寄鄉鄰。旅店星霜苦，同儕笑語親。曉鷄爭喚客，夜雨欲留人。記得關河險，臨晨屢問津。

登晋陽城樓二首選一

登樓一高眺，今古意如何。汾水秋風遠，并門夕照多。天開唐社稷，地擁晋山河。眼底乾坤老，興亡逐去波。

暮歸二首選一

棲鴉千樹亂，入郭近黄昏。市罷燈連屋，人歸月候門。老兄頻勸飯，穉子學斟罇。知我意蕭瑟，燈前笑語温。成句。

村居雜詩十首選六

暫將城市謝，歸我舊田廬。麥熟連雲獲，苗肥帶兩鋤。幽居塵事少，久客故人疏。識得山林趣，階前草不除。

水曲山彎處，農居有幾家。棘林繁結子，瓜蔓亂開花。庭雜笙歌鳥，門喧鼓吹蛙。閑來蹲樹下，群叟話桑麻。

終朝巖壑處，落落一身寬。淡泊廉能養，茅茨分易安。採樵晨舉火，蓄菜夜供餐。不是村居久，翻忘力食難。

村居自有樂，日日敞荆扉。地僻衣冠便，山深草木肥。甕鷄抛卵出，梁燕護雛歸。白叟常相訪，終身與市違。

田畔通微徑，人來暑氣清。幽行蘆草岸，凉語荳花棚。風過林先覺，溪喧鳥不驚。浮踪鷗鷺伴，泛泛一身輕。

寄食無求飽，偏多累主人。俚言權下酒，粗飯敬留賓。韭嫩充荒圃，醯陳乞比鄰。翻嫌肉食鄙，淡泊寓情真。

秋日邀白民表游小河家園

小圃臨東沼，近魏司馬蓮花池。邀君步出城。交情如菊淡，詩思入秋清。壓架葡萄熟，穿籬蟋蟀鳴。剩兹凉一味，早晚慰前盟。

哭學道夫子二首選一

滿地雪飄飄，飛魂不可招。春風嗟已過，朽木倩誰雕。手植花千樹，心澄水一瓢。十年恩久負，回首恨難消。

挽明府岳方亭先生四首選二

一官終不擢，民望竟成空。我爲蒼生哭，誰教直道窮。玉堂辭舊雨，花縣想遺風。何處尋魂夢，鵑啼蜀道中。公四川中江人，由翰林改官知縣。

痛哭西河令，卒於汾陽官署。當年宰武城。民間思召杜，吾黨仰周程。公曾興復鞞山書院。淚滴文湖冷，風留涅水清。口碑傳不朽，身後有榮名。

夏日邀程芷汀白民表陳商哲魏蘭坪集讌南山寺四首選二

城居苦煩溽，結伴入巖扉。世外有天地，林中無是非。僧閑陪客話，鳥熟近人飛。韻語雜嘲笑，終朝坐翠微。

嵐光朝暮異，俯仰豁幽襟。啜茗臨丹閣，移枰就緑陰。時與芷汀、商哲圍棋。槐風披院静，松月映潭深。熱惱都消却，悠然悟道心。

讀史感劉寵選錢事

寵亦行其素，芳名竟不磨。恩深千鏖少，廉極一錢多。循吏古如此，世風今若何。願提天下耳，傾聽會稽歌。

襄垣道中感舊

南游纔出境，感舊爲風狂。兩次南游俱遇風。春暮裘仍薄，塵勞鬢欲蒼。同儕成隔世，乙歲赴河南同行者巳殁。鄰里已他鄉。寂寞韓州道，飛花送客裝。

初下太行作

太行南去路，流水繞村畦。竹裏通車轍，花間駐馬蹄。野從平面闊，山到盡頭低。回首羊腸道，蒼茫雲外迷。

舟渡黄河

黄河東去大，泛棹上堤巔。河至邙山以東，始爲民害，兩岸築堤防之。不雨雷鳴地，無風浪拍天。飛身過冀豫，轉眼變坤乾。閲盡波濤險，方知此性堅。

從河内登太行歸至澤州

陸海安車度，雲梯緩轡行。昂頭霄漢近，回首野煙平。兩水夾懷郡，懷慶府南北踞沁、黄兩河。群山包晋城。他邦聯故國，歷歷數歸程。

自河南歸二首選一

家人喜相聚，離緒話多端。久别頻驚夢，初歸互問安。花憐荒徑繞，酒對故交歡。詩草囊中檢，河山着意看。

自遣二首

硯田荒已久，身世近如何。歲月閑時少，工夫欠處多。性柔妨直道，才陋奈詩魔。獨有清心在，如圭玷可磨。

天地能容我，匡居任嘯歌。世原知己少，理頗信心多。月正山無影，風停水不波。悠悠輸衆口，毁譽復云何。

喜假山成二首

真有飛來勢，能將積翠分。峰尖高受月，石罅潤生雲。爽氣開軒納，書聲出洞聞。山在書室外。余懷有幽癖，對此却塵氛。

果遂移山志，山幽徑更斜。撑空懸疊石，夾道亂栽花。客至門穿洞，身閑榻卧霞。徑連山斷處，面竹是吾家。

小　築

晚年抱微尚，小築白雲陲。書室築近小山。室静有千古，山深無四時。課兒吟好句，留客着殘碁。鎮日幽居便，塵氛渺不知。

獨居二首

俯仰三間屋，牢騷寄此身。避人防白眼，入世惱紅塵。歲晚梅爲友，宵深月作鄰。何妨同伴少，形影自相親。

笑我離群久，閑居自賞心。詩成鈔又改，酒煖釂重斟。梁燕通情話，盆花伴苦吟。眼前盡吾侶，莫謂少知音。

早晴

雨夜頻驚夢，新晴豁曙容。癡雲烘嫩日，薄霧出遥峰。徑草拖泥亂，山花帶露濃。關心晨起早，郭外課三農。

苦思

心已歸天外，言方在箇中。前身追好月，過耳惜飄風。理每雙歧誤，詩難一字工。背人遲脱稿，生怕語雷同。

晚晴

過午霞光爛，新晴水氣香。長虹落空澗，餘雨亂斜陽。天恐妨農業，人尤愛晚凉。也隨田父去，鋤月隴頭忙。

荒寺

一徑不知遠，來尋野寺荒。無僧風掃砌，露佛雨頹墻。凍鵲巢枯樹，殘碑倚夕陽。年年秋社候，席地亂焚香。

與一泉先生對話二首選一

忽忽清風到，開襟喜欲狂。情多言較少，交淡味偏長。分惠珠船贈，憐才玉尺量。消除城府氣，舊業與重商。

酬張茂才悝惠題假山二首選一

雅韻叨題壁，塵消俗徑中。驚傳小謝句，饒有晚唐風。窗月煙籠白，山花雪映紅。攜君詞絶妙，搔首欲凌空。

僑寓郡城留别張茂才晋二首選一

三載一相見，驪駒唱奈何。名場重會少，旅館别情多。日暮棲鴉亂，宵深客雁過。同將不盡意，長付沁流波。

故　城

智趙鏖兵地，千秋劫已燒。名城餘破堵，故壘長肥苗。村落連阡陌，人煙變市朝。皋狼重過處，猶聽馬蕭蕭。時屯宿騾馬，以供軍需。

南關道中六首選三

高低蟠曲磴，穿石入雲根。徑轉乾坤仄，溪喧日月昏。幽并連北轍，澤潞接南轅。谷口當衝要，朝朝馬足奔。

一水廻環渡，山多路易窮。危巖頭上壓，斷岸足邊空。高鳥飛難度，單車轍不通。可憐宋君相，坐失此關雄。金粘没唱過此嘆曰："關險如此而使我過之，南宋可謂無人!"

山村依石罅，地僻耦耕荒。款客兼牛酒，沿途絶稻粱。馬嘶通驛路，人語雜殊方。陰雨連天苦，邊愁攪客腸。

和韓曜昇同門二首

一夜狂飆起，當門踞虎狼。心常同皎日，履早戒嚴霜。時有凶徒夤夜移尸於其門，君首控。久别情如故，相看髩已蒼。廿年重把袂，風雨感聯牀。

世只黄金重，君惟道義親。風平觀静浪，雪霽度陽春。冤案得白，君有詩留别。好句酬名士，清樽别故人。程介山先有詩餞行曜昇，又置酒相别。家藏書萬卷，歸詠樂天真。

途中口號

關山閲千里，風雨伴行人。獨客音書斷，離鄉車馬親。乾坤皆逆旅，生計總勞薪。名利兩無著，紅塵累此身。

山陽即事

車停寧城道，三月阻歸程。此地人相食，前途馬不行。田園經雨潤，草木向春生。聖主勤蠲恤，簞壺滿路迎。修武去年五月至今年二月不雨，野無青苗，草木盡拔，有食死尸者，有殺人以食者，近得雨，復蒙賑恤，民心稍安。

介山先生以近作見示與同人重結詩文社

八十心猶壯，披吟手不停。紅芙秋更艷，丹桂老逾馨。戚里無同輩，詞壇有典刑。抱琴常過訪，海上一峰青。

高懷不絶俗，此老最多情。白社邀同調，青雲望後生。風來花競放，月下鶴先鳴。少長無拘束，文壇獨主盟。

秋雨初晴北城樓曉望見漳南諸峰有懷一泉先生二首選一

雨餘霜露重，曉望入秋冥。老樹頭先白，遥山眼獨青。樓高臨北斗，水遠隔南亭。不見鍾期久，牙琴幾度停。

冬夜偶成

寒夜文壇肅，誰來把酒論。燈殘愁室暗，榻冷借爐温。擱筆冰生硯，開簾月入門。更闌不成寐，枕上殢詩魂。

山村雜詩十首選八

去城三十里，别有一乾坤。雲繞崖邊路，山銜樹杪村。牧童偕跨犢，工女各當門。才信幽居便，城居苦守樊。

荒村絶車馬，客至鳥飛驚。野犬迎人吠，田家買犢耕。寒山花易謝，瘠地黍能生。但苦新畬少，年年負耒行。村人皆業農，無田者多。每春初，則負耒出境，租種山田，歲暮始歸。

農暇常挑菜，餘田也種瓜。登場嬉婦子，繞屋護桑麻。徑裏花招蝶，墻頭樹噪鴉。桃源今尚在，何日並移家。

茅齋巖半立，遠近翠屏環。林護窗中日，雲藏天外山。卧游人自古，坐對意常閑。物我兩忘處，如居虞夏間。

山寺度晨鐘，山村罷夜舂。疏煙沉絶壑，曉日透層峰。採藥慚高士，投鐮謝老農。每懷嵇叔夜，學得一生慵。

望絶疑無路，荆榛雜險巇。樵人緣斷壁，野鳥啄空枝。山缺雲生處，霞明日暮時。此間幽興足，惟許夜猿知。

輾轉不成寐，深山獨夜驚。風聲排户急，電影掠窗明。老屋燈將灺，空階水亂鳴。客心如雨疾，倚枕盼朝晴。

深谷時難紀，情隨景物更。曉霜牛背白，落日鳥邊明。人共秋山瘦，心輸夜月清。幽居無箇事，身外惱浮名。

《驚鄰草》題詞四首選一

每示驚人句，才高不肯平。古今翻案論，天地側身行。絶跡追前輩，聯歡到後生。芳鄰叨近接，相應愧同聲。

懷　舊

回頭雲易散，凉夜賦凄其。秋雨懷人候，春風入座時。去春游河内，曾造其廬。花間曾把袂，竹外共題詩。一别經年久，何時更賞奇。

去春客覃懷子翼持其尊人《沁浦詩草》乞余校定並求助刊余以孝子之心未可重違因贊成之今果刊成見寄答之以詩二首選一

捧讀遺編在，遥聞諾諾音。顯親酬素志，交友重知心。千里傳春到，孤燈入靜臨。今番披不厭，聊當《蓼莪》吟。

呈明府劉魯汀先生十首選四

一代經綸手，千秋著作壇。文章籌海外，著有《防海備夷諸策》。詩興寄漳干。以近詩惠示。信有花風度，能回黍谷寒。武城今被澤，萬姓盡騰歡。

斷獄無留滯，如神坐照時。勤常翻舊案，暇即補新詩。力困東南紀，民痍遠近知。滿腔皆熱血，信筆寫淋灕。署内偶成詩有"幾見東南困少蘇，瘡痍誰合一家春"等句。

卓卓歸場論，商民兩不妨。近因鹽課疲累，大府議欲商歸地丁，公作改課歸場論上之，撫憲雖未行，民皆頌之。斯才非百里，此筆擅三長。文教培花縣，虚懷顧草堂。鯫生叨下問，執卷傍宫墻。補修學宫，後校録先賢先儒行實，屢命熊參考。

鄰境冤成獄，平反動隔年。沁源有冤獄，賴公平反。視民皆赤子，隨地見青天。昔讀平章解，今傳循吏篇。德言功並立，文質果相宜。曾讀公《平章百姓解》，今又見判案諸詞，皆有卓識。

題程坦如先生《自課堂集》後二首

本是司空裔，山林自起家。先生開之，司空家孫，國初應山林隱逸制科。新詞濯江漢，曾宦游江上。古艷燦雲霞。混沌心能鑿，崑崙興更賒。别號崑崙。千秋無比似，别有一天涯。

一代龍門重，公詩偏擅場。陳其年選四家古文，先生獨兼詩。人皆驚謝朓，友獨契漁洋。西樵贈詩有"參佐風流如謝朓"句，與漁洋交最早。在昔交游盛，於今世澤長。有堂名自課，六代焕文章。介山先生，其六世孫也。

題趙乾符先生《似園集》後二首

早作南州牧，耽吟性自廉。靜心故多妙，天巧不傷纖。興得江山佐，身真吏隱兼。胸中吞七澤，潮涌上毫尖。

馮翊南旋日，詞源歷更深。秦州多雜咏，郢客少同音。改官馮翊後，又署興寧，集中有《馮翊草》、《楚南草》。胸自羅兵甲，懷常曠古今。署興寧時，身率鄉兵平賊，作《南寧城曠懷詩》。掛冠甫强仕，老去伴仙吟。末知横州，辭官去，府憲交薦，不起，老年於漳濱結八老會。

編定王莘庵先生詩題後二首選一

窮年常抱病，壇下有餘春。彩筆傳多士，青雲阻此身。千秋何論命，一卷足瘳貧。手輯遺編在，泉臺慰故人。

北郭懷古有石勒故宫

鐵騎凋零草木蘇，千秋故壘想英謨。羞同魏晋狐爭媚，竊比高光鹿並驅。鞞嶺雲消雄略渺，漳濤風涌嘯聲矗。故宫此日遺龍種，百尺蒼松曠代無。

喜城工落成呈明府岳方亭先生四首選二

名城簇簇傍巖阿，物换星移幾度過。趙魏乾坤經闔闢，朱陳事業漸消磨。後魏始徙城於鞞山之麓，舊爲石趙故城。明巡道陳耀、知縣朱文博增築南垣。一聲鼛鼓鳩工築，四面雲山雉堞羅。知是長官能保障，口碑留得里人歌。

樓閣參差入望懸，倚欄吟眺踞城巔。水縈半壁金湯固，石壓環垣鐵甕堅。北極星臨千户曉，南亭人渡一川煙。鞞山絶頂青於髻，宛似憑凌尺五天。

暮春游南山四首

仄仄芒鞋印淺沙，漳濱南去訪煙霞。溪邊峰抱行疑窘，洞裏雲開望轉賒。滿谷芳菲春景暮，半山樓閣夕陽斜。暫停紅杏離披處，隨意銜杯坐落花。

興來選勝到巖前，佛劫曾遭世屢遷。絶壁捫蘿多古蹟，靈泉甃石自何年。每從苔洞求麟趾，山有洞名麟趾，求嗣者踵接焉。偶傍松陰伴鶴眠。幾輩看山山不厭，花開花落總悠然。

萬木叢中殿閣重，幽探到處豁心胸。香浮蓮座時參佛，雲繞槐柯欲化龍。佛寺有龍爪槐。禪帳低籠紅芍藥，經樓高敞碧芙蓉。回頭咫尺塵緣隔，猶喜鞞山對面逢。

雲間聳步極攀躋，放眼憑臨百尺梯。春樹遥連煙郭淡，岑樓倒出石巖低。重重積翠山如畫，曲曲穿花路易迷。忽聽晚鐘催月上，仍尋樵徑過招提。

潞安府早發

鷄聲滿郭雪模糊，早起催裝戒僕夫。三月冰霜猶被野，五更車馬正臨途。民遺赤翟風仍古，花發青春凍欲枯。一路田苗多槁色，農忙還望足官租。

登太行山絶頂二首選一

一路崎嶇兩界連，行行已陟太行巔。身經故國千重嶺，目極中原萬里川。河水朝東分冀豫，雲山拱北障幽燕。孤懷直向虚空豁，眼底乾坤信渺然。

太行道中

驛程宛轉繞羊腸，百里重關度太行。巖石日修盤馬路，山雲時拂旅人裝。山路百餘里陡峭不任騎，今鑿石平鋪，盡成孔道。極天鳥道通南北，隔嶺花風變暖凉。漠漠平原春似海，不須回首望家鄉。

山陽懷古二首選一

董伏孤忠早戮身，臨臺逼禪淚沾巾。運留火井猶稱帝，位廢山陽竟作賓。國法不容曹父子，天心難挽蜀君臣。笑他仍襲陳留爵，四十年間一轍循。

游蘇門山山在輝縣上有邵康節安樂窩孫登嘯臺下臨大沼石刻多名人留題

貪訪名區繞翠灣，蘇門仙境出塵寰。四圍竹樹全臨沼，萬疊樓臺半在山。安樂窩空雲影亂，嘯歌人去鳥聲閑。千秋勝蹟何從紀，石上題詩認蘚斑。

題百門泉有序

泉出蘇門山下，石窟如蜂窠，水從窟中涌上，顆顆成珠，故亦名“珍珠泉”。泉上開大沼，清可數魚。中起樓臺，花竹四映，臨沼憑眺，但見璣珠亂抛，不知泉從地中出也。回映蘇門、太行兩峰，青翠欲流，河北勝概以此為最。

竹外荷塘接稻疇，窮源轉在島中洲。一潭碧玉魚清數，萬斛明珠鮫暗投。蜃涌層樓開沼面，螺堆雙髻映山頭。百門宛似蓬瀛路，日日探驪海客游。

次韻和程芷汀三首選一

遠俗人嗤我輩酸，常偕明月倚窗闌。碁枰偶對爭先着，詩稿重删許互看。千里雲山雙屐渉，廿年風雨一燈寒。相守廿年，惟游蘇門小别。蹉跎歲月曾何補，往事回頭感百端。

與長子完婚示内

鼓吹喧闐聽到門，荆妻挈盒喜迎婚。邑俗新婦到門，其姑挈盒以迎。兒癡轉使余心碎，婦謹旋推汝分尊。要識箴規由己立，休將好醜向人論。阿家須信阿翁語，兩不相妨義與恩。

示子姪二首選一

浮華結習最難除，景仰前賢自凛如。格備治家朱子訓，言該涉世伏波書。居心要質天無愧，舉步須留地有餘。但願兒曹慎初服，善良便是好門閭。

咏紅梅

一樣梅花別樣開，紅羅亭畔暗香回。寒雖至此偏殊色，熱不因人亦異才。滿地冰霜渾未覺，爭春桃杏漫相猜。任他多買胭脂染，瘦影婆娑學不來。

小院荷花初放遍邀同人題咏無一至者移時忽然萎謝二首選一

知道濂溪屬愛深，招邀幾度聽音沉。媚時不肯矜殊色，矯俗誰憐有苦心。君子頓嗟風已渺，詩人空想日初臨。翻疑太乙乘將去，恨不移船海上尋。

一泉先生見過別後感賦再疊原韻

勤持玉尺就才量，可許平分一瓣香。別後有懷同欲白，見時無語兩相忘。群材自足傳薪火，阿女還勞製嫁裝。子名晋，受業門下。一酌匆匆歸思急，絳帷辛苦爲人忙。

權店驛中即事呈劉明府彤卿先生

萬壑蕭蕭班馬鳴，兵塵滿目客心驚。伫看時雨從天降，猶聽狂飆鼓浪生。聞近海府縣多失守。愧我羅胸無片甲，知公坐嘯有餘聲。皋狼驛外頻翹跂，預擬鐃歌報太平。

上彤卿明府四首選一

公事頻邀步入衙，攀鴻自愧少才華。每思當轍嗤螳臂，忽憶穿墉畏鼠牙。白壁何妨蠅偶玷，青天那許霧重遮。從今樂向弦歌化，靜掩柴門避世譁。蒙公屢邀，與邑紳辦理軍需，每欲裁弊未能，竟被訟。

酬白民表賜和名晋感懷元韻二首選一

辛酸世味百般兼，閑退方知蔗境甜。成句。元亮琴心弦外得，達夫詩興老來添。同門獲友交偏淡，後輩堪師訓最嚴。元詩有"偶涉春冰戒必嚴"句。獨抱驪珠人不識，渾如合浦夜光潛。

讀王松坪先生詩集詩以寄懷六首選二

叔虞祠畔水涓涓，響答騷人奏七絃。久仰文名高北斗，忽聞霖雨沛南天。八千路阻予懷渺，三百詩存衆口傳。戊子初，晤晋陽寓舍，得讀《留别晋祠》七律數章。後宦游雲南，今從友人處鈔得大集古近體詩三百首。此日披吟添技癢，花含枯樹欲爭妍。

地闊天浮眼界遥，九峰煙雨入詩瓢。吟懷自昔吞三楚，宦蹟從今問六朝。"地闊天浮見洞庭"、"九峰煙雨長天外"、"三楚風雨一氣中"皆集中句，今又將宦游江東。壇下春風期我坐，樽前明月與誰邀。那能同溯大江去，極目窮觀瀚海潮。猶以未見全集爲憾。

南山游罷小憩山半對酒彈碁月下成咏

斜陽催我下崔嵬，魚鳥留人樂暫陪。樹杪泉分雙沼出，山腰路轉兩峰回。花圍石座開碁局，月透松陰入酒杯。夜定老僧纔别去，數聲簫管度雲來。

悼亡六首

不識匆匆何處歸，亡時重着嫁時衣。泉臺始把翁姑拜，歸余時已失雙親。穗帳猶留子婦依。今夜月明花已謝，昔年人渺物皆非。悲風吹過元宵節，望斷星橋鵲影稀。亡於正月十五日夜。

空帷寂寂暗消魂，往事傷心莫再論。周澤怒多顔少犯，孟光貌短敬長存。知卿常有蒸梨懼，愧我全無割肉恩。一度追思一增痛，背人獨自揾啼痕。

忍病多年懶對吾，誰將殘喘惜微軀。冒愆每爲家人誤，執爨常同奴輩驅。粗服亂頭原自適，勞神焦思亦何愚。年來僵卧頻啼血，牀褥殷紅淚眼枯。因血症亡。

十五來歸五十辭，持家卅載劇多資。助余婚嫁期常迫，罄汝裝匳物不私。孤姪無依猶待養，諸孫在抱更難離。奈何一訣飄然逝，中饋於今付阿誰。

想到臨危倍慘凄，重番叮囑語凄凄。平心已了前生債，增惱休將後事題。環顧癡兒需愛護，初來新婦孰提攜。季子方完婚。老夫忍淚趨簾外，怕聽群烏日夜啼。

春去真如一夢過，衾單枕冷奈人何。愁添白髮誰偕老，悶對青燈獨自哦。剩有梅花聊我伴，時盆梅正開。詎無薤露爲卿歌。忘情莫把莊周怨，此後相思夢轉多。

雪夜宿旅店

征途何處覓相親，旅館凄凉久斷薪。入牖寒風横舞雪，解裝獨客自偎塵。鷄聲到枕驚鄉夢，鴻爪留泥認夙因。已歲過此亦遇雪。明日詩吟驢背上，蕭蕭自寫畫中身。

途中遇雪偶感寒疾投止山角店主人苗姓服事殷勤兼賴其母善調飲食静養得愈愧無以報

雪路誰憐范叔寒，幸從茅店駐征鞍。耽游不解離家苦，抱病方知作客難。進食款留非有爲，揮金欲報總無端。當年漂母今重遇，只愧相逢不是韓。

客中除夕

客裏挑燈首自搔，駒光短短路迢迢。一千里外逢除夕，五十年終剩此宵。遣興有詩兼有酒，還家無夢獨無聊。定知守歲兒孫聚，南望同憐馬足遥。

客中答故鄉諸友疊陳商哲韻五首選一

芳流時浣馬蹄塵，竹裏看花别有春。好擬江南探勝景，自清化鎮至河内，流泉花竹，土人名爲“小江南”。閑來河北訪詩人。時李子翼以詩見招。自成水癖兼山癖，那計魚瞋并鳥瞋。説與知心休悵别，恬吟隨處樂天真。

再疊前韻酬芷汀二首選一

空庭壁立缶生塵，桃李盈門競向春。貧借硯田供八口，健凌筆陣掃千人。飲瓢難得心常樂，拭唾猶防面帶瞋。我獨知君君諒我，交情逾淡味逾真。

與陳商哲論詩再疊前韻二首選一

淨業繇來遠俗塵，壇中坐久漸知春。詩須有我還忘我，語欲驚人轉畏人。雲出無心方自得，水流不競復誰瞋。漁郎莫把桃源問，一任仙舟訪便真。

次韻酬介山先生寄懷中州代刊詩稿之作四首選二

曾聞遠道暗投魚，余歸後方知以詩見寄。愧乏吟箋代報書。同調共酬詩寄後，一泉、芷汀先有和章。洗裝猶念客歸初。歸時叨飲。名藏韓嶺傳新稿，派接伊川有舊渠。兩次代刊詩文皆在中州。記得洛陽誇紙貴，於今聲價更何如。

自從判袂走河陽，夜夜牀前望月光。偶别真如魚失水，多情猶怕客思鄉。“游踪生怕念家鄉”，先生懷余句也。山南冀北違千里，雲影天光鑒一塘。想到詞源難忘却，説詩更比改詩忙。

讀一泉先生見寄詩再疊前韻書懷四首選二

詞源丐潤比枯魚，自恨茫茫未見書。苦思欲窮天地外，高吟妄想漢唐初。觀於鯨海難爲水，鑿破龍門自有渠。要識詩人各言志，相如終遜不相如。“我愛城中數詩侶，不相如處是相如”，先生寄懷詩中句也。

握手何由出肺肝，語言文字總非難。人因交久能相諒，詩到情真自不刊。最愛月從潭底印，每愁花在霧中看。何時得把塵襟滌，共泛滄波眼界寬。

贈王壽田二首選一

烏衣家世名流續，王勃才多最妙齡。乍喜詞場逢小友，還從泉路憶前型。登龍曾許詩追白，尊甫莘庵先生批余《哭兩兄詩》云：“雖使白傅握管，亦不是過。”造鳳初看眼倍青。偶對新知重感舊，山陽鄰笛不堪聽。

編定敬哉先生詩集題後

名稿爭傳趙敬哉，今人不讓古人才。酒澆陶令一籬菊，詩倣放翁千樹梅。敬哉嗜酒，詩得力於《劍南集》。未獲同時商舊業，只從隔世仰新裁。編成還待知音賞，夜夜吟魂入夢來。

題龍媒先生《草中吟集》後二首選一

逼真情景兩能兼，最愛吟毫手自拈。艷似春山花怒發，清如秋水雨纔添。雲開秦嶺風催騎，露裛庭軒月滿簾。閲遍滄桑多感泣，驪珠獨抱海中潛。尊甫□元白中丞殁後，遭甲申之變，闖賊荼毒縉紳家，先生曾被繫至陝右，歸而避静一室，題其亭曰“裛露軒”，詩酒自遣，不樂仕進。

題《悔不讀齋吟稿》四首選二

寸截雙雕莫浪誇，繁枝删取見清華。寒梅冒雪原超俗，老樹逢春偶着花。火鑄生金才就範，天成璞玉品無瑕。艱深奇麗都非是，真面常留此作家。

箇中賸馥記曾沾，幾度鴛針信手拈。聽到土風同我採，鑒定《南亭詩鈔》。繡餘金綫爲人添。三唐舊業陳言棄，一代新裁法律嚴。課徒八韻詩尤佳。翻把齋名悔不讀，自題吟稿語謙謙。

東門訪友不遇

薄暮出東郭，來尋五柳居。門前植柳，故云。逐人明月影，惟照案頭書。

初冬同程介山魏我山兩先生南山小飲四首選二

最喜蓬萊客共邀，朔風吹我過溪橋。南山也似人耆舊，刊落浮華迹象超。

偕來煙島泛霞觴，陣陣仙風拂袂凉。世味酸咸都不問，自燒紅葉煮雲漿。

咏蠟梅花五首選四

一段黄香暗暗生，頭銜何用説冰清。樹從鶴圃移來種，花是蜂窠釀得成。

黄昏花下耐幽尋，茅屋三間月一林。貯得美人真絶色，翻疑此屋是黄金。

羅浮一夢唤初醒，小朵垂垂别肖形。似恐啁啾來翠羽，滿枝齊掛護花鈴。花形似垂鈴。

繁英布地現全神，轉向癯仙問舊因。更是幾生修得到，重教玉骨换金身。

花影和芷汀韻二首選一

一天晴景喜相逢，現出花身萬萬重。行止光明誰得似，清風朗月想遺踪。

花氣和介山先生韻二首選一

遠遠花香送暖風，行來微覺霧濛濛。詩人費盡吹噓力，祇在東皇吐納中。

咏南山牡丹

沉香亭畔舊姿顔，此日如何住碧山。國色也能知引退，不求富貴到人間。

潞城道中

雲梯疊疊徑彎彎，策蹇紆廻往復還。無限畫圖看不厭，一重水界一重山。

初下太行口號

兩日攀躋下翠巖，春風習習拂征驂。山南山北炎凉變，脱却羊裘换布衫。

醒酒臺

絶壑層巒一望憑，朝朝買醉唤詩朋。却虞醒後翻多事，幾度臨臺不敢登。

七　夕

碧漢長流不記年，一年一度鵲橋填。若教牛女常相會，那有千秋七夕傳。

即　景

滿院秋芳夕照紅，寒聲未到信先通。忽聽鳴雁蕭蕭過，引起西窗一夜風。

初冬積雪盆梅盛開率筆成咏三首選二

十月山城雪滿林，孤齋寂寞少知音。寒梅憐我蕭條甚，開向窗前伴苦吟。

常年待臘意逡巡，今日經冬已漏春。一夜寒風飄急雪，梅花爭得不精神。

題一泉先生《南亭竹枝詞》後四首選二

尋常聞見妙翻新，天巧真逢著手春。似讀他鄉風土記，轉忘我亦個中人。"天巧難逢著手春"，先生與余論詩舊句也。

屢就吟壇快賞奇，年來我亦學敲詩。口頭好語偏先説，妒煞君家偶得之。

山西文華·著述編

程康莊集

第一冊

李雪梅　田梅◎點校

《山西文華》編纂委員會　編

山西出版傳媒集團

圖書在版編目(CIP)數據

程康莊集 / 李雪梅,田梅點校. —太原:三晋出版社,2016.8
ISBN 978-7-5457-1394-7

Ⅰ. ①程… Ⅱ. ①李… ②田… Ⅲ. ①古典詩歌—詩集—中國—清代 Ⅳ. ①I222.749

中國版本圖書館 CIP 數據核字(2016)第 256145 號

程康莊集

點 校 者:李雪梅 田 梅
責任編輯:張繼紅
封扉設計:山西天目·王明自

出 版 者:山西出版傳媒集團·三晋出版社(原山西古籍出版社)
地 址:太原市建設南路 21 號
郵 編:030012
電 話:0351-4922268(發行中心)
0351-4956036(總編室)
0351-4922203(印製部)
網 址:http://www.sjcbs.cn

經 銷 者:新華書店
承 印 者:山西人民印刷有限責任公司

開 本:700mm × 1000mm 1/16
印 張:35.75
字 數:500 千字
版 次:2017 年 9 月 第 1 版
印 次:2017 年 9 月 第 1 次印刷
書 號:ISBN 978-7-5457-1394-7
定 價:140.00 圓(全二册)

ISBN 978-7-5457-1394-7
9 787545 713947 >

《山西文華》學術顧問委員會

（按姓氏筆畫排序）

李　零　李文儒　李學勤　袁行霈

唐浩明　梁　衡　張　頷　張光華

葛劍雄　楊建業

《山西文華》分編主編

著述編　劉毓慶　渠傳福

史料編　張慶捷　李晋林

圖録編　李德仁　趙瑞民

出版説明

山西東屏太行，西瀕黄河，北通塞外，南控中原，是中華民族的主要發祥地之一。中華文明輝煌燦爛，三晋文化源遠流長。歷史文獻豐富、文化遺産厚重，形成了兼容並包、積澱深厚、韵味獨特的晋文化。山西省政府决定編纂大型歷史文獻叢書《山西文華》，以彙集三晋文獻、傳承三晋文化、弘揚三晋文明。

《山西文華》力求把握正確方向，尊重歷史原貌，突出山西特色，薈萃文化精華，按照搶救、保護、整理、傳承的原則整理出版圖書。叢書規模大，編纂時間長，參與人員多，特將有關編纂則例簡要説明如下。

一、《山西文華》是有關山西現今地域的大型歷史文獻叢書，分“著述編”“史料編”“圖録編”。每編之下項目平列；重大系列性項目，按其項目規模特徵，制定合理的編纂方式。

二、“著述編”以 1949 年 10 月 1 日前山西籍作者（含長期在晋之作者）的著述爲主，兼收今人有關山西歷史文化的研究性著述。

三、“史料編”收録 1949 年 10 月 1 日前有關山西的方志、金石、日記、年譜、族譜、檔案、報刊等史料，以影印爲主要整理方式。

四、“圖録編”主要收録 1949 年 10 月 1 日前有關山西的文化遺産精華，包括古代建築、壁畫、彩塑、書畫、民間藝術等，兼收古地圖等大型圖文資料。

五、今人著述采用簡體漢字横排，古代著述采用繁體漢字横排。

《山西文華》編纂委員會

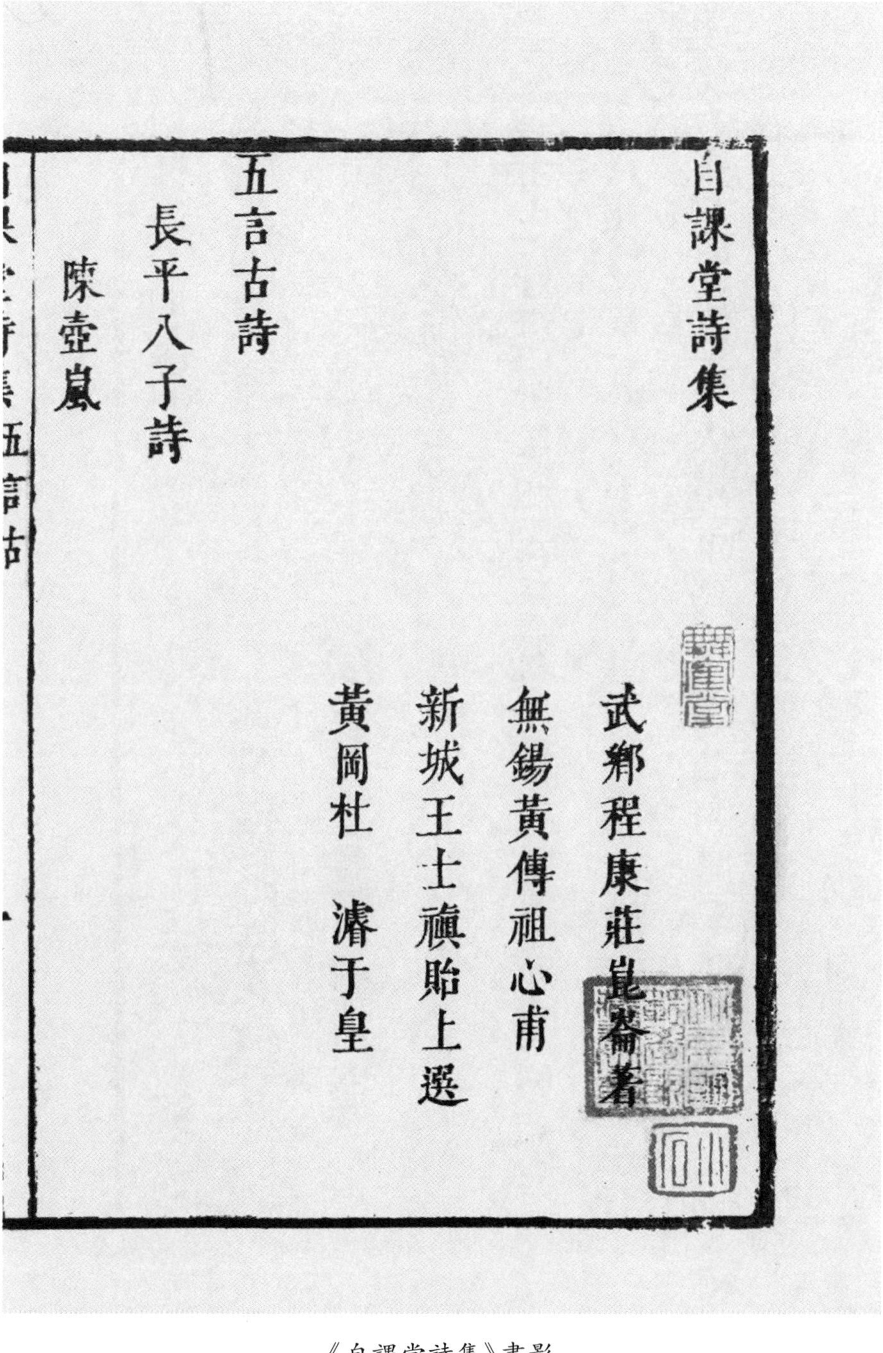
自課堂詩集

武鄉程康莊崑崙著
無錫黃傳祖心甫
新城王士禛貽上選
黃岡杜　濬于皇

五言古詩

長平八子詩

陳壺嵐

課堂詩集五言古

《自課堂詩集》書影

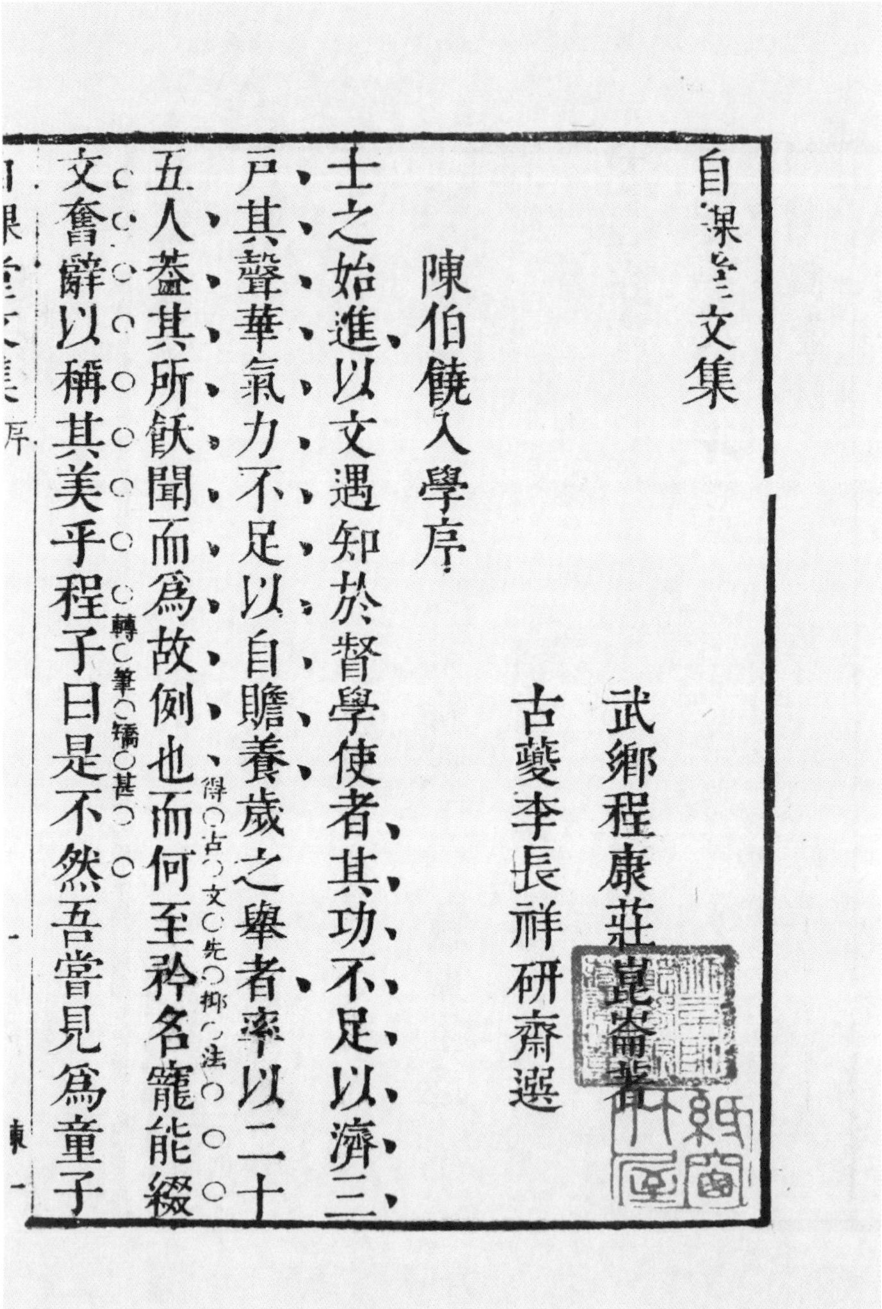
自課堂文集

武鄉程康莊崑崙著

古虁李長祥研齋選

陳伯饒入學序

士之始進以文遇知於督學使者其功不足以濟三戶其聲華氣力不足以自贍養歲之舉者率以二十五人蓋其所飫聞而爲故例也而何至矜名寵能綴文奮辭以稱其美乎程子曰是不然吾嘗見爲童子

《自課堂文集》書影

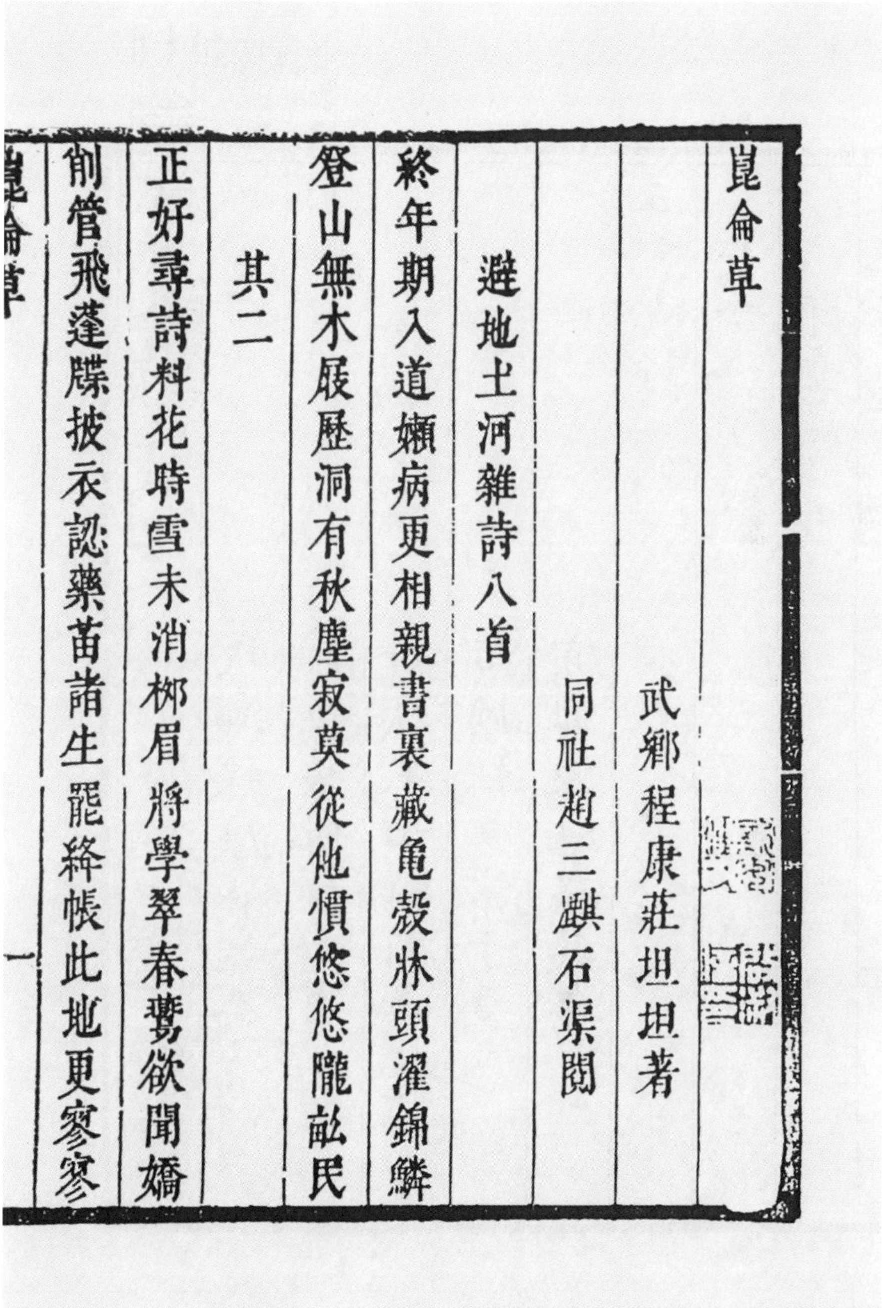

崑崙草

武鄉程康莊坦坦著

同社趙三麒石渠閱

避地土河雜詩八首

終年期入道嬾病更相親書裏藏龜殼牀頭濯錦鱗登山無木屐歷洞有秋塵寂莫從他慣悠悠隴畝民

其二

正好尋詩料花時雪未消柳眉將學翠春夢欲聞嬌削管飛蓬牒披衣認藥苗諸生罷絳帳此地更寥寥

崑崙草　一

《崑崙草》書影

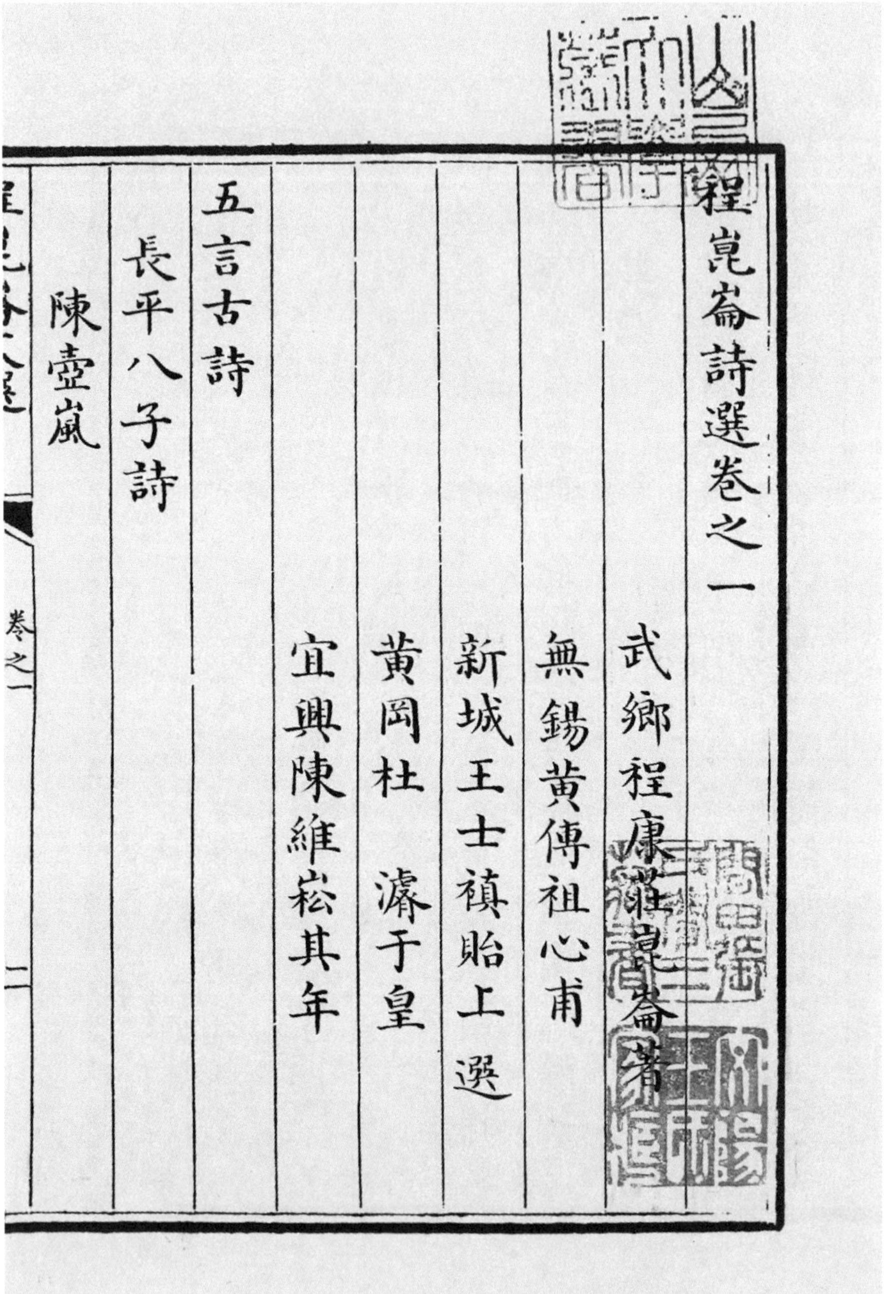
程崑崙詩選卷之一

武鄉程康莊崑崙著

無錫黃傳祖心甫

新城王士禛貽上選

黃岡杜濬于皇

宜興陳維崧其年

五言古詩

長平八子詩

陳壺嵐

程崑崙詩選　卷之一　一

《程崑崙詩選》書影

出版前言

程康莊（1613—1679），字坦如，别號崑崙。山西武鄉縣信義村人。明崇禎八年（1635）拔貢，清順治十一年（1654）被山西巡撫保薦隱逸，應試高等。清順治十七年（1660）入仕，康熙十四年（1675），以年邁返鄉，康熙十八年（1679），病卒於武鄉。《清史列傳》卷七十一有其傳。

程康莊一生居官外地，案牘勞形，但手不釋卷，著述甚多，有《自課堂集》、《程崑崙先生詩文合集》、《崑崙草》、《衍愚詞》等行於世。清順治十七年（1660），他任鎮江府通判，政績蜚聲，詞作亦名聞江浙，時人曾有“新詞濯江漢，古豔燦雲霞”之美譽。他與揚州推官王士禎以文相知，詩筒往來，唱和不絶，人稱“上下江詩伯”。清初著名文人陳維崧，批閲明代及清初古文詩詞不下數百卷，古文選得四家，詩詞選得十家，編成《四大家文選》。程康莊之詩詞與古文，兩入其選。

清初文人中，程康莊其人其作均具有典型的代表性。他親歷明清鼎革，入清出仕後又行走於政壇、學壇兩界，飽經憂患，際遇複雜。縱觀其詩文作品，大多激濁揚清，啟人心智，既包孕明末清初社會生活的深厚内容，具有較爲深廣的社會意蕴與文史價值，又寄寓了明清鼎革之際自身生命情懷的感受與表白。明末清初文人之思想演變軌跡，由其作品，可見一斑。因此，特將《程康莊集》收入《山西文華》叢書。

民國年間，山西文獻委員會編纂《山右叢書初編》，程康莊之

《自課堂集》選入。2008 年，李雪梅、李豫點校的《程崑崙先生詩文集》由三晋出版社出版。此書對程崑崙的存世詩文作品首次進行了全面搜集整理並重新加以編排，正文含括《自課堂集》、《程崑崙先生詩文合集》、《崑崙草》、《衍愚詞》、《四大家文選》之《崑崙文選》與《崑崙詩選》、《崑崙詩餘》諸多詩文集内容，且將評選本中清初諸學者之評點悉數保留原貌，整理録入。在附録中又收録了山西武鄉程氏家族人物小傳、程康莊六世孫程林宗著《介山文編》存目與《驚鄰詩草》全文、王士録所編《廣陵倡和詞》全文、范士熊所編清康熙至道光年間武鄉籍詩人群體的詩歌總集《南亭詩鈔》，庶有助於讀者深入了解山西武鄉程氏家族炳赫六代，翹楚輩出之地域文化現象。同時，《廣陵倡和詞》、《南亭詩鈔》二集的出版，對清初廣陵詞人群體研究以及清初山西詩人群體研究，無疑也是幸事。

此次出版，以《程崑崙先生詩文集》爲基礎，吸收了相關領域專家對初版本的修改意見，由李雪梅、田梅對全書進行了細緻全面的核校修訂，依據《山西文華》之體例重新排版，析爲兩册，書名調整爲《程康莊集》。希望在進一步完善這部清初文人全集的同時，也對學術界全面理解研究清初文學現象、流派、思想理論提供參考。

三晋出版社

2016 年 7 月

文風薪傳道統脈
詩名稱譽上下江

——論程康莊生平及其文學創作（代前言）

一 鞸山漳水讀書堂

程康莊，字坦如，别號崑崙。明萬曆四十一年（1613）生，山西武鄉縣信義村人。程氏家族爲當地望族，以進士起家。其祖父程啓南，字開之，號鳳庵，其人“性剛果，多大略，博學工文”，曾任工部左侍郎，加大司空服俸，后因不願受宦官挾制而辭官歸里。

程康莊天資聰穎，刻苦勤奮，博覽群書，尤擅詩文，在故里讀書期間，遍游鞸山漳水，與武鄉社會下層接觸較多，因此，他在秉承深厚家學的同時又積累了豐富的生活閱歷，描寫家鄉風土的詩作感情尤爲真切，如“種瓜山地冷，蓄菜豆苗酸”（《避地土河雜詩十首》之七）、“選隘懸崖露，人家置屋牢”（《避地土河雜詩十首》之六）等。異地爲官後，程康莊與故鄉的聯係亦從未隔斷，如“雨夜兼風夜，他鄉憶武鄉”（《避地土河雜詩十首》之九）等。

程康莊少時隨祖父程啓南在京讀書，文名早揚，所作詩詞曾轟動京都文壇，當時文壇耆宿如陳大士、羅文止、楊子常輩交口推贊，均爲之嘆服，贊譽其詩“比之齊晋，狎霸中原”，紛紛引其爲“小友”。

崇禎七年（1634）程康莊二十一歲時，就學於山西學政袁繼咸帳下。次年，他考取拔貢。崇禎九年（1636），袁繼咸被山西巡按御史張孫振誣陷，押解入京。山西名士傅山先生等聯絡生員百餘人，聯名上疏，赴京爲袁繼咸訴冤請願，袁繼咸之冤抑方得申。這次鬥爭歷時八個月之久，在當時傳爲佳話。程崑崙爲師請命，自是奮勇當先，他陪伴傅山先生左右，協力謀此義舉，並有詩記之：“青主去救袁夫子，千金擲地神揚揚。抗書共我見天廟，袁師乃得歸故鄉。”（《投知引贈張伯將郡丞》）

程康莊少年時即勇擔義舉，敢於直觸天顔，經歷自是不凡，其人品性格頗受武鄉一地朔風雄壤、大氣蕭爽的地域脈息與雄渾氣質之熏染，而這種獨特風格，於其詩文中，亦是不時流溢。

二　胸藴韜略政聲揚

明崇禎八年（1635），程康莊考取拔貢。清順治十一年（1654），他被山西巡撫保薦隱逸，應試高等。清順治十七年（1660）補江蘇鎮江府通判。

當時正值清王朝定鼎之初，政局混亂，鎮江地處要衝，有駐軍鎮守。海氛甫靖，軍民混處，治安紛擾，程康莊到任後，拯灾傷，撫流困，輔佐幕府，恩威並用，有的放矢地制定出一系列防止駐軍擾民的條例規範，如有違反，嚴懲不貸。一時間民懷兵懾，鎮江府内遂治安肅然，程康莊之名亦因此而威震江浙。

程康莊雖嚴明慈惠，循良著績，其仕途却并未因此而一帆風順。他在鎮江府通判之位上履政多年，直至康熙六年（1667）方得調任安慶府同知。

程康莊赴任安慶後，留心民瘼，切務實政，制定防江策，平息盜風，決疑案多所平反，社會大治。安徽巡撫甚至下令把他的治亂方針推行於沿江各縣，江南、江西人民均賴其法令而得以安寧。

康熙十年（1671），程康莊奉詔回京補官。爾後因前任事的牽連，遷任陝西省耀州知州。仕途不暢，程康莊内心不乏怨懟，“蒼茫羈命達，世意礙芳蘭。側目當年事，浮名此日寒。”（《赴漁陽訪胡詹事》）但爲官者對轄地百姓應有的責任與關愛，於他心中却須臾未有忘懷。時耀州遭叛軍萬餘圍城，城故圮壞，程康莊臨敵無懼，力挽危局，親自督率兵卒吏役，日夜巡防，往來戍守，誓不與匪俱立。叛軍臨城下，程康莊守坐矢石之巔，整暇不迫，並伺叛軍隙連發數十炮，一舉殲滅，耀州困境乃解。

平内攘外亂，保全一方百姓，無疑是爲父母官者的重要職責，兵迫城下，芟夷亂境中，程康莊挺身而出，以君民念重，以身家念輕。這種重任在肩，擔當道義的胸襟氣度，折射出了中國古代知識分子的高貴人格與精神。

耀州圍解後，防軍到來，軍需供應極其浩繁，官府財力頓時吃緊。程康莊爲不擾民生，遂傾其私有，並以個人名義借債，奔走上下，方保供應。此無私之舉大得民心，在他離任耀州時，耀州百姓攀轅卧轍，送之遠郊，而後爲其立德政碑及肖像祀之。

唐太宗曾有名言：“以銅爲鏡，可以正衣冠；以古爲鏡，可以見興替；以人爲鏡，可以知得失。”程康莊的身影，留存於鎮江、安慶、耀州的歷史鏡面中，在似水流年、浩瀚煙波中，照出的是人格，反射出的則是爲官者須臾不可遠離的高潔品德。

三　古艷詩文傳江上

簿書歲月守漫長，訟庭亦是讀書堂。程康莊莅任鎮江前後八年，這段時間可謂是他一生中最爲得意的時期，不僅政績蜚聲，且於案牘偷閑，恣情潑墨，屢著詩文，文士風流，名噪江浙。

程康莊自幼即喜臨池染翰，日練不輟，觀其行書，頗有顔柳風骨。他喜好搜求古人碑帖，尤其是他補刻鎮江焦山《瘞鶴銘》，極盡苦心孤詣。焦山乃鎮江東北伸入長江的一座山，與南岸象山對峙，現爲著名的風景旅游區。焦山《瘞鶴銘》是極珍貴的文化遺産，被歷代大家稱道爲“書家冠冕”“神仙之迹”。但程康莊履政鎮江時，這一著名石刻已淹没於江水中，“非窮冬水落，絶望不能至其地”（《天下第一江山記》）。而且，銘石崩裂於潮汐，字迹毁損慘重。程康莊爲挽救這一至寶，苦求其拓本，并依據初拓全本作了補刻，以十三塊石，横亘五丈餘的規模，置於海雲堂兩廡供衆人觀賞，另又寫了《〈瘞鶴銘〉跋》一文記述此事，且引經據典，合理推斷出《瘞鶴銘》的作者爲南朝時期的陶弘景。

《〈瘞鶴銘〉跋》一文，思想激蕩，文采斐然，陳維崧曾贊道：“事奇文更奇……風流文采，掩映一時，傳之千古，當深人流想矣！”此事在當時儒林中傳爲盛事美談。焦山碑林中，至今仍珍存有程康莊的詩碑。

其時，在揚州任推官的文壇領袖王士禎，因公渡江，與程康莊縱游名勝，詩筒酬唱，過從甚密。時人將二人稱爲“上下江詩伯”。王士禎曾有《焦山曉起送崑崙還京口》：

山堂振法鼓，江月掛寒樹。
遥送江南人，鷄鳴峭帆去。

程康莊亦多有記二人同游之作，如《竹林寺》：

夾山疑見古招提，白石青松路不迷。
江映高窗雙嶼出，天圍絶頂衆峰低。
時聞獵騎回鐘梵，每逐官曹就品題。
擬煮春泉參玉版，城中美酒不教攜。

也許是因所游皆鎮江山川寺院，程康莊此時期的山水詩多充滿隱逸情懷與風塵俗吏的暇豫從容之樂，同時也與王士禎“神韻説”

之清遠詩論相得益彰。

另外，程康莊曾有《菩薩蠻·咏〈青溪遺事〉畫册和阮亭程邨作》八闋，在當時就以“辭旨凄麗”而爲人贊嘆，得“句意閑永，詞家習氣淘洗一盡”之佳譽。兹取其中《讀書》一闋爲證：“紗窗然蠟摇風竹，攤書微解咿唔讀。奈是語應人，行間一處頻。移時即對面，伴劇題紈扇。詎忍不回頭，青燈暫欲休。”

乾隆三十年（1765），乾隆皇帝暢游焦山，曾寫有《焦山古鼎歌復用沈德潛韻》，詩中有語：“咏事義正王詮部，釋文古博程崑崙。”足見二人文名已並傳廣遠。

縱觀程康莊的詩文，在汲取唐詩宋詞古法遺風的同時，更重於真情實感的抒發，爲文練句頗下功力，有秀逸、奇峭、婉麗兼融的獨特風格。此外，程康莊歷任地方官，對明清之際的政治鬥爭與社會變革均有深刻認識，這在他的作品中亦有所反映，如《呈杜兵備道三十韻》、《慶雲見東南行》等，因此其作品具有較高的史料價值。

除王士禎外，程康莊在鎮江先後知交者還有陳維崧、吴偉業、錢謙益、王士禄、孫枝蔚、宋琬、施閏章、林古度等犖犖大家。陳維崧曾批閱明代及清初古文、詩詞不下數百卷，古文選得歸有光、王猷定、侯朝宗、程康莊“四大家”文章，編成《四大家文選》，詩詞選得十家，程康莊之詩詞亦在其中。陳維崧在編就書稿時曾伏案嘆曰：“甚矣！作者之難也。蓋百餘年能文章者，不下數百家，而可傳者獨數人。甚矣！作者之難也。”如此之難，程康莊之作却能兩得其選，足見其才如海。而程康莊的主要著作《自課堂集》，即由錢謙益、陳維崧二人選注，分爲古文、詩、詩餘三大部分，其中選文六十餘篇，詩一百六十餘首，詞四十餘闋。《自課堂集》中，除錢、陳二人外，王士禄、王士禎兄弟等人亦有多處評點，衆口推崇，如：“高古深厚，自是子美敵手”；“典雅新麗，太白佳句如此”；“闢境造意甚奇，滔滔漭漭，有一瀉千里之勢，古人中唯太白堪與比儗耳!”雖不免有過譽之嫌，但也足可見程康莊詩文品位之高，一般詩人難望其項背。

程康莊在清初官場雖任職僅至同知、知州，但其詩詞文在清初文學史中的地位不可忽視，清初諸大家與其交往甚厚，對其詩文皆有極高的評價，由此可證其作品價值之所在。可惜乖於時運，程康莊其名未能遠傳，其作亦未能高顯。其六世孫程林宗在《題先崑崙大夫詩集》一詩中曾有扼腕之嘆：

江上詩翁俱有名，當年盡許謝宣城。
誰知今日騷壇盛，寤寐空山掩頌聲。

詩後附語：“今諸公集皆行世，而先集或不盡知，爲可嘆也!”

四　炳赫六代煥文章

程康莊雖政聲顯赫，却仕途乖蹇，屢遭排擠。他臨危受命，綰政耀州，成效斐然，頗得護軍之青眼，曾許他官升巡道，却被他事所阻，未能如願。程康莊心灰意冷之餘，遂自行求去。康熙十四年（1675），他屢次上書要求退休還鄉，得朝廷準核後，由耀州鬱鬱歸里。

武鄉一地，地僻山深，耕多於讀，程氏一族却是以山林起家（程崑崙在清初任山林隱逸制科），以文學綿延。程康莊在外爲官時即喜購書，回鄉時將所餘俸禄悉買書以歸，庋藏於家，武鄉士人借觀者不絶，皆曰：“是崑崙先生宦囊也!”此後數代，武鄉一地藏書最富者皆爲程康莊後裔。

康熙十八年（1679），程康莊病卒於武鄉，《清史列傳》卷七十一爲其立傳。正所謂“遐邇行行，德音秩秩”。他的宦途，絶非微官俗吏蠹蟲横生的案牘生涯；他的詩文，得名江上，燦若雲霞；他的身影，也將在歷史的長河中永存。

前輩風流，後人可攀，程康莊之六世孫程林宗，字泰卿，一字介山，警敏深思，博覽經史，時人曾有詩贊曰："家學淵源有正聲，崑崙之後見先生。長才未合山林老，大雅終成著作名。"（白建中《贈程介山先生》）程林宗雖胸有丘壑，在三晋文壇頗富盛名，却絶意進取，他一生優游鄉里，以文學自娱，亦不忘鞭策後進，陶鑄人才，於鞞山漳水間設帳授徒，曾言："吾生平知無不言，言無不盡，解人可索，即此當授受也。"誨英育賢，桃李盈門。年八十歲，無疾而終。遺著甚富，成帙者有《孟子醒批》、《史記文津》、《左傳瓊林》、《崑崙年譜》、《司空家乘》、《介山文編》、《鶩鄰詩草》等。

李雪梅

2016 年 8 月

點校説明

《程康莊集》書名，爲本次點校整理時所定。清代刊行的程康莊詩文集，在名稱上頗不一致。二〇〇八年以後，在搜集到各種與程康莊詩文詞集相關的版本基礎上，經過整理點校而完成，故重新定名。

本次點校搜集到的與程康莊詩文詞集相關的版本主要有六種，六種版本分别作爲校勘底本、校本、參校本（包括各種本子在點校中使用的簡稱）情况，分别説明如下：

一、清錢謙益、陳維崧編選的《自課堂集》，康熙五年（1666）刻本。此本在二十世紀三十年代由山西省文獻委員會編入《山右叢書初編》。一九八六年，山西人民出版社據《山右叢書初編》本影印出版。由於《山右叢書初編》采用鉛字排印，字詞句的遺漏或轉排時的錯誤較多。而原先使用的本子在《中國善本書目》及國内各大圖書館館藏書目中均未見存，《初編》本在收録程康莊詩文詞的數量方面，是相關的詩文集版本中最多和最完備的，故本次點校以《初編》本作爲點校底本。點校中按詩文詞的不同類别分别稱爲《自課堂集·詩集》、《自課堂集·詩餘》、《自課堂集·文集》。

二、清黄傳祖、王士禎、李長祥、杜濬評選的《程崑崙先生詩文合集》，康熙四年（1665）刻本，九行二十字，花口，無魚尾，四周單邊，屬國内外孤本，現存首都師範大學圖書館善本部，是目前國内外所藏與程康莊相關的詩文集版本中最早、最好的本子，内容含詩、詞、文三部分。因收録數量方面少於《自課堂集》本，故本次點校以此作爲校本。點校中簡稱《崑崙詩文合集》。

三. 清陳維崧編選的《四大家文選》，康熙六年（1667）刻本，九行十八字，白口，單魚尾，四周雙邊，山西省圖書館藏。另有清卜崖主人嘉慶四年（1799）鈔本，山西大學圖書館藏。此總集選録有崑山歸熙甫、歸德侯朝宗、南昌王于一、武鄉程崑崙四人作品。程崑崙詩、詞、文三者兼選，另三家僅選文。本次點校主要以此總集之康熙刻本為校本，點校中簡稱《昆侖文選》、《昆侖詩選》（含詩餘），文集【校記】中部分内容涉及到與嘉慶鈔本的對校，在出現處具體標明為“嘉慶鈔本《昆侖文選》”，以與康熙刻本區分。

四、清武鄉詩人趙三麒編選的《程崑崙詩草》，康熙四年（1665）刻本，八行二十字，單魚尾，四周雙邊，僅收録程康莊詩三十七首。本次點校以此作爲校本。點校中簡稱《崑崙草》。

五、清王士禄、陳維崧編選的程康莊詞集名爲《衍愚詞》，清康熙四年（1665）留松閣刻本，九行二十一字，花口，無魚尾，四周雙邊。收録程康莊的小令、中調、長調詞，是收録其詞最完備的本子。本次點校以此爲程康莊詞的點校底本，其他本子中所收詞則作爲校本和參校本。點校中仍稱《衍愚詞》。

六、清武鄉詩人范桓一編輯，程林宗、魏一泉鑒定的武鄉清代詩人詩歌總集《南亭詩鈔》十四卷，道光二十九年（1849）刻本，八行二十一字，黑口，單魚尾，四周雙邊，山西大學圖書館藏。其中收録程康莊詩歌一卷，凡七十首。《南亭詩鈔》所收詩歌基本已見於《自課堂集》與《崑崙詩文合集》。但其所用底本爲程康莊六世孫程林宗家藏刻本與鈔本。本次點校以此作爲參校本。

本次點校的附録部分編收了以下内容：附録一爲程康莊及其家族人物小傳。附録二爲《程崑崙先生詩文合集》目録、康熙刻本《四大家文選》之《程崑崙文選》、《程崑崙詩選》（含詩餘）目録、《程崑崙詩草》目録、《衍愚詞》目録、程林宗《介山文編》目録。附録三爲清代王士禄在《衍愚詞》後所附《廣陵倡和詞》全文。附録四爲程林宗《驚鄰詩草》二卷全文。附録五爲《南亭詩鈔》十四卷，除程康莊詩一卷、程林宗詩二卷已見於正文《程康莊詩集》與附録四外，其餘十一卷全文收入。

本次點校使用的《自課堂集》、《崑崙詩文合集》、《四大家文選》、《衍愚詞》版本，均爲評選本，整理時將清初諸學者大家之評點保留原貌，全文録入。

原詩題、文題中帶有“×首”二字者，“×首”與詩題、文題字號相同。如“×首”是整理者所加，則爲小字號。

原文字跡漫漶不清處、闕字墨丁處，若諸版本均無法識别補正，一律顯示爲□。

程康莊作品文義典奥，點校中疏誤遺漏處，敬請專家學者批評指正。

李雪梅　田　梅

2016年8月30日於山西大學

序

《程崑崙先生詩文合集》序五篇

湯格序

古文代有隆盛，才士生其間，遠或數十年，或數千里而後一遇。揔視文運，盛則窮，窮則復之，機起而大變其習。世遂遵爲功首，謂以時代爲升降者，妄也。唐詩、宋策、元詞所尚不同，用古則一。士童而習之，學成，獻其長於朝，當大放厥辭，旁涉縱横排箝之語，月露風雲之狀，采名、法、道、墨諸家，折衷其説，以故古學易成，朝廷賴其用。最下奇計異謀，亦散見於州鎮。近代悉罷諸科，俾從事八股業，自屈首受書後不得跳躍時文外一步，凡以消磨人士之智力歸於醇謙，使上無難操之患，下有易制之形。用此術也，設非天才卓出之士，無能以全力肆志。古文兼賦、頌、歌、詩、序、傳諸體，有一人爲宜足以振，以是爲漢唐宋元之才所不及也。

《我祖臺崑翁先生，真至人哉！先生負美姿，讀等身書，弱冠以特典選赴京師，得盡交當世之賢豪，咸願從其游，故其詩文若豫章之質勁，三吴之創拔，關洛之簡要。修其驅遣，成一家言，無不楮墨飛動，驚猶鬼神，苐世無如。古者封禪、升歌諸大典，令尚書給筆扎、草儀制以進，因而朝典未榮於著書，然迹其裒然大集，儼古切今，彬彬質有至文。視諸此捷南宫之士，聯章圭組，炫耀一時，及其後竟無一字可傳，長與蠹朽同腐，以此較彼，其所得奚啻霄壤哉？

抑先生産於銅鞮，近堯舜故墟，典謨唐風，爲政事歌詠所自出。今以至盛藻宣化揚風，益弘大司空公之茂績，當吾潤戰馬縱横，羽書飛馳之下，尚朝决政務，夕撰文詞，網羅經史稗乘無虚日，則先生之足傳者，正未有量。予之序之，將與天下共見之，固不僅爲颺盛者之常言也。

順治辛丑初秋治下金壇湯格頓首撰

王昊序

今之爲詩、古文、詞者滿天下，其所謂詩、古文、詞者，豈詩、古文、詞哉？問其才，才無有也；問其學，學無有也。字磔而句剽，此唱而彼和，於詩不知何藩籬，輒群然曰：此漢魏也，此三唐也，此宋元某家某家也；於文又不知何門户，輒群然曰：此《左》、《國》也，此馬、班也，此韓歐八家也。究其所爲，曷嘗有絲毫之相似哉？

武鄉程崑崙先生示余全集，其詩則劀刻性靈，脱落塵滓，想曲而不失於險，趣幽而不失於苦，至於即境寓懷，庀材徵事，博雅而鐘鼓鼎彝，悲狀而鬼神風雨，可謂美矣、備矣。若其文則源委於經，浩瀚於史，堅削於子，敘事而描繪毫毛，談理而劖刻金石，紀游而山水名勝環映筆端，感倩而親串至情勃溢楮上。噫嘻！又何善也！

先生負絶世才，少長學門，於古今典籍無所不窺，每一搦管則霧滃雲滃，雜沓肆至，蓋其才既開邁，而又能種學積文以湛深。

其思所以致此，豈可與天下之淺夫妄豎輕自標幟者同日而語耶？

夫予固非能知詩古文詞者，懵然而爲之，欲以自快其臆耳。而卒不能入之以學，出之以才，是以往往至於無成。讀先生集，其指誨予者深矣。先生之詩古文詞，大非今天下之爲詩古文詞者，然使今天下之爲詩古文詞者，讀先生集，而皆知嘿然内慚，受其指誨，如予今日也。則雖謂先生之詩古文詞，即以挽今天下之詩古文詞者也亦可。

後學瑯琊王昊拜手敬題

沈傳曾序

經生爲文，理雖博而施諸用則疏；騷人爲詩，情雖逸而準乎義則薄。蓋其所處隘而所見迂也。武鄉程崑崙先生，海内名宿也，簇珍遺笏，案富藏書，家學有本，久爲世所推重。而公之天植聰悟，好學深思，復有超於誦讀之士，蓋其修之家而效之天子之廷者，既已博大而宏深矣。况公自晋抵吴，而佐理於南徐也，下太行之巍峨，傾黄河之激蕩，絶淮渡江，胸中之奇，吞吐萬狀。甫下車，遽呼瘡痍凋蔽之遺民而噢咻之，詢疾苦，釐弊蠹，若燭炤數計而龜卜焉。夫然後以彼經濟之材，出入風雅，故其爲文宏遠淵邃，可以上軼晁賈；其爲詩渾雄奇峭，可以驅使李杜。殆非經生之帖括，騷人之枯吟者比。古銅鞮之都，羊舌氏邑，馬叔向既以博雅有文馳譽汝潰江漢，而文中子著書龍門亦自擬宣父，今公繼之而作，河汾間信多君子哉！

抑余有感爲文章之事，寸心千古；而俗吏汲汲於刀筆筐篋，輒便廢置。今公獨能於鞅掌簿書之暇，焚香掃室，蕭然隱几，不忘撰述，豈非其積之者厚而養之者有素歟？予與公爲世誼，公莅兹名郡，厭飫吾公之清塵，猶以盈盈一帶，不得朝夕促膝爲憾。然捧讀所著，如讀秦漢諸書，析理論事斐亹不窮；又如讀唐樂府，敍述開元、天寶間事，纖悉可聽，昌黎、永叔諸君子殆瞠乎其後矣。予每讀一過，輒浮白而叫絶，予幸矣，予自此遠矣！

吴陵世小弟沈傳曾得宗撰

張自烈序

天下稱能詩、古文者豈鮮哉！迨論詩、古文，往往家殊軌、巷異喙，暱所好爲去從，體與法蕩然盡，尤陋則文黨寡直諒，忘規箴，譽人自譽，哆然相矜負，其弊至於盡人能詩、古文，盡人不識詩、古文，雖一二能詩、古文者，卒喜譽而不加進，惜哉！

以余觀程子崑崙之爲詩、古文與論詩、古文，則有進於斯者。程子生平富學問，樂虛受，後先與陳大士、楊子常論制藝，必求所自得，不屑擬傚一體，以苟自夸道。詩、古文亦如之。余心韙程子非一日，適程子出詩、古文如干首，屬余序，余告程子曰："芑山非能爲詩古文，然不妄喜論詩、古文。曩有客覆'程先生詩、古文'俾余射者，余閲未半，喟曰：'非他人，必武鄉崑崙程先生也！'及得所獲全集，誠然。未幾，客又雜取它詩文似程先生者紿余曰：'此亦崑崙程先生也。'余閲未半，又喟曰：'贋也，姑舍。'"是客慚沮去。夫世之妄喜可者，逐影隨聲，同彼同此，獨余斷然識崑崙於是非真似之介，不稍稍回惑者，無它，蓋以崑崙知崑崙，世莫余欺耳。論詩、古文者，可忽乎哉！

是時，崑崙聞余言，爲失笑良久，更端告余曰："芑山素以直諒著，天下莫不聞。我非希諛者。川有原，卬浦乃大，請規。"余許諾，還而卒讀其詩、古文，義不阿。詩如《避地土河》、《長平八子》、《除夕懷弟》、《感梅》、《冬槐》諸什，當日友孝之情，嚶鳴之誼，憫時悼俗之意，類溢爙毫楮間；古文如《王父大司空行述》、《郭九子》、《陳壺嵐序》、《遊華山》、《禪隱》、《古峰記》，皆頡頏古人法度。至於諸篇其間演意盡物，連類極喻，景氣縈紆，俄頃萬狀，此又崑崙所獨能，余所反歷厭飫而忘倦者也。即不敢諛，安用規？然則合崑崙詩、古文觀之，大都求自得，屏擬傚，孳孳與良友鐫琢不怠，故勵勤日進。後此天下爲詩、古文者能盡如程子，而謂今不古若，余弗信也。程子詩、古文不止是，往者兵燹踵繼，散逸爲多，今蒐其僅存者授梓，後爲序其略，使諸同人知程子之志不忘規，而余兩人之論詩、古文，非苟同之學者，尚慎所法從哉！

芑山同學弟張自烈序

潘陸圻序

近年以來，海内相切劘於詩者不啻數十家，其詩之好惡精確，有識者能辨，然爲詩於今日，予甚難之。非爲詩難也，詩成難耳。從來文章家，離合之際甚微，詩又文之至精者，而無所師承則難。詩者，持也，所以持人性情也，乃者人心不古，求其“發乎情，止乎禮義”，庶幾風人之旨則難。聖門皆通六藝，獨爲古體、近體、絶句、歌行若干，於近代之摹仿刻畫固有所不屑，於古之掏心鏤腎、諧聲考律、一切音節，又未嘗不川呼而谷應者。蓋先生之心澹以遠，先生之風朗以暢，胸中所自得，則固超出世人之上，而於詩無所不造極，儼乎登作者之堂無疑。

昔文學爲四科之一，獨子游、子夏擅稱言。子游生於勾吴，今吴越詩人如魏雪竇、朱子蓉、蔣馭閎諸公風流儒雅，庶幾不墜先賢之教。子夏設教西河之上，先生家武鄉，去其地不遠，今崛起三晋間，誠卜氏以後一人歟？《易》曰：“同聲相應，同氣相求。”自兹以往，詩教之盛將以天下。予讀先生集，謂有關於風教者，厥功誠甚大也。

松陵後學潘陸圻手題

以上録自清黄傳祖、王士禎、杜濬選編《程崑崙先生詩文合集》，清順治辛丑（1661）刻本卷首。

《四大家文選》序四篇

陳維崧序

崑山歸先生熙甫、歸德侯先生朝宗、南昌王先生于一、武鄉程先生崑崙集若干卷，選文共若干篇。集既成，維崧伏而歎曰："甚矣！作者之難也。蓋百餘年能文章者，不下數十百家，而可傳者獨此數人。甚矣！作者之難也。"崑山生嘉、隆間，一時士大夫，務爲骫骳委靡諸陋習，幾度古學不道。即有一二巨公，高材博學，以文辭相雄霸，要其離合，究未知於古人。何如崑山，獨以聲稀味淡之文，一唱三歎，使讀者低徊掩抑而不能自已。當其爲之於舉世不爲之時，世亦頗有訾謷先生者，而先生毅然爲之不顧。及其爲之既成，世亦稍稍知有先生，而先生是時則既已老矣，是可歎也！歸德、南昌，皆少負異才，又家世貴公子，熟習掌故，沈酣恣肆，大放厥辭。然歸德歿時，年止三十七；南昌稍踰中壽，亦窮愁坎壈，不得志客死。則兩先生者亦未盡其才之爲可惜也已。武鄉少與臨川陳際泰、東鄉艾南英、常熟楊彝齊名，爲詩、古文，幽深雄厚，地負海涵，與古人爲掎角。然僅僅以別駕潤州，稍遷貳皖城二千石。其於文人之遇合，何如也？數人者，其時不同，地不同，生平仕宦與否亦大不同，而文章可傳則同。即其爲文章，崑山以柔淡勝，得之歐；歸德以灝博勝，得之大蘇；南昌以峭健勝，得之老蘇；武鄉則以險絶勝，得之柳，亦微有不同者。至其文以載道，則無不同也，故曰："文章可傳則同。"後之人流連於經史之淵源，反復於唐宋八大家之正變，慨然於百十年以來而有此數人，則此數人者，其時世之先後亦可以不計已。夫韓之與柳也，其名位不甚相遠也。歐蘇曾王之與韓柳，時異也，而並傳。南豐、大小蘇之於歐陽，師弟也，異也，何不可並傳？韓柳歐蘇曾王而并傳，則如韓如柳如蘇如曾王者，何獨不可並傳也耶？

康熙六年丁未孟夏陽羨陳維崧撰

程世英序

吾友陳子其年，工古文詞，因有慨於古文離合之際，而毅然示學者以所宗也，於是有四家之選。四家爲歸太僕震川，爲王于一，爲侯朝宗，爲程崑崙先生。選成，程子反復讀其書一旦夕，不禁起而嘆曰："嗟乎，其年豈不真知古文之離合能不惑者哉？"今夫古文之離合甚微，苟於其不可合或不必合，或僅得其貌之合與一端之合而合焉者皆無。當其年合四家文選，則斷斷非不可合、不必合，僅得其貌之合與一端之合之類也。惟其可合可必合，非僅得其貌之合與一端之合。故雖以太僕之去三公者，如彼其久，即三公生同時，又以江右、中州、山右之不同地，其生平未嘗有閭黨之歎、肺腑之戚，並疑未嘗有執杯酒、道殷勤與報贈縞紵之綢繆。乃三公者，顧各以其才學識不謀而若出一心手，以合於太僕之所爲文，是以其年遂決然合之而無疑。使非然者，即生同一室，比肩如弟昆，操筆墨，共風雨寒暑，至其爲文，或反相去遠，吾知其年必不以合也。嗟乎！其年豈不真知古文之離合能不惑者哉？余由其年之意推之，是豈惟三公合於太僕，凡太僕以前爲太僕所合者，皆可爲三公所合，又豈惟三公之可各相合；凡三公以後能合於三公，以遠合於太僕者，又皆可以合於三公。論文者，高瞻遠望於山高水長杳邈不相接之處，而於其文心之相生者，忽追而得之，歷歷然援此續彼，不計今昔，此其故難爲不知者道也。

康熙六年歲次丁未仲春黄山程世英敬撰

何絜序

文統之傳也，未嘗一日不在天地間。無其人以主之，則其統散；散而不有以收之，則其統亂。欲救其亂，不得不先定其主，使天下曉然知統之所在。

夫統肇自六經尚矣，周左氏丘明出，合六經之體要，創爲謀篇之法，而後天下知有所爲章法，有所爲句法，有所爲字法。故六經者，文統之鼻祖；左氏者，文統之高祖也。左氏往而戰國先秦之文出，其統遂一散。漢興，長沙、江都猶承戰國先秦餘風，司馬子長出而收之，變化於左氏之法，自成一司馬氏之文，是司馬氏者，文統之祖也。後之或宗高祖或宗厥祖，其派遂於焉分矣。東漢開靡漫之習，其統又一散，散而歷魏晋宋齊梁陳隋，其統亂，亂而無有一能救之者。至唐韓退之、柳子厚手闢荆榛，理則本之六經，法則追乎司馬。夫退之、子厚去司馬氏九百餘載矣，乃能反久亂之統而歸之正，甚矣！子長之遺澤甚深，而韓柳之功爲甚鉅也。韓柳以繼述爲創垂，是文統之禰也。宋歐陽永叔、蘇老泉、子瞻、子由暨王介甫、曾子固，皆能私淑退之、子厚者，是文統之宗子也。噫嘻！文統之傳至此可稱極盛。以故學者多尊韓柳歐陽蘇王曾八家爲文統之主，而八家之選於是相繼傳之天下。有明自歸太僕震川出，而韓柳歐陽蘇王曾之統始有所屬，無散亂之憂。是震川者，實韓柳歐陽蘇王曾之宗子也。由震川迄於今，作者不啻百家，其統又將散，乃山右則有程崑崙先生出，中州則有侯朝宗出，江右則有王于一出，又皆能繼震川之傳，以上承韓柳歐陽蘇王曾之統，是皆韓柳歐陽蘇王曾之宗子也。韓柳歐陽蘇王曾之宗子，是即司馬子長之宗子也；司馬子長之宗子，是亦六經、左氏之宗子也。

陳子其年，淹貫六經，兼綜於周、戰國、先秦、兩漢，以纘紹於唐宋八家，而博覽於前明以來諸子之文，因集四家文選，屬余爲之序。余故歷溯之如此，使天下曉然知統之所在，相傳於天地間，庶幾乎前此者之散也亂也，不致貽後起者之咎也夫！

時康熙丙午歲之長至日京江何絜雍南氏敬題

卜崖主人識語

陳其年所選崑山歸震川、歸德侯朝宗、南昌王于一、武鄉程崑崙四大家古文，余庚辰家居時得見於史小山先生館中，讀而愛之，意在購求。小山，武鄉人，云書板久已散失，即一二刻本所存於崑崙之後人者，亦不可多得，爲之悵然。及宦遊京師，再見於李淑度太史處，亟假其刻本抄之，置之案頭，以供朝夕披覽。憶庚辰至今，閲四十年，而得遂其初願，亦快事也。

時嘉慶四年己未六月卜崖主人識

以上録自清陳維崧編《四大家文選》，清卜崖主人嘉慶四年(1799)鈔本卷首。

《自課堂集》序十二篇

李長祥序

甚矣！文之途岐也，歸於正而後可。故古今之稱作者，其論文必先辨其是非，得乎是之所在，其自著之文者無不是矣；不得乎所在，其自著無復一是者矣。昌黎氏之言曰："惟其是而已矣。"此之謂也。六經以外，《左》、《國》之文，孟子、莊周、司馬遷、班固之文何如哉？昌黎、臨川、廬陵、眉山之文何如哉？是猶大路然。後之爲文者，繇之如猶大路，然其間忽忽有六朝，生於唐虞夏商周秦漢之後，若不知有聖人，不知有左丘明、孟子、莊周、遷、固其人者，此不可解矣。去六朝之世，唐宋大家相繼興起，以明之三百年其文雖衰，猶未墜地。自其末年迄於今日，學者忽忽尚六朝，不知有聖人，不知有《左》、《國》、孟子、莊周、遷、固，又不知有昌黎、臨川、廬陵、眉山，尤不可解矣。

唐虞夏商周秦漢之文，唐宋八大家之文，其在人耳目之際，猶月然，雖兒童見之，皆知其爲月也，不以爲盤也；抑猶星然，皆知其爲星也，不以爲火也。陸機、陸雲之輩出，以盤而混之月，以火而混之星，後之人又抱盤以爲月，執火以爲星，於光彩天上垂之大地者則遺之，獨何與？其陷溺之亦至於斯哉！

數十年來，海内之號爲文人者，有王於一、侯朝宗、張繡紫、謝石臞諸人，其成家各不同，要皆驅馳於大道之中，生於狂瀾，卒能砥礪，可謂不惑矣。王生、侯生既已繼没，繡紫、石臞又以不得意之人困於風雨，予正以二公之在此時相與究論，乃於晋中又得崑崙程子。其文或以八大家變太史公法，或以太史公變八大家法，又或以太史公、八大家變己法，又或以己變太史公、八大家法，而自成其爲一家之言。夫文無所宗，則荒唐無所主；有所宗矣，不能以其所宗者互相變，或互相變矣，不能以其變者變己，亦即能以其變者變己矣，或又不能以己變其所變者，是皆不能以無恨于其文焉。以觀於崑崙之文，可謂變矣，可謂變變矣，無不變則無有乎一定之文，而無有乎一定之文正以有乎一定之文，文章之道然哉，則崑崙然乎哉。

文之在古今，苦于多榛蕪，時六朝榛蕪矣，相與尚之，又榛蕪矣，豈惟榛蕪，且將墜地。侯生常自謂少時汨没六朝，極力爲之乃得拔出，王於一則視六朝如寇仇，二公是以有其文名於世。今吾黨漸孤危，得崑崙子，蓋幸焉，其與西泠、青湘同驅馳乎？大道乃在斯乎？

予過潤州，崑崙以其文來，予因述予之所謂文者，而叙其文如此。

康熙三年九月古夔李長祥 木庵 撰〔一〕

【校記】

〔一〕《自課堂集》落款僅爲“木庵”二字，“康熙三年九月古夔李長祥撰”據《程崑崙先生詩文合集》補。

王士禄序

昔人謂韓退之以文爲詩，今觀其詩，泱泱也，雖柳之以詩爲詩者無以過也；謂蘇子瞻以詩爲詞，今觀其詞，琅琅也，雖黄與秦之以詞爲詞者無以過也。惟其才大，故無不宜也。

崑崙以文章名海内，乃點筆爲詩，詩工；倚聲爲詞，詞又工。其《衍愚詞》四十餘篇具在，試取而讀之，縱復專家獨詣能遠過乎？是以詞求崑崙，雅不足以盡崑崙，亦可以見其才大而無不宜矣。僕更有異焉：古來工文者，退之之前莫尚班、馬，班則猶有《明堂》、《寶鼎》諸詩，子長不聞也，是工文者不必盡兼詩也；古來工詩者，子瞻之前，莫尚李、杜，李則創爲《菩薩蠻》、《憶秦娥》諸詞，子美不聞也，是工詩者不必盡兼詞也，即其莫尚者，且有然矣。

吾聞大江以南之尸祝崑崙也，於其文合某某四家而奉之爲大家，於其詩合某某十家而奉之爲名家，出其餘爲詞，又爲專家獨詣之所不能過如此。此豈區區兼人之目足用褒贊歟？若夫挈温較韋，擬柳比周，僅操詞家之説以相衡量，抑愈陋矣。僕固略而弗述也。

濟南王士禄西樵撰

蔣超序

崑崙程公集成，海内鴻生雋老序之者無數，論意氣則有若似園趙君石渠，美興會則有若西陵孫君宇台，崇問學則有若芑山張君爾公。至於追原水土之深厚，闡揚祖孫創述之閎深，與夫表章風雅，流連遇合，姚江朱君博成實總其粹。其他銜芳送華，涂湅舟漆，異口同聲，不可勝述，蓋皆出乎至誠，非謬諛也。公宦不列雄要，四方之士至者，無縞紵之歡，而其佩服若此。

昔子雲著書，世無識者，惟桓譚、侯芭信其必傳。以今觀之，猶恨子雲不如公徵信之速耳。夫文章一道，依世互變，西漢子長去古未遠，其氣渾厚，其學贍雅，一時號爲文字之祖。自此而後，遷延至於六朝，俳儷大作，昌黎振興其間，挽弱爲强，斲雕爲樸，子瞻所謂“功不在禹下”也。在宋之初，大儒崛起，以倡明理學爲宗，義主恢徹，詞主演迤，然而浮泛叢蔓動輒盈紙，識者厭之。

明興，凡爲學者束首受書，曲肱安穀，即學爲八股軟熟之體，因而闌入古文詞，忽偶忽散，倏古倏今，街談巷議，無不竄集，揆諸龍門、昌黎，真不啻龍伯之於僬僥，西施之於嫫母也。公自爲制舉業，即好爲崛强瑰異，與西江、松陵諸公頡頏顔行。吾先子與琴張、介生兩先生，蓋皆自愧爲邾莒不能及焉。鼎革以來，公流離放廢，奇氣鬱結，益發之於古文詞，粲粲落落，琅琅蕩蕩，句廉皎潔，劌鉥心腎。甚者珠光玉威，變幻百出，不可捉摸。

噫！西漢不可作，惟昌黎思有以拯之。當時學者如樊宗師、元次山，大中二子，皆稱貌似而已，固不能闖其隩隅，陟其門户也。及明，有圭峰先生力追沕古，有方圓曲折之勢；繼此而後，誠未見有能勝圭峰者也。公爲吾郡通守，官事叢稡，大兵永鎮以來，拮据芻茭，日不暇晷，又累攝軍正，鞭扶之暇，口瘏手瘁，獨能專精學問，有志復古若此，使得如子長、子雲優游石渠、金馬之間，執油素記異聞，于以潤色國家鴻業，豈有量哉？

公仕途益顯，其文章將益進。惟予不肖，忝爲公班尹，子孫不能學公萬一。見公全集，輒曉夜受而讀之，兼爲諸公殿後，叙之曰：禰韓祖馬，兒視樊元孫劉，即之宛然一圭峰而已。此書必傳，敢以鄙言爲定。

金壇後學蔣超撰

錢謙益序

余生平師友多在三晋，若曹安邑、傅定襄、孫沁水、張陽城數輩，皆以正學偉節表儀朝野，而武鄉程司空鳳庵，推諸公之聲氣，以臭味及余。日月遞更，宿草彌望，每矯首三晋雲山，晨星曉月，耿耿在心目間，爲悵然太息者久之。而司空之孫崑崙使君，應玄纁之聘，筮仕京口，清聲異政，與其淵才雅思，金舂玉應，騰涌於金鰲鐵甕之間。余竊喜司空之有後，可以爲善類之勸，而尤惜諸公之箕裘邈然無聞，未知夫天道之果可必者終何如也。

崑崙聞余猶强飯，喜大父輩行尚在人間，盡出其詩文，屬余爲叙，且謂余有老馬識道之智，俾是正其得失，則請循而論之。余讀世之作者，户立壇墠，曹分函矢，人和氏而家千里，彬彬乎盛矣。繁聲縟綵，駢枝驪葉，以裨販爲該博，以剽擬爲側古，買菜求益，嚼飯餧人，其失也罔；幺絃促節，浮筋怒骨，發音聲于蚓竅，窮夢想于鼠穴，神頭鬼面，宵吟晝厭，其失也誕。要而言之，雕花不榮於春陽，涔蹄不歸於印浦。覈其病源，曰無本而已矣。

旋觀崑崙之詩文，才氣横溢，詞源倒流，如噴泉之涌出，如龍氣之直上。徐而按之，辭有體要，文有原委，不騁奇於篇什，不求工於字句，如武庫之有五兵，如玉府之有六玉，井井乎其行列也，離離乎其相屬也，進而扣所有，愈出而愈不窮也。韓子有言："昭晣者無疑，優游者有餘。""養其根而竢其實，加其膏而希其光。"有本者如是，其崑崙之謂乎？

吾聞司空少負淵敏，得純正兩夫子之家傳，出入天人，上下經史，著書滿家，張皇幽眇，屯膏未施，以其學詒子孫。崑崙之學，其發源於乃祖遠矣。《詩》不云乎？"有斐君子，如金如錫，如圭如璧"。吾謂君子之光澤，與被於金錫圭璧者猶淺，而濬發於子孫者彌深且長。讀崑崙之詩文而瞻企其光芒潤澤溢金錫而孚圭璧者，可不知其所自也乎？昔者文中子之教興於河汾，而叙世家者，授《元經》而歌《伐木》，推本於銅川府君。余叙崑崙之文而趣舉其所由來，其亦有河汾之志乎？白頭黄髮，三世老友，若猶是雕繢之句，吹嘘聲名，望塵吹影，與斯世尋行數墨之流，角逐於少年場中，此固非余之所以自處，而亦豈崑崙之所以屬余者哉？

虞山錢謙益撰

吴偉業序

吾友新城王貽上爲揚州法曹，地殷務劇，賓客日進，早起坐堂皇，目覽文書，口決訊報，呼謈之聲沸耳，案牘成於手中。已而放衙，召客刻燭賦詩，清言霏霏不絶。坐客見而詫曰："王公真天才也。"乃貽上盛推程公崑崙不置。程公，鎮江通守也，南徐幕府初開，軍國異容，主客狎進，程公一儒者，左支右掣，日不暇給，顧以其間爲詩、古文、詞，與貽上郵筒唱酬於煙江相望之内。嘗登焦山，披草搜《瘞鶴銘》遺跡。爲衝波撼擊，缺蝕不完，別購善本，磨懸崖而刻之。拉貽上同游，相視叫絶，憑高吊古，各賦一章紀其事，江干之人艷稱之。

余因以追溯舊游，蓋識貽上在十年之前，而崑崙别去已三十餘載。貽上年盛志得，一以爲趙張，一以爲終賈，其材具誠不可揣量。崑崙制舉藝盛，爲當時東南諸子所推。歲月綿邈，知交零落，若余之僅存者，其衰遲已不足數矣。乃崑崙農力耆事，克振奮於功名之塗，吏治文章偕精彊，少年爭能而度智。吾聞山右風完氣密，人材之挺生者，堅良廉悍，譬之北山之異材，冀野之上駟，嚴霜零不易其柯，修坂騁不失其步，若程公者真其人乎？噫嘻！抑何其壯也。

在昔江左六朝，京口、廣陵爲桓、庾、王、謝名家世胄迴翔之地。揚州從事、北府參軍文采風流，至於今未沫。貽上之先大司馬，有勳德於雲中；崑崙大王父大司空公，清修直諫，在先朝皆著節老臣。今兩家子弟砥礪名行，讀書從政，綽有令聞，覽斯編者，能無慨然於世德之顯翼而家學之弘長乎？崑崙之於文，含咀菁華，講求體要，雅自命爲作者，其從吾郡袁子重其郵書於余也，自以身名畹晚，投老一經，不克酬其所志，視其中若有不舍然者，余則以爲士君子處世，當隨分自效而已。自古富貴而名多澌滅，唯博聞績學之士，垂論著以示來禩，雖殘膏賸馥，與江山同其永久而又復奚憾焉！因叙其集以歸之，并以寓貽上何如也。

康熙四年上巳前五日通家治弟婁東吴偉業拜題〔一〕

【校記】

〔一〕“通家治弟婁東吴偉業拜題”據《程崑崙先生詩文合集》補。

魏裔介書

向者在部之日，辰入申出，循例執簿，未得效執鞭之誼，然聞老年翁才名久矣。今春蔣虎臣公祖以大集見示，每一披閲，則賞心悦目。竊以爲古文之廢久矣，三代而後，自當以馬、班爲宗，韓、歐爲嫡派。二蘇筆舌妙天下而失之泛溢，程朱理學入堂奥而詩文有遜焉，明季一代，濂溪、正學、弇州而外，寥寥也，豈不難哉？大作于流衍之中而絜以法式，于奔放之餘而達以精采，然非鏤金剪綵之比，其爲大家，可傳無疑也。方欲寄聲相詢以千秋文字之秘商，而彭子士報先至，已道台意，續承手教，虚懷慇慇下詢。若以僕之著述，足以稍繼古人之一二者，僕非敢當。以爲詩以抒情，貴得三百篇諷諭之意，故子美可尊也；而並喜香山文以抉理，貴得六經經緯之意，故兩漢可師也。而兼取唐宋金粉之香艷、訓詁之餖飣，不足以言詩，不足以言文也。

今先寄拙作數種，希指教一二。彭子士報不日南去，此後瑰瑋之作、雋永之咏，望不時教示之也。臨楮馳切，不盡欲吐。

柏鄉魏裔介撰

龔鼎孳叙

南徐北顧之間，山川麗崎，江流湍激，從來文人騷客登臨憑眺之所也。每思得荀中郎、王阿大一流人作官此地，與風景相映發，當倍有可觀。今果獲遇武鄉程崑崙。崑崙，大司空孫也，司空先代名臣，崑崙爲其佳子弟，少年時蜚聲京雒，頡頏上流。其古文辭蒼深崛奥，直抉柳柳州、王介甫之神，世人不知，以爲似孫樵、劉蜕，非矣。詩歌堅古深樸，上逼浣花翁，絶非鬭花儷葉者比；詩餘琢字鍊句，周秦辛陸，遂兼其勝。崑崙崑崙，足以豪矣。至其幹局英達，意氣磊落，凡諸懿蹟，筆不能書。即如陳子其年，天下才也，崑崙獨於風塵蹭蹬時以國士待之，此豈今人所易得？然則人如崑崙，而豈徒文章之士乎哉？舟次廣陵，夜讀《崑崙全集》，倚檣題數語寄之。

康熙五年十月合肥龔鼎孳撰

黄文焕序

當此時，士子談詩文者，大多澗不必漱，籤不必臚，慨然席踞古右，何地蔑有？詩尤倍文，以字句無幾，舌易辭强，腹易辭枵也，年踰穿弁，梓已數帙，昔之老名下嗛嗛然怯於問世以務鉥腎，此風絶矣。

居官則談詩文太寥，不惟簿書廢道，原不暇談，且不肯談，平日本領未窺奥突，於是飾詞自張曰：“吾長於政事，此小技耳，於道非尊。”即能詩文，復不敢談，恐人視爲文章聲氣，皈依貽累也，寧逃之一丁不識，不欲附於萬卷經破。又地有南北之分，北方風氣高勁，不墜纖麗，本屬詩文之區，空同、于鱗均擅北産，然南方唱和，習所漸染者多，至於以時論之，則宜少宜多又各分焉。前日老名下迄今尚存者，閉門造車，喑不輕吐，間或吐之，闒而不梓，候實宜少。若生在今日，宦在今日，得志逢時，其氣壯，其情樂，百無可闕，蓋居官與士子俱宜多不宜少矣。

崑崙詩文之名，嘖嘖萬口，余以夏五過京口，新稱識荆，示集索弁。爰於衆論中爲拈定論，不專諛詩文，而窮詩文之所從來，宜多宜佳何在，則請共核之，曰時兼前後也，地兼南北也。方其爲諸生時，與陳大士、章大力、羅文止、張公亮、楊子常諸公竪髪干霄，漣淪縈水，夙昔精華，盡收諸不律中，低徊醖釀，迨今日而始出其瑚璉，則兹時之孚尹，固所再收者，于以生虹，夫何艱哉！岳生屬北，紆組則南，此非地兼乎！

昔人談詩文，謂得江山之助，或有江無山，或有山無江，不能兩全；獨京口則諸山大江畢備，金焦爲江中澄泓突兀，奇尤居勝。公且以其詩文爲金山、爲焦山，誰與京者？天下之泉多矣，中泠孤稱第一，于以供崑崙磨墨醮毫，益助第一之詩文，不其然乎？

晋安黄文焕撰

陸圻序

晋中程崑崙先生，本武鄉華胄，以名德博洽爲時輩所推。崇禎間，如楊子常、顧麟士、陳大士、羅文止諸君咸推爲祭酒，以文章取正焉。尋州郡欽崇道風，屢徵山林逸遺，先生皆却之。順治時，對策大廷，爲京口司馬，一時稱其廉平。

予過潤州，讀其全集。五古風格，出入建安、黄初，而五七諸近體絶句則兼有李杜之長，或時浸淫於嘉州、龍標之間；至排律及七言歌行，則渾然少陵也。文章原本馬、班，融會左、穀，其頓挫處則入韓歐諸大家，而峭勁遒壯，往往有不屑唐宋之意。蓋其學博而才高，氣堅而骨秀，故能獨有千古，俯視流輩，良有以也。山左王貽上先生有才子之望，頗與先生齊名，而推之爲今之空同，且云："古文匠心，於周秦及唐宋大家無所不合。"予常服其知言。

錢塘陸圻撰

杜濬序

蓋余既序崑崙程先生詩文集，而發明其湛深經術，學有原本，與泛濫詞章者不同。崑崙以爲知言，因屬余泚筆論定其新舊諸藏稿，既卒業，則知之益深，因復爲之序曰：

余讀《春秋左氏傳》，其傳列國卿大夫訏謨辭令，蓋莫高於晉。再讀《國語》，益歎其意思深長，非他國可及。彼自從亡五人，以及范文、欒武、韓宣、魏獻、羊舌大夫之徒，炳然蔚然，不可尚矣。至漢而有龍門遷，遂爲百代文章之冠。晉二孫、南北朝温子昇輩姑不論，而三唐人文林立，若王勃、宋之問、温庭筠、司空圖，指不勝屈；其最者，詩賦則有王維，文章則有柳宗元，足稱千古之絶，何其盛哉！竊怪自宋迄今，雖作者不乏，而求其巋然傑出之士，可以頡頏王、柳者，顧頗不易遘，何歟？即近代所推有王槐野氏，觀其習尚，蓋亦時作耳，非古人匹也。何以其難若是歟？豈誠天運有時而剥復，地氣有時而變遷歟？

乃今崑崙氏崛起上黨，奮發爲天下雄，其叙事之文，祖述司馬遷，不必言矣。吾評其詩，絶類王維，蓋不事王之修飾，其質肆往往近杜而有王之靈異；其文絶類柳宗元，蓋不事柳之刮削，其怪奇往往近韓而有柳之疏峭。至以其餘溢爲小詞，則又閑雅都麗，有温庭筠之風焉。是皆晉之傑也，嚮絶於世已千年矣。

崑崙一朝而尋其緒，則吾不第服崑崙之才，而并以賀太行之屼嵂、黄河之混茫，其毓爲人文，行將復春秋、漢、唐之舊也，豈不快哉！或曰：崑崙之復古，不惟其文章，即其吏治斌斌，蓋亦不減其鄉之馮野王、尹翁歸、張京兆諸烺烺燭史册者。余尤以爲篤論云。

黄岡杜濬撰

朱一是序

余少時言詩者户竟陵也，既而趨濟南，二者皆有失。竟陵尚别惡同，羊棗馬肝，此單嗜耳，豈可飯乎？濟南曰："唐無古詩，自有其古詩。"余曰："明無唐詩，自有其唐詩。"然去唐遠矣，其失也，聲律通美，性真不抒，庖人司烹，肥臠巨鮮，膩口少味，易牙吐棄之。竟陵若在，亦反脣譏矣。近家頗知明詩之非唐，其于唐也，又好談初盛，句規字倣，無異於集唐而已，之所以爲唐且初盛者安在？

夫詩者，性情之事也，隱乎内外，觸乎古人之詩而内詩見焉。譬包陽之鏡，就日引燧。燧者，詩也；日者，詩之性情也；鏡者，古人之詩也。苟無性情，以古人之詩爲詩，是無日而但有鏡，即有光明，鏡之光明耳，安從取燧以適我用哉？

崑崙程公，文人之宿老也，而兼長詩。以古人之詩引性情之詩，冥然相赴，古體忽顔謝，忽陶韋，近體忽李杜，忽高岑王孟，無詩不合乎古人。要之，皆崑崙之詩，崑崙性情爲之耳，豈止劑竟陵、濟南之偏，并近家之句規字倣者而變化出之，其爲真唐詩也哉！

公，晋之武鄉人，三晋分屬趙。夫子删《詩》，有《唐風》，無《晋風》，何也？晋之分有《魏風》，無《趙風》，又何也？史言三晋多權變之士，崑崙以詩著聞，豈不補删《詩》者之有憾歟？

今崑崙之詩具在，麗而則，質而多，風人讀之，鏘鏘乎若附金石，非《邶》、《鄘》以下可擬，況《唐》、《魏》之儉僿，視如何也？

海寧朱一是撰

顧宸序

余與崑崙先生訂交最先，讀其詩文最久，欲序屢矣。余遲遲未出，蓋謂凡物處美惡之間者，必待人言而後定。先生之詩文，辟諸夜光照乘，凡有目者，皆知其爲至寶，必呶呶焉噪於其側，既無從摘其瑕，又安必指其瑜乎？世惟眩於好譽者之云，而天下詩文之真面目盡掩，非詩文之自掩也，譽之者實掩之也。韓歐之後，更無韓歐；李杜之後，更無李杜。今必譽之曰："文，韓歐也；詩，李杜也。"先生何必不韓歐？何必不李杜？然而先生之真面目掩矣。即如夜光照乘，雖棲之以敝篋，襲之以敗絮，其連城之價正復不減；若籍之以良錦，韜之以文匱，飾乎其外而誇其美以示人，併其中之所存者，幾于不可定，況言心之聲也。以先生之心而發爲先生之詩文，其光氣熊熊然，所云夜光照乘者，皆先生之詩文也。使先生必心韓歐，心李杜，則當先生操觚咿咏之時，心韓歐也，則文韓歐也；心李杜也，則詩李杜也。更何從而發先生之詩與文哉？先儒有云："制于人而不得爲者，吾莫如之何；由乎我而人莫之制者，不有得于人，必有得于天。"此所云詩文之真面目也。先生之得于天者，人莫之制，豈韓歐李杜遂足以制先生乎？今先生之詩文具在，雖孤行於世，可也；雖與韓歐李杜並列，可也；雖韓歐李杜從而退避三舍，亦可也。又何必以韓歐李杜概先生之詩文，而使先生受制于人也哉！此余不敢輕序先生意也。雖然，序不足爲先生重輕，而序者必托先生以傳，李漢、李陽冰之徒，使不見姓名於韓、李之集，將泯没無聞於世久矣，則余又何必不序先生之詩文，而托先生以傳也乎？

梁溪顧宸撰

以上録自清錢謙益、陳維崧選編《自課堂集》，山西人民出版社 1986 年據民國二十三年（1934）山西文獻委員會鉛印本影印，鉛印本據清康熙五年（1666）刻本排印。

目　録

第一册

詩　餘

小　令

第二册

魏駟小傳

卷之九

魏守經小傳

卷之十

詩　集

《崑崙草》叙

吾鄉大司空程開之先生，立朝四十載，不以寸金遺子孫。吾友崑崙，其冢孫也，生而穎異，少即見知於袁臨侯、陳大士兩先生。而程子喜著述，數年來躬耕力學，有祖父風。居無何，新朝求舊，乃就徵車。予時薄宦吴陵，忽承過訪，衙舍蕭條，故人相對致足樂也。然程子英雄之氣，猶時時見於眉宇。予時贈詩有“高興傾殘酒，玄言當異書”之句，而程子謂稍可與語，即倒其奚囊相餉，琴劍外止詩數卷而已。予雖不工詩，而喜讀程子之詩，尤喜與程子論詩，乃程子不肯以豬肝累人，掉頭而去。予思其人，輒把其詩以吟，如見程子。予時有三晋國風之選，因即爲先梓其詩，要使人人讀其詩如見程子，如與程子論詩。夫程子避迹東山，别未數年，而其詩若此。吾聞才人之作，窮而益工，信夫！今聖明崇尚風雅，程子方應運以起，則其才從此日以異，其詩且日陳之明堂清廟中，予雖執是集以論程子，而又不可得已。

似園趙三麒石渠氏撰

宋荔裳觀察吴門舉子索題四首

玉雪分眉宇，驊騮倍絶塵。理衣能自愛，對客已相親。是幼兒纔有知識光景，要明眼人看出。硯撫金星貴，茶黏赤印春。向來飛動意，當不爲蒲輪。觀察萊陽人，高棲吴郡，故云。

客夢摇沙島，箕裘天屬情。是旅寓吴門語。無官終易得，繼荚可爲榮。較"向來飛動意，端不爲蒲輪"更明白道出。藥自穹窿採，珠從香水生。百年應已定，吾道預提衡。落想極深。

虎兒雖未語，符彩入雲流。物態差分醉，鄉心易解愁。客中舉子，實有此境，妙，妙。膝邊添歲色，掌上視吴鈎。寫得入情。召石何時到，秋光正未柔。又是"客夢摇沙島"注脚。

新詩應萬卷，當任後昆傳。宗武終能賦，於陵嗣必賢。思從縹緲下，氣與島門旋。六句總因觀察一代詩豪，婉轉發揮，且五六切"萊陽"、"吴郡"。更妙。待入丹崖去，清江兩岸懸。如此結法，餘音嫋嫋。

【評語】 極飄逸，極奇變。昔人謂襄陽清遠，右丞雅秀，然方之於此，奇氣箴如矣。陳其年

寄相國魏石生先生二首

芳蘭瞻顧五雲居，紫閣絲綸素有餘。疏草栢臺霜獨凛，參苓藤署鑑恒虚。即看今日承明地，猶是當年中秘書。相國由庶常起家，故云。冲主宵衣方勵治，赤霄理翰近何如？結語俊。

【評語】 相國先由大中丞晋冢宰，從來兼之者鮮矣！非此不足以盡其生平。陳其年

恒山嶽氣接王畿，帝輔繇來近紫薇。槐水且徐營緑野，人倫方倚重黄扉。禁中盡日攜書卷，座上能時見布衣。進賢著書，當今惟有相國耳。問字幾年心折此，"此"字承五、六二句，妙甚！平津東閣望終歸。

【評語】 雅調高音，非大曆以後可及。方樓崗

寄大司馬龔芝麓先生二首

紫塞黄雲蘆荻秋，諸蠻應避武鄉侯。名歸自昔推江夏，道廣於今屬太丘。尚書舟過維揚，晋謁之士至數千餘人。自古得人之盛未有若此者，信非妄語。天下方輿分緩急，人間虎豹肅徵求。卓錬。祇今百道風煙息，銅鼓宜分宵旰憂。

【評語】片類可廢其餘，字累足以爲玷。先生每下一語，從千錘百錬而出，故特見菁華，宜乎宇内同聲推轂也。陳其年

尚書喉舌重朝端，中外真同柱石看。記籍所收徵士衆，解衣常念故人寒。“名歸自昔推江夏，道廣於今屬太丘”，自人歸尚書言。“記籍所收徵士衆，解衣常念故人寒”，自尚書好客言。功名漢上歸羊祜，雅量江南屬謝安。退直品題新作徧，自慚蕭艾附椒蘭。敍事自古。

【評語】清輝濯濯，高、岑絶佳之作。方樓崗

吴伯成明府重築慧山二泉亭

載取華流上客船，銀濤不斷草如煙。聊隨畫轂春山下，新築紅亭夕照邊。一唱三嘆，使人不復知有對偶，故妙。游屐爲尋雷筭出，雙林留試雨茶旋。一氣注下。誰將韻事能重紀，補輯當年陸羽編。

【評語】句句相生，句句相成，盛唐法則。方樓崗

贈潘雨臣

挐舟久欲過畱城，何日公餘信此行。拂水老臣同靜便，梅村學士共詩名。如曉聞天籟，清機徐引。賡辭苜蓿階前奏，春酒笙鏞座右傾。着色俱別，只是不與人同。獨惜黄侯諸子謝，靈光今祇見先生。侯廣成、黄蘊生皆畱城名宿。

【評語】輕輕動宕，姿態横生。少陵所云“詩罷地有餘，篇終語清省”，正是此等。陳其年

同袁重其游錫山秦園二首

精靈高衍近名泉，載酒登霞繫客船。引水入園花塢徧，依僧爲

圃茘門全。湖雲善舞如垂袖，吴鳥能歌類管絃。不待入園而方塘槎枿，風台翠羽，使人羡戀不已。真屬妙手。肯借袁安一高卧，少游詞譜共君填。看竹不見主人，故作餘想。

【評語】李、王之勝鍾、譚，在高整，鍾、譚之異李、王，在清新，崑崙兼之矣。方樓崗

薜茘斜侵雨後山，與君躡屐到其間。此等句與“何日公餘信此行”承上轉下，妙不可言。清泠一硎分泉液，瘦削羣峰亦霧鬟。秀潤渾成，宛然如畫。節鉞中丞無别墅，留仙祖爲中丞。藏書太史得名山。既過秦七思黄九，謂黄心甫。袁尹風流莫便還。

【評語】王槐野論詩，必要有照映，有關鎖，有頓挫，有開合，先生之詩，既能高蹈，又復流轉，於此有專美矣。陳其年

同重其魯公然明右尊宴毛東令丹六宅觀菊

野岸青山郭，虚舟到隱淪。菊枝猶裊裊，時屬秋盡，用“猶”字妙。公子自循循。丹六少年，東令之子。秋盡魚梁淺，官閒杖屨親。因秋盡水落，故魚梁淺；因魚梁既淺，故舍舟步履，與杜“幸有舟楫遲，得盡所歷妙”同一襟期。晚來供玉饌，莫限酒盃頻。

【評語】訪觀晚菊，全在此處着眼，自覺陡聳。名手之異於是蹊者以此。陳其年

毛東令丹六邀同重其電發右尊魯公杓石然明遊大石山日暮無僧思詣靈巖不果

歸雲何太晚，僧去不知家。大石幽僻，至無一僧，只有石花肅客耳。嵌石危方定，大石高數十丈，插天倒垂而下，其中可容百許人，險側可畏，其境最奇。飄楓驟不譁。神幢無佛火，荒極。天界有龍蛇。石巔有池，龍常畜於此。想像琴臺勝，棲林應未差。日暮無僧投止，故思靈巖勝地，應未差耳。

【評語】名人爲詩，即境布語，自然高曠。若于鱗、明卿，十篇而外不耐多讀，正以着意在字句耳。陳其年

金孝章爲其子亦陶寫《運甓圖》索題

我慕金閶里，埋名有亦陶。艱難無衆力，矯激任吾曹。運甓心事，揣摩周到，雖使亦陶自言，未必及此。肉食金閨遠，躬耕谷口勞。分陰應自惜，不必問山濤。切實語，不浮。

【評語】榮芬出群，居然天寶之音。方樓崗

掃葉

霜葉肯辭地，飄零奈若何。奇極，險極。離披林屋盡，摇落洞庭波。初晰微微出，寒陰故故多。疊字最怕俗，又怕牽强，如此獨擅其妙。汝曹觀節序，莫自恨蹉跎。作掃葉詩似對人談道理，奇絶。

【評語】奇峭絶倫。咏物如此，季迪梅花，孟載芳草，卑卑不及格矣！陳其年

贈李膚公

懸輿晏息歷艱辛，流涕時看諫草新。行砥必無慚柱史，數奇終自屬遺民。韻高調雅，卻不見慘淡經營之色。春申碉道游踪密，綺季山根築鑿頻。誰謂商瞿蘭夢晚，丈夫五子更嶙峋。可謂有是父有是子。

【評語】三句從次句生出，五六句又從第四句生出。全詩總是首句“歷艱辛”，法力甚細。方樓崗

贈陳伯峻遊擊

樓船走舸谷陽屯，移戍桓桓誦虎臣。千里吴山雲逐旆，半生葛塢劍隨身。芙蓉秋月雞豚静，楊柳東風壁壘新。華秀雄麗。江上支離沙作岸，支離，陳名。不知受服是何人。

【評語】雅鍊之甚，高響振青雲。方樓崗

贈吴冉渠郡丞二首

大冠威重鬢眉蒼，治在延陵屬故鄉。巧合。游蹟人徐留寶劍，

來歸自粤獻《長楊》。古書多載金閶里，冉渠贈書十二橱，假以來歲倍之，其好學如此。夜雨常同朱雀航。丹籙可能分示我，聞將採术到良常。

【評語】寓矯健於冲雅，所謂“濯足萬里流”也。陳其年

虬篬白袷續長編，軍署新開海嶽邊。清老。鼙鼓應銷蝨蜮衆，鯨鯢近斷荻蘆煙。青摇酒犖闞門柳，紅見詞人幕府蓮。氣最閑適，非幽細人無此矩度。不獻九如歌十賚，横吹畫角放樓船。

【評語】讀之興致翩翩，覺寬然有餘地，豈若今人局促垂頭盤跚躄躠以自域哉！陳其年

奉呈按察佟韓一先生

帝庭揚涣號，虛館捧瑶京。嵩岳元精異，騂騮鄉曲英。蟬冠峨劍佩，豸服駐雙旌。耿鄧官勳大，劉盧地望清。國章因祖德，公族繼家聲。烏府祥麟集，圜扉茂草生。趨庭頒錦韉，浥露賜金莖。政已標三異，鸞今佇一鳴。匡時勞陟屺，拔俗藉持衡。歷敘其世業、政治之美。鈴閣衣從綵，珠櫳萱更明。八龍荀氏美，七貴漢時榮。跡並丘園秀，筵塵紆組迎。御盃調寶瑟，促桂聽銀箏。歷敘其家倫、讌會之盛。夜獵長楊火，天空細柳營。皂鵰雙箭下，突騎角弓横。鷹眼高秋疾，黄沙鋒候平。迴鞍千嶂碧，飛蓋數峰晴。歷敘其射獵之能。野出青泥飯，餐分黑鬢羹。常傾三雅爵，每薦五侯鯖。豁達仍霄漢，恭勤信藿誠。下僚矜畹晚，幕府際崢嶸。歷敘其待下款洽之誠。願保東華氣，皇塗揭令名。此乃所以達報之意。

【評語】五排之妙，杜、白稱雄。使二君操翰，亦豈能復過於此？方樓岡

留别錢日庵太守二首

使君簡迪自王廷，署有黄芝五種馨。已見射潮成澨岸，更聞鼓瑟詠湘靈。精確語，不易。懸車共飲中泠水，觸石同翻《瘞鶴銘》。北府軍儲關氣象，專城今賴有平亭。氣隱又蒼厚。

【評語】使事圓妙如此，詩家化境。方樓崗

高蓋朱幡舊有名，敢因錢起共詩盟。芙蓉日落江逾靜，丁卯橋空水自清。確妙。至此諷詠無盡。謂我愛題《鸚鵡賦》，逢人盡擬濟南生。誰言官樹輕離別，馴鶴臨歧有別聲。使人可感。

【評語】一段不忍輕別之意，似驪歌在路，執手流涕，交情之密、共事之雅雖未說出，俱透露矣！此與"北府軍儲"二句結法又自不同。陳其年

留别王玉叔司李二首

世難淳風獨有君，花光竹實并江濆。自是盛唐，非中晚語。三時最沐天臺雨，千里曾攜雁宕雲。止水閒庭同落木，想見其人。白頭芳翰接皇墳。慚予將賦謌驪曲，旅服僻將酒半醺。

【評語】閑閑敘次，不盛談功名政事，何有俗氣得上其筆端？陳其年

名郡風流古士師，臨歧慷慨賦將離。冰心只合裴寬共，野竹何妨袁燦窺。不難於典切，難於韻致。丹室未歸藏舊屐，石梁入夢有新辭。因君拂拭梳翎羽，先生量遷皖城。敢學公儀拔露葵。

【評語】典雅新麗，太白佳句如此。陳其年

留别吴冉渠郡丞

深秋九月大江濆，詔許涪翁入境聞。公量遷同安郡丞，撫軍題疏，詔許赴任。攬轡共成迴雪賦，經時同檢《碧鷄》文。一時文雅之盛，真爲難得。山齋墻外過青玉，郡閣窗前候白雲。公與冉渠聯署，語見確妙。此去龍眠山下望，不堪回首惜離群。

【評語】清逸俊發，不假雕飾。此情至筆隨而天然湊泊者也，今人雖藻繢滿眼，其於秋水芙蓉相去遠矣！陳其年

贈同安趙太守

使節驅車張鎮州，褰帷爭羨五驊騮。氣概好。起家遼海稱經術，物色天階冠列侯。陽澤春臺青口畔，月明犬吠小孤秋。境與事協，故佳。懸知佐郡非能事，揚歷空隨庾亮樓。

【評語】如離朱、墨翟，動有軌則。陳其年

少室行贈趙獻吾太翁九十

少室山人面如雪，鉛筆光流身瀲洌。硬悍見筆力。九十猶堪授壁書，子孫衮衮爲時傑。阿丘不用逍遥杖，老溪惟聞廣長舌。東郕清酤美且賤，一飲百斗心始悦。飲如長鯨，益見豪態。汎濫城市同鼓刀，旋憩雲亭能唤鐵。徐州秃尾此地無，露雞秬敉隨鳧鼈。字字真切而不矯徤之筆行之，故不可及。不願結綬金馬門，但喜尋幽探禹穴。安期食棗大於瓜，屈强得飽乃奇絶。結法亦奇絶。

【評語】少陵《石壕》、《潼關》諸作，皆是真切見妙。此詩筆刀雄徤，可敵萬夫。而獻吾一生行徑，纖毫畢出，所以爲奇。陳其年

遥寄吴人千明府

銜策單車出建章，少年才思美青揚。山東詞賦同金剪，勾漏丹砂結翠房。近水始知天漢廣，離家益覺夏陰長。先生爲同江司馬，吴公即令武鄉，屬其梓里。再三諷讀，益覺其用意之精當。十年宦跡同黄幹，李熹何曾望故鄉。七律結句如是雄徤者絶少。

【評語】此詩當分二段看，上四句美明府，下四句乃自叙也。然五六承上起下，事雖自叙而意屬明府，迴環合抱，固稱雙絶。陳其年

贈孔履文

分林結宇瞰江州，玉帳常從擁上游。弭節自能增氣色，履文在撫軍幕下，妙！妙！銀箏猶自説風流。陳琳奏記工無敵，奉禮琴樽爛不收。屬對之正，用事之妙，當無有兩。不見鯨鯢千里静，垂鞭欲控聽鳴騶。

【評語】流麗徤老，典則宏深，可謂兼到。方樓岡

贈西航

拂衣投老一丘亭，抱膝時聞夜雨鈴。户外松陰常不改，苑中仙

粒有餘馨。西毓靜攝，二十年不入城市。閑尋郱莒克魚税，會注金沙當《水經》。幾度百花洲上望，始知身世重黄寧。句硬有力。

【評語】通首雄厚，無一懈句懈字。惟梅村先生乃可與先生比美耳。陳其年

寄贈梁溪吴伯成明府

青溪一點倍孤妍，華省雙鳧望若遷。春雨到門寒仄仄，蘭臯藉客月娟娟。好客之誠，隱然言外。葛洪鍊藥隨丹井，吴質論文散紫煙。右丞善作富麗語，無此秀色。遥憶九龍崗下路，對言應費買錢山。秦學士對巖新闢名園在山麓。

【評語】詩未有不清而可以言穩、不工而可以言老者。名人之作在於氣骨之間，豈得以貌求之哉？陳其年

吴司成梅村

南閣軍諮盛有名，楞伽山上數峰晴。不知雪案詩盈尺，盡逐春風一夜生。司成有近刻。

【評語】太白絶句之佳，只在疎豁見大意，看此是何等軒爽。陳其年

宋觀察荔裳

消夏灣前漸落暉，青城膾鯉未言歸。何時對酌穹窿下，青翰舟中白板扉。觀察寓吴門，移舟餞别。

【評語】落句不説盡，更有致。陳其年

計孝廉甫草

水國芙蕖十里風，還家應在伏陰中。三年到處逢人問，不及隨翔踏雪鴻。南徐别甫草數年矣。

【評語】此詩轉合妙在末句，與元微之《劉阮天臺詩》同一機軸。陳其年

宋孝廉既庭

投板歸來喜負書，新詩應是過黄初。松陵帶得桃花紙，勁弩藏

勦恨不如。電發攜元人手卷，有既庭跋。

【評語】電發攜元人手卷墨蹟最多，且各占一派。而既庭書法謹密，故並及之。陳其年

顧徵君茂倫

笠澤風寒作雨聲，麻衣履影閉柴荆。吴江最鱸有魚賤，不忍行春絶送迎。徵君閉門著書，時惠予鱸魚。

【評語】即事敷詠而高致自見。陳其年

金處士孝章

踏葛攀林興不窮，陣雲灎灎石梁空。酒船市肉分皮截，最愛金家沙洛紅。同遊石湖大井市，金酒最著。

【評語】隨意點綴，自有揮斥入極之態。陳其年

袁處士重其

垂老風霜無别丁，海東曾子雪千莖。任他貧賤長如此，不敢簪蒿怨目耕。重其以孝稱。

【評語】奇險之句爲絶，獨有工部。方樓崗

送徐電發歸

東去垂楊未掛絲，客心彌曠轉凄其。河橋怪底人如市，只有春風與别離。電發自予署歸里。

【評語】三四句用意極深折，反覆讀之乃見。陳其年

姜茂才西銘

雄筆論文近入吴，靈篇籍記玉盤珠。畫眉深淺隨時問，應在人間甓社湖。西銘，甬東人，寓平江。

【評語】流麗雋老，典則宏深。陳其年

家文學杓石

徵詩獨屬艷情篇，稚齒蛾眉四十絃。寶馬千金應不惜，何緣華屋望神仙。杓石刻《閑情集》。

【評語】十詩高采宏亮，繼武龍標，如玄圃積瓊，岑山貫玉，錢、劉、皮、陸皆不敢望，況其他乎！方樓崗

送王孟遷之任滇中兼許文石不至

熊幡一去彩雲西，玉案通幽近碧雞。棠下垂陰煙漠漠，舟前過目草萋萋。用事入化，如水中之鹽。南皮行蓋誰相訊，逆旅分襟不敢啼。"不敢啼"乃深於啼。始信丈夫非是無淚。莫道平泉餘怪石，牙檣猶恐不曾攜。

【評語】意在筆先，點染皆妙，故無添砌之病。陳其年

答王翰孺

妍山黛色昔同看，陌上秦青歌未殘。一自歸橈臨仞壑，翻令飛蓋各風湍。行雲流水，卻有生秀之致。懷人火燧逢時變，時雖變而意不變，寄懷良厚。臥閣芙蓉出水寒。家在金隄深處住，篳門微尚掛魚竿。

【評語】格律隱使，李頎、常建得意之作。陳其年

薛式九給諫貽扇索題

颺言待詔接箴夔，畫省春風意不移。置笏玉階仙仗迴，陪趨金陛漏聲遲。體格莊嚴。文章晚節飛騰入，獻納東亭高義垂。俊色又有味。補袞幾年深雨露，許身數問夜何其。

【評語】典切流麗，與唐人早朝詩位置無二。陳其年

呈杜兵備道三十韻

青震扶輿首，中朝屬望宜。乾坤資太始，日月近高枝。國轉金

城壯，秦臺海甸奇。百花滋澤圃，千乘托名陲。鄒魯推玄軌，鍾裴秉令姿。協齡成相業，並李得仙詩。世業青編舊，冰心莖露垂。開天儗鳳戢，驚代佐龍基。皇眷依丹地，人情仰素絲。歷叙政蹟，因其位與地而言之，而轉掣甚易。良圖必進御，讜論每宣墀。山立無留草，冠危有諫詞。鸞棲宮禁竹，鶂落下方池。當用埋輪術，還資擁傳馳。轉掣具不着力。隼來風自直，鵬激力堪追。溧水皆藩服，留雲若置棋。兼轄江、鎮二府，故云。南行識練馬，東去定蛟螭。武帳謀中野，戎行擇使兒。簡孚申畫在，防利寵綏期。轉調更工。振鷺將書伐，酬庸合篆碑。最言已十上，專敕幸重貽。羽翼歸茹蘖，公侯信刈葵。月卿移斗位，星使上臺司。畫角三軍集，旌旃一鳥窺。"一鳥窺"正見其軍客之肅。潘仁思作賦，衮職莫辭規。能以幽堂靜，常教緣字披。排中妙境。澄江深浩浩，狠石白差差。又因江、鎮發議，而奇情宕致，更自出群。駕馭多才子，徵歌俯翠眉。榷關蠻客富，量地稻田治。不戰非忘肅，全身固可師。史臣憑玉管，帝念及彤帷。

【評語】色澤之美，轉掣之奇，其言亦長，縱横益妙。此工部所以獨絶於千古也。陳其年

避地土河雜詩十首〔一〕

避地因嵐曲〔二〕，窮棲易琢磨。是窮苦人本領。老峰當雨變，細草受泥多。衆峰迷離，山雨急流之狀，非久在山居人不知。未上韓康駕，寧辭甯戚歌。"寧"字是實用，非商量語。浮生甘藥餌，山中受用。履道近如何。

【評語】辭清氣老，得其一語即可以傳。杜于皇

茅屋依誰立，中心浩不平。二語作嘆，下六句皆其所嘆事也。投鐮方問姓，賣藥尚求名。極没要緊事，敘出憤懣。秘訣留丹穴，生涯付耦耕。翻從高士往，身似白鷗輕。即"殘生隨白鷗"之意。

【評語】清響歷歷，包含無盡。黄心甫

終年期入道，嬾病更相因〔三〕。"嬾"是"入道"處，要知。書閣從

魚蝕〔四〕，形臞與鶴親〔五〕。登山無蠟屐〔六〕，歷洞有秋塵。寫山中荒寂情緒，有漸近自然之意。爲卜匡廬曲〔七〕，安禪信隱淪〔八〕。

【評語】有道之言，自爾知緩〔九〕。陳伯璣

既和平，復新警。程千一

獨往邊陰静〔一〇〕，花時雪未消。江河依山〔一一〕，氣候寒凉。雖盛夏，入山早晚着絮，故花時雪尚未消。柳眉將學翠，春燕欲聞嬌。雖是寫境，亦言氣候。削管飛蓬牒，披衣認藥苗。荒林擬卒歲〔一二〕，不敢問寬饒〔一三〕。

【評語】天然卓錬，五言律所難。王貽上

久客逢僧話，鄉心一倍灰。僧一笠，少年能詩。鴈堂皆破堵〔一四〕，馬跡漸新苔。語憲蒼凉。飛崿崇丘立〔一五〕，綿岡宿墓來〔一六〕。“來”、“立”皆狀其形勢，其妙在此。愁聞鐘磬響〔一七〕，風雨日西頹〔一八〕。難堪處在日色西頹。

【評語】詩須觀其氣格，若氣格不高古，雖有佳句亦不入格。看崑崙詩，當於氣格高古處辨之。錢牧齋

選溢懸崖露〔一九〕，人家置屋牢。村人居山腰土室，身如猿鳥，皆屢世不易其處。齗齗聞捽鬥，日日見呼號。風土詩，寫來如在眼前，便佳。索帶嘗粗飯，藜牀共濁醪〔二〇〕。嶺雲無意緒〔二一〕，世間無心者莫過於雲，反着“無意緒”三字，翻案甚奇。秋葉下南皋〔二二〕。

【評語】諸律格趣似老杜《秦州雜詩》。三四一聯正如“家家養烏鬼，頓頓食黄魚”，此何關於詩情？寫出自有氣味。詩不必太鑿，而傳者此類是也。若但習爲吴語細咳，即白矜嫵媚〔二三〕，不知其通體皆俗矣！作律詩者，屬對、顔色、姓名處着盡功夫，巧施丹粉，乍見亦覺可喜，久之略無遠神，此各家通病，即中晚所以不及初盛者正復如是，古樸一泒不得不讓西北諸公出人頭地，温、邢之才固可與徐陵、江總同日語耳。陳伯璣

眢井從無水，岑流總易乾〔二四〕。地名土河，其實無水，居人率於十里外擔負井汲，惟暴雨後始接池流，故嘆其易乾。種瓜山地冷，蓄菜豆苗酸。謀生之事，瑣悉盡致。骨肉他鄉遠，提衡異路難〔二五〕。計疎歸不得〔二六〕，苦境。終日腐儒餐。

【評語】尋常點景，淳樸。黄心甫

閑日消書硯，低頭着鶡冠〔二七〕。客來深鳥怪，與“荒村惟見鳥”〔二八〕，“山鳥怪人來”各有其妙。窗捲借天看。一“借”字妙甚，空景布奇。近讀孫登贊，遥牧李白竿。全不着意，固自有致。自傷衰謝後〔二九〕，詩思入高寒〔三〇〕。

【評語】落拓可喜。黄心甫

荒寂有致。陳伯璣

雨夜兼風夜，他鄉憶武鄉〔三一〕。疊句奇，“武鄉”二字更押得確妙。空階如倒井，獨樹更摇霜。二句申説首句。歸夢寒燈乍，一“乍”字合之夢境燈境，歸夢境、寒燈境，幽凄變幻，令人墮淚。奇絶，險絶！此等句意古人所無。愁心别路長。二句申説次句〔三二〕。蕭條臨斷壁〔三三〕，枕簟失隄防〔三四〕。

【評語】徑生想異，一字不同世吻，是此道開闢手。黄心甫

不徒壓倒竟陵，亦復摧頹歷下。何雍南

不信青山路〔三五〕，蘇門已五年。風霾隨日變，扇霧幾時遷。五載難堪過活。谷暗桃花瘦，山深鷄犬賢。上二句歷叙荒凉之狀，於此忽嘆桃花、鷄犬之清賢。語似錯亂，正寓意亂離之際，惟賢者而纔能安此也，視祖詠“暗澗泉聲小，荒岡樹影閑”更進一步。東陵仍病肺〔三六〕，高枕瑣窗眠〔三七〕。

【評語】自慰自嘲，許多無聊轗軻在内，先生詩每每側看倍出，索解人豈易得耶？黄心甫〔三八〕

十首不即不離，參差錯落，曲盡遠近濃淡之妙。杜于皇

諸詩高古深厚，自是子美敵手，他家非不流麗，氣味自别，正如小山清池難與黄河泰岱之觀耳。錢牧齋

【校記】

〔一〕《崑崙草》此詩題爲《避地土河雜詩八首》，“避地”“茅屋”二首無。乾隆五十五年版《武鄉縣志》題爲《土河雜詩十首》。

〔二〕避　乾隆五十五年版《武鄉縣志》作“擇”。

〔三〕因　《崑崙草》作“親”。

〔四〕書閫從魚蝕　《崑崙草》作“書裹藏龜殼”。

〔五〕形臞與鶴親　《崑崙草》作“牀頭濯錦鱗”。

臞　《崑崙詩選》、乾隆五十五年版《武鄉縣志》作“癯”。

〔六〕轙　《崑崙草》作“木”。

屐　《崑崙詩文合集》作“履”。

〔七〕爲卜匡廬曲　《崑崙草》作“寂寞從他慣”。

〔八〕安禪信隱淪　《崑崙草》作“悠悠隴畝民”。

〔九〕知　《崑崙詩文合集》、《崑崙詩選》作“和”。

〔一〇〕獨往邊陰靜　《崑崙草》作“正好尋詩料”。

〔一一〕江　《崑崙詩文合集》、《崑崙詩選》作“土”。

〔一二〕荒林擬卒歲　《崑崙草》作“諸生罷絳帳”。

〔一三〕不敢問寬饒　《崑崙草》作“此地更寥寥”。

〔一四〕皆　《崑崙草》作“都”。

〔一五〕飛崿崇丘立　《崑崙草》作“茶是松枝煮”。

〔一六〕綿岡宿墓來　《崑崙草》作“桑從地畔栽”。

〔一七〕愁聞鐘磬響　《崑崙草》作“惠休詩思熟”。

〔一八〕風雨日西頹　《崑崙草》作“見慣肯重來”。

〔一九〕溢　《崑崙詩文合集》、《崑崙詩選》、乾隆五十五年版《武鄉縣志》作“隘”。

〔二〇〕共　《崑崙草》作“對”。

〔二一〕嶺雲無意緒　《崑崙草》作“飄蓬誰似我”。

〔二二〕秋葉下南皐　《崑崙草》作“惟有頌《離騷》”。

〔二三〕白　《崑崙詩文合集》、《崑崙詩選》作“自”。

〔二四〕岑流總易乾　《崑崙草》作“池流可壯觀”。

〔二五〕提衡　《崑崙草》作“親朋”。

〔二六〕計疎歸不得　《崑崙草》作“低眉元自赧”。

〔二七〕低頭　《崑崙草》作“伸眉”。

〔二八〕荒　《崑崙詩選》作“空”。

〔二九〕自傷衰謝後　《崑崙草》作“詩腸喧不靜”。

〔三〇〕詩思入高寒　《崑崙草》作“强半畏離酸”。

〔三一〕憶武鄉　《崑崙草》作“定客鄉”。

〔三二〕二句　《崑崙詩選》作“二語”。

〔三三〕蕭條臨斷壁　《崑崙草》作“不堪愁思苦”。

〔三四〕枕簟失隄防　《崑崙草》作“誰復搗衣裳”。

〔三五〕青山路　《崑崙草》作“齡猶少”。

〔三六〕仍病肺　《崑崙草》作“多處士”。

〔三七〕高枕瑣窗眠　《崑崙草》作“還肯數周旋”。

〔三八〕黄心甫　《崑崙詩選》作“陳其年”。

雨中陪劉孔著給諫登金山同諸僚友

春雨還無賴，瀟瀟江際風。人當逢大雅，山莫在晴空。同雅人看雨景，自是勝事，然可與解者言。煙色仍花上，龍腥忽霧中。有此二句方見“山莫在晴空”之妙。提綱勿過急，相戒小奚童。又因“龍腥”句，“相戒”思議妙絶。

【評語】流動新粲，中含元氣，全是盛唐。黄心甫

挽丹徒蕭令亡姬

旅病醫難愈，孤魂棲易驚。姬以母子隔絶鬱死，乃知二語確當。峽雲應是夢，粧鏡復誰擎？情緒可傷。忍淚看兒女，逢人托死生。兒女勿失慈母，逢人托向，慘不忍讀。靈輀從此去，腸斷一枝瓊。

【評語】句純是血，不見有字。黄心甫〔一〕

一字一淚，只是體貼到極處。杜于皇

【校記】

〔一〕黄心甫　《崑崙詩選》作“陳其年”。

魏太康祠公字于埜令太康李自成破城殉難〔一〕

國破身隨盡，身亡義不亡。爲死者吐氣。但存天地在〔二〕，終是卞嵇長〔三〕。丘壟扶溪過，風煙到壁傍。風景悲切。誰知宓子賤，致此劍刀傷。

【評語】議論正大，更添慘切〔四〕。林茂之

【校記】

〔一〕《崑崙草》此詩題爲《太康令魏于埜舅忠烈祠》。乾隆五十五年版《武鄉縣誌》此詩題爲《魏太康祠公諱令望字于埜爲太康令李自成破城殉難》。

〔二〕存　《崑崙草》作“留”。

〔三〕卞嵇　《崑崙草》作“許雷”。

〔四〕更　《崑崙詩選》作“便”。

長平八子詩

陳壺嵐〔一〕

壺嵐曠周旋，十春謀一面。綗戶傾陳醁，掃徑通群彥。寫書得良朋傾家醞〔二〕，情事如見。山色棲城頭，長河淨如練。即“山色”二句，想見壺嵐胸中丘壑波瀾，獨妙。丘壑滿胸中，浮華豈能眩。

【評語】不肆雕飾，老筆緯以真氣，自司推倒詞人〔三〕，大似太白放達之旨。陳伯璣

姬相周〔四〕

姬公方下士，返駕更延賓。登大倚積墨〔五〕，衣敝不重陳。古人風致。春城羈旅客〔六〕，遲暮但經旬〔七〕。二子遠來謁，翛然同避秦。但說客居見子，而主人欵客之情見於言外，意味深長，餘波不竭。

【評語】行徑不衫不履，堪爲姬生衍作小傳。陳其年

申葵衷〔八〕

申子寒氈破，篚鷹逼晝屏〔九〕。“逼”字說孤窮人，可憐。迎賓無雜座〔一〇〕，賃屋半疏櫺。始交若有契，坐久更忘形。獨謂吾詩老〔一一〕，終當托汗青。

【評語】格高氣老。杜于皇

武君十〔一二〕

君十愛棲遲，銜觴事林壑。俯視塵土腥〔一三〕，亡簪茹藜藿。此中大有作用在。闞我匪谿天，板纏聊見薄。處窮人見識，要拿得定。剩有素心人，同期馭鸞鶴。

【評語】“闞我匪谿天，板纏聊見薄”，此君十之高致，與俗流不同處。若世間無品人，處世涉物一無主張，則視鄉願何異？王貽上

陳吾青〔一四〕

吾青既藏輝，裘敝舍亦禿〔一五〕。獨念王子房，經天注東哭。險極。當時英雄人，潛闔何太速。不如飲美酒，逸光向幽獨。原是咨嘆吾青，忽說道吾青哭子房上，卻又將子房死亡一段極致悲悼，正是筆力之奇幻處。

【評語】逼似太白。陳伯璣

龐鳩六〔一六〕

鳩六屣履迎，投轄苦不早。下榻雖未成，所感在懷抱。凡交情之相洽，皆以意不以文，類如是。竹籜時寫書，開樽驗文章〔一七〕。想契已忘言〔一八〕，鴻名永爲寶。

【評語】拈出一事，不必盡其人而可以盡其人。筆下歷歷落落，摇曳自喜。黄心甫

石泰華〔十九〕

泰華恩感人，豁達吐懷素。累觴求一醉，情神與之赴。取友在神情上，便非泛交矣！顧見日將昳，風塵漭迴互。當恐促歡節，“恐”字正從“累”字來。酒向西光妒。反云酒妒西光，落想甚深。

【評語】說得磊磊落落，公榮、伯倫如在目前。陳伯璣

武二酉〔二〇〕

二酉富詩書，搴芳眇流輩。蝸舍取厨煙，隨階有餘態。二酉好

服食，有秘室，故歷敍其位置。共友檢農皇，曬藥松陰背[二一]。卜築本無塵，丹砂有時配。“有時配”則今尚未配，可知；意在言外，可想。

【評語】閑情冷致，着意渲染，特覺神采燁燁。黄心甫

《八子詩》較延之《五君詠》，此稍變其音節，轉入唐調，尤喜其不陳。孫豹人

【校記】

〔一〕《崑崙草》此詩題爲《陳壺嵐孝廉》。

〔二〕書　《崑崙詩文合集》、《崑崙詩選》作“出”。

〔三〕司　《崑崙詩文合集》、《崑崙詩選》作“可”。

〔四〕《崑崙草》此詩題爲《姬相周孝廉》。

〔五〕大　《崑崙草》、《崑崙詩文合集》、《崑崙詩選》作“山”。

〔六〕春城羈旅客　《崑崙草》作“一住却經旬”。

〔七〕遲暮但經旬　《崑崙草》作“有客頗好留”。

〔八〕《崑崙草》此詩題爲《申癸衷孝廉》。

〔九〕篚㕒逼畫屏　《崑崙草》作“秋容上畫屏”。

〔一〇〕雜　《崑崙草》作“難”。

〔一一〕謂　《崑崙草》作“爲”。

〔一二〕《崑崙草》此詩題爲《武君十茂才》。

〔一三〕俯視　《崑崙草》作“擺落”。

〔一四〕《崑崙草》此詩題爲《陳吾青茂才》。

〔一五〕舍　《崑崙草》作“舌”。

〔一六〕《崑崙草》此詩題爲《龐鳩六進士》。

〔一七〕章　《崑崙草》、《崑崙詩文合集》、《崑崙詩選》作“草”。

〔一八〕想　《崑崙草》、《崑崙詩選》作“相”。

〔一九〕《崑崙草》此詩題爲《石泰華孝廉》。

〔二〇〕《崑崙草》此詩題爲《武二酉茂才》。

〔二一〕松　《崑崙草》作“冬”。

吴銅川像

我愛銅川子，露頂存而真。被服壓機巧[一]，風俗使其淳。廼

首雙短袖，意氣觸星辰。激昂雖不偶，千里尋殊鄰。兩足頗結束，奉事山水津。露頂、被服、短袖、結束，皆就銅川衣褶上想象其生平行徑，極瑣細，極的確，一字移易不得。自益清露苦，苟爲奴隸嗔。昨從吴越來，新詩向我陳。高篇讀未已，摇艷砲蒼旻。句奇。不窮天下目，胸懷何繇中。一轉，兔起鶻落，從天而降。兹意儻可傳，欣欣常偕人〔二〕。落句天然奇絶，當有神助。

【評語】篇中奇横處定有一番刻畫，一番體貼，津津道出，絶非紙上浮言可以襲取，大率惟太白可語此，餘子固不足論也。黄心甫〔三〕

【校記】

〔一〕壓　《崑崙詩選》作“厭”。

〔二〕偕　《崑崙詩文合集》、《崑崙詩選》作“借”。

〔三〕黄心甫　《崑崙詩選》作“陳其年”。

對策太和殿

上國材賢浩縱横，人才濟濟，全從“浩縱横”三字看出。琢磨詞氣類華星。彩容好〔一〕。西山爽氣朝來見，魏闕青途得後輕。未得之時，多少艱難，既得則見輕矣！筆湧萬言風雨迅，人看一日羽毛成。雄健〔二〕。爐煙細處垂天仗，静聽公卿曳履聲。

【評語】何等雄渾，却無冠蓋膚鞹之氣。黄心甫

【校記】

〔一〕彩　《崑崙詩選》作“形”。

〔二〕健　《崑崙詩選》作“倢”。

引見乾清門

多士逢秋志易開，百年鵷鷺此追陪。香山積翠新豐外，石鼓晴光御苑廻。莊麗，然氣自蒼。紫禁金鋪承輦至，朱門燎火動天來。引見語須要如此莊嚴。臨軒聖主垂清問，咫尺長楊獻賦才。

【評語】點景易，實講難。五六正佳，但知賞次聯者，淺之乎言詩矣。黄心甫

贈西河萬僉事二首〔一〕

王師輕翼剪浮娥〔二〕，憲節承恩麗日多。汾水遠從天上靜，見得王師所向無前，專言汾水安靜之意。平丘昨向夢中過。都從安靜得來。龍章曳藻飛殊寵，春令乘陽起太和。雖是酬庸，亦非是太平盛事。按部鳴驄還問俗，西山寇盜近消磨。

【評語】是王師甫定後慶幸之詞，勿作溢美語看過。錢牧齋

臯使單車執法年，森然玉尺鏡中懸。澄清喜見西河郡，提挾還兼六府權。屬對法老。萬戶風煙親有色〔三〕，千山桃李盡皆賢。又從萬公身上看出民安土美，太平景象。居王鎖鑰雄方鎮〔四〕，象緯恒占四輔前。

【評語】語莊而不板，色采而不浮，所以可貴。杜于皇

【校記】

〔一〕《崑崙草》此詩題爲《寄西河萬僉憲二首》。

〔二〕輕翼　《崑崙草》作“倏忽”。

〔三〕親　《崑崙草》作“新”。

〔四〕居　《崑崙草》、《崑崙詩文合集》作“君”。

五叔廬墓南嶺

鳲鳩事業等飛灰〔一〕，天上星精去不回。憑吊獨深。孝子顯名曾擾兔，棘人多病畏登臺。孝子心事，遊觀獨廢。三年哭泣無乾土，五色文章出異才。若是無才人行孝，獨不足以顯揚祖德。惆悵司空艱守衛，塵昏常到北邙來。

【評語】從先德着手，起結便高出一世。潘江如

哀慕中精神結聚，不失氣象，自爾悚動得人。杜于皇

【校記】

〔一〕鳴　《崑崙詩選》作“嗚”。

贈棗强張明府〔一〕

南方重會曠周旋，歷落風塵古道全。江上畫船非舊日，楚中簫鼓憶當年。今昔之感，盛衰不同。歸心又值雙鳧近，客况何愁匹馬還〔二〕。傲骨自在，所以可貴。無那廣川花侵縣〔三〕，紅亭緑酒盡沽錢。

【評語】着意處出之輕倢〔四〕，乃見大家。黄心甫

確似高達夫七言律，非屬泛擬。杜于皇

【校記】

〔一〕《崑崙草》此詩題爲《代贈棗强張明府》。

〔二〕匹　《崑崙草》作“五”。

〔三〕無那廣川花侵縣　《崑崙草》作“不謂雷封堪乘興”。

〔四〕之　《崑崙詩選》作“入”。

金山寺

寂寂澄江淺復深，帝鄉遥動白雲心。神仙有術能浮玉，老衲無言識藏金。語自不浮。潮過蓬壺通夜息，風分吴楚散秋陰。能使一篇警策，金山之靈奇亦吐露無餘〔一〕。峨然怪石憑虚峙，南北帆檣自古今。

【評語】大雅之音，辭旨妥確。陳伯璣

整麗仍帶流動，一字移他處不得。張祐中二聯佳矣，而非完璧。況孫魴“天多剩得月”句，敢與先生頡頏耶！黄心甫

【校記】

〔一〕亦　《崑崙詩選》無此字。

焦　山

一山浮翠落城隈，清磬聲聞兩岸開。妙處在一“開”字，使人可

思。樹梢人家經雨出，海門魚浪逐風來。指次如畫。雲公講法還留石，焦子辭金不起臺。極目江天千古思，塵勞慙説佩刀才。

【評語】先生本幽異詭特之才，七言近體復有此清潤雅倢，才大如海，真不可測。黄心甫

起語已畫出焦山，如傳神者面目既肖，向後衣褶布景便不勞餘力矣！杜于皇

甘露寺

山樓廟擁白雲平，萬壑千峰面面生。語確。絶壁幾人堪試馬，雙柑若個解啼鶯。窗寒夜月迷秋色，石古松濤起梵聲。秀麗之極。羡得鱸魚垂釣叟，曾來沽酒向江城。

【評語】語意娟秀，無不妥確。錢牧齋

起二語已盡山形，與《焦山》詩同一結構。杜于皇〔一〕

【校記】

〔一〕杜于皇　《崑崙詩選》作"陳其年"。

潤州劉司李環山堂二首

高齋爽氣接巖城，四壁山暉立意晴。妙在"立意晴"，似屬有心。蔀屋齊炊千樹合，臣心如水一江平。子美所云"語不驚人死不休"也。坐來玉案當雲起，"起"字連"雲"字説，妙絶，若易他字便無味。夢入金花有鳳鳴〔一〕。他日長安風色好，應馳驄馬望中行。

【評語】氣清法老，平中之奇〔二〕。陳伯璣

才子風流動帝都，於今飛舄下雙鳧。匣中不負龍津劍，池内潛還合浦珠。東閣花香憑興放，"憑興放"，自在之極。西園草色得春敷。"草色得春敷"，想見除舊更新之意。槐堂綜理多閑日，一向琅玕醉玉壺。

【校記】

〔一〕花　《崑崙詩文合集》、《崑崙詩選》作"華"。

〔二〕平中　《崑崙詩選》作"中平"。

【評語】音響清越。錢牧齋

萬歲樓

郡齋接近古樓臺，尚想王恭鶴氅來。北渚春風生嫩柳，南山霽色落仙杯。風骨高邁。人煙自帶横岡迴，鵜鶘偏驚列戍匽。每一登臨深感慨，只今須借出群才。有樓以人重之思。

【評語】置之王少白〔一〕、孟襄陽二作中，不可復辨。杜于皇〔二〕

的是盛唐，不屑爲隨州、穎州等調。何雍南

【校記】

〔一〕置之　《崑崙詩選》作“即置之”。

〔二〕杜于皇　《崑崙詩選》作“陳其年”。

鶴林寺

名藍曾嗣法融禪，古迹還追江左年。野色戴公籬槿外，松陰劉氏井苔前。語不可磨〔一〕。秋風青嶂盤黄鶴，春日丹花笑杜鵑。工麗至此。每嘆簿書閑未得，來遊半日已登仙。

【評語】三四一聯，詩中有畫。蔣虎臣

中四語鶴林事實，點染無痕，所以入妙。方爾止

【校記】

〔一〕可磨　《崑崙詩選》作“輕下”。

上黨司理乘馳傳訪予窮巷中留飲數日去乃視偉予幾以復來用答其意〔一〕

板榻方移夏，雲峰正却塵。補出時令。世方倚鼎業〔二〕，性屢昧蒲輪。所愛尋商洛，終然托釣綸。何當思惙惙，忽有客轔轔。公子期毛薛〔三〕，時人重倩賓〔四〕。披襟忘結綬，斂笏下沾巾〔五〕。情詞惻然。坐隱南風急，書成角扇新。淡能終友約〔六〕，詩可慰年貧〔七〕。

遺詞必俊。藿食啣杯酒[八]，荆桃種水濱[九]。是山莊窮巷光景。填門愧鄭驛[一〇]，投轄效陳遵[一一]。際亂真難别，離群久益辛[一二]。雁蒼宜數至，鯉赤幸常親。只點"蒼"、"赤"二字便好。一諾無嫌隘，千金漫托鄰[一三]。深山留老驥，杖策共祥麟。飛含影金爛，摛光動玉振。嘗懷衛仲叔[一四]，百拜禮天民[一五]。結想高。

【評語】 此等排律，篇法、章法、句法無一不得少陵之神髓，今人對面不知，則王、李、鍾、譚睉却眼孔，可勝浩嘆！杜于皇

【校記】

〔一〕《崑崙草》此詩題爲《上黨連司理顧予山莊飲酒賦詩數日乃去又訂後約於其行也而賦此》。

〔二〕世方倚鼎業　《崑崙草》作"世悲灰鼎業"。

〔三〕期　《崑崙草》作"訪"。

〔四〕重　《崑崙草》作"羡"。

〔五〕斂笏下沾巾　《崑崙草》作"執手想懷民"。

〔六〕終　《崑崙草》作"忘"。

〔七〕慰　《崑崙草》作"任"。

〔八〕藿食啣杯酒　《崑崙草》作"魯酒驕花睡"。

〔九〕荆桃種水濱　《崑崙草》作"張梨破醉闉"。

〔一〇〕填門愧鄭驛　《崑崙草》作"贈言君吉甫"。

〔一一〕投轄效陳遵　《崑崙草》句作"酬句我陳遵"。

〔一二〕辛　《崑崙草》作"幸"。

〔一三〕漫　《崑崙草》作"冀"。

〔一四〕嘗懷衛仲叔　《崑崙草》作"不辭東道主"。

〔一五〕百拜禮天民　《崑崙草》作"俟爾涅河濱"。

陳皇士太君七秩詩[一]

賢媛徵彤史，徽柔配玉堂。星應寶婺降，筮得有嬀昌。典切。懿善元珠映，幽閑擬蕙芳。大家遵訓誡，季女潔烝嘗。肅肅承佳會，優優佐令望。栝棬追茂宰，巾櫛奉文莊。翰苑從官邸，鄉閭避

豎瑲。新綸還史局，舊德冠宮坊。别鵠孤鳴急，離鸞隻影藏。陳情隆二惠，錫謚美千霜。龍采平輿並，鴻聲冏寺揚。艱難寧恤緯，遜退但循墻。古鬱絶倫。秋濯絲人錦，春挑帝女桑。蒿簪恒獨御，瑶色每空張〔二〕。氣岸俱古。截髮成名廣，懸鈴葉夢祥。女師風里閈，子姓世珪璋。連璧歸家督，雙珠屬季方。含飴懽胤厚，戲綵悦身康。琢璞爲鳩杖，鏤金入燕筐。語工緻。天孫臨巧節，壽軫發靈光。七秩兹開宴，群公畢進觴。羅紈馨藹藹，葱佩慶穰穰。想見鈞天樂，還貽阿母漿。何能勞鞅掌，躬侍綺筵傍。

【評語】典麗深老，此體獨步。杜于皇

典則整暇，是讀書破萬卷之手筆。陳伯璣

【校記】

〔一〕皇 《崑崙詩選》作“一”。

〔二〕色 《崑崙詩文合集》、《崑崙詩選》作“瑟”。

題隱士高齋二首〔一〕

高處疑無地，青山與屋齊。懸崖絶壁，至其地者方知，切妙。不知城市裏，猶覺白雲低。

【評語】似一幅高尚書小景。杜于皇

出之極自然而意況最遠。何雍南

面勢因山壁，臺高未列墻。恐遮流水去，天際曉蒼蒼。情景自然，臨摹不得。

【評語】一段爽氣浩浩落落，逼真青蓮。黄心甫

【校記】

〔一〕《崑崙詩選》此詩題爲《題張隱士高齋二首》。

挽程柴園太君二首〔一〕

休父陰靈在，相從蟾兔移。只看丹旐上，猶帶百年悲。詞不奢

而悲自見。

【評語】“只看”、“猶帶”，空字見奇。林茂之

誰謂清修久，猶教掩夜臺。天不可問。九泉非往日，“非往日”已伏“不見”在内，妙，妙！不見子孫哀。

【評語】正以“不見子孫”，則子孫之哀益爲深惻。錢牧齋

【校記】

〔一〕柴　《崑崙詩選》作“紫”。

讀《旌孝録》有感二首

封樹長年怨，哀情發更多。遥知練水上，點點到寒波。凄絶。

【評語】“遥知”二字是讀《旌孝録》語，名手一字不肯空下。林茂之〔一〕

江夏無雙士，青烏葬四親。大孝在能全四親上。常存風木恨，慷慨向凌晨〔二〕。

【評語】五言絶極推盛唐王、李、崔、孟諸作，錢、劉以下詩雖工〔三〕，格漸下矣！讀此詩嘆古音斯未墜耳！周兼三

【校記】

〔一〕林茂之　《崑崙詩選》作“陳其年”。

〔二〕晨　《崑崙詩選》作“辰”。

〔三〕詩　《崑崙詩文合集》、《崑崙詩選》作“句”。

挽内子四首〔一〕

窺紅臨鏡想氤氳〔二〕，綉幙春風絶不聞〔三〕。上句依稀想象如或見之，下句云“絶不聞”，則情思更苦矣！忍使夜深清兔魄，翻簾猶照石榴裙。酸極。

【評語】通首不言悲而悲情更苦。潘江如

無情花鳥怨黄昏〔四〕，花鳥既無情，如何又説“怨黄昏”？解不得。薄命娟娥入羡門〔五〕。萬里關山孤月冷〔六〕，斷橋何處可招魂〔七〕。

【評語】此首雖有“怨”字，而着“花鳥”邊説，所謂愈鬆愈緊也。潘江如

嘆息容華事渺然[八]，悲事説盡。龍鄉輟曉憶嬋娟。猶憐舊日小兒女，細逐西風泣斷天。痛語不堪多讀。

【評語】兒女之悲，勝於己身，是一層緊一層也。潘江如[九]

舞鏡情悲子駿堅[一〇]，綉香玉燕草芊芊[一一]。説出委積光景，情思慘然。早知買土藏雲髻，何似吹簫莫學仙。自埋自怨，情緒無聊之極。

【評語】想到學仙幻極，却又説仙不必學。思路奥特，真空中之樓閣。黄心甫

【校記】

〔一〕《崑崙草》此詩題爲《代挽内子四章》。

〔二〕窺紅臨鏡想氤氲　《崑崙草》作“連城玉質委高墳”。

〔三〕綉幙春風絶不聞　《崑崙草》作“百斛明珠一旦分”。

〔四〕無情花鳥怨黄昏　《崑崙草》作“靈車斥苦去孤村”。

〔五〕媚娥　《崑崙草》作“人亡”。

〔六〕萬里關山孤月冷　《崑崙草》作“最恨鬼區無所覓”。

〔七〕斷橋何處可招魂　《崑崙草》作“枉教啼雨更招魂”。

〔八〕嘆息容華事渺然　《崑崙草》作“舞鏡情悲子駿堅”。

〔九〕潘江如　《崑崙詩選》作“陳其年”。

〔一〇〕舞鏡情悲子駿堅　《崑崙草》作“劈破蓮根絲尚牽”。

〔一一〕綉香玉燕草芊芊　《崑崙草》作“蓮花流去水西邊”。
玉燕　《崑崙詩文合集》、《崑崙詩選》作“金鈿”。

范懷素柳航二首[一]

楊柳蕭梢思不窮[二]，“蕭梢”貼“楊柳”，妙甚！臨窗艷艷小桃紅[三]。扁舟盡日垂陰滿[四]，疑是明湖一路中[五]。柳航周遭徧植垂柳，間以桃株，西湖一名聖明湖。

【評語】想落雲霄，無從消息，唐人中不易得也。蔣虎臣

植柳千行立暮煙，“立”字橫甚。虚沙岸火傍高舷[六]。“暮煙”、“岸火”都是夜景。夜深風雨驚人至，只恐乘流欲上天。雄奇高邁，使人

不敢迫視。

【評語】闢境造意甚奇，滔滔漭漭，有一瀉千里之勢，古人中惟太白堪與比儗耳。錢牧齋

二首俱極悠揚婉秀，斷是王龍標、李青蓮一派。何雍南

【校記】

〔一〕《崑崙草》此詩題爲《題鄴下范懷素柳航二首》，《崑崙詩選》此詩題爲《范懷素柳二首》。

〔二〕楊柳蕭梢思不窮　《崑崙草》作“楊柳絲牽欲鬥風”。

〔三〕臨窗艷艷　《崑崙草》作“碧天如洗”。

〔四〕扁舟盡日垂陰滿　《崑崙草》作“扁舟獨爲圖書繫”。

〔五〕明　《崑崙草》作“西”。

〔六〕虛沙岸火傍高舷　《崑崙草》作“書航遥掛最高邊”。

答董心素〔一〕

不見於今又五年，歸廬風雨撥書眠。夜來客夢梅花冷，凍折西窗三兩弦。冷妙。

【評語】首句只言其別之久，下三句第述其別後孤窮情冷之況〔二〕，一字不及思憶與問答之意，而纏綿之情使人尋味不盡。林茂之

【校記】

〔一〕《崑崙草》此詩題爲《董心素孝廉書至詩以訊之》。

〔二〕情　《崑崙詩選》作“清”。

趙平符齊雲齋二首〔一〕

憶昔曾登君子堂，桃花水外百垂楊。位置自佳。自從惜别如煙草，歷亂多於春晝長。情至語，非特比擬之妙。

【評語】三四語雋永，有無窮之味。杜于皇

雲根常自北山限，半入前峰半入臺〔二〕。確是“齊雲”。溜雨呼鶯渾不解，月明正好賦詩來。

【評語】可與王右丞《小臺詩》並傳。杜于皇

【校記】

〔一〕《崑崙草》此詩題爲《趙平符進士齊雲齋》。

〔二〕半入前峰半入臺　《崑崙詩選》作“漸入前峰漸入臺”。

秋雨呈任雲石太守

秋日愁將雨點消，射陽北渚憶征船。金風不肯吹愁去，風何以吹愁？且説“不肯吹愁”，更妙！點點從教助寂寥。不止不能消愁，反又添愁，不是怨風，還是恨雨。

【評語】不可增損，抵一長篇。杜于皇

贈高分司

草草相逢未可忘，長安雪後小糟傍。寫酒樓傾蓋，光景如畫。自從一别風期後，又見秋花晚節香。

【評語】絶似嘉州。潘江如

飲西河朱太史峪園謀嬌侑觴乃更以意屬予延其舍予雖留醉然終却其請四首〔一〕

疲驢皂帽入孤村〔二〕，客裹逢春竹葉罇。但使杏花能作伴，莫教紅袖傍雲根。即春色點染有情。

【評語】不教紅袖傍雲根，不必説到自身而地步已夐不可攀。黄心甫

光氣欲流。程千一

離石青娥倚畫樓，離石在汾州寧鄉縣。鳳鬟度曲不知愁。“不知愁”是幼年女子性情。莫因太史虹橋度〔三〕，錯認仙人在上頭。美人臨勝地，發興自是不同。

【評語】風氣大佳。孫豹人

四竹成鄰莫放寬，峪園四圍布竹。感君青眼不曾難。大寓感慨。桃花洞口誰相問，小伎能鄰范叔寒〔四〕。

【評語】謀嬌自不俗，故峪園詩每首皆序及。楊子常

白水朱魚太古嵐，七字寫盡園中勝槩。園林二月柳毵毵。相逢祇飲葡萄緑，"只飲"二字，却情意即在其中〔五〕。縞袖新粧墮馬憨。

【評語】絶不露出却請意，涵蓄深廣。黄心甫〔六〕

《國風》好色而不淫，即此數詩可想。杜于皇

【校記】

〔一〕《崑崙草》此詩題爲《招飲西河朱太史峪園謀嬌侑觴歸塗謀嬌復延至其舍予雖留醉然終却其請》。

〔二〕皂　《崑崙草》作"低"。

〔三〕莫因太史虹橋度　《崑崙草》作"莫緣太史飛橋過"。

〔四〕鄰　《崑崙詩文合集》、《崑崙詩選》作"憐"。

〔五〕情　《崑崙詩文合集》、《崑崙詩選》作"請"。

〔六〕黄心甫　《崑崙詩選》作"陳其年"。

杜于皇陳集生同飲署齋

硯爐容几席，盡日象筵開。愛雨移廊坐，聽更畏僕催。惟恐客去之情，使人消受。交新無狎論，氣爽見多才。以氣取人，是巨眼。呼取河東酒，情親自醱醅。集生索家醖。

【評語】語至真到處，風味自别。王貽上

秋　雨

雨脚因門變，秋來也自妨。"妨"字險。小花緣逕濕，輕霧到衣凉。石級荒荒白，溪流闇闇長。兩聯寫微雨入畫。歲凶兼廢酒，善於處窮，在一"廢"字。山險恃空囊。空囊有何不恃？於"險"中却用得着，妙，妙！

【評語】設景着色，無不精入。杜于皇

鑿空架險，此道中五丁手也。程千一

山中

已是因書誤〔一〕，冥居恨少書〔二〕。讀書人一經貧賤，便無可展布處，而山中閑寂，無書可讀，深用悵恨。非書能窮人，殆窮者而益專也。看山愁欲盡，學睡勝於初。不獨是無書消遣之法，始信古人真有睡方。耕稼妨吾懶，兒童喜客居。杜南鄰詩“慣看賓客兒童喜”〔三〕，彼是説看，此是説居，俱盡其妙。無嗟青草滑〔四〕，開闢帶經鋤〔五〕。句奇〔六〕。

【評語】山居人妙境，亦實境。潘江如

【校記】

〔一〕已　《崑崙草》作“本”。

〔二〕冥居恨少書　《崑崙草》作“身閑恨没書”。

〔三〕鄰　《崑崙詩選》作“陵”。

〔四〕無嗟青草滑　《崑崙草》作“驚人疑有句”。

〔五〕開闢帶經鋤　《崑崙草》作“瘦貌不關渠”。

〔六〕《崑崙詩選》無此句批語。

赴漁陽訪胡詹事〔一〕

蒼茫羈命達〔二〕，世意礙芳蘭。人耶？命耶？吾道非耶〔三〕？側目當年事，浮名此日寒。風塵孤劍直〔四〕，嶠嶺暮鐘殘〔五〕。“直”、“殘”字老極。爲問朝中舊〔六〕，蒼生憶謝安〔七〕。

【評語】古調激越，自是名手。王貽上

【校記】

〔一〕《崑崙草》此詩題爲《代呈胡内翰》。

〔二〕蒼茫　《崑崙草》作“文章”。

〔三〕耶　《崑崙詩選》三處均作“也”。

〔四〕孤劍直　《崑崙草》作“期古道”。

〔五〕嶠嶺暮鐘殘　《崑崙草》作“桃李暫投竿”。

〔六〕爲問朝中舊　《崑崙草》作“國士恩何報”。

〔七〕蒼生憶謝安　《崑崙草》作“師情老更歡”。

丁酉四月既始得微雨〔一〕

小雨芳原潤〔二〕，微飄動遠空〔三〕。黑雲初扇麥〔四〕，白鳥細隨風〔五〕。是微雨光景。水廟和牛土〔六〕，桑林降玉虹〔七〕。是久旱後。不須矜大足，宿莽半荒䆉〔八〕。有憂勤惕勵之意在。

【評語】喜雨詩難得如此蒼老。錢牧齋

【校記】

〔一〕《崑崙草》此詩題爲《丁酉四月予鄉始得微雨六叔病中索詩走筆應之》。

〔二〕小雨芳原潤　《崑崙草》作“紅日焰燒空”。

〔三〕微飄動遠空　《崑崙草》作“雲生暮井東”。

〔四〕黑雲初扇麥　《崑崙草》作“何人不看雨”。

〔五〕白鳥細隨風　《崑崙草》作“到處礙長風”。

〔六〕水廟和牛土　《崑崙草》作“檐滴朱樓細”。

〔七〕桑林降玉虹　《崑崙草》作“河流碧澗通”。

〔八〕宿莽半荒䆉　《崑崙草》作“一半是荒䆉”。

贈馬玉荀銓部〔一〕

梅風思曠蕩，淑氣引新年。乙未杪冬廿五日，爲馬公初度之辰，將屆立春，措思切當。待露常披奏〔二〕，分曹獨進賢。大節不苟。一經傳竹素，上國聽鶯遷。惟願青雲侶〔三〕，春光只在前。“春光只在前”仍從“杪冬廿五日”發議，以此等語作壽詩，極妙！可悟作詩之法。

【評語】色澤芳鮮，一洗習氣。錢牧齋

【校記】

〔一〕《崑崙草》此詩題爲《乙未杪冬廿五日爲吏部馬玉荀先生壽》。

〔二〕露　《崑崙草》作“漏”。

〔三〕青雲侣　《崑崙草》作"萬千載"。

寄殷國張使君〔一〕

聞説三川郡〔二〕，張公載米來。饋魚聊挂壁，"聊"字自然，與作腔者迥異。行縣畏煩財。使百姓享無事之福，自是循吏。獨坐臨書帙，從人勸酒杯。風流可想。建封方好士，自有不凡材。

【評語】樸秀全是子美。杜于皇

【校記】

〔一〕《崑崙草》此詩題爲《寄殷國張太守》。

〔二〕郡　《崑崙草》作"共"。

讀《旌孝録》有感

凄凉江夏後，忠孝映丹青。負土存三葉，封丘抱一經。句蒼老。風來天淼淼，火退雨冥冥。黄居被回禄，至先人四柩，尋致暴雨，柩獨存。合兆應須吉，悲生腐草螢。

【評語】古雅卓練，所謂扣如哀玉者。杜于皇

棋　負

豈謂南風急，猶稱賭墅爲。漏天秋雨賤，殘日菊花遲。"漏"字、"賤"字、"殘"字、"遲"字各相照。犯角憂三遂，衝心怨百罹。感懷遥深。藏機應未密，不敢咎天時。自安之詞，其思更苦。

【評語】感懷獨深，絶無敗亦可喜之意。林茂之

三壽詩有序　四首

世有可壽者三，而年其一焉。展釜生魚，留鸞集社，時得為而民可字，表百城之長，褒有德之侯，妙簡麟閣，曰有政事。縷管題詩〔一〕，桃花浣紙〔二〕，崔顥咏而筆杜，君苗見而硯焚，華國者不朽，曰有詩文。絳綃生陸地之蓮，勾漏蓄靈砂之

種，偓佺算大，彭祖齡遐，是其壽也，蓋在於年。邑大夫李公，紅山詩伯，柱下名家。瘦馬臨羊徑之塗，單車度胡甲之嶺。化方周歲，令屬懸蒲。作器鑄田，莒葉同禾莖而滋茂；拘牛曝背，絲雨共風馴而咸調。傳遞得蘇，竊銅無假。至於暇日，書尋鳥篆，詩染雲煙。文澹鬱而沉蒼，賦瀏亮而博洽。秋風亭上，長州縣中，遂無不標之句矣！僕豆重榆暝，鶉懸壁立。執瓶筲之賤器，過溝爨之奇知。遂蒙蔡公倒屣而迎，以致陳君投轄而止。每抽屈宋之艷，必來班馬之褒。届節蘭秋，當公申旦，投珠顧印，嘆所不如。嚼句成篇，心不能廢，蓋以言贈猶勝於食其德而罔報也。公方且廉稱市韭，政譽雷門。詩作金聲，名隸玉室。武城雖小，絃歌在户，王質採樵，尚且入道，而况於公乎？然公不但已也，緋衣銀印，坐進三公，緑字丹文，揚光萬載，然後翻霞觴而淋醉墨也〔三〕。其合三者而為壽乎？為賦詩四首。

瘠土逢山斷〔四〕，邑處萬山之中，土少石多，於山麓斷處，始有微田。溝塍落日邊〔五〕。藜飧姑簡略〔六〕，錦使避周旋〔七〕。邑去驛傳七十里，使車過臨，皆不親詣。秋水明於鏡，子山佳句。風簾捲入天。簾捲入天，奇矣！因風捲入，尤奇，此等句皆古人所不及。士元非百里〔八〕，會傍酒如泉〔九〕。邑酒著名，李公終日泥飲，其於政務，垂簾坐理而已。

【評語】才人治小邑，所謂"印鎖經秋帶鮮痕"也。林茂之

山自聰明出，巧合。人生韓子城。長驅憐驛苦，蒙諭省民爭。鶴瘦銜珠舞，槐深夾路生。此皆狀清閑無事之意。凱之垂簾，夷甫清談，有如一轍。自從明府在，鷹犬寂無聲。

【評語】不勞而理，詩亦全不費力。林茂之

雷封何地古，詩思日堪題。噴墨皆成字，登樓每聚奎。李公風雅，於斯可見。花當珠露立〔一〇〕，用"立"字輒有思致，與"飛嵦崇丘立"同妙。月隱市橋低〔一一〕。佳景。本自爲仙吏，雙鳧過野畦。

【評語】緊聳在五六一聯，能使全首生動。林茂之

素節引東阡〔一二〕，坤牛飯暮天。奥闢〔一三〕。莖長絲載綱，露足雨添煙。唐人“宿霧足廟煙”不若此“添”字奇闢。國豆從時俗，瓊膏樂壽年。“壽”字一見，亦不知其爲壽詩。皋狼風土瘠〔一四〕，游倏小如拳〔一五〕。可作風土記。

【評語】興致奇闢。林茂之

合全詩觀之，大似柳愚溪游山水，胸手眼別有注射，能使窮陬瘠壤皆屬可傳。杜于皇〔一六〕

【校記】

〔一〕題詩　《崑崙草》作“詩題”。

〔二〕浣紙　《崑崙草》作“箋編”。

〔三〕淋　《崑崙詩選》作“琳”。

〔四〕瘠土逢山斷　《崑崙草》作“地僻城如笋”。

〔五〕溝塍落日邊　《崑崙草》作“逢山綴石拳”。

〔六〕藜殕　《崑崙草》作“米鹽”。

〔七〕錦使避周旋　《崑崙草》作“連最好烹鮮”。

〔八〕士元非百里　《崑崙草》作“羅侯方壯勝”。

〔九〕會傍酒如泉　《崑崙草》作“案牘躲周旋”。

〔一〇〕珠露　《崑崙草》作“露下”。

〔一一〕月隱市橋低　《崑崙草》作“柳度門前低”。

〔一二〕素節引東阡　《崑崙草》作“商氣老肥田”。

〔一三〕奥闢　《崑崙詩選》作“奥”。

〔一四〕皋狼風土瘠　《崑崙草》作“大都緣界好”。

〔一五〕游倏小如拳　《崑崙草》作“落得撫琴弦”。

〔一六〕杜于皇　《崑崙詩選》作“陳其年”。

贈劉康侯美人子素二首〔一〕

從來無字伎者，而予字之，即無不尚其嬌且艷者，而予獨素之，則子素固足當予字者也，固字之曰子素〔二〕。

永巷經春粧翠寒〔三〕，琵琶小伎素衣寬。即其裝束，雅態備見。當時誤入天台去，玉貌金蟬欲辨難〔四〕。肌理骨肉不可鋪張，只在裝束上揣摹，益冷妙〔五〕！

【評語】妙想妙筆。潘江如

綠帳流波謝綺羅，“流波”二字妙極。妖韶無奈夜情多〔六〕。微艷。紅兒最有春如海〔七〕，春安得如海？妙不可言。度入東風障後歌〔八〕。

【評語】貽上最能爲情語，公詩渾麗，復使人在思議之外。林茂之

【校記】

〔一〕《崑崙草》此詩題爲《爲劉康侯美人字》。

〔二〕序言據《崑崙草》補。

〔三〕永巷經春　《崑崙草》作“高髻雲鬟”。

〔四〕玉貌金蟬　《崑崙草》作“至到而今”。

〔五〕妙　《崑崙詩選》作“益妙”。

〔六〕妖韶　《崑崙草》作“嬌羞”。

〔七〕紅兒最有春如海　《崑崙草》作“從來趙女傳如玉”。

〔八〕度入東風障後歌　《崑崙草》作“一段穿雲裂石歌”。

即王林州先生席賦十日紅菊二首〔一〕

欲逐寒英步紫苔〔二〕，柔鬟屈朵漫相催〔三〕。花未大作。凄辰落雨胭脂濕〔四〕，一日須當看一回。無字不是“十日紅菊”，然恰是題中所有，他人却隻字不能道出。

【評語】結句穩貼，意復含蓄。黄心甫

清光似與昨宵同〔五〕，回憶確妙。廣漠金吹琥珀紅〔六〕。十日花開猶未遍〔七〕，不知何事怨秋風〔八〕。問得無端，却妙。

【評語】反照出“十日”兩字，高手渾雅如此。黄心甫〔九〕

【校記】

〔一〕《崑崙草》此詩題爲《王林州先生席上命賦十日紅菊》。

〔二〕欲逐寒英步紫苔　《崑崙草》作“雨過重陽菊漸開”。

〔三〕漫相催　《崑崙草》作“見新裁”。

〔四〕凄辰落雨胭脂濕　《崑崙草》作“胭脂亂抹雙紅頰”。

〔五〕似　《崑崙草》作“尚”。

〔六〕廣漠金吹　《崑崙草》作“睡老難披”。

〔七〕十日花開猶未遍　《崑崙草》作“十日圓球開未遍”。

〔八〕怨　《崑崙草》作“惱”。

〔九〕黄心甫　《崑崙詩選》作“陳其年”。

白洋河題高游擊壁四首存二

萬里風清絶燧煙，中軍雄略在弋鋋。黄河曲裏安如堵，用佐龍飛十四年。自然流動。

【評語】妙極天然，七言化境。鄒流綺

白高金鞍倢臂騎〔一〕，磨刀霍霍日遲遲。雄心壯烈，視“獨坐親雄劍”〔二〕，氣概又不同。將軍玉帳嫻韜略，知是狂氛欲盡時。不戰而屈人之兵，先説倢騎，後歸主將，缺一不可。

【評語】調高氣雄。周兼三

【校記】

〔一〕高　《崑崙詩文合集》、《崑崙詩選》作“馬”。

〔二〕親　《崑崙詩選》作“觀”。

煎　茶

下相祠前畫角哀，雲花驟雨作驚雷。七字皆狀煎茶。不知謖謖清風起，又在淩虚百尺臺。上三句每句伏案，末句以“又在”二字一挽，大有應接不暇之勢。

【評語】高響入雲。潘江如

對　酌

竹葉蓴絲不自謀，殘尊落日下紅樓。主人只有情難盡，一似長河萬古流。與青蓮“别意與之誰短長”同妙，必傳無疑。

【評語】一注而下，當是絶調。杜于皇

贈安東王分司

麟脯金盤進蕊宫，先生顏色倍青葱。太公更有安期壽，都在蓬萊渤海東。篇中“倍”字、“更”字、“都”字，照顧完密。

【評語】太公在署中，夾説有味。楊子常

贈文鍊師二首〔一〕

濯濯仙人王子喬〔二〕，靈顏翠髮上丹霄〔三〕。始知五嶽無行徑〔四〕，不信華林一葉凋〔五〕。鍊師誦《黄庭》，茹芝草，學延年之術，故語多托寓。

【評語】“不信華林一葉凋”，是向道猛勇之意，却微寓規諷。王西樵〔六〕

姑射仙人莫記年〔七〕，霓旌時御白雲邊〔八〕。不知却粒緣何事〔九〕，猶獻人間子母錢〔一〇〕。説得好笑，令人自愧。

【評語】此雖諷人，還諷鍊師，勿被瞞過。王西樵〔一一〕

【校記】

〔一〕《崑崙草》此詩題爲《平陽文鍊師哀人生之險巇安上帝之金臺寄跡予鄉聖母祠日誦黄庭茹芝草而四方之人以其新亦頗有獻錢米者予嘗造而問焉贈詩二章》。

〔二〕濯濯　《崑崙草》作“不見”。

〔三〕靈顏翠髮　《崑崙草》作“赤龍指日”。

〔四〕始知五嶽無行徑　《崑崙草》作“腰中嘗帶昆吾劍”。

〔五〕不信華林一葉凋　《崑崙草》作“斬盡人間花月妖”。

〔六〕王西樵　《崑崙詩選》作“陳集生”。

〔七〕莫記年　《崑崙草》作“出洞天”。

〔八〕御　《崑崙草》作“到”。

〔九〕不知却粒緣何事　《崑崙草》作“不知調運金花蘂”。

〔一〇〕猶　《崑崙草》作“還”。

〔一一〕王西樵　《崑崙詩選》作“陳集生”。

壬午秋闈忝生余公不謂其駑下亟物色予謂陽直彭子籛先生程君果得途吾兩人當破十萬錢快諸公飲已落太原公房遭賺黜榜諸公咨嘆欲識予卷知其處乃流俗口不可用謂失予卷不知欲識予也然予場前不以捉刺勤館入謁請太原公固自守泊然耳〔一〕

悵望玄珠秋水濱〔二〕，津頭無數採珠人〔三〕。俯視一切。驪龍未睡誰先得〔四〕，愁見朱絃又敝秦〔五〕。文章雅淡者，比之"朱絃"。

【評語】主司冬烘，古今同慨。以先生之才而不遇識者，真爲恨事，何余公索之牝牡驪黄之外，此士所以有知己之感也。鄒流綺

【校記】

〔一〕《崑崙草》此詩題爲《壬午闈中余忝生父母急欲物色予謂同考彭子籛先生曰吾兩人有得崑崙者出闈日當設席張筵食十萬錢爲諸公一醉既而落太原公房遂遭賺黜既放榜諸公扼腕予卷咸欲一識之當時里中轟傳失予卷子不知乃欲識予也雖然予場前不肯見太原公固自守泊然耳》。

〔二〕悵望玄珠秋水濱　《崑崙草》作"不怨投珠終勒帛"。

〔三〕津頭無數採珠人　《崑崙草》作"琵琶慚愧負君恩"。

〔四〕驪龍未睡誰先得　《崑崙草》作"當時難得驪龍睡"。

〔五〕愁見朱絃又敝秦　《崑崙草》作"腸斷蘇公枉注存"。

題袁母寒香晚節圖〔一〕

拂牖篔簹木榻穿，寒花如雪雨田田。袁母二十九歲而寡，行年八秩，爲《竹菊圖》，寓寒香晚節之意。不知白髮緣何盡？霜哺於今八十年。二語包藏無盡，抵他人千百餘句。

【評語】高華典重，一時作者無出其右。林茂之

重逢引贈荆郡丞〔一〕

荆君譬比三十載，手不停披去朱黄。已復星攢入太學，願交海虞楊子常。子常傳癖推第一，千衆萬象篇相質〔二〕。須臾倒抹似塗鴉，令庸衆人敗興。惟君卷卷稱入室〔三〕。我亦燃膏喜著書，同君嶽嶽起名譽〔四〕。當時雖共文星暗，淹室時臨長者車〔五〕。李詩謝賦羨筆精，二十餘人盡國英〔六〕。野情距躍終不改〔七〕，飛騰漫浪何由撑。神采奕奕，使人不敢迫視。況值袁師蒙大難，慷慨還生憤不平。吁嗟荆君嘗草疏〔八〕，起得超忽。二十餘人爲之助。能令死灰忽又燃〔九〕，袁師談笑出門去。豪俠舉動，出人於生死之間，且能還其故物，津津言之，至今嘆爲奇事。即今汲郡佐風猷〔一〇〕，皆謂袁師薦君始〔一一〕。又找袁師一句，餘波瀠洄可愛。衛人利賴破誅奸，委珠披絮心如水。畫出廉吏。我來訪君詣衛輝〔一二〕，蒼山點黛高巍巍。羽人勤息言君德〔一三〕，玉堂石室生光輝。荆君雅不爲自潤〔一四〕，大庇衛人何皆肥。清態肥人，不是一味無爲。君不見屢困蓬蒿藜藿子，猶致今朝澹不歸。結在自己身上却不覺。

【評語】無端提出一楊子常，極口推許，鈍人必謂與題面無關，豈知題中波瀾筋節全在於此。及袁師一段，極力摹寫袁師，正是推許郡丞作用處。特他人用正衍故不靈，此用側挑遂爾聳動飛舞，不可控捉耳。黄心甫

七言古長於叙事，絶去雕飾，能使讀者精神飛動。孫豹人

【校記】

〔一〕《崑崙草》此詩題爲《重逢引贈荆二府》。

〔二〕象　《崑崙草》作“衆”。

〔三〕君　《崑崙草》作“公”。

〔四〕君　《崑崙草》作“公”。

〔五〕淹室時臨　《崑崙草》作“幸得門多”。

〔六〕盡國英　《崑崙草》作“更結盟”。

〔七〕野情距躍終不改　《崑崙草》作“由來高義互相許”。

〔八〕荆君　《崑崙草》作“我公”。

〔九〕燃　《崑崙詩文合集》、《崑崙詩選》作“然”。

〔一〇〕佐風猷　《崑崙草》作“需分理”。

〔一一〕君　《崑崙草》作“公”。

〔一二〕君　《崑崙草》作“公”。

〔一三〕君　《崑崙草》作“公”。

〔一四〕荆君　《崑崙草》作“我公”。

結納行遥寄姜明府〔一〕

余年二十號龍媒〔二〕，拳毛踏地詣金臺。起調每每凌厲一世。回眸不見逢伯樂，徒然按劍被人猜。感從中來。新興姜君摘句好，場中五判千軍掃。相對唏嘘向我商，摇毫擲簡生煩惱。久困場屋人，揣摩不定，牢騷無聊之狀如在目前。君今結綬在南燕，邑無喧鵲却鳴絃。可邀冰柱雪車客，重上河陽玳瑁筵。

【評語】起勢如持滿之弦、吐銜之馬，是歌行最得手處，後復遒宕，以少勝多。杜于皇

調急，是唐人孟東野。黄心甫

【校記】

〔一〕《崑崙草》此詩題爲《結納行贈姜明府》。

〔二〕余　《崑崙草》作“予”。

慶雲見東南行

丙戌立秋後二日，玉琯新移氣漸凉。碧天遠引浩無際，卿雲驀見東南方。直叙作冒，已見大意。赤如朱雀千端錦，黄似靈州塞外羊。黑侔純漆霏霏出，白照蓮花劍上霜。青者飛來類車蓋，只增一“者”字，靈妙出脱〔一〕，全不費力。心折先生神筆在此，世人不知。别有佳氣鬱其傍。犇騰輪菌非一態，隨空亂足動鸞翔。屏翳宛轉謀出岫，乍看

還疑忽在罔。四句形容五色，混合一處，忽聚忽散，雲之形體畢露。佛家九雲未足語，從龍垂翼杳何所？郦原尚是人中鶴，董京白社逢孫楚。羅文錯落定休明，吐潤敷華不得阻。“慶”字意出，詩之光昌博大所不必言。閶闔風高近大虛[二]，芙蓉日影下幽渚。一氣磅礴。我慕虞廷歌復旦，時豐不止登禾黍。

【評語】他人定不敢將五色字五句排下[三]，先生直排去，略不用參差架疊法，氣直而且老，如讀漢人文，魏晋以下手脚視同糞土。其摹畫處有一字落世諦否[四]？何物心孔[五]，藏此鬼斧神鏤？黄心甫[六]

【校記】

〔一〕靈　《崑崙詩選》無此字。

〔二〕大　《崑崙詩文合集》、《崑崙詩選》作“太”。

〔三〕句　《崑崙詩選》此字處爲空格。

〔四〕有一字落世諦否　《崑崙詩選》作“無一字落世諦”。

〔五〕何物心孔　《崑崙詩選》作“是何心孔”。

〔六〕黄心甫　《崑崙詩選》作“陳其年”。

投知引贈張伯將郡丞[一]

吾鄙推奇節之士[二]，句生勁，七言古佳處。後有青主前伯將。主客雙提，别具手眼。青主去救袁夫子，千金擲地神揚揚。抗疏共我見天廟，袁師乃得歸故鄉。至今抱甕絶人事，埋光剷采游何方。此段言客。張公伯將不可及，癸酉飛才傾大邑[三]。風流不減樂與王[四]，劚華掞藻如波急。此段言主。余時籍甚少年場，龍文百斛聲猶澀。“如波急”極得文章變動之妙，“聲猶澀”要看出是不得志處，非自謙語。張公不棄爲兄弟，勝流往往恣雲集[五]。開化寺中拂綺筵[六]，嘈嘈嘈嘈奏朱絃。永新皓齒風情在[七]，枕麴承糟劇可憐[八]。我每洛薄居上座[九]，因公叔姪稱盡賢[一〇]。自怪致身期反掌[一一]，悲在“自怪”。久之棄繻且空還[一二]。似太白。壬午蒼茫猶一遇[一三]，風塵慘澹嗟遲暮。公今坐嘯理鄴都[一四]，富貴應不違其故。伯將不可及處。嘗聞冰雪畏人知，轉見屏蔽開罏鑄。虚舍求賢似李邕，隨車却有甘霖澍[一五]。嘆我終年日益貧，懸空簞陋托隱淪[一六]。意氛由來不自惜[一七]，專權竇霍輕故人[一八]。意氣雖不自惜，轉爲權貴所輕，可見從來通塞分途，難得意氣之投分。嗚呼青主身良賤，又挽入青主，妙！妙！自爾非公難具陳。不然相識滿天下，世間誰有如公仁？賓主雙結，如二賢合傳。此只似不了語，然何嘗不了？

【評語】今人不識師友二字，操管漫云，作詩亦言性情，亦言懷抱，不知其所藏爲性情懷抱者何物？先生未嘗爲袁師專作一題，感觸及之，聲淚俱下。師友若此，五倫可知，五倫若此[一九]，則所藏爲性情懷抱者不待拈髭搦管，即一舉一動一語一默無非詩矣！區區按節尋聲，所謂作詩必此詩也！焉得有詩人哉？願奉武鄉先生爲天下詞壇矜式，必先洞晰其本領所在，然後開卷讀先生文集，乃不負先生現詩人身而爲説法耳。黄心甫

神氣超逸，熟於太白《憶舊游寄譙郡元參軍》及《答杜秀才五松見贈》諸篇，方合此境。孫豹人

【校記】

〔一〕《崑崙草》此詩題爲《投知引贈張伯將二府》。

〔二〕吾鄗推奇節之士　《崑崙草》作“吾鄗素言豪俠士”。

〔三〕飛才傾大邑　《崑崙草》作“高名滿大邑”。

〔四〕減　《崑崙草》作“數”。

〔五〕恣　《崑崙草》作“成”。

〔六〕拂　《崑崙草》作“列”。

〔七〕皓齒　《崑崙草》作“樹子”。

〔八〕劇　《崑崙草》作“轉”。

〔九〕洛薄　《崑崙草》作“登龍”。

〔一〇〕因　《崑崙草》作“托”。

〔一一〕自怪致身　《崑崙草》作“自謂青雲”。

〔一二〕久之棄繻且空還　《崑崙草》作“誰知棄繻復空還”。

〔一三〕壬午蒼茫猶一遇　《崑崙草》作“壬午秋闈更一遇”。

〔一四〕理　《崑崙草》作“在”。

〔一五〕却　《崑崙草》作“獨”。

〔一六〕托　《崑崙草》作“羡”。

〔一七〕意氛由來不自惜　《崑崙草》作“值兹兵燹流離後”。

〔一八〕專權實霍輕故人　《崑崙草》作“疇是當年石契人”。

〔一九〕若　《崑崙詩選》作“觸”。

紹聲篇〔一〕

人生無子萬事促〔二〕，伯道樂天如轉燭〔三〕。廣平雖有風少衰〔四〕，姚崇二字多致辱〔五〕。丞相明經繼韋賢〔六〕，緑縹紫焰志高騫〔七〕。大兒將車次持杖〔八〕，能使神俊相周旋〔九〕。歷敘子之賢愚作冒，欲奠一之有佳兒，乃見交誼古處，而筆致流動斑駁，自當壓倒一世。鄴下新傳王奠一〔一〇〕，提衡傾蓋酬群匹〔一一〕。晝理縹醪白露羹〔一二〕，耦曹滿座無閑日〔一三〕。流麗可喜。俠氣應留護地天，還從阿囝問詔編〔一四〕。國器豈須歸老大〔一五〕，豆芝咄咄在初年。奠一結客之外别無他長，故其象賢亦只就俠氣一邊説去。人情大都喜有息，何論相知未相識。從不識奠一上生議，高奇。成詩緝字動鬼神，此語未必無關力。將奠一有子説在得詩之助，不特將自己手筆看得大，一似世間實有此理〔一六〕，奇極，幻極。藍田産玉不厭多，歲歲年年讀我歌。羲之獻之似立竹，參差瞥捩不如他〔一七〕。拓開説去，仍歸在讀己之詩上〔一八〕，可謂善占地步。

【評語】世有其人，本無可傳，而得名人之詩文以傳者，不知何限。可見詩文力量足與天地悠久，語非怪誕，實有此理，雖謂奠一之子異日得崑崙此詩之助，固無不可也。錢牧齋

賀一不相知人之有子，是極泛套事。鋪砌箕裘，令人欲嘔，却從崎嶇逼仄之處闢出一洞天，全副性情，全副懷抱，豈止點鐵成金，直如菩薩神通，能令一切樹間出莊嚴藏，今人奈何易言詩也！黄心甫〔一九〕

【校記】

〔一〕《崑崙草》此詩題爲《紹聲篇爲鄴下王奠一作》。

〔二〕人生無子萬事促　《崑崙草》作“生平能解結奇人”。

〔三〕伯道樂天如轉燭　《崑崙草》作“正當海内苦風塵”。

〔四〕廣平雖有風少衰　《崑崙草》作“陟崇犯險何曾面”。

〔五〕姚崇二字多致辱　《崑崙草》作“妙卜懷素都其鄰”。

〔六〕丞相明經繼韋賢　《崑崙草》作“懷素爲言王奠一”。

〔七〕緑縹紫焰志高搴　《崑崙草》作“緩急之中誠可必”。

〔八〕大兒將車次持杖　《崑崙草》作“晝錦堂前醉五侯”。

〔九〕能使神俊相周旋　《崑崙草》作“炊金更上鴛鴦樓”。

〔一〇〕鄴下新傳王奠一　《崑崙草》作“放眼肯交天下士”。

〔一一〕提衡傾蓋酬群匹　《崑崙草》作“俗伍莫得知厥由”。群　《崑崙詩選》作“郡”。

〔一二〕晝理縹醪白露羹　《崑崙草》作“常恐此道至君止”。

〔一三〕耦曹滿座無閑日　《崑崙草》作“天涯寥落圖知己”。

〔一四〕還從阿囝問詔編　《崑崙草》作“咸從阿囝覓象賢”。詔　《崑崙詩選》作“紹”。

〔一五〕豈　《崑崙草》作“不”。

〔一六〕一　《崑崙詩選》無此字。

〔一七〕瞥捩　《崑崙草》作“叫出”。

〔一八〕仍　《崑崙詩選》作“似”。

〔一九〕黄心甫　《崑崙詩選》作“陳其年”。

酬林茂之將同貽上刻其詩集

僕本疎慵愛林壑，先人賜書手長把。何知作吏苦風塵，况值瀕江偪戎馬。自嘆艱難秪厚顔，夢中聊自悔空山。“厚顔”因“艱難”來，既“厚顔”則不得不自悔矣！却説夢中悔空山，蓋人情於夢寐之中屬念山林，乃是常態，一經拈出，便使人痛快耳！紛紛鵷鷺徒滿眼，終然棄我如等閒。此艱難處。三十年前思林子，懷中雲錦深仰止。巋然魯殿餘靈光，曄若鄧林茂柟梓。昨者貽我白門書，胸中頗著程坦如。奇肆。但諷名篇心跡親，不問安置誰吹虛。茂之爲貽上慰薦，然公之好士實不因人獎挹而然。聞翁今已踰耋齒，拄頦高咏尚未已。手書贈我之長歌，萬里岷源導江水。二語長歌中極蒼勁之句。得意忘年何敢當，疾讀渾如按混茫。好學之誠於“疾讀”二字看出〔一〕。别録集中兩三卷，縱觀天地久低昂。俱有致。乾坤傾洞尋干戈，文士精靈恃不磨。四方上下覓鍾期，藏詩無過乃翁多。敢謝官微禄米薄，國門忍廢琳琟作。請翁强飯當春風，況與王公同一諾。“同”刻意，只未“一”點出〔二〕。

【評語】酬贈詩人先生手〔三〕，定有一片孤情至性繚繞於前後左右而後下筆，世人作詩但從題下筆，從題下筆者末也，先有繚繞於前後左右者本也。不爭末而爭本，當代作者林立，孰能窺先生之涯涘哉？黄心甫

興致瀟灑，青蓮筆意，此等自然以敏捷得之，殷璠所謂“氣來情來”也。孫豹人

【校記】

〔一〕學　《崑崙先生合集》、《崑崙詩選》作“士”。

〔二〕未　《崑崙先生合集》、《崑崙詩選》作“末”。

〔三〕酬　《崑崙詩選》無此字。

元社擬春夜宴桃李園詩有序〔一〕

白集無宴詩，考《唐文粹·春夜宴諸從弟桃園序》云：“會桃花之芳園，序天倫之樂事。群季俊秀，皆為惠連；吾人歌咏，獨慚康樂。”與今本《桃李之芳園》有别，然天倫、群季、惠連、康樂皆指從弟，則俗從桃李者誕於是矣，因發其旨，與世見之。

青塗乘歘吸〔二〕，君子懷苦辛。盛年狥推恕〔三〕，薄俗負徂春〔四〕。往者不可追〔五〕，梓澤恣沉淪。晝夜歲之半〔六〕，寂歷分良辰〔七〕。以夜補晝全，從“半”字上加一番警悟，使人不得錯過。淑節蒻新酒〔八〕，且未敦四鄰〔九〕。楚雀緣風葉，華宗墜緑茵。都從桃園結想，絶無浮響。心賞欣在兹，護法會天倫。阿連比才悟，綺文燦高旻。肆志抽玄秘，康樂如有神。將從弟俊秀、天倫樂事，筆筆清出。名章拔灌木，迴句映沙塵。補出擬詩。況此晴芳氣，千笑月前人。紅霞紛

未已〔一〇〕，甘與群季親〔一一〕。又繳入春夜桃園。羽觴流不極，無惜攻伯仁。以宴從弟擬詩收，結構甚密。

【評語】詞句芳潤而氣格之周祥温厚〔一二〕，雖太白未易及也。潘江如

【校記】

〔一〕《崑崙草》存《元社擬春夜宴桃李園詩有序》序言爲：家有白集，並無宴詩。猶記《唐文粹》有《春夜宴諸從弟桃園序》，内云："會桃花之芳園，序天倫之樂事。群季俊秀，皆爲惠連；吾人歌咏，獨慚康樂。"與今本云《桃李之芳園》有别，未知孰正。然曰天倫、群季、惠連、康樂則指諸從弟言明矣，今一從唐文，以安所信。

〔二〕青塗乘歘吸　《崑崙草》作"人生猶過隙"。

〔三〕盛年狥推恕　《崑崙草》作"朱顔日以老"。

〔四〕薄俗負徂春　《崑崙草》作"慚愧對青春"。

〔五〕往者不可追　《崑崙草》作"黄金弗可留"。

〔六〕晝夜歲之半　《崑崙草》作"晝短有夜長"。

〔七〕寂歷　《崑崙草》作"百歲"。

〔八〕淑節蒻新酒　《崑崙草》作"陽和都序首"。

蒻　《崑崙詩文合集》、《崑崙詩選》作"篛"。

〔九〕且未敦四鄰　《崑崙草》作"丹葩曜角巾"。

〔一〇〕紛未已　《崑崙草》作"益清緒"。

〔一一〕甘與　《崑崙草》作"織字"。

〔一二〕祥　《崑崙詩文合集》、《崑崙詩選》作"詳"。

送魏次公之廣陽〔一〕

嚴程宜别引〔二〕，冉冉抗前旌〔三〕。離情何哀鬱〔四〕，秣馬脂車輪。煎沙五六月，丹衢映人明。點綴苦熱難行之景。黄金方結士，安得弗果行。朝發珍珠泉，暮出東山平。佇立已忽去，遺輝獨屏營。是去後無聊光景。君才凌博物〔五〕，常懷千歲名〔六〕。何能阻往路，日夕齊逢迎。願言奮羽翼，不見思彌生。既思良友，又欲良友之思我，此等投分，妙在兩下心照。

【評語】南陂遺響，更增疎宕〔七〕。陳伯璣

有煌煌《京洛篇》之概，其情至則直接河梁矣，不以長短多少論也。杜于皇〔八〕

【校記】

〔一〕《崑崙草》此詩題爲《送魏次公北上》。

〔二〕嚴程宜別引　《崑崙草》作“依親宜北上”。

〔三〕冉冉抗前旌　《崑崙草》作“終然離別情”。

〔四〕離情何哀鬱　《崑崙草》作“君行千餘里”。

〔五〕淩　《崑崙草》作“傲”。

〔六〕常懷千歲名　《崑崙草》作“况向季智盟”。

〔七〕宕　《崑崙詩選》作“岩”。

〔八〕杜于皇　《崑崙詩選》作“陳其年”。

培風亭冬槐〔一〕

枯條撑屋角〔二〕，餘枝聚門闌〔三〕。秋葉落已盡〔四〕，自信天地寬〔五〕。摹寫冬槐之跳脱，是有至理存乎其間〔六〕，咏物如此乃深。顧盼理有適〔七〕，愛此形影端。有時寒月起〔八〕，或來門外看。陶句。乾潔宜如此，持茲心想歡〔九〕。一槐耳，愛其端節，且從門外來看，奇人行徑，自是不同。

【評語】“乾潔”二字說冬槐，確妙。王貽上

“枯條撑屋角，餘枝聚門闌”，刻鏤突兀，妙在起句，入中幅便不奇。黄心甫

【校記】

〔一〕《崑崙草》此詩題爲《魏進士培風亭冬槐》。

〔二〕枯條撑屋角　《崑崙草》作“門進離一步”。

〔三〕餘枝聚門闌　《崑崙草》作“槐枝加客冠”。

〔四〕秋葉落已盡　《崑崙草》作“空凍全舒日”。

〔五〕自信天地寬　《崑崙草》作“勢若安于闌”，句後另有“經次崀壘路，奇情識者難”一句。

〔六〕是　《崑崙詩選》作"似"。

〔七〕顧盼理有適　《崑崙草》作"余亦方散人"。

〔八〕起　《崑崙草》作"寢"。

〔九〕歡　《崑崙草》作"觀"。

感　梅

見汝悟時艱〔一〕，榮華向冬月。借梅寓意，悲共晚遇。南枝感激生〔二〕，將梅説得有心，更妙！北枝亦清越〔三〕。徂落道彌尊〔四〕，辭羣志猶揭〔五〕。孤清之極，可賞在此。零雪紛下頹，微風鳴弗歇。輜軿合幽棲〔六〕，"合幽棲"接在"輜軿"之下，故妙！悰憚雕壯髮。静夜生愧悔〔七〕，對如嘗不曰〔八〕。静夜思，惟實有不可告語者，對梅付之嘿然，高人心事，全無隱諱。丈夫非無知〔九〕，宅情與汝竭〔一〇〕。所悦煒爍時，不易清堅骨。只高擡梅，妙在不説自己。

【評語】起五字驀頭一捧，通身汗下，是大導師。黄心甫

懷寄冷峻〔一一〕，《感遇篇》耶？《行路難》耶？杜于皇

【校記】

〔一〕汝　《崑崙草》作"爾"。

〔二〕感激生　《崑崙草》作"層遞開"。

〔三〕清越　《崑崙草》作"力發"。

〔四〕徂落道彌尊　《崑崙草》作"世冷彌自立"。

〔五〕辭羣志猶揭　《崑崙草》作"寡客香不没"。

〔六〕合幽棲　《崑崙草》作"戀貧身"。

〔七〕生愧悔　《崑崙草》作"面爾坐"。

〔八〕對如　《崑崙草》作"闔口"。

如　《崑崙詩文合集》、《崑崙詩選》作"汝"。

〔九〕丈　《崑崙詩選》作"大"。

〔一〇〕汝　《崑崙草》作"爾"。

〔一一〕懷寄　《崑崙詩文合集》作"寄懷"。

馬玉荀銓部太君屢相迎不到其弟既釋褐宜霑禄貴重矣顧就養太君里中未仕馬公乞詩紀之〔一〕

冠蓋盛京華，攀輪鳴得意〔二〕。委身重妻子〔三〕，恐非平生志。妻子具而孝道衰，讀之汗下。阿弟謝軒墀〔四〕，遺榮有餘嗜〔五〕。不因三釜養，何獨與人異〔六〕？馬公蒞南曹〔七〕，念母苦不置。長跪接素書〔八〕，十迎邈不至〔九〕。婦人惜家園，爛漫居常事。久宦致違親，恍惚如夢寐。將婦人惜家園不肯即來説得極等閑，而人子思慕之情至於夢寐恍惚，波瀾頓跌，愈鬆愈緊。詔許膺翟茀，蒼茫佩君賜。起跪再致辭〔一〇〕，忠孝理不二〔一一〕。獨有無家難，何以云不匱？願以許身愚，批鱗求上治〔一二〕。進退各有節〔一三〕，家聲幸不墜〔一四〕。結處雙挽有力。

【評語】至信之言〔一五〕，忠孝一致，惟老杜言之有味，讀此令人感泣，覺李令伯《陳情表》俱可不必。杜于皇

【校記】

〔一〕《崑崙草》此詩題爲《吏部馬玉荀先生迎養大夫人不至其弟未就殿試隨侍里中命同社爲詩紀之》。

〔二〕攀輪　《崑崙草》作“逐客”。

〔三〕委身　《崑崙草》作“男兒”。

〔四〕謝軒墀　《崑崙草》作“换青衫”。

〔五〕遺榮有餘嗜　《崑崙草》作“好手未策試”。

〔六〕何　《崑崙草》作“胡”。

〔七〕蒞南曹　《崑崙草》作“在吏曹”。

〔八〕長跪接素書　《崑崙草》作“問母來何時”。

〔九〕十迎邈不至　《崑崙草》作“十迎不一至”。

〔一〇〕起跪再致辭　《崑崙草》作“覽揆弟稱觴”。

〔一一〕忠孝　《崑崙草》作“遠近”。

〔一二〕求　《崑崙草》作“來”。

〔一三〕進退各有節　《崑崙草》作“或者慰母心”。

〔一四〕家聲幸不墜　《崑崙草》作“消息時時自”。

〔一五〕信　《崑崙詩文合集》、《崑崙詩選》作“性”。

北平除夕懷弟坦之〔一〕

流景判須臾〔二〕，客心危恐知〔三〕。苦在不敢知，不獨有斯邁斯征之意。情愁薄天漢，世事良足疑〔四〕。大酺臻新歲〔五〕，去日弗羈縻〔六〕。人往所有返，曆易難可爲〔七〕。從來除夕詩被“難可爲”三字包盡。飆塵忽及老，蕩滌赴前期〔八〕。“赴前期”苦矣，“蕩滌”二字更苦，妙！妙！凛凛互代謝〔九〕，四時更不移〔一〇〕。弱弟習柔翰，夢吐鳳凰奇。蛟龍入我懷，控引天地思。臨歧奮分手〔一一〕，坎壈怨阿誰。紫苔漫岱輿，千歲亦不饑。遥香子如薏，仙人乃採之。困貧守茲晷，安得恒少時。忽而文翰，忽而仙人，若斷若續，情思飄緲，古詩之妙往往若此。

【評語】少陵喜晴詩，叙及桑麻婦女，忽云“千載商山芝，往者東門瓜”，離合之妙，波瀾莫二。王貽上

古詩用生用拙，自工部以後絶響，時人不肯爲，繇不能爲，使之讀此詩决不能解其妙，微公，吾誰與歸？杜于皇

【校記】

〔一〕《崑崙草》此詩題爲《都門除夕懷弟》。

〔二〕判　《崑崙草》作“斷”。

〔三〕心　《崑崙草》作“子”。

〔四〕世事良足疑　《崑崙草》作“怪殺世上兒”。

〔五〕臻　《崑崙草》作“拉”。

〔六〕去　《崑崙草》作“舊”。

〔七〕易　《崑崙草》作“移”。

〔八〕蕩滌赴前期　《崑崙草》作“轗軻予抱悲”。

〔九〕凛凛互代謝　《崑崙草》作“趻踔戀片刻”。

〔一〇〕四時更不移　《崑崙草》作“攢崒恨兩眉”。

〔一一〕臨歧　《崑崙草》作“雙雙”。

贈蔣虎臣太史

自惜生側陋，無因陳四科。吏道又苦拘，聞見何由多。邂逅親君子，論議如懸河。謂得展殷懃，軒車數來過。契闊忽已久，日月空蹉跎。昨來山有信，體中頗清嘉。叶。著書有餘閑，真訣得茅家。叶。神仙可坐進，養壽節松霞。叶。此言豈予欺，此樂勝鳴珂。真正知己必欲養其身以有用，故相信之深，不可當作一段冷話。躊躕爲君念，再世承恩波。雖曰無宦情，其如主眷何？代爲籌度，所謂愛君且欲君先達也，養其身以有用，正在於此。中朝正側席，旦夕還鑾坡。顧予思請益，預恐聞驪歌。

【評語】規模機軸，全似儲光羲。黄俞邰

歌、麻二韻，古人通用，坡公古義尚然，今人絶無通者，不知《韻經》之故耳。方爾止

與顔、謝相逐，正未知誰爲後先。何雍南

贈王貽上司理三首

春風來清江，吹彼澤中蘭。芳草日堪把，相望隔長瀾。我豈無舟楫，欲往良獨難。寤寐襲芳菲，獨立以長嘆。公與貽上夾處一江，雖詩筒往來不絶而會面維艱，大江南北倚兩公爲詩伯，“寤寐”、“長嘆”，蓋道其實也。

【評語】淹婉無聲色，而洗濯極淨，其追琢之工在字句之外。黄心甫

嚶鳴豈不懷，所愧非同響。黄鳥飛春風，睍睆音下上。翩翩灌木間，百舌安能倣。毛羽本自殊，中心徒養養。淡淡數語，中懷百結。

【評語】音節甚清，然見其厚，不見其清。黄心甫〔一〕

直逼三百篇，奚有漢魏？程千一

大鵬摶風起，萬里何逍遥。藐爾深林中，一枚寄鷦鷯。畀棲以

俟時，英雄立身不苟，本末畢見。翻飛願一朝。自顧終菲薄，焉敢希扶摇。

【評語】八句中凡四轉，曲盡抑揚之妙。杜于皇

“嚶鳴”二首全用比體，此法惟漢人有之，即漢詩中亦不多得，僅“新裂齊紈素”、“迢迢牽牛星”、“洛陽城東路”三首耳。方爾止

【校記】

〔一〕黄心甫　《崑崙詩選》作“陳其年”。

牛首山

金陵朝衆山，南峰若拄笏。牛頭何嶕峷，皇州儼對越。四語即可抵《牛首山記》，獨子美《游山》諸詩差足擬此。晋家南渡時，徽名錫天闕〔一〕。前朝屬混一，龍蟠興也勃。離方象朱鳥，珠宫嵌石窟。何年小辟支，靈鷲標峍兀。臺殿駕空虚，金雘輝日月。朱華永芬芳，瑶草時翕艴。窮目大江外，帆影向空没。語多獨詣。右顧指松雲，山色苔徑滑。靈境擬窮蒐，日昃何能卒。懷哉赤縣游，靈氣豈消歇。忽然宕開，胸次曠然，不受羈紲。何當税塵鞅，巖棲採薇蕨。

【評語】游山詩最嫌涉套，此詩字字爲牛首寫照，俯仰今昔，惻焉興懷，他山决難通用。方爾止

游覽詩貴領其要，要者勢位尚背起止之所在也，貿貿登眺，雖終年同康樂搜鑿，猶未夢見耳。黄心甫

【校記】

〔一〕闕　《崑崙詩文合集》、《崑崙詩選》作“闕”。

攝山棲霞寺

舊京日蕪没，佳麗今可追。披圖覽名勝，命駕探幽奇。攝山鬱東峙，乃在大江陲。孤嶂凌太清，日月互蔽虧。煙崖極登頓，雲岫泯參參〔一〕。取景狀勢，極其真切。珠宫晨夕梵，天花晝夜吹。奇石抱

藤蘿，高澗瀉污池。喬松響春朝，飛藿聚秋蘺。施鳥及鷗梟，奔獸來麚麖。山間好景，須借文人之口形出，不然，雖有好景，如同錯過。樵隱雖不同，風雨良在兹。緬懷明居士，更憶江總持。捨宅樹逸軌，停山賦新詩。大藥豈悮人，靈草生有時。艤舟試登岸，東風赴前期。

【評語】攝山者，謂其山產靈草可以攝生也，明居士捨宅爲寺，江侍中撰文勒碑，此棲霞本末所當指次，他人游覽匆匆，知此者鮮矣！方爾止

有着落，不肯泛泛寓目〔二〕。"樵隱雖不同"、"風雨良在兹"二語淵窈，爲通篇筋骨，若無此二語，則精神不起矣。黄心甫

寫景最幽窅，鍊格又最穩切。談長益

【校記】

〔一〕參參　《崑崙詩文合集》、《崑崙詩選》作"參差"。

〔二〕有　《崑崙詩文合集》、《崑崙詩選》作"句有"。

竹林寺

夾山疑見古招提，白石青松路不迷。江映高窗雙嶼出，天圍絶頂衆峰低。精理畫意。時聞獵騎回鐘梵，每逐官曹就品題。嘗與王貽上游此。擬煮春泉參玉版，城中美酒不教攜。寺中禁酒。

【評語】軒翥秀潔，七律中最上一乘，淺學不知其妙。杜于皇

格調全是盛唐，中原七子有其聲響，無其氣韻。方爾止

虎丘寺

盤空塔勢出青林，一阜娱人自古今。四面維舟山路迴，千人聽曲石場深。山形來路，指畫分明。雉兒化後空獅吼，虎跡潛來但鳥吟。獨上峰頭望湖海，繁華消歇動悲心。一往情深。

【評語】登虎丘者踵接於路，至其精思秀氣發揚透徹，能使山之本領畢見，從來作者應推獨步。黄心甫

王貽上尊人五十雙壽詩四首

列朝聽履上星辰，錫誥還加對策身。望著東山宜作相，樽開北

海正留賓。屬對精工。高門盡屬朝中貴，大雅方歸膝下人。可稱有子。更喜齊眉俱黑髮〔一〕，是雙壽。擬逢十度賦莊椿。

【評語】舉止閑雅，自屬大家。鄒流綺

雙壽今朝慶肆筵，四方名彦奏鴻篇。欲知翁媪承顔喜，不離雙壽。請看門闌致客賢。庭際晴梅舒近臈，杯中寒月放初絃。點綴有情。白華歌罷由庚繼，謾詡仙人赤斧年〔二〕。

【評語】流麗可愛。周兼三

飛來玉羽舞庭中〔三〕，不是揚州致阿戎。廬橘着花看漸白，山礬吐秀愛初紅。纔着景便自疎秀。承筐珪幣華筵盛，滿壁文章上客工。思子更登吴觀憩，方不泛。遥遥練焉入雙瞳。

【評語】即"承筐珪幣"、"文章上客"着想，自覺高雅。鄒流綺

鵲華山色曉煙開，獻壽宜傾無算盃〔四〕。子仕綺年方早貴，大快心事。身恬世德又重培。兩朝濟上聲名大，千里淮南祝頌來。金母木公差比擬，到底拈着雙壽。玉音彤管共昭回。

【評語】發揮雙壽之意却一字不落常徑，所以爲妙，然非以西樵、阮亭昆季必不能發公之奥衍至此。杜于皇

【校記】

〔一〕俱　《崑崙詩選》作"雙"。

〔二〕赤斧　《崑崙詩選》作"遐鶴"。

〔三〕玉羽　《崑崙詩文合集》、《崑崙詩選》作"白鶴"。

〔四〕算　《崑崙詩選》作"數"。

咏　菊三首

日子近重九，嗅之覺菊寒。不知風甚冷，但對南山殘。此語總束上三句，意甚閑冷，與"悠然見南山"之句同妙。

【評語】此先生少年作，而真氣已勃勃動人。林茂之

每嘆經時秀，其如朝槿心〔一〕。只此二語，群卉目當見奪〔二〕。不知陶靖節，獨有菊成林。

【評語】盛稱靖節，正高擡菊處。林茂之

不到南陽谷，焉知青蕊繁。庭前摘短葉，痕緑上闌干。若云“緑痕”，則不妙矣。

【評語】三詩正以散散不着力見高。錢牧齋

幽秀之色，挹之不盡，其思之所入别也。程千一

【校記】

〔一〕其　《崑崙詩選》作“時”。

〔二〕目　《崑崙詩選》作“自”。

施又王過别二首

重過京峴路，此去復何之。遊人行徑，着此一問，情懷惘然。酒向離亭醉，遲君知幾時？説破，更覺凄切。

【評語】流動藴籍，五言絶當以此等爲第一義。油腔遝調皆鄙不足道耳。林茂之

苦愛詩成性，高咏不碍閑。不云“不碍苦”，而云“不碍閑”，正妙。提防秋葉盡，莫度建陵山。兩詩末句皆有勸其莫行之意。

【評語】“莫度建陵山”，正欲成其閑適之志耳。林茂之〔一〕

【校記】

〔一〕林茂之　《崑崙詩選》作“陳其年”。

挽鄉達二首〔一〕

文獻風規盡，陽城失大賢。空餘青谷水，流恨在年年。“流”字下得自然。

【評語】老成。孫豹人

謝公聞棄世，談笑馭霓旌。不厭窮泉苦，是談笑轉語。終懷故國情。

【評語】句短意長。錢牧齋

情隨韻永，一往凄愴。程千一

【校記】

〔一〕《崑崙草》此詩題爲《代挽鄉尊》。

雨花臺二首

高原聊一上，花雨想空蹊。貰酒還青幔，分曹自白題。琢練語，自不可磨。煙銷孤塔湧，樹盡衆山低。奇確。雲氣蒼梧是，風前望不迷。

【評語】"煙銷"、"樹盡"二語，寫今日雨花臺，曲盡其致，非親歷者不知。方爾止

老樹亭何得，荒墳路可尋。曾收七族淚〔一〕，不換一君心。人人意中有此，口中却道不出。野祭來披薤，春祠憶合簪。蒼凉。當時同室鬥，慘極尚沾襟。

【評語】渾淪不露，情旨鬱然。一唱三嘆之外，尚有餘情，從前作者皆可廢却。黄心甫

【校記】

〔一〕七 《崑崙詩文合集》作"亡"。

袁重其輕舟過訪

急雨臨花在，春心亦自添。雨急而花仍在，故"春心亦自添"也。一"在"字引人着勝。帆輕衝驛至，煙曉得風占。一"占"字寫風煙入神。見友時分惠，爲官俸獨廉。皋橋他日往，訪客下丹檐。

【評語】喜其來，計其往，使人感激。王貽上

題張山人像

楚山不可盡，逸思在揮毫。山人以書名。松勢多新態，琴聲入大濤。寒雲時卧石，寶劍暗隨絛。即景布語，皆佳。似得棋中趣，飛鳴向九皋。山人於棋，有"積薪"之譽。

【評語】事雖切景，詩自灑脱。林茂之〔一〕

【校記】

〔一〕林茂之　《崑崙詩選》作“陳其年”。

挽張洪宇總戎太君

颶風吹波翻海縣，鯨鯢騰陸天地眩。帝遣天丁鼓雷電，致誅水怪坤軸奠。先師精衛天一方，口銜木石不相當。獨遺阿母啼望羊，委軀泥沙甘絶肮。鯨鯢逃遯不敢將，海若哀之訴帝傍。太君死於寇氛，故極力行容〔一〕，生氣猶在。百神招魂下大荒，樂奏鈞天鳴鳳凰。神之來兮何洋洋，身雖殞兮壽無央。行助厥子夙願償，哀哉阿母名芬芳。

【評語】結響悲壯，極抑揚轉幻之妙，非長吉鬼語所能仿佛。杜于皇〔二〕
別有聲光震撼於字句之外。談長益
愴凄中具有激昂之勢。何雍南

【校記】

〔一〕“行”　《崑崙詩選》作“形”。
〔二〕杜于皇　《崑崙詩選》作“陳其年”。

代孫皇符壽弟伯子時伯子尊人孫興公先生官刑部侍郎〔一〕

顧眄天涯弟與兄，榴花宫含映人明。百年侍養天倫樂，一日玄文彩氣生。酒近南山爭既醉，身依北闕可求名。嬌歌急管當延發，雪藕膠梨事事清。

【校記】

〔一〕此詩據《崑崙草》補。

代壽李鴻臚太夫人之作〔一〕

覲帝初面出未央，彩衣新着讌高堂。翠濤滿酌金螺重，嵩飯頻聞玉屑香。鄭母治家惟尚肅，柳庭訓子定須昌。只教注箅三千歲，自有長生不老方。

【校記】

〔一〕此詩據《崑崙草》補。

和李臺辰飲集蓮池〔一〕

司馬園亭古，山公意復傾。撫琴流水共，落日暮雲平。醉把宜城酒，歌翻子夜聲。玉儀逢早夏，緗葉更揚清。

【校記】

〔一〕此詩據乾隆五十五年版《武鄉縣誌》補。

詩　餘

《衍愚詞》序一

客歲秋，予過京口，讀崑崙程先生詩文若干篇，嘗爲序。今夏留廣陵家，桴莽攜一編適予旅館，曰：“此崑崙先生所作詞也，顔曰《衍愚》，曷再爲之序?”予曰：“先生之於詞也，顔曰《衍愚》，其義何居?意先生以詩文名天下，復工于詞，生平既不能自藏其美，爲舉世之所衒鬻，又不欲以賢智先人，故托之以愚歟!然賢智之于人也，不以不先于人而或加後。譬諸珠之生於淵，玉之藏于石，蕰蘭之長于空谷，何嘗有人之見者存也?而珠玉蕰蘭之貴，夫人而求之矣!然中有狂瞽者惑焉，亂人之耳目知識者多矣!夫人之辨珠玉也，用目，辨蕰蘭也，兼用鼻，而狂瞽者止用耳。鄉里小兒不知狂瞽之爲狂瞽也，聽其指珠玉蕰蘭而魚目碔砆蕭艾之，則亦魚目碔砆蕭艾之而已。聽其指魚目碔砆蕭艾而珠玉蕰蘭之，則亦珠玉蕰蘭之而已。雖其爲珠玉蕰蘭也，自若不以狂瞽而奪，然而魚目碔砆蕭艾之亂於世，君子于此，不無人心世道之懼焉。先生于詩、古文、詞，既善兼長，而又不欲以賢智先人，以愚自名，則先生之爲先生也，自若固可謂之賢且智矣，而先生不以自居，猶珠玉蕰蘭之使人求而自得之也。雖然，予則謂如先生者，又何不可以賢智先人也耶?

時康熙丁未端陽後五日大蓬道者孫金礪介夫氏漫題于廣陵旅次

《衍愚詞》序二

昔人謂韓退之以文爲詩，今觀其詩，泱泱也，雖柳之以詩爲詩者，無以過也；謂蘇子瞻以詩爲詞，今觀其詞，琅琅也，雖黄與秦之以詞爲詞者，無以過也，爲其才大，故無不宜也。崑崙以文章名海内，乃點筆爲詩，詩工，倚聲爲詞，詞又工。其《衍愚詞》四十餘篇具在，試取而讀之，縱復耑家獨詣，能遠過乎？是以詞求崑崙，雅不足以盡崑崙，亦可以見其才大而無不宜矣！僕更有異焉。古來工文者，退之之前莫尚班馬，班則猶有《明堂》、《寶鼎》諸詩，子長不聞也，是工文者不必盡兼詩也。古來工詩者，子瞻之前莫尚李杜，李則創爲《菩薩蠻》、《憶秦娥》諸詞，子美不聞也，是工詩者不必盡兼詞也，即其莫尚者，且有然矣！吾聞大江以南之尸祝崑崙也，於其文合某某四家而奉之爲大家，於其詩合某某十家而奉之爲名家，出其餘爲詞，而又爲耑家獨詣之所不能過如此，此豈區區兼人之目足用褒贊歟！若夫絜温較韋，擬柳比周，僅操詞家之説以相衡量，抑愈陋矣！僕故略而弗述也。

濟南王士禄西樵撰

小　令

南柯子·春郊

岸草低新漲，山花壓短墻。淺淺景自佳〔一〕。行逢滿擔冷淘香，安得壚頭沽酒醉斜陽。

【評語】牛衣古柳賣王瓜，情致髣髴。王西樵

只是道得出，若眼前有景道不出，正使窮搜苦索，亦復何用？黄心甫

【校記】

〔一〕批語據《自課堂集·詩餘》補。

搗練子·秋情

人寂寞，路彌漫，薄衫臨鏡影兒寒。人似霜華容易老，情舍無限〔一〕。夕陽先怯水晶盤。

【評語】“夕陽”句寫秋情入微，覺人人有此感。王西樵

諷詠生憐。陳其年〔二〕

【校記】

〔一〕批語據《自課堂集·詩餘》補。

〔二〕陳其年　《自課堂集·詩餘》作“杜于皇”。

漁父·梨花

寂寞梨花帶雨香，輕風不動意難償。雲易老，事多妨，片片驚飛憶故鄉。

【評語】“輕風不動意難償”摹寫入骨。黄心甫

如夢令·對菊

今日酒清花瘦，欲語無言時候。與菊花無言，人淡如菊，語意自別〔一〕。恨重不禁愁，虧煞菊花獨秀。掩逗，掩逗，〔二〕也得玉盤長守。

【評語】“欲語無言時候”，的是菊開時景意。“酒清花瘦”四字亦名雋。王西樵

詞口合則無不合，此詞家三昧也。王阮亭〔三〕

【校記】

〔一〕批語據《自課堂集·詩餘》補。

〔二〕掩逗，掩逗　《自課堂集·詩餘》作“淹逗，淹逗”。

〔三〕王阮亭　《自課堂集·詩餘》作“杜于皇”。

長相思·望焦山

上金山，望焦山。潮没平沙涌翠鬟，蘆洲斷一灣。確當不易之語〔一〕。　白雲還，白鷗還。兩岸人家煙水間，西風片舸慳。

【評語】大有羽扇綸巾之趣。王西樵

似張志和一輩人，視白香山“汴水流，泗水流”，又是一調。陳其年〔二〕

勝情高寄，如孟參軍命駕時。鄒程邨

數語耳，直可當《焦山圖記》。何雍南

【校記】

〔一〕批語據《自課堂集·詩餘》補。

〔二〕陳其年　《自課堂集·詩餘》作“杜于皇”。

長相思·秋夕

暮天晴，暮潮平。一片紅霞水底明，漁舟入浦輕。妙在“輕”字〔一〕。　凉吹生，夕露清。嘹唳長空早雁聲，寒衣催未成。

【評語】雋冽如讀崑崙子詩。王阮亭

精神都在兩結句之上。施又王

【校記】

〔一〕批語據《自課堂集·詩餘》補。

感恩多·閨情

莫爲南浦别，天上真愁絶。願依桃李枝，復芳思。芳思依桃李，妙想天開〔一〕。　倩取鶯鳴蝶舞，傍香圍〔二〕。要得懷歸，何如休亂飛。較“東鄰雙翅垂”，思更苦，情更妒〔三〕。

【評語】情不知其所起，一往而深。王西樵

温香泥人，箇中探討，要自不淺。杜于皇

直從極微處寫出無限幽豔，因知淺思膚解者未許言情。程千一

【校記】

〔一〕批語據《自課堂集·詩餘》補。

〔二〕據詞牌格律看，此處少“傍香圍”三字。

〔三〕批語據《自課堂集·詩餘》補。

相見歡·懷人

天邊嬌鳥啣紅，錦堂東。三字接上引下〔一〕。願擲芳心將去過簾櫳。芳心非可擲之物，且難將去，不必膠柱，正妙〔二〕。　添羅袂，游軒砌，玉玲瓏。曲曲深深腸繞畫屏中〔三〕。

【評語】“擲”字從古詩“賣眼擲春心”來，造語尤縹緲。王西樵

淡淡説來，却自情至。陳其年〔四〕

一段深情逸韻，不可方物，擲卻心去，幻理奇趣。譚公子

【校記】

〔一〕批語據《自課堂集·詩餘》補。

〔二〕批語據《自課堂集·詩餘》補。

〔三〕腸　《自課堂集·詩餘》作"賜"。

〔四〕陳其年　《自課堂集·詩餘》作"鄒流綺"。

長命女·咏燕

天欲曉。待捲珠簾飛去小〔一〕，妙在"小"字〔二〕。碧瓦參差皎。看窗前人睡起，細語簷前聲悄。等得雙飛雙去杳，綽約風光早。

【評語】"細語簷前聲悄"數句，較前人如説"與亡斜陽裏"反覺含蓄，足耐尋繹。孫介夫

"小"字押韻佳。黄俞邰

【校記】

〔一〕簾　《崑崙詩文合集》中無此字。

〔二〕批語據《自課堂集·詩餘》補。

生查子·旅夜聞雁

壁月廣庭輝，雁度人聲靜。爲想稻粱謀，出戶看聯影。　寒入小窗虛，"入"字因"虛"字生來〔一〕。燈暖孤檠冷。倚枕聽哀音，一夜悲蓬梗。

【評語】淒切處稼軒不能及。陳其年〔二〕

【校記】

〔一〕批語據《自課堂集·詩餘》補。

〔二〕陳其年　《自課堂集·詩餘》作"鄒流綺"。

蝴蝶兒·咏蝶

蝴蝶兒，鬧春閨。單飛不稱阿嬌思，開窗欲問誰〔一〕？"不稱思"、"欲問誰"，要領"單飛"二字，一氣讀下，方知其妙〔二〕。　怎似園中見，天光花影隨。有情應許粉墻知，東鄰雙翅垂。"雙翅"在"東

鄰”，可悲在此〔三〕。

【評語】篇意從少陵“俱飛蝴蝶元相逐”七字變出。王西樵〔四〕

通首結構在“單飛”、“雙翅”四字上，順口讀過則失之千里矣！王阮亭

【校記】

〔一〕開　《自課堂集·詩餘》作“問”。

〔二〕批語據《自課堂集·詩餘》補。

〔三〕批語據《自課堂集·詩餘》補。

〔四〕此條評語據《自課堂集·詩餘》補。

春光好·咏杏

梅靨碎，柳眉顰，艷陽春。正是鳩鳴蓬屋，不嫌貧。似與詠杏無涉，插入自妙〔一〕。　玄燕初窺粉臉，黄鶯不及芳晨。絳趺千樹仙人宅，總含仁。

【評語】“蓬屋”句妙於唐温憲“鳩鳴屋脊春”語，以之詠杏，尤得旁襯之妙。王西樵

小令中自有古調，此等是也，今人不知久矣！杜于皇

【校記】

〔一〕批語據《自課堂集·詩餘》補。

點絳唇·咏草

春色朝朝，閒花遍野愁春樹。欲尋知故，滿地王孫路。　堪恨萋萋，一徑和煙住。青無數，三字接的陡甚〔一〕。連天朝暮，寂寞將愁付。

【評語】“青無數”三字簡妙，是咏草絶頂語。覺昔人“春風吹又生”、“南北東西路”等語皆不及。王西樵

“一徑和煙”二句，有風情，有摇擺，箇中三昧。孫介夫

措思設景，倉皇奔注，使人不得停口住目而意態相逼而來，真是絶調〔二〕。陳

其年

【校記】

〔一〕批語據《自課堂集·詩餘》補。

〔二〕陳其年　《自課堂集·詩餘》作"林茂之"。

菩薩蠻·咏《青溪遺事》畫册和阮亭程邨作八闋

乍　遇

小姑居處朱樓起，鳥啼聲隱楊花裏。香氣出羅衣，能留蛺蝶飛。"能留"二字將香氣看得重，故妙〔一〕。　遠山青可見〔二〕，繡領遮團扇。小立看鴛鴦，心憐浴故雙。妙在"故"字，將鴛鴦説得入情〔三〕。

【評語】氣體古，甚似從六朝小樂府中變出。王西樵

語微入妙，又似有一種至理存乎其内。噫！天下非大文人未易與之言情也。黄心甫

輕婉葱蒨，吹氣若蘭。何雍南

【校記】

〔一〕批語據《自課堂集·詩餘》補。

〔二〕山　《自課堂集·詩餘》作"出"。

〔三〕批語據《自課堂集·詩餘》補。

弈　棋

曲廊幽砌丁香吐，千言一默眠鸚鵡。空局與郎棋，無嫌着子遲。當是作態〔一〕。　棋爭先後手，局外防多口。曲盡女郎情性〔二〕。不定惱纖兒，回嗔納子時。

【評語】"空局"二句，絶似《子夜歌》。王西樵

"回嗔納子時"五字雋妙癡情，嬌態煞是可想。孫介夫

在弈棋之情態上着眼，甚妙。林茂之

【校記】

〔一〕批語據《自課堂集·詩餘》補。

〔二〕批語據《自課堂集·詩餘》補。

私　語

桐花滿院渾疑雪，疏枝影浸閑庭月。人映月娟娟，清陰並髀肩。　夜鳥飛未倦，暗識裙花茜。“私”字畫出，妙，妙〔一〕。細語合誰聞，還應帳底人。明明道破，反妙然到底，使人不可得而聞〔二〕。

【評語】“人映月娟娟”五字幽靚，後段模寫私語入微，亦從唐人“細語人不聞，北風吹裙帶”脱胎。王西樵

情詞最忌塵腐，如此濯塵冰壺，方可謂之佳麗耳〔三〕。杜于皇

【校記】

〔一〕批語據《自課堂集·詩餘》補。

〔二〕批語據《自課堂集·詩餘》補。

〔三〕塵　《自課堂集·詩餘》作“魄”。

迷　藏

踏青已謝園林近，新妝自飾鴉雛鬢。女伴自迷藏，輕衫逐吹涼。貼“迷藏”上自切〔一〕。　衣香防巧邏，暗向薔薇躲。較“香氣出羅衣，能留蛺蝶飛”更覺新穎〔二〕。窺叢見好枝，矜新插鬢絲。如此體貼，是精細人〔三〕。

【評語】“衣香防巧邏”，可謂巧思。王西樵

情生於景，知此者可語填詞矣。陳其年〔四〕

【校記】

〔一〕批語據《自課堂集·詩餘》補。

〔二〕批語據《自課堂集·詩餘》補。

〔三〕批語據《自課堂集·詩餘》補。

〔四〕陳其年　《崑崙詩選·詩餘》作"王貽上"，《自課堂集·詩餘》作"王西樵"。

彈　琴

秋風嫋嫋飄梧葉，博山罏内沉香爇〔一〕。緑綺手中彈，揮絃白雪寒。　明珠聲一串，變作英娥怨。忽作變調，妙〔二〕。風雨暗瀟湘，哀音應指長。

【評語】"揮絃白雪寒"、"哀音應指長"句意閑永，詞家習氣淘洗一盡。陳其年〔三〕

彈琴圖畫不出者，此則以微思冷致寫出之。程千一

【校記】

〔一〕爇　《崑崙詩選·詩餘》作"熱"。

〔二〕批語據《自課堂集·詩餘》補。

〔三〕陳其年　《自課堂集·詩餘》、《崑崙詩選·詩餘》作"計甫草"。

讀　書

紗窗然蠟摇風竹〔一〕，攤書微解咿唔讀。奈是語應人，行間一處頻。看想俱别〔二〕。　移時即對面，伴劇題紈扇。詎忍不回頭，青燈暫欲休。妙處俱在言外〔三〕。

【評語】極鍾情語〔四〕，出之極冷，所以妙。王阮亭

妙。陳其年

【校記】

〔一〕紗　《自課堂集·詩餘》作"妙"。

〔二〕批語據《自課堂集·詩餘》補。

〔三〕批語據《自課堂集·詩餘》補。

〔四〕鍾　《自課堂集·詩餘》，《崑崙詩選·詩餘》作"種"。

潛窺

常驚嬌艷膚如雪，中庭顧兔分明月。物性慝雌雄，含情倚戶窺。　無人誰見慣，如此方能飽看〔一〕。何謂檀郎看。淺靨發紅潮，回頭理翠翹。

【評語】嬌羞無語，正難爲情。林茂之

驚疑惝怳，曲盡情致。王西樵

【校記】

〔一〕批語據《自課堂集·詩餘》補。

秘戲

殘燈淡月肱環玉，朱顏一色分鬟緑。綃帳懶教垂，低聲雙笑時。觀雙笑則懶垂，亦應雙指，而秘戲已在不言之表矣，妙，妙〔一〕。　飛花粘屈戌，火齊寧容睹。明鏡曉窗中，枕痕深更紅。

【評語】模寫處似從《焚椒録》中得來，"明鏡"二句亦有味外味。王西樵

情在境中，注脚不得。黄心甫

【校記】

〔一〕批語據《自課堂集·詩餘》補。

巫山一段雲·宋玉

十二峰頭小，雲踪盡可憐。峰峰低度枕函邊，實敍，的妙〔一〕。宋玉也難眠。　濕透高唐館，分題夢雨篇。山高雲重阿誰憐，兩押"憐"字，不礙其佳〔二〕。朝暮説神仙。

【評語】"峰峰低度枕函邊"説得旖旎親切。王西樵

"雲踪盡可憐"是泛言，"山高雲重阿誰憐"是指人言，各有其妙。林茂之

【校記】

〔一〕批語據《自課堂集·詩餘》補。

〔二〕批語據《自課堂集·詩餘》補，《自課堂集·詩餘》批語中本爲“隣”字，據詞句當爲“憐”字。

卜算子·題袁重其《侍母弄孫圖》

大孝古來難，誰與袁生伍。堂上萱親八十齡，猶作斑衣舞。　善事吉祥來，春暖慈顔喜。擬使佳兒習父風，老大能如此。是大快心事。〔一〕

【評語】後段换韻，是花間遺法。王西樵

正以輕清見長。周兼三

【校記】

〔一〕批語據《自課堂集·詩餘》補。

山花子·歲暮阮亭過京口用其見寄韻〔一〕

日暮江樓鼓角鳴，帆開驛路引笳聲。十里廻舟冰雪夜，尾舟行。　已訂泊船三日計，相思徹夜二毛生。預恐歸程方逼歲，有此句，下句方妙〔二〕。過江城。

【評語】好在“尾舟行”、“過江城”六字〔三〕，押得有味。錢牧齊

【校記】

〔一〕《崑崙詩選·詩餘》、《自課堂集·詩餘》題爲《山花子·歲暮阮亭過京口用其見寄來韻》。

〔二〕批語據《自課堂集·詩餘》補。

〔三〕《自課堂集·詩餘》“尾舟行”、“過江城”后無“六字”二字。

朝中措·平山堂同阮亭次歐公原韻

千山晴色繪秋空，雲影大江中。昔日遺踪何處?〔一〕只餘白草悲風。　躑躅四顧，荒城落照，破寺疏鐘。八字多少感慨〔二〕。風物向南

差勝，江湖却羡漁翁。

【評語】胸中眼中，出脱一切。譚公子

如鶴唳秋空，當在六一、東坡之右。陳其年〔三〕

【校記】

〔一〕踪　《崑崙詩選·詩餘》作"跡"。

〔二〕批語據《自課堂集·詩餘》補。

〔二〕陳其年　《崑崙詩選·詩餘》、《自課堂集·詩餘》作"杜于皇"。

海棠春·閨詞同阮亭程邨作四闋

曉　妝

輕風暗觸珠簾響，起語即俊〔一〕。瓊户悄、琉璃結網。映鏡耀新妝，珠色波中漾。　髻梳學就芙蓉樣，逞淺靨、傾城相賞。眉翠串長顰，留着修張敞。

【評語】温柔旖旎。黄俞邰

【校記】

〔一〕批語據《自課堂集·詩餘》補。

午　睡

夜衾香汗眠難足，鉤綺障、北窗肱曲。嬌靨夢懽開，綉隱芙蓉褥。　襪圍新剥鷄頭肉，移晝漏、簟文生玉。"芙蓉褥"、"簟文生玉"襯出佳麗〔一〕。鬢膩落芳蘭，顧景南簷竹。

【評語】顧景簷竹，豈睡尚未足耶？陳其年〔二〕

【校記】

〔一〕批語據《自課堂集·詩餘》補。

〔二〕陳其年　《自課堂集·詩餘》作"林茂之"。

晚　浴

日移凉散疏梧影，飛的的、綺寮螢醒。珠汗酳蘭湯，坐定冰肌冷。　當簷明月團如鏡，扇新浴、香奩徐整。茉莉馥微風，旋欲烹茶餅。清事[一]。

【評語】鋪叙晚浴始末，細心之極。顧茂倫

【校記】

〔一〕批語據《自課堂集·詩餘》補。

夜　坐

梧桐露下疑疏雨，掩魚鑰、偏聽砧杵。未疑向宵牀[一]，凄切陰蟲語。此境不堪[二]。　雁聲嘹唳横天去，更地近、池塘蟆鼓。不寢憶良人，何處閑揮麈。

【評語】雖是夜坐，都叙到難寐處，此爭上流之法。林茂之

【校記】

〔一〕疑　《崑崙詩選·詩餘》、《自課堂集·詩餘》作"擬"。

〔二〕批語據《自課堂集·詩餘》補。

柳梢青·海棠

春醉如酲，并芳連蒂，一樣將迎。雨到含珠，風來舞翠，分外輕盈。　搴芳莫妬紅裙，色占盡、名香暗輕。池内菱粧，樓前飛燕，的的傾城。"菱粧"、"飛燕"，點綴人好[一]。

【評語】從來咏海棠者，無此摹擬。林茂之

【校記】

〔一〕批語據《自課堂集·詩餘》補。

中　調

西江月·秋霖

綠野沄沄淺浪〔一〕，連天陣陣飛濤。荒天無計問游敖，憔悴一年花草。花草關心，正復不淺〔二〕。　帳冷芙蓉殘夢，聲聲入耳蕭騷〔三〕。無花無酒坐南皋，啼鴰數來初曉。

【評語】音節甚遒。王西樵

正自牢騷。陳其年〔四〕

【校記】

〔一〕沄沄　《自課堂集·詩餘》作"瀰瀰"。

〔二〕批語據《自課堂集·詩餘》補。

〔三〕入耳蕭騷　《崑崙詩選·詩餘》、《自課堂集·詩餘》作"慢入仙操"。

〔四〕陳其年　《自課堂集·詩餘》作"杜于皇"。

燕歸梁·勸酒

花謝殘香不上枝。着意追隨。一回歡笑一回思。杯在手、莫推辭。　破除萬事前期遠。金波動、錦雲吹。全憑綠蟻浸玻璃〔一〕。休冷落、好花枝。丁寧語佳〔二〕。

【評語】如聽杜娘《金縷》。王西樵

似黃九，又似放翁，可謂當行。王阮亭〔三〕

多少商量，無窮愛惜，喚醒痴迷。孫介夫

【校記】

〔一〕玻璃　《自課堂集·詩餘》作"坡璃"。

〔二〕批語據《自課堂集·詩餘》補。

〔三〕王阮亭　《崑崙詩選·詩餘》、《自課堂集·詩餘》作"杜于皇"。

望遠行·春望

春日愁來人未來，攜酒花林幾回。鱗鴻多計語多才，涼沙過盡又崔嵬。　休悵望，溯波洄，遠水萍花暗猜。“猜”字奇〔一〕。流年流水幾時開，愁聽孤夜棹歌哀。

【評語】“攜酒花林幾回”大是雋語。王西樵

幽情苦意，惻惻動人。陳其年〔二〕

【校記】

〔一〕批語據《自課堂集·詩餘》補。

〔二〕陳其年　《自課堂集·詩餘》作“黄俞邰”。

望江南·西湖六闋

一

湖上水，兩兩斷橋横。淨洗鉛華香粉膩，遠吹魚浪玉花明，影破恨浮萍。“雲破月來花弄影”，不如此語渾妙〔一〕。　翻落照，遠遠暮雲平。日上花枝湘女怨，霞明水底茜衫盈，水調學歌聲。水調反學歌聲，無情説得有情〔二〕。

【評語】“影破恨浮萍”、“水調學歌聲”爲西湖寫照，可使游人閣筆。林茂之〔三〕

【校記】

〔一〕批語據《自課堂集·詩餘》補。

〔二〕批語據《自課堂集·詩餘》補。

〔三〕林茂之　《崑崙詩選·詩餘》作“陳其年”。

二

湖上酒，簫鼓倍瓊巵。畫榜不教空月色，流杯莫負好花枝，瀲

灩六橋澌。　生事小，買笑及芳時。“及”字應“小”字，妙〔一〕。花病闌珊將醉解，春愁瘦減畏容知，緑蟻印平池。

【評語】“買笑及芳時”五字自是解人語。王西樵

“畏容”知是“瘦減”，人欺瞞自己處，然實有此境。林茂之〔二〕

【校記】

〔一〕批語據《自課堂集·詩餘》補。

〔二〕實　《自課堂集·詩餘》作“適”。

實有此境　《崑崙詩選·詩餘》作“實有境”。

三

湖上花，朵朵舞輕霞。笑靨有心矜國色，愁腸無那見春奢，飛燕自輕斜。　春夢短，花蕊漫相誇。紅雨暗傷翻地錦，紫蕤新折負天葩，無語暮雲遮。傷心在不言〔一〕。

【評語】盛衰之感，令人墮淚。黄俞邰

【校記】

〔一〕批語據《自課堂集·詩餘》補。

四

湖上風，隱約度江東。怕折柳條雙鬢短，愁飛花雨萬家紅，淅淅過湖中。　恩愛淺，漂泊恨難窮。清響虚徐吹拂拂，翥鴻拉揩怨重重，二語即歌舞形之〔一〕。指顧及芳叢。

【評語】語自婉約，亦如風之善入。王阮亭〔二〕

【校記】

〔一〕批語據《自課堂集·詩餘》補。

〔二〕王阮亭　《崑崙詩選·詩餘》、《自課堂集·詩餘》作“林茂之”。

五

湖上雲，低亞復氤氳。五字能盡雲之態〔一〕。出岫無心豐沛起，凌虛有路肺香聞，工麗可喜〔二〕。晻曖幾曾分。　飛去急，心繫在餘醺。高觀鳳飛通澤氣，重樓曲奏藉僊翁，“高觀鳳飛”、“重樓曲奏”，皆是言雲〔三〕。錦綉百花文。狀雲盡妙〔四〕。

【評語】“低亞復氤氳”寫湖雲入妙，“凌虛”句撰語亦奇麗。王西樵

屬對精美，壓倒詞壇。林茂之〔五〕

【校記】

〔一〕批語據《自課堂集·詩餘》補。

〔二〕批語據《自課堂集·詩餘》補。

〔三〕批語據《自課堂集·詩餘》補。

〔四〕批語據《自課堂集·詩餘》補。

〔五〕此條評語據《自課堂集·詩餘》補，林茂之　《崑崙詩選·詩餘》作“陳其年”。

六

湖上雨，摵摵意何窮。朱鼈出波將破塊，高唐離夢亦雲濃〔一〕，造語奇極〔二〕。飛槮萬條風。挽風雲更奇〔三〕。　鏡水滑，漠漠對前峰。魚婢散絲新得潤，梟翁觸石欲浮空，“散絲”、“觸石”俱指雨言〔四〕。簫鼓有無中。

【評語】“山色有無中”是平山妙句，“簫鼓有無中”是湖上妙句，可以分擅。王西樵

風流駘蕩，可作西湖棹歌。陳其年

六首分別悲喜，體物入情。黄心甫〔五〕

風流駘蕩，當作西湖棹歌，永世不易。杜于皇〔六〕

【校記】

〔一〕雲濃　《崑崙詩選·詩餘》、《自課堂集·詩餘》作“行雲”。

〔二〕批語據《自課堂集·詩餘》補。

〔三〕批語據《自課堂集·詩餘》補。

〔四〕批語據《自課堂集·詩餘》補。

〔五〕此條評語據《自課堂集·詩餘》補。

〔六〕此條評語據《自課堂集·詩餘》補。

錦堂春·曉起

朝露方收，纖霞乍捲，恰日上簾櫳當面。夢初辭，風漸轉。看雕梁乳燕，潛窺婉孌。　占盡風流，玉鈎將展，料粉氣肌香相間。蝶情慵，鶯喚淺。這嬌羞意態，要人重見。“承恩不在貌，教妾若爲容”，與此參看〔一〕。

【評語】寫美人曉起光景，語語入妙，覺柳屯田爲俗。王西樵

古詩人不屑作詞者，以詞尚軟媚，詩貴高古，詞取纖佻，詩宗渾雅，不但擇體不同，亦頗相妨，恐入乎詞出乎詩也。先生詩才幽窈，詩骨蒼特，似具鐵石心腸者。乃拈詞温細，搖曳如出兩人手，合古今算之，未見第二人也。黄心甫〔二〕

【校記】

〔一〕批語據《自課堂集·詩餘》補。

〔二〕此條評語據《自課堂集·詩餘》補。

漁家傲·咏荷

小葉平鋪枝上早，瀠洄緑水光相抱〔一〕。風動來回彌窈窕。塵事少，半天低度蓬萊島。　恰好紅粧微步巧，欹眠一任輕風掃。對對綺羅依翠葆。人不到，晝長長自愁晴昊。句巧〔二〕。

【評語】幽俊正如雪中鴻影。陳其年〔三〕

【校記】

〔一〕光　《自課堂集·詩餘》作“影”，《崑崙詩選·詩餘》本句作“瀠洄緑水瀠相抱”。

〔二〕批語據《自課堂集·詩餘》補。

〔三〕陳其年　《崑崙詩選·詩餘》、《自課堂集·詩餘》作“鄒流綺”。

聲聲令·春思

柔風目及，孤雀横飛〔一〕，無端思緒隱難平。雲翅迎氣，坐看玉砌苔生，怕却簷花學送迎。　何處吹笙？心裏韻，指間聲。斷腸容易與誰賡。玉關人遠，夢中尋，意難明。君懷莫知，古今同嘅〔二〕。拚此夕、鬬却心兵。

【評語】求之夢中，又是思量不着一條轉計。陳其年〔三〕

【校記】

〔一〕雀　《自課堂集·詩餘》作“雀”。

横　《崑崙詩選·詩餘》作“雲”。

〔二〕批語據《自課堂集·詩餘》補。

〔三〕陳其年　《崑崙詩選·詩餘》、《自課堂集·詩餘》作“林茂之”。

長　調

念奴嬌·萬歲樓春望

海天春曉，看陰雲吹盡，炊煙微白。萬歲高樓聊一上，秀色南山堪摘。北固金焦，稱雄天塹，漸覺重墉窄〔一〕。頃年鏡考，山川遭此奇闢。　堪笑草草登臨，花殘柳謝〔二〕，愁思茫茫集〔三〕。孝伯風流曾寄賞，山水依然疇昔。澤國增防，于今普徧，地盡嫺戎索。南徐名勝，至此可消兵革。

【評語】渾脱流宕，直可追踪辛、陸。孫介夫

鏡考今昔，綽有餘情。林茂之〔四〕

【校記】

〔一〕漸覺重墉窄　《自課堂集·詩餘》作“漸覺重墉”。

〔二〕花殘柳謝　《自課堂集·詩餘》作“花柳謝”。

〔三〕愁思茫茫集　《自課堂集·詩餘》作“愁懷偏集”。

〔四〕林茂之　《崑崙詩選·詩餘》作“陳其年”。

尾犯·秋閨

憔悴怯登樓，螺黛慵匀，粉香暗落。白玉扉中，鎖冷文鴛素鶴。羅袖臨風愁自此，桃笙過雨凉如昨。恰驚心，應有悲秋，人倚梧桐閣。　瀟湘雲水澗，盼短征鴻消耗。淚染紅巾，欲寄憑誰托。寒漏迢迢孤枕怨，青燈黯黯同衾約。無情新月，已照到水晶簾幙。

【評語】兩段結句都可畫。陳其年

桂枝香·潤城懷古

吴頭楚尾，恰把酒茫茫，憑欄無已。眺望山形依舊，江濤如此。夕陽落遍晴帆遠，掛譙樓西風影裏。伯符兄弟，寄奴賓客，飛揚飆舉。　憑誰信、英雄不死。但滿目蒼凉，暮雲平矣。虎踞龍爭鐵瓮，儼然雄勢。兵聞北府疇爲用，只京口沽來酒美。旗亭月滿，夾堤喧市，紫簫聲起。

【評語】睹此茫茫，不覺百端交集。陳其年

沁園春·咏梅實

緑暗紅疏，江岸繁枝，綴實累累。是種出上林，同心堪羡，結緑雲嶺，乾腊偏垂。調鼎應須，傾筐曾詠，值得殷勤剖摘伊。稱奇處，却望林止渴，噉核忘飢。　當年驛使分攜，料重過經心淚滿頤。想擲去多情，手香猶染，嚼來何意，齒軟如斯。倩女前生，徐娘半老，仿佛青青如豆時。難忘甚？向羅浮夢裏，追憶風姿。上林有同心梅，見《西京雜記》。雲山之上，其實乾腊。吴氏《本草》曰：“梅核能明目、益氣、不飢。”“青梅如豆”見詞。

【評語】典核詞難得如此風韻，倩女徐娘，取辟極新，末説轉到花上，尤見情致。王西樵

文集

《王司勳五種集》序

《詩》三百篇，本諸性情，故君臣之告戒，士女之贈答，郊廟之奏頌，憂讒畏譏之愴惻，春秋聘會，大夫陳述以見志，莫不有詩。然因事感懷，宣鬱則止，無專之學；其在後世，始專以詩名家。於是漢有蘇、李，魏有曹、劉，唐有李、杜、王、孟、錢、劉、韓、柳、元、白，宋有蘇、黄，明有信陽、北地、瑯琊、歷下諸子，皆以一時並稱爲美。當時人亦推崇之，以爲屬辭比類，相得益章，既非强世之所難能，而又以樂盡乎人之有同量，異曲同工，無所貳焉矣。

乃讀詩者，上下於千百餘年之間，聲響已盡，美刺繇興，其於蘇、李、曹、劉、王、孟，原始攷正，先後之間，沿其故名，少所訾議，而信陽、北地，則至於自相牾牾激卬而相稽。其他李之於杜，錢之於劉，韓之於柳，元之於白，蘇之於黄，王之於李，論者皆以爲不可幾及。比之既已非實，不諱而猥居其先，以易天下之視聽而並稱能言者，遂至於不可盡信。然則大曆、元和、元、紹、弘、正、靖、隆，其途屢變而不謀與於西漢、建安、黄初、開元、天寶之盛，方其沉鬱，不待銖銖而較之，其勢亦可大覩矣。猶曰風俗移易，與時推遷，此得之於異姓則然耳。

若夫伯仲之中，連翩絡屬，以共驅爲能，則璩、瑒、機、雲之外，不少概見。然而應璩崎嶇，牽引事例，應瑒和而不壯，機、雲飭采色，多觝滯，無流宕之美。倡予和汝，其致固足矜高，苟以責其不足，則尚有憾焉。惟西樵王公之詩，體物備善，其所裒集，自壬辰以至丙午，詩凡二十二卷，詩餘二卷，篇章既衆，淹通釁貫，隨方以合其節。當其得意疾書，雖刻燭授簡，未若其迅，而貞純麗秀，得之十年慘澹者，無異與儀部貽上兄弟競爽，號爲杞梓，名聞於天下。

嗚呼！人之度越，奚啻霄壤？自昔生材之艱，或累百世而一出，或數十年而後一見，其難得易失如此。即在華疏精粹，同馳畛域，不能兼而有之，以乘勢於一時。使公與貽上生不同時，時不同地，地不同姓，翫其詩歌，淳古聲俊，可復開元、天寶之盛，猶將嘆於慕無窮。而况處同氣之間，不離堦除而進得唱酬之樂，退有激發之心，使天下畢赴以張其赫赫之光，豈非卓爾不羣者乎？《詩》曰："棠棣之華，鄂不韡韡"，又曰："伯氏吹壎，仲氏吹篪"，聲相應也。

【評語】司勳、客部，一時兄弟之盛，雄於天下。此文極論古今，飈發泉涌，激宕如意，此之謂文稱其人。施愚山先生

高深蒼老，激揚頓挫，直凌歐、蘇，西樵、阮亭之詩，得此可並稱不朽。方樓崗先生

極沉鬱，轉掣絶奇，至其論詩處，綜核前哲，本末源流畢見，故是千年絶調。陳其年

《歷紀》序

今上時乘十載，依放古化，於是虚己側席，崇經筵、置日講，間接宴見，以求天下之俊烈。繹堂沈公，以壬辰第三人及第起家，册府分麈，通永久之窟伏，乃上書自明。上聞其名，敕吏部召前，給方絜隃糜，書唐詩甚善，上方求俊烈，再召見弘德殿，問"賢

賢易色”章義何在？口晝之亡隱，敬事而信，所以安治之道盡卷卷，其暴發爲文，務畢其度，務制勝之繇。公悉引申大義以中之。故上數以詩屬公，爲《召見》五言排律，《經筵》七言近體，《文王訪吕尚圖》五言律，《紀遇》五言四十韻，凡六召而迭爲進。公産雲間，雲間固工於詩，而所爲詩清醇秀折，如天閑老驥，蹄間三尋，伉倢奮竦，即隘爲之，期而趨之，迅於注射，與雲間詩復異然。

上嘗喜書法，自董思白、王覺斯兩公而後，當世娖娖無所偶，獨數命公書唐詩及巨字，又令踰日專精録漢唐古文二卷以聞。其所書雄强拂蔚，因態爲變，震動殊縱，故交錯比董、王矣。

公素有赫赫之譽，臨事尊重，勳業卓爾，論者以爲方之前古，若賈誼、司馬相如、柳公權、李白、吕文仲、王著、葛端輩，雖備顧問待便殿，要人各位其一長，惟公必備善乃已。上廉其能，令吏部更持議，復其秩如故，而先後所賜賚貂裘茶緞，意良厚。於是公連其事紀之，恐遲之或有所遺忘，受華名而忽聖澤，且無以示後人也，因請予引其端。予小臣數奇，無路見天子，今得公遇會處際之餘輝，側名於其間，即沾微秩。儻不附青雲，亦何能躬睹其盛哉！董思白，名其昌，亦雲間人。

【評語】胚胎秦漢，直可俯視韓柳。宋荔裳

敘事中奕奕生動，使人讀之惟恐其易盡，自非太史公無此手筆。陳其年

《賣舡行》叙

昔陳季卿寓青龍寺，視竹葉爲舟，泛江西齋，以爲盛事。而歐陽永叔自汴絶淮，浮大江抵巴峽，計其水行幾萬餘里，歸而治其燕私之居，名之爲“畫舫齋”，有似樂於舟居者，何哉？

蓋天下倜儻智計之人，往往飛艫擊楫，以發其參輔奮榮之氣。及其居幽處獨，猶不能忘其勢，固然也。宛陵愚山施公監司潮西

六載，凌霜介烈，比待除歸里，縮屋茨草垣舍，不治經史，襆被而外，寂無餘物，而所駕官舸，蓬窗如舊，其經崩湍激浪，春澌月溆者屢矣。宜其置之耳目，浮深結纜，與賓客斗酒促膝，眺迴以自娱。曾未幾時，而棄之若遺，以營兎裘，斯豈無故而然與？彼公所蓄，固洪櫓不克時時出游，負重又無以資也。而括舟之令方亟，篙師黄頭之費，漸不能繼，是公之賣船買屋，固有所不得已而爲之者乎！

夫世寧無無所易而屋具與有所易而不爲屋者？此皆以爲可有可無之事，故天下不乏賣船之人。賣船而無有望於其屋，則鹵莽而存之，與鹵莽而棄之，其於船無所繫戀，此槩可以不論。如公者，固非船不能爲屋也，船之存亡關乎屋之得失，豈若季卿、永叔静對堂廡，棲息枕席之上，而其志意嚮往，即同青簾兼載，置身煙波杳靄之間，無所往而不極意稱快哉！或曰：公滌除眥瀎，不以玩物喪志。蓋非也。

【評語】氣沛而辭澤，如鮮霞之褰林，傾輝之映岫，此種文字最不易得。錢礎日

凌虚抗勢，用意於崎嶇之外，故百轉千廻而姿態衍溢，叙賣船行者當以此爲壓卷。陳其年

《郡齋雜咏》序

丁未之歲，余量移皖城。十一月朔三日將晡，抵江口，距五里，驚飇蹶動，衝波峻急，颯然而至，舟人相對錯愕，不能皷棹與之復爭。越日渡江，官署尚未起，聞予至，始有徙去者。

葢予之至以四日，而涖治即以五日，然後從而視之，庳屋無櫺橑，蒿藜覆壓，虺蜴之所家，日光活活，穿隙而入，予乃信皖城之荒側也如此。居閑臨暇，創“木庵”、“也足亭”，迤而上爲“桐風閣”，閣之前蒔以梅桃紫薇，每至花時，雜糅可愛。太守趙興公以

其傍隙地有樓翼然，虛檐閎曠，署以“來清”。大龍、百子之勝隱然遠見，俯仰其下。予既無創治之勞，而又有升高之樂，遂循東橋，踰文竹嶺側出而攬其尤樓之外，渭川萬竹，廓然森秀，雖寒茅逢藋，足蔽風雨。然視曩時委翳榛莽於荒側之區者，有餘適矣。駢梁甲館，其欲何窮。

電發以予之知所止也，分以一詩紀之。夫皖地在陳時，與九江俱隸江州。昔元微之《寄江州司馬白樂天》詩，殘燈無焰，暗風吹雨，於寒窗起坐之際，覺僻陋之苦，若有惻然不得已而居之者。樂天亦云，此語他人尚不可聞，況僕哉？然則予之所處之地抑可知矣。

【評語】處極苦之境而能樂，真樂也。先生有蕭然物外之致，可謂青山碧水，高深各極。先生樂皖城之荒陋，皖城樂先生之瀟灑矣。方樓岡先生

此篇位置應在韓愈《陽山送客》之上。成二鴻

初極說得荒凉，中復極其閒曠，末復從閒曠中轉入荒凉，矯翅連軒，迴環合抱，必傳之作。陳其年

《吴吟》序

余倅潤州七載，歲一至平江，旋不踰時，祇取晨梟之隱，不復浮游曼衍，以曠膽爲娛。丁未之歲，余四至平江，更歷寒暑，至累月踰時，猶不得歸。自非風雨之交，未嘗不與客俱逐水泥丘，不顧窮盡，而客之來者日益衆，沙棠一葉，幾不能容。予思人生聚散無常，要以大賢仇偶爲快耳。以予之偃蹇，雖抱膝窘蠢，私恨約結，固不求眷戀於人，而人之於予當無有厚之以意，舉之以色者，此其常也。何乘沙浮醴，同人於野，至窮聲音，極延瞰，務殞饔以逮夜，不忘麗澤之益。豈居窮而行鈍，而復有登臨聲氣之助，反若出於富貴旗旄之所不能幾者。

即予之初意亦不及此，彼世人得守其家者，毋論若貧不自得與

仕宦他鄉，雖同親戚，共昆弟，曾不得朝夕與居，日爲衎衎之歡，況姓氏爵里迥然不齊，越在千里之外，一歲而四至，不爲疎數，可不謂之難乎？不然，親戚昆弟非其所依，猶不能不以饑寒名位爲累，使非予偃蹇，必不能與吴習，不與吴習，亦安能爲此吟？人生聚散，其可忽乎哉！

【評語】感慨抑揚，曲盡史遷之法，而視友朋如骨肉，以文章爲性命之意，洋溢言表，崑崙真不可及哉！方樓岡先生

奇横古折，輕逸秀潤，無所不有，八家之文，止占得一邊，吾於先生無間然矣。陳其年

《孫無言歸黄山》序

江南之勝，甲於天下，而廣陵、新都，考其分野，悉隸揚州。其初未嘗分也，至春秋戰國時，或隸吴越，或隸楚，相繼無有間。迨秦已來，始分廣陵爲九江郡，新都爲鄣郡，而域仍隸於揚州，其富饒亦略等。繇此推之，分域已定，雖百世其無改，寧獨今乎？然則後之居廣陵、新都者，亦無俟過爲分别矣。乃廣陵號沃野，爲天下奥區，珠玉齒革、瑇瑁金錫、魚鹽絲布，百貨之所集，其舟車往來，冠蓋遨游，相望於道。居其地者，猶江河就下，易富不乏無所期而自至。惟新都人居之獨多，雖其人未即來，私心嚮往誠有之。若夫自廣陵趨新都，其生産更落，無所資度，非人情之所便而心期會。

休寧孫子無言，居廣陵，獨日以黄山爲念，因豹人請予言叙其歸志，何也？或曰：黄山有虎頭醉石，水簾滄霞，珠砂之峰，石牀丹竈可以棲息，其梯巒溪洞之美，險遠幽邃，因推而前，逾廣陵且倍屣，無怪乎無言之戒期遄歸也。或曰：不然，廣陵雖坦，衍其間小帆、羅浮之山、甓社、平望之湖界乎屬内，而平山、竹西、甘泉九曲之池、二十四橋皆近在几席，昔何遜、韓琦、歐陽修之徒

日集豪傑而讌之，温醇肥美，往往登頓忘返，然必取於此，未始他求。黄山即可矜，苟與廣陵絜長較短，終未能下，亦何必懷此故都哉！或曰：士之歸也，因循念其鄉，彼有不可忘其所鍾在其中。則無言裝爲去，宜不旋踵。若無所爲容者，乃居廣陵十餘年，匿不即歸，豈無言欲歸而未能遂耶？亦有所待而然與？夫自古聖賢信任之端，在於持志，其志既立，恣所爲，顧有不可亂者。

《易》曰："嘉遯貞吉，以正志也。"又曰："不事王侯，志可則也。"古之人有身處草野之中而心乎魏闕者矣，是故長卿題柱，郭丹入關致嘆，子雲棄繻而去，終拜謁者，蓬萌擲板就學，雖所趨在功名，詭於道德，而皆能不傷其志以逢時命。當其身在貧賤而履亨之念未衰，此其意豈須臾忘富貴哉？至於老聃柱史，曼倩從乎漢朝，君平下肆，莊子爲漆園吏，伯休賣藥都市，則又身寄朝市之中而志在山林，將昔之所云大隱混跡，其道或同乎此耶？

茲無言居廣陵，重得黄山地青崖白谷之間，自奮結思之日久矣，彼其强立不回，蓋有輕視繁囂，蕩祛物累之意，不肯因時俯仰，變其恒節，將取舍之極正於内，而操術之堅著於外，志一立則從恣絶耳。若以爲依戀先人之廬墓，與親戚鄰里朋儔歡然道故，是生人之常情，究無足爲無言重輕。

且無言之詩，驚采動人，即欲逃名，其可得乎？誠能居静以御動，取彼以勵此，使黄山之志久與相洽，惟吾之所得爲，則何必憂懷懾處，棲躬曉陋，然後乃爲歸哉？今以廣陵之麗，行所無事，以制其躁妄而有以自止，則天下更無不可居之地，即煢煢羈守廣陵，終其身無躡天都、劍石之墟，聚廬而托處焉，又胡不可也。

【評語】送無言歸黄山序多矣，而無言卒未歸，則知其托於文章以有傳耳。予於諸序，獨喜介夫爲第一，今又得先生而兩，蓋深心老法，相御而行，末段反題處更爲奇觀，後學熟讀此等文數篇，豈復有題足爲我難哉？李雲川

曲折千里，滔滔汩汩，而赴壑結脈，僅在末後一議，此文之善於宕漾以取氣勢者也。謀篇之法，繇此可悟。談長益

送歸黄山序盈千，余最愛三篇，王于一以嗚咽勝，孫介夫以含蓄勝，若夫風馳霆擊，地負海涵，則崑崙先生以雄奇勝。先生誠文中之崑崙也，他文悉培塿矣。陳其年

《陳氏家乘》序

自武王封虞舜之後胡公滿於陳，而陳之姓始著。敬仲以降，元龍、伯玉皆能以廉隅自飭，然間世而一生，無如太丘父子祖孫，性行淑明，聚於一門之内，天下誦説無窮而及於今。

今陳君吉甫之爲譜也，垂法戒，别善惡，使後之人見其懿行則曰："我曷不爲此以底於理?"見其嚚昏則曰："我其可以惡德而忝厥類乎?"若離於理，雖百世而後其能免於訾耶?若然，則吉甫之譜，乃以彰善而革穢也。後之人由是篤於行義，緩急通其有無，親疏無所怨讟；父嚴子孝，長幼以睦，口警於目而勉於心，罔有凶德者，夫非此譜之功也哉?

吉甫之祖，自豫章來爲安慶郡丞，後遂卜居龍舒，吉甫又自龍舒遷於皖，則吉甫之譜雖踵隆公之後而實創於皖。曜所聞而親所信，克昌厥世，以守宗祊，其自此昉矣。且吉甫精巫咸之術，貧富悉與善藥，不責其報，其所施姓名書於帷墻幾滿。吾聞龍眠、百子之間多隱於術，吉甫豈非其人歟?

【評語】此篇純似荊公。宋荔裳先生

議論同於老泉而古勁過之，卓然西京之製。魯青藜

清逸宕折而古氣却自横溢，所謂泉飛雲散，似其情思者耶?先生於諸體殆無所不備。陳其年

代重刻《貞觀政要》題辭

康熙己酉八月，方伯黄石法公自建業來皖城，從大中丞張公折獄覆奏，攜《貞觀政要》示余曰："此黻黼太平有餘矣。吾從仕宦

邸，其於金閶、鹽官、建康之間，購之十年乃得此書。恐世之常不得見此書，而吾得之又恐其不傳爲可嘆也。”余曰：“曷梓之？可乎？”皖城太守趙君興公因慨而許請終其事。未幾，興公没，而公亦以讀禮去官。

庚戌四月，公復來皖，其所欲梓者竟不得梓。過逢署太守事劉君松舟，踵而成之，將以致天下之獻納吾君者先自《貞觀政要》始，且令天下後世之讀此書者，既不若公購書之勤且勞，而聞道興業之功日滋以遠，不亦廣乎！劉君曰：“予安敢貪天之功，惟我法公耀明於世。”公曰：“否，凡政不得其要，猶朽索之駕驫膝，動見耗病。若以章程軌事，則迅於景靡。故政不得其要者，皆妄也。夫今與昔雖不同時，其張弛因革之宜隨形裁割，乘古人所已效，則法尊而勢便；先事而爲之計，推成而爲之謀，則不至於有過。後之覽者，循是書而行之，是世有變而道不可變，久安長治，固可恃源而往矣。”

【評語】言約而理該。宋荔裳先生

似不着力，而古折疎巖之氣若千槌百鍊而出，無一字泛下者，非古文化境，焉能有此。陳其年

《疁城唱和詩》序

袁子重其既以《江行贈言》懇懇請予爲序，丁未春杪，與予同舟，復以《疁城唱和詩》使予一續其事而筆之於言。夫天下豈少能言之士？而袁子皆棄不以請，即余亦不以袁子之請爲屨求速效，不以任其事，而袁子必以爲疁城之詩雖善，得吾之言而後有所驗於天下也。

吾聞疁城，昔有唐仲升、婁子柔、李長蘅、程孟陽，皆世所稱賢豪，近日侯廣成、黄蘊生諸君，悉一時之秀。今袁子之至，皆不及見，况於予生長銅鞮，數千里外，徒慕疁城而未至其地者哉！

歐陽文忠公謂“善人君子，難得易失”，而交游零落如此。使袁子今日得見仲升諸子，其裒集唱和之盛，當不止此。則予即不獲至其地，而獲見袁子所集仲升諸子唱和之詩，今昔之美當與併傳，而予亦如身至其地焉者，庶幾不使他日有生不同時之感也。

【評語】全從淡宕處得歐陽永叔之神，絶無描摹刻畫之迹，正使終日描摹刻畫者不能下一筆耳。顧修遠

有開闔，有抑揚，有頓挫，興致淋漓，情文悱惻，自是必傳之作。筆意鬆快極矣，而中間步伍又復嚴整，才法兩到，能不服膺耶！孫介夫

《江上草》序

潤州當江南山水之勝，江流浩漾，巖窔屹崒，削成而孤立，爲世所獨絶。其近而釜鼎、檀、汝、唐、長五州，馬蹟，石公，遠而水漸、鷄籠、九靈、爛石、華姥、鬱岡，獨公、良常之山，所爲幽阜清林，春蕪灌莽，溪巒洞壑之美不可勝窮。

余來八年，於此欲盡得而攬之，以歌咏其盛，顧非有徵輸錢穀之繁，震慫毛摯之治，與夫岣嶁蒼梧之遠不暇及。而予以佐理戎間，牙旗繽紛，馬矢塞道，皆未能躬親其地以式遄其行，况於爛然成章乎？

東嘉玉叔王公，司李潤州，治尚仁恕，飾以文雅。政事之餘，其於北固月華，金焦八公，鶴林招隱，顧龍竹林之間，足跡所詣，畢爲之詩。旁及金閶、虎丘、惠山、要離冢、漂母祠、韓侯釣臺、蕪城，無不清辭盛藻，爰效風騷，即友生之所贈答，節孝之所激楚，緣情喻志，亦以吐出其胸中之奇。

余以窮愁抑鬱之身，未嘗越諸郡以外，不過一舉手一舉足之勞，而志莫之逮。乃聞諸山之名，則其氣勃勃然不能自止。及詢其實，則若方壺萬里之外，渺不相屬，胡獨異哉？且予與公從此總轡别矣。公所處東嘉，於潤州爲接壤，異時補官，舟車往來，經

過於此，風流澹蕩，山川有靈，則屬辭綴響，猶將俟之以垂諸金石。余將守土皖城，其舟隥蒼流之勝，終不能從而與之游也矣！

【評語】一能游，一不能游；一能詩以紀其勝，一無暇爲詩以紀其勝；一後尚能再游，一後游尚未有期。兩兩相形，只如說家常話，而參差曲折自具，深得大家之法。顧修遠

昌黎《新修滕王閣記》，步步以不得游觀爲恨，此則處處將自己托影，而山川之勝、玉叔之詩，籠燈罩月，不即不離，全以神致取勝者，大家中惟永叔有此境界耳。孫介夫

徐電發集序

友朋之於人，甚矣哉！《易》曰："出門同人，又誰咎也。"又曰："官有渝，從正吉也。"《禮》曰："儒有合志同方，營道同術，並立則樂。"由此觀之，蓋天下之人才既多，然後知其所各受形之以其最能，然後知其可勉。故安肆鮮腆之行嘗出於孤陋少聞之人，必畢驩於所交，以日驗視其所爲，庶可使人之善有以合於己，而天下之吏於是乎有得人之慶，雖敬義而德不孤，不習無不利，亦待其德之既立，往攸利乃與習流異，非瀰然其無所與也。

往時，余倅京江，日與曹耦登臨於射堂、研山之側，瓠葉兎首，招尋不絶。而地當沃衍，塗四達，衣冠之儇佯，駐舟停策，輒爲需于之合，故士至京江以不得見予爲耻，然予藉以托下風結遐心，則有之矣。欲其行吟口誦以躭思乎經術，非特不能顧，亦有所未暇耳。今莅皖城，處於陋陒荒側之區，其地淳鹵沙莽，山石漸漸，且墉壑卑陋，巷無居人，即於浮山、天柱之勝，皆遠在百里以外，不克乘凌，無所期窮其所以往。故予得以精研百氏之囿，奮其獨斷，以親墳索，當其包羅古今，游神八極，旦旦而嗟究之，亦若沛乎有餘，而求其更生抗論，同尹敏、班彪之互發不寢，謝真、邊讓之雄談未已，王弼、裴徽之語徹天人，是欲東其轅而西適，其力雖勤，終其身不至，豈得有一日而數變其說，以匡予之

不逮者哉？

春仲，徐子電發自吴郡來，爲童蒙師，氣駿而德攻，辭奢而才亦美，時時著書，至與身等。予嘗歲時無越思，宛委尚未就；電發操翰即成，成即一字不復再易，敏捷之稱，砉然以解。余每於清讌之暇，輒來就電發坐木庵中，丙夜不輟。電發清言緒論，辯若懸河。至其賦詩臨文，慨當以慷，余見其縱横成章，若絳螭之騰九閎，相與疑義共析，聲徹左右，彼道生之遇真長，其義豈踰於此耶！

以電發之才，宜無所往而不合，乃名山挹之而不以至，止鑛朴以自藏而類相從，是離膏粱而懷窟志也。夫行莫乖於寡黨，樂莫大於相知。余得近電發以來，回視曩者在京江時，衎衎陶縱，方延矚應接之不暇，恒若抱札負筆，力不能從，尚何進德修辭之是問。今處陿阸荒側之區，雖浮山、天柱之勝不克凌乘，而蓄六典九籍之富供其瀏覽，又有電發日傍膝而相對，吾知蹈暇處逸，耳目專而英華積。是曹耦衆不必謂其多，結游獨不必謂其簡，予之敬義而德不孤者，豈非以陿阸荒側故耶？雖然，電發今又將行矣，則予豈特結遊之獨而已哉？

【評語】如登臨名山大川，使人意氣超舉，又如讀《伐木》諸詩，使人心志和平，增友聲之重，電發奇士，得先生而益彰矣。施愚山

崑陵晚悟文法，只“開闔”二字，究文之開闔，即《易》“翕闢”之義也，此文可謂盡開闔之妙。前叙京江之多友而反不見有益，蓋是“翕”，而“翕”後叙皖城之荒側，得電發而相與有成，是“翕”而“闢”，可知崑崙學術原本六經，即日用飲食，莫非文章之道。方樓崗先生

今之規模大家者，優孟衣冠，索然氣盡矣。先生雄奇變幻，不可以一家名之。每出一語，川流山峙，决然不可澌滅。起衰振懦，信屬第一手筆。陳其年

陳伯饒入學序

士之始進，以文遇知於督學使者〔一〕，其功不足以濟三户〔二〕，

其聲華氣力不足以自贍養。歲之舉者率以二十五人，蓋其所習聞而爲故例也〔三〕，而何至矜名〔四〕寵能綴文奮辭以稱其美乎？程子曰：是不然〔五〕，吾嘗見爲童子試者矣。童子去諸生，特一間耳。試之前獨覈其三代籍貫，扶同詐冒。吏持其卷，必十倍其真〔六〕。試之日，以割裂極枯澀之題，窘其才思，限其光晷，其售者百或得五七焉。其不中試者〔七〕，雖負英才〔八〕，豎隸得加之以威，稍有不充其欲者，必借端中傷，是以困窮〔九〕既不獲肆力於詩書而名之以富〔一〇〕，又有身家門户之累〔一一〕，麋沸之患，上下不可知。毀身憔志，尚懼無以自保，又何優游執經之樂乎？

石盤陳伯饒〔一二〕，吾知其免於此哉〔一三〕！其父累葉席仁恕〔一四〕，以農事起家。伯饒年弱冠，能習經書大義，已載其名於二十五人中，循是而往〔一五〕，不易其行，即欲久淹巖穴〔一六〕不可得也。韓愈之言曰："文章之作，恒發於羈旅草野，至若王公貴人，氣滿志得，非性能專好之，則不暇以爲。"使伯饒生於王公貴人之家〔一七〕，雖不受窘辱，然未必涉獵書傳〔一八〕。今讀書專一之氣以取時名，而又無向者麋沸之患，庶幾其克濟也哉〔一九〕！

【評語】質樸見古致，後段回顧前段，酷似昌黎。張爾公

樸質是其本色，好在樸質中正極鬆快，而鬆快處又純然古法，能自制其筆之所之，遂使氣逸而靜，全不躁矜以傷其雅，讀之如盧陵在前，不覺其爲近代文字也。陳其年〔二一〕

極老靠又極煙波，極峭削又極夭矯，其老靠處正其煙波處，峭削處正其夭矯處〔二二〕。陳其年

【校記】

〔一〕嘉慶鈔本《崑崙文選》卜崖主人旁注："一起如瘦鯨渴虎，掉尾而下。"

〔二〕嘉慶鈔本《崑崙文選》卜崖主人眉批："《史記》：楚雖三户，亡秦必楚。"

〔三〕習　《崑崙文選》作"飫"。

〔四〕《崑崙詩文合集》有旁注："得古文先抑法。"

〔五〕嘉慶鈔本《崑崙文選》卜崖主人旁注："六字一轉。"

〔六〕真　《崑崙詩文合集》、《崑崙文選》作"直"。

〔七〕《崑崙詩文合集》旁注："童子試苦境數出。"

〔八〕嘉慶鈔本《崑崙文選》卜崖主人旁注："可嘆。"

〔九〕嘉慶鈔本《崑崙文選》卜崖主人旁注："夭矯而下。"

〔一〇〕《崑崙詩文合集》旁注："農家。"

〔一一〕《崑崙詩文合集》旁注："讀書人有許多難處，歷歷如畫。"

〔一二〕《崑崙詩文合集》旁注："接句敏捷。"

〔一三〕嘉慶鈔本《崑崙文選》卜崖主人旁注："一筆收。"

〔一四〕《崑崙詩文合集》、《崑崙文選》中"其父"後有"似寉"二字，此處應斷句在"似寉"之後。

〔一五〕《崑崙詩文合集》旁注："規勉語。"此句《崑崙文選》卜崖主人旁注："下語有分寸。"

〔一六〕《崑崙詩文合集》旁注："期望語。"

〔一七〕《崑崙詩文合集》旁注："期望語。"

〔一八〕《崑崙詩文合集》旁注："轉有鈞力。"

〔一九〕嘉慶鈔本《崑崙文選》卜崖主人旁注："如此便收如萬馬奔騰，刁斗一聲，忽焉而立。"

〔二〇〕嘉慶鈔本《崑崙文選》卜崖主人旁注："到底不下一實筆。"

〔二一〕《崑崙詩文合集》此評語爲李研齊先生所云。

《十峰堂集》序

吾讀書自堯舜以至今日，其文稱繁衍矣，而深嚴奧鬱，卒莫過於六經。遺人用之，繇其道率治安循，非其理，其言弗驗。故《易》奇而隱，辭變象占，曲折應之無不中；《書》叙政事，拂世摩俗，更復醇古；《詩》三百篇，温柔敦厚，與詩窮變；《春秋》比辭屬事，言謹而義盡；《樂》比聲律，《禮》備法物，綱紀人倫。蓋古之人非專意興縱以爲之文也，撫時觸事，浩乎其有得也，而後辭舉焉，亦以其理確焉耳。其後楊子雲擬《太玄》，乃終不顯，王安石廢《春秋》，不列學宫，胡安國謂其滅倫亂理，而春秋之道至今益盛，此豈可以意爲增減也哉？至於秦漢之際，文彩蔚然，惜所以施之不純。宋人尚理，其踪迹坦白之處，反極安於樸露固矣。今之爲文者，務爲辯博可喜，然浮筋演迤，輒書其所見，甚者等於裨販，顧視六經，齮齕割裂之不暇，况能相底於成乎？

獨晋陵錢君礎日，文以經史爲根柢，清醇爾雅，無駢枝骫骳之習，以待理得而决然出之，往往襆被浮游，經督亢、析津、靈巖、長白之間，洶濤所激，嶄巖所感，羈愁蹇産之懷，一以攄之於文，清慮慧志，不改其度。故礎日所居近九峰，徑輪廣袤，皆參差奇絶。又慮九峰不自收拾，輒自比一峰，曰："吾恃九峰爲類而不孤，雖洪志之青牛，長房之葛陂，龐德公之於鹿門，未若吾以身爲之障，非形格勢阻而能禁吾意之所以往，斯已足矣。"是以每當静對硉矹，鬱咈泄雲，粉野之變幻，不出户庭而悉在。

夫以山水之胸，牢籠經史，克濟其長，不清絶不足以發其高潔精神，不足以驅淹抑，迨久而忘其虚實，不知九峰之有而一峰之爲無。故羈窮得與俱，乃效功於文章，以一馭九，集成而命之曰《十峰草堂》，豈爲誕乎？

【評語】原原本本，光怪之氣逼人。宋荔裳

以人作一峰，事本奇，而文之靈奇變幻，出無入有，無所不妙，當其操縱隨意時，筆利干將矣。陳其年

《兼濟堂集》序

文之與詩，爲之於斯道將著之時，非專舉其鋭，則淺植而薄發，其更事也甚難。非權籍者力有以振之，則必不能以己之説式於四隩之外。其示人也不廣，以甚難之術，行不廣之教，終其身處於知之所未周，而究無以濟其成。故足乎己無待於人者，業也；有其權以助其教者，其勢也。古之人業崇而勢尊，然後可以得志於天下。以予觀於唐宋以來，如安石得君主之專，固勿問已；昌

黎、廬陵、眉山兄弟，數嘗柄用矣；柳州、南豐，載筆褰帷，不可謂不遇也；惟明允、少陵、太白之徒，雖遭因疐，卒奇其才，召對天子之庭，授之以職。是以天下綴文之士，毋論識與不識，聞其名者，皆有以著其能而希其光。故教之化人也深於命，人之效上也捷於令。泰山之高，不嶕嶢則不以浡汾浡滃雲而散歊蒸，彼荷旃誦讀者習見其上之人，乃可以如此而使其言久存也。即同是而輻輳慕之，顧非有卑蠢固陋之質，亦知腐塞誠不可用，必不肯自安廢失。及其爲之，又多爲上所親重，則所以起奧渫之窮而章其美也，豈其微哉？

今栢鄉魏公，以程朱之學肩皋夔之任，巨川舟楫，保衡夾介，已歸大府之譽矣。而所爲詩文，精神奥拔，齊乎日月之光，雖古之微言六義，條貫表裏，務有以盡乎情實。蓋公齒不過强仕，而道德文章、政事名位粹於一身，天下深享弼亮之功，霑其清芬俊烈，二十三年於茲矣。使公鞠躬管籥，進求盡忠而不存心於著書立説，則斯人無以誦公之妍辭。即公著書立説，而伸於此者詘於彼，譬之遵塗而行終苦流瀆，調鐘諧金石而使之運斤，亦無以塞天下之望。即公能之矣，臨高而高有以挾之，而負其盛位，往且不見，俾物終無以窺其深淺，則雖立之以表，猶不能作其氣，鼓其勇，奪其耳目，是亦氣矜之餘也。茲公居上相之尊，理學詩文滿衍大備，是前人之所不能兼者，公悉兼而有之。其於卑官窟伏淪跡之子，身處環堵，易衣并食，不啻推分結驩，延攬然信，山川且不足以間之。矧其氣感平生，扶摇謀面，近在輦轂之下者，虚往實歸，豈有藏疑自匿而不克遂其砥礪者哉？

予荷公知，與吴子冉渠、楊子仲延梓公詩文，公諸方内，使學者積之於慮，著之於目，感悟效法，因其居高以起之，必爲巧發而理解，丕變之機，將在於此。然則當斯道將著之日，謂權藉者專舉其鋭，舍公而誰乎？夫權藉之與詩文固不必盡合，要之非權藉則詩文之指又何由而大顯哉！

【評語】栢鄉爲趙忠毅宅相，故理學、文章皆有所本，序中以上相之尊、理學詩文、結驩之節，相激而出，備兩漢之遺法者也，可與《晝錦》、《醉白》兩記並傳而三。方樓崗

滃鬱嵡崒中極流宕曲折，是以柳州之風骨兼昌黎之神韻，近代震川、遵巖諸公無此深厚。末幅叙公推誠下士一段，令讀者唏嘘累息。徐釚識

嘗見栢鄉魏相國《與崑崙先生書》云："向者在部之日，辰入申出，循例執簿，未得效執鞭之誼，然聞老年翁才名久矣。今春蔣虎臣公祖以大集見示，每一披閱，則賞心悦目。竊以爲古人之廢久矣，三代而後，自當以馬、班爲宗，韓、歐爲嫡派，二蘇筆舌妙天下而失之泛溢，程朱理學入堂奥而詩文有遜焉，明季一代，濂溪、正學、弇州而外，寥寥也，豈不難哉？大作於流衍之中而絜以法式，於奔放之餘而達以精采，然非鏤金剪綵之比，其爲大家，可傳無疑也。"

又《與彭士報書》云："余於時人之文，二十年來未有大賞心者，詩則佳者指不勝屈，殆亦無愧古人。今於程子崑崙之文，不禁賞心，葢自今春虎臣蔣太史見惠，迺知武鄉有此碩士。士報兄至，又得詳其况懷，益令我生溯洄之思矣。'所謂伊人，在江之湄'，能無慨然？"

又《與彭士報書》云："今之爲文者，病於浮詭散漫，無有式度，其知式度者，又病於枯索藻彩之不露，是之謂瘦蔩，惟昌黎公無此失，雖眉山父子亦未盡祛此也。程崑崙好講程式，此得作古文之準繩矣，而時發爲光彩，露爲鋒鍔，木之豫章，刃之干將也，吾是以嘆賞不置焉。"

合觀數書，相國之推許乎先生者備矣。而先生叙相國之集，委曲詳明，盡其情實，乃知文字之投合，風飛雲起，信非偶也。陳其年

《雲起樓集》序

夫人之嗜好不同，結髦鍛鍊，其尚固偏，垂纓執籌，委已從之，雖賢者有所不免。乃至營得失於未可知之間，敞罔掩噎，終身而不知返，皆好之不得其正者也。惟上焉者，得詩文而習之，風雨晦明，愜志以相與，自非負材明達既專且博，則退有就求之心，當前而或失者有矣。

故匡衡讀書，不辭客作。延篤從唐溪季度受《左氏》，無紙成

誦而去。凡從内得於心又樂從其所與游，苟遇於日，務盡其能，不敢謂他日可待而忽，以爲今人之不足恃，必其中有好之而莫知其窮者乎？曲阿高君芝巖，少有叔倫之譽，又有楚珍、公亮、簡臣、虎臣諸公，鷄壇同志，不出里門，皆一時之彦，已而復以文章致身，數上春官，久於燕市，上自垂紳鼎食，下至羈賤之士，審其善端，悉交其人，如饑渴之於飲食，彤彤洩洩，期竭其術而後止。其於銀鈎鐵畫之奇，紅梅墨菊之秀，彌年累月，購之不以爲勞，故其發爲詩文，寬閑靚適，有恢宏黼黻之觀。論者以爲穠郁纖秀，自昔難兼，使無閎意眇指，采摭既衆，天柱之高，劇驂之坦，豈能强而同之乎？

高母有賢，操食蓼自給，每以洛誦取友爲訓。今君方朱輪墨綬，以就煩邑，將有投綸得魴之佐，夾介雷封，爲慈母授經介壽之報。然則登高而賦，篋笥益富，當與楚珍、公亮、簡臣、虎臣諸公，後先接踵，豈非委心結意之不肯苟哉！

【評語】古色斑然，有鼎匜之氣。宋荔裳先生

泓然澹折，挹之深深，絶似歐陽永叔。紀檗于

結構極密，字句極鍊。此文着眼處，全在好之得其正上，至其光焰不磨如廬江丹井，煒然燭天矣。陳其年

《唐詩韻匯》序

古之爲類書者多矣，雖以歐陽詢、張説、白樂天、陸贄之賢，皆聚集其事，以自矜其能。後之編次者，每每掠其腴雋以附益之，惟恐其不備，而《太平》、《册府》至號爲御覽，欲以此周知天下之事理，豈不悖哉？今施君匪莪，輯《唐詩韻匯》一書，豈沾沾於字句之怫悦而不遑其餘耶？抑槩縷其全篇，自以其質爲賞罰而不加減否耶？吾觀四唐之詩，體制初備，克殫所長，又當時以此進退人材，士子白首研精，法律之嚴，屬耦之切，智力架構，無所不善其清越之聲，甚者譜爲樂章，達於宫寢。嗚呼！可謂盛矣！

匪莪之爲是書也，按部分韻，無論其所本所不合與合，末始終畢具，使世之學人，去好惡接於目而知窮然後無。不特開卷之間，高華易見，即傾黔之作，幾於沮顔感憾而不能有以自容也。豈兎圈記室，割裂其辭者可比哉？匪莪負材殊俊，於學無所不通。初爲宛陵學博，事省功倍，及綰符范州，兵火之餘，桑樞舊蓽，上漏下穿，無浮榮之累，故得以漁獵而不制，雖一體之中，可千萬計，乃能視世之所少者而專攻之，則其傳於後世又可知也。若夫匪莪之詩，亦集唐句，上下其間而損益之，轉運舒繹，如出一人之口，每當得意疾書之時，輒不能自禁。軒豁詭秘，往往至於滂流。余辛亥在燕，匪莪盡出其所有以餉予，求予言而弁之甚殷。予固不喜爲詩之割裂者，故因是書，别其得失以辯之。

【評語】文字結構要爭上流，如存全篇而厭補綴，此乃據上流之法也，故婉轉暢發，有倫有脊。錢礎日

類書之弊在於割裂，既使上下文義不顯，徒令觀者作悶，猶其小者也；自有類集而學人束書不讀，使儉腹者竊取失實，斯先生之痛惡而深絶者矣。陳其年

《文槩》序

國家受命二十三載〔一〕，上方持乾符通肆覲〔二〕，旁求俊乂〔三〕。車書方物，大小之國畢至。文治已洽，於是天下文章之士，大放厥辭，各程其材以效伎美，風發泉流，務極宏侈之觀。京江何子雍南、程子千一，方少年，天資雄邁，喜論著。自周秦漢唐宋以來，精深閎博，和平淡薄之音，名賢所遺，莫不探頤兼綜，支分而條晳矣〔四〕。然其言既存，其論已定，凡諸家之所睹記，藏之名山，傳之其人，未嘗放棄於榛莽之間。因其所已然，粲然備具，乃二子者之選，斷自明洪武，迄康熙丙午，幾三百年，合其文辭，彙爲一書，曰《文槩》。其間人止數篇，雖有專家之學，力蹙幅盡，不以多及〔五〕。嗟乎！二子者之苦心〔六〕，於斯略可見矣。

夫天下之大，斯文之衆，紛紜駁沓，必體制既立，然後可以辨

其工掘〔七〕。是故有詔册、諭告、制誥、露布、記序、題跋、書表、論策、説解、辯議、頌贊、箴銘、祭文、行狀、碑誄、墓誌、疏傳、哀辭之異其體，綺靡瀏亮〔八〕，俊烈雄放，凄惻峭直〔九〕，辯潔彬蔚，深醇爾雅，平徹蒼厚，煒焕奇肆之異其辭，天地日月、風雷霜露、江河山阜、人倫事物、禽蟲魚獸、花實草木、樓臺邸第之異其變動。葳蕤揮霍，所趨各殊，雖有智鑒，不可以力强而致。方其肆力於文也，精思傍訊〔一〇〕，馳騖乎上下之際，未始不以爲恢恢乎其若有遇也。及其機見既窮，岨峿底滯〔一一〕，而後嘆其途之既廣，非一人一事之可以推求，而勞此生以竭情於無餘者，盡可悔也。故里之鬱者〔一二〕，往往言不能文；言之文矣，又或志泥而易亂。

仲尼曰："言之不文，不能行遠。"楊子曰："雕蟲篆刻，壯夫不爲。"孟子皇皇周流，不暇著述，不以求乎隆隆之譽者，以此也。今之人知尚八家矣，吾知其無有異也。然後之致論者，以韓柳之才，不克爲史，永叔和雅，時乏英氣，荆公文深而暗，南豐負質峻潔，失之寬緩，三蘇之文，沛若有餘，微傷於巧。彼八家之於文，可謂盛矣，而汲汲以窮年者，非其不及〔一三〕，義實相妨，又何論其材之下焉者乎？

故二子者之爲是選也，斷自洪武，以明之文未論定也，迄康熙丙午，從王也，盛方始也，又體無不備，故人各以其類也。然則二子者之選，非徒以是概天下也。乃天下之文，不盡槩於斯，而斯文足以概之。抑將使天下之讀是文者，推廣其意〔一四〕，嚅嚌涵泳而漬漸以入焉。吾安知所云概者，不進於古所爲耶？不然，恐天下之人貴遠而賤近者陋也〔一五〕，貪多而拒少者失也，拘其所見而不以自廣者愚也，告之而不以喻者恥也，如此而謂曰：二子者之選，將以概乎天下之文而求其歸焉，又烏可不思其所據也哉！

【評語】武鄉素爲文，探源周秦，揚光漢魏，矜字慎句，舍毫不下，漸放爲大家之篇。雖體制條暢，而神腴氣古，詞雋調折，所爲矜慎者自見，譬黄河萬里，紆迴九曲，其宏深更在星宿之有本也。今人妄爲大家而不識大家，徒以柔曼

繚繞者當之，其亦知武鄉之大家有如是哉！朱近修

行文紆徐，有峨冠博帶之容，此自氣度迴别處，余尤喜其善狀從來文人情事，勝讀陸機《文賦》。孫豹人

潤色鴻業，揚厲本朝，子雲、長卿之傳也，其文氣横奥，則由其識堅而筆悍耳。陳其年

【校記】

〔一〕國家　《崑崙詩文合集》作“皇清”。

〔二〕《崑崙詩文合集》旁注：“起處弘敞。”

嘉慶鈔本《崑崙文選》卜崖主人旁注：“一起喬皇。”

〔三〕义　《崑崙文選》作“乂”。

〔四〕晢　《崑崙詩文合集》、《崑崙文選》作“貫”。

〔五〕嘉慶鈔本《崑崙文選》卜崖主人旁注：“字奇。”

〔六〕二　《崑崙詩文合集》作“三”。

〔七〕掘　《崑崙詩文合集》、《崑崙文選》作“拙”。

〔八〕嘉慶鈔本《崑崙文選》卜崖主人旁注：“勝讀《文賦》。”

〔九〕惻　《崑崙詩文合集》作“悽”。

〔一〇〕嘉慶鈔本《崑崙文選》卜崖主人旁批：“甘苦之言，讀之太息。”

〔一一〕《崑崙詩文合集》旁注：“轉折動宕已盡情事。”

〔一二〕里　《崑崙詩文合集》、《崑崙文選》作“理”。

〔一三〕《崑崙詩文合集》、《崑崙文選》旁注：“又一宕。”

〔一四〕意　《崑崙詩文合集》、《崑崙文選》作“義意”。

〔一五〕《崑崙詩文合集》旁注：“似忽説開乃更緊密。”

劉崑麓詩序

順治己亥，余與崑麓劉君同謁選京師，十月探竹，予得倅潤州，君爲司理。庚子春，又肩隨莅事。彼潤州當海逆熛起之後，枹鼓餘息，大獄朋興，君以銜策馭黠馬，左右於執事之間，考中聽色，奏當如流。當其時，郡人欽君風節，皆以爲崔鄾謙之復見今日。壬寅，君移治臨江，如在潤州時，計征騑在路，十年於斯矣。

辛亥，余補官來燕山，與君同寓蕭寺，君乃稍稍出其詩以相示，俾予叙之。余思初與君在潤州相戒爲廉吏，灡清露覆，請寄無所容，祇知君以吏能也。今君之詩，醇郁流宕，如江澄月朗，使人聽之淒清欲絶，無艱澀屛兀之態者，非久於詞場而能若是耶！抑治劇理屈，清材駿發之氣，出其緒餘以爲詩，而後能相與以有成耶！

君生於武陽，有紫金漆園之遺，服形練色，行光容裔，而其詩復與政蹟稱最。考劉氏才彦，代不乏人，其來有自矣。故孝綽辭藻，流聞河朔；隱之酌水，其操益勵；道和莒人，倉卒立定；孝泉賦詩，天泉池荷；方之於君，豈有遜乎？且予既見君於蘭若，而漳浦別駕禹君谷王能詩尋至，星沙太守吕君大吕習於吏事，聞亦飭裝在馬蹄間，彼三君者，皆武陽人，悉與予結游。嗚呼！天之生材，夫豈偶哉！

【評語】此等結構，惟昌黎能之，王介甫而下，未之及也。宋荔裳先生

思理鑱巖，下筆極有分寸，妙在叙次中老辣波宕，自非時流可幾。陳其年

《松臺山房詩集》序

凡物之速成者[一]易盡，而堅好者必遲。《周禮》㡛人湅帛，以欄爲灰，渥淳其帛，實諸澤器，淫之以蜃，宿諸井，厥七日夜。毆冶鑄劍，用赤堇之錫，若邪之銅，助以雷雨，不足讎也。阮師作刀，授以水火之齊，候陰陽，錬五精，取剛柔之和，需以三年。染者三入而爲纁，五入爲緅，七入爲緇。若夫操的而貫虱，九折臂而成醫，蒙金以砂，琢玉於璞，陶施之事，髻墾薜暴，不入於市。是物之堅好[二]，其爲之甚難而又遲若此，固未有取効於速成而朝夕不相待者也。其於詩文也亦然[三]。

司馬遷父子，相繼爲太史，厥有《史記》。班固《漢書》[四]，仍彪之業，固死，章帝復令其妹昭就東觀校緝，始足成之。張衡爲賦[五]，乃至遲以十年，豈依違其思腸而不之決耶[六]？並心肆

力，勢固不得止耳。至於相如之腐毫，王克之氣竭[七]，孟郊之奇澀，賈島之苦吟，唐球之燃膏，張説之悽惋，皆遲之又久，研慮方定。嗚呼！可謂難已。

東歐季昭張公既殁之二十五年[八]，又典王君始以其詩屬予爲序[九]，且謂予曰："吾習公久，或道過其門，凡所爲飲食宴樂，悲歌激憤，無所不有，獨未嘗一語及詩[一〇]。今公且沕[一一]，公之裔有藏而惜之者，以其詩來，幸君之詳擇而勿傷其志[一二]。"

予觀其詩，洋洋累千餘篇，則世之以詩名者，又未有若公之盛者也。其詩闡諧辨潔，音容康樂，而探賾致遠，雖豚魚鬼神之幽渺，無不極其形容，每有一物而咏至三四十首者，體裁略備[一三]，可謂得才人之致矣[一四]。然公宦迹所至，山川險怪，其間盛衰之幾，羈愁柳鬱，嘿然有感，悉於詩乎發之。至建節益州，持公屏私，去其苛暴，與民休息，雖與賢士大夫晋接之頃，深用自晦，更絶口不言詩[一五]，故公之詩又往往不爲人所知。聞予既擇其詩如千首，爰援之梓[一六]，因語之曰："世人在方内足齒乎人[一七]，甫能操翰[一八]，應聲成響，即倨然有居高自矜之意[十九]，篇什諓諓，爭以其詩鳴於世。今中丞研精數十年，綴藻彌煩，獨不出一語以示人，此其志豈復爲朝夕可喜之計哉[二〇]！"嗟乎！詩學之日雜而詩亡，舒元輿所謂"數與麻竹相多，雖舉天下爲剡溪不足給"，以視公之詩材工麗，深用自晦，又當何如也？

【**評語**】前段是閲歷甘苦之言，復聲采具備，昌黎《答李翌書》[二一]，謂古之立言者，無望其速成，中間自序如是者有年，凡數轉，得此文正相發明，而筆意放縱自如，則又得之養氣者不同也。孫豹人

詩文之難成，譬諸練帛鑄劍，遲之久而又久，方能盡善盡美，此至論也。今人刻燭擊蓋，自夸爲敏捷者，讀此文能無廢然？方爾止

先生每爲余言，生平著書十失其九，今茲所錄，悉係僅存。蓋先生平日最攻苦於文[二二]，故能探幽抉奥，直奪昌黎、廬陵之席也。此篇明道似昌黎，頓折似廬陵，若其繁稱博引，則又極似柳州《論李睦州服氣書》，噫！至矣！陳其年

【校記】

〔一〕《崑崙詩文合集》、《崑崙文選》旁注："突兀。"

〔二〕《崑崙詩文合集》、《崑崙文選》旁注："總來。"

〔三〕《崑崙詩文合集》、《崑崙文選》旁注："以上零零碎碎拉拉雜雜萬態惶惑。"

〔四〕《崑崙詩文合集》、《崑崙文選》旁注："魚龍百變，祇有七字收入正意。"

〔五〕《崑崙詩文合集》、《崑崙文選》有旁注："以上雜述事物，此又歷數古賢人君子，爲聞之難，以爲義例。"

〔六〕《崑崙詩文合集》、《崑崙文選》旁注："拗筆最妙。"

〔七〕克　《崑崙詩文合集》、《崑崙文選》作"充"。

〔八〕《崑崙詩文合集》、《崑崙文選》旁注："六字作結唱三嘆，得廬陵之神。"

〔九〕君　《崑崙詩文合集》作"公"。

〔一〇〕《崑崙詩文合集》、《崑崙文選》旁注："主"。

〔一一〕今公且沕　《崑崙文選》作"今且公沕"。

〔一二〕《崑崙詩文合集》、《崑崙文選》旁注："志字是大綱領。"

〔一三〕略　《崑崙詩文合集》作"明"。

〔一四〕得　《崑崙詩文合集》作"極"。

〔一五〕《崑崙詩文合集》旁注："主。"

〔一六〕援　《崑崙文選》作"授"。

〔一七〕在方内　《崑崙文選》作"就方内"。

乎　《崑崙詩文合集》、《崑崙文選》作"平"。

〔一八〕甫　《崑崙詩文合集》、《崑崙文選》作"才"。

〔一九〕意　《崑崙詩文合集》、《崑崙文選》作"態"。

〔二〇〕《崑崙詩文合集》、《崑崙文選》旁注："志字照應。"

〔二一〕翌　《崑崙詩文合集》、《崑崙文選》作"翊"。

〔二二〕攻　《崑崙文選》作"工"。

《懶逸草》序

今夫竭心思腐神智終其身，傳者不能逾數篇，焚膏繼晷，而句之精者，累世不數見焉，豈詩之爲道苦難而事離若此哉？當其事與景赴，其悲歌感慨之衷，岩佚簡易之氣，若以適其興會而止，及其簡練揣摹得之而措之手，然後知其扞格而難操，辭與願違，動見乖迕，則古之以詩傳於世者，皆立志甚深者也。

立志深則其光焰亦厚，故其始也不敢爲，及其爲之也不敢易，既已爲之而不易矣，則不得以不甚惜之心，不自重其所處。是以閉門距躍，勤則得多，從未有以“懶逸”命世者。吾友壺嵐陳君，獨自顔其草曰“懶逸”，何也？葢陳君之爲人，以之求田問舍則懶，撩零五白則懶，浮湛鄙里則又懶；而蟬聯於酸風苦雨之中，挾策於慘淡經營之際，則選言而後出，尚恐吾詩之或一毫以懶也，而敢取徑於懶乎？

或曰：陳君之懶，似在於逸。計其居恒之詩，激觸所得，偶然爲之，縹緲漫滅，以廢棄而不能悉存，陳君之懶，似在於逸也。或曰：不然，陳君篤於詩情而懶於世務，有所不懶以成其懶。誠恩其久而逸也，取一鸞片羽以發吾覆者，謀諸殺青，又何不可，詎聽其逸焉而已乎？

陳君曰：否，否。余嘗恨世之外强而中乾者，勇於立言，喋喋求多，以取憐重，爲尅核者所嗤笑，諸君奈何窘我懶逸耶？雖然，迎寒以夜來諸陰也，川不可防氣之導也，陳君即欲遂其懶逸有不可得者。況陳君長男已過典謁矣，次男亦咄咄逼人，其弟吾青又欲火攻其兄，吾恐齒牙獎借，天下之口，將不獨屬陳君。彼陳君者，寧獲以懶逸自竟哉！

【評語】就“懶逸”二字反覆穿穴，似諷似規，前後因斷爲連，借賓形主，深得古大家謀篇之法。張爾公

題是懶逸，文却説不懶逸，然究竟未下斷語，隱顯即離，妙有文心，此爲韓歐秘訣。李雲田

筍迸生於石隙，絶不旁溢一語，而層次干霄之氣，具足於此。文氣甚得子長之潔。談長益

宕逸淋灕，似昌黎《送高閑上人序》；澹蕩往復，似永叔《僧惟儼詩集序》。

一段曲似一段，一步緊似一步，成連先生刺船時，海水窅冥，真能移我情矣！陳其年

為張芙莊明府序〔一〕

山西之爲縣，七十隸於府，八隸於州〔二〕。然獨沁州土瞰爲最埆，武鄉乃隸之，磽陿甚於州。其地連山二百餘里，土分少而石分多〔三〕，即上之所界〔四〕，又崀峗不平。耕者畏其盤紆九折，使牛摩髖脱肉而欲其菑播得乎〔五〕？遞引而下之爲大沙，磊磊嘗不絶。每水澇則傷稼，岸易爲谷，愆陽則囷簏成虚。不毛之地凡什九，乃使之出租賦，守條籍，歲較其入，往往以積逋致困。其里社蕭條，率二十里落落十餘家〔六〕，皆穴處於峻崿之間，遥伺之，支體危竦〔七〕，形色非人，矧身於疲曳者歟？蓋無人耘耔者復如此〔八〕。

其權店驛〔九〕，懸隔百里而縮。風霜兵火之餘，人煙滅没，諸臺司部使者，朝夕至或不得僦屋暫居。凡鷄糈膾脯輪蹄帷幔之需，無一不取資於縣給，極紛卒不可治。或風雨之交，河流迅急，擊之不斷〔一〇〕，不能辨牛馬者，又時時有之。爲屬吏即不敢謝守土，必親請承命迎道左，以是率爲常。

夫權店之爲塗也既遠〔一一〕，而南關之在其封内〔一二〕，又爲鄰州代其置郵，至兼程瞰策而去，何憊也。其水陸無所産，無翁伯素封持篋資，候時轉物以通商賈。獨士大夫貴盛，喜讀書，博洽通美，有登高而賦者，比類酬和，相與發其光華，準其尺度〔一三〕，則吟哦之際，亦有其勝者焉。

荊南張公之莅是邑也，毛米無侵，條彙其地丁之荒亡者，由大中丞白公代請，報可，免其十之四焉。嗚虖！昔之人困之以稅田灌輸之法〔一四〕，而公之利行之於轉盼俄頃之間，先號後笑，民今而後，得以優游用寧矣。公才盛未已〔一五〕，無苟且操切之政〔一六〕，其謀諸己也，不恃其事之不至，恃我有以豫之。權店旁有巨盜結仇，

毒矢以掠行人，公捕得之，悉受誅。老子曰："慈故能勇，儉故能廣"，其公之謂歟！

公志行文章，卓絶於時，簿牘期會之暇，即與諸生湛匿於鉛槧之業〔一七〕。降至牛醫乞兒〔一八〕，悉以和色承之，盍以父母之心，加一邑之衆，必纖毫無憾而後即安。大抵公之爲人也，仁厚沉静，不決躁險，嚴以其類而考之，必有增秩之榮與難老之壽，以應夫修母致子之理。况公居平慎内閉外，引接道炁，此誠凌霄漢納華滋之至要也。不然，以公之勤勉，成其德業之所就者如此，豈非運行體中精神大於身，故能獨遂其功者哉？會大夫士共與醵斝觴公而徵序於予〔一九〕，予故即公所爲逾强之事而推言之〔二〇〕，其於可久之道也，顧不偉歟！顧不偉歟！

【評語】開口一氣，精神充發，氣象雄武，全是韓昌黎矣。張爾公〔二一〕

無一語涉祝頌套，逕叙述張公治邑本末，褒揚令德，明備婉至。張爾公

古人作文，每有關於國計民生，如此前叙地方之弊，後出芙莊治行，總是杜少陵稱《舂陵行》諷天下爲邦伯意也，所以壽之者至矣，而所以自壽其文者何如耶？顧茂倫

最有關係文章，却得之壽文中，大奇。陳其年

【校記】

〔一〕爲　《崑崙文選》作"壽"。

〔二〕山西之爲縣，七十隸於府，八隸於州　《崑崙詩文合集》、《崑崙文選》作"山之西其縣七十有八，七十隸於府，其八隸於州。"

〔三〕《崑崙詩文合集》旁注："言地土之薄。"

〔四〕即上　《崑崙詩文合集》、《崑崙文選》作"即其土"。

〔五〕《崑崙文選》旁注："苦甚，不可卒讀。"

〔六〕《崑崙詩文合集》旁注："言風俗。　《崑崙文選》旁注："此剛直逼柳州。"

〔七〕竦　《崑崙詩文合集》作"疎"。

〔八〕《崑崙文選》旁注："一結。"

〔九〕《崑崙文選》旁注："入權店驛。"

〔一〇〕《崑崙文選》旁注："溝洫志中奥語。"

〔一一〕《崑崙文選》旁注："真昌黎。"

〔一二〕《崑崙詩文合集》旁注："言迎送之遠。"

〔一三〕《崑崙詩文合集》旁注："忽於序次瘠疲中發出一段，風雅操縱之妙如此。"《崑崙文選》旁注："秋鷹忽撇，捩柁將回，轉折之勢如此。"

〔一四〕《崑崙文選》旁注："衹用數語唱嘆，文不多而意已足。"

〔一五〕盛　《崑崙詩文合集》、《崑崙文選》作"涌"。

〔一六〕無　《崑崙詩文合集》、《崑崙文選》作"無一切"。

〔一七〕即與諸生湛匿於鉛槧之業　《崑崙文選》作"即與士大夫質疑問難，深相敬待"。《崑崙詩文合集》在此句後有"故質疑熏德者，决百川而歸之海，其於纓緯之流，深相敬待"。《崑崙詩文合集》旁注："先政事而後文章，看他步驟。"

〔一八〕降至牛醫乞兒　《崑崙文選》作"雖降至牛醫賤隸"。

〔一九〕會　《崑崙詩文合集》、《崑崙文選》作"會公初度之辰"。

〔二〇〕言之　《崑崙詩文合集》作"言之期進三公而壽諸國焉"。

〔二一〕張爾公　《崑崙詩文合集》作"李研齋"。

王貽上詩序《自課堂集》本〔一〕

王公貽上詩，英絶爲世稱首，莫不交口誦之，蓋公年少，本其家學，肆力於歌詩，豈阿所好哉？往歲謁選京師，以兩家籍誼，公嘗不棄予，進而教之。胠其裝，得公生平譔著最多，皆伯氏、西樵、禮吉、子側諸公所亟稱者，其足以導揚風雅，鼓吹一代無疑。是時，余心折公，未嘗不嘆其道彌廣而詩彌工也。

今公李邗上，余倅潤州，兩人時晤，語如疇昔，顧余鞅掌簿書，雖樂誦公詩，欲勉己和之，輒不可得。乃公一日過余曰："嚴滄浪云：'詩非强作，待境而生'，斯言非誣。"然念余所遭歷，江山之勝，佳時月夕，未見於辭，詩境安在？深幸公自有詩境，詩又無弗工也。

昔劉勰論商周楚漢至詳，嘗姍斥魏晋之淺綺、宋初之訛新，以爲風氣使然。至於王通，其於謝莊、王筠，謂其纖碎，徐陵、庾信，詘其夸誕，若是者，舉非定論耳。夫詩世代升降不齊，其間崛興間出，不以世代漸劘者，往往不絶，它亡具論。唐貞觀洎景龍，諸應制體制略同，而蘇頲詩稱最。即《小臣桃花行》，當日雖逸其姓氏，至今讀之，能令羣作皆廢，豈可以李、杜、儲、王而外，遂無其人哉？

以余觀近代詩道寖降，公獨蔚然以古秀典則爲詩家矩矱，後先所譔著，莫不盡其能而專美，乃世類言新城追踪歷下，與琅琊昆季翃翊，孰知公兼體備善，非一端可涯涘哉？頃公偕余憑眺金焦、麟冢、龍洞諸勝，感時吊古，發爲聲歌，皆窮態極妍，高響翔於天，幽光可以潛於淵，幾於康樂《游山》，少陵《岳陽樓》、《秦州》、《何氏園》諸篇，軼琅琊、歷下而過之。雖詩待境生，公則希微寥泬，何往非境，何境無詩，屹乎不爲世代所拘。余故知公之詩之必傳也，公其以余言質西樵諸公，諸公謂余阿乎哉？

【評語】文之淡者難於縱，此之縱處全是淡處，而秋水澄泓，其中有物未易窺也。冲夷宕折，矩度全是廬陵。潘江如

淡漠處如彈古瑟，音響最不易尋。陳其年

【校記】

〔一〕此文據《自課堂集·文集》録，與《崑崙文選》本之《王貽上詩序》文字差别較大，故分録並存。

王貽上詩序《崑崙文選》本〔一〕

余服膺王公貽上詩深且久，心識其爲今第一詩人，故天下莫不交口推公能詩。蓋本其家學之遠與韞蓄之素，豈阿所好哉？往歲謁選京師，以兩家籍誼世講，公嘗不棄予，進而教之，得反復讀。公生平撰著最富，皆伯氏、西樵、禮吉、子側諸公所亟稱者，其足以導揚風雅，鼓吹一代無疑。是時，余心折公，未嘗不嘆其道彌

廣而詩彌工也〔二〕。迨別去，遂不復言詩，然猶幸公司李邗上，余倅潤州，兩人不時晤語如疇昔。顧余鞅掌簿書，才遠不逮公，雖樂誦公近著，欲勉己和之，輒不可得。一日過余曰："嚴滄浪謂'詩非强作，待境而生'，斯言非誣。"然自顧余所遭歷，未暇搦管，詩境安在？深幸公自有詩境，詩又無弗工也〔三〕。昔劉勰論商周楚漢至詳，頗姍斥魏晋之淺綺，宋初之訛新，以爲風氣使然。王通則以纖碎絀謝莊、王筠，以夸誕陋徐陵、庾信。若是者，舉非定論耳。夫詩世代升降不齊，其間崛興翹出，罔隨世代漸劘者，代有數人，他亡具論。唐自貞觀洎景龍，諸應制體裁略同，乃惟蘇頲詩至今傳。即當日《小臣桃花行》，偶逸其姓氏，能令羣作皆廢，至於李、杜、儲、王，曷嘗不羽儀百代哉？

以余觀近代詩道寖降，王公獨蔚然以古秀典則爲詩家矩矱，後先所譔著，莫不盡其能而專美，乃世類言新城追踪歷下，與琅琊昆季頡頏，抑孰知公兼體備善，非一端可涯涘哉？頃公偕余憑眺金焦、麟冢、洞龍諸勝，感時吊古，發爲聲歌，往往窮態極妍，高響可以翔於天，幽光可以潛於淵〔四〕，幾於康樂《遊山》，少陵《岳陽樓》、《秦州》、《何氏園》諸篇，軼琅琊、歷下而過之。雖詩待境生，公則希微寥泬，何往非境，何境無詩，屹乎不爲世代所拘。余故知公之詩之必傳也，公試以余言質西樵諸先生，諸先生謂余阿乎哉？

【評語】淡漠處如彈古瑟，音響最不易尋。陳其年

【校記】

〔一〕此文據《崑崙文選》録。

〔二〕《崑崙文選》旁注："一句小結。"

〔三〕《崑崙文選》旁注："又一小結。"

〔四〕《崑崙文選》旁注："二語惟王先生足當云。"

《重刻郭九子詩》序《自課堂集》本〔一〕

余方總角，著書輒盈几案，然以羈賤，不能自刻而刻人之詩，又不能自刻人詩，而因衆以刻其人之詩，余固古所謂遺其有我者之人也。雖然，駿鸃孔雀，皆自愛其羽，而精衛獨銜石填海，亦各從其志而已矣。

楊侯郭九子，流寓武安四十餘年而歿，負性孤騫，其詩雖學景陵，要自刻露，不用一律以犯難而蹈高，與之衡今人較上下，則今人無所幸焉矣。又十年，余客於此，悲九子之詩不傳，謀與九子交者，與之圖博輯料簡之事，皆欣然許其成。所稱含光宵練，有識共賞。向使九子即不隕穫，能自剞劂，而其詩又不足以傳，則有在而糊窗覆瓿者矣，況其没乎？

乃九子既歿，而露盤梓及其半，未幾，露盤又亡，至於予而始盡斂其居平詩歌，以發惜誦之幽光，斯非獨九子之詩之存，而諸君子之篤於義也。昔皇甫謐爲《三都》作序，世始知重左思；徐渭爲中郎所許，世乃知有渭名。余雖不敢言爲九子掘根存實以成其名，然用力少而取材衆，憑予乞言，彗泛畫塗，若斯之易，則非遺其有我者之人，未有不亟刻己詩而急亡友之詩者矣。

【評語】 落筆有奇理異彩，是天之使然，人不可得而强也。

俯仰多態，感慨環互，自〔四〕構架之材。似蘇子瞻《乞葬董傳書》，古今交道所難，余畏愛崑崙類如此，非獨慕其工於辭也。張爾公

不自刻詩而刻人之詩，先生生平篤於交誼如此，讀此文勝讀一篇《山陽聞笛賦》也。陳其年

【校記】

〔一〕此文據《自課堂集·文集》録，與《崑崙文選》之《〈重刻郭九子詩〉序》文字差别較大，故今録並存。

《重刻郭九子詩》序

《崑崙文選》本〔一〕

余不能自刻而刻人之詩〔一〕，又不能自刻人，詩而因衆以刻其人之詩，余固古所謂遺其有我者之人也。雖然，駿鸃孔雀〔二〕，皆自愛其羽，而精衛獨銜石填海，亦各從其志而已矣。

楊侯郭九子，詩人也，其詩似學長吉。時出嚴苦之調，以發其險仄之思。卽間有瑕纇，然不用一律，以犯難而蹈高。與之衡今人較上下，則今人無所幸焉矣。夫九子流寓武安，歷四十餘年而殁。又垂十餘年，余客於此，悲九子之詩不傳，遂共諸常與九子交者，與之謀博輯料簡之事，皆欣然許其成。所稱明月步光，有識共賞。向使九子卽不羈賤，能自剞劂〔三〕，而其詩又不足以傳，則有在而糊窻覆瓿者矣，況其没乎？

乃九子之詩，必待其没，而露盤刻諸吴下，止及其半。未幾，露盤又亡，鏤板無存，迄乎今時，始得綴輯其全。斯非獨九子之詩之存，而諸君之篤於義也〔四〕。昔皇甫謐爲《三都》作序，世始知重左思；徐渭爲中郎稱首，世乃知有渭名。余雖不敢妄言爲九子增益詩名，然用力少而取材衆。憑予乞言，彗泛畫塗，若斯之易，則非遺其有我者之人〔五〕，未有不亟刻已詩而急亡友之詩者矣。

【評語】落筆有奇理異彩，是天之使然，人不可得而强也。李硯齊〔六〕

俯仰多態，感慨環互，自是構架之材，似蘇子瞻《乞墓董傳書》。古今交道所難，余畏愛崑崙類如此，非獨慕其工於辭也。張爾公〔七〕

不自刻詩而刻人之詩，先生生平篤於交誼如此，讀此文，勝讀一篇《山陽聞笛賦》也。陳其年

【校記】

〔一〕此文據《崑崙文選》録。

〔二〕《崑崙文選》旁注："引喻奇絶。"

〔三〕《崑崙文選》旁注："文情悄然。"《崑崙詩文合集》旁注："此一折深曲婉痛。"

〔四〕《崑崙詩文合集》旁注："將諸君高抬却自具身份。"

〔五〕《崑崙文選》旁注："掉尾處姿韻獨絶。"

〔六〕《崑崙文選》無此評語，據《崑崙詩文合集》補。

〔七〕《崑崙文選》無此評語，據《崑崙詩文合集》補。

《綏庵詩集》序

庚子春，予倅京口，數晤金沙蔣公虎臣。公以詩著名，於詩神理敷暢，辭義卓然，爲之起敬。冬杪，從劉司理讀公《宿金山寺》詩，始大異之，然未極其所止，竊以爲其致與人殊矣。越數日，公過予，授一編曰："予集成，子其爲我序之。"頃得肆睹其所爲以爲幸。壬寅三月，蔣君玉大將詣江楊，就予郡齋理前説，予不辭固陋，請得而盡言之。

夫詩盛於唐，世輒謂古今人不相及，宋元且毋論，明初作者，時或旁通直暢，然沿習故輸屨矣，形束而不即變。至何、李奮起相然信，始革燕音，王、李繼之，濟以雕潤，雖盛藻跨俗，而踈折樸削之美，抑鬱未遑，迨景陵出，風斯靡矣。

今寓内詞人，並軀方駕，所在都有，而求其深中隱厚，自竪有餘，爲世所稱誦者甚少。惟公之詩，搜奇破險，窮幽入微，不羈固難知，或擬之松陵、昌谷、平昌、昌黎之間，非不得其一端，而未能有以盡其變。蓋公氣質高邁，情思刻深，而又遭世早遇，加以學問，故風雅之作，波屬雲委，使非少陵不足以期之矣。或曰：公以盛齒掇巍科，躋華省，不數歲，典浙試，名爲得人。掃軌以來，托志南陔，優游愛日。未幾，而灑皋魚之泣，陳李密之情，近且愴深播越，並日而食，若無以自存，而公靜以馭之甚安，其詩名日以尊。

故天人之憂，孺慕之感，一篇之中三致意焉。今集己亥以後諸作，奮危言，舒哀緒，音彩高耀，不可一世，視杜陵入蜀後詩波瀾無二。向使公典試後旋反承明，遂參揆席，雖其詞藻著之臺閣，然求其詩創絶人區，發皇忠孝，以振起時代之衰，窮而益工，如集中所載，不猶有間耶？今公以方富之年，浴德立言，會天子以師傅强起之。公澡身稷离，砥節有素，豈不施之裕如哉？

予少游京師，嘗及事尊甫先僉憲公，與公亮、簡臣爲金石之交。余雖寡昧，不足窺公津涯，知其上孚庭訓，垂教後世，所有光顯其親，將在乎此，孰謂詩之爲道，古今人不相及哉！

【評語】引而歸之於大，彼字句之文，不戰而自屈矣，文家占地步類如此。李雲田

作詩序必須如其人如其詩，若概以李、杜、岑、孟目之，作者之性情反不能自見。余於淮上讀虎臣詩，愛其清折淡遠別有寄托，先生此序能從其至性中寫出無限憂感，絶不作仕官中鋪張揚厲之語，是深知虎臣之心者矣。顧修遠

作文必先立意，立意高行文自高，中間樸處掘處，尤不可及。陳其年

《擕虹草》序

方今海内宴安〔一〕，名公巨卿，深沈於詩，且既已致身通顯，其力足以聚書取友，加學而不已〔二〕，雖江河可移，况負魁奇偉麗之材者乎？乃備位者沿是迹而起，心耻其不能詩，慮無不漫然爲之避，異量之名〔三〕，世俗不察，從所致以爲重，即莫有起而正之者。

凡人之行，非謂抱義者也〔四〕。下之至於桑門羽人，里巷布衣之士，時以其羈愁抑鬱之思，盡發之於其詩，窮年矻矻，習與慧增，而言之善者〔五〕，亦復可采〔六〕。若彼賤者，肆志吐辭，不及擇音，而欲持淺薄乖次之謀造作於時，此詩之所以多可呰也〔七〕。夫天下之人，不竭力盡知而欲其能詩〔八〕，猶不琢玉而求温澤也。故習之者衆，則美者赴功，其始〔九〕必有將盛之形；視之也輕，則沿流必易，其終故有易衰之患。昔建安之間，號稱七子，開元天寶，

不過李杜王孟高岑儲常數人而已。今期聲律之名〔一〇〕，而不畢其學，何今人之視詩太易乎？

錢唐禹金高君，不務苟同。禹金以研敏之資〔一一〕，崢嶸高論，其所爲詩歌，務衷於閑麗而後即安，以命詞場，何施不可。而乃致書於予曰："僕廢百事，激勵於詩，氣雄不以下人，且從未嘗乞人序，蓋以世鮮知己。而古文之難，雖紛然各出，求其駕左史淩昌黎而獨傳於後者，實未之見也。兹典型在御，願得一言以爲重。假令今則不得公文，在僕爲棄奇不能知人〔一二〕，固無以自慰。"然則禹金之詩，已厭薄世人一切而駕其上，獵乎精英，止乎義理，乃猶不求人知而務極其功於人〔一三〕，所不見之地，此豈今人亡具盗名者所可幾哉！余時日盡費於簿書，未能卒讀其詩，而即爲之序，於其行也，敢摭其實。讀禹金之詩而聽其言，彼易視詩者〔一四〕，亦可以廢然而返矣。

【評語】詩道難言，作詩序尤難。崑崙先生之詩，博綜經史，涉歷世故，上而公卿大夫，下至布衣寒士，無不爭慕其詩，得一言以爲重。而禹金尤不屑一切，乃獨乞其序言以傳。至此文之論詩處，無一泛濫語，非學深才厚者不能道隻字。顧修遠

今天下無不人人爲詩矣，諷先生此文，爲之三嘆，其有功四始，何减卜子夏一序。陳其年

文字最忌入俗，雖岐扁不能醫也。先生以古鬱之思，運變變之筆，使俗下不敢望其項背，信是一代左手。然明〔一五〕

【校記】

〔一〕宴　《崑崙文選》作"晏"。

〔二〕《崑崙詩文合集》旁注："拈出學字作骨。"

〔三〕《崑崙詩文合集》旁注："世俗可笑。"

〔四〕《崑崙詩文合集》旁注："句古。"

〔五〕言　《崑崙詩文合集》作"嗚"。

〔六〕《崑崙詩文合集》旁注："平心之論。"

〔七〕而欲持淺薄乖次之謀造作於時，此詩之所以多可訾也　《崑崙詩文合集》作“其言鄙而俚，其思淺而不屬，此詩之爲道多可訾也”。

〔八〕《崑崙詩文合集》旁注：“好喻。”

〔九〕《崑崙詩文合集》旁注：“古文老境。”

〔一〇〕《崑崙詩文合集》旁注：“結學字。”

〔一一〕研　《崑崙詩文合集》作“妍”。

〔一二〕《崑崙詩文合集》有旁注：“宕折。”

〔一三〕《崑崙詩文合集》有旁注：“從致書一段結束。”

〔一四〕《崑崙詩文合集》有旁注：“冷然有餘味。”

〔一五〕此評語據《崑崙文選》補録。

《江行贈言》序

今夫事之關於彝倫者，苟不發於至性，則不足以風示來今〔一〕，而言亦不能垂之以其久。故共姜靡慝，爰賦《栢舟》；《陟屺》慎旃，永懷瞻望。至於《蓼莪》之銜恤，琳妻之女訓，崔母之通經，斯其言固足以傳矣。然而悲思哀慕之音，率感激於一己，而四方之彦，歌咏未備，則公論之難齊〔二〕，而人情不可期也。迨夫事遠人湮之後，不有作者，其何能述？乃使古人行事，蕪滅於山巔水涯凄風斷簡之間者，不可勝紀，豈至行未純而真風不足以訓世耶？抑阻於時而未能以羅而致之耶〔三〕？

平江袁子重其之母，二十九歲而寡，撫育孱嗣，尚在提抱。今重其童然秃且老矣，食貧負薪，以養其母，母亦行年八秩〔四〕，而賢母孝子，節操益堅。至於饑寒困苦而不變，故重其隨其所之。士大夫皆樂與之交，既從其遊，旋紀其事，詩歌之衆，累然充棟。其於南徐廣陵，大江南北，旬日之内得詩四十餘首，雖逆旅者亦及焉。夫重其非貴顯於時〔五〕，而二郡又非其里黨，何道而臻此？貞行感人〔六〕。嗚呼！可謂盛也已！

【評語】至性二字，聯絡通章，又無蹊徑可尋，真是作者。隨意寫來，極真極朴，重其得此而傳矣。凡立功貴有其具，而不能無藉於天；立言亦貴有其具，而不能無藉於人。如重其，赤貧之士耳，雖能愛慕其親，若無《霜哺全編》〔七〕，寓内誰知有袁氏之母，亦復誰知有袁氏之子哉！武鄉程崑崙先生，既許孝子之有母，更許節母之有子，盡收重其《江行贈章》，付之梨棗，復爲弁言，以紀其盛。是寓内諸君子，皆有藉於先生之一言以爲不朽，而袁氏之節孝，更有其具矣。豈非天助乎！宋射陵

析處必使之渡，收處必使之留，文在情中，聲在弦外，髣髴成連先生刺船海上時。陳其年

文之整者難闊，厚者難勁，此則整矣厚矣，整而闊，厚而勁矣，允爲範世之業。程世英千一識

【校記】

〔一〕《崑崙詩文合集》旁注："成仁取義，至性二字。"

〔二〕《崑崙詩文合集》旁注："自古忠貞遺逸，其與長林茂草俱盡者，不知凡幾，讀此可發三嘆。"

〔三〕《崑崙詩文合集》旁注："此又歸之於己及覆咏嘆，極俯仰頓挫之致。"

〔四〕《崑崙詩文合集》旁注："精意刻畫。"

〔五〕《崑崙詩文合集》旁注："如此收法，極其道拔。"

〔六〕貞　《崑崙詩文合集》作"至"。

〔七〕整理者按：二〇〇七年五月十三日，中國嘉德國際拍賣有限公司春季拍賣會拍品中有《霜哺篇》三卷，手寫紙本原件。拍賣《提要》中云："此件爲清初常熟孝子袁重其所輯，原爲四十餘卷，至道光已散殘，顧開增重付裝池成三卷，光緒間歸常熟翁同龢收藏。此篇爲清初常熟孝子袁重其爲感念其母寡居貞節、悉心養育之恩所輯。現存三卷内收清初題詩題字題跋者有宋曹、方夏、席世珍、沈維禎、翁應祥、堵景濂、孫永祚、雷珽、湯潛、李模、沈卜瑋、尤淪、嚴炳、俞南史、浖衡、陳煌圖、李應奐、沈祖孝、董弘度、沈余任、劉雲銘、賀鴻詣、賀麒徵、周致、濮淙、徐士俊、孫枝慰、姚文悍、馮紛、鄧焮、楊能格、彭行先、金俊明、董天鳳、歸士瑄、何士龍、陳匡國、陸慶滋、陶世濟、秦德汾、徐致遠、成才、沈晋、王問奇、徐崧、程秋卿、鄒祗謨、顧予謙、張彦之、徐日隆、朱之嘉、郝毓、唐履雪、錢鼎瑞、王天壁、王又□、潘恬如、袁駿、章欽允、章紱、夏澄、徐震、芮超拔、金灝、鄧汶、瞿玄錥、俞南藩、范愷、宋奎

光、尹在方、金原、顧開增、黄晋良、俞瑒、王瑞國、袁穌、馮行賢、余□、沈卜琦、朱格、朱樵、施臧、馬翀、李郊、童衍、馮蕚舒、顧嗣芳、歸起先、陸起元、錢光頤、陳遂、袁明道、楊靜、楊元卿、王應度、蔡文瀛、章耿光、尤汝、趙均、瞿涵、袁晋、吴翼、子宣、陳洵、馮鼎位、沈建、陸聖鄰、朱鏞、文熙光、孫寶侗、葉松、顧善、徐雍、柳穎、李遜之、崔九嶷、王明陽、田宗周、顧復、程世英、黄家舒、高雄勉、吴宗漢（南村）、徐震（語石軒）、朱茂棠等計百二十餘人，其中多爲明季遺老。按：此件原爲四十餘（軸）卷，以此數推之，或有千人。袁重其後人，乾隆、嘉慶年間蘇州府著名藏書家袁廷檮，同樣也是少年喪父，由慈母撫養成人。其成人後，遍請當時名家五百餘人，仿效其先祖袁重其，又編《霜哺遺音》六卷。

王翰孺稿序

夫物不受變則材不成，人不易業則智不明。今天子思駕前古，專以策論表判設科，士從此博通務經術矣。往時海内所貢士，概以八股一法考其程度，故士人并時覃思，其心力畢粹於此，必有窮聖理於既湮，發微言於不墜，偏勝獨得而篇有可存者焉，非一旦之可以盡廢也〔一〕。

平與王君翰孺，順治十五年舉進士，盡心於八股間，清迴俊發，學有專家，幾失而復得者再矣〔二〕。晋陵鄒君程邨，悦其有可存者梓之，問序於予。予與翰孺同官南徐，其受知於君者深〔三〕，其知君之文亦深〔四〕，余因爲之旁通其論矣。

夫世人之文，過平則詞蕪氣竭，爭事闡緩，固揄棄不足道。才大者乃駭而諜之〔五〕，務極恢譎，然於以神止理安則又大蹶，浮竦終媿，大氏綿連殆矣〔六〕。翰孺之文，氣浩理得，其於聖賢之旨，思無越畔，然嘗闊而大之，稱其才能，亦無所不合。其理南徐也〔七〕，不欲泰迫，必衾於德，江南積案盈筐，賴君多所平反〔八〕。不任係絏榜笞，務究切之而轉規窮曲，使頑頓虞詬無耻之民望風犇遁〔九〕，豈非所謂邦之司直者耶？昔人嘗言之矣，士或多聞，而不及施於治國，雖左史倚相，第使之考妖祥，紀事實；司馬談號通今古，善文詞，乃終於文史星歷之列；至於發大議，定大策，開人之所惑，於以正君訓民威敵，則古者叔向、子産、晏嬰、令尹子文之徒以是爲文，張之後世焉。今翰孺將閎中而肆外〔一〇〕，發爲精華，流爲政事，在境無夜吠之聲，當官有言泉之樂。吾不知叔向、子産、晏嬰、令尹子文之徒於翰孺之雄略如何，而翰孺之文則期進於古〔一一〕。於以秉畫省之直筆，補東觀之闕文，名聞於外〔一二〕，聲施於境，豈其猶有所待哉〔一三〕！

【評語】辭氣奔騰之極。李硯齋〔一四〕

策論表判與八股，一代興廢之所關，故篇中藉翰孺之文論其始末，文復姿態俱備，真大家之合作。鄒程邨

閎衍而遒切。杜于皇〔一五〕

文有根據。陳其年

【校記】

〔一〕非一旦之可以盡廢也　《崑崙詩文合集》作“非亶備類而已”。

〔二〕學有專家，幾失而復得者再矣　《崑崙詩文合集》作“散雲霞之彩而泄其思”。

〔三〕君　《崑崙詩文合集》作“公”。

〔四〕君　《崑崙詩文合集》作“公”。

〔五〕《崑崙詩文合集》旁注：“詞語簡練。”

〔六〕綿連殆矣　《崑崙文選》作“促數秏矣”。

〔七〕思無越畔，然嘗闊而大之，稱其才能，亦無所不合　《崑崙詩文合集》作“不失尺寸，渾然堅而厚，比之先輩取法荆川、太僕之間，俗下罕儷矣，且翰孺爲人慷慨氣誼”。

〔八〕君　《崑崙詩文合集》作“公”。

〔九〕《崑崙詩文合集》旁注：“又就不泰迫、緣於德宕跌一番，曲折盡態。”

〔一〇〕將　《崑崙詩文合集》作“之文”。

〔一一〕《崑崙詩文合集》旁注：“又擬左史倚相、司馬談而詣之。”

〔一二〕聞　《崑崙詩文合集》作“垂”。

〔一三〕豈其猶有所待哉　《崑崙詩文合集》作"豈不偉哉"。

〔一四〕此評語據《崑崙詩文合集》補。

〔一五〕此評語據《崑崙詩文合集》補。

《字彙辯》序

余讀芑山張子《字彙辯》，古今六書是非已備於諸君子前序〔一〕。顧余交芑山久，知芑山之爲辯，非含其精且微、遠且大者，日肆力於麤顯近細，句櫛字比，以耀人見聞者也。或曰〔二〕：芑山二十年來，隱屏郊坰，閉户著書如初，其讎竄《字彙》，有功承學，惜未鋟流耳〔三〕。余聞而嘆曰："諒哉！芑山之守道不渝也。"

夫余自識芑山〔四〕，見其稽古慎交〔五〕，身雖隱而匡世拂俗，鮮不適於用，名雖章而儉德抑慮，未嘗矜其能。至於獎就四方之士，上溯孔孟關閩濂洛之學，不徒以訓詁自見。今之爲《字彙辯》，非辯字也，即明道辯惑之功也。卒觀其書，審音考文，釐復糾謬，既集六書之成，而其間因字以窮理，窮理以闡經，據經以翼史。下逮歷代諸子百家怪奇瑋麗之説，博攟精擇，與經史遞相發明，究歸於理學經術之源流，使學者識所折中，而不爲異端曲説所眩，豈但探頤於頡誦，問奇於菉雄，爲所不必爲，殫歲月而耗鉛槧哉？

宋涑水司馬光曰："備萬物之體用，莫過於字。三才之藴，性命道德之奥，禮樂刑政之原，皆繫於此。"横渠謂："經義取證明而已，雖不識字，何害爲善？"余頗疑之，士苟不識字，經義且不明，何有於爲善哉？此芑山所以參互六書，補後先未備，爲一代開繼之助，學者執六書求之則非也。昔家純公、正公〔六〕，以倡明理學爲己任，雖不得志於時，當熙寧、紹聖間，諸大臣相繼引薦，稍有所建白，附在史氏，而又得周濂溪爲之師，吕晦叔、邵堯夫爲之友，衎衎講肄，道教日著〔七〕。純公知大常禮院〔八〕，雖與有司議，牴牾不合，進退自如〔九〕，未有羣起而排之者。正公剛直見忌〔一〇〕，亦止蘇軾、胡宗愈等黨壘聱齖〔一一〕，誣以奸邪，究無毫髮損於正公。然而後世有識者，深痛方圓枘鑿之不相入〔一二〕，吾道隆污顯晦之所繇分也，豈阿兩公哉〔一三〕？芑山獨學寡與，可謂艱劬甚矣〔一四〕，而覯閔挫抑，輒復倍蓰於純公、正公。

嗟乎！豈盡芑山之過與？抑時使然與？是書卒業於十數年羈困之餘，揆諸正公修輯遺書，庶幾有補之意〔一五〕，其明道辯惑之功何如哉〔一六〕？讀是書者，追惟嚮者陰陶與典之謞，旁魄規磨之陋，乃始怏墨夥頤，嘆芑山博綜至是〔一七〕，而不知是書〔一八〕固不足以盡芑山也，惜夫！

【評語】字原有關係，此於字之内，更求其有關係者究竟，字是如此。特難爲無識人言耳，文字真能追髓〔一九〕。

先生文皆古勁奇闢，此又條達淹密，豈昌黎狀樊紹述輒似紹述耳。潘江如

芑山先生，余三十年父執也。著書窮理，守先待後，然氣性崖岸，往往爲流俗人所翕訾，故崑崙先生此文相爲悲慨。至藉字學以發凡起例，尤見兩先生其相知深也。陳其年

【校記】

〔一〕已　《崑崙詩文合集》作“業”。

〔二〕或　《崑崙詩文合集》作“先是余方購芑山撰者，友人諗余”。

〔三〕惜未　《崑崙詩文合集》作“甚巨惜未”。

〔四〕芑山　《崑崙詩文合集》後有“以洎於今”。

〔五〕稽古　《崑崙詩文合集》後有“則甄藻儒先之醇疵，舉世淆亂者能别之，慎交則洞晰氣類之誠僞，舉世狎邇者遠之。”

〔六〕正公　《崑崙詩文合集》后有“兩先生”。

〔七〕道教日著　《崑崙詩文合集》作“道日以著，教日以盛”。

〔八〕《崑崙詩文合集》旁注：“原本家。”

〔九〕自　《崑崙詩文合集》作“綽”。

〔一〇〕剛　《崑崙詩文合集》作“侃”。

〔一一〕止　《崑崙詩文合集》作“僅”。

等　《崑崙詩文合集》作“諸人”。

〔一二〕深痛方圓枘鑿之不相入　《崑崙詩文合集》作“往往爲兩先生太息不已，蓋深痛枘鑿之不相入”。

〔一三〕公　《崑崙詩文合集》作“先生”。

〔一四〕芑山　《崑崙詩文合集》後有“以公正之端恪，兼純公之温稱”。

〔一五〕意　《崑崙詩文合集》其後有“較若合符”。

〔一六〕哉　《崑崙詩文合集》作“此”。

〔一七〕博綜　《崑崙詩文合集》作“精傳”。

〔一八〕《崑崙詩文合集》旁注：“步步推開。”

〔一九〕《崑崙詩文合集》此語爲李硯齋所評。

宋射陵詩序〔一〕

詩人之法，可學而至。獨才與氣之間，其隱在内，體無定端〔二〕，雖有善者，亦不能爲之强同。苟求其善操己之長，與性冥通，則適於道〔三〕，而皆有可傳。藝之至者不兩能，豈不信哉？今之號爲詩人者，離本失實，舍赴我之塗，而徒爲我所附之塗〔四〕，困於才能，舉動乖錯，即令似之，觀者怠厭，其亦不善用所長矣。

射陵宋君，産於淮陰，砥廉隅，又屬古乘、皋父子、孟卿文學積漸之地，習爲詩歌，才清氣沛。今由廣陵渡京口，凡江河之所臨泛，行旅之所流憩，山林之勝，人物之賢，悲歡俯仰〔五〕，莫不吐納華音，裁於獨斷。其詩深而利，博而有法，指事懷人，歸諸本實。吾聞物之奇者，金玉劍蜃之類，其氣皆能上薄於天〔六〕，結爲光怪城闕樓閣，而况於才人之詩乎！夫詩道日新，英瑋芊眠〔七〕，人無才氣，果未能顯，若蹈藉前賢，寧有當哉！

【評語】爲幅甚短，情思周密，其起伏變化，有百折不窮之勢。杓石

直是下視樵蜕，或曰：“於八家何所似？”余曰：“似王荆公。”陳其年

【校記】

〔一〕整理者按：《自課堂集》題爲“射宋陵”，據《崑崙詩文合集》改作“宋射陵”。

〔二〕《崑崙詩文合集》旁注：“確。”

〔三〕《崑崙詩文合集》旁注：“原不取於雷同。”

〔四〕《崑崙詩文合集》旁注：“語工。”

〔五〕《崑崙詩文合集》旁注：“機流手敏。”

〔六〕《崑崙詩文合集》旁注：“奇極，横極，如飛流孤嶂，磊落可喜。”

〔七〕《崑崙詩文合集》旁注：“到底奇横。”

《宋荔裳先生文集》序

五嶽以泰山爲宗〔一〕，自昔德業文章之盛，以孔子爲宗。土厚而殊尤，其人必奇，行義必不同於俗。吾聞山東之國，繇孔子已來，商瞿、曾參、孟軻、伏勝、匡衡、鄭玄、何休之徒，湛於經術；王粲、左思、顔延之、劉勰、任昉，皆能以文采耀於世，風俗與化移易，豈非士發憤厲、有根柢之容、隱然嶽峙者哉？

荔裳宋公，齊之昌陽人也，之罘丹崖，得氣至厚，其爲古文辭，理析秋毫〔二〕，務豐奇偉之辭，驚態横生而不離乎古法〔三〕，天下慴服，亡能仰視之者。然公所遇雖窮，其文屢變而益工，煩省險易，皆見其長。嗚呼！古文之傳絶久矣，賴公而彰之〔四〕，以振呰窳之病，庶幾其有瘳乎！公愛士之誠，出於性成，制義度衷，亮賢疏舉，才俊之士充廬接踵而至〔六〕。相與援翰討論，共起居，接飲食，後先所慰薦，堀穴巖巖之子，甚備得其心，雖在逆旅〔七〕而風雅不鬲，終宴竟日，日更數十人〔八〕。故公當瑣尾流離之頃，竭智畢志，出死力以相從者，悉彰蔽於公〔九〕，非好著書立説〔一〇〕，取友識道，理能若是哉？予王父大司空公仕山左，繇憲副大參廉憲左右轄垂十年，莅其地，與公之先世結分獨深。今公不遠千里而錫之以文，屬余爲序，亦可以知公之耆文能神期矣。

【評語】鋪張語能不泛設便佳，而下筆簡練，尤深得韓、柳之法。孫豹人

序今人之文，直從泰山孔子説來，可謂源本之論矣〔一一〕，非玉叔不足以當之。方爾止

短而嚴，開闔皆有節制，是昌黎文字。陳其年

【校記】

〔一〕《崑崙詩文合集》旁注："一起聳拔作勢。"

〔二〕柝　《崑崙詩文合集》作"拆"。

〔三〕驚態橫生而不離乎古法　《崑崙詩文合集》作"驚態橫生而合其變"。

〔四〕然公所遇雖窮，其文屢變而益工，煩省險易，皆見其長　《崑崙詩文合集》作"是以紬華若拾遺，遲疾聽其俯仰，無刺喉燥吻之習，而巧復有餘"。

〔五〕《崑崙詩文合集》旁注："作一波蕩，如菱門之束三峽。"

〔六〕才俊　《崑崙詩文合集》作"艷發"。

〔七〕《崑崙詩文合集》旁注："五字是龍門四公子列傳數萬言。"

〔八〕《崑崙詩文合集》旁注："所不到處。"

〔九〕彰　《崑崙詩文合集》作"鄣"。

〔一〇〕《崑崙詩文合集》旁注："借患難相處一段，唏噓感慨，益令宋公生色，如《晏嬰傳》之叙越石父也。"

〔一一〕源本之論　《崑崙詩文合集》作"尊崇之致"。

魏鄧林稿序

余少即僨僾廢時，遺形丘壑〔一〕。時魏子鄧林方行，文能僶俛而用篤，然視其人〔二〕，呐呐不輕出諸口，吾甚異之。及讀《專學篇》有云："聽清角之韻，不見嵩岱之形，察秋毫之末，不聞雷霆之響。心入秋毫，意溺清角，始知游心無垠，然後一勉於正，而期其所必至，非矯爲之也，不得不用篤耳〔三〕。"鄧林爲仲舅對槐公子，仲舅慷慨喜施予，且性不畏强禦，井里時執不下，常取片言止之，其爲人如此，而不及見鄧林有今日。然而純篤用學〔四〕，鄧林固有以報仲舅矣。耳不順乎非，口不隸乎善，與名賢比榻而坐，或説一高言，如饑得珍俊，喜動於顔色，豈同於一意誦讀，冥行而擿埴者乎〔五〕？鄧林雖屢挫於時，然爲文高嚴俊麗，其光昭先緒，不慮其不顯〔六〕。鄧林往矣，予既喜其篇章矯異絶俗，而其氣誼又

鬱紛紜以獨茂，鄧林其真不可測哉〔七〕！

【評語】質堅而思入又潔。〔八〕

能剗去諸家蔓語，結句尤有深情。張爾公

關鎖綰合極有法。陳其年

【校記】

〔一〕遺形丘壑　《崑崙詩文合集》作“未能得氣去”。

〔二〕《崑崙詩文合集》旁注：“一篇主意。”

〔三〕《崑崙詩文合集》旁注：“照應。”

〔四〕《崑崙詩文合集》旁注：“又照應。”

〔五〕《崑崙詩文合集》旁注：“正見用篤處。”

〔六〕鄧林雖屢挫於時，然爲文高嚴俊麗，其光昭先緒，不慮其不顯　《崑崙詩文合集》作：“鄧林之文高深奇麗，不可一世，其遭時處際，光昭先緒，豈足爲鄧林難者。”

〔七〕《崑崙詩文合集》旁注：“含蘊無窮。”

〔八〕《崑崙詩文合集》此語爲李硯齋所評。

郝文彊入學序《自課堂集》本〔一〕

邑之西有爛柯、西交諸山，峭險阻隘，蹄股相承。然上無松桂榆柳美箭之所生，下無魚蒲之產，其人黑肌而廣額，負土而粗飽，單貧陿阸，無鼓篋之士質疑問難，以求仕進。獨石盤距百里外，靈巖窮岫，松檜旁通，子衿不絕，四時之中，吾伊達於林谷。郝子文彊，予舅氏騰霄公子也。予年十二，懷璧就試，與舅氏同時入學宫，時文彊尚未生，舅氏謂予曰：“使吾亦有子如虞詡，歲通《尚書》，於願畢矣！”今不圖文彊之忽進於斯也。文彊意美志勵，有殊異之資，選良材，求明智，不能使文彊即學宫而止，殆潛精研思之業，不於其身，必於其子孫，其至文彊而歸善也耶！噫！石盤鍾邑靈秀，草木溪澗，蓊葧披拂，文彊又能依師義，博通經業，有相助之美。苟教之不失其時，考行詢譽，又安見形勝之不足以發其文思也？

【評語】通篇借形勝發論，極抑揚頓挫之致。錢牧齋先生

寓有期屬文彊意，不多設諛辭，行文伸縮合度。張爾公

秋鷹削草，矯鋭無前。陳其年

【校記】

〔一〕此文據《自課堂集·文集》録，與《崑崙詩文合集》之《郝文繮入學序》文字差别較大，故分録並存。

郝文彊入學序《崑崙詩文合集》本〔一〕

吾邑之西有爛柯、西交諸山〔二〕，峭險阻隘，蹄股相承。然上無松桂榆柳美箭之所生，下無魚蒲之産，其人黑肌而廣額〔三〕，負土而粗飽，鼓篋之士，絶世不宜見。石盤距百里外，泉流布之，怪松奇石，映帶左右。四時之中，吾伊達於林谷，子衿接踵。郝子文彊，予舅氏騰霄公子也。予與舅氏同入學宫，摩研有日，而不圖文彊之復進於斯也。文彊意美志厲，有無異之姿，選良材，求明智，不能使文彊卽學宫而止，殆潛精研思之業，不於其身，必於其子孫，其至文彊而歸善也耶！噫！石盤鍾武鄉靈秀，草木溪澗，蓊葧披拂，文彊又能依師義，博通經，有相助之美。吾知同進諸子，有同畏其鋭者矣，又安見形勝之不足以發其文思也？

【評語】通篇借形勝發論，極抑揚頓挫之致。錢牧齋

寓有期屬文彊意，不多設諛辭，行文伸縮合度。張爾公

秋鷹削草，矯鋭無前。陳其年

【校記】

〔一〕此文據《崑崙詩文合集》録。

〔二〕爛柯、西交　《崑崙文選》作“以形勝名者有爛柯、西交”。

〔三〕《崑崙詩文合集》旁注：“是窮鄉僻壤光景。”

沛山記

山水之峙於天壤，不可勝紀，苟非吾之所有，雖太華、匡廬、嵩岱、彭蠡之勝，蹠穿膝暴，不能徧歷。即偶一游涉，如逆旅之行，躅亡將久之勢，徒與咨嗟嘆息，以過而不留爲恨。獨長平之沛山，在梁溪西南，取道里許，大司農沛蒼田公童冠刻意，近在鄉聚之内，未嘗塗覯卒遇，停策其閒。已而公仕於朝，任職不能出，又未獲攬兹山之所謂西南爽氣者。

順治辛丑冬，始一過里門，與父老怡衎，乃求所謂沛山，探巖之巔而止。長巒青壁，激觸嶒峻，萬松蕃滋，與山爲際，然羊腸錯迕，每逢其絶處，輒得襄岸，非假乎人力，皆能奪松之所區。有所施宜，蓬室處中，大率科别易足，於是席草列飲，鮮雲薄垂，岑壑盡露，不有此也，山何以止我哉？上有滄池，水可深丈餘，渺沔漭沉，當其既溢，達於陽陸之限，神龍所憑依，屢於旱時循禱，甘雨汎沛。久之，楝楹樊欞，撓折朽敗，喬松不衛，而日且傷伐之。

山旁草田，可資引溉，土人逋賦，廢不操作，聞公之來，竊相告語求售曰："今其能釋我前患耶？"公既得山之明年，爲康熙壬寅，方除地燔翳，棲神凌檻，更擇其閑曠，編葺巖庭，以爲攸止之所。升高騁望，凡梁溪之枌榆，廬舍鷄犬，擔負歷歷，皆在目前。異日者，公歲時臨玩，聚宗族賓客於斯，風亭月榭，在於几舄，非有曠日跋涉之勞，擇地而行，尚虞不足，豈若太華、匡廬、嵩岱、彭蠡之遠不可托哉？雖然，沛山之久於梁溪數千餘年，求之必得，可趨而就也，必待公以興者。天固厚於他時而使之順安於萬世，其自此始乎？吾觀前古，山水之以人顯者衆矣，不特鮑、陶、壺、焦、禹門之名，因人而重，即蘭亭酒樓、釣臺銅鼓，一事之微，稍經濡迹，猶足導揚無窮，況沛山之邇，公業得之爲己有也哉！

【評語】沛山披榛莽剪茇而得，固自奇勝，文則紆回蒼潔，一唱三嘆，尤是

老手。龔芝麓先生

絶似柳子厚《黄溪》、《西山》諸記，而匠心慘澹，無摹擬之痕。宋荔裳

柳子厚《永州新堂記》爲穹谷嵁巖淵池於郊邑之中，逸其人，因其地，全其天，文辭峭拔，亦是此意，然較之先生此作，靈動奇快則未之有逮矣。陳其年

遊華山記

殊名同質者〔一〕，華也，舊志曰滑。樹聲彌古，西漳之涓焉，淬沁州之交口，漫淤於濁漳〔二〕。程子曰："冀州之水，黄河自秦西北來，復有濁漳，會彼樂陽，此發鳩之山，炎帝少女之所採而取也。"澔浉乎潤哉！君子不以滯嵲之多而忘天柱之功〔三〕，九河之費而忽葱嶺之自，吾于是而登兹山之所以爲本矣。郡守俞公曰："滑非雅也，不若花。"而予邑中丞魏公，又易之以華，其名益美。吾聞巨靈僊掌以分河流，具在於華，其事甚奇，滑之所髣髴與？何〔四〕名之古也！形勢詳中丞記中。

丙戌八月，游息於此，程子肅然而肆睇曰："衆山幢嵘中而乃有華，有華而衆山皆培塿矣。"衆山之情氣咸在華，遠而睇之，百里外皆有華也〔五〕。崓嶆咫尺之間，反隱而不見，瑰偉幽遐，盍衆山之精色俱奪矣。高閬箭括，石磴迭出，松枝磊砢稍於清漢之表，雖無求奢乎，乃復以少見奇。大抵華之爲體也，水事遠而人景鮮，孤情逼而天機露，錦石斑駮，或如茄房，或如紙臼，或玄髮靚粧，或椎頯蹙鶡，架高布淺，胎於石而族於石〔六〕，殆無往而不與石爲類也。故山之砠者，咸取資於草木，所謂葉帷樹柱，土迹居其半，華不讓美於膚，斯爲難耳。山下出泉，丁香生石罅，穴胸貫腦〔七〕，山果熟自落，紅越丹砂，石殿無欂，不具築墁，當與天地畢命〔八〕。左偏一閣墻舊圮，予所理也，經五歲矣，再面如逢故人。郡人王生，跌蜕石室中，獵師樵子，往往見者，戲侮其下，何不登羽車而去乎？俞公傳甚佳，王生當藉之以傳，彼深山之遺蜕者，固多矣。

程子曰："嗟乎！吾觀《虞書》，西巡狩致祭西嶽焉，地鎮秦

城，於今爲烈，夫非此礉宕乎？”今山之形與貌山者之心，殆無往而不欲華也。夫華，寧不可學哉？夫華，寧不可學哉！

【評語】不難在牢籠勝槩，而難在格高體厚，句工字琢，備擅其長，子厚當之，未免小巫耳。錢牧齋〔九〕

奇幻不測，別具匠心，華山諸記推此爲冠。忽起忽伏，如羅浮兩碣，因風雨而成合離。張爾公

酈道元《水經注》無此蒼厚，柳柳州《鈷鉧潭記》無此雄高，必傳，必傳！陳其年

【校記】

〔一〕《崑崙詩文合集》旁注：“突兀。”

〔二〕漫淤　《崑崙詩文合集》作“淤漫”。

〔三〕《崑崙詩文合集》旁注：“筆路離奇，絶非常境。”

〔四〕《崑崙詩文合集》旁注：“吞吐有致。”

〔五〕《崑崙詩文合集》旁注：“數語已書華之形勝。”

〔六〕《崑崙詩文合集》旁注：“句工。”

〔七〕《崑崙詩文合集》旁注：“句工。”

〔八〕《崑崙詩文合集》旁注：“句工。”

〔九〕《崑崙詩文合集》此句爲錢牧齋所云。

遊禪隱山記

余久負柴桑之癖，居於坻崿之間，蓋無日不山者，而悄愴慕類，又欲考勝以發其歡，是誠好騖哉！丙戌之秋，余弟坦之謂予曰：“榆州雖彈丸，而禪山巖辟，怪石翳薈，不可名狀。”七月既望，期往觀，已而糾裛不果。二十一，余乃發東田，薄暮，素沫滂沱，檐繩溜下。二十三，秋霖猶不止，厥明，光風劙雲，火精隆起，其流潦雖止而泥淖沾漥，跼石之足，不敢奮而前，然心不能久待。趨至黑石崖，路險不任騎，每泥一斗，水半之。又沿弓背蛇行，前趾未脱，後者復陷，乃恨石名而全未見骨，何倒置也？日

昳，至長寧，低枝稠濁，蟁蝱聚如雷，寺僧秉炬入，尋具茗承飲，水鹽㵎不可食。翌日，至高書峪，去禪山五里耳，俄欲得山，頹府不材之地，入背皆泛去，亡足謀厥心者，以是益欲得山。乃山於徑窮處忽來，與我之來也，情勢相告，俱在一里之外。崖岃方脱，偶見即欣，視諸山體稍昂豁，而巖窟獨美，如中嶽而誦嵩高，其爲四山之中則尊矣。入深忘返，渺然無際，高掌蔽其前，指族向抱，予命名屏山。松之芊眠，雖不甚多，桀竪者，支墮者，偃蓋形者，鬱鬱羈雌者，清風時來，悽若自止。屏山趾因於橋，石甃頗工，時久而泐，厪通五兩。橋下澗水西流，會於漳。予獨往視之，瑟汩漣羅，石怒蹟其上，詭故不蹟水，魚貫而過，至此粉光不易入，似澀縮不能忍。

予行亂石上，不至滅跗，循橋而度，止存釋迦一殿，餘皆廢諸榛莽，蕩爲平沙矣。僧如善連居敞帀，營甎石之重窯，山門四旁，不拂自淨，有碑尚在，皆面墻而立，龜趺悉没，可嘆也。左偏堰碶下頹，無非沮洳者可圃之，外無隙地，稍過，即志雲道人泉，此獨不智。游事稍竣，振衣戒道，回顧鹿苑頗寬，而荒塗在目。諸紅爪紺髮，珊瑚之舌，無不漏身於瀏飂，悽悷於霕霿。一僧性洪，來如逆旅，如善亦居遠邨，過此雖僧亦山中所無也。余蹙然而嘅曰："余在髫齔，即聞禪山之勝過於諸寺，寺僧誅蓬蒿而變黄漯，出乘驚駱，藏鏹盈筐，五六年間，燼於萑苻，至使剽棧不聞。嗟乎！始盜不過數人，驅除甚易，網漏吞舟，執事之罪也，不禁動河山之感。"是日下山，宿於蔡樹砦，遂爲記。

【評語】嚴峻蒼鬱，彷彿柳子厚《黄溪》、《鈷鉧潭》諸遊記，而色酣暢較勝。周兼三

山水愈奇，摹寫愈平，此胸中無山水者也；摹寫愈奇，山水益奇，此胸中别有山水者也。試看子美《發秦州》諸詩，秦州安得有奇山水？即使秦州山水果奇，更無奇於子美之詩者，讀先生此記，亦作是觀。顧修遠

架險縋空，如鄧艾裹兵入蜀；至於憑吊之餘，忽生愴惘，則又不得僅作游記觀耳。何絜雍南識

鈎棘搜剔，畦徑都絶，覺柳子厚諸游記了不異人意，訾家洲、鈷鉧潭能毋裂眼爭耶？陳其年

遊古峰山記

初繇禪山至蔡樹砦，日已暝，小瞎僾俙，崕斗上不得盤曲，草滑如脂，余之舉趾，恒以兩僕爲高低，實不辨廣輪。土人束燎，瞭瞭語於塗，晃朗猶日，是日于夜也。詰朝，歷官石巖至漆樹林，蓮峰忽捲，久之益險，石齒碒砑者，互銜不盡，矗矗仄仄，髣髴勢欲墜，或小如盤，或大如駱駝，樓闕攢蹙隱現，近在舄履之間。余本畏山險枳步，患諸君先我，詭忘其艱，輒即往。既登，乃詡諸君曰："余善出不意，何似韓信從夏陽渡軍安邑時耶！"然余之任兩足，實驅市人而戰，其不依騶肩而婁幸者，但防其氣靡耳。

至則峻嶺揉雲，即古峰山安國寺也。殿外四碑光可鑒，一書"慶成府官田"。常歲徵租者，巾車而來，捆載而反，率六百里，然歲不過得緡五百環。當時榆州何以隸南朔作佃，其遠若此。三牌鱗次立，文悉鄙陋不可讀，其他叢林螭桷，曩之凶渠彀弩而來者，悉以代薪爨。折而南有饔舍，以柴樊之，數武建層搆百尺，朱雲安牕，最上則樓而易之以臺，飛廉不發而吽風銅馬，息心深山窈窕中，良于十萬師矣。

東下一泉湛然，華浪不作，夾于礐體，受半瓠稍寬然有餘，坐而汲，無勞人之費，然千人飲之彌不窮，予呼爲觸雲泉。水尻有田，可以穿竇灑流，畝足一種，一日之作苦而甘永費，惜哉！中衢地稍塌，流水潺湲，塌旁柳偃蹇不成行，蛇伸孛散，雜花吐牙，搖魂于赤檉之間，多不可狀。鈎祓觀北泉所謂作潺湲聲者，有自來矣。命僕夫釋馬長松之下，繮絿不施，花蹄緑蘚與青萉俱平。躡岡而上，羣岑忽俯，萬松錯若，略壯如指，或摇如麈尾。其飛節界于道連拱者絶少。與士人坐盤石角飲，雙松肪爲炬，酒得沸。明

旦，秋雲汎濫，垂芒欲雨，從東阪下，處處馬博頰也，約數里而縮，僕踵力不及則助以手，手力不及則攝以目，踵手目之不及則河下龍門駛不越也。

求一卷節石小頓，不可得，土人笑指西北，有頂山勢更嶕嶤，即志云諸山突起而此爲之冠，使公見之寧不復嘆鬱壘哉？乃興適無餘，遂不往。

【評語】叙裁變動如水窮雲起，寓言十九，悟者自悟。末段從慘澹經營中出，使人神魄洗然，故不易及。張爾公

怪怪奇奇以爲序事，惟昌黎能之，兹何出窮制勝無窮也？其中引喻莊恢，俱出人意外，讀此視柳州諸記，未免有積薪之嘆。李雲田

字裏行間，覺有無限嶙峋險仄，非先生性情中自具山水，不能道隻字。淺根人臨山水佳處，縱欲求奇求奥，卒不能奇不能奥也。何絜雍南識

斑剥奥缺，蒼異凉詭，不可句讀，只可捫摸，覺字痕紙背猶爲苔蘚所纏。陳其年

遊準提巖記

循太玄洞而東，陀嶇盤行，不一里，崖壁斗絶，可數百尺。山麓有巖石罅垂纍，勢態突怒如欲落，雖勇者，乍觸之乃慄。溝其前斷，諸秀木緣滋，繁蕪蒙綴，每當青逵朱夏，白藏凄厲之時，日月在形，衆山錯迕，無所弗見。巖臨徑口不深，游者軒軒坦坦而入，無俟呼類束炬，有伏陰幽憂之防，然從無窟宅其中者。侍御左公反税之後，風收雨霽，輒葛衣鹿裘以往，倣八體，録方書，寒暑勤事勿替，拾橡飲水，與人事勑斷。既歿，州人爲像祀之。其傍季子蕊淵於中妍飾準提菩薩，骨法衣理明蔚，準提巖以名。

夫物不自始，有始之者矣。當此巖未有以擬像也，非無强力可爲者不爲，其欲爲之者，率皆往來佛老子之徒，鬱邑侘傺而賫志以老死，荒寒委曠，鱗石蕭條，以訖於今，豈足異哉？余守是邦之二年，來遊於此，蕊淵數請予之言，益不怠。余固愛其境幽，攝而

記之，俾鑱諸石。後之至斯巖者，如彭祖之井、賈島之峪、白公之堤，以其人存，非得之余之言而以傳於後耶？

公諱佩玹，字栗仲，由侍御爲山東觀察使，侍講沈公繹堂題其額。

【評語】深思曲致，於詭故不測處有鵠反鸞驚之勢。先生冶耀，如子厚之居柳州，使山水因人而傳，左公當資以不朽矣。杓石

不難在深而難在異，不難在曲而難在新，不難在新異而難在爾雅，此種文字，非氣候已到者决不能道隻字也。陳其年

天下第一江山記

凡事之廢興，物之存亡，散落衍溢〔一〕，皆以工力敵，其質之堅脆，罔幾也。故昌黎道高與寡，其撰《平淮西碑》，雖勢阻力格，禁之無繇，至於矯遣斷擊，名亦足以暴於天下。而段文昌之文，詘不旋踵，嚮時之禁，適所以顯天下能者耳〔二〕。焦山《瘞鶴銘》，潀汩江流中，非窮冬水落絶望不能至其地，而論者謂瘦捷清拔，大字之妙，無過於此。後之往觀者，流連反覆，相與考其源流，窮其時代〔三〕，以荒忽無名之迹，見知聞之所不及，揣擬摩切，以求其人，若有不能已於目而釋於心者，而周廊之刻則過焉而不問，豈非廢興存亡之幾，理至者數無以導之〔四〕，而何論其質之堅脆也哉？

余來治潤，康熙四載於暮之春，同張君南溟、程君蒼孚、袁君重其詣甘露寺山門。門當山南峻岨處，梁天監中武帝嘗幸此，賜二鐵鑊〔五〕，中儲水以飲僧衆。鑊受水廣，産碧芙蓉，蘇文忠詩"坡陀受百斛，積雨生微瀾"是也。又御書"天下第一江山"六字，久之，字漫〔六〕滅破耗矣〔七〕，鑊亦僅存焉。今門榜六字，乃宋淮東路總管延陵吴琚所書，琚寡嗜欲，惟日臨池學書，縱體肹蠁，綽有餘態。董文敏稱六字爲江以南第一名榜，雖克所願，而風掣雨蝕，木書有暗。余俾人摰置其下，就如松鉛，意戢勢珍，復見舊

時之所貴，仍揭之楣。時宋君射陵寓潤，工書法，遂乘原字雙鈎，驚鸞之美，視昔有加。余捐貲勒石，去高安埤路相逮，與游人往來會。嗚呼！木石形也，堅脆質也，固矣〔八〕；然而事貴取於當機，而物嘗入於人之所不能料〔九〕。以予觀於前古，吴主皓改元甘露，寺名用之，至夫乾符、建炎、至元之間，屢罹兵火，其寺之廢興存亡者頻矣〔一〇〕。鐵鏤今已不存，即琚所書亦非武帝之舊，又安知琚之所書木與石之久暫？豈若世俗不察，石必久立，木乃侵迫即朽，不同量哉？予獨喜射陵之鈎摹，磊落骨梗，能盡琚之巧，其後必傳，而不在乎木與石之間也。至兹字之藉吾文以傳〔一一〕，焉能於百世之外較木石爲堅脆耶〔一二〕？

【評語】本是立石以求永久，却從木石之久暫不可預定，翻覆變幻，立議甚奇。至於前後闢捩，歸諸文與字之可傳，尤爲篤論，名山藉兹以不朽矣。黄俞邰

小文字極往復抒折之妙，堅樸處尤不可及。陳其年

議論既奇，叙事又古，凌厲頓挫，備極其美。然明〔一三〕

【校記】

〔一〕《崑崙詩文合集》旁注：“一篇骨子。”

〔二〕顯　《崑崙詩文合集》作“昭”。

〔三〕《崑崙詩文合集》旁注：“即焦山以形甘露，文情激宕。”

〔四〕導　《崑崙詩文合集》作“奪”。

〔五〕鐵鏤　《崑崙詩文合集》作“從鏤”。

〔六〕《崑崙詩文合集》旁注：“老筆。”

〔七〕破　《崑崙詩文合集》作“墮”。

〔八〕《崑崙詩文合集》旁注：“絶大議論，委曲操縱，宕迭生情。”

〔九〕入　《崑崙詩文合集》作“出”。

〔一〇〕《崑崙詩文合集》旁注：“情文悲壯。”

〔一一〕《崑崙詩文合集》旁注：“轉更生奇態。”

〔一二〕較　《崑崙詩文合集》作“因”。

爲　《崑崙詩文合集》作“較”。

〔一三〕此評語據《崑崙詩文合集》補。

永慕堂記

古之人功遂名尊，率治私第，建堂橑以稱其志，如白樂天之“七葉”、韓魏公之“晝錦”、梅吏部之“有美”。彼所稱賢豪，皆卬足其勢能之榮順且宴宴。苟不出於此，亦不過留連於碧瀾煙雨之間，而居有彤軒，退有文欞，其心無所求於世，卒其所自爲謀者，與富貴之人不異，孰有臨榱桷而思父母者哉？曾子曰：“身也者，父母之遺體也。”行父母之遺體，居處不莊，非孝也；事君不忠，非孝也；莅官不敬，非孝也；敢不敬乎？故孝也者，百行之統也，孝道勖斯領聞備矣。然孝於親，其所遭亦有不齊者焉。怡聲愉色，得侍父母之側，幸也；或父母有一在堂，其命也；即岵屺失望而感時輟社，劬勞之德，鬱邑不得伸，卒不敢有須臾之或忘者。

所謂大孝終身慕父母，吾於滄州侍御張公見之矣。公初就外傅，日記千言贈君，心齋公心獨喜曰：“是兒岐嶷明秀，當必孤騫，張氏其能顯耶？”十一歲輒孤，太君范孺人以一婦人矯厲搘拄，於屯遭之際，篝燈戒讀，極夜而不止。公由膠序登賢書，乙未舉進士中第，丙申得令廣川，洗冤平反，有萊蕪魯山之頌。天子廉其能，尋召入爲侍御，特命持斧吴會。公服單薄，按部聳善落奸，不遺餘力，七郡傾風而化。壬寅，上疏乞歸閭就養，而太孺人年且八十餘，竟苦二豎，斛火罔效。服除，公方烏衣蒼佩，進陳明法，立於栢府之中，搏風待問，追思自家食以至策名之後，其間更寒暑，改窮達，奉太孺人之指導者三十餘年，雖贈公賜爵如柱吏，然不獲見絳騶簪筆之盛，業已禄不逮養矣。往者即綰銅符，簿領劇邑，其迎養太孺人者，亦不及一歲而止耳，曾不能如葭墻折芰，時啜菽飲水，常在慈母七箸之右，此公之痛心疾首而不能已於慕者也。夫人之於父母之年，既不可以力而致，而時移歲改，顧復之恩久而遂忘者，比比皆是也。向使公積痾六載，饑饉侵奪，苟非太孺人食荼不挫，延越人醫之，俾其操瓢亢宗易業之言儻入於耳，其去持橐補衮之尊安奚啻霄壤？故齒禄以來，走獨鹿，過盧溝，歷絳巖、支硎、大江長蕩之險，漿酒霍肉，閉距而不通，具官銜命，忽忽未嘗自釋，而今已矣，生鞠之恩可憶而不可復睹矣。彼公年未老，能養而不得養，其所以自盡者獨有一慕耳。今慕之日多於養之日，則公又安得而不永爲慕邪？昔王義方拜御史，請命於母，終爲直臣；崔玄暐奉母訓，以貧不自存爲願，卒以清節得名，是不忘親者所以忠於君也，累日積久而致行之。然則公之所爲永慕者，豈特有懷二人已哉？

【評語】寫仁人孝子之心，其詞清醇而雅健。龔芝麓先生

昔人云："讀《陳情表》而不流涕者，必非孝子。"吾於此文亦復云然。宋荔裳先生

公文多蒼嚴奇崛，而此纏綿篤摯，有嗚咽之音，惟賈長沙、楊惲一輩人足以語此。陳其年

尚友堂記

滄州侍御張公既以"永慕"題其堂，而復名其三子曰友周、友程、友朱，别爲堂以居焉。康熙辛亥，余補官來京師，公謂予："子曷爲之記？"予再拜受命。竊觀唐虞三代以降，嬴秦取詩書百家雜燒之，自是諸經孔孟之學，不能自立，學者罷老於陰陽名法，穿鑿繳繞。漢興，雖稍稍補綻缺失，而弘崇雜霸。魏晋而後，專己保殘，佛老之徒幾徧天下，雖使契施五教，弗和於俗。因循及宋，使非茂叔、與家、鈍公、正公、元晦數賢倡明道統，舉諸經《語》、《孟》，考定章句，拆疑參實，又著《太極通書》、《定性語録》、《近思》、《綱鑒》、《小學》等書，佐翼聖道，然後性命之旨曠然壹趨於正。絶續之間，幾何不澶漫決壞哉？是以君子慎人所以交己，審己所以交人，原其所以來，則知其所以去，見其所爲

始，則觀其所以終，此在正交之道則然，况於尚友古之人乎？昔馬伏波之誡兄子也："龍伯高敦厚周慎，口無擇言，廉公有威。願汝曹效之，杜季良豪俠好義，清濁無所失，不願汝曹效也。"王昶以默、沉、渾、深名其四子，乃曰："欲汝曹顧名思義，松栢之茂，隆冬不衰，晚成則善終。"夫敦厚周慎，默沉渾深，不過聖道之一體，而企踵不已者，施衿結褵，淑身之訓，恐其流於燕僻耳。今公卓蹤清軌，既以身爲律度矣，而必令三子尚友乎數賢者，蓋以獨智之慮，害世傷道，而受取既嚴，則微言大義漸漬於成教。不然，徒挹雕陵之餘緒，窮石室之遺文，春華清藻，撫几溢目，彼浮天體物豈有窮極乎？抑數賢者，非獨以理學鳴於世也。考茂叔司理南康，執法至委手版，部使爲之伏氣；鈍公在御史，極論新法不便；正公與鈍，正殿説書，不負侍講；元晦九考在外，立朝僅四十餘日，其所立身進退，各有本末。今三子者約履彊志，能使濂洛紫陽之學復存於今日，是楊、吕、陸、蔡尚在大小履冒之中，他焉者詎可儷乎？此公命名義哉！

【評語】從尚友發出如許大議有關世道之文。龔芝麓先生

援引根據，有典有則。宋荔裳先生

倡明理學之文，務期明白正大，垂之百世而罔弊，當以此種爲則，先生之文豈可以一格拘哉？陳其年

與陳大士書

乙亥歲，祭酒倪公元璐建議復古成均之法，詔天下減場一日，如鄉試例，糊名易書，分房校士，以學使者爲總裁。丙子，彙所拔士，貢之天子，肄業辟雍，教之以兵農禮樂天下國家之務，許其計劃當否，言便事，指斥奸佞，不得禁之，鬱興大肆〔一〕。然後需以歲紀，第其高下，材行砥礪，授之以翰林臺諫六部之官；材良而行不備，試之以守令；其材行弇鄙者，則斥不復用。僕年二十，隨所貢之士旅亦進，得至京師凡二千餘人。相國某聞而惡之，削

元璐爵，卒不以此取士，而士而卒蹙縮不敢復言[二]。當是時，太學生以貲入應制舉者五千餘人；越歲丁丑，公車之士復五千餘人。計凡在京師者，又一萬餘人。足下以盛名居閑曹，士作肅相從問文辭，日以百數，各愜其願而歸，如候蟲飄風之過耳，問其姓名則已忘之矣[三]。足下所不可忘，獨有十人，書之東壁，而以僕爲選首。於是山東王漢、容城喬已百、常熟楊彝、吴門徐鳴時輩，推足下之意，時時近僕；僕亦刻身爲文，得勢益彰[四]，聲施輦下。

憶足下初從先大人司寇公，見僕文，急讀之，稱善[五]，常在稠人廣聚之中，吟誦不絶。僕始入都，即車騎過從，每有良朋宴私，僕必與俱；或偶有所憶，折簡招之，當其上下古今，閎論崇議，源流既合，得意之後[六]，出見妻子。僕嘗出《政治得失策》及《申捄山右學使者疏》，足下酒後耳熱，欷歔感慨，抑何壯也！僕苦不能遠睇，長安道上，風沙滿目，每遇足下跬步之外，輒不知匿避；足下遥見僕，必下馬顧盼，與僕立語，移時乃去，今之縉紳所未有也[七]。

自僕屯蹶觝滯，絜絜歸里，即閉門著述，既不能以顯美自張，及其見之篇章，則沮然駭指，以是[八]雖間道稍加[九]，而祇以自慰。今足下之使，踰上艾，出皋落，臨九京之險，皆嶒崚巖穴，勞形消骨而後至，以致足下之書，滲灕之資，言繁意重，覼縷不竭，而索僕所爲文，其言曰："今人之文，大率有二種，奢辭餘潤，則取法於雲間；而反之者，則謹毛失貌，務出於卑下。夫道不趨中，必有矯枉之弊，事不適雅，則來速朽之機[一〇]。《易》云物不可以終合，故受之以泰。道喪數百年而將顯，其有待命於吾子耶？知吾子之業，月異而歲不同，其可慮謗詘以自止乎[一一]？"足下愛僕而略其陋，謂可進與作者，意良厚，乃僕不能策名理世，今復昌言孑立，悠悠之口，徒益[一二]詆訶耳。既而思之，今之以文鳴於世者，亦少刊落矣。抑知古之爲文者，變如莊周，哀如屈宋，潔如馬遷，專如揚雄，皆不相規迹[一三]，卓然有以自命。今日之文，雖以先輩大家爲則，然當用其意與法，不當學其腐與庸〔一四〕，而遂以爲先輩大家也。惟足下制舉之文，清奇刻削，能發前人之所未言，二百七十年以來少有其敵，天下用其麟角者已能乘堅策肥，致身富貴，而足下守其道彌篤，教天下益不能已，固足以暢僕之所懷來矣。至足下所寫古文辭，恢弘肆衍，雅俗間出，則與足下之制舉業所謂清奇刻削者稍異，雖賢者固不可測。然以足下之才，即爲莊周、屈宋、馬遷、揚雄、唐宋八家之文，無所不可，要不當趨世俗之所豔，易精竭慮而施功於不用之地〔一五〕，是則非僕所望於足下也。足下之與時文，世俗之所矜者，足下不以聽也。足下之所有者，又必世俗之所無也，何獨至於古文而取世俗之耆乎？僕願足下以拂於於耳背於時者，自堅其所守，而務返乎醇一不偏之理，臻於茂美，天下後世必有知足下之文者，亦以大賢之所許爲貴耳，彼闤闠褻細之言，豈有當哉？艾千子集大半出於時文之序，其它論説甚少，淘洗難盡，失之太易；足下苟易具所操〔一六〕，自非足下敵也。大抵國家以制科取士，故研精章句，不復以古文爲念，惟足下其裁之。僕蒙足下惓惓之愛，未有葭莩之親也，而足下推擇不已者〔一七〕，欲其共相切劘也。使旋録詩文數十首奉獻，未知其有得也。然不敢從時應事以取世憐，惟足下有以教我！道遠思勞，言不盡意。

【評語】勁悍中復饒夷猶，文氣在退之、習之之間。若規切大士處，與僕雅有同懷，其後大士想不能用其言以有進，故經義得以單行，使海内立言之士讀己吾集而短氣，背時堅守，教我至矣。至大士之推獎清流，自是古人風烈。寒夜誦先生此篇，爲低回者久之。李雲田

向讀何、李論文，愈寫到緊切處，殊覺不緊切，愈寫到爛漫處，殊覺不爛漫，以其所爭駁，皆古文之皮毛，正使班、馬、韓、歐從旁竊笑。得先生此論，大雅不群，文章之精微畢見，不獨箴切大士，可盡教今世之夢夢於古文者矣。顧修遠

峭骨雄姿，副之以名言卓論，古文中論文書最多，從未有親切而勁悍如此文者。何絜雍南識

此文分兩大段，前段序交情，拉雜瑣碎，寫得極纏綿，後段論古文，反復紆迴，寫得極婞直，到十分處，初看之若斷，細看之仍一片也。先生文格不苟處，亦先生人品不可及處。陳其年

【校記】

〔一〕《崑崙詩文合集》旁注："取士之術，甞不欲得其用，在奉行者，何如耳。"

〔二〕《崑崙詩文合集》旁注："可嘆處在此二語。"

〔三〕《崑崙詩文合集》旁注："所謂君自難記，非脱累也。"

〔四〕得勢益彰　《崑崙詩文合集》作"得勢益彰，不忍釋手"。

〔五〕稱善　《崑崙文選》作"稱善，不忍釋手"

〔六〕《崑崙詩文合集》旁注："大士慷慨之處呼之欲出。"

〔七〕《崑崙詩文合集》旁注："與大士在京師知厚處，結。"

〔八〕《崑崙詩文合集》旁注："信道貴篤，從來如此，行文之奇，直凌《史》、《漢》。"

〔九〕間　《崑崙詩文合集》作"聞"。

〔一〇〕機　《崑崙詩文合集》作"譏"。

〔一一〕《崑崙詩文合集》旁注："寫歸里後與大士知厚處，一結。"

〔一二〕徒益　《崑崙詩文合集》作"祇增"。

〔一三〕《崑崙詩文合集》旁注："真文章命世之本。"

〔一四〕《崑崙詩文合集》旁注："議論醇正，實是至言。"

〔一五〕竭　《崑崙詩文合集》作"極"。

〔一六〕《崑崙詩文合集》旁注："正中千子之病，若千子者，可曰水窮未見雲起也，余於今人之文亦有此論。"

〔一七〕《崑崙詩文合集》旁注："拉拉雜雜，又説出一段知厚，將規且處作一結。"

壬午辭邑侯余公舉立德立言立功書

僕命薄材譾，閉門誦書，徒以枯木朽株稍自斂制，爲閣下寬仁所見録，不敢爲尺一之牘以煩隸人之問。而閣下好之益篤，每有

一味之甘，一物之美，則必同耆，欲竭誠款，不擇朝暮而進。僕結茅學宫之側，閣下朔望過臨，必呼左右詢僕在否。身爲之駕，撫存慰藉，或竟日以去。父母妻子，苟有疾病，必致藥餌，一日數饋問不絶，畢至安乃止。是何閣下不忘崛伏，除拘孿之見而德契同也〔一〕？豈以僕爲尚堪用世哉〔二〕？昨望門相造，又以立德立言立功薦僕，以答晋撫之聘，然僕才質耿鄙，實有未克充其望者〔三〕，敢爲閣下陳之：

夫子依於孝弟，依於順友，依於信，循涯察分，不過盡其彝倫之職而止耳，非即以此爲可賈聲名〔四〕，荷盛寵之端，矧仰轢昔賢，如蹈春冰，銜此狂戾，罔知攸寘。至於鍵户誦經，汎濫百氏，祇以謂遯世而無悶，非必求知於人也〔五〕。且僕年齒未暮，多愁善病，方之徐幹之操翰成章〔六〕，孔璋草檄能愈頭風，豈特未逮〔七〕，蓋亦相去以遠矣。方今流氛未遏，中原土地，相繼陷没，僕既無木箭紙羽之奇〔八〕，遠思長想，終苦不任〔九〕，此不足膺立德立言立功之聘，章章明矣。若夫賦性疎庸〔一〇〕，日未至昳，昏昏思睡〔一一〕，胸中長有所欲盡，每以形格勢禁，不敢悉吐，即或方出諸口，從旁笑者已謂狂悖怟怯〔一二〕，如此以應符牒，豈不戾哉？雖閣下欲自隗始，弗斥駑駘，而山麋之性，不樂翘車，即勤勤終身不悔。惟閣下遂其狷潔之懷，則餘烈可以激人共被清風矣。

附：邑侯余公《薦蔡撫立德立言立功文》："廉得程康莊，事父備孝，同焦華之夢爪；送母極哀，似王修之罷社。聲氣聯于吴越，而匪類則割席矜高；友恭著於庭闈，而讓美則荒園獨戀。却臨城之巨寇，蟣虱無所復依；結寄傲之蓬牕，猿鶴于焉自宕。三墳五典，樂鐘鼓之長康；六緯七經，擅巾箱之特富。文流水瀉，綴筆不甚停思；辭望春華，染翰即求無偶。他如通時達務，剸犀何難；議助捄荒，揮金不顧，誠所謂德言之淵藪而功實之典模也。"文達，蔡撫批云："程生文行表表，通達時務，無忝三立之選，仰候回省聘行，繳。"蔡公諱懋德，字雲怡，己未進士，崑山人。巡撫山右。余公諱一鳳，字忝生，甲子舉人，龍游人，爲武鄉令。李學憲《申薦蔡撫文》："廉得程康莊，姿饒根器，學本淵源，玉樹臨風，夙擅謝庭之秀；牙籤映雪，窮搜鄴架之奇。紛内美而六行惟修，懷席珍而千秋自命。牛耳共推於吴越，允稱名下無虚；鴻儀難秘乎銅鞮，可謂國家有士。急需樂顧，宜厠狄門〔一三〕，此真正學古尊經、秉禮淑躬之彦。本道叨有地方之責，不敢不博採輿論，仰祈物色者也。”李公諱聯芳，四川進士。

【評語】先生於此，其有知己之感乎？古來感恩易，知己難，昌黎所以致不滿於一歲九遷也。惟先生仕情甚淡，乃爲真德真功，然余侯之於先生，亦云真知己矣。顧修遠

往見徐巨源、劉伯宗却聘書，辭義茂遠而閎正，得此文可鼎足而立矣。談長益

澹泊寧靜，先生自樹有素。至於文氣堅重，當於西京以上求之。程世英千一〔一四〕

嶷然斷山，先生之人；傑然老幹，先生之文。陳其年

【校記】

〔一〕德契同也　《崑崙詩文合集》作“合德一也”。

〔二〕《崑崙詩文合集》旁注：“因接爲起。”

〔三〕未克　《崑崙詩文合集》作“能副”。

〔四〕《崑崙詩文合集》旁注：“敦倫大節，看得平常，是大學問人作用。”

〔五〕《崑崙詩文合集》旁注：“真隱如此。”

〔六〕多愁善病，方之徐幹之操翰成章　《崑崙詩文合集》作“過日輒忘，方之高鳳讀書不知雨暴。”

〔七〕逮　《崑崙詩文合集》作“達一間”。

〔八〕之奇　《崑崙詩文合集》後有“又乏鳴琴鈎巨之手”。

〔九〕《崑崙詩文合集》旁注：“辭婉而意堅。”

〔一〇〕疎庸　《崑崙詩文合集》後有“多愁善病”。

〔一一〕思　《崑崙文選》作“欲”。

〔一二〕《崑崙詩文合集》旁注：“賢者杜口卷舌，豈得已哉，可發三嘆。”

〔一三〕厠　《崑崙詩文合集》作“側”。

〔一四〕此評語據《崑崙詩文合集》補。

甲申辭薦舉書《自課堂集》本〔一〕

昨示求賢文格，又欲以寡闇之質，策名服寵，有懷恐墜，無媿

不集。蓋虀薪井汲，切松煮术，乃依山之篤戀，媿然無徒，亦誠久矣。昔狂寇未賓，晋撫雲怡蔡公仄席求賢，不惜羔雁，而邑侯余公每以頑才，齒録明哲。僕去樂辭榮，屢書避匿，不敢以希當世之務。夫當是之時，搦朽摩鈍，鉛刀皆思一割，曾不能以此時有所建明，尚復何益于殿最乎？甲申歲，州縣求舉者肩差鍾係，而僕隱名南郭，未嘗一往厠足其間，此事人所共見，豈不灼哉？今閣下惓惓敷求，若僕遂膺辟命，則昔之式廬而請者，既以謝絶不顧，而復厭棄墻東，貪求脂膏，總使僕可有《北山》之譏，而憔悴支離，職業曠墜，毋乃病乎？惟願許全初志，庶幾養日修夕，則殘軀得以永托矣。

【評語】韓昌黎具起衰之才，三上宰相書，未免過於悲憾，士當窮愁未遇，實有難爲情者。先生却聘諸書，意甚堅决而語多謙婉，以視昌黎，何如也？周兼三

絶類任彦升諸敀。陳其年

【校記】

〔一〕此文據《自課堂集·文集》録，與《崑崙詩文合集》之《甲申辭薦舉書》文字差别較大，故分録並存。

甲申辭薦舉書《崑崙詩文合集》本〔一〕

昨示求賢文格，又欲以寡闇之質，策名服寵，有懷恐墜，無媿不集。蓋虀薪井汲，切松煮术，容劣之本謀，即依山之篤戀，况僕具遽除之疾情，去樂辭榮，杜門東魯。蓋心路依窮而益昏愧然，無徒亦誠久矣。往明雲怡蔡公撫晋，選建正人，類下求賢之辟，邑侯忝生余公，每以頑才，齒禄明哲。屬書避辭備載，僕背時匿迹，録其一二以觀，可省復論。夫當是時之時〔二〕，搦朽摩鈍，鉛刀皆思一割，曾不能以此時有所建明，尚復何益於殿最乎？逆賊李自成甲申歲，州縣求舉者，摩肩接踵，而僕隱名南郭，未嘗一

往厠足其間，此事人所共見，豈不灼哉？顧以從鷗志夙，採藥心懃，安貧樂陶，徑卧病清檟。惟願許全未念，庶幾養日修夕，則殘軀得以永托矣。

【評語】韓昌黎具起衰之才，三上宰相書，未免過於悲憾，士當窮愁未遇，實有難爲情者。先生却聘諸書，意甚堅决而語多謙婉，以視昌黎何如也？周兼三

絶類任彦升諸啓。陳其年

【校記】

〔一〕此文據《崑崙詩文合集》録。

〔二〕《崑崙詩文合集》旁注："有此一振，文氣生動。"

乙酉辭徵赴選書《自課堂集》本〔一〕

同司理過東山游，數日乃去，歸即讀移文，又徵僕赴選。僕制尚未終，似可無言，將默然而已乎？恐乖賤子自陳之義。昔仲車避諱，足不履石，温叟念父，不聽絲竹。石與絲竹雖爲瑣小，而避之者，因父故也，況於三年之喪乎？自古皆然。惟宰我欲短喪，而孔子責之，顏回設生鹿墮角之喻，所繇與方、儲、李、陶異矣。僕自髫年喪母，常存蓼莪之悲；今父服未除，方越周歲，廹切在衷，凄愴之痛，豈緣霜露而動？是以每當禮墓之餘，即柴車草履，凝涕于高巖大澤之傍，雖有青紫之榮，非其志也。夫人各有志，有入關而嘆者，亦有匿跡勑斷家事者，今既欲用之，而必枉其才，以屈其仕，無論性有所不能，即其材果能冒然任之而不辭，閣下亦安取此薄於孝之人而弗顧天下之論乎？伏願收回成命，則廉耻不至淪喪，閣下亦無失人之誚矣。

【評語】文旨凄惻而結構正自井然。錢牧齋先生

似魏晋間箋奏，詞短而情長。周兼三

又似陸雲諸書。陳其年

【校記】

〔一〕此文據《自課堂集·文集》録，與《崑崙詩文合集》之《乙西辭赴選書》文字差别較大，故分録並存。

乙酉辭徵赴選書《崑崙詩文合集》本〔一〕

同司理過東山之遊〔二〕，留數日乃去，歸即讀移文〔三〕，又徵僕赴選。僕制尚未終，似可無言，將默然而已乎？恐乖賤子自陳之義〔四〕。昔仲車避諱〔五〕，足不履石，温叟念父，不聽絲竹。石與絲竹雖爲瑣小，而避之者，因父故也，況於三年之喪乎？自古皆然。惟宰我欲短喪，而孔子責之〔六〕，顔回設生鹿墮角之喻，所繇與方、儲、李、陶異矣。僕自髫年喪母，常存蓼莪之悲；今父服未除，方越周歲〔七〕，廹切在衷，悽愴之痛，豈緣霜露而動？是以每當禮墓之餘，即柴車草履，凝涕於高巖大澤之傍，思代隱居之名，遂守文公之制，伏據嚴難而申復。庶使僕無不孝之譏，而禮有一成，鑿鑿可斷矣。理合陳乞，冒昧冒昧。

【評語】文旨凄惻而結構正自井然。錢牧齋先生

似魏晋間箋奏，詞短而情長。周兼三

又似陸雲諸書。陳其年

【校記】

〔一〕此文據《崑崙詩文合集》録。

〔二〕同司理過東山之游　《崑崙文選》作“日來同司理過東山之遊”。

〔三〕歸　《崑崙文選》作“初旋”。

〔四〕義　《崑崙文選》作“意”。

〔五〕《崑崙文選》旁注：“引句甚確。”

〔六〕責之　《崑崙文選》作“有食稻衣錦之誚”。

〔七〕所繇與方儲李陶異矣。僕自髫年喪母，常存蓼莪之悲；今父服未除，方

越周歲　《崑崙文選》作“一師一友，曉譬若此，其誰敢爲萬世之罪人哉？僕自髫年喪母，常存蓼莪之悲；今父服未竟，才越周歲”。

民視民聽論〔一〕

聖人所持以馭天下之法〔二〕，有可自己操者，有不可自己操者。可自己操，是以使天下服其不測之能；不可自己操，抑仍自吾裕夫感通之故而己可以有所不擾於天下，己可以不擾於天下，而小往大來之數，平康正直之理，一人劵之而有餘矣。故天下但見聖人之有所操於己〔三〕，不見聖人之無所操於己，則誠有要焉。可以使天下斷斷然無不操於己之事，何所爲操虖？吾有取於《廣至理》所云：“聖人以天下之耳目爲視聽。”試爲之敷別其説。

《書》曰：“天視自我民視，天聽自我民聽。”言乎天之視聽存乎天下之人也。《易》曰：“知幾其神。”言乎聖人之智如神也。使聖人譎幻其術而無要道以爲之操，雖智窮天地，猶有所不能，而況天下之大，滭浡蔓羨，威蕤紛紜，賤或在内，虎或在旁哉？而要之不極天下之至詳，無以得天下之至要。田巴談齊稷下，論三王，巇五帝〔四〕，從而服者千人；魯連一説，使其杜口卷舌，終身不敢出。樗里之智，自以爲天下不足以當之，及遇甘茂而智窮，天下之機非一人技術所可料，此言雖小，可以喻大，田巴樗里，此其驗與？雖然，未覩其大也。自古及今，聰明之君莫有絶于堯舜者，堯舜之時，以四岳九官十六族之耳目爲其視聽。故君曰都，臣曰俞，君曰吁，臣曰咈，籌國事若一家，推赤心如父子。而其大者，羲和授時，羲仲東作，雷雨不迷，山川望秩，其君曰宥之三，其臣曰殺之三，以至於草木焦卷，禽獸奔遁，五品以馴，而車服以庸，皆萬禩之鴻業，百代之仰沫。堯舜方且勤於求賢〔五〕，逸於得人，號爲如神，尊曰濬哲，上副三光之明，而爲萬物稱首者用此，以是爲天下之至詳乎？天下之至要乎？不謂之天下之至要不可也。

苟不握其至要者〔六〕，即號物之數有萬，兼以三公九卿二十七大夫八十一元士，爲不能求柴胡、桔梗于睪黍梁父之陰，綜覈之政，告密之門，天下至此日多事矣。是以誠得乎操於己者，雖以堯之安安，舜之無爲，四岳九官十六族之助，禹稷契皋夔之臣〔七〕馳驟視聽而有餘。不得乎操於己者，雖以漢宣帝之察，唐則天之苛，三公九卿二十七大夫八十一元士之多，號萬之衆，以求耳目而不足，今有人于此，百無不知而或昧於一焉〔八〕。數百以至於一，如命楊之枝，偶一不中，前者皆覆矣。有一人者，知得其半而明庶物，察人倫，以準而考之焉，則百無不中矣。不操於己，百敗之道也；操於己，百中之道也。《詩》曰："如彼飛蟲，時弋一獲。""先民有言，詢于芻蕘。"又曰："予曰有疏附，予曰有先後，予曰有奔走，予曰有禦侮。"《書》曰："若跣不視地，厥足用傷。"是聖人以人之耳目爲己之耳目，又以耳目人之耳目轉相耳目其人〔九〕，故其視不窮，聽不窘，推其至要以應天下之至詳。可操於己者，固操之己也；不可操於己者，亦操之己也。天下有知不辨菽麥之人，而聖人弗之易焉矣。雖然，聖人者，天下人之耳目也，有聖人而萬品以之就裁焉。故天下得以其身爲質，而供葑菲之求。不然，是蚊蠅終日奔騰〔一〇〕，曾不能越階序，及其附蘭筋依六駁，豈不坐致千里哉？此文有四友而十五王之業以冒，非文猶有借於四友之謂也。

【評語】極有法又極縱，極縱又極入，尤難在江海之文，浩浩萬里而不妨於清秋之澄霽也。以司馬長卿、賈長沙之文兼之宋儒之理，雄視一代，未易就也。李硯齋先生

雄節邁倫，高氣蓋世，蒼蒼漭漭，一往之勢。觀海莫測其瀾，當代古文手，不得不推爲第一耳。楊子常

騰名冠俗，揚采絶群，正便百折千回，舒卷各極其致。非山川間氣所生，何能有此？主考袁袁山先生

張旭之草書，公孫大娘之舞，變幻縱横，瀏脱頓挫，每讀此等文，動嘆子瞻無奇。陳其年

【校記】

〔一〕《崑崙詩文合集》、《崑崙文選》題爲《聖人以天下之耳目爲視聽論》。

〔二〕《崑崙詩文合集》旁注："開大而精。"

〔三〕《崑崙詩文合集》旁注："如環無端。"

〔四〕《崑崙詩文合集》旁注："星月光芒横於天上，半夜欲落。"

〔五〕《崑崙詩文合集》旁注："收法老。"

〔六〕《崑崙詩文合集》旁注："一波未平，一波覆起。"

〔七〕《崑崙詩文合集》旁注："得意之文，有神相奏，不知不覺。"

〔八〕《崑崙詩文合集》旁注："反復辯論，文氣折而不窮。"

〔九〕《崑崙詩文合集》旁注："意到成法，全無筆墨之痕。"

〔十〕《崑崙詩文合集》旁注："收有餘情。"

擬宋以范仲淹兼知延州謝表康定元年

哲王勤遠，特予專閫之司；聖主勵精，不忘一隅之慮。有其人者易其備〔一〕，故士多而國以寧〔二〕；緯夫武者經夫文，故相難而將不易。俯躬無地，申命自天。臣仲淹上言：竊惟衣裳所會，皇圖有不率之邦；弧矢以威，帝載有未歸之俗。是義雖存乎決勝，而效必取於用人。虞闢四門，咨衆岳以亮于采〔三〕。周咸二輔，重分陜以大其禎〔四〕。思方叔之猷，美吉甫之德。裴度臨蔡，秉鉞而功乃成〔五〕；鄧禹能文，總戎而外始定。元勳推轂，國老受脣，如濟川之有舟，若幽堂之得燭。迨作牧之權不重，則簡在之命亦輕。分虎出守，猶以囊被蒙譏；持斧撫民，不免薏苡作謗。卒未有委諸葛於錦江，拔吕蒙於行陣，使之自圖方略，坐鎮名城，如今日者也。兹蓋伏遇任官在正，夾輔惟賢，量出於兼容并包，志勤乎參天貳地。受投水之巨石，用若登天；去障日之浮雲，視同棄屣。宣麻殿上，使車入閶，謂元昊暴興，西陲飇起。雖有流唐漂虞之志，而遐方有所未來；雖有戢戈柙刃之心〔六〕，而内地猶有所未服。顧我錫士〔七〕，莫如延州，廑偏安地乎?〔八〕固精兵處也。有事則急〔九〕，而事過即已，豈内庭用人之意? 所以結其死綏之謀〔一〇〕，守無不周〔一一〕，後戰無不威〔一二〕。固國家養士之隆〔一三〕，所以食其保障之力，爰是命臣分麾以討。俾臣固圉求寧，豈是郤縠握籌，取其悦禮〔一四〕，抑復祭遵在漢，急於用儒。幸犀節之既持，敢曰亂繩不理；且牙璋之已建，寧容橫草無功。必使遠臣無尸禄之嫌，庶幾聖主有賢臣之頌。臣仲淹寵深報淺，恩大才微。受臣要衝，出於非常之望；加臣階級，莫知所至之由。慮先駑駘，首填溝壑。伏願用人無二，宥過不疑。懼取中山之功而猜樂羊之心〔一五〕，則老臣不求先容之可念〔一六〕；畏無曾參之德〔一七〕而致投杼之憎，則朝廷遥制外官之可悲〔一八〕。惟十有二州〔一九〕，咨十有二牧，以五百里甸〔二〇〕，暨五百里綏〔二一〕，庶負固之倫稾街授首，而冠帶之國玉帛朝宗矣〔二二〕。

【評語】心與雲開，翼隨風舉，王、駱有其麗藻而無其清標，蘇、歐有其飄逸而無其蒼厚，此道中領袖〔二三〕，舍此安歸? 楊子常

有聲有韻，有色有態，似陸宣公奏議，又似蘇學士表啓，場中得此，舉爲白眉，信非偶耳。房考李翔南先生

擬唐宋表而以近體行之，縱雕繢滿眼，如唐人作齊染畫，不無起人指摘處。崑崙以古文手作稱頌體，曲折排宕，古氣蒼然，所謂使事而不爲事使，微眉山，其誰與伯仲? 真宋表中楷模之作也。鄒程邨

駢麗之體，寫得如許生動，真足掩映一時，宜楊子常先生擊節此文不置。陳其年

【校記】

〔一〕《崑崙文選》旁注："大雅鏗訇。"

〔二〕《崑崙詩文合集》旁注："氣古而筆捷便不同。"

〔三〕于　《崑崙詩文合集》作"予"。

〔四〕禎　《崑崙詩文合集》作"楨"。

〔五〕《崑崙詩文合集》旁注："語必孤秀。"

〔六〕戢戈柙刃　《崑崙詩文合集》作"滌殷蕩周"。

〔七〕士　《崑崙詩文合集》作“土”。

〔八〕《崑崙文選》旁注：“流麗。”

〔九〕急　《崑崙詩文合集》作“憂”。

〔一〇〕《崑崙詩文合集》、《崑崙文選》旁注：“卓爾不群，即使當時范公握管，不能暢所欲言若此。”

〔一一〕周　《崑崙詩文合集》作“備”。

〔一二〕威　《崑崙詩文合集》作“克”。

〔一三〕隆　《崑崙詩文合集》作“報”。

〔一四〕《崑崙詩文合集》旁注：“辭麗春華。”

〔一五〕《崑崙詩文合集》旁注：“字字入情。”《崑崙文選》旁注：“悲慨如子瞻諸謝表。”

〔一六〕念　《崑崙詩文合集》作“悲”。

〔一七〕畏無曾參之德　《崑崙文選》作“畏匪曾參之賢”。

〔一八〕悲　《崑崙詩文合集》作“念”。

〔一九〕州　《崑崙詩文合集》作“岳”。

〔二〇〕甸　《崑崙詩文合集》作“綏”。

〔二一〕綏　《崑崙詩文合集》作“甸”。

〔二二〕負固之倫藁街授首，而冠帶之國玉帛朝宗矣　《崑崙詩文合集》作“冠帶之國得身浴思膏，負固之倫亦首懸藁街矣。”《崑崙文選》作“冠帶之國得共浴恩膏，而負固之倫亦共沾王化矣。”

〔二三〕袖　《崑崙詩文合集》作“秀”。

乞修聚楊橋啓〔一〕

蓋聞促障千尋，須留鳥道，長河萬里，亦有石門〔二〕。矧夫吕母張侯，亘飛虹之妙勢；赤蘭白虎，掩浮渭之能聲者乎？武鄉土河聚楊橋者〔三〕，蔽日金峰〔四〕，廻谿地絡，有圯受履則如砥長歌，失彴閉塗則東馬言返，洵四區之都會，而東山之濟津也。正德五年，知縣呼公，庀村勸衆，合巧程工，繇是馳騁螭龍，念三時之保障；徘徊雁齒，類半月之乘空。不期地有騫崩，流多泛濫〔五〕，市欄没蘚，高鳥過而銜衣；斷鎖斜梁，香步留而怯堰[六]。某君劍捕吞蛟，情悲折柱，指困中之粟，葺霧隱之橋，猶恐水漲桃花，不歸瀉蕩[七]，是以身窮馬嶺，别引涂溝。然鵝眼之資既奢，則卿雲之惠彌急，意尋餘燭，心艷殘膏。達官貴人，分東閣西園之費；素封蒸士，捐僊華丹穴之資。從此修路通轅，少壯翠微之色；連阡歷陌，都知啓閉之時。特爲從史若此[八]。

【評語】轉折類歐、蘇四六，故文勢奇動，無填剽之累。錢牧齋先生

結響鑒然，不遜齊梁諸子，當於駢麗中審其韻度。張爾公

是齊梁四六體，不是初唐四六體，當辨。陳其年

【校記】

〔一〕楊　乾隆五十五年版《武鄉縣志》作"陽"。

〔二〕《崑崙詩文合集》旁注："在王初寮、蔣子禮之間，柳州豈得以駢拇忽。"

〔三〕楊　乾隆五十五年版《武鄉縣志》作"陽"。

〔四〕峰　乾隆五十五年版《武鄉縣志》作"章"。

〔五〕濫　乾隆五十五年版《武鄉縣志》作"溢"。

〔六〕《崑崙詩文合集》旁注："秀蔚中氣骨嶄岸。"

〔七〕《崑崙詩文合集》旁注："工警。"

〔八〕史　乾隆五十五年版《武鄉縣志》作"臾"。此句《崑崙詩文合集》旁注："單句結。"

人才策

愚觀天下無事[一]，則人才覆露[二]，輕於鴻毛；天下有事，則摩厲人才[三]，重於泰山，非其異也。王人居廣厦細旃之間，南金北毳，充于府庫[四]，燕歌趙舞，紛紜後庭。出建翠華之旗，隨乘流珠之馬[五]。材官騶發，惟所指麾；公卿大臣，屏氣汗息，惟恐得罪遠竄；小臣賤品，復不敢越俎于其間[六]。士雖有儀張之口、范蔡之辯[七]，復何所用邪？及其有變[八]，武夫紈絝之子，削剥軍

儲，以事達官貴人。兵驕禍動〔九〕，所至輒靡。欲一旦收治安之效，捷如風雨，則養育人材，安得不如泰山之重哉？

今陛下破格用人，備知民間疾苦，近又下罪己之詔，減膳撤樂，畎畝耆老，皆扶犁感動〔一〇〕，願少存喘息〔一一〕，以觀大化之成。即小有未安，正殷憂啓聖之日，而非以爲外患之足憂。雖然，執事發策，急以人才問，而思所以學習之。愚雖經生，闇於大義，敢不據所見聞以陳之乎？

伏惟問曰：人有才，猶水能潤，火能熱也。涓潦隙光，潤與熱能幾，必候到坎盈，然後烹調五味，滋溉百物。水火不習，尚不能有功於人〔一二〕，而况才乎？夫天下之物，各有完虧；完虧之候，各有生熟。天不能冬温而夏肅，地不能水上而火下，三歲之童，不能持走，其勢然也。故見歧路而悲，覩素絲而泣〔一三〕，良以習俗移人，賢者不免，而要以習之中善惡各别也。

問曰：明試法祖唐虞，試之將以習之也。《書》曰“學古入官。”惟九載考績，任之既久〔一四〕，故君子得以有所著見，而小人不敢爲非。不學而入官，猶未操刀而使割也。

問曰：武侯曰“學須静也，才須學也。”意學固所以習歟？夫學非静則無以致遠，才非學則不足與觀理。是猶朋從而擾，面壁而立，其能有所通乎？

問曰：三代莫盛於成周，至今讀《王制》、《大司徒》諸篇，所以習之者抑何備歟！自學廢，士始習以官，倉人庫人其小也。《周禮》以鄉三物而教之，故家有塾，黨有庠，術有序。簡其不率教者，以告於大樂正。又上造士之賢于上，而命之大司馬，復試之以賢，然後官之。且立東膠西虞之名，故滲見淺聞者退，而一時人才之盛如此。倉人庫人，此學之廢與？

問曰：漢公卿缺，則補以良二千石。守令辟選多自椽吏功曹。試考人才之盛，莫如孝武孝宣之世。孝武時，文學則有公孫弘〔一五〕、董仲舒，應對則有嚴助、朱買臣，奉使則有張騫、蘇武，籌算則有桑弘羊，篤行則有石慶、石建，將帥則有衛青、霍去病，質撲則有卜式，審律則有李延年；孝宣時，文學則有蕭望之、尹更始，將相則有趙充國、邴吉、魏相、于定國，治民則有黃霸、龔遂、王治、韓延壽、張敞、嚴延年之徒，非其習之素，何其備員耶？

問曰：唐臣建議，凡不歷都督刺史，不得任侍郎列卿，不歷縣令，雖有善政，不得任臺諫給舍，非以其習歟？此又用人之格言，而罘罳之龜鑒也，使實奉行之，其可久也。

問曰：天下之大，非一流之業，釣射蓬輪，道可相通。儒者而器別朝歌，書生而功成采石。即國朝蹇忠定以中秘起，楊文貞以審理起，李文達以銓曹起，商文毅輅，彭文獻時，皆以詞林起。然其謀事斷疑，救時達變，績爛汗青，抑又何歟？豈所以習之學者素與？

國初定制，原以三途并取，故一時人才，各攄所長〔一六〕。宋濂一代文章之宗，他如知府況鍾輩，皆起於不次。今聖明勤思贊弼，枚卜之隆，布羅中外，宏文之貴，移諸卓循，革事例銀馬之舊，復成周辟雍之規，周到之仁，沕潏蔓羨，邇陿游原，遐闊泳沫。然愚以爲救時之策莫如久任〔一七〕，久任則與事相習〔一八〕，無扞格難操之慮。若其不能，從而黜之可也；苟能之矣，即倣古增秩之例以勵其餘。愚竊見當今之人材，惟推官縣令猶有考選一途，有所期而砥節；至於司道郡守，望卿寺翰林終無可至之日，況於尚書侍郎乎？且尚書侍郎、卿寺翰林既已不習外務，而使之分任國家之事，雖賢者不乏而準爲成例，則幾何而不至於扞格難操也哉？倘陛下煥然，與天下更始，必使之内外互遷，則踈逖之臣喜其有功名之路，而内之大臣不得居積重之勢，如此而曰天下無才，天下豈真無才邪？

【評語】吞九溟於筆海，抗五嶽於辭峰，捫虱而談當世之務，皆有以中其髓髀，真古文之極筆。主考袁袁山先生

辭必窮力而追新，情必極貌以寫物，人間餘習一字不肯犯其筆端，今世之昌黎也。楊子常

議論精切，其透處直配眉山矣。李硯齊

條對詳晰，復有古光堅響，此西漢晁、賈體也。陳其年

【校記】

〔一〕《崑崙詩文合集》旁注："吞吐漢魏。"

〔二〕覆露　《崑崙詩文合集》、《崑崙文選》作"之育"。

〔三〕人材　《崑崙詩文合集》、《崑崙文選》作"人才之求"。

〔四〕府庫　《崑崙詩文合集》、《崑崙文選》作"郡庫"。

〔五〕流珠　《崑崙詩文合集》作"惡離"。

〔六〕越俎于　《崑崙詩文合集》、《崑崙文選》作"有所闕説于"。

〔七〕《崑崙文選》旁注："詞鋒坌涌。"

〔八〕變　《崑崙詩文合集》、《崑崙文選》作"事"。

〔九〕禍　《崑崙文選》作"寇"。

〔一〇〕感動　《崑崙詩文合集》、《崑崙文選》作"往觀"。

〔一一〕少存喘息　《崑崙詩文合集》作"少許曳死"，《崑崙文選》作"少須臾死"。

〔一二〕《崑崙文選》旁注："引語如畫。"

〔一三〕《崑崙文選》旁注："楊泣路歧，墨悲素絲。"

〔一四〕《崑崙詩文合集》旁注："條答詳明。"

〔一五〕《崑崙詩文合集》旁注："閎肆淹雅，可垂金石。"

〔一六〕各攄所長　《崑崙詩文合集》、《崑崙文選》作"各有所得"。

〔一七〕救時之策　《崑崙文選》作"當今之急"。

〔一八〕久任則與事相習　《崑崙文選》"久任則"後文字與《自課堂·文集》多不相同，録全文於後，供參考："久任則諸務備舉，應黜者立黜之，優者倣古增秩之例，再以六部大臣更相歷次，登進閣員，則大事不模糊矣。又宜令郡縣入翰林部屬，部屬仍歷司道，翰林亦出習外務，則平天下無如此也已。"

水草庵乞油疏

丙午冬，余過秣陵，循覽故墟，至水草庵，萬竹隱蔽，如窮野

聚落，蕪階編蓬〔一〕，旁達於河，引其水可以浸注污塗，佳蔬雜植〔二〕，不勞而具，三時恒蔚然。去城僅里許，而人迹罕至，車馬之聲，不接於耳〔三〕，余喜其類隱者之所居，從而息焉。其僧木禦不尚冥寂，好爲紀綱純樸之言〔四〕，織悉曲折，爲人譬説而毫不以怠。噫！是庵也，既無列刹碭基之侈，孤居而僻處，其徒又能祇肅克順以修其教，於是必期之以日，而後聽者始來，觀者始衆〔五〕。擬於十月之望，告環生土長之人，縱來之而闡其説，白齔齒以至童子〔六〕，凡有至者，咸叩其解，磨揉答問，終日不倦。雖浮屠之術〔七〕，儒者所不道，乃樂從文史，其志亦有不可没者。然而一油之微，苟爲不畜，則無以克下厨〔八〕，和滋味，故必以求施於衆力。夫事有所因，其用乃彰，使此庵處桃葉青溪之間〔九〕，烏衣冶城之側，則人物轇葛，不謀而合，亦無俟勸之而後施。今世之人不以孤處，或聞予之言而樂爲施焉。若有油然其自得，勤然其不能自已者，雖藉勸於微，是兩得也〔一〇〕。况智而傑者，操之自我，誠不以是，亦何藉於余言哉？

【評語】極似曾南豐《墨池記》，短峭甚，更蕩漾甚。陳其年

涔蹄耳風，沸之而瀾，亦自如綺。李雲川

回環作致，小庵得此可傳矣。談長益

題最小而文中“不尚冥寂，好爲紀綱純樸之言”等處最有關係，侯朝宗論文謂“於人所忽處，必動色敷陳”，此之謂也。程世英千一識

【校記】

〔一〕《崑崙文選》旁注：“入手鋪叙，即多追琢之音。”

〔二〕佳　《崑崙文選》作“嘉”。

〔三〕《崑崙文選》旁注：“城市中自有山林，要人領略耳。”

〔四〕《崑崙文選》旁注：“異人。”

〔五〕《崑崙文選》旁注：“還將幽隱處説破，妙，妙！”

〔六〕白　《崑崙文選》作“自”。

〔七〕術　《崑崙文選》作“流”。

〔八〕克　《崑崙文選》作“充”。

〔九〕《崑崙文選》旁注：“轉側振宕之間，瀠洄不盡，古秀之致，相遇於筆墨之先。”

〔一〇〕是兩得也　《崑崙文選》作“文是兩得也”。

東田建三宮殿疏

予本性愛丘山，自流氛入范陽，天地否閉，即去城五十里，結茅東田。東田丹崖峭絶，能使行者顧嶺息心，雖無飛泉松檜金刹之所棲處，然多古君子，時時馳騁古今，辭條理舉，亦一樂也。其居仁慕義，無問親疎遠邇，歲時餽問嘗不絶，以故予即輕去其鄉，而亦樂與之相安焉。近復同文章之士揚搉上下，每苦梵宇剥蝕，祟閎者少，甚矣，其時與地之難遇也！以東田古君子之多，而又有慕義好善之誠，宜乎〔一〕其積之能散，必有棄宅以爲攸館者，不必其自圖福利而後爲之也。無何，史君自遠捨宅一區，地四十二畝，復謀裝嚴三官其中，凡金漆丹雘之費，不得不取助於四方。寺僧明智，持簿謁予，乞引其疏端。嗚呼！予嘗游三吴燕豫之間，稍聞形勝，即裹糧景從〔二〕，以爲聲華文物之助，矧此近在几席，即吾之漢南河朔也〔三〕，而有不喜助其成者乎？雖然，人世喜施予〔四〕，非有國家之令甲，有司之督促，而急爲之就者，必有以希其福利而然也。孔子曰：“民可使由之，不可使知之”，亦微示之以意而已矣。不然，人孰不欲擁沃壤起臺榭〔五〕，居則有連檐高閣之美與？夫土爰稼穡之富，乃一朝拱手而奉之神明，若捧爵酒，妻女無詬誶之語，豈非慕義好善有以積之而然乎？吾故廣其説而布之，必多從風而靡者，而又何裝嚴丹漆之是慮也哉！子曰：“鬼神之爲德，其盛矣乎！”使天下之人齊明盛服以承祭祀〔六〕，洋洋乎如在其上，如在其左右。詩曰：“神之聽之，終和且平”，蓋勸善也〔七〕。

【**評語**】純乎《史記》，非復落八大家圈套矣。以爲此題此體，尤難之也，一

句結極古極老，意又極遠，味又極長。李研齋

題甚小，議論甚閎博，募疏之别體也。張爾公

募疏文閑寫淡寫，極得體，末數行硬筆盤空，奇絶。陳其年

【校記】

〔一〕《崑崙文選》旁注："頓挫。"

〔二〕《崑崙詩文合集》、《崑崙文選》旁注："應首句性愛丘山。"

〔三〕吾　《崑崙詩文合集》、《崑崙文選》作"古"。

〔四〕人世　《崑崙詩文合集》、《崑崙文選》作"世人"。

〔五〕《崑崙詩文合集》旁注："就人情反寫一段，情致淋灕。"

〔六〕《崑崙詩文合集》旁注："大文正如此作民祠文字，可謂正人心矣。"《崑崙文選》旁注："不意此題忽有此結，先生可謂聖於文也。"

〔七〕《崑崙詩文合集》旁注："結法老。"

募修觀音堂疏《自課堂集》本〔一〕

今夫以虛言而取信，以一人而斂天下之財，往往其耳目所及者，輒皆符其所願，何浮屠之募修獨易哉？然予鄉之觀音堂衆矣，謂大士之於人也，更事悲愛耳，故隨其所至，不無誠信，乃大士之靈智，同其爲堂之豐儉大小不能聽其齊，豈關乎爲文之人及募修之人，其行於己與得於人者，各因其分而止耶？惟邑南山之麓，負山臨水，曲有才致，結搆因諸衆力，至於缺則補之，則予仲叔必自期於成。客歲秋雨泛濫，以致丹墻飛棟。兀兀然於箕星玄冥之下，無復向時幽秀矣。邑人於是蹙額而請曰："施言之功，等於喜捨，惟公之言，乞書厥端。"嗚呼！人世之所樂輸者有二：其一欲尚冥寂，希後效焉，則輸；其一欲時登眺，博明高焉，則亦輸，他不具論。往者流寇作難，士大夫咸嬰禍患，而余叔至挾室家，入狼虎之都而安堵以歸，何以無跼蹐乎？夫大士不因人之好施而後行其悲愛，彼世之人，因敬生捨，因捨得全，雖以日積之微，亦可以乘乎至盛之理，况達官素封分寶鏹而出之者哉？異時屹嶫以

成連房周堵，俯河流而作障，牽煙柳而迴嵐，則又有游人墨士挾馬如龍，攜觴潔榼而至者，謂之冥息可也，謂之游覽可也。不然，波臣囓堤，客歲水溢，可爲大患，雖更起而張之，吾知其同於聚沙耳，曾不若所至之區即有誠信也，忍乎哉？

【評語】行文舒縮合度，凡其意之所到，筆即隨之，惟東坡有此。錢牧齋先生

游戲之文，子瞻小品。陳其年

【校記】

〔一〕此文據《自課堂集·文集》録，與《崑崙詩文合庥》之《募修觀音堂疏》文字差别較大，故分録並存。

募修觀音堂疏《崑崙詩文合集》本〔一〕

今夫以虛言而取天下之信〔二〕，以一人而斂天下之財，未有過於募修一事者。予鄉之爲觀音堂者衆矣，謂大士憐人之困苦而好行悲愛，故隨其所至，不無誠信。然大士之靈智同其爲堂之豐儉大小往往不能齊，則又關乎爲文之人乃募修之人〔三〕，其行於己與得於人者，各因其分而止耳。惟邑南山之麓，負山臨水，曲有才致，結構雖資衆力，至於補所不足，則予仲叔助之獨多。客歲愁霖泛濫，以致丹墻飛棟，兀兀然於箕星玄冥之下〔四〕，無復向時幽秀矣。邑人於是蹙額而請曰："施言之功，等於喜捨，惟公之言，乞書厥端。"嗚呼！人世之所樂輸者有二：其一欲增功德，作懺禮焉，則輸；其一欲時登眺，博名高焉，則亦輸，他不具論。往者流寇作難，縉紳之家咸受其禍，而余叔至攜室家，入狼虎之都而安堵以歸〔五〕，謂非有所助而然耶？夫大士不因人之好施而行其悲愛，而世之人因敬生捨，因捨得福〔六〕，一磚片瓦，斗粟千錢，尚有不泯。况達官賢士分寶鏹而出之者乎？異時屹嶫已成連房周堵，俯河流而作障，牽煙柳而迴嵐，則又有遊人墨士挾馬如龍，攜觴潔

榼而至者〔七〕，謂之頂禮可也，謂之遊覽可也。不然，波臣嚙堤，客歲水溢，可爲大患〔八〕，雖向人欲語，吾見其同於聚沙耳〔九〕，曾不若所至之區即有誠信也，忍乎哉〔一〇〕？

【評語】行文舒縮合度，凡其意之所到，筆即隨之，惟東坡有此。錢牧齋先生

游戲之文，東坡小品。陳其年

【校記】

〔一〕此文據《崑崙詩文合集》録。

〔二〕《崑崙文選》旁注："空起。"

〔三〕乃　《崑崙文選》作"及"。

〔四〕玄冥　《崑崙文選》作"冥玄"。

〔五〕《崑崙詩文合集》旁注："喜捨之一證。"

〔六〕福　《崑崙文選》作"利"。

〔七〕《崑崙詩文合集》旁注："得意之筆，如疾風之卷秋葉。"《崑崙文選》旁注："興酣落紙，珠玉皆成咳唾。"

〔八〕爲　《崑崙文選》作"謂"。

〔九〕《崑崙文選》旁注："逆挽有千鈞之力。"

〔一〇〕《崑崙詩文合集》旁注："冷致。"《崑崙文選》旁注："三字煞得住。"

方樓崗邵村詩跋

袁子重其將訪予南徐，無舟〔一〕，至崑陵，即詣樓崗、邵村舟同行。與方初未識也，二方聞袁子來，既相得甚驩，遂置酒泥飲，窮昏旦不絶〔二〕，各爲一詩贈之，搜撣篋中無箋，即取同舟人楊子亦昭箋，書之其上〔三〕，以貽袁子，同舟人相視大笑。袁子俾予紀其故，其在道路，似加密焉〔四〕。

【評語】段落數折，入他人手，不知作多少襯貼，此則峻削骨立，一字一轉，而神情眉宇飛舞紙上，更有他人千言萬語不到處，洋洋灑灑，大文字之法即藏其

中。黄心甫

人奇事奇文更奇，竹數尺而有萬丈之勢[五]，傳矣。陳其年

【校記】

〔一〕《崑崙文選》旁注："無舟妙。"

〔二〕昏旦　《崑崙文選》作"日夜"。

〔三〕《崑崙文選》旁注："無箠更妙。"

〔四〕《崑崙文選》旁注："詘然而止。"

〔五〕竹　《崑崙文選》作"作"。

書平母馮孺人《節孝編》後

有是母，有是子。然有是子，乃知有是母。使馮孺人不以饘酏奉姑，六籍訓子，佐夫勤恤民隱，絶聚糧之資子遠，僅盡心干櫛，縱笄總毛羹之節，無沈辭清藻以發揚其芳烈，則其事不足以傳。古云："一人之精，文重思煩，刊落不盡。"平母修理誠高，非得天下才名之誦，揭義無窮，亦安能爲中悃之宗哉？

【評語】絶似班孟堅《漢書贊》。宋荔裳

文僅百字，如挽强拗鐵，遒勁非常。紀檗子

如畫影騰空、神劍在匣，時作龍虎之聲，使人不敢逼視，在短文字中此是第一等，必傳無疑！陳其年

《維揚合畫》跋

古之畫者，顧、陸、張、吴，不必盡同，豈一畫而必數人合轍哉？况厓巘瀾淪、枯槎槁木、盤車棧路、漁市風亭之間，皆參差以取勢，損益變化，乃盡其能。

今龍標丘君俾侍御、道人、山樵共作一畫，隱其姓名，又未指某山、某水、某宫室人物、某橋、某舟、某林木爲侍御與道人、山樵之筆也。及予視之，清絶雄放，精靈之氣，杳靄之色，悉聚指

下，雖予亦不知其同也異也。然視之既窮，其意各别，始信是畫去其形似，存其骨氣，騁思運斤，其同之而未嘗不異也。要之此三人者，真人傑哉！

【評語】嘗見黄、倪合作於吴中友人之家，各具妙義，不相下而實相成，但有不得於時之意見楮墨間。讀此想見此畫之妙，龍標曾向余索題者再，而偏阻不得相示，惜哉！方樓崗

先生短文臨霞發秀，益加精妙，子厚送李渭、獨孤申叔等篇，非不短悍，視此未免氣促耳。陳其年

《焦山古鼎詩》跋

嘗考唐元和中進士劉師服、校書郎侯喜與衡山道士軒轅彌明爲石鼎聯句，生勁奇險，辭旨幽眇。南陽韓愈，爲叙其事，文情激宕，得其情狀。後世文章之士，無所學焉而至〔一〕。獨新城王氏之盛，甲於天下，銓部西樵公、儀部貽上公，詩人之冠冕，於今亡比。

嘗游焦山，觀所爲古鼎者，雕螭刻篆，龍文九光，各爲一詩紀之。其詩縱横豪邁，辯若河瀉，且爲文明本末〔二〕，徵興廢，多骨鯁慷慨之音，期爲有所省〔三〕，以垂萬世。又縮楮爲圖，高一尺三寸二分〔四〕，腹徑一尺五寸八分，口徑一尺四寸五分，耳高三寸，闊四寸二分，足可六寸一分，深可八寸二分，釋字七十八，闕字七，疑字八，蝕字二。其銘之文雖不全，然隱約可讀，使後世之人觀覽詩圖，不必登雙峰三詔之間，而周鼎之源流形似，盡在其指掌中矣。

吾不知石鼎之在當時有刻篆否？能釋其音義否？其淺深、大小、長短爲圖與否〔五〕？而愈之文與師服、侯喜、彌明之聯句皆不及焉。其兩公之詩踰古垂烈〔六〕，則有識者皆得而見之，又毋問也。至於余文，雖不必與退之較軒輊〔七〕，分優劣，讀兩公之詩，不可不有以叙之，以貞諸石。

【評語】段落分明，而前后關鍵，纏綿貫合，步步有法，老到之極。方爾正

口齒歷歷，如數家珍。凡作家之文，須觀其神氣之間，疎密合度，自有一段不可及處。杓石〔八〕

離奇駁蝕，先生所長，最喜其神理黯淡，不易捫摸也。陳其年

【校記】

〔一〕《崑崙詩文合集》旁注："古勁。"

〔二〕文　《崑崙詩文合集》、《崑崙文選》作"之"。

〔三〕《崑崙詩文合集》旁注："句經百煉。"《崑崙文選》旁注："一句含蓄二十一史。"

〔四〕《崑崙文選》旁注："筆法似退之化記。"

〔五〕《崑崙文選》旁注："如煙雲滅没，風物儻恍，又如巖岫杳冥，姿態濃淡，可望而不可即也。"

〔六〕《崑崙詩文合集》、《崑崙文選》作"其詩之深遜兩公"。

〔七〕文　《崑崙詩文合集》、《崑崙文選》作"之"。

〔八〕杓石　《崑崙詩文合集》作"魯公"。

周元恭詩跋

今時士大夫喜著詩，詩復喜多。其初放言遣辭，不自擇其美惡，故以多勝者反以多敗，而無孤往獨立之槩焉，安在其能詩也？夫狻猊吞貔裂犀，一日可盡五百里，鵬翼如垂天之雲，故縱所之負青天。苟不能食貔犀，而責其五百里，無垂天之翼，而望其絶雲氣負蒼天，吾知其難矣。

以余觀於周子元恭之詩，雖不甚多，泓峥蕭瑟，歷落可喜，有孤往獨立之槩焉。葢元恭之志，無取於多，而多之累已去，多之累去而少者乃以天存。嗟呼！如元恭者，又安可量哉？

【評語】深於詩者，方知少之妙；善於序詩者，方能言少之妙。今作詩者多，而能自少者鮮矣。中間奇峰忽吐，如蜃樓海市，眩人心目。然細按之，不過二三行耳。此先生之善用少也，作詩者不當作如是觀乎！顧修遠

寥寥數語中，奇情横肆，陸離光怪，令人不可逼視。雜昌黎雜作四首中直無分辨，却妙在借詩少立説，尤以金鍼示人，要知時下大部題本稿覆瓿何益？孫介夫

《瘞鶴銘》跋《自課堂集》本〔一〕

焦山鶴蜕有銘，書法遒利能自振，然所謂華陽真逸、上皇山樵人，皆無時代姓名可考。或曰譔自顧逋翁，如《聖教序》集右軍字耳。夫逋翁非藏名者，何從得右軍筆而跡其所爲乎？或曰爲陶貞白。貞白隱於良常，以華陽度之，或其是耶？且華陽在潤州境内，與焦山非相絶，當其往來高峰峻岨之間，得意疾書，姑隱其名，使後人推索得之。亦猶郭景純以爪髮埋石箄山，欲以藏諸名山耳。考貞白昔慕靈迹，頗以名心爲累，陸敬遊十賚當九錫，其文輒稱引《金經》、《鶴銘》，疑屬好事，得無類是歟？

今觀其字，清勁有法，孤雲新月，當在虞、褚諸公之上，其爲貞白，益信矣。銘石崩于潮汐，其拓本唐宋之時尚全，即歐公僅得六十餘字，後此者能觀其形勢哉？予倅南徐，尋近代殘本亦不可得。

辛丑秋，計逋客出《玉煙堂帖》相示，乃見此銘，從初拓全本倣而刻之，而神情近似。余因嘆《鶴銘》之在今日，名存實亡，况江間洲渚，人煙滅没，躡山而望，荒寒在目，又誰從山中窮此勝迹，乃垂金屈玉已屬烏有耶？因損禄秩鐫石，與後世共寶之，庶巧之在人者，天下得而廢之也哉！

原銘怪石峻嶒，大於半間屋。其陽砥平，四方如席。字纍纍成行，縱横正等。今易之兩兩相比者，從海鹽翻本，笈笥可以取觀，爲石十有三，横亘五丈有奇。經始於辛丑陽月，至壬寅上巳畢工。謀置海雲堂兩廡，與衆賞之。贊於兹舉者，吴人潘生陸、計生僑。

【評語】 鐘鼎文也，與銘相稱。〔二〕

焦山雖奇，《瘞鶴銘》字蒼古有法，尤山中之第一奇觀。崑崙補刻海雲堂内，

既不没古人之用心，而山靈實藉以生色矣。行文有斷有擊，有源有流，自是作家之文。錢牧齋先生

事奇，文更奇。先生爲潤州，王阮亭先生爲揚州，兩先生昔搜剔古人殘碑斷碣，風流文采，掩映一時，傳之千古，當深人流想矣。陳其年

【校記】

〔一〕此文據《自課堂集·文集》録，與《崑崙詩文合集》之《瘞鶴銘跋》文字差别較大，故分録並存。

〔二〕此評語未署評者之名。

《瘞鶴銘》跋《崑崙詩文合集》本〔一〕

鶴蜕有銘，見於焦山，書勢入神，宜積久以必傳。其華陽真逸、上皇樵人二人者，無時代姓名可考，以爲撰自顧逋翁，如《聖教序》沙門集右軍字爲之。夫逋翁非藏名者，且何從得右軍真迹而克辨此乎〔二〕？又意其爲陶貞白。貞白隱於良常，以華陽度之，當是。且華陽在潤州境内〔三〕，焦山相去頗近，可謂協矣。當其往來幽境，欲借名山以傳，姑秘其名字，令後人推索得之。亦猶郭景純以爪髮埋於石箪山〔四〕，即此意耳。考貞白昔欲上升，頗以名心爲累，陸敬游以十賚當九錫，其文輒稱引仙家《鶴銘》，雅屬好事，得無類是〔五〕。

今觀其字，結構甚有蘊籍，當在虞、褚諸公之上，故是六朝名手，其爲貞白益信矣〔六〕。銘石崩於江涯，潮汐侵蝕。其榻本獨唐宋之間爲完，即在歐公時，僅得六十餘字，後此可知。藐兹山靈，不能禁馮夷見奪，惜哉！予倅兹郡，尋近代殘本亦不可得，爲之悵然。

辛丑秋，計逋客出《煙堂帖》相賞〔七〕，獲覩此銘，從初榻全本，倣而刻之〔八〕，而神情近似。余因嘆《鶴銘》之在今日，名存實亡，况江間洲渚，卽絶人煙，繼此登焦山，而望洪荒在目，又誰

從山中尋此勝迹，且屬烏有耶〔九〕？因損俸勒石，庶幾後世登臨之士得共寶之，不没古人之用心爾〔一〇〕。

原銘怪石峻嶒，大於半間屋。其陽砥平，四方如席，字纍纍成行，縱横正等。今易之兩兩相比者，從海鹽瓻本，笈笥可以取觀，爲石十有三，横亘五丈有奇。經始於辛丑陽月，至壬寅上巳畢工。謀置海雲堂兩廡，與衆寶之。贊於兹舉者，吴人潘生陸、計生僑。

【評語】 鐘鼎文也，與銘相稱。李硯齋先生

焦山雖奇，《瘞鶴銘》字蒼古有法，尤山中之第一奇觀。崑崙補刻海雲堂内，既不没古人之用心，而山靈實藉以生色矣。行文有斷有擊，有源有流，自是作家之文。錢牧齋先生

【校記】

〔一〕此文據《崑崙詩文合集》録。

〔二〕《崑崙詩文合集》旁注："可破疑案。"《崑崙文選》旁注："便折到衆論。"

〔三〕《崑崙文選》旁注："文情淡遠。"

〔四〕《崑崙詩文合集》旁注："發前人之所未發。"

〔五〕《崑崙文選》旁注："不作一實煞語。"

〔六〕《崑崙詩文合集》旁注："又一結束。"

〔七〕《煙堂帖》　《崑崙文選》作"《玉煙堂帖》"。

〔八〕倣　《崑崙文選》作"放"。

〔九〕《崑崙詩文合集》、《崑崙文選》旁注："古來名迹之泯滅者多矣，可勝三嘆。"

〔一〇〕爾　《崑崙文選》作"云爾"。

元人手卷跋

闇由火見，學書而不得古人之跡，雖資性踰人，無以著其揚波騰氣之勢。昔羲之初習衛夫人書，怡懌以爲獨步；迨渡江北遊，然後見李斯、曹喜、鍾繇、梁鵠、蔡邕諸書，又見張華嶽碑於從兄

治所，始信習衛夫人書膠柱乖剌耳。

今電發所蓄元人書法甚富，幾四百年矣，箕張婉蠖，各盡其能，非人世所有。置之几案間，正如斷雲連鷺，神彩爲工。夫世之毫翰特起，委棄於荆棘者何限。電發研思不已，黑唇皂袖，則雖鹽石尚有益於金玉，况寶此英異之筆乎！

【評語】昌黎雜説，簡折爲勝，以取姿耳。若直叙中奔騰奇矯，復有不得不止之勢，雖增一字不可，此道固當推公獨步。陳其年

不數百言而曲折無盡，有岑蹄江海之勢。方樓崗先生

王端士七言絶句詩跋

世謂律難於古，絶句又難於律。夫絶句之爲辭也簡，其騁思齊章〔一〕，固不難於古與律也〔二〕。然古之爲體，汪洋灝漾，足以恣其俊烈〔三〕。律言稍充，利華贍，工屬偶，意思芊眠，於以孚甲幽蔚，變幻百出，律之去古亦尚有間哉！至絶句，則迫於易盡，儻蕩之材，不能羈束，而情致刊落，又若索莫〔四〕，弗能爲之振拔，非古與律之所可儷也。

若端士之於詩易矣，於七言絶尤易矣。凡京江廣陵之所紀，無非七言絶句，其聲摩空，星稠綺合，豈其有異於人哉？精思不勞，而閑靄根於性情〔五〕。《序》曰："詩者，志之所之也，在心爲志。"斯出之不竭矣。

【評語】忽起忽伏，忽捭忽闔，務極天然，絶無牽合支離之態。東坡所云："行乎其所不得不行，止乎其所不得不止。"惟斯文有之。黄心甫

夭矯百轉，顧盼偉如，若蛇龍震撼，風雨卒臨，不能窺其所届。韓式靈

短小精悍，文中郭解。陳其年

【校記】

〔一〕《崑崙詩文合集》旁注："波瀾淈淈。"

〔二〕難　《崑崙詩文合集》、《崑崙文選》作"艱"。

〔三〕《崑崙文選》旁注："精語。"

〔四〕若　《崑崙詩文合集》、《崑崙文選》作"苦"。

〔五〕亹　《崑崙詩文合集》、《崑崙文選》作"麗"。

四氏贊四氏俱真定人死於流賊之難容城喬百一爲之作傳〔一〕

程崑崙曰："余平生喜節俠，然以世俗人不談〔二〕，或有人，余或不知焉〔三〕。"灰林魏氏，年十四于歸，始三朝，見賊如急，恐不得死，端表移景恒直，嘻，不可異哉！賊恨狡女〔四〕，深慮以全〔五〕，峨峨淑德〔六〕，淵然明節矣。

趙氏義聲，肝心斷傷。然昔人謂〔七〕："一脈存不可謂之絶，一目張不可謂之亂，一人有立志不可謂之土崩〔八〕。"聞今賊中衣冠者時時不絶〔九〕，氏獨氣剛不挫以死〔一〇〕，其何烈也〔一一〕！倘所謂俗風不能移者耶〔一二〕？

嘗讀傳，見史母程夫人，將其家下峽江，以橐金腰纏之。兵暴至〔一三〕，與嫗謀曰："輸金果可生吾兒，無資不復能出蜀，均死。死以全史兒，嫗見身死，爲吾出腰中金，告兒速走。"遂死，兒逃。余竊嘆：當死時不以驚悸未定，次第出其兒，誠烈矣〔一四〕。顧高氏難此焉？身既臨賊，始倉皇決變，全母與夫兒三人命後，乃抗顔處死不退哉！身死數日，鳴沙撲面，草聚髮間，椒嶺無人，風煙俱息〔一五〕，幽魂當此，可哀也已。

梁氏，梁家莊人也，爲梁家生氣矣。古人愛一草木尚生歌咏〔一六〕，梁氏死義如何乎？然安謂非與高氏激發而爲此者乎〔一七〕？語曰"中道性成。"豈不信耶？〔一八〕

【校記】

〔一〕四氏俱真定人死於流賊之難容城喬百一爲之作傳　《崑崙文選》作"真定人死於流賊之難。"《崑崙詩文合集》無此附語。

〔二〕《崑崙文選》旁注："可以觀世。"

〔三〕《崑崙詩文合集》旁注：“好論頭。”

〔四〕狡　《崑崙詩文合集》作“猾”，《崑崙文選》作“滑”。

〔五〕深慮　《崑崙詩文合集》作“再三”，《崑崙文選》作“挾智”。

〔六〕峨峨淑德　《崑崙詩文合集》作“峩淑德”。

〔七〕昔人謂　《崑崙詩文合集》、《崑崙文選》無此三字。

〔八〕《崑崙文選》旁注：“更奇。”

〔九〕時時　《崑崙詩文合集》、《崑崙文選》作“往往”。

〔一〇〕氣剛不挫以死　《崑崙詩文合集》、《崑崙文選》作“明挺堅決，酬還死志”。

〔一一〕也　《崑崙詩文合集》、《崑崙文選》作“耶”。

〔一二〕《崑崙詩文合集》、《崑崙文選》旁注：“每有言外之意。”

〔一三〕《崑崙詩文合集》旁注：“以史母形出高氏。”

〔一四〕不以驚悸未定，次第出其兒，誠烈矣　《崑崙詩文合集》、《崑崙文選》作“全活幼子，義人節士有不如”。

〔一五〕鳴沙撲面，草聚髪間，椒嶺無人，風煙俱息　《崑崙詩文合集》、《崑崙文選》作“埃垢積首，草横髪間，連山夜寂，人煙四絶”。《崑崙文選》旁注：“驚心動魄，至文，至文！”

〔一六〕愛　《崑崙詩文合集》、《崑崙文選》作“嘉”。

〔一七〕《崑崙詩文合集》旁注：“寥寥數語，意思深長，使人尋味不盡。”

〔一八〕語曰“中道性成。”豈不信耶　《崑崙詩文合集》作“君子不同匪人，蓋即有以”，《崑崙文選》作“君子不同匪人，蓋良有以”。

《四氏贊》附跋〔一〕

韓子稱長袖善舞，多錢善賈。即三代來求傳人，亦往往或幸或不幸焉。今千金之家，身死求名，誌銘計不無即得者，有若奇夫義婦，斧鑕臨頭，白刃截頸，長林之墟，荒草無垠，聲煙響滅〔二〕，可勝道哉！予每念之，悲來填胸。時流賊之難，主辱雖殷，而臣武不力。吾友百一，搜揚女節，豈可謂非視此耶？昔歐陽公傳斷臂婦人，以愧其人。百一禮丘叙傳，則誠古君子之念歟〔三〕！

【評語】離奇錯落，極其變化，得龍門傳贊之髓。錢牧齋先生

數言耳，波瀾萬狀。余曾見《豫章傳》、平叔《陳烈婦傳》，極相似。陳其年

【校記】

〔一〕此文據《崑崙詩文合集》録。

〔二〕《崑崙詩文合集》旁注："今古恨事。"《崑崙文選》旁注："深相痛惜。"

〔三〕念 《崑崙文選》作"風"。

祭城隍文

問者以天地積陰，寒雪翻紛，將恐利於麰麥〔一〕，厥爲民害。智窮慮詘，畊耨懈怠，無以贍養孤弱，備粢盛明，其簠簋報塞乎神明。神明不享，重以凌澌結氣，上下皚皚咸一色〔二〕，崕沈谷没，弗克痛斷，惟予閔閔是懼，披竭至誠，以昭布乎元神。庶幾協氣横流，白日出位，晴和景明〔三〕，三光爲之肹蠁，不敢忘神之祀，承事有常。

【評語】古氣斑斕，絶非常調，高於韓、柳一等。讀此作，真如向桃源避秦人問漢魏以前，有非今世所知者，豈特淮鼎餘丹，頓使鷄犬脱却塵骨乎？宋射陵〔四〕

森然古崛，直是周以上，不論秦漢矣。龔黄召杜，愛民之意雖同，恐無此文采耳。程世英千一識

似謡，似庾語，似《易林》，似農家書。陳其年

【校記】

〔一〕利 《崑崙詩文合集》、《崑崙文選》作"不利"。此句《崑崙詩文合集》旁注："元老憂時之言。"《崑崙文選》旁注："奥衍瑰奇。"

〔二〕《崑崙詩文合集》旁注："簡奥古健鏡之文。"

〔三〕《崑崙詩文合集》旁注："字字西漢，真可俯睨晋魏。"

〔四〕宋射陵 《崑崙詩文合集》作"宋份臣"。

成甫吴公墓誌銘

康熙元載，壬寅初夏，友人進士吴君自銅鞮二千里外至[一]，相與握手道故。語未及終，輒凄愴泣下，乞爲厥祖銘其所以名久存者，曰："嗟！胡不悲？吾先祖懷奇任直，未得志於時，爲世聞人。今一旦考終於正寢，君與吾同里閈，交深，知吾祖甚悉，非君不能銘吾祖；吾祖非君之銘，不足以取信於人。"嗚呼！予别公未幾而銘公也，能不痛哉[二]？

公韓檜，字成甫，沁洲徐村人。年少讀書，務博通大義，肆志不詘於富貴，雖伏處巖穴布衣之士，然好施予。視里中喪祭婚娶[三]，富者以禮，窮乏以貸之。伯兄楝家貧，惟仰食於公，賴公以火，竟殯葬其死[四]。歲當大祲，翳棄道殣，公自縮八口[五]，出粟晡枵者，賑人之急如己身，豈復有所期要耶？公性自迭[六]，進士君已貴，不盛車騎，務導從。春秋佳日，即杖履召諸故老，安步阡陌之間，彈琴賦詩，調笑詼諧，每泥飲，至於忘歸。或進士君偶至[七]，諸故老欲引避，面作赤，俯首促促，公必令鈞席耦俱，竭其歡乃罷。志愈恭，氣愈下，未嘗一日而有自矜之色。

乃公處家庭，則待其子若孫，肅如朝典，故公有六子十一孫，皆早自豫教，經書傳記，率循理警説。其子若孫習爲文章者，悉有名於時。冢孫琠，己亥以弱冠舉高第，負氣節，富言辭[八]，必有光大先緒者，公既以忻忻於前，且復無所憾於後矣。公娶于郝某女，嘗逮事翁姑，能佐公以孝聞，以順治辛丑二月二日先公一年卒，距生明萬曆丁亥十二月二十六日，年七十有五。公生於萬曆戊子六月五日[九]，卒於康熙壬寅正月十八日，少室中一歲，而得年適同。子六人，同出。道黄，先公九年卒，娶某女[一〇]；道默，廪生，娶某女，爲進士君琠父；道馩，增廣生，娶某女，繼某女；道馥，早卒，娶某女[一一]；道著，廪生，娶某女；道凝，廪生，娶某女。孫男十一人，長即琠也，娶某女；琦，聘某女；璜，聘某女，道默出。瑛，娶某女，繼某女，道黄出。琬，娶某女；琰、珪，未聘，道著出。瑚，聘某女；璉、琮、璠，未聘，道凝出。孫女爲道黄出者三，一適諸生劉青藜，一適諸生霍文龍，俱先卒；一適襄垣諸生魏三卿。道默出者三，一適某，一適某，一未字。道馩出者三，一適某，二未字。道馥出者一，許某。道著出者一，未字。凡十一人。曾孫女一人，琠出，許某子。將以某歲某月某日葬公於某山之陽〔一二〕。琠時守選於家，暴跡以揚其祖，可謂知所本矣〔一四〕。予因系之銘曰：

奕奕吴氏，遥裔實繁。歷世滋大，恩紀華軒。所由勃興，孝義直方。既安其居，以篤不忘。厥胤維則，閨人匹休。秉德合度，乃貽孫謀。諸孫翼翼，方尊維長。率祖攸行，聲號直上。乞言納石，爰暴生平。無有議怨，允兹德程。演而肆之，永固不刊。後世迭興，幽宅其安。

【評語】節舉大概，而吴公品行宛然在目。陸士衡曰："銘貴博約而温潤。"此其是矣〔一四〕。王鶴山

爲生平故舊志墓，不妄許一字，酷似昌黎之銘東野。周兼三

每愛讀王介甫諸墓志銘，此八家中别調，亦千古來絶調也，正似先生此種文。陳其年

【校記】

〔一〕此句《崑崙文選》旁注："叙得真摯有致。"

〔二〕能　《崑崙詩文合集》、《崑崙文選》作"豈"。此句《崑崙文選》旁注："淡。"

〔三〕《崑崙文選》旁注："省。"

〔四〕《崑崙文選》旁注："省。"

〔五〕八　《崑崙文選》作"入"。

〔六〕迭　《崑崙詩文合集》、《崑崙文選》作"佚"。

〔七〕《崑崙文選》旁注："好摹寫。"

〔八〕富言辭　《崑崙詩文合集》、《崑崙文選》作"言語妙天下"。

〔九〕五　《崑崙詩文合集》、《崑崙文選》作“九”。

〔一〇〕女　《崑崙文選》作“氏”。

〔一一〕女　《崑崙文選》作“氏”。

〔一二〕葬　《崑崙詩文合集》、《崑崙文選》作“合葬”。

〔一三〕《崑崙文選》旁注：“老筆簡練。”

〔一四〕是矣　《崑崙詩文合集》作“近之”。

某公暨配烈婦某氏合葬墓誌銘

晋有君子曰某〔一〕，小學時，以伯兄爲師〔二〕。伯兄已貴，公方束髮〔三〕，從伯兄立，則端服整足〔四〕，伯兄命之坐，然後坐，俛首低肘，持恭敬自衛，年三十以爲常〔五〕。與人交，不臨高而爲高，故公始發爲文章，志静思深，務衷於道，識與不識聞其名者，皆曰：“君子，君子！”嗚呼！今世爲貴人子弟〔六〕，即不窮雕繪美綺騎引醇飯肥，亦以修藝自矜釜鼓易滿耳〔七〕，焉有盈而不溢者哉〔八〕？公雖席兄貴，家至貧，食虀委巷，治壁中一經，業甚精，嘗著《尚書解義》四卷。早年廪學宫，屢試輒屈諸生其下，諸生亦人人自廢。

崇禎十七年，流賊李自成寇晋，濫索金錢，公挾伯兄遠遁，賊追躡者幾百人，張軍破伍，從者星散，無不見賊惜勇〔九〕。公大語曰：“事莫傷於猶豫，灾莫重於狐疑〔一〇〕。今叢林在前，峻谷在後，短兵强弩，進退無據，惟有死鬬耳。”公善〔一一〕决拾〔一二〕，斃數人，乃引而去。於是畢入平河、隆德之墟〔一三〕，登山〔一四〕臨水〔一五〕，備經險阻，未嘗以時命自尤〔一六〕，意氣之不衰如此。賊鋒少劣，手捽賊渠而報之，棄其身，餧諸狗鼠猨狖，偉哉烈也！語曰：“通乎道者，不可驚以怪。”信然哉〔一七〕！

逾三載，某月日卒，年三十六〔一八〕。曾祖某官，大父某官。父某，初配某氏，早卒〔一九〕，繼配婦某氏〔二〇〕。伯兄隱居深山時，米鹽薪餐，往往告匱，霸陵醉尉，不無殊視，烈婦同爨〔二一〕，事兄嫂益謹，無有間言〔二二〕，聞公之喪，悲涕不能自止，曰："天乎！嫁其人而不從其死，背理害道篾倫，縱靦顔復比爲人，其何以自對乎？"趨至其門，從餘傍顧，見繐幃即哭，失聲以絶〔二三〕。既蘇，家人勸之百端〔二四〕，終不然否一語〔二五〕。後五日亭午，寒風裂飢〔二六〕，孤館虚明，烈婦憂來煎迫，以頭擊地者數，泣盡繼之以血，遂縊死〔二七〕，年二十有五〔二八〕。

噫！舍生於呑氣之人〔二九〕，決命於俄頃之際，眎從來冠帶之倫，矯語平時，自稱鴛鷺，當其變也，化筌變茅，是何不如不讀書之女子，從容就義，視死如歸哉！伯兄將以某日壂公於某山之側，而烈婦爲祔。伯兄屬予志，予曰：文繁云富，公執筆海涵地負，函然有干青雲之志〔三〇〕，可以達矣而不達〔三一〕。追躡崇宕時〔三二〕，決狐疑，定死生，自以爲長棄溝壑矣〔三三〕而不死。患難既平，僞賊授首，即茹薇被褐，以至胡耇可也〔三四〕，身殞名存，豈富貴可敵哉〔三五〕？烈婦守貞不蘸，髮露肝傷，形如腒臘〔三六〕，後期一死，亦婦之常，魂亡舟折，何其速也〔三七〕。火不焚影，一夫一婦，同歸泉路，聲施天壤。嗟呼悲哉〔三八〕！是爲銘，銘曰：

彼有君子之稱而死不奇，乃婦人從一以終而名不可移。嗚呼！此一朝之事而千古以爲悲，後之良史耶！其將採爲〔三九〕？

【評語】情惻音哀，摹寫曲盡。張爾公

先生此文前幅似《史記》，中幅似《後漢書》，而議論過之。周尚拜識

奇處似昌黎《樊宗師銘》。陳其年

【校記】

〔一〕《崑崙文選》旁注："起便峭岸。"

〔二〕以伯兄爲師　《崑崙詩文合集》、《崑崙文選》作"即師其伯兄"。

〔三〕方　《崑崙詩文合集》、《崑崙文選》作"才"。

〔四〕服　《崑崙詩文合集》、《崑崙文選》作"股"。

〔五〕持恭敬自衛，年三十以爲常　《崑崙詩文合集》、《崑崙文選》作"無箕倨偃仰之容，終三十年同一日，若尊尺璧。"

〔六〕貴　《崑崙詩文合集》、《崑崙文選》作“名”。此句《崑崙文選》旁注：“唱嘆處窮然蒼古。”

〔七〕自矜釜鼓易滿耳　《崑崙詩文合集》、《崑崙文選》作“自矜斯釜鼓之滿耳”。

〔八〕焉　《崑崙詩文合集》、《崑崙文選》作“烏”。

〔九〕無不　《崑崙詩文合集》、《崑崙文選》作“咸”。

〔一〇〕《崑崙文選》旁注：“何等機略，如見王鎮惡、蕭摩訶一流人。”

〔一一〕公善　《崑崙詩文合集》、《崑崙文選》作“公素善射”。

〔一二〕決拾　《崑崙詩文合集》、《崑崙文選》作“一人決拾”。

〔一三〕斃數人，乃引而去，於是畢入平河隆德之墟　《崑崙詩文合集》、《崑崙文選》作“而橫敵膽落矣，逮夜乃得從別徑遁去，於是徧歷平河、隆德之墟”。

〔一四〕登山　《崑崙詩文合集》、《崑崙文選》作“登山爲文”。

〔一五〕臨水　《崑崙詩文合集》、《崑崙文選》作“臨水叶韻”。

〔一六〕備經險阻，未嘗以時命自尤　《崑崙詩文合集》、《崑崙文選》作“備嘗艱阻”。

〔一七〕《崑崙文選》旁注：“何其崛奇。”

〔一八〕三十六　《崑崙文選》作“三十有六”。

〔一九〕卒　《崑崙文選》作“喪”。

〔二〇〕某氏　《崑崙詩文合集》、《崑崙文選》作“某氏者，某女也”。

〔二一〕同爨　《崑崙詩文合集》、《崑崙文選》無此二字。

〔二二〕益謹，無有間言　《崑崙詩文合集》、《崑崙文選》作“恭敬不替，同爨十餘年，莫有間言。”

〔二三〕悲涕不能自止，曰：‘天乎！嫁其人而不從其死，背理害道篾倫，縱靦顔復比爲人，其何以自對乎？’趨至其門，從餘傍顧，見繐幃即哭，失聲以絶　《崑崙詩文合集》、《崑崙文選》作“霣涕承睫，及至其門，前布懸紙，内列繐幃，烈婦撫棺，一痛而絶。”

〔二四〕勸之百端　《崑崙詩文合集》、《崑崙文選》作“百端勸之”。

〔二五〕終不然否一語　《崑崙詩文合集》、《崑崙文選》作“終不然否一語，其死志已立矣”。

〔二六〕寒風裂飢　《崑崙詩文合集》、《崑崙文選》無此四字。

〔二七〕烈婦憂來煎迫，以頭擊地者數，泣盡繼之以血，遂縊死　《崑崙詩文合集》、《崑崙文選》作“於羣坐中忽出，即其處覓之，已縊死”。

〔二八〕年　《崑崙詩文合集》、《崑崙文選》作“年僅”。

〔二九〕《崑崙文選》旁注：“勁語盤空。”

〔三〇〕函然　《崑崙詩文合集》、《崑崙文選》作“函函然”。

〔三一〕《崑崙文選》旁注：“一折。”

〔三二〕宕　《崑崙詩文合集》、《崑崙文選》作“岩”。

〔三三〕《崑崙文選》旁注：“二折。”

〔三四〕《崑崙文選》旁注：“三折。”

〔三五〕《崑崙文選》旁注：“四折。”

〔三六〕《崑崙文選》旁注：“五折。”

〔三七〕《崑崙文選》旁注：“六折。”

〔三八〕嗟呼悲哉　《崑崙詩文合集》、《崑崙文選》作“嗚呼痛哉”。此句《崑崙文選》旁注：“七折。”

〔三九〕彼有君子之稱而死不奇，乃婦人從一以終而名不可移，嗚呼！此一朝之事而千古以爲悲，後之良史耶！其將採焉。　《崑崙詩文合集》、《崑崙文選》作“德可仰，貴不奇。石可壞，名不移。賢人嗟，哲士萋。雲山恨，鸞鶴隨。一朝事，千古悲。彼良史，將採焉。”

代魏克正墓誌銘〔一〕

魏克正，世居武鄉，美鬚眉，俶儻負喜氣〔二〕，善爲人筴〔三〕，事無不中。嘗慕魯仲連之爲人，顧不欲鉤棘章句，務泛濫無所然否，而自孤其智能〔四〕，尤善規堰潴，束帛斛米，皆經區畫，雖處布衣冠，門外車馬聯延不絶〔五〕。與大司馬震彝魏公及予爲執友，予兩人凡有所興作，則必與克正謀。克正嘗爲予兩人新池隍，美橋梁，與粥結廟，偶一不繼，即倒彼橐中所有以期於成，而又能量其出入之數以相準，故事無不治。

甲申歲，流賊李自成犯予鄉〔六〕。予罹難後，環堵蕭然，克正出多金濟予。當是時，追念昔者緩急婚宦相扶持，承頤仰沫相晏樂，無不約同河山〔七〕，至此餽問皆絶。嘗嘆歌魚之士已散，克正攻獨引手任恤〔八〕，又戒莫屬人知，此豈操觚之士懷璧盜名者所可及哉？

南山僧脱凡幾百人〔九〕，克正指囷中粟數十石，供其盤飡。曾無留意，外節已衰而慷慨如昔，予於是悲其時雖邁而志彌迅也〔一〇〕。一日忽輟食，卧牀蓐間不起，湯熨鍼石酒醪無不到，俞跗治之亡効。予往問之，未嘗不灑然異容〔一一〕，雨涕泣下也。克正且屬余無忘墓文爲不朽〔一二〕，予固已心許之。

克正諱四端，生萬曆五年二月初四日，卒順治某年某月日。祖諱璉，貢士。父諱禮賢，妻李氏，李科女〔一三〕，能遵姆訓。克正婢妾甚多，而逮下無害色〔一四〕。弟三傑，姪足徵，皆茂才，應徵武生〔一五〕。側室三人，姚氏、張氏、武氏。子二人，長起徵，守備，早卒，娶郭申女，至今在，能却百鎰〔一六〕；次桂徵，娶生員李廷森女。孫男一人，上游，娶趙欽女。曾孫一人，曰靈鳳。銘曰：

急者濟之以其時，無者通之以其財。苟不知治生與擇人，亦安能施之以各當哉？嗟嗟魂兮，招之而孰知其來。〔一七〕

【評語】重在貸金一節，慨當以慷，淋灕滿志，如韓文公作《柳子厚志銘》，用以柳易播一事盡情絢染，振蕩文情，遂覺通篇豪邁，大家得意之作。張爾公

寫克正之爲人，皆在文游古處慷慨任俠上，極其盛衰之感，悲凉之態，使人讀之惻惻心動，真妙筆也。〔一八〕

太史公《伯夷列傳》、韓退之《柳子厚墓志銘》合爲一文，何其跳蕩乃爾？陳其年

【校記】

〔一〕代魏克正墓志銘　《崑崙詩文合集》、《崑崙文選》作“魏克正墓志銘”。

〔二〕喜氣　《崑崙詩文合集》、《崑崙文選》作“氣”。

〔三〕善　《崑崙詩文合集》、《崑崙文選》作“喜”。

〔四〕《崑崙文選》旁注：“鍊句刻苦，類曾南豐。”

〔五〕聯延　《崑崙詩文合集》、《崑崙文選》作“屬路”。

〔六〕犯　《崑崙詩文合集》、《崑崙文選》作“侵”。

〔七〕《崑崙文選》旁注：“叙事中夾議論，寫得煙雲歷落，勝讀昔人絶交書也。”

〔八〕攻　《崑崙詩文合集》、《崑崙文選》作“顧”。

〔九〕南山僧脱凡幾百人　《崑崙詩文合集》、《崑崙詩文選》作“上黨僧脱凡，居南山幾百餘人。”

〔一〇〕《崑崙文選》旁注：“嗚咽之語。”

〔一一〕嘗　《崑崙文選》作“常”。

〔一二〕余　《崑崙文選》作“予”。

〔一三〕李科女　《崑崙詩文合集》、《崑崙文選》作“李科女，媛號之誦”。

〔一四〕而逮下無害色　《崑崙詩文合集》、《崑崙文選》作“而逮下無害色，克正是以無小星之困”。

〔一五〕應徵武生　《崑崙詩文合集》、《崑崙文選》作“應徵武生，丙夜書聲助以熊丸，蓋善輔克正之志矣”。

〔一六〕能却百鎰　《崑崙詩文合集》作“能郤百鎰栢舟”，《崑崙文選》作“能卻百鎰誓栢舟”。

〔一七〕急者濟之以其時，無者通之以其財，苟不知治生與擇人，亦安能施之以各當哉？嗟嗟魂兮，招之而孰知其來　《崑崙詩文合集》、《崑崙文選》作“嗚呼克正，惟予之幹。曩友云亡，稽琴曰散。葬子佳城，夜臺漫漫”。

〔一八〕此評語未詳評者。

先王父資善大夫加工部尚書服俸管佐侍郎事程公行述〔一〕

上齒而至鮐背〔二〕，服官而至台司，天屬而至五世〔三〕，在古尠儷而况於今乎？不然〔四〕，或終老牖下，而易簀之時〔五〕不免攣縮呻吟，而後物故，亦生人之大齊也。王父有前三者〔六〕，而又從容以去。於戲！是所謂度行積思而幾於道者耶〔七〕？然功名雖已見於天下，迹其居平，實自爲誌，不欲以金玉易撰述，惟少即望孫康莊博一第，光大先緒。今即戹塞不得伸〔八〕，奈何令王父治行寂寞乎〔九〕？且孫莊毀而扶杖，不獲抽軒邈之辭，累二十日而僅得其一毛，又安能不令王父治行寂寞乎〔一〇〕？按程氏出自洛陽，遠祖諱敏，當高帝時負版武鄉，遂居信義，爲信義人。九傳而生通議大夫，諱繼孔府君，繼孔府君生通議大夫，諱視箴府君，王父考也，仁德隱約，皆得工部左侍郎如予王父官。

王父諱啓南，字開之，號鳳庵〔一一〕，博學工文辭，天拔自然。明萬曆庚子，蒸髦士獻書太原，學使者陳公所學，預使縣次給食，館王父三立書院，已徹棘。惟王父文通經書古義，擢領經元，與金臺趙維寰〔一二〕、武林葛寅亮〔一三〕聲稱振天下，語具從信録中。辛丑成進士，馮公琦發策所甄士，而本房吴公宗達、張公至發，先後登鼎鉉。王父與文公在兹，其文又冠絶時人。

壬寅，起家襄陽府司理，山南索慓悍〔一四〕，喜爭，小不戢輒爲大訌。王父繹於庶頑，不忍究法，所推鞫亦罔不直人意。郡有婢盜金走，而要殺於路者，搆求民間，見手帕灰，官以爲民間殺婢〔一五〕，罪抵死。理者十輩來，皆言民間殺婢，罪固當，王父蹶然起曰："叱嗟！安有灰而辨其爲首帕，亦安有首帕灰而辨其爲被傳之婢乎〔一六〕？"乃微使人緝諸路，得一人。王父指之曰："此殺人者。"追其金，金具在，衆亦不知其竟以何術得殺人者，民間之罪醳之，語具别集中。

直指使按部諸干禁黠吏奸民不公數十事，下司理，司理日拜謁罷㪉，當驗問，不得驗問。一日，皆捕繫至，王父適自烏臺出，吏料其不能即決〔一七〕，曰："捕繫者若何？"王父即肩輿上繫令背經緯之，深瑕淺釁，務盡其曲折，數十事人姓名，無一人忘失者。吕堰驛界，過客飛文負勢，不盡執票〔一八〕，驛常私具朱鬣，朱鬣更不給，王父使一指揮按驗之，得票使爲傳置〔一九〕，害馬遂息。

癸卯，分校楚材，得周子訓、傅子伊、李子世高、劉子寰、邢子懋勛、張子堯熙、彭子健侯。丙午，當滇比士，復聘王父，得莊子自正、雷子恒、張子法孔、周子良材、陳子爰諏、曹子宗載、吴子天民。諸門下生三以天曹掌選[二〇]，而法孔以貞素尤著名於世。王父凡七薦於西臺，治臣黄公，撫臣張公，上封事最其能。己酉，更推選吏部，會收税太監谿壑無厭，王父砥廉節，不能中其欲，未得請，山南人軫慨高風，事不就，立廟峴山上，與羊叔子同祀，可謂隆施支久已[二一]。

庚戌，吏部尚書孫丕陽請擢賢能深俸官員，擢王父兵部武選司主事。王父疏陳三可慮，其略曰："臣聞勾踐謀國，避及怒蛙。秦穆投醪，虎臣奮命[二二]。故將有死之心，士卒無生之氣，而兵不雄於天下者，自古及今未之嘗有。今京操之法，廝役豢養皆廝其中，按籍而呼，則竪髮語難，徵發甫罷，則連幕幾空，一可慮也；驍騎龍驤，非中官子弟，則臺省之私人，是以爪牙爲紈袴之地，而威稜無以憺於方國，二可慮也；輕軀傾命之人，飛將不侯，捆載既入，則補官除罪，計無不遂，此天下智桀之士所爲寒心[二三]，而國家異時必有難俛之禍，三可慮也。伏祈清冒濫，屏私人，簡將帥，則臣幸甚，天下幸甚！"書既奏[二四]，上大悦。癸丑，加陞郎中，管理清黄[二五]，凡世爵武衛應具官即日得官，不應具官終難啖[二六]以利，大臣居其間，亦不得招權攬金錢。

王父修貌，身不勝衣，冲夷奮爲仁勇，重爲輔臣葉公向高、李公廷機、樞臣王公象乾所引重。往例清黄事竣，增秩至大恭，王父力辭不受，言："臣爲天下除倖竇[二七]，臣不亦當以躐級呈身[二八]。"神廟廉其素狷好，遷山東濟南道副使。歲苦蚆蝛齊集，爭豕牢而咽糠覈者數十萬家，煮革木實不得即絶粒閉目死。王父親即其處繪之，使吏抱圖上書，乞不賦山澤，許得支官舍之儲蓄賙委隷首，又與隷首分食飲，時拊循其跛且弱者，俾魚貫會食，食畢然後罷歸舍。於是齊人皆自以爲程公能活我[二九]，所活當以數十萬計。青、齊之壤界有神通寺，諸盜依險阻旁叢，引强持滿，要攫赤仄，過者鮮得脱於虎口[三〇]。王父擇刺操者百五十名[三一]，立神通營，披甲楯，就加芟薙，諸盜咸曰："須謹避此刺操。"亡匿山中〔三二〕，盜悉平。

戊午，陞布政司右參政。其明年，例入覲，衣被醜敝，希簡交接，雖覆州縣殿最，絶不許彙録文書〔三三〕，假盤餐以通賂賄〔三四〕。及長安還日，發篋中，並無尺繒〔三五〕，詔賜金雜帛，有云："二東民力，焚竭少寬，遼海軍儲，灌輸長利，可謂積勩於齊魯間矣。"庚申，遷按察司〔三六〕。天啓壬戌，舉天下清操卓異，王父爲第一。會上命吏部都察院吏科都給事中河南道引奏〔三七〕，賜宴賚帛，仍紀録，即與不次擢用，語具《十六朝廣彙》中。尋遷右布政；頃之，又遷左布政。廉平能約束法令，令於國中曰〔三八〕：貪惏之倚法者，以其重兑故也〔三九〕，今與有司約，凡解户至，使人自爲兑〔四〇〕，不得令左右把撮。苟非庫貯即急倉口以藉手於人〔四一〕，解户可即日歸至京邊錢糧，吾有以熟慮之也。解户亦自兑畢，率百兩爲錠，取其一〔四二〕，榜曰樣銀。吾先寄而入之主者，俟解户至〔四三〕，視輕重銖兩罔差，趣驗收〔四四〕，是吾令行於國中而交聞於主者也〔四五〕。此便在齊無抗弊，固甚善。久之而民益利，解户多奇羡，恐中乾，密注其數，移有司。有猾吏侵牟〔四六〕，不自慮知覺，乃有司已得文，取吏掠笞數十，吏恐，以頭觸地請死。自是不敢相緣引爲姦，而民省漏卮矣。

東疆弗靖，曾重加齊人税，以給客兵。事已，客兵去，歲溢銀三十六萬兩，前兩臺居藩者，以爲役財供奔走，得自取之。會鄒滕之間，白蓮妖人徐鴻儒，集群不逞，至數十萬人，奮棘矜而下者十餘城，勢至燎原。齊兵益驕横，獰惡陶掠，藉口需糧饟，已而掠盡，又颺去。王父曰："是三十六萬兩可用也。"兩臺心難之而口不忍發，又知王父清執不可回，乃命歷城令吴公阿衡招納白梃十萬，椎牛釀酒，捐角徒裼以趨敵〔四七〕，不用國家半銖之費，以天之道家自爲鬭之心，逆憝叛黨如縛豕而置之京師〔四八〕，計上首功。既有旨〔四九〕，勞王父以節鉞。癸亥，陞太常寺正卿。澤流在民，民思之不能已[五〇]，又皆千里負擔駢沓不絶，至合符之頃，猶肅祇願我公留。踰時得蜚輓，恐代者爲政即黷貨故也，爲廟春秋奉祀，如在山南時。

王父所在有冰蘗聲，乘折轅至都，賣田自給，考正舊儀。時逆黨魏忠賢銜憲蔽明，無所還忌，王父與東林諸君子竊懷憤。乙丑，乞賜骸骨，疏曰：“自古治亂榮辱之端[五一]，在所信任。蘇子曰：‘冰炭同處，必至交爭。薰蕕共器，久當遺臭。’言君子小人不同位也。今魏忠賢威移主上，蟠連禁闥，倪文焕、崔呈秀等扇黨與，摇唇膏吻而横於世。指夷光爲嫫母，借鈎鉅作刑書，如鄒元標、孫居相、葉向高、李邦華、張光前等，咸削籍排擯，不容於位，萬璟、楊璉坐掠重身死，魏大中、左光斗、趙南星又禁錮桎梏，坐法柱造贜款[五二]，以王振、劉瑾之勢加之郅都之手，不六翮盡空不止[五三]。彼魏良弼、魏良才等，方且坦腹加官，意廣心軼，危毒海内，語曰：‘民志不入，獄囚自出’，况齊州荒旱，彭城水絶[五四]，江南地震，關中豕妖，反天不祥，於斯見之矣[五五]。乃尚有進玉璽，賦凰儀者，以便偏指，非臣所望也。臣愚以爲，衆正立即朝之禎祥，羣枉至即國之妖孽，今即使朱草日生於廷[五六]，麒麟在囿，臣猶以爲無因而至，而敢爲回面污行不思變轍者乎？臣愚，非徒抱寂寥之志[五七]，有不求聞達之誕也[五八]，臣實不欲同罷驢爲羣，與汨俱没。臣知此言出，必與忠賢有郄，將枉王度剸刃臣，然臣奮然有不顧死亡之心[五九]，願盡拳拳，伏乞陛下信忠賢等秏亂國柄[六〇]，罪應死，早加元標等於近膝之上，厲賢予禄，臣即受敗害，固所不辭。臣聞‘忠無不報，信不見疑’，慮陛下即過意[六一]，以擢臣閭伍之中[六二]，稍勿程督，當放臣還山中[六三]。幸陛下裁察，無使臣困頓長安，終無所益。”

疏上，忤忠賢意，即日斥退。當是時，天下方爲魏忠賢建生祠，樓閣相望，使者糜郡國，倉廥不贍[六四]，又從豪貴人相貫貸，豪貴人心甚喜[六五]，願助郡國，皆大費，使者或踣財紀姓名以爲禍福。王父滋不平〔六六〕，爲文譏貰貸者。

居四歲，懷宗立，事覺姦露，急收殛魏黨，并疏倪文煥等注爲逆案，使後世知狠如梟貪如狼〔六七〕爲臣不忠者悉屏戮之，而邦華等俯臨盤石，詔悉起田間，以禮折節之。己巳，起陞王父通政司通政使，謂王父敢言不附權黨，蔭一子入監讀書。世所推賢大臣，山右有曹公于汴、韓公爌、孫公居相、魏公雲中、王公之寀、魏公光緒，並王父爲七人，吾邑武鄉居其三。

庚午，數折於外，武器皆敝損〔六八〕，聖意以起部冗闒，故大司空缺重其人。廷議咸奉王父。王父素遵軌躅，不欲暴貴炫耀，但受工部左侍郎。居半歲餘，大司空終亦不補，王父身兼任之，爲作鎧胄袖、皮兜鍪、步盾、火禽、燧象。及聖意自度已具足〔六九〕，然後聽人補。時聽陵數歲勞苦不成〔七〇〕，木商磚賈言楠杉在崇崗絶箐之地，圍丈者難覓，磚自臨清舟航相接，暨悉詣陵所〔七一〕，必一錢專直一金，徒恃口舌，撓工期，或貨入者延遷待，他官〔七二〕以是頗爲常。王父呼商賈讓之曰：“國家待若等獨羸，若數言磚木乏絶，今山不加童，窯不加寡，而工累歲懸若手，與若期，五月不至，則若之命懸於金科之下矣。”商賈皆徒跣謝，務奉法順流，陵寢竟告成。於是上以爲能，加大司空服俸，領官如故，又詔賜黄金十觔〔七三〕，表裏二十端，例蔭一子，固讓不受，而寺人之徒噏噏復用事矣〔七四〕，屬户、工二部以太監張彝憲視事。尚書座引而西，彝憲引而東，諸司既見尚書，彝憲居正堂舍，不得不揖。彝憲出入，儀衛甚都，右侍郎某氣折，每出，孅趨而送之盡恭〔七五〕。王父曰：“古者大揖空〔七六〕，金印紫綬，禄比丞相〔七七〕，而彝憲擾之姦人〔七八〕，吾安所能共事也？邇孫、曹諸公，相繼已去位，吾寧澳涊戀職，豈腐鼠可嚇耶？”連章求退〔七九〕。值都御史缺人，吏部以王父名進，彝憲嗾科臣某〔八〇〕疏，論王父年七十且老，當致政，然王父素清慎，亦不能他所唊説〔八一〕。王父杜門不治事，陳乞歸里，凡十一疏，其略曰：“當逆黨肆虐之時，臣瀕死者已數矣〔八二〕。陛下不以臣不肖，拔臣内史，晋臣司城，臣即碌碌未有報効。然考高祖止給内侍灑掃之役[八三]，故趙同恭乘，袁盎寒心，乃陛下無人[八四]，獨用彝憲監事。臣恐忠賢雖誅，而忠賢之類尚冀死灰復然[八五]，不止羞朝廷，而辱當世之士也[八六]，臣不敢自言愛鼎，臣聞積羽沉舟，群輕折軸。今科臣某[八七]，小人之尤，孽芽其間，排抵臣年老，不足任事。臣慮一日不去，必加詬姍。况臣雅游已盡，彝憲定用急臣[八八]。臣生平爲氣每欲獨完，豈可使見放餘生復就湯鑊?”疏再入[八九]，得旨：“工務殷繁，正資坐理[九〇]。覽奏，情辭懇切，準暫馳驛歸里，病痊即行起用。”

王父雖身不可見[九一]，每邑中灾疲有大徭役，使使與兩臺陳乞，如邑志所載[九二]，原糧一石[九三]，全徵銀八錢三分一厘，今如王父議[九四]，以瘠疲例，止徵五錢一分五厘，其章章較著者已[九五]。冬十二月，流賊貫弓之卒百萬，一日夜馳二百里，以兵襲城西隅，有驕色，計在必得。王父曰：“我分守此，諸君勿亂，守部譁，則心不固矣[九六]。城中火起亦不救，下自有救之者[九七]。”賊見城上黄蓋起，悉引兵前，王父闞其來處，連發數十砲。賊卒死數千人，皆慴服[九八]，莫敢支吾，急引去。繼輸粟修睥睨表城炮臺敵樓[九九]，遺書督臣張公宗衡、郡守焦公裕，致大砲二十位，城圮，又分部築之，至今城西南臨河如卻月形者是也[一〇〇]。沁州浮糧忽累三千餘金，民繇是重困敝[一〇一]，上急徵如渴思飲，狡吏怙勢，持符牒者若摯鳥之酷[一〇二]，於是州牧張公三傑，綜覈其數，請王父與藩君力爭之，得免。

甲申，流賊李自成竊起，據九鼎，使懷宗不終其紀[一〇三]，王父膠致縲紲，以孫莊輩夾獲得不死。已而李自成使賊黨身勸爲之駕，王父叱之曰：“在魏黨用事時，吾鎩羽不仕，賊揣我何心?豈以吾爲懼死哉[一〇四]?”賊黨義之，置不問。王父久城居，至是復還信義。信義劇傍更立一寨，名雙修，中結草亭籬箄。冬則營窟其間，僂而進，無遺欲矣。所著書有《易經宗聖録》、《集賢録》、

《易時草》、《陰符經解》、《醫學撮要七類》、《也足園文藁》，卷帙浩繁，無餘資不能盡顯於世〔一〇五〕。王父寬然長者，所過循理譬說，爲人師表，紀綱弦歌之聲不絶，諸儒始得修其經藝，若魏子枚野、左子寅三、李子勝其、安子振生、家猶子衍洙，咸薦賢書，諸孫附鳳成進士。兵燹之後，狐兔游於堂除，諸博士撞鐘待問，靡然鄉風矣。或族中人，理生不得其意，爲給荆筆殘行，子性皆滿意去〔一〇六〕，讀書益不輟。推此之志意，於未婚者侄彝績、奏績〔一〇七〕，曾孫一中輩，悉爲委禽，亦不責其報。信義故先世兵大起，南城缺門，爲作開閤，左偏水所崇期也。堆石布其渠，表其外廊〔一〇八〕，宜文昌，又立一閣。故城之水，折入五雉，與柱礎平，將壞其里舍，别往受之，則費民田，民不便。王父計畝賞所值而自供其税糧〔一〇九〕。俗曰〔一一〇〕：“捨溝不忘本也。”自此之旁，權店有盗孫憲，侵奪數起，骴骼不絶於路。王父獨上書熹廟〔一一一〕，以一守備治次舍，距兵三百，至今不能廢。

王父雖歷朝甚久，家無長物，常所奉飯而食者以十數。少時所受餼一日盡，不盡不歸，邑侯黄公憐之，從所居市膏腴，曰：“無愁勞鉛槧也。”王父詳許受，以資弟哲南輩，故王父少時，不會計利事，窘益甚。惟從叔希灝慮其窘，赤仄半自出，王父自受勑歸，分己財爲置松柏廬舍祠堂，田亦如之〔一一二〕。厥後吾邑先用事大臣雖睨成〔一一三〕，然早即世，惟王父獨存，邑中質平補弊，盡王父所獨裁。

一日，王父即自爲誌〔一一四〕，其言曰：“昔宋景文公作治戒，訓其子以儉葬，皇甫謐、周盤之徒，咸有達觀，不欲務崇侈，予因自爲誌，不令我死買文章求諛，非我志。”其言頗涉怪者而已，不及生平政績：

予生以壬戌〔一一五〕，月辛亥，日如其年，時如其月。予年十七，百日習一經。曾納凉慈雲寺，假寐，蠅醜扇觸予面，侍者爲拂予面上〔一一六〕。劉子傑〔一一七〕見而異之，予笑而不答。予喪父，喪母，喪王父，薦遭閔凶，九年不得就試。俗送形之日，則捽盆，陰陽家治桃茢，急驅遣，予亟止之曰：“人受生於父母乎？受生於桃茢乎[一一八]？受生於父母，父母必愛子，子必願見父母，遣之何爲？予尚恐不得見父母，子勿遣，傷我心。”

予與弟如玉，夜行大澤中，迷路，視草間有光，頃之，光觸天，有偉丈夫長十丈餘，語予：“此神光也。”予去之，耻與魍魎分榮，光亦忽不見。庚子家約，非予妻高淑人躬簸揚[一一九]，則五種不得精鑿。時斛粟方致七㪷米，箕中水暴發[一二〇]，既長踰丈，而捷書即至。越歲，偕計吏北上，止延壽寺。丙夜獨就舍，比丘心慮予思茗，擎一器往，則儼然白叟也[一二一]，假寐朱几上[一二二]。比丘恐驚叟醒[一二三]，輒騰趠，厥明，復見予，不知叟所處[一二四]。以事變恒常，謂余上第春官故耳[一二五]。予李南郡，郡中人失火，燒萬餘家，惟徙家室，訾不暇舉，自太守郡丞以下迹至皆使人救火，火愈不得息。予聞往，向火指晝，令其返[一二六]，火即返，所燒空隙處，移時亦無火。南漳縣井甃不成，諸囚瘴暑陽驕蹇，輒欲死，予視其地穿之，未三尺，得古井[一二七]，短綆可汲。自戎曹遷二東憲副，抵里門，謁崔府君廟。往時監司至者，黄冠發鯨魚三，千石之鐘如其數，鏗然響殿上。予爲人除拘忌，與伯兄秀峰輒安步以往，甫叩頭，黄冠闃然不至，而洪鈞亦自響者三。秀蜂兄在旋蟲下驚曰：“雷師乎！”爲右轄，詣岱宗靈巖寺，僧俸懸黎之磬，擊軒訇之鼓，勝幡十，簧三枚，迎予山旁口。入其寺，飲予萱帶，作委綖餅，菰梁珍異駢羅，皆不假咄嗟而辦，予頗怪其夙具爲用，詰所自，僧言數在寐中師命之[一二八]：“程公定宜此時來。”問師何人，則六十一年前五臺順寂僧也[一二九]。由是在奉常，觸姦不死，在冬官，以尚書服俸領左丞，三代同爵[一三〇]，蔭及妻子，此亦布衣爲人臣之極也。我即終，慎勿請謚世官祭葬，留應得之物[一三一]以還朝廷；毋聽入鄉賢，留非分之榮以予孔廟。吾殁後，峴山渤海之間，魂魄常依於此，比於桐鄉焉足矣。葬埋之法，棺以周身，栢三寸，槨以周棺，松二寸，靈輌前具銘旌一[一三二]，書予官爵，具帆十，書薤露其上，翣靈從宏父本等，止十六人，不須多，亦不足用縠練，毋用熊羆四目[一三三]，使桑門誦經，毋使俳優揚清哇如俗。暖伴衣衾，足覆惡器，以瓦營兆止，勿犯五終，吾欲露形脱囊而下，度汝等理難，爲吾子孫，萬勿務華求觀美，不聽改之，改之是以吾爲真死[一三四]也，汝豈忍以吾爲真死哉[一三五]！爲吾誌日，行年八十二，爲崇禎十六年癸未。吾日砥墨，反復作細書，不曳杖，如三四十歲人。眼前即五世子又孫[一三六]，孫又作人父，男女幾四十人。兵亂以來，散處方隅，予多不能識，即識，識其稍長者[一三七]。”

爲誌後，又七年所，王父足迹不入城市，超然榮辱之外。庚寅十月朔八日，忽治具觴族人，列子孫其下曰：“京生云：‘孰易如葦，孰化如燬’，謂人生至促也。吾生平不用醫藥，對汝曹，顧無甚憐之色[一三八]。”語涉恢奇，復就楸局，屢勝，精彩倍張王，雖頗怪其語不祥，以張王故，不慮其它，獨時時見空中肅手，鍵户寂無人，遥作語，已而大笑。家人亦有竊眡其青衣角巾，立西南隅者，蒸汗即如雨，不敢復近前。是日日中歸舍，無疾而薨，私悲公悼，不下億萬人。

嗚呼！痛哉！王父生嘉靖四十一年壬戌十月十一日亥時，至順治七年庚寅十月初八日午時[一三九]，享年垂三月不至九十。元配王母高氏，封孺人，累贈淑人，沁州生員高公文斗女也，性不喜飾文綺，自飯嘗草蔬，然事耄姑極滋味醇醲，脱簪珥以供客，費恒不乏，勞苦而中捐，生嘉靖四十三年甲子八月十六日戌時，卒萬曆三十四年丙午六月二十八日亥時。繼配王母張氏，累封淑人，沁州儒官張公信女也，讀書識大義，數勸王父罷官休舍，當白蓮揭竿時，抱印立井上，脱有禍，亟從井以爲潔泉矣，生萬曆十七年己丑七月初九日午時，卒崇禎四年辛未閏十一月二十五日寅時。子男六人，長即先府君，諱嘉績，懷宗御極，歷刑部雲南清吏司郎中，盡心期無刑，懷宗褒其“惟良折獄”〔一四〇〕，詳具縣志、國史中，不具載。初娶李母，贈宜人，鞏昌府經歷李公佳女；繼即先慈魏宜人，儒官魏公爍女，爲兵部尚書魏公雲中女弟；繼趙母，封宜人，儒官趙公良珍女，俱先卒。次諱偉績，以增廣生掄入太學，萬曆癸丑報訃，晋諸王邸中，娶户部江西司主事魏公之幹女，爲行唐知縣魏公國模女孫；次史公遵女。次諱奇績，幼拾芹頖，修文地下亦最早。俱先王母高淑人所出。次諱蘭績，增廣生，娶沁州生員楊公起龍女，繼楊公起鵬女。次諱臯績，舉人〔一四一〕，娶榆社贈中書舍人李公可緒女，爲宛平縣君李公錦製女孫。次諱廼績，廪生，娶沁州儒官李公應試女。女子二人，長適府谷知縣魏公鰲子增生魏繩緒，爲湖廣巡撫魏公光緒弟；次適沁州貢生霍公守身子生員霍人龍，爲沅州府同知霍公梓孫。俱系王母張淑人所出。孫男八人，長即康莊，安慶府同知〔一四二〕，娶沁州增生劉公光彦女，爲黄崗知縣劉公夢周女孫。次康年，縣丞〔一四三〕，娶太康知縣魏公令望女。刑部先府君出。次康世，生員，娶沁州癸酉舉人劉公光蔚女，爲徐州同知劉公夢弼女孫；繼省祭李時化女，繼魏永康女。次康祉〔一四四〕，增廣生，娶生員魏啓中女。偉績出。康舄，生員，娶江寧知縣杜君來鳳女〔一四五〕。蘭績出。康濟，臯績出。康功、康侯，廼績出。俱未聘。孫女四人，偉績出者一，適大司馬魏公震彝子生員魏世泰，早卒。蘭績出者一，早殤。臯績出者一，廼績出者一。俱未字。曾孫五人，長正，縣丞〔一四六〕，娶廪生魏閆大女；次驤，舉人〔一四七〕，娶魏運興女，即莊所出；次爲則，舉人〔一四八〕，娶生員李光春女，康年出。次彖，康祉出，未聘。曾孫女七人，莊出者三，長適生員張育葵子張際泰，餘未字。康年出者一，適昌邑知縣魏蓮岳子生員魏編。康祉出者一，俱未字。玄孫二，其益，聘魏編女；其觀，未聘，正出。外孫男一駷，外孫女二，俱幼，繩緒出，將以辛卯二月十八日營葬王父舊阡，起兩王母祔焉。

嗟呼！王父清風高節布天下，遐邇餔歠而啜惠者，至厚贍也，今炳一晦千，治行寞〔一四九〕，然人所習聞見者，又不敢不稍加論次，俾太常議謚，史館編載，有所得稽考，而冀立言君子銘之，世有同目，必有同心〔一五〇〕以憐其泣血者矣。

【評語】力大思精，氣長法整，真宏文也。有條有理，有經有緯，固是料好，然織作染色之功難矣，絶大文字。勁以誌爲結，法力大，近代未有也。〔一百五十一〕

筆勢如生龍活虎，無處不變動，無字不奇古，能使大司空公呼之欲出，是行述中從來第一篇文字，韓、柳、歐、蘇集中皆無，皆不能及。錢牧齋先生

似柳柳州《府君神道表》、曾南豐《先大夫集序》，叙裁歷然，兼寓愴惻，文生於情，類如此。張爾公

合龍門《平準》、《封禪》、扶風《食貨》、《地理》、昌黎《平淮西》、《南海廟碑》、廬陵《隴岡阡表》而爲一文。天雨粟，鬼夜哭矣，虞山錢牧齋先生云此是"行述中從來第一篇文字，韓、柳、歐、蘇皆無，皆不能及"，知言哉！陳其年

【校記】

〔一〕先王父資善大夫加工部尚書服俸管佐侍郎事程公行述　《崑崙詩文合集》、《崑崙文選》作"先王父資善大夫加尚書服俸管工部左侍郎事程公行述"。

〔二〕《崑崙文選》旁注："起勢嶙峋。"

〔三〕《崑崙詩文合集》旁注："起勢嶙峋，包含一篇大意，逼似歐陽永叔之文。"

〔四〕不然　《崑崙詩文合集》、《崑崙文選》作"即不然"。

〔五〕簣　原作"簀"，據《崑崙詩文合集》、《崑崙文選》改。

〔六〕王父　《崑崙文選》作"我王父"。

〔七〕《崑崙文選》旁注："堅古。"

〔八〕得　《崑崙文選》作"能"。

〔九〕王父　《崑崙詩文合集》、《崑崙文選》作"我王父"。《崑崙詩文合集》旁注："如此冒起，有異色，有古質，奇甚，奇甚！"

〔一〇〕王父　《崑崙詩文合集》作"我王父"。

〔一一〕號　《崑崙文選》作"别號"。

〔一二〕與金臺趙維寰　《崑崙詩文合集》、《崑崙文選》作"頡頏金臺趙惟

寰”。

〔一三〕武林葛寅亮　《崑崙詩文合集》、《崑崙文選》作“金陵李胤昌、武林葛寅亮”。

〔一四〕索　《崑崙文選》作“素”。此句《崑崙詩文合集》、《崑崙文選》旁注：“突入，好。”

〔一五〕《崑崙詩文合集》、《崑崙文選》旁注：“叙次逼古。”

〔一六〕《崑崙文選》旁注：“叱嗟二字，如解光奏趙昭儀一書中間有云瞠也。”

〔一七〕《崑崙文選》旁注：“叙次皆酷似正史。”

〔一八〕票　《崑崙詩文合集》、《崑崙文選》作“官票”。

〔一九〕使　《崑崙詩文合集》、《崑崙文選》作“始”。

〔二〇〕《崑崙詩文合集》旁注：“得士。”

〔二一〕《崑崙文選》旁注：“奇人奇事。小結。”

〔二二〕《崑崙詩文合集》旁注：“諸疏皆淵古有氣岸，可遴入名臣奏議。”《崑崙文選》旁注：“諸文皆漢疏。”《崑崙文選》又有眉批注：“越王伐吴，欲人輕生，見怒蛙而式之，左右曰：‘奚敬於此?’越王曰：‘以具有氣也。’古樂府‘以醪投漆中，誰能別離此。’”

〔二三〕《崑崙詩文合集》旁注：“古筆。”

〔二四〕書既奏　《崑崙詩文合集》、《崑崙文選》作“書奏”。

〔二五〕《崑崙文選》眉批注：“青黄，疑是青黄四時樂也。”

〔二六〕《崑崙文選》眉批注：“此處俱從《漢書》“食貨”“地理”志來。”

〔二七〕《崑崙詩文合集》旁注：“名言。”

〔二八〕不亦　《崑崙詩文合集》、《崑崙文選》作“亦不”。此句《崑崙文選》旁注：“寫直臣有聲有色。”

〔二九〕於是　《崑崙文選》作“於是乎”。

〔三〇〕《崑崙文選》眉批注：“赤仄，即錢也，漢武鑄赤仄以一當五，蓋以赤銅爲郭也。”

〔三一〕《崑崙詩文合集》、《崑崙文選》旁注：“弭盗。”

〔三二〕《崑崙詩文合集》旁注：“古筆。”

〔三三〕彙録　《崑崙詩文合集》、《崑崙文選》作“寅緣”。

〔三四〕賂賄　《崑崙詩文合集》、《崑崙文選》作“賄賂”。

〔三五〕《崑崙詩文合集》旁注：“廉介。”

〔三六〕遷　《崑崙詩文合集》、《崑崙文選》作“加陞”。

〔三七〕會上命　《崑崙詩文合集》、《崑崙文選》作“上命”。

〔三八〕令於　《崑崙文選》作“於”。

〔三九〕《崑崙詩文合集》旁注：“實政令美文辭，從漢詔變來。”

〔四〇〕凡解户至，使人自爲兑　《崑崙詩文合集》、《崑崙文選》作“凡解户到即自兑。”此句《崑崙文選》旁注：“興利。”

〔四一〕庫貯即急　《崑崙詩文合集》、《崑崙文選》作“貯庫便兑”。

〔四二〕取其一　《崑崙詩文合集》、《崑崙文選》作“任取一錠”。

〔四三〕至　《崑崙詩文合集》、《崑崙文選》作“到”。

〔四四〕趨　《崑崙詩文合集》、《崑崙文選》作“即許”。

〔四五〕《崑崙詩文合集》旁注：“古筆。”

〔四六〕《崑崙詩文合集》、《崑崙文選》旁注：“假懷中得，極爲排宕。”

〔四七〕《崑崙文選》眉批注：“《張儀傳》‘秦人捐甲徒裼以趨敵’，猶言袒裼也。”

〔四八〕《崑崙文選》旁注：“戢亂。”

〔四九〕既有旨　《崑崙詩文合集》、《崑崙文選》作“有旨”。

〔五〇〕澤流在民，民思之不能已　《崑崙詩文合集》、《崑崙文選》作“民思戀不。”

〔五一〕《崑崙詩文合集》旁注：“劾逆黨。”

〔五二〕柱　《崑崙詩文合集》、《崑崙文選》作“枉”。

〔五三〕《崑崙詩文合集》旁注：“簡言危切。”

〔五四〕絶　《崑崙詩文合集》、《崑崙文選》作“决”。

〔五五〕《崑崙文選》旁注：“極似劉向、李尋語。”

〔五六〕廷　《崑崙詩文合集》、《崑崙文選》作“庭”。

〔五七〕《崑崙詩文合集》旁注：“古筆。”

〔五八〕《崑崙文選》旁注：“此疏即漢文所少，必傳無疑。”

〔五九〕《崑崙詩文合集》、《崑崙文選》作“出萬死不顧一生之計”。

〔六〇〕伏乞　《崑崙詩文合集》、《崑崙文選》作“乞”。

〔六一〕慮陛下　《崑崙文選》作“陛下”。

〔六二〕《崑崙文選》旁注：“直而辭戇。”

〔六三〕山中　《崑崙文選》作“山”。

〔六四〕《崑崙文選》旁注：“廥音膾，芻囊之倉。”

〔六五〕《崑崙文選》旁注：“無一筆不史遷，大奇。”

〔六六〕滋　《崑崙文選》作“兹”。

〔六七〕後世　《崑崙詩文合集》、《崑崙文選》作“千秋萬載後”。此句《崑崙詩文合集》旁注：“古筆。”《崑崙文選》旁注：“又夾雜論出。”

〔六八〕皆敝損　《崑崙詩文合集》、《崑崙文選》作“敝損”。

〔六九〕及聖意　《崑崙文選》作“聖意”。此句《崑崙文選》眉批注：“《周禮》：火弊獻禽以祭社。《左傳》：巨人尹固與王同舟，王使執燧篆以奔吴師。注：燒火燧繫象尾使赴吴師驚卻之。”

〔七〇〕時聽　《崑崙詩文合集》、《崑崙文選》作“德”。此句《崑崙詩文合集》旁注：“築山陵。”

〔七一〕曁悉　《崑崙詩文合集》、《崑崙文選》作“悉”。

〔七二〕《崑崙詩文合集》旁注：“古筆。”

〔七三〕又詔　《崑崙文選》作“詔”。

〔七四〕《崑崙詩文合集》旁注：“照應。”此句《崑崙文選》旁注：“連綿山嶺，若斷若續。”

〔七五〕《崑崙文選》旁注：“文筆如畫。”眉批注：“孅音纖，纖，趨足供也。”

〔七六〕揖　《崑崙詩文合集》、《崑崙文選》作“司”。

〔七七〕《崑崙文選》旁注：“淡文。”

〔七八〕《崑崙詩文合集》旁注：“古筆。”

〔七九〕《崑崙詩文合集》旁注：“引退。”

〔八〇〕科臣某　《崑崙詩文合集》、《崑崙文選》作“黨人阮震亨”。

〔八一〕所　《崑崙詩文合集》、《崑崙文選》作“有所”。

〔八二〕臣瀕死者已數矣　《崑崙詩文合集》、《崑崙文選》作“臣頻死者數矣”。

〔八三〕祖　《崑崙詩文合集》、《崑崙文選》作“帝”。

〔八四〕乃陛下　《崑崙文選》作“陛下”。《崑崙文選》眉批注：“趙同，幸臣也，事出《史記》。”

〔八五〕《崑崙詩文合集》旁注：“防危。”《崑崙文選》旁注：“安得聞此忠言。”

〔八六〕朝廷　《崑崙文選》作“明朝廷”。

〔八七〕某　《崑崙詩文合集》、《崑崙文選》作“阮某等”。

〔八八〕《崑崙詩文合集》旁注：“古筆。”

〔八九〕再入　《崑崙詩文合集》、《崑崙文選》作“入”。

〔九〇〕正資　《崑崙文選》作“資卿”。

〔九一〕《崑崙文選》旁注：“以下叙家居事。”

〔九二〕如邑志所載　《崑崙詩文合集》、《崑崙文選》作“如邑志所載減徵糧一揭”。

〔九三〕原糧一石　《崑崙詩文合集》、《崑崙文選》作“每原糧一石”。

〔九四〕今如王父議　《崑崙詩文合集》、《崑崙文選》無“如王父議”四字。

〔九五〕《崑崙文選》旁注：“有文。”

〔九六〕《崑崙詩文合集》旁注：“方略。”

〔九七〕《崑崙文選》旁注：“妙。”

〔九八〕《崑崙詩文合集》旁注：“退賊。”

〔九九〕《崑崙文選》旁注：“城上垣缺曰睥睨，言於孔中睥睨非常也。”

〔一〇〇〕郤　《崑崙詩文合集》、《崑崙文選》作“小郤”。

〔一〇一〕困敝　《崑崙詩文合集》、《崑崙文選》作“困”。

〔一〇二〕若摯鳥之酷　《崑崙詩文合集》、《崑崙文選》作“若猛獸摯鳥之發。”

〔一〇三〕懷宗　《崑崙詩文合集》、《崑崙文選》作“天子”。

〔一〇四〕《崑崙文選》旁注：“即惜守節，照應忤璫。”

〔一〇五〕《崑崙文選》旁注：“又序。”

〔一〇六〕性　《崑崙詩文合集》作“姓”。此句《崑崙詩文合集》旁注：“厚宗族。”

〔一〇七〕於未婚者侄彝績、奏績　《崑崙詩文合集》、《崑崙文選》作“而於未婚者侄奏績昆仲”。

〔一〇八〕廊　《崑崙詩文合集》、《崑崙文選》作“廓”。

〔一〇九〕計畝賞所值而自供其税糧　《崑崙詩文合集》、《崑崙文選》作“計畝償所值而自貢其税糧”。

〔一一〇〕《崑崙文選》旁注：“峭。”

〔一一一〕獨上書　《崑崙詩文合集》、《崑崙文選》作"上書"。

〔一一二〕《崑崙詩文合集》旁注："報德。"

〔一一三〕晲　《崑崙詩文合集》、《崑崙文選》作"晚"。此句《崑崙詩文合集》旁注："一篇大文，祇閑閑數語結之，真古文老手。"《崑崙文選》旁注："一篇大文，祇閑閑數語。"

〔一一四〕《崑崙詩文合集》、《崑崙文選》旁注："以自誌作收，奇極。"

〔一一五〕"戌"原作"戍"，據《崑崙詩文合集》改。

〔一一六〕《崑崙詩文合集》旁注："怪事。"《崑崙文選》旁注："奇。"

〔一一七〕傑　《崑崙詩文合集》、《崑崙文選》作"三傑"。

〔一一八〕《崑崙詩文合集》旁注："文氣生動。"

〔一一九〕簸　《崑崙詩文合集》、《崑崙文選》作"簸揚"。

〔一二〇〕水　《崑崙詩文合集》、《崑崙文選》作"火"。《崑崙詩文合集》旁注："怪事。"《崑崙文選》旁注："奇。"

〔一二一〕叟　《崑崙詩文合集》、《崑崙文選》作"猿"。《崑崙文選》旁注："奇。"

〔一二二〕假寐　《崑崙詩文合集》作"懸睡"，《崑崙文選》作"懸垂"。

〔一二三〕叟　《崑崙詩文合集》、《崑崙文選》作"猿"。

〔一二四〕叟　《崑崙詩文合集》、《崑崙文選》作"猿"。

〔一二五〕余　《崑崙詩文合集》、《崑崙文選》作"予"。

〔一二六〕《崑崙詩文合集》旁注："怪事。"《崑崙文選》旁注："奇。"

〔一二七〕《崑崙詩文合集》旁注："怪事。"《崑崙文選》旁注："奇。"

〔一二八〕命　《崑崙詩文合集》、《崑崙文選》作"告"。此句《崑崙文選》旁注："奇。"

〔一二九〕《崑崙詩文合集》旁注："怪事。"《崑崙文選》旁注："奇。"

〔一三〇〕《崑崙詩文合集》旁注："結服官至臺司案。"

〔一三一〕《崑崙詩文合集》旁注："見何等心胸。"

〔一三二〕輛　《崑崙詩文合集》、《崑崙文選》作"輛"。

〔一三三〕羆　《崑崙詩文合集》、《崑崙文選》作"熊"。

〔一三四〕《崑崙文選》旁注："奇古班駁處，上有苔蘚痕。"

〔一三五〕《崑崙詩文合集》旁注："古筆。"

〔一三六〕《崑崙詩文合集》旁注："結天屬至五世案。"

〔一三七〕《崑崙文選》旁注："妙。"

〔一三八〕《崑崙詩文合集》旁注："應從容以去案。"

〔一三九〕順治　《崑崙詩文合集》、《崑崙文選》作"清順治"。

〔一四〇〕懷宗褒其"惟良折獄"　《崑崙詩文合集》、《崑崙文選》作"懷宗帝褒其'惟良折獄'"。

〔一四一〕舉人　《崑崙詩文合集》、《崑崙文選》作"廩生"。

〔一四二〕安慶府同知　《崑崙詩文合集》、《崑崙文選》作"府通判"。

〔一四三〕縣丞　《崑崙詩文合集》作"貢生"。

〔一四四〕祉　《崑崙文選》作"社"。

〔一四五〕君　《崑崙詩文合集》、《崑崙文選》作"公"。

〔一四六〕縣丞　《崑崙詩文合集》、《崑崙文選》作"增廣生"。

〔一四七〕舉人　《崑崙詩文合集》、《崑崙文選》無此二字。

〔一四八〕舉人　《崑崙詩文合集》、《崑崙文選》作"生員"。

〔一四九〕寞　《崑崙詩文合集》、《崑崙文選》作"寂寞"。

〔一五〇〕必有同心　《崑崙詩文合集》旁注："懷側。"

〔一五一〕此評語不詳評者。

寧州同知竇公行狀

公諱希儞，字企善，山西武鄉人。以順治九年恩拔天下貢士，試吏部，公考中州同第二。十六年四月，授寧州同知，九月始抵任。甫至，當事以公才可任，署萬安縣，詣萬安五日而代者至。既歸，又移署樂平，三辭乃克免〔一〕。值寧州牧無人，更以公署之，遂不得辭。夫萬安故屬廬陵，樂平隸鄱陽，公所處則豫章地也〔二〕。故例署官皆不越境外，獨公兼攝三府之間〔三〕，曾不踰期。當是時，臺司皆喜公智能以待其事〔四〕。寧州漕運多積逋，吏取民榜笞桔拱之〔五〕，其令廣於秋荼〔六〕，民苦骨肉離，不復相任，固欺也〔七〕，國賦終不得平。公氣仁，拊循元元，不忍任法〔八〕，然不以廢法，而賦亦不廢。前牧塵牘久不結，仰於公也〔九〕。公計日淺而孰慮精，推逸取勞，不煩自理。州有余生負欽臟産且盡，身慮無聊，前牧不能代解免，公委曲陳其家破傷，産盡亡以傷〔一〇〕，卒免其贜。歲大比士〔一一〕，柴炭供自州，常供之外，吏輒中飽，不足以當餓虎之蹊，公按其籍，不多與〔一二〕，亦不多取，而民氣乃復。甘泉基自署舍旁，官匿其有，民無以自托，而欲固不可致也。公曰："水火當與民共之，奈何獨幽默以自珍乎〔一三〕？"即爲竹籬界之，寧人幸其在界外，皆得取〔一四〕。公清同修水〔一五〕，薪米瓜蔬之屬，率先價而後取，民度其予我過多，以所餘者還官廳，其自擇而已。公有署萬安以及寧州〔一六〕，至順治十七年六月，計前後止九閲月，而事無不集。當事羅其才〔一七〕，方謂其曠日積久而計公也〔一八〕，寧之人方謂"克利於民〔一九〕，樂我公之盡策"，公乃起而嘆曰："嗟乎！吾毛血衰矣，豈少假黨任厥職者〔二〇〕，而獨勞我也〔二一〕？且吾聞之：'欲而不知止，失其所以欲；有而不知止，失其所以有。'吾豈若妄庸人，衣文繡之衣，矜黽組之華，旗旄而馳道，氣雄志得，一不在位，則心恒鞅鞅而浮游於世之温蠖者乎？"遂乞休〔二二〕，終不復顧。當事者知其不能奪〔二三〕，乃允其歸。

公性本純和，無慠容〔二四〕，然羽之筈之，務訓子侄以禮〔二五〕，嘗撫其甥孟生輔陽，三爲之娶，分其産與子等。公以爲愛子孫之計深〔二六〕，不若爲子矜利普安於中飭於行施於親黨〔二七〕，豈復求爲可報之德哉？以康熙二年六月十五日卒，享年七十三。

公姓肇自東晋，始祖海；至四傳而生明，登明正德辛未進士，歷官光禄寺正卿；明生一桂，登嘉靖丙戌進士，歷官刑科都給事中，以大顯於時；曾祖熊；祖攀桂。考豪，陝西安化縣知縣，先娶魏氏，繼程氏、安氏，俱先公卒，又繼魏氏。子男二人，長方暘，廪生；次旭暘，庠生。孫男二人，長鳳生，庠生；次鳳賓。公與予共謁選於京師〔二八〕，同寢食者三載，而旭暘與之俱。方暘與予有文字之知，余又屬其母黨，今自數千里外來請予爲之狀，予固宜有言也，何敢辭？謹狀。

【評語】叙事簡而爽，其操縱處，姿態横生，煙雲縹緲，真永叔得意筆也。

顧修遠

前後就企善辭署、引退二事上，見其恬静之思，是其本質。中間形容其任事處，又具作用，非史遷不能有此轉掉如意之手筆。杓石

文則刻苦，意則自然，有針綫，無痕迹，諷之絶可愛！陳其年

【校記】

〔一〕《崑崙詩文合集》旁注："叙次簡古。"

〔二〕《崑崙詩文合集》旁注："一束乃緊。"

〔三〕《崑崙詩文合集》旁注："正見其才可任。"

〔四〕《崑崙詩文合集》、《崑崙文選》旁注："語含蓄妙。"

〔五〕桔拱　《崑崙詩文合集》、《崑崙文選》作"梏拲"。

〔六〕廣　《崑崙詩文合集》、《崑崙文選》作"密"。

〔七〕《崑崙詩文合集》旁注："古筆。"《崑崙文選》旁注："句法。"

〔八〕《崑崙詩文合集》旁注："作用。"

〔九〕《崑崙詩文合集》、《崑崙文選》旁注："句古。"

〔一〇〕傷　《崑崙詩文合集》、《崑崙文選》作"僨"。

〔一一〕歲大比士　《崑崙詩文合集》作"歲大比"，《崑崙文選》作"歲當大比"。

〔一二〕《崑崙詩文合集》旁注："作用。"

〔一三〕《崑崙文選》旁注："句法。"

〔一四〕皆得取　《崑崙詩文合集》、《崑崙文選》作"得取，至今呼爲竇公泉，稱其名實也"。

〔一五〕公清同修水　《崑崙詩文合集》、《崑崙文選》作"公清同修水，尚捐俸以賑貧生，輪焕學宫，自用不過"。

〔一六〕有　《崑崙詩文合集》、《崑崙文選》作"自"。此句《崑崙詩文合集》旁注："一束更緊。"《崑崙文選》旁注："作一總結。"

〔一七〕當事羅其才　《崑崙詩文合集》、《崑崙文選》作"當事者奇其才"。

〔一八〕公　《崑崙詩文合集》、《崑崙文選》作"功"。

〔一九〕克　《崑崙詩文合集》、《崑崙文選》作"盡"。

〔二〇〕《崑崙詩文合集》旁注："古筆淋灕，逼真歐陽永叔之文。"

〔二一〕也　《崑崙詩文合集》、《崑崙文選》作"耶"。

〔二二〕乞休　《崑崙詩文合集》、《崑崙文選》作“即日乞休”。

〔二三〕知　《崑崙詩文合集》、《崑崙文選》作“料”。

〔二四〕無慠容　《崑崙詩文合集》、《崑崙文選》作“無驕慠之容”。

〔二五〕務訓子侄以禮　《崑崙詩文合集》、《崑崙文選》作“務訓子侄以禮，又立義學以教其鄉人”。

〔二六〕《崑崙詩文合集》旁注：“此一束，使全章皆爲生動。”《崑崙文選》旁注：“又以一語作束。”

〔二七〕利　《崑崙詩文合集》、《崑崙文選》作“之利”。

〔二八〕此句《崑崙詩文合集》、《崑崙文選》作“公與予共謁選於京師，嘗托厚於公”。

鄉介賓儒士悦彝魏公行狀《自課堂集》本〔一〕

予幼失恃，先君司寇公職宦於朝，頗依舅氏悦彝魏公，心儀舅氏，如見母焉。己丑四月辛亥，夢公形貌頽唐，沮然爲離别狀，心怪之而不敢言。越一日，公果暴卒。及公卒，自遠方吊者輒數百人，以公誼至高聞於里黨，予乃更嘗涕，不啻失恃也。公弟奠彝先生則又嘗師予，命狀公行。予少習古文詞，重以師言不可違。狀曰：

公諱和中，字悦彝。始祖成甫，虞城人，元末徙居武鄉。曾祖諱玉，祖諱國林，俱挾駿才，食餼爲諸生冠。祖病且死，時祖母程氏年十七，生爍三月耳。截髮五十載，三旌其閭，語具邑乘中。爍生五男一女，男諱在中、持中、致中、受中。受中，所謂奠儀先生者是已，公當其四，女即先妣魏宜人。日讀百家書，羸疾寖劇，猶訓予兄弟不輟，公有以教之故也。初，公未生，母李氏夢月落灶皂，詰朝而生其所。公修髯偉姿，多智鑒，少即不受束箝，且其家以仕官鳴於時者益衆，若大司馬振彝、中丞元白、太康令于野、寶鷄令滄岳、孝廉星杓，纓組輝耀，集於一時。公上下古今若數一二，卒不肯就試捆束聲調，嘗曰：“丈夫當有奇行，使千秋萬年後尸祝不絶，公侯將相，其量寧能百世？何以狐裘而羔袖耶？”祖、母二親相繼遭閔凶，而居廬茹素，未嘗見斷，有曾、閔之所不能加者，豈得以公爲狂脱也哉？三兄亦先公卒，其所以葬之視三喪。諸侄世封、世官、世巽、世徵，爲家塾延其師，横經講貫，孳孳不怠。國税歲輸二百餘金，盡出其私，而不以告言。世官病，乃祝天曰：“兄止此血胤，寧以吾子當其險。”卒兩全焉。終其身無譙讓，諸姓盡補邑弟子，而世官文益閑美，駸駸乎火攻者衆矣。今理生飾行課田問織婚嫁已畢，子孫成行，雖三兄而在，未必使人人無所怨議於心。而公以一人無親疏厚薄之嫌，其與通顯得志於時者，比權量力，不知誰當雄霸耳？公嘗爲從伯某後，産至渥也，已而有嗣，一旦盡舍以去。大司馬既死罹難，需金甚急，公貸以數百，振人之阨勝於己私，率此類也。里中人於是高公誼，狥朝廷令甲舉公賓介，有司望公深，亦延頸思托焉。

如流賊嘯聚之時，公建北城浮橋，綰轂其口，又督修炮臺，捐造大炮，夜奮白挺立城頭，擊賊之細卒首竿於市，賊始慴而遁。屬歲饑，野如赭，爲饑民施饘粥，日結浩穰，更爲室二區，别男女之來就食者。當斯時，人矜懻忮，豐取嗇出，彼耕者無所仰食，獨公貸之粟而不責於人，藉以生全者甚廣。兵燹以來，僑居下郝，下郝盗故往來哨集處，巷無居人，公親撫流人墾之，又極技巧通鹽磁販油賣酒，與時俯仰，以所長易其所寡。至今山砠水崖之下，原田膴膴，所謂羊門馬户者遍阻巖爲居矣。

公素善解紛，諸懷急少年有格鬥，不敢使公聞，聞之則恣言極諫。雖鄉豪居其間未必聽，得公一語，涣然冰釋。里中人以是不至捍文罔。大抵公孝友，喜施予，諸藉機利而生者悉資於公。自鷄鳴起至日入西晻，手署口訣，各厭其意而歸，能以賤徵其所貴，未嘗一飯無雜賓，然其奇羡或勝於纖嗇。飲酒不能多，每過從諸君，即漏盡不休，人反以公爲豪於酒。卒之日，無問老少，重繭而來者屨錯於户，亦可以信公之好行其德矣。

公生於萬曆十九年八月二十二日，卒於順治己丑年四月二十四日，享年六十有一。元配籍氏，鄉耆來聘女；側室二人。子男三人，曰世晋，庠生，籍氏出，娶貢生李永興女；曰世謙，曰世豫，某氏出；女一，孫男一人。將以某月日堲於某山之陽，爲撮其實，以待乎後之人。

【評語】極清極縱，起伏極貫串，其工練之處，逸動之姿，全不傷古，在古誌狀中卻是廬陵，信不謬也。〔二〕

起伏斷續，酷類太史公列傳，能不朽悦彝先生者，賴有此文。劈空提出"失恃"二字，通篇文情皆含蓄其中，故語皆確不可移。張爾公

或似《段太尉逸事狀》，或似《貨殖傳》，或似《吕氏春秋》，紛紛綸綸，令我駭然以驚也，可云無一字在秦漢人以下。陳其年

【校記】

〔一〕此文據《自課堂集·文集》録，與《崑崙詩文合集》之《鄉介賓儒士悦彝魏公行狀》文字差異較大，故分録並存。

〔二〕此評語評者不詳。

鄉介賓儒士悦彝魏公行狀《崑崙詩文合集》本〔一〕

予少即失恃，先大父多從事宦邸〔二〕，頗依舅氏悦彝魏公，心儀舅氏，如見母焉。己丑四月辛亥夜，夢公形聲頽唐，黯然來别，竊心怪之而不敢言。越日，公果暴卒。及公卒，自遠方吊唁者以數千，莫不霣涕，一口稱公誼至高。予聞之，痛悼者屢日夜，不啻失恃也〔三〕。公弟奠彝先生，橫經講貫，則又嘗師予，手行述一通，命狀公行。予幼習古文詞，重以師言，不可違。狀曰：

公諱和中，悦彝字也。始祖成甫，避元亂自虞城徙居武鄉，故世爲武鄉人。六世曾大父諱玉，大父諱國材，俱挾駿才，爲諸生冠食餼云。其大父臨訣時，祖母程氏年十七歲，生考諱爍，甫三

月矣。冰霜五十載，三旌其間，語具邑乘中。爍生五男一女，長諱在中，次諱持中，次諱致中，又次諱受中，受中所謂奠儀先生者是已〔四〕，公居四，女即先妣魏宜人。日讀百家書，坐羸疾寢劇，尚訓予兄弟勿輟，公夙教之故也。公生之初，太夫人李氏夢月落烓竈〔五〕，詰朝而生其所。公修髯偉姿，多智鑒，少即不受束箝。公家纓組紛紼，若大司馬震彝、中丞元白、太康令于野、寶鷄令滄岳、孝廉星杓，蟬聯輝耀，集於一時。公上下古今若數一二，卒不肯就試捆束聲調，嘗曰："大丈夫當有奇行，使千秋萬載後尸祝不絕，公侯將相，其量寧能百世？何用狐裘而羔袖耶〔六〕？"祖、母二親相繼遭閔凶，而居廬茹素，未嘗見斷，有曾、閔之所不能加者，豈得以公爲狂脱也哉〔七〕？三兄亦先公卒，其所以葬之視三喪〔八〕。長兄有子世巽，仲兄子世官，季兄子世封、世徵，爲家塾延其良先生，食之以甘膬之食，衣之以文綺之衣，錢糧歲納二百餘金，無不出於公者。世官將痘，夜祝天曰："兄止此血胤，寧以吾子而當其險。"卒兩全焉。凡三十年如一日，終身無譙讓，諸侄盡補邑弟子，而世官文益閑美，駸駸乎火攻者衆矣。今理生飾行課田問織婚嫁已畢，子孫成行〔九〕，雖三兄而在，未必使人人無所怨議於心。而公以一人無親疏厚薄之嫌，其與通顯得志於時者，比權量力，不知誰當雄霸耳？公嘗爲從伯某後，産至渥也，已而有嗣，一旦盡讓以去。大司馬家素貧，既死罹難，需金甚急，公貸以數百，振人之阨勝於己私，率此類也〔一〇〕。里中人於是高公誼〔一一〕，狥朝廷令甲舉公賓介，有司待公一如待薦紳先生，薦紳先生亦罔不延頸思托焉。

初，流賊嘯聚之時，公建北城浮橋，綰轂其口，又督修炮臺，捐造大炮，夜奮白挺立城頭，擊賊之細卒首竿於市〔一二〕，賊始懾而遁。屬歲饑，野如赬，爲饑民施饘粥，日給浩穰〔一三〕，更爲室二區，别男女之來就食者。當斯時，人矜懻忮〔十四〕，豐取嗇出，彼耕者無所仰食，獨公貸之粟而不責於人，藉以生全者最衆。世亂以來僑居下郝，下郝盗故往來哨集處[一五]，巷無居人，公廣撫流人墾之，又極技巧通鹽磁販油賣酒，與時俯仰[一六]，以所長易其所寡。至今山砠水崕之下，原田膴膴，所謂羊門馬户者遍阻巖爲居矣。

公素善解紛，諸懷急少年有格鬥，不敢使公聞，公聞則恣言極諫。雖鄉豪居其間未必聽，得公一語，涣然冰釋[一七]，里中人以是不至捍文罔。大抵公之爲人也[一八]，孝友性成，喜施予[一九]，諸藉機利而生者咸資於公。公自鷄鳴起至日入西晻，手署口訣，各厭其意而歸。能以賤徵其所貴，未嘗一飯無雜賓，然其奇羡或勝於纖嗇。酒不能多飲，每過從諸君子，即漏盡不休，則人反以公爲豪於酒。卒之日，無問老少，重繭而來者屨錯於户，亦可以知公之好行其德矣[二〇]。

公生於萬曆十九年八月二十二日，卒於順治己丑四月二十四日，享年六十有一。元配籍氏，鄉耆來聘女；側室二人。子男三人，曰世晋，庠生，籍氏出，娶貢生李永興女；曰世謙，曰世豫，某氏出；女一，孫男一人。將以某月日塟於某山之陽，敢撮其實，爲立言君子志不朽焉。

【評語】或似《段太尉逸事狀》，或似《貨殖傳》，或似《吕氏春秋》，紛紛綸綸，令我駭然以驚也，可云無一字在秦漢人以下。陳其年

【校記】

〔一〕此文據《崑崙詩文合集》録。

〔二〕父　《崑崙文選》作“夫”。

〔三〕《崑崙詩文合集》、《崑崙文選》旁注：“回照首句。”

〔四〕《崑崙詩文合集》旁注：“清山。”

〔五〕《崑崙詩文合集》、《崑崙文選》旁注：“奇。”

〔六〕《崑崙詩文合集》旁注：“以議論叙事，是正文，是波瀾。”《崑崙文選》旁注：“慷慨語，如聞其聲。”

〔七〕《崑崙詩文合集》旁注：“回顧不就試一段。”《崑崙文選》旁注：“愾慕盡致。”

〔八〕《崑崙文選》旁注："省。"

〔九〕《崑崙詩文合集》旁注："議論叙事。"《崑崙文選》旁注："思理沈蔚，遵葭先生得意筆。"

〔一〇〕《崑崙文選》旁注："省。"

〔一一〕《崑崙詩文合集》旁注："忽接此一語，因上文助大司馬推見生平起伏，皆合度。"

〔一二〕《崑崙詩文合集》旁注："句法。"

〔一三〕《崑崙文選》眉批注："浩穰，多也。"

〔一四〕《崑崙文選》眉批注："懻音記，懻忮，狠也，强直貌。"

〔一五〕《崑崙詩文合集》旁注："史傳筆法。"

〔一六〕《崑崙詩文合集》旁注："經濟。"《崑崙文選》旁注："奥折如讀《管子》。"

〔一七〕《崑崙詩文合集》旁注："王彦方之流。"

〔一八〕《崑崙文選》旁注："又總叙。"

〔一九〕予　《崑崙文選》作"與"。此句《崑崙詩文合集》旁注："結上文，忽用此一句，又生下文。"

〔二〇〕《崑崙詩文合集》旁注："結法老。"《崑崙文選》旁注："好結。"